작가의 책

BY THE BOOK:
Writers on Literature and the Literary Life from The New York Times Book Review
by Pamela Paul

This Korean edition was published by MUNHAKDONGNE Publishing Corp., 2016 by arrangement with Henry Holt and Company, LLC, New York through KCC(Korea Copyright Center Inc.), Seoul.

이 도서의 국립중앙도서관 출판시도서목록(CIP)은 서지정보유통지원시스템 홈페이지(http://seoji.nl.go.kr)와 국가자료공동목록시스템(http://www.nl.go.kr/kolisnet)에서 이용하실 수 있습니다.
(CIP제어번호: CIP2016000392)

뉴욕 타임스
작가 인터뷰

일러두기

1. 차례는 한글 인명 가나다순으로 배열했다.
2. 책명은 한국어로 번역된 책이 있을 경우 번역서명을 따랐다.
   예) 『안나와디의 아이들Behind the Beautiful Forevers』
3. 책의 원제는 원서의 표기를 따랐다.
4. 인명은 국립국어원 외래어표기법을 따랐으나 일반적으로 통용되는 표기가 있을 경우 이를 참조하였다.

추천사

1966년, 소설가가 되겠다는 부푼 꿈을 안고 애머스트 대학에 들어간 나는 입학하자마자 교과 과정에 창작 수업이 없다는 사실을 알게 되었다. (나를 학교에 푹 빠지게 했던 화려한 물리적 환경 대신 교과 목록에 조금만 더 관심을 기울였더라면, 당연히 창작과 관련된 과목을 발견할 수 있었을 것이다. 하지만 당시 나는 고작 열일곱이었다.) 당시 영어 수업 교수들은 내게, 소설이나 시 쓰기에 관한 가르침은 별 쓸모가 없으며, 자동차 정비나 바구니 짜기 같은 기술 이상의 지적인 내용을 담고 있지도 않다고 말해주었다.

나중에 대학은 그간의 태도를 바꾸어 1968년, 첫번째 방문교수 작가로 영국 시인 토니 코너를 임용했다. 간절한 마음으로 조언을 구했건만, 그는 내 말을 듣자마자 고개를 저었다.

“스콧, 나는 소설 쓰기에 대해서는 아무것도 모르네.” 강한 맨체스터 토박이 억양으로 그가 말했다. “하지만 소설가가 되고 싶다면, 나라면 일단 소설을 닥치는 대로 먹어치우겠네.”

소설을 읽는 데 굳이 토니 교수의 독려가 필요하지는 않았다. 신입생 시절, 이미 나는 로런스 더럴이 쓴 네 권짜리 소설 『알렉산드리아 사중주The Alexandria Quartet』에 홀딱 빠져서 그걸 독파하느라 2주 동안 수업도 숙제도 빼먹고 침대에만 드러누워 지냈던 전력이 있는 몸이었으니.

하지만 토니 교수의 말은 나에게 일종의 지령으로 다가왔다. 그는 소설이 최고의 스승이 되어주리라는 사실을 말하려던 것이었다. 다른 소설 작품들로부터 나는 내 취향을 발견했고, 어떤 창작 전략이 성공하거나 실패하는지 간파하는 법을 배웠으며, 좋은 문장과 문단, 이야기는 어떻게 구성되어야 하는지를 배웠다. 그후 몇 년간, 나는 그저 한 번 읽고 마는 데 그치지 않고 나를 경이로 가득 채웠던 작가와 문장들을 읽고 또 읽었다. 틸리 올슨, 제임스 조이스, 로버트 스톤. 존 업다이크의 『달려라, 토끼Rabbit, Run』는 다섯 차례, 솔 벨로의 『허조그Herzog』는 그보다 더 많이 읽었을 것이다. 각 장마다 단어 하나하나를 골랐을 기준에 대해 이리저리 생각해보면서 말이다. 시간이 지나면서는, 이를 내 작품과도 비교해보고 내 작품이 애석하게도 다다르지 못한 부분이 무엇인지도 깨닫게 되었다.

어느 정도는, 독서는 우리 모두에게 유익한 행위다. 대부분의 독자는 나처럼 작심하고 기법상의 비밀을 캐내려 애쓰는 짓 따위는 하지 않겠지만, 눈길이 책장을 가로지를 때마다 뜻밖에도 우리 모두는 지적인 즐거움이 조금씩 커져가는 경험을 하게 된다. 언어의 뉘앙스, 구문에 대한 우리의 감각이 어떻게 확장되는지, 독자로서 읽은 것들에서 우리가 어떻게 기라성 같은 아이디어들을 모으고 부각시키는지, 신경과학자들은 틀림없이 앞으로 수십 년 동안 이런 것을 연구하게 될 것이다.

하지만 작가가 됐든 독자가 됐든 우리 대부분에게, 책에 대한 열정은 하나의 수수께끼이자 독특한 욕망의 범주에 속한다. 그저 종이 위에 낱말을 옮겨다 놓는 식으로 글을 써온 이들에게조차도 거의 예외 없이, 문학을 향한 무조건적인 사랑은 글을 쓰고픈 충동보다 언제나 앞섰기 때문이다. 나는 이 책에 실린 내 인터뷰에서(235쪽), 처음으로 온전히 소설에 사로잡혔던 바로 그 순간에 소설가가 돼야겠다는 의지가 싹텄다고 이야기했다. 열 살 무렵 알렉상드르 뒤마의 『몬테크리스토 백작』을 읽고 난 뒤였다. 책을 읽는다는 게 이토록 신나는 일이라면 책을 쓰는 것, 그러니까 내 안에서 이야기가 살아 움직이며 계속해서 이어지는 걸 느끼는 일은 더더욱 짜릿한 일임에 틀림없을 거라는 논리였다. 실제로 소설을 써보게 된 것은 훨씬 더 많은 소설에 매료되고 나서도 한참 뒤의 일이었지만.

이 칼럼이 「뉴욕 타임스 북 리뷰」에서 내가 가장 좋아하는 코너였기 때문에, 나는 칼럼 대부분을 연재 당시에 읽었다. 다른 작가들과 어울리는 것은 언제나 즐겁다. 아마도 개들이 다른 개들을 좋아하는 것과 다를 바 없는 이유일 것이다. 하지만 세월이 흐름에 따라 나는 작가가 글 쓰는 법을 설명하기 위해서 자신의 창작 과정에 대해 이야기해야 하는 것은, 자동차 엔진 작동 방식을 설명하기 위해서 차체의 디자인을 말하는 것과 다를 바 없다는 사실을 깨닫게 됐다. 반면에, 무엇을 읽는가 하는 것은 거의 언제나 무언가를 말해준다. 종이책이 점차 사라져가는 현실의 가장 슬픈 점 중 하나는, 사람들이 무심코—가끔은 엄청나게 계산을 해서—책장에 진열해놓은 책을 통해 자기 자신을 드러내는 일이 점점 어려워지고 있다는 사실일 것이다.

내가 존경하는 작가가 어떤 종류의 책을 즐겨 읽는가, 하는 것에는 훨씬 더 많은 정보가 담겨 있다. 최소한, 내가 읽어두어야만 할 것 같은 책과, 언급이 반복되어 더욱 설득력이 높아진 견해를 듣거나 떠올리게 된다. 보다 미세한 차원에서, 뛰어난 작가가 특별한 애착을 보이는 책들은 지면에서는 드러나지 않는 작가의 생각이나 보다 깊은 문학적 취향 및 견해를 들여다볼 수 있게 해주는 창일 때가 많다.

「뉴욕 타임스 북 리뷰」에 실린 이 칼럼들을 편집한 패멀라 폴은 여러 인터뷰 대상자들에게 똑같은 질문을 던지곤 하는데, 어떤 대답에는 실로 감명받지 않을 수가 없었다. 내가 살아 있는 작가나 이미 고인이 된 작가 중 함께 시간을 보내고 싶은 작가로 셰익스피어를 꼽았을 때, 솔직히 말해서 그다지 독창적인 답일 거라고 생각하지는 않았다. 하지만 내 공상이 적어도 열 명의 다른 응답자들, 그것도 모두 내가 찬탄해마지않는 작가들과 같다는 사실을 알게 되었을 때 나는 큰 힘을 얻었다.

더욱 흥미로웠던 것은, 각별히 대단하다거나 실망스럽다고 생각하는 작품이 뭔지를 물었을 때 작가 개개인이 응답한 내용이었는데, 특히 제임스 조이스의 『율리시스Ulysses』에 대한 다양한 반응들이 재미났다. 내가 대학 신입생 시절에 배웠다고 믿는 한 가지는, '지금까지 쓰인 소설 가운데 가장 위대한 소설'이라는 타이틀을 위한 경쟁이 있다면 『율리시스』가 단연 1등을 차지한다는 것이었으니 말이다. 조이스의 작품을 향한 엄청난 숭배는 수십 년 전 T. S. 엘리엇의 다음과 같은 선언으로 시작되었던 것 같다. "나는 이 책을 우리 시대가 찾아낸 가장 중요한 표현이라고 생각한다." 헤밍웨이처럼 겉으로는 조이스와 완전히 달라 보이는 소설가조차 자신의 글에 영향을 미친 마지막 책으로 『율리시스』를 지명했을 정도였다.

대학 1학년을 마친 여름, 나는 시카고 외곽의 멋들어진 노스쇼어 교외의 한 동네에서 우편물 운반 대리인으로 일한 적이 있다. 우체국은 진짜 흥미진진한 곳이다(유도라 웰티와 허먼 멜빌의 단편들을 보라). 단기간에 가파른 상승 곡선을 그리며 기술을 습득한 결과, 나는 그 일에 할당된 여덟 시간을 다 채우지 않고도 내 구역 우편물을 분류하고 배달할 수 있었다. 하지만 나는 딱 한 차례, 우체국으로 일찍 복귀하는 실수를 저지르고 말았다. 그 결과, 상관에게 매우 거친 훈계를 들어야만 했다. 그는 지하에 있는 직원 식당으로 나를 끌고 간 다음, 만약 또다시 퇴근 시간인 세시 십오분 이전에 나타난다면 동료들이 나를 얼마나 곱지 않은 시선으로 볼지를 구구절절 설명했다.

결국 나는 동네에서 유일하게 냉방이 가동되는 공공건물인 도서관에 숨었다. 매일 오후 한두 시간이 주어졌기 때문에, '지금까지 쓰인 소설 가운데 가장 위대한 소설'을 읽으며 나 자신을 도야하기로 마음먹었다. 『율리시스』와 함께한 6주 동안, 나는 많은 것을 볼 수 있었다.

우선, 멋진 문장들을 수없이 접하면서 거의 황홀경에 빠졌다. 두번째로, 『젊은 예술가의 초상』 혹은 『더블린 사람들』에 실린 「죽은 사람들The Dead」 같은 조이스의 다른 작품들과는 달리, 『율리시스』는 내가 그동안 생각해왔던 좁은 의미의 소설, 그러니까 한 명 이상의 등장인물에게 정서적인 유대감이 생겨 저절로 따라가게 되는 하나의 이야기로서의 소설이 아닌 것 같았다. 『율리시스』를 읽어내는 데 내가 얼마만큼의 노력을 기울여야 했냐면, 책을 읽는 동안 미국의 납세자들이 나에게 시간당 2달러 52센트를 지불하는 게 합당한 일인 양 생각될 정도였다. 마지막으로, 어마어마한 교육 수준을 자랑하는 부유한 동네에서, 도서관에 한 권밖에 없던 『율리시스』를 찾으러 갈 때마다 그 책이 변함없이 서가를 지키고 있었다는 사실은 놀랍고도 의미심장했다. 그후 오랫동안 나는 동네 사람 중 누구도 읽고 싶어하지 않는다면 그 책이 정말로 지금까지 쓰인 소설 가운데 최고의 소설이라고 말할 수 있는지 늘 궁금했다.

이 책에서도 『율리시스』가 자주 언급되는데, 거기서 드러나는 바대로, 이 소설은 더이상 문학 공동체 안에서 보편적 감탄의 대상이 아니다. 많은 팬을 유지하고 있지만, 최고의 작가들 중에도 의구심을 품는 이들—예컨대 리처드 포드가 하는 말을 들어보라—도 적지 않은 것이다. 그렇게 많은 작가들이 셰익스피어를 향해 꾸준히 경의를 보내온 사실과 대비되는 것을 보면 충격적일 정도다. 내가 즐겨 말하듯, 모든 문학은 당대의 문학이다. 문학은 그것이 바라보고 이야기하는 대상에 의해 읽히고 보존된다. 그래서 이 음유시인 셰익스피어의 독특한 천재성이 다른 세대를 휘저어놓기도 하는 것이다. 일부 경험 많은 독자들에게는 조이스의 실험들이 그저 모더니즘 문학의 실패 사례로 여겨지는 반면에 말이다.

작가들마다 특정 책에 대한 호오가 갈릴 수는 있을지 몰라도, 서로 정도의 차이는 있을망정, 어느 작가라도 이것 하나만큼은 인정하고 넘어가지 않을 수 없을 것이다. 그들이 평생에 걸쳐 게걸스레 먹어치웠던 한 권 한 권의 책들 덕분에 지금의 자신들이 있다는 바로 그 사실 말이다.

스콧 터로

머리말

우리는 모두 다른 사람들이 뭘 읽고 있는지 궁금해한다. 비행기에서 남이 읽고 있는 책 표지를 몰래 들여다보는가 하면, 지하철에서 전자책을 읽고 있는 사람 어깨 너머로 몸을 기울이기도 한다. 엘리베이터에서는 앞사람의 아이폰을 곁눈질한다. 베스트셀러 목록이나 독자 서평, 온라인 독서 사이트도 검색한다. 사람을 만날 때 최근에 무슨 책을 읽었는지 물어보는 것은 대화를 시작하는 손쉬운 전략 가운데 하나고, 대부분의 경우에, 그 대답은 날씨 이야기보다 더 흥미로운 방향으로 흘러가게 된다. 게다가 실질적인 도움까지 준다. 우리가 읽고 싶어하는 책에 관해서 뭔가를 알아낼 수도 있으니까.

내가 「뉴욕 타임스 북 리뷰」에 '작가의 책'이라는 코너를 마련한 건 순전히, 지금까지는 결코 만족스레 채워지지 않았던 나 자신의 호기심 때문이었다. 다른 사람들, 그러니까 똑똑한 사람이나 수준 높은 독자, 스스로가 좋은 작가이기도 한 이들이 과연 여가 시간에 어떤 책을 읽는지 나는 진실로 궁금했다. 그들로부터 책에 대한 이야기를 이끌어내는 게 목적이긴 했지만, 나는 평범한 수다보다는 좀더 수준 높은 대화를 원했다. 그건 뭔가 통 크게 시작한다는 걸 뜻했고, 내게는 데이비드 세다리스로 시작한다는 걸 의미했다(원서에서는 데이비드 세다리스로 시작하지만, 한국어판에선 가나다순으로 순서가 변경되었다—옮긴이). 그가 웃기다고 생각하는 책이 어떤 책인지 알고 싶어하지 않을 사람이 어디 있을까? 그가 감동적이거나, 슬프거나, 그냥저냥 좋았다고 생각하는 책들도 궁금하긴 마찬가지일 것이다.

데이비드 세다리스에게 어떤 질문들을 던질 것인지에 대해 생각하면서, 나는 이후에 만나게 될 인터뷰 대상자들을 향한 질문에도 어느 정도 일관성을 유지하기로 마음먹었다. 그래서 "대통령께 어떤 책을 권하겠습니까?" 같은 질문들은 모두에게 똑같이 했다. 하지만 다른 질문들은 인터뷰 대상에 따라 바뀌었다. 존 그리셤이 어떤 책을 좋아하는지를 알아내려면 법정 스릴러물 쪽으로 물어야 하고, P. J. 오루크와 이야기를 나눌 때는 풍자 쪽이 궁금해지니까.

동시에 인터뷰 대상의 폭을 확 넓혀서, 상대적으로 덜 알려진 참신한 목소리들과, 제임스 패터슨이나 메리 히긴스 클라크 같은 작가들도 집어넣었다. 그러니까 시인, 단편소설 작가, 대중소설 작가 들 말이다. 또한, 누가 봐도 가장 바람직한 대상이 작가라는 건 분명하지만, 책을 쓰는 사람들로만 대화 상대를 제한하고 싶지도 않았다.

그런 이유로, 나는 리나 더넘(당시에는 작가가 아니었다)을 다음 인터뷰 대상으로 삼았다. 피터 타운젠트나 스팅 같은 뮤지션, 과학자, 배우, 하버드 대학 총장, 심지어 천체 물리학자도 만났다. 대학을 졸업하고 나서 예술과 과학 간의 이종교배 같은 것을 경험할 기회를 갖는 사람은 드문 탓에, 나는 우리가 놀라운 발견을 하게 될 때 느끼는 전율을 다시 한 번 불러일으키고 싶었다. 주제, 질문, 대답 모든 면에서 말이다.

일단 일이 굴러가기 시작하자, 가장 존경받는 공인들이 진정으로 서로에게 감탄하고 있다는, 나로서는 미처 예상치 못했던 발견을 하게 되었다. 콜린 파월은 조앤 K. 롤링이 세간의 관심을 견뎌내는 능력에 대해 놀라움을 표시했다. 마이클 셰이본, 제프리 유제니디스, 도나 타트는 모두 에드워드 세인트 오빈의 『패트릭 멜로스 소설』 시리즈의 매력에 사로잡혀 있었다. (오빈은 앨리스 먼로를 읽고 있었다.) 작가들마다 캐서린 부의 뛰어난 탐사 기록 솜씨를 극찬했다. 부 자신의 차례가 되었을 때, 그녀는 이 칼럼을 빼놓지 않고 읽었다면서 주노 디아스, 조지 손더스 그리고 셰릴 스트레이드를 향해 찬사를 보냈다.

출판기념회나 점심 모임에서 작가들을 만나면, 그들은 다른 '작가의 책' 주인공들이 자신의 책에 대해 무슨 말을 했는지 궁금해서 어쩔 줄을 몰라했다. 도나 타트는 인터뷰에서, 자신이 스티븐 킹의 새 소설을 얼마나 고대하고 있는지 모른다고 말해주었다. 킹이 「뉴욕 타임스 북 리뷰」의 표제 기사에서 그녀의 『황금방울새The Goldfinch』를 격찬하기 전에 말이다. 이렇게 '작가의 책' 코너는, 냉소, 질투, 부정적인 리뷰 따위에 시달리기 쉬운 세계에서, 동료 작가들이 서로의 작품에 대해 고마움을 표현하는 장소가 되었다.

사소한 인간적인 약점들도 빼놓을 수 없다. 그러니까 끝까지 읽지 못한 책, 한 번도 손에 든 적이 없는 책, 마음에 안 든 책, 읽다가 방 저쪽으로 던져버린 책에 관한 이야기 말이다. 우리만 그런 게 아니었던 것이다. 작가들도 자신이 이례적으로 탐닉하는 책(힐러리 맨틀은 자기계발서를 무척 좋아한다)이나 사적 취향의 "결함"(리처드 포드나 이언 매큐언도 『율리시스』를 읽어낼 만한 인내심이 없었다)이 있음을 이 자리에서 솔직하게 털어놓는다.

처음으로 한데 묶인 인터뷰들을 읽어가면서, 나는 책장을 앞뒤로 이리저리 뒤적거리며 한 작가의 추천에서 다른 작가의 플롯 해설로, 이 작가 저 작가를 따라다니고 있는 나 자신을 발견했다. 마치 사려 깊고 박식한 친구와 함께 무궁무진하게 다양한, 주해 달린 가정용 총서를 훑어보는 것처럼. 그러면서 서로 간의 애정이나 반대 의견에 대해서, 그리고 의외의 추천을 받은 책이나 전혀 예상치 못했던 새로운 목소리, 잊혀버린 고전에 대해서도 알게 되었다. 자, 이제 여러분 차례다.

패멀라 폴

차례

E. L. 닥터로

E. L. Doctorow

최근에 읽은 책 가운데 가장 좋았던 책은 무엇입니까?

음, 판테온에서 랜드마크 시리즈로 낸 헤로도토스의 『역사』를 들 수 있을 겁니다. 헤로도토스는 정말 눈이 부실 정도입니다. 역사학자이고, 탐사기자이면서, 천생 이야기꾼이기도 하죠. 아니면 토머스 네이글의 『마음과 우주Mind and Cosmos』라고 할 수도 있겠네요. 신新다윈주의와 과학적 유물론을 철학적으로 강하게 비판한 글이죠. 용감한 반대자의 책이라고 할 수 있습니다. 읽고 비트겐슈타인의 말이 떠올랐어요. "우리가 갖고 있던 과학적 질문들이 전부 그 해답을 찾았다

• E. L. 닥터로는 『다니엘서The Book of Daniel』 『래그타임Ragtime』 『룬 호Loon Lake』 『세계박람회World's Fair』 『빌리 배스게이트Billy Bathgate』 『3월The March』, 그리고 가장 최근에는 『앤드루의 뇌Andrew's Brain』를 썼다.

고 할지라도, 우리의 문제는 아직 취급조차 되지 않았다." 또다른 최고의 책은 돈 드릴로의 『코스모폴리스Cosmopolis』입니다. 아름다운 자만심이 이 소설에 흐르고 있죠. 리무진을 타고 맨해튼 미드타운을 가로지르는 서사시적 여정을 통해서 말입니다. 그리고 그의 새 단편집 『천사 에스메랄다The Angel Esmeralda』도 좋았어요. 드릴로는 세계에 대한 이해가 완숙한 경지에 오른 작가입니다. 그다음엔 해럴드 블룸의 『미국의 종교The American Religion』를 꼽고 싶은데, 이 책은 미국의 기독교가 기독교적이기보다는 영지주의靈智主義에 더 가깝다고 주장합니다. 그리고 모르몬교가 이 나라 종교의 미래라고 보지요. 요즘에는 『현대물리학, 시간과 우주의 비밀에 답하다From Eternity to Here』에 빠져 있는데, 물리학자 숀 캐럴이 시간에 대해 쓴 대단히 흥미로운 책입니다. 시간은 물리학자들을 당혹스럽게 만듭니다. 그들은 시간이 왜 한쪽 방향으로만 흐르는지를 묻지요. 그리고 마지막으로, 다시 읽는 책도 포함시킬 수 있다면, 셰이머스 히니의 번역으로 나온 『베오울프Beowulf』를 다시 읽고 있어요. 노래로 부를 수 있는 책이 바로 여기에 있었네요.

언제, 어디서 책 읽는 걸 좋아하십니까?

제 책상에 앉아서요. 날씨가 좋을 때는 바깥 뒷바낭에서 읽는 것도 좋아합니다.

다시 읽기를 좋아하신다면, 어떤 책을 주로 다시 집어드시나요?

몽테뉴, 그리고 체호프요. 그들은 절대 독자를 실망시키지 않죠. 몽테뉴는 세상에서 가장 정직한 회고록을 쓴 사람이에요. 그는 자신의 삶을 하나의 서사로 구축하려는 시도를 하지 않았어요. 그저 자신의 생각이 이끄는 대로 따라가지요. 자기 자신의 머릿속으로 깊숙이 침잠해 모든 사람들이 볼 수 있도록 그 사유와 감정을 적어놓지요. 흰 불빛 아래서 일종의 자화상 시범 스케치를 하는 거예요. 『수상록』이라는 제목으로 출판을 해서 말이지요. 안톤 체호프에 대해서 말하자면, 그처럼 인생을 종이 위에다 옮겨놓을 수 있는 사람은 아무도 없어요. 그는 비판적인 분석을 불가능하게 만듭니다. 문장은 마치 그냥 뿌려놓은 듯 인위적인 기교가 하나도 없지요. 리처드 피비어와 라리사 볼로콘스키가 번역한, 「이중주The Duel」와 「3년Three Years」을 포함한 다섯 개의 단편을 읽어보라고 권하고 싶습니다. 하지만 사실, 그 엄격하고 신중한 정신이 배어 나오지 않는 번역본은 아직 한 번도 본 적이 없어요.

대학에 계신 동안에 연극일을 하시고 할리우드에서 대본을 읽고 골라내는 일을 하셨지요. 그런 경험들이 이야기를 만들어내는 데 어떻게 도움이 되었나요?

그렇습니다. 케니언 대학 재학 시절에 연극에 깊이 관여했었지요. 지금 생각해보면 놀랍습니다. 『리어 왕』에서 에드거 역할을 하고, 클리퍼드 오데츠의 『황금 소년Golden Boy』에서 조 보나파르트를 연기했던 그 소년은 누구였을까요? 아시다시피, 당시에는 연극에 올릴 희곡을 쓰려는 마음이 있었고, 배우들이 겪는 것을 이해하기 위해서 무대 경험이 필요했지요. 글로스터의 착한 아들 같은 역할을 맡게 되면 그 텍스트를 자세하고 강박적으로, 말하자면 영문학 전공자도 그렇게까지는 읽지 않을 정도로 꼼꼼하게 읽게 되지요. 그래서 연극이 어떻게 짜여 있고 어떻게 축조되었으며, 진행되면서 어떻게 그 긴장을 유지하는지, 또 인물이 어떤 방식으로 제시되는지를 배우게 되는 거죠. 그리고 그 심장박동을 느끼죠. 셰익스피어를 할 때는 단어들을 소리 내어 말하면서 언어의 음악, 운율의 리듬을 듣고, 그게 제 안에 머물게 되지요. 어떤 의미에서는 영어라는 언어를 하나의 선물로 받게 되는 겁니다. 그래서 제 글이 어떤 형태를 취하건 그 경험은 소중한 자산이 되었어요. 제가 극장을 떠나 소설이라는 글쓰기를 선택했을 때도 말이지요.

말씀하신 대로, 영화사에서 대본을 읽고 골라내는 일을 했습니다. 할리우드가 아니라 출판사들이 있는 이곳 뉴욕에서 했지요. 영화사에서는 영화로 만들 만한 책을 찾고 있었어요. 맞아요, 제가 대본도 읽었지요. 하지만 주로 교정쇄로 된 소설들을 읽었는데, 그게 저한테는 용기를 북돋아주는 경험이 됐습니다. 출간된 책들 가운데서도 질이 떨어지는 책들이 얼마나 많은지를 목격했으니까요. 단지 어떤 책이 인쇄됐다고 해서 반드시 그럴 만한 가치가 있다는 걸 의미하는 건 아니라는 사실을 깨닫는 게 아주 쓸모가 있었습니다. 그리고 멋진 순간들도 있었어요. 제 책상 위에 솔 벨로의 『비의 왕 헨더슨Henderson the Rain King』의 초고 일부가 놓여 있는 걸 발견했던 기억이 있어요. 컬럼비아 영화사에 선택권이 있었는데, 저는 그들에게 그걸 선택하라고 설득했었지요. 물론 그들은 안 했습니다. 하지만 벨로는 저한테 중요한 작가였습니다. 대학 시절에 그의 『오기 마치의 모험Adventures of Augie March』을 읽었는데, 그 작품에는 어떤 계시적인 특성, 서사에서의 자유로움이 있었지요. 그저 이야기를 만들어나가는 것 외에는 소설을 쓰는 데 어떤 규칙도 없었습니다.

몇 달 뒤에 『비의 왕 헨더슨』이 출간됐을 때, 그 책의 첫 3분의 1가량이 실망스러웠습니다. 초고보다 좀 못하더군요. 벨로가 그걸 매끈하게 다듬었던 겁니다. 이야기의 어떤 형식적인 의무에 맞췄던 거죠. 하지만 그렇게 함으로써 생명력을 축소시켜버리고 말았지요. 그 일이 저한테 좋은 가르침을 줬습니다.

초기에는 뉴 아메리칸 라이브러리와 다이얼 출판사에서 편집장으로 계셨지요. 출판계에서 일하셨던 동안 가장 좋았던 기억은 무엇입니까? 그 분야에서 목격하셨던 가장 중요한 변화는 어떤 것이었나요?

문고본 출판사인 뉴 아메리칸 라이브러리NAL에서는 50센트나 75센트, 1달러 25센트의 가격에 엄청난 수의 소설을 출판해서 전국 각지에 대량으로 뿌렸지요. 아니면 양장본으로 2000부쯤 팔린 좋은 초판 소설을 사서 10만 권쯤 찍어가지고 전국 각지의 공항과 기차역과 버스 정류장에 비치하기도 했고요. 그건 진짜 커다란 만족을 주는 일이었습니다. NAL의 출간 목록은 다양했어요. 미키 스필레인을 출간했는가 하면, 포크너도 출간했지요. 어스킨 콜드웰의 『담배길Tobacco Road』과 더불어 수전 K. 랭어의 『다른 음정으로 연주하는 철학Philosophy in a New Key』도 냈고요. 시그넷 클래식 셰익스피어 시리즈도 출간했는데, 그 책은 제가 담당 편집장이었지요. 과학책을 담당했던 적도 있어요. 모든 게 굉장히 흥미진진했지요. 이런 책들을 읽고, 재판 판권을 따내기 위해서 가격을 부르고, 신청에 응하고, 에인 랜드와 이언 플레밍이 원하는 것을 처리하는 일들이 말이지요. 하지만 대형 페이퍼백이 생기면서 돌아가는 판이 바뀌어버렸죠. 일반도서 출판사들이 이제는 재판 판권을 팔지 않고 자기네가 판권을 계속 가지고 있게 된 겁니다. 그렇게 대량 출판 사업은 변화를 맞게 된 거죠. 일부 재판 출판사들은 그들이 "오리지널"이라고 불렀던 쪽으로 갔어요. 스릴러나 로맨스 같은 장르소설을 취급하는 거죠. 아직도 NAL 같은 대형 페이퍼백 출판사에서 출간하는, 저작권이 만료된 좋은 고전들을 찾을 수 있을 겁니다. 하지만 지금은 예전처럼 널리 배포되지는 않아요. 그런 책들은 제가 아는 한, 주로 학교 도서 목록에 나오지요.

1960년대 중반에 일반도서 출판사인 다이얼로 자리를 옮겼는데, 거기도 아주 재미있는 곳이었어요. 1960년대였기 때문만이 아니라, 출판사가 문을 닫지 않게 하기 위해서라도 가장 창의적인 아이디어를 필요로 했기 때문입니다. 제가 노먼 메일러와 제임스 볼드윈의 책 편집을 맡았었지요. 윌리엄 케네디의 첫 소설, 어니스트 J. 게인스, 토머스 버거, 그리고 조앤 바에즈의 책도 제가 편집했고요. 『강철 산으로부터의 보고서Report from Iron Mountain』라는, 풍자 정신을 발휘해서 장난으로 쓴 가짜 책도 냈는데, 무미건조한 문체로 쓰인데다 평화는 이루어질 수도 없고 바람직하지도 않다는 주장을 하고 있어서 정부측에서 낸 연구서로 오인되기에 딱 좋은 책이었지요. 짐작하시다시피, 베트남 전쟁이 한창일 때였어요. 그 책은 「뉴욕 타임스」 1면 기사를 장식했고, 베스트셀러가 되었지요.

그후, 사태는 다각적 합병—대기업의 작은 출판사 인수—쪽으로 흘러가버렸습니다. 사실 일반도서 출판이 온전히 사업이었던 적이 없습니다. 출판사의 가장 중요한 자산이란 게 편집장들의 취향인데 그런 걸 어떻게 사업이라고 할 수가 있겠습니까? 출판 목록 가운데 상업적인 책들로 돈을 벌어 중요한 책들을 띄우는 거지요. 출판은 일종의 가내공업이었어요. 사람들은 그 안에 있다는 사실을 사랑했고, 창조적인 재미를 대가로 낮은 임금을 받았죠. 한 해 한 해, 출판사의 대차대조표는 좋았다가 우울했다가 다시 좋아지기를 널뛰듯 하는 경우가 많았죠. 그건 아침식사용 시리얼이나 자동차 타이어처럼 변함없이 똑같은 상품이 없기 때문이었습니다. 편집장들의 예감이란 것을 대차대조표에다 숫자로 적어넣기는 쉽지 않죠. 지금은 출판업을 다른 사업들처럼 버젓한 하나의 사업으로 만들기 위해서, 대기업들이 자연스럽게 해마다 이윤을 늘리려 하고 있습니다. 편집장들에게 정신을 똑바로 차리고 이윤을 유지할 수 있는 책을 만들어내라는 압력이 들어가지요. 정말 묘한 게, 대기업은 운용 자금이 더 많은데, 심술궂게도 덜 대담하고 덜 자유분방한 것 같습니다. 좋은 책들이 아직도 활발하게 출판되고 문화 활동의 주요 자리를 차지하고 있지만, 오늘날 출판계의 기업정신이 책 만드는 일을 별로 재미없는 일로 만들고 있는 것 같아요.

당신의 책장에 있는 책들 가운데 우리가 보면 놀랄 만한 책은 무엇일까요?

『옥스퍼드 성경 연구The Oxford Study Bible』요. 미스터리와 스릴러도요. 조르주 심농은 있는데 애거사 크리스티는 없어요. 40년인가 50년 전에 스웨덴 커플 마이 셰발과 페르 발뢰가 쓴 책들도 있고요. 물론 현역 작가들 책도 있어요. 존 스탠퍼드와 리 차일드요. 두 사람은 아주 노련하고 영리한 작가들이죠.

어떤 소설이 작가로서의 당신에게 가장 큰 영향을 주었습니까? 작가가 되고 싶게 만든 특별한 책이 있나요?

어렸을 때 읽었던 책들이 저로 하여금 작가가 되고 싶게 만든 것 같아요. 스티븐슨의 『보물섬』과 『납치Kidnapped』, C. S. 루이스의 『침묵의 행성 밖에서Out of the Silent Planet』와 『페렐란드라Perelandra』, 마크 트웨인의 미시시피 3부작과 『아서 왕 궁전의 코네티컷 양키Connecticut Yankee in King Arthur's Court』, 잭 런던의 『야성의 부름The Call of the Wild』과 『화이트 팽White Fang』, 디킨스의 『데이비드 코퍼필드』 『위대한 유산』과 『두 도시 이야기』, 코넌 도일의 셜록 홈스 이야기들, 빅토르 위고의 『파리의 노트르담』과 『레 미제라블』, 포의 미스터리 소설과 공포소설, C. S. 포레스터의 함장 호레이쇼 해양소설, 오즈 책 전부, 그리고 중학생 시절에는 토마스 만의 『마리오와 마술사Mario and the Magician』, 카프카의 『변신』을 읽었습니다. 이런 책들이 저를 책의 세계로 입문시켜준 거지요.

대통령께 단 한 권의 책을 권할 수 있다면 어떤 책을 권하시겠습니까?

대통령께서는 이미 독서가이기 때문에 제 가르침 따위는 필요로 하지 않아요. 반면에, 의회의 공화당 분들에게 책을 한 권 권할 수 있다면 케인스의 『고용, 이자 및 화폐의 일반이론The General Theory of Employment, Interest and Money』을 권하고 싶군요.

개인적인 책들은 어떻게 두시나요? 책을 정리하는 특별한 방식이 있나요?

아니요. 그게 제 삶의—아이, 학생, 편집자, 작가로서의—족적을 따라가줄 수도 있겠고, 그 책들을 소중하게 생각하지만, 그 책들도 어떤 한 가지 기준을 가지고 가지런히 정리될 수 없다는 점에서 우리 인생과 같지요. 제 책 일부를 책장 하나에 다 모아서 꽂아둔 적도 있긴 하지만요. 대학 때 읽었던 토머스 하디, 제라드 맨리 홉킨스, 예이츠, 엘리엇, 위스턴 오든, 로버트 프로스트, 월리스 스티븐스, A. E. 하우스먼의 시집과, 제 친구인 시인들, 그러니까 제임스 라이트, 골웨이 키널, 필립 레빈의 시집을 한데 모아두었죠.

실망스럽거나, 과대평가되었거나, 신통치 않은, 좋아해야 마땅하지만 당신에게는 그렇지 않았던 책이 있습니까? 가장 최근에 끝내지 못하고 내려놓은 책이 있다면요?

좋은 책이긴 하지만 작가가 무엇에 매달려 있는지 너무 잘 보일 때는 책을 내려놓고 마는 경우가 가끔 있습니다. 독서 기술이 향상될수록 독자로서의 순수함은 잃게 되지요. 그게 이 독서라는 활동에서 한 가지 슬픈 사실이죠.

누군가가 써줬으면 하는 책

간결하고 감정에 치우치지 않는 마이클 잭슨 전기를 정말 읽고 싶습니다. 그냥 그에 관해서라면 모든 걸 알고 싶어요. —데이비드 세다리스

『서구의 플레이보이』, 나이젤 해밀턴이 쓴 전기 『JFK: 무모한 젊음』의 속편이요.
—조앤 K. 롤링

교도소에 갇혀 있는 흑인들에 관한 소설인 『또다른 인종차별 제도』를 쓴 미셸 알렉산더가 이번에는 여성들의 곤경에 초점을 맞춰서 속편을 하나 써줬으면 하는 마음이 간절합니다. 비폭력적인 범죄로 수십 년 동안 수감생활을 하고 있는 수만 명의 여성들이 있고, 그들이 그 보이지 않는 곳에서 암암리에 학대를 당하고 있다는 건 공공연한 사실이라고 할 수 있죠. 알렉산더의 솜씨와 독자층으로 볼 때, 그가 그 주제를 세상에 드러낸다면 정말 강력한 충격을 줄 겁니다. —데이브 에거스

어머니가 제 나이였을 적에 쓴 일기를 제가 타이핑해서 편집하도록 허락해주시면 좋을 텐데, 그 일기장이 1970년대 소호의 한 젊은 예술가의 내면적 삶을 훌륭하게 묘사하고 있다고 말해도 어머니는 제 말을 믿으려 하지 않아요. 빌 머리의 회고담이나 클로에 세비니가 저술한 옷 입는 법에 대한 안내서 같은 것도 읽고 싶어요.
—리나 더넘

20세기의 가장 중요한 수학자인 존 폰 노이만의 훌륭한 전기요. —실비아 네이사

누가 오늘날의 삶에 대해서 정말로 거짓 없이 진짜 모습을 이야기하는 책을 써줬으면 좋겠어요. 드라이브스루 창이 있는 톨스토이라고나 할까요. —니컬슨 베이커

시인 찰스 시믹이 '어리석음의 역사'라는 제목의 책이 있어야 한다고 말한 바 있죠.

그의 말에 따르면, 그건 세계에서 가장 긴 책이자 하나의 백과사전이 될 거랍니다. 그가 그 책을 쓸 것 같진 않으니, 누구든지 좀 써줬으면 좋겠네요. —**프랜신 프로즈**

러시 림보의 약사가 책을 내는 날을 기다리고 있는 중입니다. —**칼 하이어센**

아름다운 산문으로 된, 풍부한 상상력이 깔려 있고, 깔끔하며 솜씨 있는, 압도적인 이야기와 독자를 사로잡는 흥미진진한 인물 덕분에 단순히 그 책을 주의 깊게 읽기만 해도 분자생물학, 신경과학, 심리언어학, '마음에 관한 철학', 그리고 '초끈이론'의 발견들을 그 발견자 또는 창안자가 이해하는 방식으로 이해할 수 있는 그런 책을 읽고 싶어요. —**조이스 캐럴 오츠**

제 책 가운데 최악의 책이요. 누군가가 그걸 써줘서 제가 그걸 쓸 필요가 없었으면 좋겠네요. —**제프리 유제니디스**

게리 슈테인가르트
Gary Shteyngart

최근에 읽은 책 가운데 가장 좋았던 책은 무엇입니까? 또 작년에 나온 책 가운데 최고의 책을 뽑는다면요?

『미들마치Middlemarch』요! 제가 그 책을 처음부터 끝까지 통째로 다 읽었다면 믿을 수 있겠어요? 그 책을 마쳤을 때, 저는 출판정보센터에서 보낸 밴 같은 게 우리집 앞에 나타나 거기서 영국 사람 몇이 불쑥 튀어나와 저한테 메달과 셰리주 한 상자라도 수여하지 않을까 기대했었는데 말이죠. 아무래도 올해는 영국이 긴축재정에 들어가는 바람에 『미들마치』 메달 예산이 삭감된 모양이에요.

• 게리 슈테인가르트는 『엄청나게 슬픈 진짜 사랑 이야기Super Sad True Love Story』 『망할 놈의 나라 압수르디스탄Absurdistan』 『러시아인 데뷔자를 위한 안내서The Russian Debutante's Handbook』를 쓴 소설가다. 『작은 실패: 어떤 회고담Little Failure』은 그의 최신작이다.

2013년에 읽었던 책 중에 제가 가장 좋아하는 책은 칼 하이어센이 쓴 『나쁜 원숭이Bad Monkey』예요. 하이어센은 플로리다 남부의 대표적인 음유시인이죠. 잘린 팔과 미쳐 날뛰는 원숭이 이야기를 읽으면서 그렇게 재미를 느끼기는 또 처음이었어요. 이제 하이어센이 쓴 거라면 뭐든지 읽을 거예요. 키웨스트의 지저분한 게 요리 전문식당 냅킨 위에다 쓴 거라 해도 말이죠.

언제, 어디서 책 읽는 걸 좋아하십니까?

독서는 변함없이 제가 가장 좋아하는 취미 활동이에요. 제 글이 앞으로 나아가도록 채찍질도 해주고요. 글쓰기보다 독서에서 배우는 게 훨씬 더 많죠. 글을 쓰는 게 돈은 약간 더 되지만요. 저는 오후 네시에 책을 집어들어서 네시 반에 시작하는 칵테일 아워(저녁식사 전에 음료를 마시는 시간으로, 일반적으로 네시에서 여섯시경까지를 말한다—옮긴이) 내내 쭉 읽어요.

읽었던 책을 다시 읽는 편인가요? 계속 반복해서 읽는 책은 무슨 책입니까?

나보코프의 『프닌Pnin』을 책등이 다 닳아서 없어져버릴 정도로 읽었어요. 어설픈 러시아 이민자에 관해서 지금까지 쓰인 소설 가운데 이보다 나은 책이 있던가요? 그걸 읽고 있으면, 대체 나는 뭣 때문에 굳이 글을 쓰려고 버둥대고 있는 걸까, 뭐 그런 생각이 드는 거죠.

최근에 아기가 태어났지요. 그 일이 독서 생활에 어떤 영향을 주고 있나요?

『미들마치』에서 셸 실버스타인의 『이 사람들을 쪼아 먹으면 안 돼!Don't Bump the Glump!』로 넘어가게 됐죠. 제 아들 자니처럼 작고 부드러운 녀석을 옆에 끼고 종이에 인쇄된 진짜 책의 책장을 넘기는 기분이 썩 괜찮아요. 제가 어렸을 때 아버지께서 저한테 책을 읽어주시던 기억이 계속해서 떠오르더라고요. 아버지의 가슴팍에다 머리를 기댄 채 그 묵직한 러시아 말이 귓가로 떨어져내리는 소리를 가만히 듣고 있던 때가요. 그저 아들이 제 피부에 전해주는 온기와 맞먹는 전력의 온기를 저도 아이의 살결에다 뿜어내줄 수만 있다면 더이상 바랄 게 없어요.

어떤 종류의 이야기에 끌리십니까? 그리고 피하는 종류의 책에 대해 설명해주신다면요?

저는 사람들이 무지막지하게 시련을 겪는 이야기를 좋아해요. 시련이 안 나오면 그만 집중력이 떨어져버리고 말아요. 칼 오베 크나우스고르의 회고록 『나의 투쟁My Struggle』을 읽고 나서는 노르웨이에도 시련을 겪는 사람이 있다는 사실에 충격을 받았지요. 그들한테는 정말 다행인 거죠! 스칼!('건배'라는 뜻의 노르웨이 말—옮긴이)

독자로서 어떤 인물에 끌리시나요? 작가로서는요?

목숨을 부지하려면 입을 다물어야 하는데 절대 그러지 못하는 우스꽝스런 인물만 나오면 저는 그냥 허물어져요. 속으로 이러죠. 가보자고, 포트노이.

현대 러시아 문학도 많이 읽는지요? 시대에 상관없이, 가장 좋아하는 러시아 작가는 누구입니까?

러시아는 악몽 같은 권위주의 국가예요. 언제라도 웃음을 유발하기에 좋은 조건이죠. 악과 어리석음이 충돌할 때야말로 어김없이 풍자가 먹히는 상황인데, 러시아는 수세기 동안이나 정면충돌을 거듭해 왔으니까요. 블라디미르 소로킨이 요즘 제가 가장 좋아하는 러시아 작가예요. 역시 나름대로 괜찮았던 니콜라이 고골의 먼 상속자라고나 할까요.

책도 쓰시고 단편도 쓰셨지만, 『여행과 레저Travel & Leisure』라는 잡지에도 글을 쓰시는 걸로 알고 있습니다. 여행기의 매력은 뭔가요? 그리고 가장 좋아하는 여행작가는 누구입니까?

저는 외국을 돌아다니는 게 정말 좋아요. 부모님은 일생의 대부분을 구소련에서 사셨는데, 당시에는 서방으로의 여행이 허용되지 않았기 때문에 우리가 이민을 가기 전까지는 폴란드가 어머니께서 가보신 최고로 먼 곳이었죠. 여행을 하는 대가를 받는다는 게 완전히 말도 안 되는 일인 것 같지만, 바로 여기 그런 게 있다니까요. 제 평생 우연히 얻은 직업치고는 더없이 좋은 직업을 갖게 된 거죠. 제가 가장 좋아하는 여행작가에 대해서 이야기하자면, 폴 서루가 쓴 『폴 서루의 유라시아 횡단기행The Great Railway Bazaar』이 그 장르의 구약성경이라고 할 수 있죠.

어렸을 때 가장 좋아했던 책은 무엇입니까? 아들한테 소개해주고 싶은 특별한 책이 있나요?

다섯 살 때 셀마 라겔뢰프가 쓴 『닐스의 이상한 모험The Wonderful Adventures of Nils and the Wild Geese』을 읽었는데, 그 책에서 얼마나 강렬한 영감을 받았던지 '레닌과 그의 마법 거위'라는 제목의 저만의 이야기로 개작했을 정도였어요. 레닌이 사회주의자 거위를 만나서 그 거위와 힘을 합쳐 핀란드를 점령하는 내용의, 무려 100페이지에 달하는 두툼한 책이었죠. 어머니께서 인세를 주셨는데, 한 페이지당 소련 치즈 한 덩이로 쳐주셨어요.

제 아들은 제 어린 시절보다는 볼셰비키적인 취향이 덜할 수도 있으니까, 닥터 수스와 색칠한 달걀 애호에 관한 이야기들이 되지 않을까 싶어요.

작가로서의 당신에게 가장 큰 영향을 준 소설은 무엇입니까? 작가가 되고 싶은 마음이 들게 한 특별한 책이 있었나요?

바로 위의 답을 참고하시기 바랍니다.

대통령께 단 한 권의 책을 권할 수 있다면, 어떤 책을 권하시겠습니까?

그야 물론 셸 실버스타인의 『이 사람들을 쪼아 먹으면 안 돼!』지요. 우리가 만나게 되는 피조물들 가운데 얼마나 많은 수가 우리를 잡아먹으려는 자들인지를 말해주는 책이니까요. 설령 우리가 먼저 철저하게 초당파적으로 행동한다 하더라도 말이지요.

개인적인 책들은 어떻게 두시나요? 책을 정리하는 특별한 방식이 있나요?

아니요. 완전히 뒤죽박죽이에요. 러시아 책, 미국 책, 건축 관련 책. 그런 책들이 어우러져 만들어내는 총천연색의 조합이 아주 보기 좋아요. 가끔씩 책들한테 말을 걸어서 아직도 각자가 소중한 존재라는 사실을 상기시켜주는 게 중요하죠.

트위터에 자주 글을 올리시는데요, 트위터나 다른 온라인 매체에서 팔로우하시는 다른 작가들이 있나요?

엄청나게 많죠! 그중 일부를 소개해드리지요. @SalmanRushdie, @marykarrlit, @csittenfeld, @MargaretAtwood, @emilynussbaum, @CherylStrayed, @Mariobatali, @jenniferweiner, @judyblume, @JamesFrancoTV, @PGourevitch, @NathanEnglander, @plattypants, @Rebeccamead_NYC, @susanorlean, @colsonwhitehead, @GilbertLiz, @JonathanAmes, @DavidEbershoff, @KBAndersen, @SashaHemon, @jonleeanderson, @BananaKarenina, @walterkirn, @MollyRingwald, @John_Wray, @Tracy_Chevalier, @Darinstrauss, @mohsin_hamid, @michaelianblack, @JayMcInerney, @FrankBruni, @te-jucole, @suketumehta, @AmyTan, @jacobwc, @EricAsimov, @poissel, @LukeBarr, @BretEastonEllis, @janiceylee, @askanyone, @GarryShandling.

실망스럽거나, 과대평가되었거나, 신통치 않은, 좋아해야 마땅하지만 당신에게는 그렇지 않았던 책이 있습니까? 가장 최근에 끝내지 못하고 내려놓은 책이 있다면요?

아무리 제가 생각 없이 떠들어대기로는 문단에서 으뜸가는 수다쟁이라 해도, 어떤 책을 싫어한다는 말을 공개적으로 하는 일만큼은 절대로 없을 겁니다. 책을 한 권 쓰는 게 얼마나 힘든 일인 줄 아세요? 어느 작가가 브루클린 거리에서 훌쩍이고 있는 걸 볼 때마다 저는 포옹을 해주면서 코네티컷 머핀 가게에서 라테를 사 먹으라고 9달러를 건네줍니다. 우린 전부 같은 처지에 놓여 있는 사람들이에요.

미처 읽어보지 못해 당혹스럽게 만드는 책은 무엇입니까?

디킨스의 『황폐한 집Bleak House』입니다. 대체 왜 그랬을까요? 『미들마치』까지 다 읽은 제가요! 그러니 이제 제 이야기에 그만 귀 기울이셔도 돼요.

작가를 만나고 싶지 않은 이유

제가 감탄하는 작가들이라면, 그들이 쓴 책에 없는 것에 대해서는 알고 싶지도, 알아야 할 필요도 느끼지 않습니다. 좋은 작가는 직접 만나는 것보다는 그의 책을 읽는 게 더 낫지요. **—존 어빙**

저는 제가 좋아하는 작가를 만나면 아무 말도 못하고 맙니다. 그저 경외에 찬 시선으로 멍하니 입을 벌린 채 바라보고만 있는 바보가 되고 말죠. 그들이 글로 써놓은 것을 통해서 그들에 대해 아는 것만으로도 충분합니다. **—캐서린 부**

그길로 재앙이죠. 책은 작가들이 뭔가 다른 존재, 그 이상의 존재, 뭔가 더 위대한 존재가 되는 방식입니다. 디킨스와의 저녁식사는 실망스러운 것이 될 수도 있을 겁니다. 살아 있는 작가들 가운데 꼭 자신이 쓴 책처럼 훌륭한 작가들을 만나본 적이 가끔 있습니다. 하지만 거들먹거리기 좋아하고 자기중심적 강박에 빠져서 저한테서 그들의 책을 망쳐버린 작가들도 있지요. **—애너 퀸들런**

저는 다른 작가들과 함께 시간 보내는 걸 정말 좋아합니다. 많은 경우에, 작가들은 생기가 넘치고 유머감각이 번뜩이니까요. 당연히 작가들끼리 만날 때는 뭔가 분위기가 다르지요. (그건 아마 모든 직업군의 사람들이 가지는 일반적인 느낌일 겁니다. 변호사가 아닌 사람을 만나면 지루해하는 변호사들을 확실히 많이 알고 있어요.) 하지만 다른 작가들과 맺는 우정 덕분에 그의 문학적 과정에 대해서 특별히 뭔가를 알게 되는 경우는 없었어요. 대체로 저는 "작가에 대해서 알려면 그 작가를 만나는 것보다는 그의 책을 읽는 게 더 낫다"는 말을 믿는 편입니다. 그러니까 그들을 매력적으로 보이게 만드는 건 그들의 소맷자락에 있는 게 아니라 책장 위에 있다는 거죠.
—스콧 터로

제가 읽은 책의 작가를 만난다는 발상에는 별로 흥미가 가질 않네요. 말하자면, 저한테 주어진 길을 벗어나지 않을 거라는 거죠. 책이 저한테 살아 있다면, 문장들이 저한테 말을 걸어온다면, 그걸로 충분합니다. 독자는 책, 단어들과 관계를 맺는 것이지, 그걸 만든 사람과 관계를 맺는 게 아니니까요. 작가가 저한테 뭔가를 설명해주거나 개입하는 건 별로 원치 않아요. **—줌파 라히리**

니컬슨 베이커
Nicholson Baker

지금 침대 옆 탁자에는 어떤 책이 놓여 있나요?

사실, 침대 주변 방바닥이 탁자예요. 바닥에 책들이 한가득 쌓여 있죠. 존 매스터스의 『보와니 교차로Bhowani Junction』, 조앤 에이킨의 『낸터킷에 사는 밤의 새Nightbirds on Nantucket』, 그레이스 페일리의 『마지막 순간의 거대한 변화Enormous Changes at the Last Minute』, 해럴드 로빈슨의 『뜨내기 출마자The Carpetbaggers』, 레더러와 버딕의 『추한 미국인The Ugly American』 같은 책들이요. 어떤 책들은 아주 오래전부터 그 자리에 있던 거고요. 무슨 책인지 보지도 않은 채 아무거나 집어들고 조금 읽은 다음에 다시 책더미에다가 내려놓지요.

• 니컬슨 베이커는 『문집 편집자The Anthologist』 『복스Vox』 『페르마타The Fermata』 등의 소설과 『인간 연기Human Smoke』 『두 번 접기Double Fold』 등의 논픽션을 썼다.

지난밤에는 진주만을 다룬 존 톨랜드의 『불명예Infamy』에 손이 가닿는 바람에 그 책을 50페이지 정도 읽었어요. 어떤 면에서 굉장한 책이더군요. 모든 책이 다 읽다가 만 상태예요. 제 서류가방이야말로 아마 진정한 침대 옆 탁자라고 할 수 있을 텐데, 그 가방에는 케이티 로이피의 『뒤죽박죽 인생을 찬양하며In Praise of Messy Lives』의 교정쇄를 넣어 들고 다녀요. 위험한 것들에 대해서 망설임 없이 이야기하고 글에 재기가 번뜩여서 지금 아주 재미있게 읽고 있습니다.

최근에 읽은 책 가운데 정말로 훌륭하다고 생각하셨던 책은 무엇입니까?

최근에 팀 피곳스미스가 읽어주는 그레이엄 그린의 『인간 요건The Human Factor』을 오디오북으로 들었어요. 여기저기, 특히 도입 부분에 반복이 좀 있긴 하지만, 점차 뭔가 진실성 있고 슬픈 것으로 발전해나가는 비범하고 주도면밀한 소설이라서, 진짜로 시간을 들여 읽을 가치가 있는 작품이라는 생각이 들었어요. 그린의 자서전 『이런 삶A Sort of Life』도 좋았어요.

가장 좋아하는 문학 장르는 무엇입니까? 죄책감을 느끼면서 즐기는 책이 있나요?

서스펜스 소설을 즐겨야겠다고 계속 생각하고 있고, 종종 즐깁니다. 딕 프랜시스의 소설을 스무 권 정도 읽은 것 같네요. 또 가끔은 실비아 데이 같은 작가들이 쓴 로맨스 소설을 읽는 것도 좋아합니다. 뱀파이어나 늑대인간이나 형체를 자유자재로 바꾸는 것들에 관한 소설은 빼고요. 정말 위안받고 싶을 때나 사람들이 왜 굳이 문장으로 음악을 연주하려고 애쓰는지 상기하고 싶을 때는 시를 자주 읽지요. 스탠리 쿠니츠의 『시 모음집Collected Poems』, 하워드 모스의 『시 선집Selected Poems』 같은, 20대 때 읽던 시집들을 들춰보는 거죠. 일기문도 좋아해요. 요즘에는 메이 사튼과 토머스 머튼의 일기를 읽고 있어요.

가장 최근에 당신의 눈물을 자아낸 책은 무엇이었습니까?

바르샤바의 게토에서 기아로 고통을 겪었던 메리 버그의 일기를 읽으면서 눈시울을 적셨습니다. 더 최근에는, 사소한 일이긴 하지만, 제가 쓴 에세이를 모은 책을 다 읽어보고 나서 이런 생각이 들어서 울었어요. 하느님, 감사합니다. 드디어 제가 다 썼네요.

가장 최근에 당신을 웃게 만든 책은요?

글쎄요, 아이폰의 훌륭하고 단순한 앱인 유칼립투스에서 마크 트웨인의 『미국 촌뜨기들, 해외여행을 하다Innocents Abroad』를 다운받았어요. 책장을 넘길 때 책장 그림이 따라 움직이는 모양새가 아이북스보다 낫더라고요! 트웨인의 천재성은 의심할 여지가 없죠. 그가 쓴 『전쟁을 위한 기도The War Prayer』도 읽어보세요. 그건 하나도 웃기지 않아요. 읽고 나면 아마 화가 날 겁니다.

최고의 섹스 장면이 있는 소설은 어떤 소설입니까?

좋은 성애소설이 없다는 생각을 가끔 합니다. 하지만 별로 그럴 기분이 아닌데 섹스 장면을 보는 것보다 더 기분 나쁜 것도 없죠. 언어는 실패합니다. 『패니 힐Fanny Hill』만큼은 재미있게 들었지만요.

LibriVox.org에 가시면 『패니 힐』 낭독을 무료로 들을 수가 있답니다. 들어보면 아마 깜짝 놀랄 거예요. 다양한 목소리의 남녀가 서로 다른 어투로 읽어주기 때문에 독서 경험이 훨씬 더 강렬해지거든요.

메인 지역에 관한 책 가운데 최고로 꼽는 책이 있다면요?

E. B. 화이트가 쓴 에세이가 지금까지 메인에 대해 읽은 것들 가운데 최고입니다. 특히 화이트가 범선을 타고서 앞으로 더 갈 수 있을지 어쩔지 확신하지 못하는 대목은 정말 훌륭하죠.

터무니없이 간과되거나 과소평가된 작가는 누구라고 생각하세요?

모든 작가들이 다 과소평가돼 있어요. 모두 최선을 다하고 있는데 말이지요. 책을 한 권 써낸다는 건 굉장히 어려운 일입니다. 하지만 덴턴 웰치는 그저 한 차례 호들갑을 떨어대고 말아서는 안 되는 작가입니다. 존 맥널티와, 장문의 글을 잘 쓰는 여성 작가, 매브 브레넌도요. 셰익스피어는 아마 전 시대에 걸쳐 가장 과대평가된 작가일 겁니다. 그의 소네트만큼은 진짜 놀랍다고밖에 할 수 없지만요.

가장 좋아한 어린이 문학 속 인물이나 영웅이 있나요?

제가 가장 좋아했던 어린이책 속의 영웅은 아마 땡땡(에르제가 쓴 만화 시리즈 『땡땡의 모험』 주인공—옮긴이)이었을 거예요. 아니면 아독 선장이었을 수도 있고요. 땡땡은 자기 공기펌프를 돌려주는 두 탐정을 믿고 아무 망설임도 없이 해저를 돌아다니지요. 에르제만큼 티베트의 산맥을 잘 그리는 사람은 없을 겁니다. 저는 가끔 아침에 침대에서 주먹을 번쩍 쥐어 올리고 이렇게 외칩니다. "전투 배치!" 아독이 꾸벅꾸벅 졸다가 깜짝 놀라 깼을 때 그랬던 것처럼 말이지요.

세계에서 가장 좋아하는 도서관은 어느 도서관입니까? 가장 좋아하는 서점은요?

제가 가장 좋아하는 도서관은 제가 가장 많이 이용하는 도서관, 그러니까 뉴햄프셔 주립대학의 다이아몬드 도서관일 것 같네요. 조용하고, 수많은 고급 나무책장에는 깔끔하게 정돈된 책들이 꽉 들어차 있고, 여름에는 독서실에 사람이 거의 없지요. 저는 전기 콘센트 근처에 자리를 잡고 앉아서 냉난방 장치가 건물 전체에 공기를 내보내는—그러면서 거기에 있는 모든 책을 시원하게 해주고, 그 책들을 읽을 독서가들이 오기를 기다리는—소리를 듣습니다.

또 듀크 대학 도서관 시스템의 희귀본과 특수 컬렉션 분과도 아주 좋아합니다. 거기서, 제 아내와 제가 어쩌다가 한동안 지키는 임무를 맡게 된 엄청난 양의 다양하고 귀한 신문철을 기꺼이 받아주었으니까요.

제가 가장 좋아하는 서점은 포츠머스에 있는 리버런 서점이에요. 거기서 어느 여성분이, 시인인데, 저한테 메리 올리버의 시집을 읽어보라고 추천을 해준 적이 있어요. 리버런은 반스앤드노블처럼 사람을 주눅들게 하지 않아요. 반스앤드노블에 가면 책이 너무 많아서 이런 생각이 들죠. 이제 그만! 그만 찍어대라고!

다른 작가가 써줬으면 하는 한 권의 책이 있다면요?

누가 오늘날의 삶에 대해서 정말로 거짓 없이 진짜 모습을 이야기하는 책을 써줬으면 좋겠어요. 드라이브스루 창drive-through windows(주로 미국의 음식점에서 흔히 이용하는 시스템으로, 자동차 운전석에 앉은 채로 음식을 주문하고 바로 받아 갈 수 있게 만든 창문—옮긴이)이 있는 톨스토이라고나 할까요.

고인이 되었거나 살아 있는 작가들 가운데 누구라도 만날 수 있다면, 누구를 만나고 싶습니까? 만나면 무엇을 알고 싶습니까?

클로드 드뷔시는 냉담하고, 기발하고, 골초에다 편지를 잘 쓰는 천재였죠. 그의 목소리가 어땠을지 궁금해요.

이미 만나본 작가들 가운데 가장 인상적이었던 작가는 누구입니까?

전부 다요. 모두 열심히 노력해서 크고 빛나는 책을 완성하고, 또 계속해서 쓰고, 호텔에 대해서 불평하고, 톡톡 튀는 인터뷰를 하고, 책을 읽고, 또 해야만 하는 모든 일들을 다 하지요.

그런데 우리는 지금 벨벳 소파가 놓인 사무실에 있는 한 남자가 살생부를 내려보내는 대통령 행정부 밑에 있어요. 우리 대통령이 암살자가 된 거예요. 너무 역겨워서 요즘엔 글이고 뭐고 다 집어치우고 싶네요. (드론을 활용한 테러범 암살 작전이 오바마 행정부에 들어 급격하게 증가했고, 이에 대한 지식인들의 비판이 있어왔다. 니컬슨 베이커 역시 이 문제를 제기하고 있는 듯하다—옮긴이)

작가가 되게끔 영감을 불어넣어준 사람은 누구입니까?

4학년 때 로버트 셰클리의 『공간의 조각들Shards of Space』을 읽었어요. 제목도 정말 마음에 들었고, 셰클리는 저로 하여금 진공 상태의 머나먼 미래에 대한 단편들을 쓰고 싶게 만들었죠.

중학교 1학년 때 영어 선생님께서 제게 『수박 피클 선물에 대한 단상들Reflections on a Gift of Watermelon Pickle』이라는 시집을 읽으라고 하셨어요. 그 책에는 속달로 보내온 작은 당나귀 한 마리에 관한 시가 있었는데, 이렇게 끝을 맺었죠. "네가 누구인지, 그리고 어디로 가고 있는지 말하라."(워커 깁슨의 「여행자를 위한 충고Advice to Travelers」 중에서—옮긴이) 로버트 프랜시스가 쓴 시도 몇 편 있었는데, 이런 구절이 들어 있었죠. "아니면 나에게 말해다오. 구름이/달에게 뭔가를 하고 있다고/전에는 한 번도 하지 못했던 것을."(「소환Summons」 중에서—옮긴이) 그 시에 정말 반해버리고 말았죠.

다음으로 어떤 책을 읽으실 계획입니까?

뭐하러 굳이 계획을 세우겠습니까? 아마 내일 아침에도 손을 뻗어서 바닥에 쌓여 있는 낡은 페이퍼백 아무거나 집어들겠지요.

닐 게이먼
Neil Gaiman

지금 침대 머리맡에는 어떤 책이 놓여 있나요?

여러 책이 있죠. 지금 제가 듣고 있는 오디오북은(그럼요, 그것도 포함시켜야죠. 당연한 이야기지만요. 포함시키지 못할 이유가 뭐겠습니까?) 패트릭 드윗의 『자매와 형제The Sisters Brothers』입니다. 레모니 스니켓이 (그의 대리인인 대니얼 핸들러를 통해서) 추천한 책인데 제가 스니켓 씨를 은근히 신뢰하거든요. (말하자면, 예전에 한 번도 만난 적이 없고 단지 자기 결혼식에 와서 아코디언을 연주한 사람인데다, 그가 알려준 이름이 예명일 수도 있는데도 그냥 그 이름에 은근히 신뢰가 가는, 뭐 그런

• 닐 게이먼은 『코렐라인Coraline』 『그레이브야드 북The Graveyard Book』 『이상한 서리 거인Odd and the Frost Giants』 『벽 속에 늑대가 있어The Wolves in the Walls』 『오솔길 끝 바다The Ocean at the End of the Lane』 등의 저자다.

단순한 이유죠.) 책이 재밌어요. 광산 채굴자들이 득실거리고 심심찮게 살인이 일어나는 개척시대의 서부를 배경으로 한 정말 슬프고 웃기는 가족 이야기에요.

"이야기가 끝나지 않고 계속됐으면" 하고 바라게 되는 책은 『딱 내 취향: 폰트에 관한 책Just My Type』(사이먼 가필드가 쓴, 폰트의 역사와 미묘한 힘에 관한 모든 것을 담은 논픽션—옮긴이)입니다. 책이 조명하는 주제를 제가 이해했다고 생각했는데 그러지 못했던 것 같아요. 코믹 산스체(마이크로소프트 사에서 개발한 가볍고 발랄한 느낌의 글씨체—옮긴이)의 부정적인 측면들에 대한 챕터가 생생하게 와닿는 계기가 최근에 생겼거든요. 친구를 만나러 플로리다의 은퇴자들이 함께 모여 사는 건물로 들어갈 기회가 있었는데, 방문마다 명패가 코믹 산스체로 적혀 있는 거예요. 어르신들은 그보다는 더 존중받아야 합니다. 제가 방문한 그 여성분, 돌아가신 어느 만화가의 아내 되시는 분은 빼고요. 그분 방이라면 적절할 수도 있겠지요. 지금 아이패드로 읽고 있는 책도 몇 권 됩니다. 전부 친구들이 쓴 책인데 아직은 출판되지 않은 책이라 제목을 언급하지는 않겠습니다.

언제, 어디서 책 읽는 걸 좋아하십니까?

틈이 날 때마다요. 요즘은 소설을 덜 읽어서 좀 걱정이 됩니다. 독서용 안경을 끼면 독서가 좀더 즐겁다는 사실을 최근에 발견했지만, 그런 발견은 원자나 미국을 쪼개는 법을 발견한 것과 다를 바 없는 거죠, 뭐. 둘 다 실행을 하지는 않았으니까요. (책을 급하게 읽는 독자들을 위해 이 점을 좀더 분명히 말씀드려야겠네요.)

최근에 읽은 책 가운데 정말로 훌륭하다고 생각했던 책은 무엇입니까?

진 울프가 쓴 『마법사의 집The Sorcerer's House』은 정말 놀라워요. 영리하면서도 깊이 있게 파고드는 책입니다. 점점 커지는 집에 관한 현란한 환상소설인데 타로카드 팩으로 치면 으뜸 패라고 할 수 있는 장들이 들어 있죠.

제가 가장 최근에 읽은 그래픽 노블은 메리 M. 탤벗이 이야기를 쓰고 브라이언 탤벗이 그림을 그린 작품 『아버지가 본 딸Dotter of Her Father's Eyes』입니다. 탤벗 부부를 30여 년 동안 알고 지내왔고—브라이언은 제 『샌드맨Sandman』 만화 일부를 그리기도 했었죠—거의 40여 년 동안 그의 작품에 감탄해마지않아왔지요. (그러고 보니 대체 그의 나이가 어떻게 된다는 거죠? 저는 또 얼마나 나이를 먹었다는 말인가요!) 전기(제임스 조이스의 딸 루시아에 관한)와 자서전(메리의 아버지가 조이스 연구자였답니다)을 그토록 아름답게 개인적으로 버무려놓은 이야기가 그렇게까지 능숙하고 노련한 방식으로 전개되리라고는 미처 예상치 못했었거든요. 분량은 짧지만 진짜 대단한 작품이라고 생각합니다.

스스로를 소설 애호가라고 생각하시나요, 논픽션 애호가라고 생각하시나요? 가장 좋아하는 문학 장르는 무엇인가요? 죄책감을 느끼면서 즐기는 책이 있습니까?

떳떳지 못한 기분으로 읽는 책들 가운데 최고는 해리 스티븐 킬러의 작품들입니다. 그는 미국이 낳은 가장 위대한 나쁜 작가였을지도 모릅니다. 아니면 최악의 위대한 작가였는지도 모르고요. 어떤 게 옳은지는 저도 잘 모르겠습니다. 그의 잘못이 아닌 몇몇 문제에 대해서 흠을 잡는 사람도 있겠지만 저는 그를 정말 좋아합니다.

『떠도는 해골의 수수께끼Riddle of the Traveling Skull』나 『다리의 위치가 뒤바뀌고 만 사건The Case of the Transposed Legs』 같은 제목의 책을 쓴 사람을 어떻게 사랑하지 않을 수가 있겠습니까?

제가 그런 얘기를 하면 뉴욕에 있는 '미스터리 서점'의 주인 오토 펜즐러가 정색을 하고 식식거리며 이렇게 말하죠. "그건 아니죠, 닐! 그는 그냥 나쁜 작가일 뿐이에요!"

오토는 제가 자기네 가게에서 『왈츠를 추는 광대의 해골The Skull of the Waltzing Clown』 같은 킬러의 책을 살 때 지금도 제 돈을 받죠. 하지만 그럴 때 그의 얼굴 표정을 보고 나면 책을 사는 재미가 조금은 줄어들어버리고 말죠. 그런 다음에 저는 이런 구절을 읽게 됩니다.

> 왜냐하면, 당시에는 내가 아무것도 모를 수밖에 없었다는 사실이 기억돼야만 했기 때문이다. 챙이 길쭉하게 튀어나오고 체크무늬로 된 셜록 홈스 스타일의 캡을 쓰고 런던 토박이 말씨를 쓰는 그 정체불명의 영국 남자 밀로 페인에 대해서도, 나의 가방과 밀워키의 비엔나 소시지 사이의 관련성만큼이나 그 어떤 연결 고리도 찾기 힘든 밀로 페인의 "막대-가방"에 대해서도, 다리가 네 개고 팔이 여섯 개인 인간 거미 레가에 대해서도, 전과자이자 동 창의 아들인 이카보드 창에 대해서도, 정체가 모호한 여자 시인 애비게일 스프리게에 대해서도, 2163개의 진주 단추를 달고 있는 위대한 사이먼에 대해서도 전혀 아는 바가 없는 상태였으니까. 말하자면 지금은 나 자신이 그 일의 일부가 되었지만 당시에는 그 일

과 연관된 이들에 대해서 아는 게 눈곱만큼도 없었던 것이다. 오로지 내가 아는 거라곤 어쩌면 소피 크라첸슈나이더빔펠, 혹은 수잉 소피가 나의 적수일지도 모른다는 것이었을 뿐!

그 다음부터는 오토의 표정 같은 건 더이상 신경이 쓰이지 않게 되죠. 은밀한 재미가 새록새록 커져가고 킬러는 그 이상한 매력을 작품 끝까지 변함없이 끌고 나가거든요.

당신에게 가장 큰 영향을 주었던 책은 무엇입니까? 어떤 책이 작가가 되고 싶은 마음이 들게 만들었나요?

어떤 단 한 권의 책이 작가가 되고 싶은 마음이 들게 했는지는 모르겠어요. 내가 읽고 있는 책이 누군가에 의해 쓰인 거로구나 하는 것을 인식하게 만들어준 첫번째 작가는 C. S. 루이스였어요. 괄호 안에 독자를 위한 멋진 설명이 들어 있는 걸 보고서 그걸 의식하게 된 거죠. 그때 이런 생각들을 했던 게 기억납니다. "내가 작가가 되면 나도 괄호를 사용해야지. 각주도 달고. 각주는 꼭 있어야만 해. 그런데 그런 건 어떻게 하는 거지? 이탤릭체도 쓸 거야. 그런데 이탤릭체는 또 어떻게 만드는 거야?"

요즘은 아이들도 폰트나 이탤릭체를 이해하죠. 컴퓨터 덕분에 글자가 부리는 마법의 시대는 끝났다고 말할 수 있어요. 하지만 그 당시에는 거의 자기만의 폰트를 손수 만들어 쓰는 식이었거든요. 제가 신출내기 기자였을 적에는 암호 같은 편집기호들을 배워야만 했어요.

『메리 포핀스Mary Poppins』를 쓴 P. L. 트래버스는 나도 그런 이야기를 하고 싶다는 열망이 들게 만들었죠. 마치 아주 옛날부터 쭉 있어온 것 같은 이야기, 실제로 일어난 이야기는 절대 가질 수 없는 방식으로 진실을 말하는 그런 이야기 말이에요.

작가가 되고 싶은 마음이 들도록 한 다른 작가들도 몇 있습니다. 그들 모두의 공통점은 글 쓰는 일이 재밌어 보이게 만들었다는 점이죠. G. K. 체스터턴은 마치 물감 상자 앞에다 풀어놓은 어린아이처럼 문장으로 그림을 그려내는 걸 즐겼지요. 로저 젤라즈니는 신화와 마술을 과학소설로 탈바꿈시켰고요. 할란 엘리슨과 마이클 무어콕, 새뮤얼 R. 딜레이니, 어슐러 K. 르 귄(그녀 때문에 자신감이 떨어진 적도 있지만요), 그리고 호프 멀리스가 있군요. 그는 『안개 속의 룻Lud-in-the-Mist』이라는 단 한 권의 책만을 남겼는데 그 정도로 좋은 책을 썼다면 더 쓸 이유가 없는 거죠.

대통령께 단 한 권의 책을 권할 수 있다면, 어떤 책을 권하시겠습니까?

제 책 가운데 하나를 권하고 싶네요. 기자회견 때 답변하고 싶지 않은 정말 불편한 질문을 받은 날 읽으시면 더 좋겠군요. 그래서 이런 얘기로 기자들의 주의를 딴 데로 돌리는 거죠. "경제요? 이란 폭격? 월가? 아시다시피 예전에 제가 닐 게이먼이라는 작가가 쓴 정말로 대단한 책을 읽었거든요. 여기 계신 분들 가운데 혹시 그 책을 읽어보신 분 안 계신가요? 『신들의 전쟁American Gods』 말이에요. 그러니까 1장 끝부분에 나오는 그 장면 말이지요…… 거기서 대체 무슨 일이 벌어지고 있는 겁니까?"

생각해보세요, 존 F. 케네디가 제임스 본드 책을 얼마나 재밌게 읽었는지 사람들에게 이야기한 덕분에 제임스 본드 특허사업이란 게 번창하게 된 거잖아요. 저한테도 그런 일이 일어날 수 있는 거니까요.

독서 습관이 궁금합니다. 종이책을 읽으시나요, 전자책을 읽으시나요? 읽으면서 메모를 하시나요?

저는 책 읽기를 좋아합니다. 그래도 컴퓨터로 읽는 건 별로예요. 무슨 책을 읽건 마치 독서가 일처럼 느껴지게 만들거든요. 아이패드로 읽는 건 괜찮아요. 어딘가에 킨들이 있는데 그건 거의 사용하지 않고 휴대전화, 아이패드 등 토스트기를 제외한 거의 모든 곳에다 킨들 앱을 깔아서 써요. 내가 어디까지 읽었는지를 기가 막히게 알고 있는 킨들의 성능에 완전히 반했거든요. 그동안 늘 읽으려고 시도하거나 끝까지 읽고 싶었지만 그러지 못했던 두꺼운 책을 읽는 데 그 앱을 이용하고 있어요. 두꺼운 책은 그 책을 들고 다니는 부담만으로도 책에 대한 흥미를 확 떨어뜨리니까요. 『몬테크리스토 백작』 같은 책들 말이에요.

웃게 하는 책이 더 좋으세요, 울게 하는 책이 더 좋으세요? 교훈적인 책과 당신을 낯선 곳으로 데려가주는 책 가운데 어느 쪽을 더 좋아하시나요?

네. 잠깐만요, 그런 것들이 따로따로 존재한다고 보시는 겁니까? 이런 종류의 책이기만 하거나 아니면 저런 유의 책이기만 한 게요? 저는 그 모든 게 다 들어 있는 책을 읽고 싶습니다. 웃기면서도 슬프고, 뭔가 배울 게 있으면서도 우리를 다른 세계로 데려가주는 그런 책을

요. 아니 그보다 한발 더 나아가서, 그런 상반된 요소들이 끝까지 독자성을 잃지 않도록 만드는 묵직함으로 한 페이지 한 페이지의 알맹이가 꽉 찬 그런 책을 읽고 싶어요.

실망스럽거나, 과대평가되었거나, 신통치 않은, 좋아해야 마땅하지만 당신에게는 그렇지 않았던 책이 있습니까? 가장 최근에 끝내지 못하고 내려놓은 책이 있다면요?

생각이 안 나는군요. 최근 몇 해 동안에는 서로 맞지 않는다는 걸 깨닫고는 이별을 고한 책이 거의 없기 때문인지도 모르겠네요. 대신에 더이상 보지 않고 막연하게 언젠가는 마저 읽어야지 하고 접어두었다가 나중에 다시 뛰어들었을 때 더 애매모호하고 특별할 게 없다고 느낀 책들은 있어요.

그래도 제가 끝까지 읽지 못한 첫번째 책은 기억이 납니다. E. R. 에디슨의 『정부들의 정부들Mistresses of Mistresses』이라는 책이었어요. 당시 제가 열일곱 정도였을 겁니다. 그전까지는 어떤 책도 끝까지 다 읽었거든요. 그러지 않는다는 것은 저로서는 상상도 못할 일이었지요. 에디슨의 또다른 작품 『벌레 우로보로스The Worm Ouroboros』는 정말 재미있게 읽었거든요. 처음에는 신경이 곤두서게 만들다가 점점 재미의 일부가 돼버리는 빽빽하고 농도 짙은 유사 엘리자베스 시대 문체로 쓰인 환상 서사시였지요. 그래서 『정부들의 정부들』을 구입했는데 3분의 1쯤 읽다가 그만 덮어버렸죠. 모든 책을 다 끝까지 읽을 필요는 없다는 생각은 저를 해방시켜주었고 그건 정말 근사한 경험이었습니다.

하지만 대부분의 책은 마지막까지 읽었습니다. 일단 시작하면 끝을 냈죠. 제가 영국의 아서 C. 클라크 상 심사위원이 돼서 한 해 동안 영국에서 출간된 과학소설을 전부 다 읽어야만 했을 때까지는 말이지요. 2년 동안 심사위원을 맡았었는데 첫해에는 전부 다 읽었어요. 두번째 해에는 첫 장만 읽은 작품이 많았습니다. 두번째 장을 읽지 않으리라는 걸 알고는 방 저쪽으로 책을 던져버리는 데서 쾌감을 느꼈죠.

나중에는 그 책들을 다시 집어들었습니다. 결국엔 그 책들도 책이고 우리가 야만인은 아니니까요.

고인이 되었거나 살아 있는 작가들 가운데 누구라도 만날 수 있다면, 누구를 만나고 싶습니까? 저자에게 편지를 써본 적이 있나요?

10대 때 R. A. 래퍼티한테 편지를 쓴 적이 있습니다. 그가 답장을 보내주었는데 글이 꼭 그의 단편소설 같은 거예요. 직설적인 질문에는 함축적인 대답이 많고 복잡한 질문에는 단순한 대답을 많이 하는 식이었죠.

그는 독자적인 세계를 가진 작가로, 미국에서 거짓말처럼 믿기 힘든 이야기를 하는 작가들 가운데서도 가장 특이하고, 좌절감을 느낄 정도로 최고의 즐거움을 주는 작가였습니다. 그리 많은 사람이 그의 작품을 읽어보지 않았을뿐더러 그의 작품을 좋아하는 사람은 그보다 더 적지만 그를 좋아하는 우리 같은 사람들은 변함없이 끝까지 좋아하지요. 우리가 서로 만난 적은 없습니다.

래퍼티에게 마지막으로 편지를 썼을 때 그는 알츠하이머병을 앓고 있었고 세상을 떠나기 바로 직전까지 오클라호마의 집에서 지냈습니다. 그가 그 편지를 읽었거나 이해했다고 믿지는 않지만 그 편지를 써 보내면서 마땅한 일을 하는 거라고 느꼈지요.

지금까지 읽은 만화책이나 그래픽 노블 가운데 최고라고 생각하는 작품은 무엇입니까?

아, 그거 참 어려운 질문이군요. 에디 캠벨의 『앨릭: 바지가 있던 날들ALEC』을 그 무엇보다도 아낀다고 생각하지만 쉽게 답할 수 있는 질문은 아니군요.

앨런 무어와 에디 캠벨의 『지옥으로부터From Hell』는 정말로 놀랍습니다. 『왓치맨Watchmen』은 그 어떤 책보다도 제게 많은 영향을 줬고요. 출간되자마자 만화 한 칸 한 칸을 읽고 또 읽었으니까요. 데이브 심의 세러버스 연작인 『상류사회High Society』와 『교회와 정부Church and State』를 차례로 면밀히 훑었을 때처럼 말이죠.

윌 아이스너의 『영혼The Spirit』이야말로 웃기면서 동시에 슬프기도 하고 교훈적이면서도 오락적인 그런 작품이죠(영화는 무시하고 책을 읽어보시기 바랍니다).

제가 지금 만화와 그래픽 노블에 관한 거대한 목록을 만들기 시작하는 것 같군요. 이쯤에서 그만 멈춰야겠네요. (잠깐만요, 하나만 더 언급하고요. 린다 배리가 쓴 아무 작품이나 읽어보세요!)

여기까지. 이제 진짜로 그만할게요.

다음으로 어떤 책을 읽으실 계획입니까?

에린 모겐스턴이 쓴 『나이트 서커스The Night Circus』요. 저한테는 제가 읽으면 정말 좋아할 거라고 확신하는 사람들이 보내온 원고 사본이 아주 많습니다. 그것들을 쳐다볼 때마다 맘이 편치 않죠. 그 원고들이 집안 곳곳에서 저를 노려보고 있다니까요. 오드리 니페네거가 그 책을 꼭 읽어보라고 강력하게 권했을 때는 선뜻 받아들이지 않았지만 제 딸 홀리가 그 책이 얼마나 좋은지 제게 말해준 뒤에는 결국 굴복하지 않을 수 없다는 걸 알게 됐죠.

선물로 받은 책

아홉 살 때 크리스마스 선물로 약간 축약된 판본의 고전 세트를 받았고, 열 살 때 또 같은 걸 받았어요. 어머니께서 우편 카탈로그를 통해서 주문한 거였지요. 우리집에는 책이 별로 없었기 때문에 선반 하나를 다 채우는 게 신기해 보였죠. 평범한 색의 천으로 된 장정이었고 그림은 하나도 없었어요. (딱 제가 좋아하는 스타일이죠. 나만의 그림을 만들어낼 수 있으니 오히려 고맙지요.) 바로 그때 로버트 루이스 스티븐슨에 매료되었고, 디킨스를 좋아하는 데는 실패했고, 브론테 자매를 만나게 됐지요. 그 전집은 참 영리하게 편집한 축약본이기도 했어요. 나중에 원전을 읽고 나서 깨닫게 됐죠. (당혹스런 부분이 없는 『제인 에어』를 한번 상상해보세요) **—힐러리 맨틀**

1989년에 돈 드릴로가 서명을 해서 제게 보내준 『리브라』입니다. 제 첫 책을 그에게 한 권 보내주라고 출판사에 요청했어야 하는 건데 말이에요. 다른 방법으로는 그의 선물을 설명할 방법이 없군요. 하지만 20대에 거의 완전히 고립된 상태로 일을 하며 멀리서 드릴로를 경외해마지않다보니, 그가 손으로 직접 사인을 한 뭔가를 제가 가졌다는 게 믿기지가 않더라고요. 아직도 좀 믿기가 힘들어요. **—조너선 프랜즌**

지금은 학생들을 가르치고 있지 않지만, 전에 가르쳤던 학생 한 명이 자기 책을 출간해서 저한테 한 권 보내준 적이 있는데, 그걸 받을 때의 느낌은 정말 멋지더군요. 그게 작년이었는데, 그녀의 이름은 비앙카 잰더예요. 그녀의 놀라운 첫 소설 제목은 '저 아래 그 소녀'이고요. 뉴질랜드에서 10년간 지내다가 다시 런던으로 돌아와서, 자신의 과거와 연결된 이상한 사건들과 마주치게 되는 젊은 여자에 관한 이야기예요.
—커티스 시튼펠드

얼마 전, 거의 20여 년 전에 선물로 받은 적이 있는 책의 저자를 만나는 즐거운 경험을 했어요. 그 책은 여러모로 제 삶을 바꿔놓았거든요. 20여 년 전, 제 첫 소설 『디지털 포트리스』를 반쯤 썼을 때였는데, 그때 전설적인 출판업자 앨버트 주커먼이 쓴

『블록버스터 소설 쓰기』라는 책을 선물로 받았지요. 그 책 덕분에 제 원고를 완성하고 출판까지 할 수 있게 됐죠. 그런데 두 달 전에 우연히 주커먼 씨를 처음으로 만난 겁니다. 저는 감사하는 마음으로 그분에게 당신 덕분에 『디지털 포트리스』를 쓸 수 있었다고 말했지요. 그랬더니 그분이 사람들한테는 제가 『다빈치 코드』를 쓰는 데 자기가 도움을 주었다고 말하겠다는 농담으로 되받으시더라고요. —댄 브라운

1999년 12월 7일, 저는 제 편집자 페이스 세일이 생명 유지 장치를 떼기 직전에 그녀의 침대 곁을 떠났습니다. 우리는 친자매 같았어요. 두 시간 뒤에, 스티븐 킹이 전화를 해서 제 남편 루와 함께 자기를 만나러 호텔방으로 와줄 수 있겠냐는 요청을 해왔습니다. 6개월 전 밴에 치여 죽을 뻔한 사고를 당한 후로 그가 외부 사람과 만나는 건 처음이었지요. 그가 제게 『유혹하는 글쓰기』의 사본을 건네주더군요. 그 몇 년 전에, 우리는 인터뷰를 할 때 아무도 우리한테 하지 않는 질문인 언어에 대해서 이야기를 나눈 적이 있었어요. 그때 그는 글쓰기에 관한 책을 쓸지 어쩔지 고민을 하고 있던 중이었고, 제가 "쓰세요" 하고 말했거든요. 그랬던 그가 이제 저한테 자신이 쓴 헌사를 보라고 하는 겁니다. 저한테 바치는 헌사더라고요. 그리고 우리는 다 함께 개봉작 〈그린 마일〉을 보러 갔죠. 그 영화는 사형수 수감 구역에 있는 한 남자에 관한 이야기였는데, 그는 사람들을 치유할 수 있는 힘을 지닌 사람이었죠. 암으로 죽어가고 있는 사람을 포함해서 말이지요. 그날 밤에는 엄청난 슬픔과 영예로운 행복감을 동시에 느꼈지요. —에이미 탄

닐 더그래스 타이슨
Neil deGrasse Tyson

가장 좋아하는 과학책 저자는 누구입니까? 우리가 주목해야 할 신진 작가나 좋은 작가가 있나요?

순서와 상관없이, 데이바 소벨, 티머시 페리스, 코넬리아 딘, 빌 브라이슨, 그리고 마이클 레모닉을 들겠습니다. 그리고 최근에는 메리 로치의 유쾌하고 특이한 책들을 발견했지요. 또 이 질문을 아그네스 M. 클러크에 대해서 언급할 기회로 삼아야겠네요. 그녀는 19세기 말과 20세기로 넘어가는 무렵에 글을 썼는데, 분야를 막론하고 가장 많은 책을 썼던 과학책 저자 가운데 한 사람이었어요. 그녀의 전공이 당

• 닐 더그래스 타이슨은 미국 자연사 박물관에 있는 헤이든 천문관의 관장으로, 텔레비전 과학 다큐 시리즈 〈우주: 시공간 오디세이〉의 사회자로 활동하고 있으며, 『명왕성 파일The Pluto Files』 등의 책도 썼다.

시에는 거의 남자밖에 없는 분야인 천체물리학이었는데도 말이지요. 그녀가 쓴 책 가운데는 『간략한 지식 도서관: 천문학The Concise Knowledge Library Astronomy』(1898), 『천체물리학의 질문들Problems in Astrophysics』(1903), 『현대 우주론Modern Cosmologies』(1905) 등이 있습니다.

아이들이 과학에 흥미를 느낄 만한 책을 추천해달라는 부모들의 요청을 받는다면 그 목록에는 어떤 책들이 들어갈까요?

아이들은 원래 자연스레 과학에 흥미를 갖습니다. 우리가 할 일은 그런 타고난 흥미를 유지시켜주고, 아이들이 그걸 표현했을 때 훼방을 놓지 않는 거지요. 아주 오래전부터 제가 가장 좋아하는 어린이책은 데브라 프레이저가 삽화도 그리고 글도 쓴 『네가 태어나던 날에On the Day You Were Born』(1991)예요. 출판사로부터 과학에 기초한 어린이책을 쓰지 않을 거냐는 질문을 종종 받습니다. 제 대답은 제가 프레이저가 쓴 책보다 더 잘 쓸 수 있다고 스스로 믿을 때까지는 '아니요'로 남을 거예요. 그런데 그런 일은 아직 일어나지 않았고, 가까운 미래에도 일어날 것 같지가 않네요. 그리고 닥터 수스의 모자 속 고양이 학습도서 시리즈가 티시 레이브의 책 『우주 같은 곳은 없다: 우리 태양계에 대한 모든 것There's No Place Like Space』(1999, 2009)에 2006년 명왕성이 공식적으로 "왜소행성"의 지위로 강등된 사실을 얼마나 재빨리 반영해서 책을 다시 출간했는지, 그게 저한테는 아직도 인상 깊게 남아 있어요.

지금까지 쓰인 천문학에 관한 책 가운데 가장 훌륭한 책은 무엇입니까?

연구 분야가 정말 빠르게 변하기 때문에, 어느 시기에 훌륭했던 책도 10년 후 다음 책이 나오면 가망 없이 시대에 뒤떨어지게 되는 경우가 흔하지요. 하지만 한 권을 굳이 골라야만 한다면, 칼 세이건의 『코스모스Cosmos』(1980)를 꼽겠습니다. 그 과학적 내용 때문보다는, 과학이 왜 중요한지—혹은 중요하게 취급돼야만 하는지—에 대한 생각을 세계의 모든 시민들과 효과적으로 공유했으니까요.

지금껏 가장 좋아한 소설은요?

조너선 스위프트의 『걸리버 여행기Gulliver's Travels』(1726)입니다. 종종 저 자신을 레뮤엘 걸리버가 여행중에 만난 이상한 인물들에 비춰보곤 하는 버릇이 있습니다. 소인국 릴리퍼드 사람들에 대해서는 많이들 친숙하지만, 그가 여행하는 동안에 만난 거인국 브롭딩나그 사람들에 대해서는 잘 모르는 경우가 많지요. 또다른 곳에서 걸리버는 인간과 비슷하게 생긴 야만적인 짐승 야후와 그 짐승과의 접촉을 꺼리는 이성적인 말 종족인 휴이넘을 만납니다. 특히 공중에 떠 있는 라퓨타 섬 아래 라가도 그랜드 아카데미에서 엉뚱한 일을 하고 있는 과학자들이 쉽게 잊히지가 않아요. 그들은 자연에 대해서 잘못된 질문과 대답을 하느라 엄청난 자원을 투자하고 낭비하지요.

어떤 종류의 이야기에 끌리시나요? 피하는 이야기 종류는요?

급진적인 새 아이디어나 발견에 우리 문화가 과연 어떻게 반응하는지에 대해 초점을 맞춘 책이 충분치 않습니다. 특히 전기 장르는, 그 발견을 해낸 사람의 삶에 대해 온갖 지저분한 세부사항들에 초점을 맞추는 경향이 있지요. 이런 방식은 관음증적인 것이지 우리에게 뭔가를 깨우쳐주는 것은 아닌 것 같습니다. 대신, 제가 궁금한 건 이런 겁니다. 진화가 발견된 이후에 종교와 사회는 어떻게 반응했는가? 도시에 전기가 보급되고 나서 일상생활이 어떻게 바뀌었는가? 비행기가 서로 다른 나라 사이를 날아다닐 수 있게 되면서 상업과 전쟁은 어떻게 변화되었는가? 달 위를 걷게 되고 나서 우리는 지구를 얼마나 다르게 바라보는가? 제가 인간, 장소, 사물에 대해서 보다 큰 차원에서 이해하고 있는 부분은, 1차적으로 그런 질문들을 둘러싼 이야기들로부터 풀어낸 것들이거든요.

당신의 책장에 있는 책들 가운데 우리가 보면 놀랄 만한 책은 무엇일까요?

종교와 종교철학, 의사擬似과학과 비주류 생각들 전반에 관한 책과 논문 들이 여러 개의 책장을 채우고 있습니다. 개인적으로, 대체로 증거에 기반한 삶을 살아가고 있는 사람들이 어떻게 자신들의 생각 가운데 믿음에 기반한 부분에서는, 보이지 않는 신성한 실체가 단지 우리만을 위해서 전체 우주를 만들어냈다거나, 아니면 정부가 비밀리에 사막 지역에다 우주에서 온 외계인을 숨겨두고 있다고 확신할 수 있는 건지, 계속해서 궁금했어요. 이런 책을 읽는 게, 저런 관점들을 들먹이면서 과학의 방법, 도구, 원리 들을 두려워하거나 거부할지도 모르는 모든 사람들과 소통하려는 저의 노력에 아주 중요한 역할을 했습니다.

어떤 책으로부터 가장 큰 영향을 받았습니까?

조지 가모브의 『1, 2, 3 그리고 무한One, Two, Three... Infinity』(1947)과 에드워드 캐스너와 제임스 뉴먼의 『수학과 상상력Mathematics and the Imagination』(1940), 두 책은 아직도 출간이 되고 있습니다. 저도 이 책들이 저한테 영향을 준 것만큼이나 사람들에게 영향을 주는 그런 책을 쓰고 싶었지요. 그 목표를 가장 가깝게 달성한 책이 『우주교향곡Death by Black Hole』(2007)인데, 여러 교육 수준들을 이어서 그 책을 썼다고 생각하지만, 위의 작가들이 달성한 업적에는 훨씬 못 미친다고 확신합니다. 당시 중학생이었던 저에게 그 책들이 수확과 과학을 절대로 떠나고 싶지 않은 지적인 놀이터로 바꿔놓았거든요. 구골(10^{10})과 구골플렉스(10의 구골승—옮긴이)(구골플렉스는 너무 큰 숫자여서 다 쓸 수도 없습니다. 우주의 입자 숫자보다도 0이 더 많거든요) 같은 숫자들에 대해서도 처음으로 알게 해줬고요. 더 높은 차원들과 우주를 해독하기 위한 수학의 보편적인 힘에 대해서도 가르쳐줬죠.

대통령께 단 한 권의 책을 권할 수 있다면 어떤 책을 권하시겠습니까?

세계에서 가장 막강한 힘을 가진 사람인 미국 대통령이 책을 한 권 이상 읽을 시간이 있다고 믿고 싶군요. 그래도 단 한 권의 책만 골라야 한다면 저의 편향이 드러날 것 같네요. 당연히 리처드 A. 멀러가 쓴 『대통령을 위한 물리학Physics for Future Presidents』(2009)이 이미 그런 목적을 담고 있는 책이지요. 대통령의 과학 보좌관은 전통적으로 물리학자였어요. 과학에 겹겹이 쳐진 커튼을 젖혀보면, 화학에 대한 이해 없이는 생물학에 대한 이해가 불가능하고, 물리학에 대한 이해 없이는 화학에 대한 이해가 불가능하다는 사실이 드러나지요. 정부에서 일하는 사람들 가운데 이런저런 정보에 밝은 사람들은 처음부터 이 사실을 알고 있었어요. 그리고 모든 공학이 물리법칙 그 자체로부터 나온다는 사실도요. 그러니 대통령이 물리학의 기초를 이해할 수 있다면 참 좋을 겁니다. 특히 과학과 기술에서의 혁신이 21세기 경제라는 엔진의 추동력이 될 테니까요. 현명하게 이해하고 투자하는 데 실패하는 나라는 불행한 경제적 결과를 맞게 될 겁니다.

자녀들과 가장 재미있게 읽은 책은 무엇입니까?

두 아이들에게 마지막으로 읽어줬던 책이 카를로 콜로디의 『피노키오The Adventures of Pinocchio』(1883)였습니다. 당시에는 아이들이 둘 다 스스로 책을 읽을 수 있을 만큼 자랐지만, 그래도 아이들을 불러다가 제가 네다섯 차례에 걸쳐서 소리 내어 읽어주었죠. 피노키오가 실제로 얼마나 버릇이 없고 고집이 세고 사고뭉치인지는 원작을 읽어야만 알 수 있어요. 귀뚜라미 지미니를 눌러 찌그러뜨린 다음에 벽에다 한 점 얼룩으로 남기고, 이야기 초반부에 일찌감치 얼마 살지도 못한 자신의 영적 조언자를 죽여버리죠. 그 책은 아이가 할 수 있는 나쁜 행동이 어떤 것들인지를 적나라하게 예를 들어 보여줍니다. 뿐만 아니라, 할리우드나 디즈니가 강렬한 메시지를 지닌 동화책을 얼마나 벌거숭이로 만들 수 있는지도 상기시켜주지요.

고인이 되었거나 살아 있는 작가들 가운데 누구라도 만날 수 있다면, 누구를 만나고 싶습니까? 만나면 무엇을 알고 싶습니까?

오스카 와일드요. "우리 모두가 시궁창에 있지만, 누군가는 별을 보고 있지"라는 구절을 쓸 수 있는 사람이라면 제 저녁식사 테이블에서 한 자리를 차지하게 될 겁니다. 에드거 앨런 포의 관심을 끌어당겼던 다양한 주제들의 폭에 대해서도 무척 흥미롭다고 생각해왔어요. 특히, 「유레카」(1848)라고 하는 이론과학에 대한 산문시는 우주론의 기본 원칙을 펼치고 있는데, 그 시가 쓰인 때는 우주론이 학문의 한 분야로 자리매김하기 70년도 전이었어요. 우리 모두 다 잘 알고 있다시피, 가장 유명한 작품들은 그저 매일 그들을 사로잡았던 정신적 과정과 생각의 빙산의 일각에 불과하지요. 이런 주제들이 그들과 훌륭한 식사를 하는 동안 나올 생각들일 겁니다. 그때는 좋은 와인도 한 병 곁들여야겠지요.

문학 속 인물 가운데 누구라도 될 수 있다면 누가 되고 싶으세요?

헨리크 입센이 1882년에 발표한 희곡 『민중의 적An Enemy of the People』에 나오는 의사 토마스 스토크만이 되고 싶을 것 같아요. 그러면 상황을 좀 다르게 처리할 수 있을 테니까요. 저라면 공중목욕탕의 문제에 대해서 그 소식(값비싼 비용으로 만든 공중목욕탕이 심각하게 오염됐다는 사실—옮긴이)을 거부하기보다는 환영할 만한 방식으로 마을 사람들에게 경고를 할 것 같아요. 그러려면 사람들이 어떻게 생각하는지를 민감히 알고, 그들이 삶의 무엇에, 왜 가치를 두는지를 지각하는 것이 필요하지요. 그 마을은 진실과 진실을 알리는 사람에 적대적으로 굴기보다는, 문제를 고치는 쪽으로 밀고 나갔을 수도 있었을 겁니다. 처음 그 이야기를 읽었을 때, 저는 교육받은 어른들이 그런 방식으로 행동하려는 데 대해서(처음에는 스토크만 박사의 견해에 동조하던 급진주의 신문의 편집자, 기자 등도 신문사 혹은 개인의 이익 앞에서 쉽게 자신들의 신념을 꺾고 오히려 박사를 시민의 적으로 모는 데 앞장선다—옮긴이) 깜짝 놀랐고, 동시에 그 이야기 전체를 하나의 비현실적인 소설작품으로 치부할 태세가 되고 말았지요. 제가 나중에 실재 세계의 인물—권력을 가진 사람들을 포함해서—이 온갖 종류의 과학적 주제들에 대해서 꼭 이런 방식으로 행동하는 것을 보게 된다면, 그 의사가 되어서 모든 게 잘 굴러가도록 만들고 싶은 충동을 느낄 것 같아요.

늘 읽어야겠다고 생각했지만 아직 읽지 못한 책이 있습니까? 읽어본 적이 없어서 당혹스러웠던 책은요?

이 점에 대해서는 특별히 당혹감을 느끼는 건 아니지만, 책을 바탕으로 만든 훌륭한 영화의 원작을 잘 안 읽는 편입니다. 그 영화가 원작의 내용을 얼마나 잘 나타냈는지, 혹은 그러지 못했는지에 상관없이 말입니다. 대신, 칵테일파티 같은 데서 「뉴욕 리뷰 오브 북스」(뉴욕 시가 격주로 발행하는 서평 잡지—옮긴이)에서 다룬 신간 소설을 비롯한 다른 책들에 대한 동향을 파악하고 있지 못한 경우에는 스스로 좀 어색해지곤 합니다. 그건 제가 가장 인기 있는 소설들을 안 읽을 뿐만 아니라 그 소설들에 대한 서평조차 안 읽는다는 말이니까요.

다음으로 어떤 책을 읽으실 계획입니까?

고서 전문서점에서 막 구입한 책 네 권을 읽을 겁니다. 철학자이자 수학자이자 사회활동가였던 버트런드 러셀이 쓴 짧은 논문들이죠. 『전쟁 시기의 정의Justice in War Time』(1924년판), 『신비주의와 논리와 다른 에세이들Mysticism and Logic and Other Essays』(1932년판), 『상식과 핵전쟁Common Sense and Nuclear Warfare』(1959), 그리고 『인류에게 미래는 있는가?Has Man a Future?』(1961)입니다. 깊이 사유하는 똑똑하고 세계적인 한 인간(정치가가 아니면서)이 우리 시대의 사회적, 지정학적 도전들에 대해서 말해야만 했던 것이 무엇이었는지 보고 나면 언제나 신선한 자극을 받거든요.

어린 시절의 우상

매들렌 렝글이 쓴 『시간의 주름』에 나오는, 스스로도 인정하는 괴짜 여주인공 맥 머리가 되고 싶었어요. 부당한 시스템에 대항해서 싸울 때 맥 머리가 다른 사람들과 함께 힘을 모으는 방식이나, 그녀가 아주 오랫동안 이어져온 이상한 일들로부터 가족을 구하려고 싸우는 방식이 정말 맘에 들었거든요. 시간여행이라는 개념에 마음이 사로잡히기도 했고요. 페이스북 엔지니어들한테 4차원의 세계로 갈 수 있는 기계를 만들어서 나도 시간과 공간의 천을 접을 수 있게 해달라고 시도 때도 없이 조르지만, 지금까지는 그걸 시도조차 해본 사람이 없지요. —**셰릴 샌드버그**

아홉 살인가 열 살 때쯤 일단 아서 왕을 추방하고 나서 제가 투영하며 살아간 인물은 『납치』의 두 남자 주인공, 예의범절에 엄격한 젊은 데이비드 볼포와 풍운아 무법자 앨런 브렉이었어요. 데이비드를 통해 제가 배운 교훈은 집을 떠나서 세계로 나가, 자기 자신이 되어야 한다는 것이었지요. 또 내가 만나게 될지도 모르는 롤 모델이 아무리 그럴듯해 보이지 않더라도 얕잡아 보면 안 된다는 것도요. 여자가 되는 것에 대해서 저한테 뭔가를 가르쳐준 그 비슷한 이야기는 못 찾았고요. —**힐러리 맨틀**

저는 항상 『개구리와 두꺼비』에 나오는 두꺼비와 저 자신을 강하게 동일시했어요. 특히 자기가 수영복을 입은 모습을 누군가가 웃기다고 생각할까봐 물 밖으로 나오지 않으려고 하는 이야기에서요. 그런 행동 때문에 두꺼비는 근처에 있던 도마뱀, 잠자리, 들쥐 등의 관심을 한몸에 받게 되죠. 어리석게도 두꺼비 스스로 제 문제를 만천하에 선전하고 만 셈이 된 거지요. —**커티스 시튼펠드**

피터 팬이요. 피터 팬을 정말 사랑했지요. 아직도 그를 사랑합니다. 피터 팬은 디즈니에서 제가 유일하게 즐겼던 놀이기구였지요. 그리고 제가 아이들을 위해서 『맥시멈 라이드』를 쓴 건 확실합니다. 제가 아끼는 책으로 시작해서 말이지요. 그건 피터 팬에 대한 저의 애착 때문이고요. —**제임스 패터슨**

열한 살 무렵부터 『이상한 나라의 앨리스』와 루이스 캐럴을 필두로, 저 스스로를 등장인물과 직접 동일시하기보다는, 픽션을 만들어낸 작가—지금은 그걸 "내재적 작가"라고 부른다는 걸 알게 됐지만요—와 동일시하기 시작했어요. 아마 이게 바로 제 이야기에 영웅이 없는 이유를 설명해준다고 말하는 사람도 있겠죠. —**조너선 레덤**

스스로를 『보물섬』에 나오는 짐 호킨스라고 상상했지요. 그는 도둑들과 인정사정없이 목을 따버리는 사람들이 득실대는 곳에서 유일하게 순수한 인물이거든요. 그게 아마 제가 처음부터 끝까지 읽은 첫번째 책이었을 겁니다. 거기 나오는 인물들이 아직도 잊히지가 않아요. 롱 존 실버, 블라인드 퓨, 벤 건…… 검정 딱지를 생각하면 아직도 무서워요. —**스팅**

어렸을 때는 허클베리 핀이랑 피터 팬을 진짜 좋아했고, 10대에는 프래니 글래스를 좋아했죠. 20대에 정말 좋아했던 인물은 애거사 룬서블이었고요. —**도나 타트**

제가 가장 좋아했던 어린이책 속의 영웅은 아마 땡땡이었을 거예요. 아니면 아독 선장이었을 수도 있고요. 땡땡은 자기 공기펌프를 돌려주는 두 탐정을 믿고 아무 망설임도 없이 해저를 돌아다니지요. 에르제만큼 티베트의 산맥을 잘 그리는 사람은 없을 겁니다. 저는 가끔 아침에 침대에서 주먹을 번쩍 쥐어 올리고 이렇게 외칩니다. "전투 배치!" 아독이 꾸벅꾸벅 졸다가 깜짝 놀라 깼을 때 그랬던 것처럼 말이지요.
—**니컬슨 베이커**

댄 브라운
Dan Brown

지금까지 읽은 책 가운데 가장 아끼는 책은 무엇입니까?

제가 어릴 때는 텔레비전이 없었어요. 그래서 게걸스레 책을 읽었죠. 책에 극도로 사로잡혔던 최초의 기억은 매들렌 렝글의 『시간의 주름A Wrinkle in Time』이었습니다. 책을 반쯤 읽었을 때 어머니께서 이제 잠잘 시간이라고 말씀하셨지만 등장인물들의 안위가 너무 걱정돼서 잠을 잘 수가 없었지요. 다음날 그 책을 마저 다 읽고 나서 모든 게 다 잘됐다는 안도감에 울었던 기억이 납니다. 그 감정이 저를 깜짝 놀라게 했지요. 특히 상상의 인물에게 느낀 깊은 유대감에 놀랐어요. 이

• 댄 브라운은 『다빈치 코드The Da Vinci Code』 『인페르노Inferno』 『로스트 심벌The Lost Symbol』 『천사와 악마Angels & Demons』 『디셉션 포인트Deception Point』 『디지털 포트리스Digital Fortress』를 썼다.

야기의 마술과 인쇄된 단어의 힘을 인식하게 된 게 바로 그때였지요.

이상적인 독서 경험에 대해서 말씀해주세요(언제, 어디서, 무엇을, 어떻게 읽는지).

제가 최근에 했던 가장 즐거운 독서 경험은 바로 지난주에 해변에서 조깅을 하면서 맬컴 글래드웰의 『그 개는 무엇을 보았나What the Dog Saw』를 오디오북으로 들었던 것입니다. 그의 글 「케첩 수수께끼」에 너무 몰두한 나머지 그 이야기가 어떻게 끝날지 알고 싶은 이유만으로 1.6킬로를 더 뛰었지요.

가장 좋아하는 작가는 누구입니까?

존 스타인벡은 장소에 대한 그의 생생한 감각 때문에 좋아하고요, 로버트 러들럼은 플롯의 복잡성 때문에 좋아합니다. 조앤 K. 롤링은 그토록 많은 아이들이 책에 빠져들게 만들었다는 점에서 좋아하고요.

어떤 종류의 이야기에 끌리시나요? 피하는 이야기 종류는요?

저는 거의 논픽션만 읽습니다. 자료 조사를 위해서도 그렇고, 즐거움을 위해서도 그렇고요. 픽션을 읽게 되면 거의 스릴러 장르를 읽는데, 첫 몇 챕터에서 제 흥미를 확 잡아끌어야 합니다. 공포소설은 전혀 안 읽고요. 열다섯 살 때 『엑소시스트The Exorcist』 일부를 읽는 실수를 저지르고 말았지요. 그게 제가 시도했던 처음이자 마지막 공포소설입니다.

좋은 스릴러의 요건은 무엇입니까?

제게 좋은 스릴러란 실재 세계에 대해서 뭔가를 가르쳐주는 것이어야만 합니다. 『코마Coma』 『붉은 10월호The Hunt for Red October』 『그래서 그들은 바다로 갔다The Firm』 같은 스릴러는 전부 제가 잘 모르는 영역—의학, 잠수함 기술, 법률—에 대해 조금이라도 들여다볼 수 있어 매혹적이었지요. 저는, 이야기의 핵심에 사유를 자극하는 윤리적인 논쟁이나 도덕적 딜레마가 포함되어 있어야만 진짜 좋은 스릴러라는 느낌이 들어요. 몇 년간 읽은 책들 가운데 가장 좋았던 것으로는 H. F. 세인트의 『투명 인간의 사랑Memoirs of an Invisible Man』, 칼 세이건의 『콘택트Contact』, 그리고 고전이 된 브람 스토커의 『드라큘라Dracula』도 들 수 있겠네요. 『드라큘라』는 공포물의 끝자락에 있긴 하지만, 거의 서스펜스의 표본이라 손에서 내려놓을 수가 없었습니다.

당신의 책장에 있는 책들 가운데 우리가 보면 놀랄 만한 책은 무엇일까요?

저는 보통 역사 속의 인물이나 고전 예술에 대해서 글을 쓰기 때문에, 다수의 현대 전기(스티브 잡스, 안드레 애거시, 클라이브 데이비스)나 현대 예술에 관한 수십 권의 책, 특히 M. C. 에셔의 작품집을 보면 놀라실지도 모르겠네요.

평소에 자기계발서도 읽으십니까? 추천할 만한 책이 있다면요?

자기계발서는 안 읽지만, 최근에 기억의 과학에 대한 책인 『아인슈타인과 문워킹을Moonwalking with Einstein』을 읽으면서 기대치 않았던 도움을 받았습니다. 평소에 왜 어떤 사람은 엄청나게 좋은 기억력을 자랑하는 데 반해, 또 어떤 사람은 (저처럼) 그렇지 못한지에 대해 늘 흥미를 가져왔기 때문에 그 책을 집어들게 됐지요. 그런데 이상한 건, 기억력의 챔피언이 사용한 방법에 대해 읽는 것만으로도 저 자신의 기억력 향상에 도움이 되었다는 겁니다. 지금은 적어도 안경을 어디다 뒀는지는 기억해낼 수 있어요.

선물로 받은 책 가운데 최고의 책은 무엇입니까?

얼마 전, 거의 20여 년 전에 선물로 받은 적이 있는 책의 저자를 만나는 즐거운 경험을 했어요. 그 책은 여러모로 제 삶을 바꿔놓았거든요. 20여 년 전, 제 첫 소설 『디지털 포트리스』를 반쯤 썼을 때였는데, 그때 전설적인 출판업자 앨버트 주커먼이 쓴 『블록버스터 소설 쓰기 Writing the Blockbuster Novel』라는 책을 선물로 받았지요. 그 책 덕분에 제 원고를 완성하고 출판까지 할 수 있게 됐죠. 그런데 두 달 전에 우연히 주커먼 씨를 처음으로 만난 겁니다. 저는 감사하는 마음으로 그분에게 당신 덕분에 『디지털 포트리스』를 쓸 수 있었다고 말했지요. 그랬더니 그분이 사람들한테는 제가 『다빈치 코드』를 쓰는 데 자기가 도움을 주었다고 말하겠다는 농담으로 되받으시더라고요.

어린 시절, 주변에 책이 많았나요? 어렸을 때 누군가가 책을 읽어준 기억이 있습니까?

저는 책에 둘러싸여서 자랐습니다. 제 여동생과 저는 매주 엑서터 공공도서관에 다니면서 우리가 좋아하는 책들을 한아름 안고 돌아왔죠. 닥터 수스, 리처드 스캐리, 개구쟁이 꼬마 원숭이 시리즈, 마들린느 시리즈, 그리고 바바 시리즈 등. 좀더 자라서는 부모님이 밤마다 저희에게 책을 읽어주셨던 기억이 나고요. 『아기 오리들한테 길을 비켜주세요Make Way for Ducklings』『인형의 꿈The Velveteen Rabbit』, 모리스 센닥의 『밥과 닭고기수프Chicken Soup with Rice』 같은 책들이었죠. 저는 『밥과 닭고기수프』가 무시무시하기 짝이 없는 『괴물들이 사는 나라Where the Wild Things Are』보다 좋았어요(아이 방이 괴물이 우글거리는 정글로 변한다고 생각하니 도무지 잠을 잘 수가 없었거든요). 오그던 내시의 시는 저희 집에 있는 또하나의 주요 품목이었죠. 그게 제가 글을 쓸 때 말놀이와 유머를 집어넣기를 좋아하는 데 일찌감치 기여했다고 믿습니다. 보다 진지한 측면에서는, 집 책장에 삽화가 실린 그림 형제의 동화와 이솝 우화가 있었는데, 그 책들이 아주 어린 아이에 불과했던 저에게 영웅과 악당의 전형적인 역할뿐만 아니라, 선과 악에 대한 분명한 감각을 심어주었지요.

유년기에 가장 좋아했던 문학 속 인물이나 영웅이 있나요?

저의 최초의 '책 폭식'은 프랭크와 조 하디 탓입니다. 여름 내내 하디 보이스Hardy Boys 시리즈 전체를 걸신들린 듯이 먹어치운 기억이 납니다. 그들의 용기와 똑똑함에 전율하면서 말이죠. 잭 런던의 『야성의 부름』에 나오는 세인트 버나드 벅, 그뒤에는 『파리대왕Lord of the Flies』의 랠프를 엄청나게 좋아했던 기억이 나는군요.

응접실 탁자에는 무슨 책이 놓여 있습니까?

저희 집 탁자에는 지금 좀 엉뚱한 조합이 놓여 있는 것 같네요. 월리엄 블레이크가 삽화를 그린 『신곡The Divine Comedy』의 고판본, 스티븐 호킹의 『호두껍질 속의 우주The Universe in a Nutshell』, 집에서 만든 뉴잉글랜드 지방의 나뭇잎 사진기록집, 그리고 크리스토퍼 히친스의 『신 없이 어떻게 죽을 것인가Mortality』가 있습니다.

고인이 되었거나 살아 있는 작가들 가운데 누구라도 만날 수 있다면, 누구를 만나고 싶습니까?

조지프 캠벨을 만나고 싶습니다. 기호학, 비교종교학, 신화학(특히 『신화의 힘The Power of Myth』과 『천의 얼굴을 가진 영웅The Hero with a Thousand Faces』)에 대한 그의 글들이 제가 로버트 랭던이라는 인물을 만들어내는 데 영감을 불어넣어주었거든요. 조지프 캠벨과 빌 모이어스와의 PBS 인터뷰 시리즈는 제가 본 것들 중 가장 사고를 자극하는 대화를 아주 이해하기 쉽게 전달해주었습니다. 종교적 믿음의 기원에 대한 캠벨의 지식의 깊이가 믿음, 종교, 경전에 내재한 모순들에 관한 가장 도전적인 질문들에 대해서 명료하고 논리적으로 대답할 수 있게 해주었지요. 캠벨의 사실을 문제 삼는 반응에 감탄하면서 제가 만든 인물 랭던도 복잡한 영적인 문제와 대면했을 때 그처럼 존중하는 마음을 가지고 폭넓게 이해할 수 있기를 바랐던 기억이 납니다.

좋아해야 할 것만 같은데 그렇지 못했던 책이 있다면요?

윌리엄 포크너의 『소리와 분노The Sound and the Fury』요. 노력은 했습니다. 정말로요.

다음으로 어떤 책을 읽으실 계획입니까?

맬컴 글래드웰의 『다윗과 골리앗David and Goliath』입니다.

데이브 에거스
Dave Eggers

지금 침대 머리맡에는 어떤 책이 놓여 있나요?

톰 바배시의 단편집 『내 곁에 머물러줘Stay Up with Me』를 읽고 있습니다. 아직 출간이 안 됐고 1년 이내에는 나올 것 같지 않지만 아주 좋은 작품들이에요.

• 데이브 에거스가 쓴 책으로는 『비틀거리는 천재의 가슴 아픈 이야기A Heartbreaking Work of Staggering Genius』 『우리는 어떻게 배가 고픈가How We Are Hungry』 『당신은 우리의 속도를 알게 될 것이다You Shall Know Our Velocity』 『무엇이란 무엇인가What Is the What』 『자이툰Zeitoun』 『왕을 위한 홀로그램A Hologram for the King』 등이 있다.

최근에 읽은 책 가운데 정말로 훌륭하다고 생각했던 책은 무엇입니까? 누군가에게 "이 책은 꼭 읽어야 해"라고 마지막으로 말했던 때를 기억하시나요?

그 질문에 답하기가 좀 애매한 입장인데요, 제가 맥스위니스McSweeney's에서 책을 출판하는 일을 하고 있는데 어떤 책이든 "이 책은 읽어야 해!"라는 테스트를 통과해야 출간이 되니까요. 최근에 에일릿 월드먼과 로빈 레비가 편집한 『이곳 안에서Inside This Place, Not of It』라는 책을 냈는데 그 책에 대해서 말할 수 있다면 좋겠군요. 미국에서 감금돼 있는 여자 죄수들이 입에서 입으로 전하는 역사에 관한 책인데요, 이야기 하나하나가 전부 충격적입니다. 침대에 쇠고랑이 채워진 채로 출산한 여성, 자기 의지와는 상관없이 자궁적출수술을 받은 여성, 교도관에 의해 자행되는 광범위한 성폭행 사례들까지 말입니다. 지금 당장 총체적인 개혁이 필요한 곳입니다.

가장 좋아하는 문학 장르는 무엇입니까? 죄책감을 느끼면서 즐기는 책이 있나요?

최근에는 귀신 이야기들을 읽으면서 아주 즐거운 시간을 보내고 있어요. 중고 물건을 파는 곳에서 앨프리드 히치콕이 편집한 이야기 모음집인 『겁 많은 사람이 읽으면 안 되는 이야기Stories Not for the Nervous』라는 책을 발견했는데 이야기들이 모두 탄탄하더군요.

널리 알려지지 않은 작가들 가운데 최고의 작가를 꼽는다면요? 터무니없을 정도로 간과되거나 과소평가됐다고 생각하는 작가가 있습니까?

알려지지 않았는지 어떤지는 모르겠지만 J. 맬컴 가르시아라는 작가가 있는데요, 그의 에너지와 공감 능력에 계속해서 감탄하고 있습니다. 그는 때로는 아프가니스탄에서, 때로는 부에노스아이레스에서, 때로는 미시시피에서 강렬하고 서정적인 논픽션을 쓰는 작가인데, 모든 작품이 다 절실하고 도발적입니다. 저는 그가 가는 곳마다 따라가는 중이죠.

어렸을 때 가장 좋아했던 책은 무엇인가요? 어린이책에서 좋아하는 인물이나 영웅이 있었나요?

어렸을 때 그림 그리는 걸 좋아해서 그림이 많이 들어간 판형이 큰 책들, 그러니까 거인, 땅속 요정, 북유럽 신화, 우주여행 같은 것들에 대한 책에 끌렸지요. 『21세기 운하21st Century Foss』라는 책이 있었는데, 온통 파격적이고 무정형적인 형태의 우주선과 미래 도시 그림들로 가득했어요. 지난 30여 년간 그 책을 본 적이 없다가 얼마 전에 이베이에서 그걸 구입했는데, 그 그림들을 들여다보고 있자니 다시 여덟 살 때 꿨던 꿈속에서 사는 것만 같은 느낌이 들더군요.

826내셔널이라는, 어린이와 청소년의 글쓰기를 독려하는 비영리기관을 공동 설립하셨지요. 당신의 열의를 자극했던 특별한 책이라도 있습니까? 기관에 오는 아이들에게 동기부여를 해주는 책은 어떤 책입니까?

제가 생각하기에 아이들이 글쓰기에 열의를 갖도록 만드는 가장 좋은 자극은 자신의 글을 읽어주고 열린 마음으로 지지와 격려를 해주는 어른의 존재라고 생각합니다. 826에서는 교사들을 교육할 때, 주제가 비상식적이든 글쓰기 능력이 어느 정도든 상관없이 무조건 어린 작가들을 지지하고 격려하도록 가르칩니다. 아이들을 무엇보다도 가로막는 두 가지가 1)자신이 쓰고 싶은 주제가 받아들여지지 않을 것에 대한 두려움, 혹은 2)처음에 쓴 글이 완벽해야만 한다는 생각이거든요. 아이들이 그 어떤 것에 대해 써도, 설령 배가 부풀어오른 햄스터에 대해 써도 괜찮을 뿐 아니라, 그들 나이에 글쓰기는 재미있을 수 있고 재미있어야만 한다는 확신을 갖게 해주어야 합니다. 하지만 최소한 다섯 문단 정도의 길이는 돼야만 하고, 한 문단에 몇 문장 정도가 들어가야 하며, 어떤 게 '적절한' 주제인지에 대해서 이야기하기 시작한다면, 어린 작가들을 마비시키는 지름길로 가고 있는 거라고 확신해도 좋습니다. 그들이 글쓰기를 시작할 수 있도록 하려면 그런 사슬들을 제거해줘야만 합니다. 그리고 나서 문법에 대한 이야기는 맨 마지막에 가서 하면 되고요.

모든 아이들이 읽었으면 좋겠다고 생각하는 책이 있습니까?

10년 동안 고등학교에서 『미국의 대표 비필독서The Best American Nonrequired Reading』 선집을 함께 읽는 과목을 가르쳤는데, 그동안 학생들로부터 배운 건 모든 학생에게 좋은 단 한 권의 책이나 글 같은 건 없다는 사실이었습니다. 어떤 책이나 주제에 대해서건 얼마나 광범위한 반응이 나올 수 있는지 수업을 할 때마다 번번이 놀랍니다. 하지만 책을 잘 읽으려 하지 않는 독자에게 다가가기 위해서 최우선으로 삼아야 할 법칙은 무조건 그들의 현재 관심사에 맞추라는 것입니다. 책과 친하지 않은 독자에게 『주홍글자Scarlet Letter』나 『미들마치』를 들이대지는 말아야 할 겁니다. 정전正典을 읽히는 걸 훗날의 목표로 삼을 수는 있겠지만, 일단은 뭔가 아이들의 현재 삶과 직접 관련이 있는 걸로 시작하라는 거죠.

나쁜 독서 습관 같은 게 있나요? 책을 끝까지 읽지 않는 경우가 많은가요? 정독을 하지 않고 훑어보기를 좋아한다거나 여백에다 뭔가를 적어넣는 걸 좋아하는지요? 아니면 책을 읽다가 잠이 드신다거나……

전부 다 해당되네요. 책을 읽다가 중간에 포기하고 내려놓는 건 일상적인 일이고요. 책에 이런저런 표시도 하고 책장 귀퉁이를 접기도 하지요. 물론 잠이 들기도 합니다. 욕조에서 책을 읽기 때문에 거의 책마다 젖은 흔적이 남아 있고요.

쓰신 책 가운데 가장 아끼는 책은 무엇입니까?

저는 가장 최근에 쓴 책에 대해서 항상 너무 가깝게 느끼는 경향이 있습니다. 하지만 이번에는 『왕을 위한 홀로그램A Hologram for the King』을 가장 좋아한다고 말해야겠네요. 그 책은 제가 쓰고 있다고 스스로 생각했던 책과 다른 책입니다. 그래서 뭔가 거리를 두고 바라볼 수 있거든요.

다른 작가가 써줬으면 하는 한 권의 책이 있다면요?

미국 여자 교도소 문제로 돌아가야겠군요. 교도소에 갇혀 있는 흑인들에 관한 소설인 『또다른 인종차별 제도The New Jim Crow』를 쓴 미셸 알렉산더가 이번에는 여성들의 곤경에 초점을 맞춰서 속편을 하나 써줬으면 하는 마음이 간절합니다. (그녀가 이미 『이곳 안에서』에 서문을 써준 사실을 생각하면 지나친 욕심이긴 하지만요.) 비폭력적인 범죄로 수십 년 동안 수감생활을 하고 있는 수만 명의 여성들이 있고, 그들이 그 보이지 않는 곳에서 암암리에 학대를 당하고 있다는 건 공공연한 사실이라고 할 수 있죠. 알렉산더의 솜씨와 독자층으로 볼 때, 그가 그 주제를 세상에 드러낸다면 정말 강력한 충격을 줄 겁니다.

고인이 되었거나 살아 있는 작가들 가운데 누구라도 만날 수 있다면, 누구를 만나고 싶습니까? 만나면 무엇을 알고 싶으세요?

조지 오웰이요. 콧수염에 대한 질문으로 시작할 거예요.

이미 만나본 작가들 가운데 가장 인상적이었던 작가는 누구입니까?

크리스토퍼 히친스요. 그는 지금까지 제가 만나본 사람 가운데 가장 박식하고 설득력 있게 말을 잘하는 분이었습니다. 어떤 주제가 됐든 얼마 동안이 됐든 밤낮을 가리지 않고 언제까지고 이야기할 수 있는 분이고 같은 공간 안에 있는 사람이라면 누구든지 사로잡을 수 있는 그런 분입니다. 그분의 정치적 견해에 전부 고개가 끄덕여지는 건 아니었지만, 그는 언제나 더없이 따듯하고 관대한 사람이었어요.

어떤 식으로든 스승이나 모델이라고 생각하는 작가가 있나요?

윌리엄 T. 볼만이 지닌 사고의 폭이 제게 영감을 줍니다. 그의 공감 능력과 호기심도요. 그는 의문을 품는 것의 이점을 모든 이들에게 완벽하게 보여주지요. 저는 그 점에서 그가 가는 방향을 따라가려고 노력합니다.

책을 주로 어디서 구입하십니까? 전자기기에서 다운로드를 하는지, 온라인으로 구매하는지, 빌리는지, 아니면 헌책방을 뒤지는지요?

저는 종이책만 읽습니다. 베이 구역(샌프란시스코에 있는 지역—옮긴이)에 있는 독립서점들에서 주로 구입하고요. 헌책도 좋아해서 이 근처 도서관에서 큰 헌책 장이 열리면 습격을 감행하지요. 책꽂이의 빈 구멍을 메워줄 좋은 기회니까요. 한 권에 1달러로 말입니다. 한번은 20달러에 발자크 전집을 통째로 건진 적도 있어요. 그리 나쁘지 않은 거래죠.

다음으로 어떤 책을 읽으실 계획입니까?

몇 년 전에 아리프 가말이라는 시인이 저한테 자기 책 『세라 마투의 아침: 누비아의 송가Morning in Serra Mattu』를 주었어요. 첫 몇 페이지를 읽고서 정말 맘에 들었는데 그만 잃어버리고 말았죠. 며칠 전에 사무실을 청소하다가 그걸 다시 찾아서 지금 얼추 절반쯤 읽었어요. 북수단에서 성장하는 것에 대한 서사시인데 정말 아름답습니다. 제가 기억할 수 있는 그 어떤 시와도 달라요. 그 책을 되찾아서 정말 기분이 좋습니다. 마치 가족 상봉이라도 한 것 같은 느낌이에요.

나의 서재

집에는 남편이 오랜 세월에 걸쳐 사 모은, 아름다운 가죽 장정의 고전문학 책들이 꽂힌 전면 붙박이 책장이 있어요. 그 책들은 거의 장식용이에요. 세련돼 보이죠. 개인적으로 제 책꽂이가 따로 있는데 거기에는 스페인어로 된 책을 보관해둡니다. 스페인어로 된 책들은 미국에서는 구하기 어렵기 때문이죠. 다른 책들은 그냥 집에 좀 머물다가 사라지곤 합니다. 저는 아무런 수집벽도 없고 소설도 마찬가지예요. 1년에 한 차례 이미 읽은 책들이나 앞으로 절대 읽을 것 같지 않은 책들을 전부 모아서(몇 박스 되지요) 기부해버립니다. 별로 아쉬운 마음도 안 들어요. 필요한 경우가 생기면 또 사면 되니까요. **—이사벨 아옌데**

남편은 간소하게 축소하는 걸 좋아하는 유형이고요, 저는 쌓아두는 걸 좋아하는 유형이죠. 대학 때 보던 교과서까지 전부 다 가지고 있어요. 그런 경우가 있을 수도 있잖아요. 갑자기 쇼펜하우어의 『의지와 표상으로서의 세계』가 읽고 싶은 충동이 들 때 말이지요. 그럴 때를 대비하는 거죠. **—셰릴 샌드버그**

참고도서는 식당 방에, 보관에 신경을 잘 써줘야 하는 오래된 책들은 거실 책장에 두고요, 신학과 철학 책은 침실 선반에, 고전과 고대 근동 문학은 서재에, 현대사와 미국 관련 책들은 책장만 가득차 있는 방에 보관하고, 그 외 분류가 안 된 책들은 계단에 쌓아두고 있지요. **—메릴린 로빈슨**

자랑스러운 마음으로 하는 말이지만, 저는 제 책 전부를 아주 소량의 돈을 받고 팔아버리거나 공짜로 줘버립니다. 앞서 몇 권의 애장도서에 대해서 언급했지만, 원칙적으로는 책을 소유하는 것을 신뢰하지 않습니다. 책을 읽고, 또 읽고, 또 읽은 다음에는 그런 재미와 지식의 보고를 책꽂이에서 놀려두는 게 죄인 것처럼 느껴져서요. 책은 읽으라고 만들어진 거잖아요. 제가 읽고 있지 않다면 누군가 다른 사람이 그 기회를 가져야지요. **—월터 모슬리**

데이비드 미첼
David Mitchell

지금 침대 머리맡에는 어떤 책이 놓여 있나요?

역사학자 토니 주트가 쓴 『포스트워Postwar』, 이라크의 미국 군대에 대해 설명해놓은 데이비드 핀클의 책 『좋은 병사들The Good Soldiers』, 그리고 나딤 아슬람의 새 책 『눈먼 남자의 정원The Blind Man's Garden』이 있어요. 마지막 책은 아직 시작을 안 했고요. 그리고 불을 끄고 나서 괜찮은 생각이 불쑥 덮칠 때를 대비해서 놓아둔 공책이 있지요.

• 데이비드 미첼은 『야코프 더 조트의 천 개의 가을The Thousand Autumns of Jacob de Zoet』 『블랙 스완 그린Black Swan Green』 『클라우드 아틀라스Cloud Atlas』 『넘버 나인 드림Number9Dream』 『유령이 쓴 책Ghostwritten』을 썼다.

최근에 읽은 책 가운데 정말로 훌륭하다고 생각했던 책은 무엇입니까?

아이슬란드 사람인 홀더 랙스니스가 쓴 『독립적인 인간Independent People』입니다. 작년에 지방으로 여행을 갔을 때 읽었는데, 아무 일이 일어나지 않는 장에서조차 정말 탁월한 방식으로 전개되더군요. 케빈 파워스의 『노란 새The Yellow Birds』도 훌륭함 그 자체예요. '정말로 훌륭한 책'이 두께와 시야를 말하는 것이라면 해당이 안 될 수도 있겠지만, 어쨌든 파워스는 최상급의 소설을 쓴 겁니다.

그러면 최근에 읽은 책 가운데 최악이었거나 가장 실망스러웠던 책은요?

그런 건 공개적으로 밝히지 않는 게 좋을 것 같아요. 제가 그런 말을 듣는 쪽이라면 하루를 망쳐버리고 말 것 같으니까요.

책은 주로 어디서 구입하고, 어디에서 읽으십니까?

아직 절판되지 않았고 주요 출판사에서 출간되는 거라면 이곳 웨스트 코르크의 클로나킬티에 있는 동네 서점을 이용하고요, 예컨대 하와이 대학 출판부 같은 좀더 특수한 곳에서 나오는 책들은 아마존을 이용합니다. 절판이거나 소량 주문 출판인 책일 경우에는 에이브북스를 이용하고요. 대학가에 있는 자선 가게의 책 선반을 둘러보는 것도 좋아합니다. 뜻밖의 행운으로 제가 원하는지조차 몰랐던 책을 건질 때도 있거든요. 편집자나 출판사가 보낸 교정쇄가 많으면 1주일에 열 개 정도까지 우편함 속으로 비집고 들어와 있는데(책 광고문에 넣는 글은 더이상 안 쓰는데도 말이지요), 가끔은 그중에 보물이 들어 있기도 하죠.

『클라우드 아틀라스』가 영화로 제작되었을 때 느낌이 어땠나요? 마치 따돌림당한 느낌이 들 정도로 중대한 변화 같은 게 있었나요?

우선, 제가 만든 인물들이 실제보다 더 큰 크기로 걸어다니고 말을 하는 것을 보는 것 자체가 입이 떡 벌어지는 일이죠. 그것도 평생에 걸쳐서 오랜 시간을 알아왔던 얼굴들이 그 인물들의 역할을 맡아서 말이에요. 두번째로는, 제가 쓴 이야기가 영화관이 있는 곳이라면 세상 어디든 찾아가, 사람들의 마음속에 스며든다는 생각만으로도 천천히 차오르는 기쁨 같은 게 있죠. 그런 다음엔 영화가 불가피하게 좌충우돌하는 인생사를 보여주느라 중심을 약간 잃긴 하지만, 저는 그런 것에 대해서는 아무런 생각도 들지 않더라고요. 적어도 다음 인터뷰 때까지는 말이죠.

영화와 제 소설의 큰 차이 중 어떤 것도, 저를 괴롭게 만든다는 의미에서 '저를 따돌리지'는 않았어요. 저는 이 소설의 정신 자체가 이미 변화를 허용하고 있고, 그 변화가 영화의 흐름에 방해가 될 만한 요소들을 요령 있게 잘 피해 가고 있다고 생각합니다. 각색은 번역이고, 도무지 읽어낼 수가 없을 정도로 원본에 충실한 번역도 있죠. 하지만 저는 새로운 언어를 위한 어느 정도의 재해석은 불가피할 뿐만 아니라 바람직한 것이라고 믿습니다. 저의 가장 최근 소설의 독일어판에서는 제 번역자 볼커 올덴부르크가 제가 운율을 맞추어서 파노라마적인 광경을 묘사한 부분을 번역할 때 독일어로도 운율을 맞추기 위해서 그 대상 목록을 고쳐 썼다고 합니다. 그는 운율을 살리는 것이 그 광경을 묘사하기 위해 동원된 구체적인 지시물 하나하나를 정확하게 옮기는 것보다 더 중요하다고 판단했던 거고, 그건 결국 올바른 판단이었죠.

마찬가지로, 워쇼스키 형제와 티크베어가 『클라우드 아틀라스』를 (영화로) 번역할 때는 자크리와 메로님의 미래에 대해서 좀더 확신이 필요하다고 판단했고, 저는 그들이 적절한 선택을 한 거라고 믿었어요. 그들도 멜로드라마, 유치함, 진부함을 저만큼이나 혐오하지만, 그것 때문에 영화가 치러야 할 대가와 책이 치르는 대가는 엄연히 다른 것이니까요. 작가와 독자 사이에 정해진 무언의 약속은 영화를 만드는 사람과 관객 사이의 그것과도 좀 다르고요. 각색은 이런 차이에서 오는 위험을 무릅쓰면서 그 차이들을 잘 소화해내야만 하죠.

감독이 어느 한 인물에 대한 이야기 전개를 제가 상상했던 것보다도 더 앞으로 밀고 나가는 짤막한 장면이 하나 있습니다. 이런 연장 같은 경우는 아주 적절해 보여서 그걸 제가 지금 쓰고 있는 책 속에 포함시켰어요. 말하자면 그걸 '정본'으로 만든 거죠. 워쇼스키 형제가 반대하지 않기를 바라며……

오랫동안 일본에서 사셨지요. 그곳에 있는 동안 발견한, 특별히 존경하는 일본 작가가 있습니까?

어쩌면 살아 있는 일본인 가운데서 가장 유명하다고까지 할 만한 무라카미 하루키를 '발견'이라고 말할 수는 없겠지만, 그가 태어나서 살고 있는 곳에서 그의 작품을 읽는다는 것은 즐거운 경험이었지요. 엔도 슈사쿠는 아마 일본에서 싹튼 '국가적 양심'에 가장 근접한 작가(아모스 오즈의 분류에 따르면 말이지요)였을 겁니다. 그의 역사소설 『침묵Silence』은 정말 대단합니다. 그리고 저는 다니자키 준이치로라면 사족을 못 써요. 포의 영향을 흠뻑 받은 그의 초기 작품도 충분히 재미

있지만, 그의 걸작 『세설The Makioka Sisters』은—제인 오스틴처럼—일본 사람들이 아직도 탐색중인 사회적 의무의 역학에 대한 일종의 론리 플래닛 가이드 역할을 하지요. 극단적인 애국주의와 강박의 병리학에 대한 집중 강좌로는 미시마 유키오가 적임자죠. 유머라고는 한 방울도 없는 그의 글이 독자를 지치게 만들 수도 있겠지만요. (그래도 풍요의 바다 4부작 끝부분은 소설사에 길이 남을 만한 명장면 가운데 하나죠.) 전쟁에 관한 작품으로는 요시무라 아키라의 『한 사람의 정의One Man's Justice』와 마루야 사이이치의 『조릿대 베개Grass for My Pillow』를 들 수가 있는데, 두 작품 모두 일본이 최근의 역사와 맺은 멍든 관계를 관찰합니다. 아리요시 사와코의 『의사의 아내The Doctor's Wife』는 일본에서의 여성의 지위에 대한 뛰어난 역사소설이고요.

그곳에 있는 동안 영어를 가르친 경험은 어땠나요? 재미있었나요?

네. 가르치는 일이 정말 좋았어요. 좋은 기억들도 많고요. 학생들이 작가들보다 저에게 일본에 대해 더 많은 걸 가르쳐줬지요. 정말이에요. 하지만 그곳에 간 지 8년 정도 되니까 제가 소설 두 권을 출간하고 『클라우드 아틀라스』 집필을 시작하게 되고, 그러면서 소설 분야에서 제 미래가 보이기 시작하더군요. 제가 가르치는 대학의 학생들을 위해서 독해 연습용으로 콩트를 썼던 기억이 나는데, 그걸 하나도 보관해두지 않아서 가끔 그게 좋았는지 어땠는지 궁금해질 때가 있더라고요.

2003년에 제이디 스미스, 하리 쿤츠루와 함께 「그랜타Granta」에서 선정한 최고의 젊은 영국 소설가 가운데 한 사람으로 뽑혔지요. 지금 최고의 젊은 영국 소설가를 뽑을 권한이 주어진다면 누구를 지명하시겠습니까?

제가 정말 중년의 나이에 접어들었다는 느낌을 팍팍 주는 질문인데요? 저로서는 대답하기가 쉽지 않은 게, 이곳 아일랜드 서쪽에 있는 제가 시류에 별로 민감하지를 못해서 말이지요. 저는 살아 있는 작가보다는 죽은 작가를 더 많이 읽는 편이거든요. 하지만 굳이 제 대답을 원하신다면, 2013년 영국 「그랜타」 선정 젊은 작가 상의 세 후보자로는 네드 보먼, 조 던손, 그리고 사이먼 레릭으로 하겠습니다. 레릭의 세 소설은 저의 이상적인 삶을 뒤흔들어놓을 정도로 아슬아슬하고 지적인 '사회 스릴러'죠.

어린 시절에 어슐러 르 귄과 수전 쿠퍼를 읽었다고 하셨지요. 판타지의 어떤 측면에 끌렸는지, 그리고 아직도 판타지를 읽는지 궁금합니다.

아이들은 보통 태생적으로 판타지를 좋아합니다. 아직 상상력이 경험에 치여 굴복당하지 않은 상태이기 때문에 그럴 거예요. 열 살 정도까지는 아직 옷장에서 나니아를 찾는다거나 털 코트가 전나무로 바뀔 수 있는 기회가 있지요. 어린 시절의 마음 상태는 판타지 소설 내부의 삶과 공명하죠. 하루의 많은 시간을 어떻게 보낼지를 자기 마음대로 통제하지 못하거나, 혹은 약점 많은 거인 같은 존재의 손에 자신의 현실이 좌지우지당하고 있다면, 세상의 법칙을 마법으로 구부러뜨리고 싶은 욕망이 강해지죠. 아이들이 환상을 현실과 구별할 수 없다는 말을 하려는 게 아니라—그 문제에 관해서는 운동장의 심술궂은 아이들이 공짜로 깨우쳐줄 겁니다—, 판타지가 아이들이 수용하기 쉬운 논리와 아이들이 목말라하는 도피처를 제공한다는 거죠. 저도 어른이 돼서는 판타지를 덜 읽지만(아이들이 잠자리에 들기 전에 읽어주는 경우를 빼고는요), 그게 이름 붙이기에 따라 보는 관점이 달라지는 면이 있어요. 판타지나 과학소설 둘 다 문예소설에 영향을 미치기 시작했고, 스스로 보수적 문학을 자임하는 소설에조차 영향을 미치고 있죠. 무라카미 하루키의 『태엽 감는 새Wind-Up Bird Chronicle』를 판타지 소설로 여기는 사람은 별로 없지만, 플롯 자체가 초자연적인 마법에 의해 추동되고 있지요. 가즈오 이시구로의 노련한 솜씨를 보여주는 『나를 보내지 마Never Let Me Go』는 디스토피아 소설의 유산을 물려받은 과학소설이고요. 마거릿 애투드의 『시녀 이야기The Handmaid's Tale』와 코맥 매카시의 『로드The Road』도 마찬가지지요. 필립 K. 딕이라면 마이클 셰이본의 『유대인 경찰연합The Yiddish Policemen's Union』과 필립 로스의 『미국을 노린 음모The Plot Against America』 두 작품 모두 가장 웅장하고 자랑스러운 전통에 속하는 대체역사 과학소설로 볼 겁니다. 말하자면, 우리 사이에는 우리 스스로가 인식하는 것보다 더 많은 과학소설과 판타지 소설이 스며들어 와 있다는 거지요. 그건 그렇고, 지난번 뉴욕 방문 때 문인들 여럿과 함께 저녁식사를 했는데, 식사하는 내내 『왕좌의 게임A Game of Thrones』에 대해서 서로 솔직하게 이런저런 정보와 지식을 나누며 토론하느라 시간을 다 보냈었죠.

아동문학에서 가장 좋아하는 인물이나 영웅이 있나요?

나니아 연대기에 나오는 에드먼드는 흥미로운 인물입니다. 『사자와 마녀와 옷장The Lion, the Witch and the Wardrobe』에서 에드먼드는 나니아에서 루시의 경험을 따르기를 거부함으로써 강렬한 배반 행위를 저지르고, 급기야는 가장자리에 마법의 약이 묻은 터키 과자 한 박스에 자기 형제들을 팔아버리고 말죠. 하지만 『새벽 출정호의 항해The Voyage of the Dawn Treader』에서는 에드먼드라는 인물의 힘이 좀더 강해져서 유스터스한테 조용히 이렇게 말하죠. "넌 바보에 불과하지만, 난 배신자였어." 휘청거리는 영웅이 기억에 더 오래 남는 법이죠.

두 아이를 키우면서 새롭게 발견한 좋은 어린이책이 있습니까?

그럼요, 많죠. 1970년대와 1980년대에는 아이들이 읽을 만한 괜찮은 픽션이 정말 부족했지만, 지금은 좀처럼 사그라질 기미가 안 보이는 황금기라고 할 수 있지요. 필립 풀먼, 조앤 K. 롤링, 레모니 스니켓은 수많은 아동문학 작가들 가운데 가장 잘 알려진 세 사람일 뿐이죠. 마이클 모퍼고는 장소와 감정을 환기시켜주는 훌륭한 재능을 지닌 멋진 문장가고요. 닐 게이먼의 『코렐라인Coraline』과 『그레이브야드 북The Graveyard Book』은 우리 대부분보다 더 오래 살아남을 것으로 기대되는 환상적인 작품들이죠.

말을 더듬었던 경험을 "언어에 대한 정보원"으로 여긴다고 쓰셨습니다. 그 경험이 어떤 방식으로 독서와 글쓰기에 대한 접근에 정보원 노릇을 했는지 궁금합니다.

약간의 독서가 사람보다는 책 쪽으로 저를 슬쩍 떠밀었을 뿐인데, 결국에는 많은 독서로 이어지게 됐어요. 하지만 미래의 작가로서는,

제 말 더듬음이 마치 무자비한 신병 훈련소 교관 같은 효과를 냈다고 볼 수 있지요. 그게(또는 제 상상 속에서는 '그가') 저로 하여금 말 더듬음을 유발하는 자음으로 시작하는 단어들을 피할 수 있을 만큼 충분히 유연하고 강력한 어휘를 축적해서, 다른 사람이 알아채기 전에 자연스럽게 그걸 말할 수 있도록 단련시켰던 거죠. 말더듬음은 또, 단어들의 소속 성향에 대해서도 가르쳐줬지요. 예를 들어, '스스로 배웠다I taught myself'는 말 대신에 '독학autodidact'이라는 단어를 쓰는 건 좋지 않은데, 그건 1980년대 영국의 평범한 공립학교에서 '독학' 같은 단어를 쓰면 팬티만 입은 채로 철조망에 매달리는 벌을 받아야 마땅할 정도로 사람을 불쾌하게 만드는, 잘난 체하는 말투라는 판정을 받게 되기 때문이죠. 그 당시에 제가 몰랐던 건, 언어의 사용역域이 소설가가 살아 움직이는 인물을 창조해내고, 대화나 이야기로 표현된 생각에 진정성을 부여하는 데 얼마나 커다란 도움이 되는가 하는 것이었죠. 그래서 말 더듬음이 저로 하여금 작가가 되게 만들었다고는 말하지 않겠지만—그런 충동은 다른 데서 오니까요—그게 저라는 작가가 지금처럼 글을 쓰게끔 영향을 미쳤다고는 말할 수 있을 것 같습니다. 어렸을 때는 저주처럼 느껴지던 것이 오랜 시간이 흐른 뒤에는 동지로 판명이 나는 수가 있다는 거지요.

고인이 된 작가든 살아 있는 작가든, 세 사람의 작가에게 당신이 선택한 세 가지 주제를 배정한다면 누가 무엇에 관해서 쓰게 될까요?

이 질문에 대해서 며칠 동안이나 고민했지만, 아무 생각도 안 나더군요. 유쾌한 조합을 만들어내기 위해서는—예를 들어, 마크 트웨인으로 하여금 티 파티에 대해서 쓰게 한다든지—작가가 무엇을 쓰게 될지 미리 상상을 해야만 하기 때문에(결국 여러분이 먹게 되는 건 최고급 조롱 요리겠죠) 놀랄 만한 요소가 없는 거죠. '관찰자의 시선 변화'라는 문제도 생길 겁니다. 예컨대, 돛단배 여행 시대의 작가를 우주로 보낼라치면, 작가한테 이 상황을 이해시키는 데 너무도 많은 기술적인 노력이 들어가야 할 것이고, 게다가 조지프 콘래드가 우주복 안으로 기어들어갈 때쯤에도 여전히 콘래드처럼 쓰고 있을지 확신할 수가 없다는 겁니다. 저한테 떠오르는 유일한 생각은 뭔가 몰랐던 사실을 밝혀주기보다는 보복하는 면이 더 강한 것이라고 할 수가 있는데요, 기후변화에 대해서 가장 목청 높여 부정하는 사람들을 전부 모아서 100년 뒤의 미래로 보내가지고 그들로 하여금 자기 직계 후손들이 겪게 될 운명을 같이 겪을 수밖에 없게 만드는 겁니다. 그들은 그때 가서도 그게 왜 다른 사람들의 잘못인지 이유를 찾아내려 할 거라는 의심이 들긴 하지만 말이에요.

고인이 되었거나 살아 있는 작가들 가운데 누구라도 만날 수 있다면, 누구를 만나고 싶습니까? 만나면 무엇을 알고 싶습니까?

체호프요. 특별히 궁금한 건 없어요. 그저 그와 함께 정원에서 가꾼 감자와 껍질 콩을 곁들인 꿩고기나 나눠 먹고 싶어요. 그런 다음에 의심스런 크림반도산 와인 한 병을 재빨리 비우고 나서 영어와 러시아어로 된 스크래블 게임을 몇 판 즐기면서 시간 가는 줄도 모르고, 점수가 얼마나 났는지도 잊은 채로 어울리는 거죠. 그 자리에 아이작 바셰비스 싱어도 온다면 두 사람이 서로 잘 어울릴 거라고 생각합니다. 그러다가 어느 시점에 도로시 파커가 들를 수 있다면, 그리고 어쩌면 캐서린 맨스필드와 실비아 타운센드 워너도 온다면…… 그러면 갑자기 파티가 열리게 되는 거죠.

그때 가장 좋아하는 작가 이름을 딱 하나만 말해야 한다는 강요를 받는다면요?

그때는 이렇게 말해야겠죠. "죄송하지만, 책은 그런 식으로 작용하지 않아요. 음악도 그렇고요. 아멘." 그렇게 말한 다음엔 어떤 결과든 받아들여야겠죠.

대통령이 읽어야 할 책

버락 오바마 대통령은 이미 충분한 독서를 하신 분 같아요. 대통령께서는 E. M. 포스터의 『민주주의를 위한 두 함성』이나 심지어 티나 페이의 『드센 여자』를 읽어보는 것도 고려해보지 않을까 싶은데요. 그 책들은 그분이 모든 것—가난하다는 것, 부유하다는 것, 아프다는 것, 늙는다는 것, 전쟁에 나가서 싸운다는 것—에 대해서 다 알지는 못한다고 생각하는 사람들을 주변에 두는 데 도움이 될 것입니다. 그게 누구한테라도 중요하다고 한다면, 미스터 오바마께도 추천하고 싶네요. —**제임스 패터슨**

마르쿠스 아우렐리우스의 『명상록』을 권하고 싶네요. 인내와 권력의 절제에 대해서 말해주는 책이지요. "아침에 일어나면 스스로에게 말하라. 오늘 내가 상대하는 사람들은 쓸데없이 남의 일에 참견하고, 감사할 줄 모르고, 오만방자하고, 정직하지 않고, 질투하고, 무례할 것이다. 그들은 악에서 선을 구별해내는 법을 모르기 때문에 그런 것이다. 하지만 나는 선의 아름다움과 악의 추함을 보았고, 악을 행하는 사람이 나 자신의 본성과 결부된 본성을 가지고 있다는 사실을 알게 되었다. 혈연이나 출생이 아니라 같은 마음으로 연결된, 그리고 신성한 부분을 가지고 있는 본성 말이다."
—**스팅**

당연히 리처드 A. 멀러가 쓴 『대통령을 위한 물리학』이 이미 그런 목적을 담고 있는 책이지요. 대통령의 과학 보좌관은 전통적으로 물리학자였어요. 과학에 겹겹이 쳐진 커튼을 젖혀보면, 화학에 대한 이해 없이는 생물학에 대한 이해가 불가능하고, 물리학에 대한 이해 없이는 화학에 대한 이해가 불가능하다는 사실이 드러나지요. 정부에서 일하는 사람들 가운데 이런저런 정보에 밝은 사람들은 처음부터 이 사실을 알고 있었어요. 그리고 모든 공학이 물리법칙 그 자체로부터 나온다는 사실도요. 그러니 대통령이 물리학의 기초를 이해할 수 있다면 참 좋을 겁니다. 특히 과학과 기술에서의 혁신이 21세기 경제라는 엔진의 추동력이 될 테니까요. 현명하게 이해하고 투자하는 데 실패하는 나라는 불행한 경제적 결과를 맞게 될 겁니다. —**닐 더그래스 타이슨**

미국작가센터의 '글을 쓸 자유' 프로그램 지휘자인 래리 시엠스가 쓴 『고문 보고서: 9/11 이후에 만들어진 미국의 고문 기획에 대해서 문서들이 말하고 있는 것』이요. 하지만 대통령께서는 이미 그 책의 내용을 알고 계실 것이기에, 그분께 『안톤 체호프 단편 전집』을 권해드리고 싶네요. 체호프는 나와는 다른 사람이 된다는 게 어떤 것인지를 상상할 수 있도록 도와주니까요. 정치 지도자에게 유용한 기술이죠.
—프랜신 프로즈

그야 물론 셸 실버스타인의 『이 사람들을 쪼아 먹으면 안 돼!』지요. 우리가 만나게 되는 피조물들 가운데 얼마나 많은 수가 우리를 잡아먹으려는 자들인지를 말해주는 책이니까요. 설령 우리가 먼저 철저하게 초당파적으로 행동한다 하더라도 말이지요.
—게리 슈테인가르트

우리 미국의 위대한 비극서사인, 멜빌의 『모비 딕』이요. 진짜 많은 의미를 포함하고 있는 소설이죠. 피쿼드는 국가라는 배, 광기로 번쩍거리는 에이해브 선장은 위험한 '지도자', 다양한 인종의 선원들을 우리 미국 시민으로 볼 수도 있고요. 그리고 등장인물이 모두 남자인 이 모험담과 균형을 맞추기 위해서 『에밀리 디킨슨 시 모음집』을 같이 읽으시면 좋을 것 같아요. **—조이스 캐럴 오츠**

저는 대통령께 수전 시핸이 쓴 탁월한 논픽션 『세상에 저를 위한 곳은 없나요?』라는 책을 권하고 싶습니다. 정신분열증을 겪고 있는 어린 여자아이에 대해서 쓴 글인데, 정신적 질병이라는 바퀴가 끝도 없이 굴러가는 모습을 정말 잘 보여줍니다.
—데이비드 세다리스

돌아가신 제 아버지 케네스 라모트의 논픽션 작품 『반反캘리포니아: 미국 최초의 의사파시즘 주로부터의 보고서』를 권해드릴 것 같네요. 로널드 레이건이 주지사였을 당시에 관한 이야기죠. 저는 버락 오바마 대통령이 아버지의 이 놀라운 책을 들고 읽는 모습을 즐겨 상상하곤 해요. 그건 아버지께서 다시 살아나신다는 걸 의미하니까요. 책은 시공간의 연속성 바깥에 존재하는 살아 있는 유기체니까요.

—앤 라모트

데이비드 세다리스
David Sedaris

지금 침대 머리맡에는 어떤 책이 놓여 있나요?

올해 제가 스콜라스틱 어워즈에 심사위원으로 참여하게 돼서 바로 얼마 전까지도 똑똑한 고등학생들이 쓴 에세이를 읽었지요. 지금은 샬롬 오슬랜더가 쓴 『희망: 어떤 비극Hope』을 읽기 시작했습니다. 그의 전작 『물건의 탄식Foreskin's Lament』을 읽으면서 많이 웃었던 경험이 있거든요.

• 데이비드 세다리스는 『나도 말 잘하는 남자가 되고 싶었다Me Talk Pretty One Day』 『네이키드Naked』 『너한테 꽃은 나 하나로 족하지 않아?When You Are Engulfed in Flames』 『올빼미와 함께 당뇨병을 탐험해볼까?Let's Explore Diabetes with Owls』 등을 쓴 작가다.

언제, 어디서 책 읽는 걸 좋아하십니까?

20대와 30대 초반까지는—그러니까 1주일에 두 권씩 읽던 시절에는—주로 IHOP(미국에서 가장 유명한 팬케이크 레스토랑 체인점 가운데 하나—옮긴이)에서 읽었어요. 오랫동안 한 번도 가보지 못했는데, 그때는 레스토랑이 한가해지는 시간에 가면 커피를 갤런 크기의 포트에 담아주고 원하는 만큼 있을 수 있게 해줬거든요. 지금은 모두가 휴대전화로 떠들어대기 때문에 공공장소에서 책을 읽는 게 훨씬 힘들어졌지만요. 그래서 지금은 집에서 읽습니다. 주로 어딘가에 기대서 반쯤 드러누운 자세로 말이죠.

최근에 읽은 책 가운데 정말로 훌륭하다고 생각했던 책은 무엇입니까?

최근에 읽은 책 중에 좋은 책이 많았어요. 바바라 데믹이라는 여성 작가가 쓴 『아무것도 부러울 게 없다: 북한의 일상Nothing to Envy』은 정말 눈이 번쩍 뜨이는 책이었습니다. 우리가 "이 사람은 영어를 재발명한 것만 같다"고 할 때 말하는 그런 종류의 '대단한' 책이라면 저는 웰스 타워의 『유린되고 타버린 모든 것Everything Ravaged, Everything Burned』을 들겠습니다. 제가 지금까지 읽은 그 어떤 것과도 다른, 얼마나 흥미진진한 소설집인지 모릅니다.

스스로를 소설 애호가라고 생각하시나요, 논픽션 애호가라고 생각하시나요? 가장 좋아하는 문학 장르는 무엇입니까? 죄책감을 느끼면서 즐기는 책이 있나요?

저는 불행한 삶을 사는 사람들에 대해 쓴 논픽션을 좋아합니다. 주인공이 점점 더 나쁜 상황으로 빠져들수록 더 읽고 싶어지죠. 소설 속의 인물일 경우에는 훨씬 덜 까다롭습니다. 그 인물이 행복하건 혼란을 겪건 쓰라림을 맛보건, 글이 좋으면 모든 걸 받아들이게 되죠. 제가 남몰래 즐기는 책은 영국 오디오판 『해리 포터Harry Potter』입니다. 스티븐 프라이가 읽어주는 오디오북인데 꼭 여덟 살짜리 아이처럼 계속 반복해서 듣는답니다.

당신에게 가장 큰 영향을 주었던 책은 뭔가요? 작가가 되고 싶다는 생각이 들게 만들었던 책은요?

레이먼드 카버의 단편집들 가운데 제가 처음으로 접했던 『사랑을 말할 때 우리가 이야기하는 것What We Talk About When We Talk About Love』을 읽고는 말문이 막혔던 기억이 납니다. 그의 짧고 단순한 문장과 친숙해 보이는 인물들이, 소설 쓰기가 쉽다고는 할 수 없겠지만 적어도 가능하긴 하겠구나 하는 생각을 하게 만들어줬지요. 그 책이 저로 하여금 더 열심히 쓰게도 만들었지만, 보다 중요한 것은 토비아스 울프나 앨리스 먼로 같은 동시대 단편 작가들을 향한 관심의 문을 열어주었다는 사실이지요.

대통령께 단 한 권의 책을 권할 수 있다면, 어떤 책을 권하시겠습니까?

저는 대통령께 수전 시핸이 쓴 탁월한 논픽션 『세상에 저를 위한 곳은 없나요?Is There No Place on Earth for Me?』라는 책을 권하고 싶습니다. 정신분열증을 겪고 있는 어린 여자아이에 대해서 쓴 글인데, 정신적 질병이라는 바퀴가 끝도 없이 굴러가는 모습을 정말 잘 보여줍니다.

독서 습관이 궁금합니다. 종이책을 읽으시나요, 전자책을 읽으시나요? 읽으면서 메모를 하시나요? 책을 읽는 동안 간식을 즐기시는 편인가요?

아이패드로 책을 읽기도 합니다. 여행할 때는 아주 좋아요. 하지만 종이책이 옆에다 뭘 적어넣기가 더 쉽죠. 그리고 저는 제가 읽기를 막 끝낸 부분의 분량을 쟀을 때 느껴지는 성취감 같은 게 좋습니다. "4분의 3이나 읽었네!" 하면서요. 오디오북도 좋아합니다. 다림질을 하면서도 들을 수 있으니까요. 메모에 대해 말하자면, 제 마음을 움직이는 문단을 읽을 때마다 일기장에 옮겨 적습니다. 훌륭한 글을 쓸 때의 느낌이 어떤 것인지 제 손가락이 기억하기를 바라면서 말이죠.

이상적인 독서 경험은 어떤 것입니까? 웃게 하는 책이 더 좋으세요, 울게 하는 책이 더 좋으세요? 교훈적인 책과 낯선 곳으로 데려가주는 책 가운데 어느 쪽을 더 좋아하시나요?

전부 다요.

어렸을 때 가장 좋아한 책은 무엇이었나요? 그 책들 속에 좋아하는 인물이나 영웅이 있었나요? 모든 아이들이 읽었으면 좋겠다고 생각하는 책이 있습니까?

초등학교 시절 학교 도서관에 주황색 표지의 전기 시리즈가 있었는데, 아마 전부 다 읽었을 겁니다. 대부분 미국 대통령이나 건국의 아버지가 주인공이었지만, 대니얼 분이나 데이비 크로켓 같은 영웅에 관한 책도 몇 권 들어 있었죠. 장작을 패고 촛불을 켜놓고 숙제를 하면서 언젠가는 유명한 사람이 될 거라는 생각 따윈 전혀 하지 못했던 그들의 어린 시절에 대해서 읽는 게 좋았어요. 저는 모든 아이들이 『세상에 저를 위한 곳은 없나요?』를 읽었으면 좋겠습니다. 그러면 대통령을 만났을 때 할 이야기가 생기게 되는 거니까요.

실망스럽거나, 과대평가되었거나, 신통치 않은, 좋아해야 마땅하지만 당신에게는 그렇지 않았던 책이 있습니까? 가장 최근에 끝내지 못하고 내려놓은 책이 있다면요?

『모비 딕Moby Dick』을 읽어내느라 진짜 얼마나 진땀을 흘렸는지! 10년 전에 숙제로 읽게 됐는데, 처음 몇 페이지를 읽고 나니까 어떤 보상 시스템 없이는 도무지 앞으로 나아갈 수가 없겠구나 하는 생각이 들더군요. 그래서 이 책을 끝낼 때까지는 목욕도 면도도 못 하고 이도 못 닦고 옷도 갈아입을 수 없다는 제약 조건을 고안해냈지요. 결국 저는 그 책보다 더 지독한 냄새를 풍기게 됐죠.

당신이 읽은 책 가운데 가장 웃기는 책은 무엇이었습니까?

「어니언The Onion」(미국의 온라인 풍자신문 ―옮긴이) 기자들은 읽을 때마다 배꼽이 빠질 정도로 웃기는 아이디어를 만들어 내놓습니다. 그냥 아무데나 펼쳐서 아무 줄이나 읽어도 웃기죠. 웃기는 이야기를 쓰는 소설가로는 진시 윌렛, 샘 립사이트, 플래너리 오코너, 조지 손더스를 꼽고 싶습니다. 아, 「뉴요커」의 폴 루드닉도 정말 좋아합니다.

다른 작가가 써줬으면 하는 책이 있다면요?

간결하고 감정에 치우치지 않는 마이클 잭슨 전기를 정말 읽고 싶습니다. 그냥 그에 관해서라면 모든 걸 알고 싶어요.

고인이 되었거나 살아 있는 작가들 가운데 누구라도 만날 수 있다면, 누구를 만나고 싶습니까? 저자에게 편지를 써본 적이 있나요?

저는 제가 존경하는 사람을 만나는 자리는 끔찍할 정도로 자신이 없어요. 하지만 만약에 시간을 거슬러올라갈 수 있다면, 플래너리 오코너를 위해 기쁜 마음으로 불쏘시개를 주워오거나 셔츠 몇 장을 다림질해줄 겁니다. 일을 끝내고 나서 그녀가 수고비를 지불하겠다고 하면, 경외심에 차서 높고 떨리는 목소리로 제가 좋아서 한 일이라고 말할 거예요.

당신이 책을 쓰고 있을 때 누군가 들어온다면 그는 무엇을 보게 될까요? 작업실은 어떤 모습입니까?

글이 막히면 저는 책상에서 일어나 청소를 합니다. 그러니까 만약 누군가 제 작업실에 들어선다면 제가 유리창을 닦고 있거나 30분 전에 닦아놓은 라디에이터의 먼지를 또 닦고 있는 모습을 발견할 가능성이 많겠죠.

최근에 누군가 개인적으로 추천한 책 중에 재미있게 읽은 책이 있나요? 누가 추천했고, 어떤 점에 끌려서 그 책을 손에 들게 됐나요?

제 여동생 에이미와 저는 논픽션 독서 취향이 비슷합니다. 최근에는 동생의 추천으로 마고 프라고소가 쓴 『타이거, 타이거Tiger, Tiger』를 읽었지요.

다음으로 어떤 책을 읽으실 계획입니까?

마이클 셰이본의 새 책을 고대하고 있습니다. 그의 작품 『유대인 경찰연합』이 정말 좋았거든요.

어린 시절 영감을 준 책

내가 읽고 있는 책이 누군가에 의해 쓰인 거로구나 하는 것을 인식하게 만들어준 첫 번째 작가는 C. S. 루이스였어요. 괄호 안에 독자를 위한 멋진 설명이 들어 있는 걸 보고서 그걸 의식하게 된 거죠. 그때 이런 생각들을 했던 게 기억납니다. "내가 작가가 되면 나도 괄호를 사용해야지. 각주도 달고. 각주는 꼭 있어야만 해. 그런데 그런 건 어떻게 하는 거지? 이탤릭체도 쓸 거야. 그런데 이탤릭체는 또 어떻게 만드는 거야?" **—닐 게이먼**

저로 하여금 작가가 되고 싶게 만든 건 하디 보이스 시리즈였어요. 그리고 신문도요. 어머니 말씀이, 제가 「마이애미 헤럴드」의 스포츠난을 보면서 글을 깨쳤다더군요. **—칼 하이어센**

루이스 캐럴의 『이상한 나라의 앨리스』와 『거울 나라의 앨리스』요. 제가 아홉 살 때 할머니께서 사주셨는데, 무척 인상적이었어요. 이 책들이 확실히 제가 작가가 되는 데 영감을 불어넣어준 책이고, 앨리스는 제가 오랫동안 가장 동일시했던 주인공이죠. 그녀의 좌우명이 저랑 같았거든요. "궁금해하고 또 궁금해하라!" **—조이스 캐럴 오츠**

제가 가장 사랑했던, 거의 제 유년기를 형성했던 책은 만화책, 특히 마블 코믹스였습니다. 판타스틱 포와 스파이더맨, 마이티 토르와 천하무적 아이언맨. 그리고 나중에는 데어데블과 그 외 다른 것들도 많이 나왔죠. 이 시각예술과 글의 조합이 제게 인물의 복잡성과 상상 모험의 순수한 기쁨을 알려주었습니다. 그 만화들이 제게 글쓰기의 변증법에 대해서, 그리고 어떻게 괴물이 영웅일 수도 있는지를 가르쳐줬지요. 그 만화들은 과학을 찬양하고, 세계가 어떤 하나의 정신보다도, 혹은 사실 인류 정신의 역사 전체가 이해할 수 있는 것보다도 더 복잡하다는 것을 조금씩 이해할 수 있게 해주었지요. **—월터 모슬리**

도나 타트
Donna Tartt

지금 무슨 책을 읽고 계십니까? 한 번에 한 권씩 읽으시는 편인가요?

늘 열두 권쯤은 같이 읽어요. 그래서 제 가방은 항상 무겁죠. 지금 읽고 있는 책을 말씀드리죠. 네버싱크 라이브러리가 복간한 장 콕토의 『존재의 어려움Difficulty of Being』을 지금 신나게 읽고 있는데, 대학 때부터 가지고 있던 책이 너무 낡아가지고 몇 페이지가 떨어져나오던 참이었거든요. 레이철 쿠시너의 『쿠바에서 온 통신Telex from Cuba』과 길버트 하이트의 『풍경 속의 시인Poets in a Landscape』도 아주 재미있게 읽고 있어요. 후자는 카툴루스와 프로페르티우스, 라틴계 시인들에 대한 매력적인 감상을 쓴 책이지요. ('뉴욕 리뷰 북스 클래식'이 재발간한 책

• 도나 타트는 『황금방울새The Goldfinch』 『비밀의 계절The Secret History』 그리고 『어린 친구The Little Friend』를 썼다.

은 거의 전부 다 정말 좋습니다. 업타운에 있는 코너 서점에는 그걸 전부 한 책장에다 꽂아두고 있는데, 서점에 갈 때면 언제나 발을 들여놓자마자 즉각 그 책꽂이를 향해 직진하지요.) 제 침대 옆 탁자에는 해럴드 니컬슨이 쓴 『바이런: 마지막 여정Byron』, 케이트 베른하이머가 쓴 『말, 꽃, 새Horse, Flower, Bird』, 배리 패리스의 루이스 브룩스 전기, 그리고 빅터 그레그가 릭 스트라우드와 함께 쓴 『소총수: 최전방의 삶Rifleman』이 있습니다. 읽기에 편한 책도 항상 같이 포함시킵니다. 여러 차례 읽었던 책 말이에요. 지금 저한테 휴식 같은 책은 레이먼드 챈들러의 『빅 슬립The Big Sleep』이에요.

올해 읽은 책 가운데 최고의 책은 무엇입니까?

시릴 코널리의 『고요하지 않은 무덤The Unquiet Grave』보다 더 즐겁게 읽었던 책은 없어요. 그래서 올해 초 언젠가 그 책을 다시 읽었죠. 10대 이후로 쭉 그 책을 사랑해마지않아왔고, 늘 곁에 두고 있거든요. 몇 년 전, 프랑스에 살러 갔을 적에 제가 가지고 갔던 단 여섯 권의 책 중 하나였고요. 하지만 그 책의 아포리즘적인 특징 때문에 보통은 아주 조금씩만 읽어서, 책 전체를 처음부터 끝까지 다 읽은 건 몇 년 됐어요.

가장 좋아하는 작가는 누구입니까?

제가 가장 좋아하는 소설가들은, 제가 작가가 되고 싶게 만들어준 이들인데, 대부분 19세기 작가들이에요. 디킨스, 멜빌, 헨리 제임스, 콘래드, 스티븐슨, 도스토옙스키 같은 작가들인데, 그 목록에서 맨 앞자리를 차지하는 이는 아마 디킨스일 겁니다. 20세기 소설가들이라면, 나보코프, 에벌린 워, 샐린저, 피츠제럴드, 돈 드릴로이고, 21세기 소설가들 중에서 지금까지 제가 가장 좋아하는 작가는 에드워드 세인트 오빈과 폴 머리예요.

소설을 써서 가장 좋은 점은 뭔가요?

현실을 떠나 저 자신을 잊게 만드는 또다른 삶이 있다는 게 정말 좋습니다. 세상으로부터 그토록 오랫동안, 이 땅에서 그토록 멀리 떠나 있을 수 있다는 사실이 아주 맘에 들어요. 11년 동안이나 말이지요.

가장 힘든 점은요?

솔직히 말씀드리자면, 소설 한 권을 쓰는 데는 어려운 점들이 너무도 많아서 딱 꼬집어 한 가지만을 말하기는 어렵습니다. 하지만, '당신 책은 무엇에 관한 겁니까?'라는 식의 질문에 적절한 대답을 고안해내야만 하는 일이 특히나 버겁습니다.

어떤 종류의 이야기에 끌리시나요? 피하는 이야기 종류는요?

저는 이 시대의 미국에 관한 리얼리즘 소설에는 그다지 흥미가 없어요. 결혼, 자녀 양육, 도시 근교에 사는 이야기, 이혼, 뭐 그런 것들 말이지요. 어렸을 때도 앞에 커다란 은색 칼데콧 상 스티커가 붙어 있는 책은 피했던 기억이 아직도 또렷하네요. 저는 요정 이야기, 귀신 이야기, 모험담 같은 걸 정말 좋아했는데, 칼데콧 상을 받은 책들은 좀더 사회적인 문제에 관심을 기울이는 착실한 어조를 가지고 있는 경우가 많았죠. 그런 것들은 제 입맛에 맞지가 않았어요. 아무리 어렸어도 그건 알았죠. 그 어떤 잘 쓴 책이라 할지라도 말이에요. 나보코프 식으로 말하자면, 책에서 제가 원하는 건 오로지 척추가 얼얼해지고 머리카락 끝이 쭈뼛 서는 경험뿐입니다.

자기계발서도 읽으시나요? 추천할 만한 책이 있다면요?

한때는, 지금은 없어진 룸패닉스 출판사의 열성 팬이었어요. 그 출판사에서는 『자물쇠 따는 법에 대한 완벽 설명서The Complete Guide to Lock Picking』나 『완전히 사라져서 절대 못 찾게 만드는 법How to Disappear Completely and Never Be Found』 같은 자기계발의 고전들이 나왔거든요.

당신의 책장에 있는 책들 가운데 우리가 보면 놀랄 만한 책은 무엇일까요?

방금 말씀드린 것들이겠죠.

개인 서재는 어떻게 정리하십니까?

말씀드리기 좀 그렇긴 한데, 정리는 잘 안 해요. 그래도 모든 게 어디에 있는지는 알고 있죠.

책은 계속 가지고 있는 쪽인가요, 아니면 없애버리는 쪽인가요?

계속 보관하고 있어요. 하지만 선물하는 경우도 많아요.

대통령께 단 한 권의 책을 권할 수 있다면 어떤 책을 권하시겠습니까?

대통령께 어떤 책을 읽으라고 권하는 건 꿈도 안 꿉니다. 대통령은 너무 바쁘고, 게다가 우리가 똑같은 책을 즐길 것 같지도 않으니까요.

어린 시절에 동일시했던 문학 속 인물이 있나요? 당신의 영웅은 누구입니까?

어렸을 때는 허클베리 핀이랑 피터 팬을 진짜 좋아했고, 10대에는 프래니 글래스(J. D. 샐린저의 여러 단편들에 나오는 글래스 가족 중 한 인물—옮긴이)를 좋아했죠. 20대에 정말 좋아했던 인물은 애거사 룬서블(에벌린 워의 『썩어빠진 몸』에 나오는 인물—옮긴이)이었고요.

고인이 되었거나 살아 있는 작가들 가운데 누구라도 만날 수 있다면, 누구를 만나고 싶습니까?

이것이 제게는 가장 흥미로운 질문입니다. 매일 이 질문에 대해 생각하느라 많은 시간을 보냈지요. 어떤 작가의 책을 정말로 좋아한다고 해서 반드시 그 작가와 함께 어울리기 좋은 건 아닐 거예요. 오스카 와일드를 만난다면 정말 재밌을 거 같아요. 그를 만나본 사람이라면 누구나, 글보다 직접 만나서 이야기를 나눴을 때 훨씬 더 멋진 사람이었다고들 말하니까요. 테네시 윌리엄스의 일기를 읽고 나서는, 테네시와 제가 만났다면 우리가 친구가 됐을 수도 있겠다는 생각까지 들었고요. 저녁식사 데이트라면, 알베르 카뮈죠. 그 트렌치코트! 그 담배를 꼬나문 모습! 제 프랑스어 실력도 이만하면 충분한 것 같고요. 함께 좋은 시간을 보낼 수 있을 것 같아요.

실망스럽거나, 과대평가되었거나, 신통치 않은, 좋아해야 마땅하지만 당신에게는 그렇지 않았던 책이 있습니까?

헤밍웨이를 별로 안 좋아합니다. 『율리시스』도 대단한 책이란 건 알지만 저한테는 그다지 와닿지가 않았어요. 하긴, 『일리아스』에 비해 『오뒷세이아』는 그 10분의 1도 좋아하지 않았으니까요.

가장 최근에 끝내지 못하고 내려놓은 책이 있다면요?

물론 있지요. 하지만 그걸 밝히는 건 예의에 어긋나는 일 같군요.

문학 속 인물 가운데 누구라도 될 수 있다면 누가 되고 싶습니까?

그건 좀 어려운 질문이네요. 너무도 많은 문학 속 인물들의 결말이 안 좋으니까요. 『스쿠프Scoop』의 스티치 부인이 손바닥만한 자동차를 끌고 미친듯이 돌아다니는 게 정말 재밌어 보여요. 톰 리플리(퍼트리샤 하이스미스의 범죄소설 시리즈에 나오는 인물 —옮긴이)도 그렇고요.

늘 읽어야겠다고 생각했지만 아직 읽지 못한 책이 있습니까? 읽어본 적이 없어서 당혹스러웠던 책은요?

지금 제 책장에 꽂혀 있는 셸비 푸트의 세 권짜리 남북전쟁사를 바라보고 있습니다. 어찌된 일인지 전체를 다 읽어보지는 못했네요. 토머스 하디의 소설도 대부분 못 읽어봤고요. 그렇다고 해서 당황하거나 한 적은 없지만요. 그의 시는 많이 읽어보고 좋아했지만, 소설은 저한테는 그냥 너무 슬퍼요.

다음으로 어떤 책을 읽으실 계획입니까?

그레이엄 그린의 『로체스터 경의 원숭이Lord Rochester's Monkey』를 읽으려고 했는데, 절판이 돼서 스티븐 킹의 『닥터 슬립Doctor Sleep』을 읽으려고요.

어떤 이야기에 끌리는가?

저는 좋은 의도 때문에 어둠 속으로 들어가서, 그들의 영혼에 스며드는 어둠을 다루는 법을 풀어내야만 하는 인물에 대한 이야기가 좋습니다. 그걸 대의大義의 변주라고 할 수 있을지도 모르겠네요. 악당이나, 그 악당이 왜 그런 짓을 하는지를 설명해나가는 이야기는 피합니다. 그냥 그런 이야기에는 별로 흥미가 안 생겨요. 저는 좋은 경찰이 하는 거래에 대한 이야기를 좋아합니다. 마치 물리법칙처럼 그들은 어둠 속으로 들어가고 어둠이 그들에게로 오지요. 그들은 그 어둠이 자신들을 파괴하는 것을 막는 방법을 찾아내야 하고요. **—마이클 코널리**

제게 '실험소설'은 "쉴 틈을 좀 줘요"와 동의어입니다. 그리고 저는 과학소설에 끌린 적이 한 번도 없어요. 그 외에는 잡식성이에요. **—애너 퀸들런**

말하기 슬프지만 저는 액션이 좀 들어간 게 좋습니다. 사랑 이야기는 지루해요. 저는 싸우는 걸 원합니다. 지나치게 세세한 이야기나, 섬세한 감각을 지닌 여인들의 안개 같은 머릿속에 들어가서 머무는 건 별로예요. **—힐러리 맨틀**

잘 만들어진 이야기이고, 정서적인 충격을 주고, 뭔가 추리물 같은 느낌을 주는 소설이라면 어떤 종류건 좋아합니다. 일단 그런 전제하에, 판타지나 과학소설을 읽은 지는 좀 오래됐군요. **—할레드 호세이니**

다윗과 골리앗과 관련된 거라면 뭐든지 끌려요. **—제임스 맥브라이드**

저는 사람들이 무지막지하게 시련을 겪는 이야기를 좋아해요. 시련이 안 나오면 그만 집중력이 떨어져버리고 말아요. 칼 오베 크나우스고르의 회고록 『나의 투쟁』을 읽고 나서는 노르웨이에도 시련을 겪는 사람이 있다는 사실에 충격을 받았지요. 그들한테는 정말 다행인 거죠! **—게리 슈테인가르트**

드루 길핀 파우스트
Drew Gilpin Faust

지금 침대 머리맡에는 어떤 책이 놓여 있나요?

앨런 홀링허스트의 『이방인의 아이The Stranger's Child』, 대니얼 카너먼의 『생각에 관한 생각Thinking, Fast and Slow』, 캐서린 부의 『안나와디의 아이들Behind the Beautiful Forevers』, 『남북전쟁: 전쟁 기간을 살아낸 사람들이 직접 들려주는 전쟁 발발 이후 두번째 해The Civil War』가 있습니다. 저는 항상 여러 권의 책을 한꺼번에 읽는 방식으로 독서를 하거든요.

어디서, 언제 읽는 걸 좋아하십니까?

모든 장소에서 읽지요. 그곳이 어디든 상관없이요. 하지만 밤에 잠

• 드루 길핀 파우스트는 하버드 대학 총장이며 『발명의 어머니들Mothers of Invention』을 비롯한 여러 책의 저자이기도 하다.

자리에 들기 전에는 항상 읽습니다.

최근에 읽은 책 가운데 정말로 훌륭하다고 생각했던 책은 무엇입니까?

고등학교 다닐 때 이후로는 『허클베리 핀의 모험Huckleberry Finn』을 읽을 기회가 없었는데 지난여름에 다시 읽어봤어요. 킨들에서 약간 충동적으로 다운을 받아서요. 그런데 미국 역사에서 인종과 노예제도에 대해서 지금까지 제가 가르치고 연구해온 것들 가운데 얼마나 많은 부분이 1884년에 출간된 이 한 권의 책 속에 이미 들어가 있는지를 발견하고는 정말 깜짝 놀랐습니다. 뿐만 아니라 이 책은 무시무시할 정도로 현대적입니다. '실재'에 대해서 비판적인 관점으로 보게 만든다는 점에서 포스트모더니즘적이라고도 할 수 있겠고요. 사회질서의 구조를 만드는 가면이나 위선에 대한 빼어난 통찰이 담겨 있는 책입니다.

소설을 더 좋아하십니까, 논픽션을 더 좋아하십니까? 가장 좋아하는 문학 장르는 무엇인가요? 죄책감을 느끼면서 즐기는 책이 있습니까?

두 가지 장르 다 좋아합니다. 제가 역사학자이기 때문에 당연히 역사책을 많이 읽습니다. 하지만 지금은 하버드 총장으로서 대학을 구성하는 다양한 분야의 책을 읽을 수 있는 특권과 명분이 생긴 셈이죠. 저는 현대소설도 좋아하고 추리소설 중독자이기도 합니다.

총장의 직무 가운데 하나가 해외여행인데, 제 여행 계획에는 독서가 항상 들어 있지요. 최근에는 1월에 방문했던 인도에 관한 책들에 푹 빠져 있었어요. 저는 소설과 비소설을 다 읽습니다. 시사, 역사, 예술, 건축 등에 관한 책도 읽고, 로힌턴 미스트리, 아니타 데사이, 살만 루슈디, 아미타브 고시 같은 훌륭한 작가들의 소설도 읽고요.

학생 때 읽었던 책들 가운데 최고의 책을 꼽는다면요?

고등학생 시절 프랑스어 시간에 읽었던 알베르 카뮈의 『페스트』는 제게 엄청난 충격을 주었어요. 그래서 졸업반 때 만든 학교 앨범에다가 그 책에서 따온 문구를 집어넣기도 했죠. 대학 때는 철학 과목 페이퍼를 카뮈와 사르트르에 대해서 썼고 대학 졸업 앨범에도 『페스트』에서 따온 문구를 집어넣었답니다. 1960년대는 행동과 사회참여의 결과로서의 의미를 강조한 실존주의가 대학생들의 마음을 흔들어 놓던 시대였지요.

어렸을 때 가장 좋아했던 책은 무엇인가요? 그 책들 속에 좋아하는 인물이나 영웅이 있었나요?

저는 늘 동물이 좋았어요. 그래서 어렸을 때는 말에 관한 책을 엄청 읽었죠. 어머니께서 선물로 사주신 『은색 재갈Silver Snaffles』이라는 책을 특별히 아꼈습니다. 수십 년 동안 그 책을 찾아 헤맸는데, 바로 몇 년 전에 눈에 익은 그 파란 책표지를 발견하는 순간 제가 느꼈던 전율은 쉽게 잊히지 않을 것 같네요. 런던의 G. 헤이우드 언덕에 희귀본을 파는 전설적인 서점이 있어서 그곳을 찾았는데, 방 가로질러 아동문학 책꽂이에 그 책이 딱 꽂혀 있는 거예요. 이제 다시 제 것이 됐죠.

고인이 되었거나 살아 있는 작가들 가운데 누구라도 만날 수 있다면, 누구를 만나고 싶습니까? 저자에게 편지를 써본 적이 있나요?

에밀리 디킨슨을 만나고 싶습니다. 그녀는 수수께끼 같은 인물이에요. 그 놀라운 천재성이 어디서 왔는지 모르겠어요. 평생을 은둔자로 살았거든요. 자연히 그녀가 죽고 훨씬 더 오랜 시간이 지나기 전까지는 그녀의 작품이 출간되지도 않고 발견되지도 않은 채로 남아 있게 된 거지요. 하지만 그녀는 끈질기게 언어와 시를 뒤집으려는 시도를 했습니다.

독서 습관이 궁금합니다. 메모를 하십니까? 전자책을 읽으시나요, 종이책을 읽으시나요?

논픽션은 손에 연필을 들고 읽는 경우가 많습니다. 책의 질감, 냄새, 모양새, 무게, 전부 다 사랑하지만 킨들의 편리함도 즐깁니다. 여행할 때나 즉각 책을 입수하고 싶을 때 말이지요.

학계에 관한 책들 가운데 가장 좋았던 책은 무엇입니까? 어떤 식으로든 학문적인 삶을 준비하는 데 도움이 됐던 책이 있나요?

학문적인 삶에 부여된 살인적인 책임에 관한 어맨다 크로스 시리즈의 묘사를 무척 즐겁게 읽었던 적이 있습니다.

좀더 진지한 책을 언급하자면, 저는 클라크 커의 『대학의 쓸모 The Uses of the University』가 정말 대단한 책이라고 생각합니다. 원래는 1963년에 하버드 강의 시리즈로 나왔는데 그 이후로 판을 거듭하면서 내용이 좀더 추가되었죠. 그 책은 미국의 연구 중심 대학이 어떻게 생겨났고 발전해왔는지, 그리고 대학이 비판적 시각과 장기적인 관점의 견해를 유지하는 것이 우리의 현재와 미래에 왜 그토록 중요한지를 설명하고 있는데, 지금까지도 그런 설명을 시도해온 책들 가운데 가장 훌륭한 책이라 할 수 있지요.

하버드의 모든 신입생이 읽었으면 하는 책이 있습니까?

캐스린 슐츠의 『오류의 인문학Being Wrong』은 의심을 하나의 기술로 옹호하고 오류를 지혜의 기초로 높게 생각합니다. 그녀의 책은 하버드의 우수하고 성공적인 신입생들이 위험과 실패까지도 적극적으로 끌어안도록 격려하고픈 저의 생각을 더 공고하게 만들어줄 것입니다.

다음으로 어떤 책을 읽으실 계획입니까?

제 침대 옆에 놓여 있는 책들을 다 끝내고 나면 칼 말란테스가 쓴 『전쟁에 나간다는 것What It Is Like to Go to War』을 집어들 것 같습니다. 바로 그 문제에 대한 저의 호기심이 남북전쟁에 대한 저 자신의 연구와 글쓰기의 많은 부분을 이끌어온 동력이 되어왔거든요. 예전에 어니스트 헤밍웨이가 전쟁이 "최고의 주제"라고 선언한 적이 있었지요. 전쟁이 저로 하여금 책을 쓰고 읽는 일에 헌신하도록 만든 것만큼은 확실합니다.

죄책감을 느끼며 즐기는 책

떳떳지 못한 기분으로 읽는 책들 가운데 최고는 해리 스티븐 킬러의 작품들입니다. 그는 미국이 낳은 가장 위대한 나쁜 작가였을지도 모릅니다. 아니면 최악의 위대한 작가였는지도 모르고요. 어떤 게 옳은지는 저도 잘 모르겠습니다. 그의 잘못이 아닌 몇몇 문제에 대해서 흠을 잡는 사람도 있겠지만 저는 그를 정말 좋아합니다.

—닐 게이먼

제가 남몰래 즐기는 책은 영국 오디오판 『해리 포터』입니다. 스티븐 프라이가 읽어주는 오디오북인데 꼭 여덟 살짜리 아이처럼 계속 반복해서 듣는답니다.

—데이비드 세다리스

영적 접근을 하는 자기계발서야말로 제가 떳떳하지 못한 마음으로 즐기는 대표적인 종류의 책이죠(사실 그렇게까지 떳떳지 못한 건 아니에요. 램 다스와 디팩 초프라를 좋아하고 마크 엡스타인의 불교심리학 책을 특별히 좋아합니다). 저는 심령술사가 우리가 태어나기 전에 일어난 일이나 우리가 죽고 난 뒤에 일어나는 일에 관해서 설명하는 극단적일 정도로 추측에 근거한 책도 좋아해요(실비아 브라운이 그 대표적인 저자죠).

—리나 더넘

제가 죄책감을 느끼면서도 즐기는 건 타블로이드 신문이에요. 이런 말을 하긴 좀 그렇지만, 저는 모든 유명인사들의 아기들 이름을 다 꿰고 있답니다.

—엘리자베스 길버트

대기실에서 「피플」지를 뒤적거리죠. 솔 벨로가 소설은 "고도의 자서전"이라고 말했지만, 사실 고도의 가십이기도 하거든요. **—제프리 유제니디스**

10대 시절에는 죄책감을 가지고 즐기는 책이 물론 성애소설 같은 거죠. 열네 살 때 레바논에 살던 당시, 벽장 안에서 손전등을 비춰 『천일야화』를 읽으면서 에로티시즘과 판타지의 불가항력적인 혼합을 발견했지요. 금지된 책을 읽는 흥분과 견줄 수 있을 만큼 짜릿한 건 없죠. 지금은 저한테 아무것도 금지된 게 없기 때문에 죄책감도 없어요. 얼마나 유감인지요! **—이사벨 아옌데**

제가 떳떳지 못한 마음으로 남몰래 하는 일은, 목요일마다 「피플」 「US 위클리」 「내셔널 인콰이어러」 같은 잡지를 산다는 거죠. 누가 이것에 관해서 물어오면, 그저 웃자고 한 얘기라고 거짓으로 둘러대겠지요. 「내셔널 인콰이어러」를 열심히 읽고 있는데 전화가 오면 종종 이렇게 얼버무리거든요. "나야 뭐, 드러누워서 이번에 나온 「뉴요커」를 읽는 중이었지." **—앤 라모트**

레이철 쿠시너
Rachel Kushner

최근에 읽은 책 가운데 가장 좋았던 책은 무엇입니까?

솔로몬 노섭의 『노예 12년Twelve Years a Slave』이요. 서사 방식과 구조가 대단히 훌륭한 놀라운 기록물이에요. 거칠긴 하지만 독자를 완전히 사로잡는 소설입니다. 어쩌면 스티브 매퀸의 영화는 지금까지 소설을 원작으로 만든 영화 가운데 가장 성공적일지도 몰라요. 책과 영화가 서로 더없이 절묘하게 보완적이더군요. 최근에 미셸 알렉산더의 『또다른 인종차별 제도The New Jim Crow』도 읽었는데, 도무지 만나는 사람한테마다 그 이야기를 하지 않고는 못 배기겠더라고요. 그 책과 루스 윌슨 길모어의 『황금 수용소Golden Gulag』는 어떻게 우리가 유색인을

• 레이철 쿠시너는 소설 『불꽃을 던지는 사람들The Flamethrowers』과 『쿠바에서 온 통신Telex from Cuba』을 쓴 작가다.

대량 투옥하는 사회가 되었는지 깊고 조심스럽게 분석하는 중요한 책입니다.

언제, 어디서 책 읽는 걸 좋아하십니까?

가장 최근의 최고의 독서 경험은 지난여름 휴가 때 프랑스 코레즈에 있는 친구 소유의 16세기 석조 오두막에서 오로지 독서에만 열을 올리며 보냈던 시간과, 마르세유의 해안가 산책로가 내려다보이는 값은 저렴하지만 바람이 잘 통하는 호텔에서 또 그렇게 보냈던 시간이었어요. 저는 집에서도 이따금씩 마치 무슨 요양원에 들어온 사람처럼 하루종일 책만 읽는 때가 있어요. 이상적인 장소는 몸이 자유로이 떠 있을 수 있는 욕조 안이죠. 책이 좀 구겨지긴 하지만 뭐, 제 것인데 누가 뭐라겠어요. 요즘엔 이런 방법으로 『키펜버거: 예술가와 그의 가족Kippenberger』에 깊이 빠져들어 읽고 있어요. 아주 훌륭한 책입니다. 전기에서 으레 나타나기 마련인 진부한 표현("하지만 아직 더한 시련이 그를 기다리고 있었다……")이라곤 눈곱만큼도 찾아볼 수가 없어요. 예술 세계와 개인숭배에 대해서 알고 싶다면 아주 많은 궁금증을 해결할 수 있는 책이 될 거예요.

계속해서 다시 읽게 되는 책은 무엇입니까?

저는 한 번 읽은 책을 반복해서 읽는 걸 좋아하는 편이에요. 충분히 오랫동안 기다린다면 질이 곧 다양성이 되죠. 바르트, 보들레르, 벤야민, 셀린, 포크너, 피츠제럴드, 멜빌. 이들의 작품만으로도 다시 읽고 생각할 거리가 너무나 많죠. 장자크 쉴이 쓴 『잉그리드 카벤Ingrid

Caven』은 주기적으로 읽고요. 앨런 워너의 『모번 캘러Morvern Callar』는 매년 읽어왔지요. 제가 정말로 아끼는 책이거든요. 올가을에는 프루스트의 책 첫 두 권을 (새로 출간된 펭귄 출판사 번역본으로) 다시 읽었어요. 세번째로 읽는 것이었죠. 시러큐스 대학에서 창작 프로그램 석사학위 과정 학생들을 대상으로 하는 프루스트 세미나를 맡았었거든요. 수업을 이끌기 위한 목적으로 책을 읽자니 좀 다른 방식으로, 말하자면 좀더 체계적으로 바라보게 되더군요. 그 기간 동안 매주 제가 느꼈던 건 전체적인 짜임새, 형이상학적인 주제들과 관심사들의 구조가 텍스트 바로 안에 너무도 자연스레 자리를 잡고 있다는 사실이었어요. 수업 준비를 하느라고 이것저것 읽었는데, 그중에 에드먼드 화이트가 쓴 달콤하고 짤막한 프루스트 전기가 무척 인상적으로 와닿더군요. 에드먼드 화이트는 옛날식 의미에서, 진짜 보기 드문 문필가인 것 같아요.

지금껏 가장 좋아하는 소설가는 누구입니까?

지금까지 변함없이 가장 좋아하는 작가는 두 사람이에요. 마르셀 프루스트와 마르그리트 뒤라스.

간과되거나 과소평가됐다고 생각하시는 작가들 가운데 가장 좋아하는 작가에 대해서 선전할 기회를 드릴게요.

지금 막 조라 닐 허스턴의 작품으로 들어갔는데, 허스턴은 그녀를 문학사에서 지워버리려 애썼던 비평가들이나 경쟁자들보다 훨씬 더 좋은 작가라고 생각합니다. 그런 부당한 대우로 인해 그녀는 결국 나머지 인생을 가정부로 일하다가 국립 양로원에서 생을 마감하게 되지요. 허스턴은 영리한 작가예요. 그녀가 쓴 문장에는 현대적인 뭔가가 들어 있죠. 그녀의 인종정치학(그녀의 회고록 『길 위의 발자취들 Dust Tracks on a Road』에 개괄되어 있는)이 약간 이해가 안 되는 부분이 있고 좀 낯설긴 하지만 무척 흥미로워요. 알레호 카르펜티에르는 저한테 너무 중요한 작가라, 그가 잘 알려져 있는지 그렇지 않은지는 잘 모르겠지만 제 맘속의 위대한 작가들의 세계에서는 엄청난 자리를 차지하고 있죠. 『잃어버린 계단The Lost Steps』 『추적The Chase』(사르트르가 가장 좋아하는 작품), 『국가의 존재 이유Reasons of State』 같은 작품들 말이에요. 그의 산문체는 검박하면서도 동시에 바로크적인 강렬함이 함께 느껴지는데, 이를테면 이야기가 잔혹하면서도 유머러스하고, 폭풍처럼 소용돌이치는 역사적 사건들과 인간의 복잡다단한 성취로 가득 차 있지요. 아이티 혁명에 관한 이야기인 『이 세계의 왕국Kingdom of This World』은 정말 굉장한 예술작품이고요. 또, 취향을 선도하는 시인 집단 사이에서는 유명하지만, 좀더 넓은 세계에서는 그렇지 못한 것 같은 아리아나 레인스는 정말 특별한 뭔가가 있는 시인입니다. 그녀의 책 『머큐리Mercury』는 그 빛나는 성취물이라고 할 수 있죠. 제가 거의 숭배하는 책이에요.

어떤 종류의 이야기에 끌리십니까? 그리고 피하는 종류의 책에 대해 설명해주신다면요?

표지가 별로인 책은 피하게 됩니다. "폭넓은" "부드러운" 혹은 "보편적인" 같은 단어를 써서 홍보하는 책들도요. 하지만 실은 그 안에 들어 있는 내용에 대해서 묻는 거겠지요. 그 질문에 대해 제대로 답을 하자면, 저는 케케묵은 공식을 보수적으로 따르는 것처럼 보이는 책은 피합니다. 이런저런 것에 "관한" 이야기라서, 요컨대 플롯 자체 때문에 어떤 책을 읽지는 않는다는 거지요. 어떤 종류가 됐든 모종의 깊이 있는 철학적 사유가 언어와 사건 속에 드러나 있어야만 해요. 특히 저는 모더니즘 기획이나, 19세기나 20세기 프랑스와 현대 라틴아메리카에서 중요한 의미를 지니는 작품들에 끌리는 경우가 많습니다. 최근에는 미국의 인종 문제에 대해서 읽고 있는데, 그 문제가 아직도 해답을 찾지 못한 하나의 거대한 질문이기 때문입니다. 그럼에도 불구하고, 독창성이 있고 그것이 충분히 울퉁불퉁하거나 격렬한 방식으로 표현된 작품이라면 어떤 세계에 대한 것도 읽을 용의가 있어요. 유머가 없는 책이라면 주제 사라마구만큼은 좋아야 할 거고요. 이 정도면 대충은 요약이 된 것 같네요!

독자로서 어떤 인물에 끌리시나요? 작가로서는요?

저는 복잡한 반反영웅을 좋아하는 편입니다. 프루스트의 샤를뤼스, 발자크의 보트랭, 볼라뇨의 『2666』에 나오는 한스 라이터(아르킴볼디), 『미스 론리하트Miss Lonelyhearts』에 나오는 쉬라이크, 『핏빛 자오선Blood Meridian』에 나오는 판사, 『인식The Recognitions』에 나오는 렉탈 브라운. 제가 저런 인물을 그려낼 수 있냐고요? 글쎄요, 정말로 운이 좋아야겠죠.

당신의 책장에서 우리가 발견하고는 놀랄지도 모르는 책이 있다면요?

컨트리와 서부 섹션에 있는 책들일 것 같네요. 래리 맥너트리의 소설들과 그랜드 올 오프리의 놀라운 그림책, 그리고 서부 개척지 변경의 매매춘의 역사를 다룬, 『더러워진 비둘기들Soiled Doves』이라는 비탄에 찬 제목의 책이 있죠. 또, 자동차와 자동차 경주에 대한 책도 계속 수집하고 있어요. 휘발유를 넣는 경주용 자동차의 세계에서 쓰는 용어들만 모아놓은 책이나, 지금까지 전 세계에서 만들어진 차 가운데 가장 아름다운, 체코산 타트라에 대한 책도 있어요. "포르노 예술 작가" 엘머 배터스의 사진집은 전부 다 갖고 있고요. 마리화나에 대한 책을 수집했더라면 "애스, 개스, 그래스: 공짜로 읽을 수 없음Ass, Gas, or Grass"(각각 섹스, 자동차, 마약을 암시하는 단어로, 각운을 맞추어 표현한 것이다—옮긴이)이라고 이름 붙인 섹션을 만들었을 텐데 말이에요.

어렸을 때는 어떤 독자였나요?

아마 다섯 살 때 『이상한 나라의 앨리스』를 받아 들고는 제 방으로 들어가서 끝까지 다 읽을 때까지 안 나왔던 것 같아요. 글을 일찍부터 읽기 시작했지만 그게 그리 중요한 것 같지는 않아요. 저 자신도 아이를 길러보고 주위의 다른 아이들도 많이 보고 그러다보니까, 분명히 아이들마다 서로 다른 시기에 켜지는 일종의 시계 같은 게 있다는 사실이 보이더군요. 제 시계는 좀 일찍 켜졌던 거죠. 저는 늘 잠을 자기 싫어했어요. 그래서 어머니께서는 제가 원하는 만큼 늦게까지 안 자고 책을 읽을 수 있게 해주셨지요. 어머니 말씀으로는, 제가 세 살 때부터 그렇게 밤새 안 자고 깨어 있었다고 해요. 제 인생 최고의 나날은 이미 오래전에 그렇게 지나가버리고 만 거죠.

가장 좋아했던 어린이책은 무엇인가요? 가장 좋아하는 문학 속 인물이 있나요?

저는 모든 정치와 문화와 멋지고 광대한 어른들의 세계를 잡지 「매드Mad」에서 습득했어요. 하지만 그 외 다른 만화책들은 쳐다보기만 해도 말 그대로 머리가 지끈거렸죠. 『푸른 돌고래 섬Island of the Blue Dolphins』과 『줄리와 늑대Julie of the Wolves』, 그리고 로라 잉걸스 와일더의 책들을 좋아했고요. 『푸른 돌고래 섬』에서 카라나가 구조되고 나서 어부가 그녀를 "말쑥하게" 보이도록 해주려고 그녀에게 데님 작업복을 잘라서 만든 거친 옷을 건네주는 마지막 장면이 아직도 제 기억에 생생하게 남아 있어요. 나중에 4, 5학년 때쯤에는 윌라 캐더의 『나의 안토니아My Ántonia』에 사로잡혔던 기억이 나요. 『뻐꾸기 둥지 위로 날아간 새One Flew Over the Cuckoo's Nest』에서 맥머피가 맞아들이는 용감한 종말에 망연자실했던 기억도 나고요. 리처드 파리냐의 『너무 오랫동안 아래에 있다보니 나한테는 그게 위처럼 보여Been Down So Long It Looks Like Up to Me』의 보헤미안적인 오디세우스, 파파도풀리스에 완전히 반해가지고 정신을 못 차리기도 했었죠.

당신의 여섯 살짜리 아들을 통해 발견해서(혹은 재발견해서) 즐겁게 읽은 어린이책은 무엇입니까?

어렸을 때 읽던 책을 아직까지 보관하고 있는데, 그 책들을 아이와 같이 읽는 경우가 많아요. 모리스 센닥의 『히글레티 피글레티

팝!Higglety Pigglety Pop!』, 칼 샌드버그가 글을 쓰고 해리엇 핀커스가 그림을 그린 『헝겊인형과 빗자루 막대기의 결혼식 이야기The Wedding Procession of the Rag Doll and Broom Handle』, 도널드 바텔미의 『조금 색다른 소방차The Slightly Irregular Fire Engine』, 톨스토이의 『톨스토이의 어린이를 위한 이야기Fables and Folktales for Children』. 약간 어둡긴 해도 정말 단순하면서도 놀라운 이야기들이에요. 그 책은 아이들이 보는 책이라 해도 즐거움을 주려고 억지로 타협할 필요는 없다는 사실을 상기시켜주었죠. (요즘에 나오는 어린이 문학 중에는, 적당히 타협하고 그러면서도 아이들이 읽기에 적절치 않은 내용을 담고 있는 책들이 너무 많거든요.) 그리고 심오한 어린이 문학 작품 두 권을 새로 발견했답니다. 홀링 C. 홀링의 『바다로 노를 저어 가자Paddle-to-the-Sea』와 랜들 재럴의 『동물 가족The Animal Family』이 그 두 권이에요.

작가로서의 당신에게 가장 큰 영향을 주었던 소설들은 무엇입니까?

저는 조앤 디디온과 돈 드릴로의 소설들을 가지고 공부를 했어요. 그 작가들은 언젠가는 나도 그들처럼 되고 싶다고 바랄 만큼 능수능란하고 세상사에 밝아 보였으니까요. 더 최근에는 윌리엄 개디스가 쓴 『인식The Recognitions』의 활기와 박식함이 무척이나 인상 깊었어요. 작가 자신이 살고 있는 시간을 하나의 역사로 해득하려는 야심을—제 생각에는 그게 이 작품의 궁극적인 목표인 것 같은데—성공적으로 실현한 작품으로 보입니다. 저는 어떤 책이 단순히 현재의 미국에 대한 이야기를 하고 있다는 이유로 그걸 읽지는 않아요. 작가가 진정으로 우리 시대에 대해 할 말이 있어서, 시대가 이끄는 대로 글을 쓰기보다는 이 시대를 작가의 필요에 따라 끌어들이는 게 아니라면 말이지요. '거울을 비춰준다'는 생각 자체만으로는 충분치가 않아요. 그보다는 더 나아가는 게 있어야지요.

글을 쓰고 싶은 마음이 들게 한 특별한 책이 있었나요?

의심의 여지 없이, 코맥 매카시의 『핏빛 자오선』이 저한테 실제로 소설을 쓰는 작가가 되려는 노력을 진지하게 시작하고픈 마음이 들게 한 책이었다고 할 수 있지요.

대통령께 단 한 권의 책을 권할 수 있다면, 어떤 책을 권하시겠습니까?

대통령이 어떤 분인지 우리 모두가 다 알고 있는 상황에서 이런 질문을 하시다니, 질문에 뭔가 속임수가 들어 있는 것처럼 느껴지는데요. 저는 오바마 대통령한테 불만이 많아요. 하지만 대통령께서 책을 제대로 안 읽은 사람은 아니죠. 그 부분은 그분의 문제가 아니에요. 사실 그분은 엄청난 독서를 하신 분이죠. 그런데도 아직 인명 살상을 위한 드론 프로그램을 포기하지 않고 있어요. 금융가들이 우리 경제를 제멋대로 떡 주무르듯 하는 것도 내버려두고 있고요. 관타나모 수용소도 아직 그대로 유지되고 있죠. 그러니 제가 마치 무슨 각성을 불러일으키는 책을 추천할 수 있는 척한다는 건 어리석은 일이 될 것 같네요. 그런 말을 들어도 대통령은 그저 턱이나 한번 긁적거리고 나서, 기존 정책을 보기 좋게 다듬으러 가버리고 말겠죠.

개인적인 책들은 어떻게 두시나요? 책을 정리하는 특별한 방식이 있나요?

논픽션은 주제별로 모아두고요, 문학은 알파벳순으로 정리해둡니다. 단, 시는 다른 책꽂이에 따로 모아두고요. 하지만 어떤 시인들은 저도 왜 그렇게 됐는지 잘 모르겠는데, 픽션과 같이 꽂혀 있어요. 앤 카슨, 프랑시스 퐁주, 랭보 같은 시인들요. 당장 제가 쓰고 있는 소설을 위해서 뒤적거리는 책들을 따로 모아두는 '따끈따끈한' 책꽂이도 있어요. 손이 덜 가는 책들을 모아둔 공간 앞쪽의 픽션 책장 위에는 책을 읽고 있는 소녀나 여자의 사진이나 그림을 올려뒀어요. 저한테는 소중한 이미지죠. 그냥 언제부턴가 시작된 습관이에요. 예컨대, 타마라 드 렘피카, 게르하르트 리히터, 루치안 프로이트, 그리고 신디 셔먼의 작품이 인쇄된 엽서들이 도서관의 순박한 처녀 사서 역할을 맡고 있는 거죠. 그 숫자는 점점 늘고 있고요.

실망스럽거나, 과대평가되었거나, 신통치 않은 책에 대해 말씀해주신다면요? 가장 최근에 끝내지 못하고 내려놓은 책을 기억하시나요?

책을 끝까지 다 못 읽고 한쪽에다 치워두는 건 거의 일상이죠. 하지만 그게 그 책이 제 마음에 들지 않았다는 뜻은 아닙니다. 예를 들어, 최근에는 피에르 클로소프스키의 『살아 있는 화폐Living Currency』나 『폴리필로의 꿈Hypnerotomachia Poliphili』이나 크세노폰의 『아나바시스Anabasis』를 집어들고 한 30페이지쯤 읽으면서, 그 책들을 어떻게든 끝까지 읽는다 해도 저한테 크게 득이 될 만큼 제가 훈련이 되어 있지 않다는 사실을 깨닫는 중요한 경험을 했죠. 오랫동안 『율리시스』에서 제가 읽은 거라곤 첫 100페이지와 몰리 블룸의 독백 부분이 전부였는데도, 저는 뻔뻔하게도 스스로를 그 작품의 팬으로 여겼었지요. 나중에 작품 전체를 다 읽었지만, 그전에 그렇게 일부라도 읽었던 게 한 줄도 안 읽었던 것보다는 훨씬 더 도움이 됐어요.

미처 읽어보지 못해 당혹스럽게 만드는 책은 무엇입니까?

다양한 주요 작품들 가운데 못 읽어본 작품이 많아요. 가령 『안나 카레니나』 『적과 흑』 『약혼자들』 같은 책이죠. 하지만 그런 책들을 읽지 않았다고 해서 조금도 당혹스럽지는 않아요. 폭넓게, 그리고 깊이 읽는 게 중요하죠. 저 자신도 꾸준히 책을 읽고 있고요. 하지만 만약 소설가가 되려고 한다면, 모든 중요한 문학작품을 전부 다 알 필요도 없을뿐더러, 그게 오히려 방해물로 작용할 수도 있다는 거예요. 작가는 질문을 할 수 있는, 강한 동화작용의 본능을 따르는 사람입니다. 엄청나게 지적인, 모든 정전에 대해서 샅샅이 꿰고 있는 믿을 수 없을 정도로 박학다식한 사람은 그러기가 더 어려울 수 있죠.

리 차일드
Lee Child

지금 침대 옆 탁자에는 어떤 책이 놓여 있나요?

말 그대로의 뜻에서 이야기하자면 아무것도 없습니다. 침실에는 탁자가 없거든요. 제가 선호하는 인테리어는 극단적인 미니멀리즘이라서 제 침실에는 침대 외에는 아무것도 없어요. 그런데 침실용 탁자가 있었다 해도 그 위에 책은 없을 겁니다. 침대에서는 책을 못 읽거든요. 책을 읽으면 잠이 달아나버리니까요. 제가 이야기나 주장에 지나칠 정도로 적극적으로 따라가는 경향이 있거든요. 침대에서 읽는 걸 몇 번 시도는 해봤는데 번번이 밤을 새워 읽느라 잠을 한숨도 못 잤지요.

그래서 그 질문을 제 버전으로 바꾼다면, 요즘 부엌 조리대 위에서

• 리 차일드는 『추적자Killing Floor』 『에너미The Enemy』 『원 샷One Shot』 등 잭 리처가 주인공으로 활약하는 스릴러 시리즈를 썼다.

아침에 첫번째 커피를 내리는 동안을 대비해서 놓아둔 책은 무엇인가 겠죠? 오늘의 대답은 데니스 루헤인의 『리브 바이 나이트: 밤에 살다Live by Night』입니다. 저는 항상 아침에 하루 일과가 시작되기 전 한두 시간 책을 읽습니다. 루헤인은 제 대학원 동기로, 말하자면 같은 수업을 들으면서 함께 공부했는데, 어떤 면에서는 당시에 그가 우리 가운데 최고였지요.

최근에 읽은 책 가운데 정말로 훌륭하다고 생각했던 책은 무엇입니까?

"진짜 훌륭한 책"이라는 말은 지난 몇 세기라는 시간적 맥락에서 볼 때 기준이 너무 높은 거 아닌가요? 그래서 저는 대니얼 멘델손의 『잃어버린 것The Lost』으로 하겠습니다. 논픽션이긴 하지만 명목상 그렇다는 거고요, 그건 회고담, 홀로고스트 이야기, 추리물이자, 구약과 고대 그리스 역사기록물에 대한 반추와 서사 기술에 대한 분석이기도 하고요, 무시무시하고 가슴이 미어지는 비극적인 서스펜스물이기도 한 작품입니다. 지난 10년 동안 최고의 책이란 건 의심의 여지가 없고요, 감히 세기의 책이라고도 말할 수 있을 것 같습니다.

가장 좋아하는 추리소설 작가는요?

신뢰하고 좋아하는 작가가 정말로 많습니다. 하지만 진정으로 존경하는 마음은 제가 할 수 있는 것과 너무 비슷하지 않은 것들을 할 줄 아는 작가들한테로 가지요. 그래서 한참을 거슬러올라가서, 아마도 영국 작가 도로시 L. 세이어스일 겁니다. 좀더 가까운 시대로 내려온다면, 예상할 수 있는 바대로 레이먼드 챈들러지요. 중간 정도에 스웨덴 작가 마이 셰발과 페르 발뢰, 그리고 요즘 작가 중에는 조지프 캐넌을 가장 좋아하고요.

독자가 알면 깜작 놀랄 만한, 좋아하는 특정 작가나 장르가 있나요?

저는 뭐든지 닥치는 대로 읽기 때문에 많을 것 같은데요. 그냥 중세 영국에서 벽돌을 쌓는 기하학적인 패턴에 관한 책 같은 걸 읽습니다. 여러 세대에 걸친 기나긴 영웅전설이라면 사족을 못 쓰고요. 특히 '어린 시절 학대를 받고 자란 여자가 나중에 부자가 돼서 복수하는' 유의 이야기, 그러니까 바바라 테일러 브래드퍼드의 『부유한 여인A Woman of Substance』 같은 책을 정말 좋아합니다. 제프리 아처의 『카인과 아벨Kane and Abel』도 재미있게 읽었고요.

1998년부터 미국에서 사셨지요. 영국과 미국 독자들의 당신 책에 대한 반응에 중요한 차이점들 같은 게 느껴지는지요?

큰 차이는 없어요. 가끔 드물게 문화적인 흐름상 같은 책에 대한 반응에 온도 차가 있기는 하지만요. 제 책의 경우에는 그 차이가 영국과 미국이 한편에, 그리고 서유럽과 스칸디나비아가 다른 한편에 있는 차이인 것 같아요. 대서양이 아니라 영국해협이 문턱인 거죠. 유럽과 스칸디나비아에서는 제 책을 아주 큰 죄책감을 가지고 즐기는 유의 책으로 보는 것 같은데요, 아마 우리가 어느 정도는 은유적으로 바라보는 일종의 초법적 자경단원 같은 행위가 너무 생소하게 느껴져서 그런 게 아닌가 싶기도 하고요.

오랫동안 텔레비전 방송 프로그램 일을 하셨던 걸로 아는데요, 그 경험이 당신의 소설 작업에 어떤 식으로 영향을 미쳤는지 궁금합니다.

뚜렷하게 영향을 미친 건 별로 없어요. 한 가지 매우 근본적인 것만 빼고 말이지요. 바로 두 매체는 아주 다르다는 사실입니다. 한 매체의 기술이 다른 매체의 기술로 연결되는 게 아니에요. 텔레비전 쪽으로 오면 이게 나에 관한 이야기가 아니라는 사실을 금방 알게 되죠. 시청자에 관한 이야기라는 거지요. 검정 터틀넥과 검정 가죽재킷을 사 입고는 친구들 사이에서 좀 튀는 멋진 남자가 되려고 애쓰는 그런 문제가 아니란 말입니다. 첫째도 둘째도 셋째도 오로지 시청자를 만족시켜야 하는 일인 겁니다. 그것만이 유일한 책임이죠. 제가 배운 건 바로 그거예요.

첫번째 잭 리처 영화가 개봉되었습니다(잭 리처 시리즈 중 아홉번째 작품 『원 샷』을 영화화한 〈잭 리처〉를 말한다-옮긴이). 열일곱 권의 책에 등장하는 주인공이 영화로 시각화된 것을 보는 느낌은 어떻습니까? 톰 크루즈가 진짜 리처 같아 보이나요?

앞서 언급한 텔레비전 방송국에서 일할 당시에, 제가 낮 시간 동안의 본업과는 별도로 몇 년간 노조 조직 일도 했었거든요. 뭔가 큰 변화와 대대적인 지각변동이 필요한 때였고, 제가 생각하고 있을 것 같은 것을 경영자측이 추측해 경영전략이 이리저리 바뀌곤 하던 상황이었지요. 한번은 그들이 의뢰해서 만든 저에 관한 심리분석 프로필을 발견(네, 실은 훔친 게 맞아요)했어요. 정말로 흥미롭더라고요. 누군가가 저에 대해 상세하게 써놓은 의견을 본다는 게 말이지요. 영화가 꼭 그와 같아요. 리처에 대한 다른 누군가의 상세한 의견인 거죠. 다른 사람들의 관점 말이지요. 이 경우에는 그 누군가가 한 무리의 똑똑하고 지식과 경험이 풍부한 영화 관계자들이고, 그들은 제 책의 진정한 팬이기도 하다는 거지만요. 저는 어차피 연금술 같은 게 일어날 수밖에 없다는 걸 잘 알고 있고, 그 과정에 대한 저의 관찰은 확실히 매우 사적이며 자기 본위적이지만, 그럴 수 있으리라 상상도 못했을 정도로 객관적이고 학구적이기도 합니다. 그들의 선택에 99퍼센트 고개를 끄덕였고요. 제가 만들었더라도 별로 다르지 않았을 겁니다. 크루즈는 리처의 느낌과 태도를 본능적으로 이해하고 있어서 그의 재능이 스크린에서 정말 빛을 발하더군요. 예전에 저의 그 심리분석 프로필을 읽었을 때도 울적한 마음으로 고개를 끄덕였었지요. 그들이 그걸 확실하게 못을 박아 움직일 수 없는 사실로 만들었다고 생각했어요. 영화를 보고 나서도 마찬가지 느낌이 들더군요. 그건 단순히 가벼운 비유 이상의 의미입니다. 픽션 속의 인물들에는 약간의 자전적인 요소가 들어가 있고, 배우들은 그 인물의 내면으로 들어가려고 노력하지요. 그래서 크루즈가 또다른 저를 연기하는 모습을 보면서, 맞아요, 저 자신을 보게 됐죠.

쓰신 책 가운데 가장 마음에 드는 작품이 있다면요?

어떤 책도 자기가 바라는 최대치만큼 결과물이 나온 게 아니라는 데 작가들이 대체로 동의하리라 생각합니다. 그래서 어떤 작품에 비교적 기쁜 마음으로 만족하게 되면 제가 가장 좋아하게 될 작품은 언제나 다음 작품이 되죠. 아직 잠재적 가능성이 있는 거니까요. 아직은 그 가능성을 망쳐버리지 않았다고 생각하는 거죠. 그럼에도 불구하고 굳이 선택을 해야만 한다면("당신이 쓴 책"이라는 말은 결국 미래가 아니라 과거 시제니까요) 『사라진 내일Gone Tomorrow』을 고를 것 같군요. 시작 부분이 좋고, 이후에도 시종일관 강력하고 뻔뻔하게 밀고 나가면서도 결코 벼랑 끝으로 떨어지지는 않는(바라건대 아마도요) 작품이라고 생각하기 때문입니다.

대통령께 단 한 권의 책을 권할 수 있다면, 어떤 책을 권하시겠습니까?

아마 윈스턴 처칠의 제2차 세계대전에 관한 회고록 가운데 첫번째 책인 『폭풍이 몰려오다The Gathering Storm』를 권할 것 같아요. 세계가 극단적인 파국을 향해 비틀대며 나아가면서 어쩔 수 없이 흥미진진한 볼거리로 변해간다는 게 어떤 느낌인지를 알게 해주거든요. 재앙을 막을 수 있는 기회가 몇 차례 있었지만, 그 모든 것들이 누가 보더라도 무모하고 무자비한 반대 의견에 가로막히고 말죠. 아마도 나치 국가가 다시 발흥하는 일은 없겠지요(있을 수도 있겠지만요). 잠재적인 재앙은 금융이나 기후와 관련된 걸 겁니다. 하지만 그 책이 대통령에게 어떤 노력이든 모든 노력은 해볼 가치가 있다는 사실을 보여주기를 희망합니다. 그게 어떤 종류의 재앙이든, 반드시 성공하지 않으면 안 되는 그런 일이 닥친다면 말이죠. 치유보다는 예방이 언제나, 늘, 최선이라는 것도요.

후회한 경험에 관해서 듣고 싶은데요, 읽지 않았더라면 좋았을 거라고 생각한 책이 있습니까?

그런 적은 별로 없는 것 같은데요. 저는 수준 이하의 책들도 많이 읽었지만, 나쁜 사례가 모범 사례만큼이나 뭔가 알려주는 게 있지요. 제가 후회하는 건, 아마도 그게 제가 자라고 교육받은 시대와 장소 탓이었을 것 같은데, 너무 오랫동안 지나치게 예의를 지켰다는 겁니다. 그러니까 어떤 책이 재미가 없으면 저는 그게 제 탓이라고 여겼어요. 그게 책 탓일 수도 있다는 걸 나중에야 깨달았죠. 좀더 일찍 깨달았어야 하는데 말이에요.

어렸을 때 가장 좋아했던 책은 무엇인가요?

하나하나 열거하자면 너무 많지만, 모두 두 범주 가운데 하나로 분류할 수 있지요. 소망의 즉각적인 충족이거나 낯선 장소를 탐험하는 것, 그 둘 중 하나인 거죠. 뒤돌아보건대, 소원성취류의 책은 단순한 심리적 기폭제 역할을 합니다. 부모나 권위자가 완벽하게 부재하는 상태에서 아이들이 자유롭게 거리를 돌아다닌다거나 재미있는 일을 벌이는 거죠. 어렸을 때 내가 고아였으면 좋겠다고 생각했던 게 기억나요. 배은망덕한 생각이라고 할 수 있겠지만요. 에니드 블라이턴의 유명한 다섯 권의 책이 그 전형적인 예지요.

낯선 곳으로의 모험은 1950년대 후반과 1960년대 초 영국 시골 마을의 확실한 해독제 역할을 했습니다. 영국의 시골은 아이들의 관점에서 보자면 활기가 없고 비좁고 따분하고 우중충한 곳이었으니까요. 저도 마음속으로는 언제나 정글이나 열대 섬에 살았지요. 니컬러스 몬새럿이 쓴 『하얀 라자The White Rajah』의 내용이 뚜렷하게 기억납니다. 착한 형제와 못된 형제에 관한 이야기(물론 저는 못된 형제였지요)가 가미된 이야기이긴 했지만요. 그리고 그 책에서 평생 처음으로 서사 구조에 '입이 떡 벌어지는 순간'을 맛보았던 걸로 기억합니다.

고인이 되었거나 살아 있는 작가들 가운데 누구라도 만날 수 있다면, 누구를 만나고 싶습니까? 만나면 무엇을 알고 싶은가요?

방 안의 코끼리(굳이 거론되지 않더라도 누구도 부인할 수 없는 명백한 진실을 가리키는 말—옮긴이) 같은 걸로 해야죠, 뭐. 윌리엄 셰익스피어요. 이렇게 물어볼 거예요. 형씨, 당신이 얼마나 위대한지 알고 있었어요? 당시 『로미오와 줄리엣Romeo and Juliet』의 눈부시게 빛나는 아름다움에 대해서 의식하고 있었던 겁니까? 아니면 그냥 우리처럼 밥벌이를 하려고 요리조리 짜 맞춰 만들어내다보니 어쩌다 그렇게 된 건가요?

그리고 어쩌면 추가로 이런 질문도 할 것 같아요. 대체 『리처드 3세Richard III』를 그렇게 우라지게 길게 만든 이유가 뭐예요? 글자 수대로 돈을 받기로 해서 그런 겁니까? 그게 아니라면 왜 그런 겁니까?

소설 속의 인물을 만날 수 있다면요?

아마 셜록 홈스겠지요. 뭐든 좀 가르쳐줘요, 이러겠죠.

당신이 책을 쓰고 있을 때 누군가 들어온다면 그는 무엇을 보게 될까요? 작업실은 어떤 모습입니까?

저는 빌딩의 25층에 살고요(침실 탁자 없이 말이지요), 같은 아파트, 같은 라인 7층에서 일을 합니다. 그래서 제 통근길은 엘리베이터 열일곱 층이고요. (열여덟 층이 아닙니다. 아파트 건물주측에 '13공포증'이 있는 게 틀림없어요.) 사무실은 25평 정도 되는 천장이 높은 공간입니다. 부엌을 축소해서 스토브도 없고 그냥 개수대와 커피머신 두 개가 있어요. 주요 공간에는 4.5미터 길이의 책상이 파일 캐비닛을 다리 삼아 놓여 있고요, 벽에는 책장이 나란히 서 있지요. 생산성을 위한 저의 타개책은 글 쓰는 컴퓨터의 인터넷을 꺼놓는 것이었어요. 웹페이지를 이리저리 검색하거나 이메일을 확인하고 싶을 때는 5미터 떨어진 다른 컴퓨터로 가야만 합니다. 그리 멀지는 않지만 대부분의 시간을 맷돌에다 코를 박고 있게끔 물리적인 원인을 제거해주는 정도는 되죠. 침실은 도서관 역할을 합니다. 임스 라운지 체어(찰스 임스와 레이 임스가 허먼 밀러 가구회사에서 디자인한 의자. 합판을 휘어서 만든 뻐대에 가죽을 결합했다—옮긴이)와 오토만(쿠션을 댄 의자 겸 발걸이—옮긴이)이 구비되어 있어서 글을 쓸 때 필수적인, 드러누워 허공을 노려봐야만 하는 시간을 거기에서 보내죠. 책장에는 다른 여러 나라에서 출간된 제 모든 책의 판본을 각 나라 언어별로 한 권씩 모아서 꽂아두고 있고요.

누군가 걸어 들어온다면 제가 책상 오른편에서 우아하지 못한 독수리 타법으로 타이핑을 하다가 가끔씩 등받이 쪽으로 몸을 기대면서 머리를 긁적이거나, 엠파이어 스테이트 빌딩과 크라이슬러 빌딩이 보이는, 볼 때마다 저를 흐뭇하게 만드는 바깥 풍경을 바라보고 있는 모습을 보게 되겠지요.

누구나 죽기 전에 꼭 한번 읽어봐야 한다고 생각하는 책은 무엇입니까?

하드커버로 된 저의 최신작이요.

다음으로 어떤 책을 읽으실 계획입니까?

앞으로 읽을 책 목록은 어마어마하지만, 애처롭게 저를 바라보며 눈을 찡긋하고 있는 건 제인 오스틴의 『에마Emma』입니다. 저는 제인 오스틴을 한 권도 읽어본 적이 없어요. 미국인 아내의 눈에는 그게 영국인인 저한테 엄청난 결함으로 보이나봐요. 오직 제가 모차르트를 별로 좋아하지 않는다는 사실하고만 견줄 수 있을 정도로 말이지요. 『제인 에어Jane Eyre』도 아내가 권하기 전까지는 안 읽은 상태였는데, 읽어보기를 잘한 것 같아요. 그러니 언젠가는 『에마』도 읽게 되겠지요. 그리 가까운 미래는 아니겠지만요.

만나고 싶은 사람

이 질문을 너무 진지하게 생각한 나머지 몇 시간을 그 생각만 하면서 흘려보냈어요. 제가 가장 좋아하는 작가들을 전부 떠올렸다가 다양한 이유로 기각했지요. 예를 들어, P. G. 우드하우스는 너무 수줍음이 많아서 만나면 아주 어색한 상황이 될 수도 있을 것 같아요. 그의 편지를 보고 판단하건대, 그의 주된 관심은 페키니즈 개와 글쓰기 방법론이더군요. 저한테는 페키니즈가 없기 때문에 그의 재능의 비밀을 캐는 대신 랩톱 따위에 대해서 논하다가 대화를 끝내고 말 것 같은 느낌이 들었죠. 결국 두 사람으로 범위를 좁혔어요. 콜레트와 디킨스요. 콜레트가 자유롭게 이야기할 준비가 되어 있다면, 일생의 만남이 될 것 같아요. 그토록 흥미진진한 삶을 살았으니까요(주디스 서먼이 쓴 그녀에 관한 전기 『육체의 비밀』은 제가 지금까지 읽은 책들 가운데 가장 좋아하는 책 중 하나죠). 그렇지만 범위를 더 좁힌다면 디킨스를 만날 것 같아요. 뭘 알고 싶냐고요? 전부 다요. **—조앤 K. 롤링**

마크 트웨인이요. 그런데 일흔 살의 그가 아니라 마흔의 그를 만나보고 싶어요. 아주 심술궂은 늙은이였거든요. 마크 트웨인한테 뭘 물어볼지는 잘 모르겠지만, 투자에 관한 조언이 아니라는 것만은 확실해요. **—존 그리셤**

뛰어난 작가는 그들의 작품에서 자신의 최고의 부분을 보여줍니다. 많은 작가들이 일상에서 대화를 할 때 쓰는 언어의 빈약함과 불충분함에 좌절한다고 생각합니다. 심지어 그들이 가장 잘 알고 가장 사랑하는 사람들과의 일상적인 접촉을 할 때조차도 말이지요. 이런 이유로 그들은 글쓰기로 시선을 돌립니다. 그래서 저는 작가들이 일상에서 자신들의 생각과 감정을 표현하는 데 실패하는 만큼 웅숭깊게 글을 쓴다고 생각합니다. 에밀리 디킨슨이나 헨리 제임스를 만나는 것은, 그들 입장에선 그들을 방해하는 것이고 그들로 하여금 기대에 부응하지 못한다는 느낌을 가지게 할지도 모르지요. 그런 혼란을 야기할 충분한 이유가 있는지 모르겠네요. 우리한테는 그들의 책이 있잖아요. 그렇긴 하지만, 윌리엄 제임스는 만나보고 싶네요. **—메릴린 로빈슨**

조지 오웰이요. 콧수염에 대한 질문으로 시작할 거예요. —**데이브 에거스**

조앤 K. 롤링을 정말 만나보고 싶어요. 그래서 제가 얼마나 그녀의 책에 감탄을 하는지, 그녀의 상상력에 얼마나 놀라움을 금치 못했는지 얘기해주고 싶어요. 해리 포터 새 책이 나올 때마다 부리나케 사서 읽고는 다음 책이 나오길 학수고대하며 살았거든요. 지금은 아이들과 함께 다시 읽고 있는데, 아직도 한 구절 한 구절 그때만큼이나 즐기고 있어요. 그녀는 젤리빈이 완전히 달라 보이게 만들어준 사람이에요.
—**셰릴 샌드버그**

물론 우리의 오랜 아버지 셰익스피어죠. 작가들한테 질문을 하는 것에 대해서는 회의적입니다. 그저 하루 동안 그를 따라다니면서 일상생활이 어떤지 보고 싶어요. 물론 저는 투명인간일 거고요. 그를 놀라게 하고 싶지는 않아요. —**힐러리 맨틀**

지루할 정도로 너무 뻔해서 죄송합니다만, 셰익스피어를 만나보고 싶군요. 당신은 누구입니까? 당신 같은 평범한 시골 소년이 어떻게 그토록 위대한 천재, 우리가 아끼는 영어를 일부 창조한 사람이 되었나요? 당신이 옥스퍼드나 케임브리지에서 공부했다면 심지어 그것보다도 더 나았을까요? —**리처드 도킨스**

셰익스피어한테 걸으면서 이야기를 지어내는지, 아니면 줄곧 가만히 앉아서 이야기를 만들어내는지 물어보고 싶어요. —**스팅**

리나 더넘

Lena Dunham

지금 침대 머리맡에는 어떤 책이 놓여 있나요?

지금은 메리 게이츠킬의 『나쁜 행동Bad Behavior』, 다이앤 키튼이 새로 쓴 자서전, 헬렌 걸리 브라운이 쓴 『세상은 나에게 모든 걸 가지라 한다Having It All』, 알랭 드 보통의 『철학의 위안The Consolations of Philosophy』을 읽고 있는데 읽은 양은 전부 제각각이에요.

언제, 어디서 책 읽는 걸 좋아하십니까?

보통 때 같으면 일을 하고 있을 시간에, 커다란 소파에서 오후 햇살

• 리나 더넘은 HBO에서 방영하고 있는 드라마 시리즈 〈걸스〉의 창작자, 프로듀서이자 주연 배우이며, 『그런 여자가 아니다Not That Kind of Girl』를 썼다.

을 즐기면서 읽는 걸 좋아해요. 무대 위에서 스태프가 머리나 화장을 봐주는 동안에 짬짬이 읽기도 하고요. 침대에서도 읽죠. 잠자리에 들기 전에 항상 책을 읽는 습관이 있거든요.

독서 습관이 궁금합니다. 종이책을 읽으시나요, 전자책을 읽으시나요? 읽으면서 메모를 하시나요? 책을 읽으면서 간식을 드십니까?

킨들을 애용했는데 어쩌다 그만 그게 고장이 나버렸어요. 그래서 첫정을 들였던 종이책으로 돌아왔죠. 그런데 그 다음에 무슨 일이 벌어졌는지 아세요? 그 작은 기계 생각이 더이상 안 나는 거예요. 그게 제가 들고 다니는 가방 무게를 제법 줄여줬는데도 말이에요. 침대 옆에 탑처럼 쌓여 있는 책들을 바라보고 그것들을 다시 배열하는 일이 얼마나 즐거운지 몰라요. 그리고 저는 무슨 일을 하건 계속 먹어가면서 해요. 글루텐을 뺀 크래커와 콩으로 만든 치즈를 즐겨 먹죠. 일반 크래커나 치즈에 알레르기가 있어서 그런 건 아니고요.

최근에 읽은 책 가운데 정말로 훌륭하다고 생각했던 책은 무엇입니까? 누군가에게 "이 책은 꼭 읽어야 해"라고 마지막으로 말했던 때를 기억하시나요?

지금 『카트린 드뇌브의 사적인 일기The Private Diaries of Catherine Deneuve』에 푹 빠져 있어요. 이 책에는 그녀가 프랑스 뉴웨이브 영화의 거장들과 함께 일하는 동안 겪었던 자잘하고 개인적인 이야기가 담겨 있는데, 비요크Bjork(아이슬란드의 싱어송라이터로 여러 장르를 넘나드는 음악으로 많은 아티스트들에게 영향을 미쳤다—옮긴이)를 마구 공격하는 대목도 있어요. 문체가 우아하고 도전적이고 더할 나위 없이 프랑스적이에요.

가장 좋아하는 문학 장르는 무엇인가요? 죄책감을 느끼면서 즐기는 책이 있나요?

저는 전기나 자서전을 즐겨 읽는 편이에요. 특히 유명한 (그리고 복잡하기로 유명한) 여자들에 관한 책을 좋아해요. 바브라 스트라이샌드, 레니 리펜슈탈, 에드나 세인트 빈센트 밀레이 같은 여자들에 관한 책 말이죠. 조이스 존슨이 쓴 『조연Minor Characters』 같은, 새콤달콤한 10대의 눈으로 보고 말하는 비트 세대에 관한 자질구레한 뒷이야기 같은 것도요. 영적 접근을 하는 자기계발서야말로 제가 떳떳하지 못한 마음으로 즐기는 대표적인 종류의 책이죠(사실 그렇게까지 떳떳지 못한 건 아니에요. 램 다스와 디팩 초프라를 좋아하고 마크 엡스타인의 불교심리학 책을 특별히 좋아합니다). 저는 심령술사가 우리가 태어나기 전에 일어난 일이나 우리가 죽고 난 뒤에 일어나는 일에 관해서 설명하는 극단적일 정도로 추측에 근거한 책도 좋아해요(실비아 브라운이 그 대표적인 저자죠). 또 무슨 일이 있어도 한 달에 한 번은 반드시 『엘로이즈Eloise』(케이 톰슨이 쓴 어린이책—옮긴이)를 읽어요. 안 그러면 제가 그냥 소멸되어버릴 것 같거든요.

지금까지 읽었던 젊은 여성이나 여성에 관한 책들 가운데 읽고 나서 화가 났거나 실망스러웠거나 그냥 몹시 불쾌했던 책이 있나요?

저는 공항에서 흔히 파는 칙릿에는 전혀 취미가 없어요. 죄의식을 동반한 즐거움조차도 못 느껴요. 신랑감이나 맘에 드는 하이힐을 찾는 일로 이야기가 굴러가는 책이라면 무슨 책이든 저를 저 멀리 오지로 떠나버리고 싶게 만들죠. 표지에 여자 몸통을 만화 그림으로 그려놓았거나 다이아몬드가 박힌 유모차를 그려놓은 책은 도저히 읽어낼 수가 없어요.

그러면 지금까지 읽은 젊은 여성에 관한 책들 가운데 최고의 책을 꼽는다면요?

캐런 쿠시먼이 쓴 『소녀, 발칙하다Catherine, Called Birdy』, 그리고 블라디미르 나보코프의 『롤리타Lolita』요.

대통령께 단 한 권의 책을 권할 수 있다면, 어떤 책을 권하시겠습니까?

『섹스Guide to Getting It On!』라는 책이 있는데 누구든지 읽으면 도움이 될 거라고 생각합니다. 오바마 대통령이 노래 부르는 걸 들은 적이 있는데, 그걸로 짐작해보면 그분은 이미 그쪽으로 꽤 통달하신 것 같기도 하지만 말이에요.

BAM 영화제 당시 당신이 초청작에 포함시킨 영화 가운데 〈클루리스Clueless〉가 있었습니다. 제인 오스틴의 『에마』가 원작인 영화였죠. 원작 소설을 바탕으로 만든 영화 가운데 가장 아끼는 영화를 꼽는다면요?

원작 소설을 바탕으로 만든 영화들 가운데 〈더 그룹The Group〉(메리 매카시의 원작 소설을 바탕으로 만든 영화—옮긴이)이 제가 가장 아끼는 영화예요. 영화가 화려하고 섹시할뿐더러, 뭔가 엉망진창인 상태를 최고의 방식으로 보여주죠. 영화로 만든 〈엘로이즈〉는 도저히 볼 엄두가 안나요. 이번엔 거꾸로 영화를 보고 나면 제가 소멸돼버릴 거 같아서요.

어떤 책을 읽으면서 웃음을 터뜨리나요?

우디 앨런이 쓴 『깃털 없이Without Feathers』를 읽으면서 마냥 어린아이처럼 킥킥댔던 적이 있어요. 데이비드 세다리스의 『얼음 위에서 보낸 휴일Holidays on Ice』이나 퀜틴 크리스프의 『스타일 있게 사는 법How to Have a Life-Style』도 정말 웃겨요.

어렸을 때 가장 좋아했던 책은 무엇입니까? 그 책들 속에 좋아하는 인물이나 영웅이 있었나요? 혹시 모든 아이들이 읽었으면 좋겠다고 생각하는 책이 있나요?

제 팔이나 몸에는 온통 어린이책에 나오는 장면을 그린 문신이 있답니다. 제일 큰 게 황소 페르디난드(먼로 리프의 『꽃을 좋아하는 소 페르디난드The Story of Ferdinand』의 주인공—옮긴이)를 그린 거예요. 엘리엇 스미스도 그 문신을 했죠. 다른 페이지에 있는 그림이긴 하지만요. 책의 메시지가 얼마나 좋아요! 그저 너 자신이 되라. 네가 내키지 않으면 아무도 들이받을 필요가 없다.

실망스럽거나, 과대평가되었거나, 신통치 않은, 좋아해야 마땅하지만 당신에게는 그렇지 않았던 책이 있습니까? 가장 최근에 끝내지 못하고 내려놓은 책이 있다면요?

그 질문에 대해서라면 바로 제가 전문이죠. 제 독서 역사는 온통 부끄러운 포기로 점철돼 있으니까요. 『위대한 개츠비The Great Gatsby』요?

중학교 2학년 때 읽다가 내려놓은 뒤 지금까지 두 번 다시 집어든 적이 없어요. 이 말을 하지 말걸 그랬나요? 설마 끔찍한 곳으로 추방이라도 당하는 건 아니겠지요? 저는 책을 다 읽지 못하고 내려놓는 경우가 많아요. 심지어 좋아하는 책이라 해도 말이지요.

책을 쓰고 싶은 생각은 없나요? 무엇에 관한 책이든 써도 좋다면 어떤 책을 쓰시겠습니까?(리나 더넘의 첫 책이 출간되기 전에 이루어진 인터뷰 질문이다—옮긴이)

자기 책을 쓰고 싶지 않은 사람이 어디 있겠어요? 조용히 끓어오르는 대학 도시를 배경으로 한 추리소설이라면 좋겠지만 애석하게도 제 책은 회고담이 될 가능성이 높네요.

다른 작가가 써줬으면 하는 책이 있다면요?

어머니가 제 나이였을 적에 쓴 일기를 제가 타이핑해서 편집하도록 허락해주시면 좋을 텐데. 그 일기장이 1970년대 소호의 한 젊은 예술가의 내면적 삶을 훌륭하게 묘사하고 있다고 말씀드려도 어머니는 제 말을 믿으려 하지 않아요. 빌 머리의 회고담이나 클루에 세비니가 저술한 옷 입는 법에 대한 안내서 같은 것도 읽고 싶어요.

고인이 되었거나 살아 있는 작가들 가운데 누구라도 만날 수 있다면, 누구를 만나고 싶습니까? 만나면 무엇을 알고 싶으세요? 저자에게 편지를 써본 적이 있나요?

그 질문에 대한 정확한 답은 아니지만, 저는 앤 섹스턴과 실비아 플라스가 좀더 나은 시대에 살았더라면 어떤 화학작용을 일으켰을지 궁금해질 때가 종종 있어요. 그 두 사람의 시를 정말 좋아하거든요. 중학생 때 출판사를 통해 니키 지오바니에게 편지를 써서 보낸 적이 있어요. 알록달록 색색의 펜을 사용해서요. 답장은 못 받았지만 유감은 없어요.

다음으로 어떤 책을 읽으실 계획입니까?

제가 역사나 정치 분야에서는 읽은 책이 별로 없어서 『미국 민중사 A People's History of the United States』(하워드 진)나 『막후 실력자: 로버트 모세와 뉴욕의 몰락The Power Broker』(로버트 카로), 그 외에도 제 무지를 깨뜨려줄 책들을 몇 권 읽어봐야겠다는 거창한 계획을 세워두고 있어요. 조만간 출간될 예정인 데이비드 스토크먼의 금융위기에 관한 신작도 고대하고 있고요. 파티에서 그분을 뵌 적이 있는데 정말 강렬한 인상을 받았거든요. 일단 그의 전작 『정치의 승리: 레이건 혁명은 왜 실패했는가?The Triumph of Politics』를 먼저 읽어보려고요(저는 자유지상주의자가 아니지만 그쪽 사람이 쓴 책도 한 권 읽어보고 싶어서요). 실라 헤티의 신작 『사람은 어떻게 존재해야 하는가?How Should a Person Be?』와 레베카 린든버그의 시집 『사랑, 하나의 지수Love, an Index』를 예약 주문해뒀어요. 발췌본을 읽었는데 서로 다른 방식으로 두 책 모두 무척이나 놀라웠거든요. 이미 짐작하셨겠지만, 저는 여성 작가들이 쓴 자기고백적인 글을 좋아하는 편이에요.

『율리시스』에 관하여

몇 년에 한 차례씩 이런 생각을 합니다. '아마 지금쯤은 내가 좀더 똑똑해지고 지적으로 성숙해져서 『율리시스』를 이해할 수 있을지도 몰라.' 그래서 그 책을 집어들고 다시 시도해보죠. 그런데 한 열 페이지쯤 넘기다보면 "대체 이게 무슨……!" 이러고 맙니다. —**엘리자베스 길버트**

『율리시스』도 대단한 책이란 건 알지만 저한테는 그다지 와닿지가 않았어요. 하긴, 『일리아스』에 비해 『오뒷세이아』는 그 10분의 1도 좋아하지 않았으니까요.
—**도나 타트**

과대평가된 책이라면…… 제임스 조이스의 『율리시스』를 들겠습니다. 주저하지 않고요. 교수들을 위한 책이지요. 아일랜드 독자한테는 제대로 읽히리라 짐작하지만 말입니다. —**리처드 포드**

저라면 「죽은 사람들」의 마지막 열두 페이지를 『율리시스』의 어떤 열두 페이지와도 바꿀 겁니다. 하나의 형식으로서, 소설은 여기저기로 마구 뻗어나가는 성향이 있기 때문에 결코 완벽할 수 없는 장르입니다. 완벽할 필요도 없고 그걸 추구하지도 않죠. 시는 완벽을 성취해낼 수 있지만—단 한 단어도 바꿔선 안 되죠—중편소설이 그런 경우는 정말로 드물지요. —**이언 매큐언**

제임스 조이스의 『율리시스』요. 올해 6월에 이 감탄스럽기 짝이 없는 고전을 신경과학자인 제 남편이랑 같이 다시 읽었어요. 남편은 이 책을 전에 한 번도 읽어본 적이 없었는데, 더블린으로 여행할 계획이 있어서 그 준비 차원에서 함께 읽은 거지요. 우리 여행 일정이 블룸스데이 기념 행사랑 가까스로 겹치는 바람에 말이지요.
—**조이스 캐럴 오츠**

리처드 도킨스
Richard Dawkins

올해 읽은 책 가운데 최고의 책은 무엇입니까?

지금 자서전류를 읽고 있는데, 제 자서전을 쓸 때 분위기를 잡고 글을 쓰는 방식에 대한 본보기를 좀 얻어보려고요. 톨스토이(한때는 아내의 제안에 따라, 제 회고록의 제목을 '어린 시절, 소년 시절, 진리'라고 부르기로 한 적도 있었죠)(톨스토이의 자서전 제목 『어린 시절, 소년 시절, 청년 시절Childhood, Boyhood, Youth』을 빗대서 지은 제목이다—옮긴이), 마크 트웨인, 버트런드 러셀, 매력적인 독불장군 허브 실버먼, 제가 다루는 주제에서의 실력자 에드워드 O. 윌슨의 자서전을 읽었지요. 하

• 리처드 도킨스는 『만들어진 신The God Delusion』 『이기적 유전자The Selfish Gene』 『경이로움에 대한 허기An Appetite for Wonder』를 포함한 많은 책을 썼다.

지만 제가 읽은 최고의 신간은 대니얼 데닛의 『직관펌프, 생각을 열다 Intuition Pumps and Other Tools for Thinking』입니다. 데닛 정도의 철학자를 읽을 때는 명료성과 개방성에서 두려워할 게 없지요. 그는 사람들을 이해시키고 설명하는 데 적극적이기 때문에, '대륙' 전통에서 흔한 반反계몽주의 철학자들처럼 언어 자체를 창안해낼 필요도 없고, 욕망도 가지지 않습니다. 그들 반계몽주의 철학자들은 모호함을 미래의 가능성을 위한 일종의 방어막으로서 가치 있게 여기거나, 혹은 모호성 그 자체를 감탄의 대상으로 삼지요. 예전에 파티에서 어느 여성이 한 철학자에게 그의 책이 자신은 이해하기가 어렵다고 하니까 그 철학자가 단번에 "오, 고맙습니다!" 하고 응답하는 소리를 들은 적이 있습니다. 데닛은 그 반대죠. 그는 이해받기 위해 열심히 노력하고 그 목적으로 자신의 직관펌프(그가 만들어낸 말)를 멋지게 사용합니다. 그 책에는 그가 예전에 주제로 삼았던 것들이 잘 요약되어 있어서 도움이 되고요, 흥미로운 제목이 약속하는 것만큼이나 내용이 좋은 책입니다.

당신이 가장 좋아하는 이 시대의 작가와 사상가는 누구입니까?

대니얼 데닛은 벌써 언급했고요. 스티븐 핑커, A. C. 그레일링, 대니얼 카너먼, 재레드 다이아몬드, 매트 리들리, 로런스 크라우스, 마틴 리스, 제리 코인을 추가해야겠네요. 사실, 존 브로크먼(그 황금주소록을 소유한 사람)이 지휘하는 온라인 살롱 '에지Edge'의 위상을 높여주는 수많은 분야의 권위자들을 다 좋아합니다. 모두 실재 세계의 진실에 정직하게 헌신하고, 그 진실을 발견하는 것이 과학자—그리고 과학을 배우려는 노고를 마다하지 않는 철학자—가 할 일이라는 같은 믿음을 공유하고 있지요. 이 '제3의 문화' 사상가들 가운데 많은 이들이 글을 아주 잘 씁니다. (노벨 문학상은 왜 소설가한테만 주고 과학자한테는 안 주는 겁니까? 왜 우리는 문학이 일어나지 않은 일에 대해서 다루는 걸 더 선호해야만 합니까? 예컨대, 스티븐 핑커는 문학상 후보자로서 자질이 충분한 거 아닌가요?)

과학과 세속주의에 대해서 몇 권의 책을 쓰셨는데요, 그 주제에 대해서 소개해주실 만한 다른 책이 있다면요?

샘 해리스를 강박적으로 공격하는 사람들의 명단 좀 보세요. 그러면 그가 얼마나 위험할 정도로 효과적으로 글을 쓰는 사람인지 알 수 있을 겁니다. 그의 글은 분명하고, 설득력이 강하고, 지적으로 예리하고, 어리석음을 용납하지 않죠. 크리스토퍼 히친스의 글에 대해서도 같은 말을 할 수 있을 텐데요, 요즘 그에 대한 공격이 증가했는데 그는 더이상 맞서 싸우려 하지는 않고 있어요. 좀 덜 알려졌지만, 다른 방식으로 매우 훌륭한 책으로는 J. 앤더슨 톰슨의 『우리가 신을 믿는 이유 Why We Believe in God(s)』를 들 수가 있는데, 이 책은 J. L. 매키가 "유신론의 기적"이라고 부른 것에 대해 광범위한 심리학적 지식에 기초하여 분석하고 있습니다. 또 숀 페어클로스의 『신정주의자들, 공격을 감행하다! Attack of the Theocrats!』는 미국의 고귀한 세속주의 전통에 대한 이 시대의 정치적 위협의 실체를 밝히기 위해서 소름이 돋을 정도로 조사와 연구를 철저하게 한 책이고요.

케냐에서 태어나 유년기를 그곳에서 보내셨지요. 어린 시절에 아프리카에서 어떤 종류의 책을 읽으셨나요?

케냐에서 나온 가장 훌륭한 소설은, 제 견해가 아주 제한적이라는 걸 인정하고 말하자면, 영어로 쓰인 훌륭한 소설들 가운데 하나인데, 문학 전문가들에게 무시되어왔다는 사실이 한탄스러운 책이죠. 엘스페스 헉슬리의 『붉은 이방인Red Strangers』이라는 책인데요, 네 세대에 걸친 키쿠유가家의 파란만장한 이야기입니다. 그 부족에 대한 작가의 공감과 평생에 걸쳐 쌓은 친숙함에 기초하여 쓴 책이지요. 책은 백인이 들어오기 전부터 시작하는데, 그녀가 우리 독자들을 키쿠유의 세상과 정신 속으로 너무도 성공적으로 데려가는 바람에, 마침내 영국인이 도착했을 때 우리는 마치 그들이 화성인 침략자라도 되는 것처럼 그들의 관습을 괴망하고 이질적으로 느끼게 되지요. 염소를 기준으로 한 경제가 자연스럽게 느껴지고(펭귄 출판사에서 복간된 그 책의 서문을 제가 쓰게 됐는데, 거기서 이미 밝혔듯이 말이에요), 루피(인도, 파키스탄 등에서 쓰는 화폐 단위로, 케냐에서도 한동안 공식 화폐로 사용되었다—옮긴이)는 약속대로 "염소로 교환"될 수 없다는 사실을, 키쿠유족과 똑같이 공감하게 되는 것입니다. 헉슬리의 묘사력은 스타인벡과 견줄 만합니다. 거기에다 그녀의 은유와 형상화에는 키쿠유족의 정신에서 차용된 미묘함이 더해졌지요. 목초지는 "마치 앵무새의 날개처럼 어슴푸레하게 빛났고", 발매나무는 "술 취한 장로처럼 흔들거렸습니다". 아프리카에서의 유년 동안에는 이런 문학 분야의 역작을 읽기에는 제가 너무 어렸어요. 그래도 그 이후로는 여러 차례 읽었고, 펭귄북스가 그 책을 복간하도록 제가 설득했다는 사실에 스스로 자랑스러워하고 있지요. 하지만, 엘스페스 헉슬리가 자신의 대작을 만들어내기 위해서 키쿠유족의 삶에 스스로 푹 젖어들었던 것처럼, 제럴딘 엘리엇은 훨씬 더 남쪽으로 가서 응고니(저희 가족이 케냐를 나와서 살았던 곳입니다) 사람들의 민담을 듣고는 제가 사랑해마지않는 아름다운 어린이책 시리즈를 만들어냈지요. 『긴 풀이 속삭이네The Long Grass Whispers』『표범이 지나가는 곳Where the Leopard Passes』 등은 동물의 간계와 속임수에 관한 우화, 즉 일종의 아프리카판 토끼군, 여우군의 이야기죠. 토끼 칼룰루는 대부분의 이야기에서 교활한 영웅인데, 자칼 응칸드위, 하이에나 피시, 표범 응야루그위 등보다 언제나 한 수 위지요. 인물들의 이름은 실제로는 각기 다른 방언을 사용하는 부족들의 이름인데, 그중 하나가 제가 치냔자라고 알고 있는 부족인지라, 더욱 유대감을 느꼈지요.

어린 시절에 동일시했던 문학 속 인물이 있나요? 당신의 문학 속 영웅은 누구입니까?

흔히 아이들한테 자신만의 문학 속 영웅이 있게 마련인지는 몰랐는데, 저한테는 하나 있긴 했지요. 한때는 그와 동일시를 하기도 했고요. 닥터 두리틀이었는데, 지금은 그를 『비글The Voyage of the Beagle』 시절의 찰스 다윈과 반쯤 동일시합니다. 인간이 아닌 동물들에게 말을 할 수도 있고 그 동물들이 그에게 헌신하게 함으로써 신과 같은 권력을 사용할 수 있는 온화하고 자상한 성격의 그 박물학자는 요즘에는 인종주의의 혐의를 받아서 별로 매력적이지 않아 보이죠. 도서관에서 금지당하기조차 합니다. 글쎄요, 뭘 기대하는 겁니까? 휴 로프팅은 1920년대에 책을 썼고 당시 영국에 만연했던 인종주의는 애거사 크리스티, 새퍼(『불독 드러먼드Bulldog Drummond』) 등 모든 연령대의 수많은 다른 작가들의 소설을 포함한 너무도 많은 소설에서 볼 수 있는 것인데요. 변명을 하자는 게 아니라, 로프팅의 인종주의는 악의적이라기보다는 온정주의에 가까운 것이기 때문에, 그의 모든 책에 나타나는 존경할 만한 반反종차별주의로 충분히 상쇄되고도 남는 것이라고 생각합니다.

어떤 책으로부터 가장 큰 영향을 받았습니까?

당연한 말이고 사실이기도 하지만, 제 대답은 다윈의 『종의 기원On the Origin of Species』이지요. 하지만 그 책의 메시지가 2차적인 방식으로 제 삶을 바꿔놓기까지는 그 책 자체를 읽지 않았습니다. 그래서 아주 당연한 건 아니지만, 과학소설인 프레드 호일의 『검은 구름Black Cloud』으로 바꾸겠습니다. 여러 가지 면에서 엉터리인 책인데(우리가 동일시하도록 요구받는 영웅이 건방지고 공격적이고 무례하며 성차별주의자인데다가 과학자에게는 형편없는 역할모델이죠), 그럼에도 불구하고 저는 한 소설 작품에서 기대할 수 있는 것 이상으로 저 자신의 형성기에 그 책으로부터 과학에 대해서 많은 것을 배웠습니다. 정보 이론과 정보가 해득될 수 있도록 만들어주는 매개의 자의성에 대해 생각할 수 있도록 처음으로 제 직관펌프를 작동시킨 책이 바로 『검은 구름』이었지요. 개인을 그 개인이 깊숙이 뿌리박고 있는 집단으로부터 분리해내는 것의 잠재적 어려움도 이해하게 됐고요. 벌집이 하나의 집단인가요, 아니면 초개체인가요? 만약 인간의 뇌가 초고속 데이터 전송 연결망으로 텔레파시처럼 결합된다면, 우리는 거대한 하나의 개체가 될까요? 이 책의 이야기는 여러 가지 과학적 발견들이 완전히 서로 다른 방식으로 한 차례 이상 동시다발적으로 이루어지는 방식을 아주 설득력 있게 묘사하는 식으로 구성되어 있습니다. 하지만 무엇보다도 그 소설은 존재와 기원에 관한 '깊은 문제들', 말하자면 인간의 정신이 그걸 이해할 만큼 결코 충분히 진화되지 못한 그런 질문들이 절대 제 머릿속을 떠나지 않게끔 해주었지요.

과학도가 되기를 열망하는 이들에게 추천할 만한 책은 무엇입니까?

피터 메더워와 제임스 왓슨 두 사람 모두 이 질문에 대한 책을 썼지요. 각각 『젊은 과학자들에게 보내는 충고Advice to a Young Scientist』와 『지루한 사람과 어울리지 마라Avoid Boring People』인데, 저자들의 최고의 책은 아니지만, 과학이라는 소명을 성공적으로 수행하기 위해서 기억해둘 만한 힌트를 제공해줍니다. 특히 왓슨은 "골프를 치지 마라" "일요일에도 계속 일해라" "열의에 찬 실험실 일꾼을 고용해라" "사진 찍히는 일을 피해라" 같은 별난 원칙 목록을 가지고 있지요.

보통, 어떤 종류의 이야기에 끌리시나요?

저는 과학소설광은 아니지만, 앞서 과학적 직관을 펴올리는 소설 하나에 대해서 말씀드렸지요. 아서 C. 클라크와 아이작 아시모프도 그런 좋은 과학소설의 모범이라 할 수 있습니다. 변변한 과학적 한계에 대한 고려도 없이 작가가 멋대로 꿈을 꿔대는, 입이 쩍 벌어지게 만드는 환상소설과는 달리 말이지요. 또다른 1급 과학소설의 올바른 예는 대니얼 F. 갤루이의 『컴컴한 우주Dark Universe』입니다. 이 책에서의 직관펌프는 신화와, 종교의 기원에 관한 것입니다. 여러 원인들 탓에, 머나먼 역사 속에서 빛을 잃고 지금은 항구적인 어둠 속에서 살아가는 어느 인간 종족은 '빛'을 그들의 언어 속에서, 그들이 떨어진 잃어버린 낙원에 대한 신화적 암시 안에서만 간직하고 있습니다. 그들은 "위대하고 전능한 빛Great Light Almighty"이나, "오, 감사하나이다, 빛이시여Oh, thank Light"나, "빛이시여 제발!For Light's sake!" 같은 말들로 숭배하고, 그들의 만신전에는 빛의 자비로부터 탈락한 악마적 인물이 포함되어 있습니다. 그 악마들은 스트론튬, 코발트, 그리고 교활한 악마 하이드로젠이라 불리는 이들입니다. 흔히 하는 말로, 참 괴상하기 짝이 없는 이야기지요.

또 에벌린 워, 올더스 헉슬리, 킹슬리 에이미스, 마이클 프레인 같은 사회풍자 작가들도 즐겨 읽습니다. 사람들이 존재하는 방식이나 말하는 방식에 대한 재치 있는 관찰, 사물을 꿰뚫어 보는 듯한 그들의 날카로운 통찰력은 저로 하여금 순수한 기쁨에 차서 거리로 뛰쳐나가 누구든 끌어안고 싶게 만들 정도죠.

당신의 책장에 있는 책들 가운데 우리가 보면 놀랄 만한 책은 무엇입니까?

그건 그 사람이 얼마나 순진무구한 문자주의자인지에 따라 다를 텐데, 성경을 발견하고는 놀라는 사람이 있을지도 모르죠. 물론 킹 제임스 판이고요, 책장에 있기보다는 계속해서 나와 있죠. 자주 들춰보니까요. 때로는 제 책을 쓸 때 문구를 인용하려는 목적이고, 또 때로는 순수하게 문학적인 즐거움 때문이에요. 특히 전도서와 아가서를 즐겨 읽지요.

대통령께 단 한 권의 책을 권할 수 있다면 어떤 책을 권하시겠습니까? 그리고 영국 총리께는 어떤 책을 권하시겠습니까?

다음 두 책을 가져다가 두 분께 한 권씩 드리고 나서, 다 읽고 나면 서로 바꾸어 읽으라고 할 겁니다. 결국 두 분 모두 두 권 다 읽게요. 칼 세이건의 『악령이 출몰하는 세상Demon-Haunted World』은 미신과 의사擬似과학에 관한 한 제가 아는 최고의 해독제입니다. 오바마 대통령이나 캐머런 총리가 미신이나 의사과학을 믿는 사람이라는 얘기가 아니라, 그들이 그런 유권자들에 대해서 보다 덜 비굴한 태도를 취할 필요가 있기 때문이에요. 로버트 액설로드의 『협력의 진화Evolution of Cooperation』는 논쟁을 해결하고 협력을 증진시키기 위한 노력에 관여하는 사람이라면 누구에게라도 유익한 책이 될 것입니다. 사실 개정판에 제가 서문을 썼는데, 이렇게 썼습니다. "세계의 지도자들을 전부 이 책과 함께 가두고 책을 다 읽을 때까지는 풀어주지 말아야 합니다. 그들에게는 즐거운 독서가 될 것이고, 이 책이 나머지 우리를 전쟁의 위험으로부터 구원해줄지도 모르니까요. 『협력의 진화』는 기드온 성서를 대신해서 읽을 가치가 있는 책입니다."

실망스럽거나, 과대평가되었거나, 신통치 않은, 좋아해야 마땅하지만 당신에게는 그렇지 않았던 책이 있습니까?

『오만과 편견Pride and Prejudice』이요. 제 편견임에 틀림없고, 그게 자랑스럽지도 않지만, 누가 누구와 결혼을 할지, 그들이 얼마나 부자인지에 대해서는 도무지 흥미가 생기지 않는 걸 어떡합니까?

고인이 되었거나 살아 있는 작가들 가운데 누구라도 만날 수 있다면, 누구를 만나고 싶습니까? 만나면 무엇을 알고 싶은가요?

지루할 정도로 너무 뻔해서 죄송합니다만, 셰익스피어를 만나보고 싶군요. 당신은 누구입니까? 당신 같은 평범한 시골 소년이 어떻게 그토록 위대한 천재, 우리가 아끼는 영어를 일부 창조한 사람이 되었나요? 당신이 옥스퍼드나 케임브리지에서 공부했다면 심지어 그것보다도 더 나았을까요?

늘 읽어야겠다고 생각했지만 아직 읽지 못한 책이 있다면요? 읽어본 적이 없어서 당혹스러웠던 책은요?

아, 그럼요. 데이비드 로지의 굴욕 게임(소설가이자 평론가인 데이비드 로지가 가벼운 저녁 모임 등에서 즐기기 위해 만든 게임으로, 참석자들이 문학 고전 중에 읽지 않은 책 이름을 번갈아가면서 대는데 가장 유명하고 중요한 작품을 읽지 않은 사람이 최종 승자가 된다—옮긴이)이라면 제가 챔피언일 겁니다. 너무 많으니까요. 하지만 『전쟁과 평화 War and Peace』를 들지요.

다음으로 어떤 책을 읽으실 계획입니까?

『전쟁과 평화』요. 아, 이런, 제가 자진해서 걸려들고 말았네요, 그렇죠?

과대평가된 책

중학교 1학년 때 좀 비정상적인 충동에서 『월드북 백과사전』을 통독하겠다고 결심한 적이 있어요. 첫 권의 한 50페이지도 읽기 전에 눈꺼풀에 이끼가 끼기 시작하더군요.
—칼 하이어센

어니스트 헤밍웨이의 모든 책이요. **—존 어빙**

저는 이런 종류의 '실망'을 저 자신의 기질상의 결함으로, 다른 사람들이 분명히 감상할 줄 아는 것을 감상하고 이해하는 데 실패한 것으로 여기도록 훈련받았어요. 예를 들어서, 제가 처음 D. H. 로런스를 읽으려고 시도했을 때는 실망스러웠어요. 제가 충분히 나이를 먹지 않았거나 성숙하지 않았던 거죠. 아직은 한참을 더 기다려야 했던 거지요. 지금은 로런스가 제가 가장 좋아하는 작가 가운데 한 사람이고, 대학 수업에서 수차례 가르치기도 한 작가예요. 처음에 실망스러웠던 또다른 작가는 월트 휘트먼이었는데, 그 역시 너무 어려서 읽었던 거죠(알아요. 믿기 힘드시다는 거요. 월트 휘트먼에 대해서 '실망스러웠다'고 인정할 수 있는 사람이 누가 있겠어요? 부디 저한테 비난의 이메일은 보내지 말아주세요). **—조이스 캐럴 오츠**

아무리 애를 써도 조너선 프랜즌은 즐기지 못하겠더라고요. 『인생 수정』을 끝까지 못 읽었고, 『자유』는 우스울 정도로 과대평가됐다는 생각이 들었어요. 어쩌면 그 책이 너무 큰 성공을 거둬서 제가 좀 삐딱하게 보는 건지도 모르죠. 『시핑 뉴스』도 읽기가 힘들었는데, 그 책이 출간됐을 때 그 작가와 제가 같은 출판사에서 책을 내고 있었기 때문에 좋아하는 척했던 적이 있어요. 읽으면서 짜증이 났는데, 나중에 그녀가 사람들의 삶을 바꿔놓을 정도로 훌륭한 단편들을 썼기 때문에 결국 모든 걸 용서했지요.
—앤 라모트

좋은 책이긴 하지만 작가가 무엇에 매달려 있는지 너무 잘 보일 때는 책을 내려놓고 마는 경우가 가끔 있습니다. 독서 기술이 향상될수록 독자로서의 순수함은 잃게 되지요. 그게 이 독서라는 활동에서 한 가지 슬픈 사실이죠. —E. L. 닥터로

리처드 포드
Richard Ford

지금 침대 머리맡에는 어떤 책이 놓여있나요?

윌리엄 보이드의 『굿맨 인 아프리카A Good Man in Africa』가 놓여 있지요.

언제, 어디서 읽는 걸 좋아하십니까?

침대에서는 읽지 않고요. 오랜 시간 비행기를 타야 할 때가 좋습니다. 하루가 시작되기 전 이른 아침도 좋고요.

• 리처드 포드는 『스포츠 라이터The Sportswriter』 『잃어버린 나날들Independence Day』 『캐나다Canada』 『지형The Lay of the Land』 등의 책을 썼다.

최근에 읽은 책 가운데 정말로 훌륭하다고 생각했던 책은 무엇입니까?

바실리 그로스만이 쓴 『전장의 작가A Writer at War』입니다. 그로스만이 동부전선에서 쓴 일기와 기사를 모은 책인데 흡인력이 대단하고 굉장히 휴머니즘적인 작품입니다.

스스로를 소설 애호가라고 생각하시나요, 논픽션 애호가라고 생각하시나요? 가장 좋아하는 문학 장르는 무엇입니까? 죄책감을 느끼면서 즐기는 책이 있나요?

저는 독서의 기회평등주의자입니다. 희곡만큼은 그다지 많이 읽지 않지만요. 그리고 제가 장로교파 기독교 환경에서 자란 탓에 그게 어떤 종류의 쾌락이건 쾌락을 느낄 때는 거의 항상 죄책감이 듭니다.

당신에게 가장 큰 영향을 주었던 책은 무엇입니까? 어떤 책이 작가가 되고 싶게 했나요?

아마도 윌리엄 포크너의 걸작 『압살롬, 압살롬!Absalom, Absalom!』일 겁니다. 열아홉에 그 책을 읽었는데, 그 작품을 읽으면서 문학의 위대한 구원 가능성을 경험한 게 제 인생에 확실하게 각인되었지요.

대통령께 단 한 권의 책을 권할 수 있다면, 어떤 책을 권하시겠습니까?

제 책을 한 권 읽어보라고 하고 싶습니다. 그 밖에 어떤 다른 책을 권하겠습니까? 제가 무슨 이타주의자라고요. 어느 책을 읽을지는 직접 고르면 되고요.

독서 습관이 궁금합니다. 종이책을 읽으시나요, 전자책을 읽으시나요? 읽으면서 메모를 하시나요?

저는 '책'으로 된 책을 읽습니다. 겉표지 사이에 들어 있는 거 말입니다. 거기에다 온갖 표시들을 하지요. 결국 그 책들은 제 것이니까요. 전자책을 반대하는 건 아닙니다. 저한테 그게 무슨 도덕적인 문제도 아니고요.

읽은 책들을 계속 모아두시나요? 수집하고 간직하고 책꽂이에 꽂아두는 편입니까, 아니면 다른 사람들한테 주거나 빌려주거나 기부를 하는 편입니까?

제가 읽은 책 대부분은 그대로 가지고 있습니다. 한 번 읽은 책을 다시 읽는 경우가 많고 그 책들이 제 곁에 있는 게 좋아서요. 책을 이리저리 옮기는 데만도 수천 달러를 썼죠. 하지만 제가 원해서 저한테 온 게 아닌 많은 책들은 도서관으로 보내죠. 절대 책을 파는 일은 없습니다.

웃게 하는 책이 더 좋으세요, 울게 하는 책이 더 좋으세요? 교훈적인 책과 낯선 곳으로 데려가주는 책 가운데 어느 쪽을 더 좋아하시나요?

저는 어떤 상황에서도 눈물을 흘리지 않는 그런 사람은 아닙니다. 속담에도 있듯이, 울지 않고 "꿋꿋하게 버티는 건 쉬운 일이 아니"지요. 저는 뭐든 배우는 걸 좋아합니다. 게다가 독서가 아니더라도 현실을 벗어나게 해주는 일들은 이미 제게 충분히 많아요.

가장 최근에 당신의 눈물을 자아낸 책은 무엇이었습니까?

제가 쓴 책 『캐나다』를 마지막으로 읽었을 때 울었습니다. 좋은 책이라면 당연히 그렇게 만들어야 합니다. 그 외에 저를 울렸던 책은 제임스 라이트의 시집 『강물 위로Above the River』였습니다. 한 편만이 아니었지요.

어렸을 때 가장 좋아했던 책은 무엇인가요? 모든 아이들이 읽었으면 좋겠다고 생각하는 책이 있나요?

릭 브란트의 과학 미스터리 시리즈 책을 좋아했지요. 어렸을 때는 난독증이 있어서 책을 많이 읽지 못했어요. 그리고 저한테 아이가 없어서 아이들이 무슨 책을 읽어야 하는지도 모르고요. 아마 부모들이 못 읽게 금지하는 책들이겠지요.

실망스럽거나, 과대평가되었거나, 신통치 않은, 좋아해야 마땅하지만 당신에게는 그렇지 않았던 책이 있습니까? 가장 최근에 끝내지 못하고 내려놓은 책이 있다면요?

과대평가된 책이라면…… 제임스 조이스의 『율리시스』를 들겠습니다. 주저하지 않고요. 교수들을 위한 책이지요. 아일랜드 독자한테는 제대로 읽히리라 짐작하지만 말입니다. 저는 대부분의 책을 끝까지 읽지 못하고 내려놓습니다. 대부분의 책은 그렇게까지 좋지는 않으니까요. 그래야만 할 이유도 없고요. 어떤 '재능'이건 그게 민주적으로 평등하게 주어지는 것도 아니죠. 다행히도, 제가 마지막으로 끝까지 읽지 못하고 내려놓은 그저 그런 책이 뭐였는지 기억이 안 나네요.

비록 (그래서 제가 책 서평을 쓰지 않는데) 가끔 제가 읽다 말았던 책을 다시 읽어봤을 때—기쁘게도—불만족스러웠던 게 그 책이 아니라 나 자신이었다는 걸 발견하게 되는 경우도 있긴 하지만요.

가장 좋아하는 단편집은 무엇입니까? 단편과 장편소설 가운데 어느 쪽을 더 많이 읽는 편인가요?

둘 다 가리지 않고 읽습니다. 제 목록의 가장 윗부분을 차지하는 책이라면 (보통은 가장 좋아하는 책 같은 것에 대해서는 생각하지 않지만) 존 치버의 단편집과 이사크 바벨의 단편집입니다. 유도라 웰티도요. 내일 물어보신다면 다른 대답을 할지도 모르지요. 윌리엄 트레버, V. S. 프리쳇, 『더블린 사람들』, 앨리스 먼로, 데버러 아이젠버그, 앤 비티, 도널드 바셀미, 메이비스 갤런트, 체호프. 모두 지독하게 좋은 단편집들이지요.

고인이 되었거나 살아 있는 작가들 가운데 누구라도 만날 수 있다면, 누구를 만나고 싶습니까? 만나면 무엇을 알고 싶은가요? 저자에게 편지를 써 본 적이 있습니까?

제가 편지를 쓴 작가들은 많습니다. 팬으로서 말입니다. 마음속에서 우러나온 편지들을 썼죠. 포드 매덕스 포드(아쉽게도 저와는 아무런 친인척 관계가 아닙니다)를 만나보고 싶어요. 얼마나 크고 복잡하고 매력적이고 재기 넘치는 인물인지요. 제가 이상적으로 생각하는 남자죠(물론 그의 인생에서 많은 부분들이 그리됐듯이 제가 그런 사람이었다면 제겐 재난이 됐을지도 모르겠지만요).

쓰신 책 가운데 가장 좋아하는 책은 무엇입니까? 가장 아끼는 인물은요?

최대한 존중하는 마음을 가지고 모든 책을 최선을 다해서 열심히 썼습니다. 그 질문은 독자들이 답할 수 있도록 남겨두는 게 좋을 것 같군요. 제가 생각하는 게 따로 있다 해도 말이지요.

다시 프랭크 배스컴에 대해서 쓰실 생각은 없나요?

늘 프랭크를 위한 메모를 하고 있습니다. 그걸(그리고 '그'를) 매일 들고 다니지요. 지금으로서는 그것만으로도 충분한 것 같군요.

지금까지 나온 스포츠에 관한 책들 가운데 최고는 뭐라고 생각하십니까?

이런, 읽은 게 별로 없네요. 프레더릭 엑슬리가 쓴 『어느 팬의 편지 A Fan's Notes』, 그리고 로런스 S. 리터가 쓴 『그들 시대의 영광The Glory of Their Times』을 들겠습니다. 로저 에인절의 소설집은 거의 아무거나 다 좋고요.

스스로를 특정 지역에 관해서 쓰는 작가라고 생각하십니까? 당신의 책은 장소에 관한 이야기가 아주 많은 것 같아서요. 뉴저지든 남부든 서부든 간에요. 그리고 지역문학을 즐겨 읽는지요?

어쩌면 제가 연쇄 지역작가인지도 모르겠군요. 처음엔 여기, 나중엔 저기, 이런 식으로 지도를 가로질러가면서 쓰는. 남부—제가 태어난—를 배경으로 삼아 글 쓰는 걸 중단한 이유는 두 가지입니다. 남부에 대해서 새롭게 이야기할 게 없는 것 같았고(윌리엄 포크너와 유도라 웰티와 워커 퍼시와 배리 해나와 다른 스무 명의 훌륭한 작가들이 이미 제가 할 수 있는 것보다 더 잘 이야기했으니까요), 또 독자층을 좀더 넓히고, 남부가 초대하는 사람들—그러니까 저 말입니다—의 관심사와는 다른 관심사들에 대해서 이야기하고 싶었기 때문입니다. 그리고 저는 책이 '지역적'인지 아닌지에 대해서 별로 생각하지 않습니다. 그저 좋은 책인지 아닌지 그것만 생각하지요.

다음으로 어떤 책을 읽으실 계획입니까?

숀 오패올린이 쓴 『홀로 있는 새Bird Alone』입니다.

어린 시절의 독서

어렸을 때 그림 그리는 걸 좋아해서 그림이 많이 들어간 판형이 큰 책들, 그러니까 거인, 땅속 요정, 북유럽 신화, 우주여행 같은 것들에 대한 책에 끌렸지요. 『21세기 운하』라는 책이 있었는데, 온통 파격적이고 무정형적인 형태의 우주선과 미래 도시 그림들로 가득했어요. 지난 30여 년간 그 책을 본 적이 없다가 얼마 전에 이베이에서 그걸 구입했는데, 그 그림들을 들여다보고 있자니 다시 여덟 살 때 꿨던 꿈속에서 사는 것만 같은 느낌이 들더군요. **—데이브 에거스**

어렸을 때 과학탐정 브라운을 정말 좋아했어요. 도널드 소볼이 최근에 타계했는데, 그 일로 다시 떠올리게 됐죠. 그의 책들이 제 작은 선반에서 얼마나 중요한 자리를 차지하고 있었는지 말이에요. 일곱 살이 되어서야 글을 읽을 줄 알게 되었기 때문에, 보통 유년기 초기에 읽는 책은 못 읽었고 바로 챕터북으로 넘어가서 과학탐정 브라운을 접하게 됐죠. 소년 탐정 르로이 브라운에 대해서 제가 가장 좋아했던 부분은, (1)그는 자기가 똑똑하다는 사실에 대해서 부끄러워하지 않았다는 점(제가 자랐던 시대와 장소에서는 똑똑하다는 게 멋져 보이지가 않았죠)과 (2)그의 가장 친한 친구가 샐리 킴벌이라는 이름의 드센 여자아이로, 르로이의 보디가드이자 지적인 동료였다는 점이었어요. 소볼은 제 유년기의 머릿속에 있던 젠더에 대한 각본을 그 누구보다도 많이 뒤집어놓았죠. **—주노 디아스**

언니와 저는 과학탐정 브라운을 정말 좋아했는데, 브라운은 유년기의 흉악한 음모들을 밝히는데 한 시간도 걸리지 않는 5학년짜리 '범생이' 전문가예요. 물론 모든 어린이 탐정은 동료가 필요하죠. 저는 브라운의 동료 샐리 킴벌이 낸시 드루 시리즈의 그 어떤 인물보다 훨씬 더 멋지다고 생각했어요. 똑똑할 뿐만 아니라 샐리는 그 동네에서 벅스 미니를 이겨먹을 수 있는 유일한 아이였거든요. 하지만 당시에 저는 아이였기 때문에 아이다빌이라 불리는 무한히 공정한 장소라는 아이디어를 무척 좋아했지요. 아이다빌에서는 약자가 힘 있는 자로부터 영원히 공격당하지 않고 나쁜 사람들은

절대로 빠져나갈 수가 없었거든요. —**캐서린 부**

제 팔이나 몸에는 온통 어린이책에 나오는 장면을 그린 문신이 있답니다. 잴 큰 게 황소 페르디난드를 그린 거예요. 엘리엇 스미스도 그 문신을 했죠. 다른 페이지에 있는 거긴 하지만요. 책의 메시지가 얼마나 좋아요! 그저 너 자신이 되라. 네가 내키지 않는다면 아무도 들이받을 필요가 없다. —**리나 더넘**

돌레르 부부의 『신과 거인의 이야기 북유럽 신화』, 『팬텀 톨부스』 『어스시의 마법사』 『클로디아의 비밀』 『탐정 해리엇』, 존 크리스토퍼의 삼발이 3부작. 브래드버리의 『레이 브래드버리』, 『셜록 홈스의 모험』. 저는 트릭스터 영웅들이 정말 좋습니다…… 그리고 홈스도요. —**마이클 셰이본**

『시간의 주름』이 저를 구원했지요. 그 책은 제가 어렸을 때 느꼈던 슬픔과 소외의 감정을 너무도 잘 포착해놓았거든요. 그 책이 나왔을 때가 제가 여덟 살, 그러니까 3학년 무렵이었는데, 그땐 그걸 전부 곧이곧대로 믿었죠. 플롯, 사람들, 그들이 겪는 감정적인 진실이 전부 사실이라고 말이지요. 이 세계는 결코 저한테 맞는 곳이 아니었지만, 그 책 덕분에 제 소외감은 엄청나게 줄어들었고, 그 이후로 훌륭한 책들이 전부 다 그런 역할을 해주었죠. 아마 그 책을 열두 번도 더 읽었을 거예요. —**앤 라모트**

저는 매우 비문학적인 아이였습니다. 그런 사실이 책을 읽지 않는 아이를 둔 부모들을 안심시키는 경우도 있지요. 레고가 제 취미였고, 『핵발전소 안은 어떻게 생겼을까?』 같은 실용적인 책을 좋아했습니다. 책의 중요성을 발견한 건 사춘기가 시작되고 나서였죠. 저로 하여금 계속해서 책을 읽게 한 것은 부동의 고전 『호밀밭의 파수꾼』이었습니다. —**알랭 드 보통**

마이클 셰이본
Michael Chabon

지금 침대 머리맡에는 어떤 책이 놓여 있나요?

이언 플레밍의 1955년 작 『문레이커 호Moonraker』요.

최근에 읽은 책 가운데 정말로 훌륭하다고 생각했던 책은 무엇입니까?

그 책들을 대단히 중요한(훌륭한) 하나의 작품으로 쳐도 된다면, 영국 작가 에드워드 세인트 오빈의 『패트릭 멜로스 소설』 다섯 작품을 꼽고 싶어요. 하지만 『문레이커 호』도 진짜 훌륭해요.

• 마이클 셰이본은 『피츠버그의 마지막 여름The Mysteries of Pittsburgh』 『원더 보이Wonder Boys』 『캐벌리에와 클레이의 놀라운 모험The Amazing Adventures of Kavalier & Clay』 『유대인 경찰 연합The Yiddish Policemen's Union』 『텔레그래프 가Telegraph Avenue』 등의 소설을 썼다.

가장 최근에 당신의 눈물을 자아낸 책은 무엇이었습니까?

책을 읽다가 우는 경우는 아주 드문데요. 『말하라, 기억이여Speak, Memory』에서 블라디미르 나보코프의 묘사를 처음 읽었을 때 눈물을 쏟았던 기억이 있어요. 환호하는 러시아 농민들이 그의 아버지를 담요 위로 던지는 장면에서 말이지요. 그 장면은 나중에 닥치게 될 슬픔과 애도의 감탄스러울 정도로 섬세한 전조 역할을 하지요.

가장 최근에 당신을 웃게 만든 책은요?

이런 일은 더 자주 있죠. 엄밀하게 말하자면 그렇게까지 잦은 건 아니지만요. 이것도 세인트 오빈이 1등이에요. 저로서는, 조금이라도 저를 웃게 만들지 않는 작품을 훌륭하다고 단언할 수 있을 것 같지는 않습니다.

어렸을 때 가장 소중하게 여겼던 책은 무엇이었나요? 그 책들 속에 좋아하는 인물이나 영웅이 있었나요?

돌레르 부부의 『신과 거인의 이야기 북유럽 신화Norse Gods and Giants』 『팬텀 톨부스The Phantom Tollbooth』 『어스시의 마법사A Wizard of Earthsea』 『클로디아의 비밀From the Mixed-Up Files of Mrs. Basil E. Frankweiler』 『탐정 해리엇Harriet the Spy』, 존 크리스토퍼의 삼발이 3부작. 브래드버리의 『레이 브래드버리R Is for Rocket』, 『셜록 홈스의 모험The Adventures of Sherlock Holmes』. 저는 트릭스터 영웅들이 정말 좋습니다…… 그리고 홈스도요.

가장 최근에 자녀와 함께 재미있게 읽은 책은 무엇입니까?

사실 요즘 아이랑 같이 셜록 홈스 전집을 읽고 있어요. 이제 막 「푸른 카벙클The Blue Carbuncle」을 끝냈지요. 그전에는 러디어드 키플링의 훌륭한 개 이야기인 『가름—인질Garm—A Hostage』을 읽었고요.

요즘에 나온 만화 중에 추천하고 싶은 만화가 있습니까?

저는 맷 프랙션의 어마어마한 광팬이에요. 절반쯤 인디 작품인 그의 카사노바 시리즈는 21세기 미국 만화의 현재진행형 걸작이고, 그가 에드 브루베이커와 같이 열심히 만들어냈던 '불멸의 강철 주먹' Immortal Iron Fist 시리즈는 정말 맛이 기가 막힌 무협 판타지죠.

〈스파이더 맨 2〉와 〈존 카터〉의 시나리오 작업을 하셨지요. 만화를 기반으로 영화를 만들 경우, 꿈의 프로젝트라고 생각하시는 작품이 있나요?

마블 스튜디오가 짐 스탈린의 『워록Warlock』을 영화로 만든다면, 지금까지 만들어진 파격적이고 멋진 우주 드라마 가운데 가장 신나고, 실존주의적이고, 우리의 영혼을 빨아들이는, 우주 환각적인 작품이 될 거라고 생각하는데, 혹시라도 만들게 된다면 그분들이 저를 좀 떠올려주시면 좋겠네요.

아내(소설가 에일릿 월드먼)와 서로 같은 책을 자주 읽으시나요? 아내분은 어떤 책을 권하시고, 반대로 아내한테는 어떤 책을 권하시나요?

저희의 독서 범위는 서로 겹치는 일이 별로 없어요. 주로 아내는 모든 책을 읽고(정말이에요, 아내는 안 읽는 게 없어요) 저는 그냥 같은 책을 읽고 또 읽는 편이라서 그렇습니다. 하지만 아내가 심심찮게 제가 좋아할 만한 책을 건네줍니다. 세인트 오빈을 그렇게 해서 읽게 됐죠. W. G. 제발트도 그렇고, 『클라우드 아틀라스』도 그렇고요. 좀 오래되긴 했지만, 그전에 제가 아내한테 권해서 그녀가 읽은 책으로는 엘모어 레너드가 있네요. 그는 자꾸만 다시 집어들게 되는, 저한테는 아주 중요한 작가입니다.

유대주의와 유대계 미국인의 경험을 말해주는 최고의 책은 무엇입니까?

아, A. B. 여호수아가 쓴 『밀레니엄 끝으로의 여행A Journey to the End of the Millennium』을 진짜로 좋아합니다. 미국 유대인이 쓴 소설 가운데 제가 가장 좋아하는 건 아마 『훔볼트의 선물Humboldt's Gift』일 거고요.

작가들의 만찬모임을 주최하게 되어서 세 명의 작가를 초대할 수 있다면, 누구를 초대하시겠습니까? 고인이 되었거나 살아 있는 분들 가운데 누구라도 가능하다면 말입니다.

글쎄요, 저는 작가들과 저녁식사를 자주 하는 편인데—아이들과 밥을 먹을 때처럼—그 경험이 동시에 두 가지 방향을 다 충족시킬 수 있지요. 아마 팟럭(초대받은 손님들이 각자 음식을 조금씩 가지고 와서 나눠 먹는 파티—옮긴이)으로 할 것 같고요, 그러면 요리를 최고로 잘하면서도 같이 있으면 편하고 즐거운 사람을 초대해야겠지요. 작가들한테 초대 가능성 점수(문장 스타일×요리기술×식탁에서의 친화성)를 매긴다면, 벤 마커스(『불타는 글자The Flame Alphabet』)가 항상 아주 높은 점수를 받을 겁니다.

시도 자주 읽으시는 편인가요?

네, 자주 읽긴 하는데, 취향이 아주 구식이죠(제가 정말 좋아하는 프랭크 오하라만 빼고요. 그도 이제는 구식이 된 게 아니라면 말이지요). 키츠, 테니슨, 밀턴, 셰익스피어, 홉킨스 같은 시인들을 좋아해요.

쓰신 소설에 신화를 자주 불러오셨지요. 특별히 의미 있게 생각하시는 신화가 있나요? 아니면 그냥 즐겨 읽으시는 거라도요.

어떤 걸 골라야 할지 모르겠네요. 티르는 늑대 펜리스의 아가리에 주저 없이 자기 팔을 희생시키죠. 다이달로스와 이카로스도 좋아하고, 천사와 씨름을 벌이는 야곱도 좋아해요.

장르소설은 별로라고 믿는 문학 귀족한테 세 권의 책을 제안하실 수 있다면, 어떤 책을 넣으시겠습니까?

헨리 제임스의 『나사의 회전The Turn of the Screw』, 조지프 콘래드의 『암흑의 핵심Heart of Darkness』, 코맥 매카시의 『핏빛 자오선』이요.

본인이 직접 시도하기에는 좀 버거울 거라고 생각하는 장르가 있나요?

스펀지밥과 패트릭 팬픽이요.

무인도에 단 세 권의 책만 가지고 갈 수 있다면 어떤 책을 고르시겠습니까?

『모비 딕』『율리시스』, 그리고 (이런 책이 있다면) 『코코넛으로 진짜 비행기를 만드는 법』이요.

다음으로 어떤 책을 읽으실 계획입니까?

힐러리 맨틀이 쓴 『블랙을 넘어Beyond Black』요. 그다음엔 이언 플레밍의 『다이아몬드는 영원히Diamonds Are Forever』를 읽을 겁니다.

이상적인 독서 경험

기술 산업에 종사하고 있기 때문에 이런 이야기를 하면 안 될지도 모르겠지만, 저는 아직도 종이책을 더 좋아합니다. 여행을 할 때는 아이패드를 들고 가지만, 집에서는 책을 집어들고는 통째로 휙휙 넘기며 훑어보고, 진짜 노란 형광펜으로 줄을 치고, 중요한 페이지 한 귀퉁이를 접어두는 걸 좋아합니다. 책을 다 읽고 나면, 얼마나 많은 페이지 귀퉁이가 접혀 있는지 확인해보는데 그게 제가 그 책을 얼마나 좋아했는지를 가늠하는 척도 역할을 하기 때문이죠. 아이패드의 킨들 앱을 이용하려고 시도해봤는데 손에 땀이 배면 페이지를 넘기기가 힘들더라고요. **—셰릴 샌드버그**

제가 최근에 했던 가장 즐거운 독서 경험은 바로 지난주에 해변에서 조깅을 하면서 맬컴 글래드웰의 『그 개는 무엇을 보았나』를 오디오북으로 들었던 것입니다. 그의 글 「케첩 수수께끼」에 너무 몰두한 나머지 그 이야기가 어떻게 끝날지 알고 싶은 이유만으로 1.6킬로를 더 뛰었지요. **—댄 브라운**

여행할 때는 아이패드로 읽어요. 차에서는 오디오북을 듣고요. 제 침실에서는 종이책을 읽는데, 침실에는 편안한 소파, 램프, 그리고 저를 따뜻하게 해주는 개 두 마리가 있지요. 제가 대중없이 이 책 저 책 마구 읽는 인내심 없는 독자라는 걸 고백해야겠군요. 첫 40페이지까지 제 흥미를 잡아끌지 못하는 책은 그냥 내려놓습니다. 반쯤 읽다 말고 쌓아둔 한 무더기의 책들이 마저 읽어주기를 기다리고 있는데, 제가 급성 간염이나 다른 심각한 병에 걸려가지고 쉬지 않으면 안 될 때라야 더 읽지 않을까 싶어요. **—이사벨 아옌데**

저는 움직이면서 읽거나 물속에서 읽는 걸 좋아합니다. 그래서 지하철, 기차, 비행기, 페리, 보트에서 읽거나, 수영장이나 연못이나 호수에서 공기를 집어넣은 튜브나 비닐 보트 위에 둥둥 뜬 채로 읽는 걸 좋아하지요. 하지만 가장 행복한 독서는 욕조에서 하는 것이죠. 머리를 욕조의 끝부분에 누이고 한 다리는 구부리고 다른 한 다리는 욕조 가장자리를 따라 쭉 편 자세로 말이지요. 가끔씩 뜨거운 물을 조금 더 틀고 발가락을 빙글빙글 돌려가면서요. 결론은 제 아파트로 하겠습니다. 과학소설이나 마술적 리얼리즘 소설을 읽는 동안에 저를 마사지해줄 고압 물 분사장치가 달린 바닥이 깊은 욕조가 있으니까요. —**월터 모슬리**

오랜 시간 동안 읽을 수 있는 유일한 두 장소는 비행기와 밤의 잠자리지요. 저는 종이책을 읽어요. 전자기기의 유혹으로부터 완전히 거리를 두려고요. —**할레드 호세이니**

만약에 사소한 범죄로 감옥에 가게 된다면 글을 많이 쓸 수 있을 것 같다는 공상을 종종 하곤 합니다. 석 달에서 여섯 달 정도 말이지요. 감금 상태가 되는 게 독서에도 좋을 것 같아요. 이메일도 없고, 고객을 화나게 만드는 쓸데없는 서비스 보장 요금도 없고요, 기금 모금 초대 같은 것도 없는 곳이니까요. —**에이미 탄**

제가 꿈꾸는 날에는, 시간 제약도 없고, 읽어야 할 이메일이 쌓여 있지도 않고, 저녁 식사가 마치 보이지 않는 손이 가져다놓은 것처럼 허공 위의 식탁보에 차려져 나오겠지요. 실제로는 절대 일어날 수가 없는 일이죠. 현실에선 기차에서 시간을 쪼개 읽거나 늦은 밤에 읽거나, 아니면 분명한 목적으로 계획을 세운 뒤에 손에 펜을 들고는 잔뜩 찌푸린 얼굴로 집중해서 읽으니까요. 하지만 좀더 생각해본다면, 제가 꿈꾸는 도서 경험은 시간여행을 포함한 것일 듯하네요. 열네 살 때로 돌아가서, 공공도서관의 성인용 도서 코너로의 입장이 허용되는 오렌지색 티켓을 손에 들고 말이지요. 모든 게 제 앞에 펼쳐져 있고, 저는 소설가들이 하는 구차하고 작은 타협 지점들에 대해서도 전혀 알지 못하겠지요. 많은 논픽션 책들이 이전 다른 작가들 책의 재탕에 불과하다는 걸 몰라야 할 거고요. 모든 걸 새로운 눈으로 바라보겠지요. 영광을 좇으면서 말이죠. —**힐러리 맨틀**

마이클 코널리
Michael Connelly

올해 읽은 책 가운데 최고의 책에 대해서 말씀해주세요.

논픽션 중에서 고를 것 같은데, 잭 치버스의 『전쟁 행위: 린든 존슨, 북한, 그리고 간첩선 푸에블로의 나포Act of War』로 하지요. 1990년대 초반에 치버스와 함께 일을 한 적이 있어요. 당시 그는 아주 좋은 기자였는데, 그의 모든 기술이 술술 읽히는 이 책에 그대로 나타나 있죠. 그는 워싱턴의 고급 정치와 1968년 간첩선의 흥미진진한 공해 항해 사이를 넘나듭니다. 마치 『플라이보이스Flyboys』와 『샹그릴라Lost in Shangri-La』를 읽었을 때처럼 책에 완전히 사로잡히는 경험을 했지요.

• 마이클 코널리는 『블랙박스The Black Box』『드롭The Drop』『제5의 목격자The Fifth Witness』『반전The Reversal』『허수아비The Scarecrow』『탄환의 심판The Brass Verdict』『링컨 차를 타는 변호사The Lincoln Lawyer』, 해리 보슈 시리즈 등 수많은 책을 썼다.

언제, 어디서 책 읽는 걸 좋아하십니까?

주로 비행기에서 읽거나 잠들기 직전에 읽습니다. 제 독서 시간이 제한적이란 걸 인정해야겠네요. 사람들이 보통 책을 읽는 상황이나 장소에서 저는 책을 쓸 수가 있으니까요. 하지만 독서는 그 연료이기 때문에—영감을 불어넣어주지요—항상 연료 탱크를 가득 채워놓으려고 노력합니다. 책을 읽을 때는 주로 한 번에 폭식하는 식으로 읽어요. 하루나 이틀 정도는 책 읽기 외에는 아무것도 하지 않는 시간을 따로 마련합니다. 최근에는 그런 식으로 스티븐 킹의 『닥터 슬립』을 읽었지요.

쓰신 책 가운데 가장 좋아하는 책은 무엇입니까?

제가 가장 최근에 쓴 책, 『신이 유죄다The Gods of Guilt』라고 말해야 한다는 걸 알지만, 가장 좋아하는 책은 아마 항상 『라스트 코요테The Last Coyote』일 겁니다. 제가 전업 작가로서 쓴 첫 소설이고, 다른 책들 사이에서 그랬던 것보다 실력 향상이 훨씬 더 현저하다고 생각하기 때문입니다. 하지만 '가장 좋아하는' 책과 '최고의' 책을 혼동하시면 안 됩니다. 제 책 가운데 가장 훌륭한 책을 제가 고를 수 있을지는 확신이 안 서네요. 아직 쓰지 않았기를 바랍니다.

어머니께서 범죄소설을 소개해주셨다고 하셨지요. 어떤 책에 확 끌리셨나요?

어머니는 P. D. 제임스와 애거사 크리스티에 빠져 계셨죠. 저도 좋아하긴 했지만, 확 끌렸다고까지는 말하지 못하겠네요. 제가 자란 곳에 대한 이야기를 쓴 존 D. 맥도널드를 읽기 시작하기 전까지는 말이지요. 그의 인물 트래비스 맥기는 자신의 배 버스티드 플러시 호를 로더데일 항구에 있는 바히아 마르 정박지에 정박시켜두고 있죠. 고등학생 시절에 저도 거기서 일한 적이 있고, 몇몇 소설에 제 상사가 등장하기도 했어요. 플러시 호에 대한 이야기가 여러 소설에 계속해서 짤막하게라도 언급이 되고요. 그런 게 정말 신기하고 멋져 보였죠.

가장 좋아하는 소설 속 탐정(형사)은 누구입니까? 또 최고의 악당은요?

탐정으로는 당연히 필립 말로죠. 냉소적인 유머, 권태, 단호한 결의가 결합된 독보적인 인물이죠. 악당으로는 토머스 해리스의 『레드 드래곤Red Dragon』에 나오는 프랜시스 돌러하이드를 꼽겠습니다. 그는 한니발 렉터의 그늘 아래 가려져 있지만, 그가 더 실재 인물 같이 느껴지고, 이런 종류의 살인자는 천재이기보다는 지극히 평범하고 시시한 사람이란 것을 상기시켜주는 인물이니까요.

예전에 「포트 로더데일 뉴스」와 「선센티널」, 「로스앤젤레스 타임스」의 범죄 담당 기자로 일하셨지요. 기사를 쓰는 일이 이야기를 쓰는 것에 대해 무엇을 가르쳐주었나요?

모든 게 가속도의 문제예요. 글쓰기에서 탄력이 붙는다는 것은 책을 읽을 때 가속도가 붙는 것과 똑같습니다. 뭔가 좋은 건 시간이 많이 걸리는 것이어야만 하고, 창작을 하고 그걸 다듬는 데 때로는 몇 년이 걸리기도 한다는 생각을 하는 사람들이 많지요. 저는 늘 제가 가장 빨리 쓴 책이 가장 좋다고 느꼈어요. 그건 글을 쓸 때 멈출 수 없는 탄력에 이끌려서 썼기 때문이죠.

책을 써서 가장 좋은 점은 무엇입니까?

엄청난 자유요. 제 맘대로 저만의 시간과 장소를 정하고, 어깨 너머로 나를 넘겨다보면서 내가 해야 할 일을 지시하는 사람 없이 자유로이 글을 쓸 수 있다는 사실이죠. 글이 써지기도 하고 그렇지 않기도 하지만, 일단 써지기만 하면 어마어마한 충만감을 느끼게 되지요. 피아노나 색소폰으로 즉흥 재즈 연주를 하는 것과 같아요. 그 결과물은 뿌리는 다른 작품에 두고 있을지 모르지만, 제가 만들어낸 제 것이죠.

가장 어렵고 도움이 안 되는 부분은요?

내가 쓰고 있는 것들에 모든 걸 걸어야만 하는 도박 같은 부분이죠. 자유로운 연주를 통해서 내가 만들어낸 것이 과연 종이를 들여 인쇄해서 출간할 가치가 있는 것인지 알지 못한 채로 쓰는 거니까요. 나 자신과 내 시간을 통째로 바쳐서 뭔가를 했는데, 나중에 그걸 좋아하는 사람이 나밖에 없는 그런 상황이 될 수도 있으니까요.

어떤 종류의 이야기에 끌리시나요? 피하는 이야기 종류는요?

저는 좋은 의도 때문에 어둠 속으로 들어가서, 그들의 영혼에 스며드는 어둠을 다루는 법을 풀어내야만 하는 인물에 대한 이야기가 좋습니다. 그걸 대의大義의 변주라고 할 수 있을지도 모르겠네요. 악당이나, 그 악당이 왜 그런 짓을 하는지를 설명해나가는 이야기는 피합니다. 그냥 그런 이야기에는 별로 흥미가 안 생겨요. 저는 좋은 경찰이

하는 거래에 대한 이야기를 좋아합니다. 마치 물리법칙처럼 그들은 어둠 속으로 들어가고 어둠이 그들에게로 오지요. 그들은 그 어둠이 자신들을 파괴하는 것을 막는 방법을 찾아내야 하고요.

당신의 책장에 있는 책들 가운데 우리가 보면 놀랄 만한 책은 무엇일까요?

무슨 책을 보고 놀라실지 잘 모르겠네요. 아마 패트릭 오브라이언의 오브리-머튜린 소설 전집일지도 모르겠네요. 아니면 로버트 쿠버가 쓴 『대중의 열광The Public Burning』? 지금껏 제가 가장 좋아하는 소설 중 하나지요.

간과되거나 과소평가되었다고 생각하시는 작가들 가운데 가장 좋아하는 작가는 누구입니까?

플로리다의 걸인에 대한 책을 쓰는 마이클 리스터라는 이름의 작가가 있어요. 그의 작품을 정말 좋아합니다. P. G. 스터제스라는 이름의 신인 LA 범죄소설 작가가 있는데, 그의 작품도 정말 좋아요. 주로 어느 능력자에 관한 이야기죠.

클린턴 대통령이 당신의 초기 소설 중 하나를 읽고 있는 사진이 찍혀 당신 소설을 광고해준 셈이 된 적이 있었지요. 오바마 대통령에게는 무슨 책을 추천하고 싶습니까?

『클로저The Closers』요. 모든 사람이 다 중요하다, 또는 중요한 사람은 아무도 없다는 해리 보슈의 믿음을 분명히 보여주는 책이라고 생각하거든요.

실망스럽거나, 과대평가되었거나, 신통치 않은, 좋아해야 마땅하지만 당신에게는 그렇지 않았던 책이 있습니까? 가장 최근에 끝내지 못하고 내려놓은 책이 있다면요?

여기서 늘어놓기에는 너무 많은데요. 그리고 어쨌든 저는 그렇게까지 예의 없는 사람이 아니에요. 적어도 아직 살아 있는 작가에 대해서는 말이지요. 하지만 제가 중요한 독자라는 건 말해야겠네요. 제 독서 시간은 너무 짧고, 그래서 어떤 책에든 짧은 기회밖에 줄 수가 없다는 겁니다. 제 시선을 재빨리 잡아채야 해요. 그걸 누가 썼건, 계보가 어떻게 되건, 혹은 비평가가 뭐라고 말했건 그런 것은 저한테 중요치가 않아요. 두 챕터가량을 읽었는데도 아직 제가 차에 올라타서 안전벨트를 매고 그 이야기와 함께 달리고 있지 않다면, 아마 책장으로 돌아가서 다른 책을 찾을 겁니다.

고인이 되었거나 살아 있는 작가들 가운데 누구라도 만날 수 있다면, 누구를 만나고 싶습니까? 만나면 무엇을 알고 싶은가요?

레이먼드 챈들러한테 『리틀 시스터The Little Sister』의 13장에 대해서 물어보고 싶어요. 그 책은 1940년대 로스앤젤레스 부근의 기운을 묘사하고 있는데, 지금의 그 도시에 대한 묘사로도 손색이 없지요. 정말 멋집니다. 그를 만나면 어떻게 그걸 해냈는지 물어보고 싶어요. 그리고 짧게 챕터를 구성하는 그의 방식이 저로 하여금 작가가 되고 싶게 만들었다고 말해주고 싶습니다. 또, 그런 작품을 만들어내는 것도 고문이었는지 물어보고 싶네요. 레이, 작가가 즐거우면서도 잘 쓸 수 있는 건가요? 이렇게요.

죽기 전에 모두가 읽어봐야 한다고 생각하는 책이 있다면요?

셸 실버스타인의 『아낌없이 주는 나무The Giving Tree』요.

다음으로 어떤 책을 읽으실 계획입니까?

빈센트 버글리오시가 쓴 『11월의 나흘: 존 F. 케네디 대통령의 암살Four Days in November』이요. 오랫동안 이 책을 읽으려고 벼르고 별러왔어요. 이제 읽을 때가 됐지요.

맬컴 글래드웰
Malcolm Gladwell

올해 읽은 책 가운데 최고의 책은 무엇입니까?

많아요. 조너선 디의 새 소설 『천 번의 용서A Thousand Pardons』가 정말 좋았습니다. 제가 읽은 최고의 과학책은 애덤 알터의 『만들어진 생각, 만들어진 행동Drunk Tank Pink』이었는데, 이 책은 우리의 행동이 얼마나 주변 요건에 의해 좌우되는지에 대한 매우 도발적인 시각을 보여줍니다.

• 맬컴 글래드웰은 『티핑 포인트The Tipping Point』 『블링크Blink』 『아웃라이어Outliers』 『그 개는 무엇을 보았나What the Dog Saw』 『다윗과 골리앗David and Goliath』을 썼다.

읽고 또 읽게 되는 작가는 누구입니까? 새 책이 나올 때마다 읽건, 읽었던 책을 다시 읽건 간에 말입니다.

제가 리 차일드 얘기를 했던가요? 제가 롤 모델로 생각하는 현대 작가 두 사람은 재닛 맬컴과 마이클 루이스입니다. 맬컴의 『정신분석: 불가능한 직업Psychoanalysis』은 논픽션을 어떻게 써야 하는지를 떠올리기 위해서 다시 읽었어요. 어떤 징조를 보여주는 그녀의 방식이 정말 마음에 듭니다. 단순히 어떤 장면을 스케치하듯이 보여줄 때조차도 뭔가 대단하고 흥분되는 일이 일어나리라는 걸 알게 되거든요. 루이스는 더 어렵습니다. 그가 하는 건 거의 모방이 불가능하니까요. 지난 20년간 나온 최고의 경제서 중 하나인 『빅 숏The Big Short』은 금융파생상품에 관한 이야기죠. 루이스는 제가 타이거 우즈 경기를 보는 것과 같은 이유로 읽는 거예요. 저는 절대로 그렇게 못 치겠지요. 하지만 가끔씩 천재가 어떤 모습인지 확인하는 게 저는 좋습니다.

당신의 새 책에는 약자에 관한 부분이 있지요. 가장 좋아하는 힘없는 작가는 누구입니까? 충분히 인정받지 못하거나 완전히 잊힌 작가 말입니다.

제 인생에서 가장 영향력 있는 사상가는 심리학자 리처드 니스벳이었습니다. 그가 세계에 대한 저의 시각의 기본을 마련해주었죠. 여러 해 전에 그가 리 로스와 함께 『인간과 상황The Person and the Situation』이라는 책을 썼어요. 그 책을 읽어보시면 『티핑 포인트』나 『블링크』 『아웃라이어』 같은 책이 속한 장르의 표본을 보실 수 있을 겁니다. 그 책이 제 인생을 바꿔놓았죠. 몇 년 전에, 그 책이 절판됐고 한동안 그런 상태였다는 걸 알게 됐는데, 제 마음이 미어지더군요. (감사하게도 지금은 새 판본이 나왔지요.)

사회과학 분야의 작가들 가운데 가장 좋아하는 작가는 누구입니까? 우리가 주목해야 하는 새 작가나 특별히 좋은 작가가 있나요?

앞서, 제가 애덤 알터에 대해서 언급했지요. 그는 뉴욕 대학의 심리학자입니다. 펜실베이니아 대학의 심리학자이자 『기브앤테이크Give and Take』의 저자인 애덤 그랜트도 정말 좋아합니다. 하지만 스포츠 팬인 저를 정말 흥분시키는 건 아카데믹한 관점에서 본 모든 영리한 스포츠 책입니다. 데이비드 엡스타인의 『스포츠 유전자The Sports Gene』, 크리스 앤더슨과 데이비드 샐리가 쓴 『숫자 게임The Numbers Game』, 그리고 데이브 베리를 비롯한 여러 저자가 함께 쓴 『승리의 보수The Wages of Wins』와 『승리라는 걸림돌Stumbling on Wins』 같은 책들이요.

이제는 많은 책들이 X나 Y를 위한 '티핑 포인트', 혹은 통칭 글래드웰주의라 선전되고 있습니다. 모방 작가들과 경의를 표하는 사람들이 많다는 사실에 대해서 어떻게 생각하십니까?

천만의 말씀입니다. 제가 이 장르를 발명해냈다고 말하는 사람들이 많은데, 제가 발명해낸 게 아니라는 걸 짚고 넘어가야겠네요. 리처드 니스벳과 리 로스가 만들어낸 겁니다.

사회과학, 비즈니스 원칙, 이야기식 논픽션을 묶어서 흥미롭거나 획기적인 방식으로 쓴 책 가운데 머릿속에 떠오르는 게 있나요?

마이클 루이스로 다시 돌아가도 될까요? 사회과학과 비즈니스 원칙을 결합하는 것은 쉽습니다. 그런데 그걸 설득력 있는 이야기로 만들어내는 건 불가능에 버금갈 정도로 어렵죠. 그걸 잘해낼 수 있는 사람은 마이클 루이스밖에 없을 것 같네요. 그런데 그의 책 가운데 비즈니스에 관한 이야기가 아닌 책 『블라인드 사이드The Blind Side』는 더 좋아요. 대중 논픽션으로서는 완벽에 가까운 책이죠.

어린 시절에 동일시했던 문학 속 인물이 있나요? 당신의 문학 속 영웅은 누구입니까?

사춘기가 한창이던 시절, 제 친구 테리 마틴과 저는 윌리엄 F. 버클리에 집착하게 됐어요. 우리가 문명과는 좀 떨어진, 바이블 벨트(통상 미국에서 '남부'로 지칭되는, 개신교의 근본주의적 성향이 강한 지역을 가리키는 말이다—옮긴이) 농촌지역에 살고 있었다는 사실을 말씀드리면 좀 이해가 되실 겁니다. 버클리는 말도 안 되게 특이해 보였죠. 우리는 『어느 시장의 파괴 활동The Unmaking of a Mayor』과 『신과 예일대학생God and Man at Yale』의 초판본을 찾아 토론토까지 가서는, 그곳 퀸스거리에 있는 중고서점을 배회하고 다녔지요. 지금도 버클리가 출간하는 훌륭한 책을 놓치지 않고 읽고 있어요. 이런 예화도 있어요. 버클리는 강연을 하러 캐나다로 들어서자마자 국경에서 방문 목적을 물어보는 질문을 받고는 이렇게 대답합니다.

버클리: 캐나다에서 사회주의라는 골칫거리를 없애러 왔소.

국경 경비원: 얼마나 머무르실 겁니까?

버클리: 24시간이오.

제가 자란 남부 온타리오 농촌에서는 그런 게 정말로 웃기고 재미

있다고 생각했지요.

어떤 종류의 이야기에 끌리시나요? 피하는 이야기 종류는요?

정치나 외교정책에 대한 글은 쓸 것 같지가 않습니다. 그쪽 분야에는 좋은 책들이 정말 많기 때문에 제가 더 보탤 게 별로 없는 것 같아요. 개인적으로 제가 좋아하지 않는 사람에 대한 글도 피하고 싶네요. 저의 원칙은, 만약에 제가 누군가를 인터뷰한다면 그 사람들이 자신들에 대해 제가 해야만 하는 말을 읽고 나서 저와 인터뷰한 걸 후회하는 일만큼은 절대 없어야 한다는 겁니다.

최근에 읽은 책 가운데 소리 내서 웃게 만든 책은 무엇이었나요? 눈물을 흘리게 만든 책은요? 또 화가 나게 만든 책은 무엇입니까?

올해 초에 제러미 애덜먼이 쓴 앨버트 O. 허시먼의 전기를 읽고 깊은 감명을 받았습니다. 허시먼은 단순히 헤아릴 수 없이 많은 특이한 모험을 했던(스페인에서 파시스트들과 싸우거나, 프랑스에서 유대인을 몰래 빼내 도피시켜주거나, 『출구, 목소리 그리고 충성심Exit, Voice, and Loyalty』을 비롯한 한 움큼의 잊히지 않을 책을 썼다거나) 사람뿐만이 아닙니다. 그는 지혜롭고 품위 있고 정직한 사람이기도 했지요. 책의 마지막 부분을 넘길 때는 눈물을 글썽이게 되더군요.

당신의 책장에 있는 책들 가운데 우리가 보면 놀랄 만한 책은 무엇일까요?

저한테 제목에 "스파이"라는 말이 들어간 소설이 아무리 낮춰 잡아도 몇백 권은 있어요.

대통령께 단 한 권의 책을 권할 수 있다면 어떤 책을 권하시겠습니까?

당연히 리 차일드의 신간이지요! 한 남자가 기지와 주먹만 가지고 세상의 문제를 전부 다 해결하는 게 가능한 세계로 몇 시간쯤 도피해 보시는 것도 나쁘지 않을 것 같아요.

실망스럽거나, 과대평가되었거나, 신통치 않은, 좋아해야 마땅하지만 당신에게는 그렇지 않았던 책이 있습니까? 가장 최근에 끝내지 못하고 내려놓은 책이 있다면요?

이런 말을 해서 정말 찜찜하긴 합니다만, 그게 조앤 K. 롤링이 쓴 것인지도 모르고 『쿠쿠스 콜링Cuckoo's Calling』을 읽기 시작했는데, 끝까지 읽지 못했습니다. 저한테 무슨 문제가 있는 건가요?

고인이 되었거나 살아 있는 작가들 가운데 누구라도 만날 수 있다면, 누구를 만나고 싶습니까? 만나면 무엇을 알고 싶은가요?

당연히 셰익스피어의 아내지요. 이 모든 걸 한 번에 몽땅 해결하게요.

문학 속 인물 가운데 누구라도 만날 수 있다면 누구를 만나고 싶으세요?

조지 스마일리와 함께 햄스테드 히스를 오랫동안 산책하고 싶어요. 부슬부슬 비가 내리는 날일 거예요. 어딘가에서 살짝 눅눅해진 비스킷과 함께 미지근한 차 한 잔을 나누는 걸로 산책을 마무리할 거고요. 제가 컨트롤(존 르 카레의 첩보소설에서 영국 정보국 국장으로 나오는 인물—옮긴이)에 대해서 많은 걸 물어보겠지만 그는 품위 있는 태도로 그 질문들을 피해 가겠죠.

늘 읽어야겠다고 생각했지만 아직 읽지 못한 책이 있습니까? 읽어본 적이 없어서 당혹스러웠던 책은요?

톨스토이 책은 한 권도 못 읽어봤어요. 그 점에 대해서 마음이 늘 편치가 않았는데, 빌 시먼스가 칼럼에서 『위대한 레보스키The Big Lebowski』를 한 번도 읽어본 적이 없다고 고백한 걸 읽고 나선 맘이 좀 편해졌지요. 시먼스는 책이란 책은 다 읽은 사람이잖아요. 그의 말에 따르면, 누구나 위대한 문화적 시금석을 적어도 한 권쯤은 건너뛸 필요가 있답니다.

다음으로 어떤 책을 읽으실 계획입니까?

제목에 "스파이"라는 단어가 들어간 책이요.

메리 히긴스 클라크
Mary Higgins Clark

지금 침대 머리맡에는 어떤 책이 놓여 있나요?

레이먼드 A. 슈로스의 『단테에서 사형수 이야기까지: 어느 독서가의 기독교 고전 읽기Dante to Dead Man Walking』입니다.

언제, 어디서 책 읽는 걸 좋아하십니까?

어디서든 읽어요. 가방에 책을 넣지 않고 병원이나 치과에 가는 일은 없지요. 집에서는 침대에서 읽는 걸 좋아했는데 너무 금방 잠이 들어버리는 거예요. 그래서 제가 가장 좋아하는 장소는 발을 얹을 수 있는 오토만이 있는 널찍한 거실 윙체어가 됐지요. 제 책을 쓸 때는 참고

• 메리 히긴스 클라크는 여러 권의 서스펜스 소설과 단편소설, 한 편의 역사소설, 여러 권의 어린이책, 그리고 회고록을 썼다.

자료들을 읽어야 하기 때문에 새들 리버(미국 뉴저지 주에 있는 도시—옮긴이)에 있는 우리집 3층 서재에서 읽고요.

최근에 읽은 책 가운데 정말로 훌륭하다고 생각했던 책은 무엇입니까?

최근에 오래전에 읽었던 『오만과 편견』을 다시 읽었는데 어째서 그 책이 고전인지, 왜 앞으로도 쭉 고전으로 남을 수밖에 없는지 알겠더군요.

스스로를 소설 애호가라고 생각하시나요, 논픽션 애호가라고 생각하시나요? 가장 좋아하는 문학 장르는 무엇입니까? 죄책감을 느끼면서 즐기는 책이 있나요?

소설이건 논픽션이건 솔직히 말해서 둘 다 좋아해요. 저는 역사 전기물을 좋아하지만 책과 친해지게 된 시발점은 당연히 서스펜스물이었지요. 『밥시 쌍둥이와 아기 메이The Bobbsey Twins and Baby May』부터 시작했으니까요. 이야기는 갓난아기가 대문 앞에 홀로 놓여 있는 장면으로 시작됩니다. 머리 위로 토마토 수프 깡통이 떨어져서 정신이 혼미해지는 사태를 겪으면서도 보모가 아기를 되찾기 위해 끈질기게 분투하는 그런 이야기였죠. 그다음엔 낸시 드루 시리즈(1930년부터 미국 에드워드 스트래트마이어 출판사에서 캐럴린 킨이라는 필명으로 다수의 작가들이 참여하여 쓴, 소녀 탐정이 주인공인 어린이 시리즈물. 2013년까지 새로운 시리즈가 계속 출간되어왔다—옮긴이)로 옮아갔는데 거기에 완전히 빠져들고 말았죠.

한때 항공사에서 승무원으로 일한 적이 있고 지금까지 여행도 많이 하셨을 것 같은데요. 비행기에서 사람들이 뭘 읽는지 관찰해보신 적이 있나요? 예전과 변한 점이 있나요? 비행기에서는 어떤 책을 주로 읽습니까?

천 년 전에 제가 팬 아메리카 항공사의 승무원이었을 적에는 누구나 책을 들고 다녔어요. 지금은 전부 컴퓨터를 가지고 타거나 텔레비전을 보지요. 몇 년 전에 비행기를 탔을 때는 한 여성이 제 책에 깊이 몰입해 있는 장면을 보고 혼자서 싱긋 웃은 적이 있답니다. 자리를 잡고 앉은 뒤에 몇 분이 지나서 다시 흘긋 쳐다봤죠. 그 여성이 죽은 듯이 잠이 들었더군요. 저는 제 동료 서스펜스 작가들이 쓴 작품들을 부지런히 섭렵해야 하기 때문에 비행기에 오르기 전에 그들의 최신작을 챙겨서 갑니다.

대통령께 단 한 권의 책을 권할 수 있다면 어떤 책을 권하시겠습니까?

헌법이요. 특히 수정 제1조를 다시 읽어보라고 강조하고 싶습니다.

이상적인 독서 경험은 어떤 것입니까? 웃게 하는 책이 더 좋으세요, 울게 하는 책이 더 좋으세요? 교훈적인 책과 낯선 곳으로 데려가주는 책 가운데 어느 쪽을 더 좋아하십니까?

저는 인물들과 정서적으로 연결되는 게 좋습니다. 그들과 함께 웃기도 하고 울기도 하고 일이 올바른 방향으로 진행되기를 애타게 바라기도 하고 그런 거요. 어떤 가르침도 없는 책이란 게 있을까요? 설령 그 책이 이야기를 하지 않는 방법에 관한 책이라 하더라도 말이지요.

어렸을 때 가장 좋아했던 책은 무엇인가요? 그 책들 속에 좋아하는 인물이나 영웅이 있었나요?

『대지The Good Earth』『림버로스트의 소녀A Girl of the Limberlost』『비밀의 화원The Secret Garden』『나를 있게 한 모든 것들A Tree Grows in Brooklyn』이요. 제가 가장 좋아한 인물은 제인 에어였어요. 〈제인 에어〉 영화 가운데 맨 처음에 나온 영화를 책을 읽기 전에 봤는데 그 영화를 보고 좋아하게 됐죠.

실망스럽거나, 과대평가되었거나, 신통치 않은, 좋아해야 마땅하지만 당신에게는 그렇지 않았던 책이 있습니까?

솔직히 말하자면 그 질문에 답을 하는 건 적절치 못할 거 같네요. 좋은 평가를 받는 책을 읽기 시작했는데 그 책이 제 맘에 들지 않으면 저는 그냥 내려놓습니다. 어쩌면 좀더 시간을 할애해서 조금만 더 읽었더라면 그 책을 좋아하게 됐을지도 모르죠. 그건 모르는 일이지요.

고인이 되었거나 살아 있는 작가들 가운데 누구라도 만날 수 있다면, 누구를 만나고 싶습니까? 저자에게 편지를 써본 적이 있나요?

오랫동안 멀리서 모리스 웨스트를 존경해왔습니다. 이느 칵테일파티에서 아주 잠깐 그를 만난 적이 있었어요. 다음날 아침에 그의 대리인이자 저의 사적인 친구가 전화를 해서 이렇게 말하는 거예요. "메리, 대체 어디로 사라져버린 거야? 파티가 끝나고 모리스가 '이제 메리 클라크를 찾아서 저녁식사를 하러 가지' 그랬는데 말이야." 저 자신을 죽여버리고 싶었죠. 그때 저는 파티장을 몰래 빠져나와 은퇴 교사들을 위한 만찬모임에 갔었거든요. 하지만 나중에 호주로 출판여행을 갔을 때 그가 가족과 함께 살고 있는 그의 자택에 방문할 기회가 생겼어요. 몇 년 뒤에는 그가 저한테 새로 출간할 책의 추천사를 부탁해왔답니다. 그때 정말 흥분했었지요.

독서 습관은 어떤지 궁금합니다. 책을 빨리 읽으시는 편인가요, 천천히 읽으시는 편인가요? 메모도 하시나요? 종이책을 읽으십니까, 전자책을 읽으십니까?

저는 책을 빨리 읽는 편이에요. 메모는 조사가 필요해서 책을 읽는 경우에만 하고요. 저는 전자기기의 편리함을 정말 좋아합니다. 특히 여행할 때는요. 그래도 종이책의 질감과 냄새가 최고죠.

어떤 책이 작가가 되고 싶은 마음이 들게 했나요?

저는 단어들을 조합해서 문장을 만들어낼 수 있을 때부터 글을 써왔어요. 타고난 재능 가운데 하나가 이야기를 지어내는 거지요.

쓰신 책 가운데 가장 마음에 드는 작품은 무엇입니까?

그 질문은 제 아이들 가운데 어느 아이가 가장 맘에 드는지 물어보는 것과 다를 바 없군요.

당신의 작품을 원작으로 한 영화들 가운데 가장 마음에 드는 영화는요?

애석하게도 아직도 기다리는 중이에요.

지금까지 읽은 서스펜스 소설 가운데 최고는 뭔가요?

윌키 콜린스의 『흰옷을 입은 여인The Woman in White』이요. 2위는 대프니 듀 모리에의 『레베카Rebecca』고요.

다음으로 어떤 책을 읽으실 계획입니까?

P. D. 제임스의 최신작을 읽을 겁니다. 그녀는 정말 기적과도 같은 작가입니다. 아흔한 살의 나이에도 계속 이야기꾼으로 활동하고 있지요. 제 미래에 희망을 주는 분입니다.

저녁식사에 초대하고 싶은 작가

호세 마르티요. 그는 너무도 많은 삶을 살았고, 그런 환상적인 작가는 없으니까요. 그리고 제길, 그는 호세 마르티니까요(그는 뉴욕에도 살았던 적이 있기 때문에 그게 우리가 이야기를 나누는 데 도움이 되겠죠). 또 옥타비아 버틀러요. 그녀는 개인적으로 저의 영웅이에요. 아프리카 난민들에게 미래를(우리의 미래도 어둡긴 마찬가지지만) 제시하는 데 도움을 줬으니까요. 그리고 그녀를 정말로 다시 보고 싶어서요. 또 아룬다티 로이를 부르겠습니다. 제가 아직도 그녀의 정신과 『작은 것들의 신』에 홀딱 빠져 있거든요. **—주노 디아스**

고대의 젠더 정치학을 조금 고려하는 차원에서 우선 사포를 초대하고요, 극장 뒷얘기를 해줄 애프라 벤과, 그녀를 아는 사람이라면 누구나 매력적이라고 이야기하는 조지 엘리엇을 초대하겠어요. 전부 여성으로 골랐는데, 여성은 금방 핵심으로 들어가는 법을 알기 때문에 일화를 늘어놓는 것으로 이야기를 시작하는 경우가 비교적 드물기 때문이죠. 제인 오스틴을 초대할까도 생각했었지만, 그녀가 부드럽게 삶은 달걀 하나만 집어먹고 나서는 일찍 자리를 뜰 것만 같다는 확신이 들어서요. **—에마 톰슨**

글쎄요, 저는 작가들과 저녁식사를 자주 하는 편인데—아이들과 밥을 먹을 때처럼—그 경험이 동시에 두 가지 방향을 다 충족시킬 수가 있지요. 아마 팟럭으로 할 것 같고요, 그러면 요리를 최고로 잘하면서도 같이 있으면 편하고 즐거운 사람을 초대해야겠지요. 작가들한테 초대 가능성 점수(문장 스타일×요리기술×식탁에서의 친화성)를 매긴다면, 벤 마커스가 항상 아주 높은 점수를 받을 겁니다.
—마이클 셰이본

일단, 셰익스피어한테 전화를 겁니다. 그러면 "또다른 사람들은 누가 오지요?" 하고 셰익스피어가 묻지요. "톨스토이요" 하고 제가 대답하면, "그날 저녁에는 제가 좀 바쁠 것 같군요" 하고 셰익스피어가 응답합니다. 그다음엔 카프카한테 전화를 걸어 묻

자. 그가 오겠다고 합니다. "톨스토이만 초대하지 않는다면 말이에요." "이미 초대했는데요"라고 제가 말합니다. "하지만 쿤데라가 와요. 밀란 좋아하시잖아요. 두 분 다 체코 말을 할 줄 아시고요." "저는 독일어를 쓰는데요." 카프카가 정정해줍니다. 톨스토이가 쿤데라가 온다는 소식을 듣고 자기는 빠지겠다고 합니다. (다 지나간 오래전의 비평에 대해서 뭔가 꺼림칙한 게 있었던 거죠.) 그래서 마지막으로 조이스한테 전화를 겁니다. 그는 항상 시간이 있거든요. 우리가 식당에 다 모였을 때, 카프카가 뒤쪽에 있는 테이블에 앉자고 합니다. 다른 사람들이 자기를 알아볼까봐 두렵다고요. 이미 단단히 가리고 온 조이스가, "누군가가 사람들 눈에 뜨인다면, 그건 바로 저일 겁니다" 하고 말합니다. 쿤데라가 제 쪽으로 몸을 기울이면서 제 귀에다 대고 속삭입니다. "우리가 지팡이를 들고 돌아다니면 사람들이 우리도 알아볼지도 몰라요." 웨이터가 시중을 들러 옵니다. 그가 특정 음식에 알레르기가 있는지 묻자, 카프카가 그에게 목록이 한가득 적힌 쪽지를 건네줍니다. 그런 다음에 잠시 화장실에 다녀오겠다고 하면서 자리를 뜹니다. 그가 가자마자 쿤데라가 말합니다. "카프카의 문제는 꼬리 부분이 좀 짧다는 거죠." 그 말에 모두 킥킥거리고 웃지요. 조이스가 와인 한 병을 더 주문합니다. 마침내 그가 저를 향해 몸을 돌려 컴컴한 안경을 통해서 저를 쳐다봅니다. "지금 당신의 새 책을 읽고 있어요." 그가 말합니다. "오, 그러세요?" 제가 대답합니다. "그렇다니까요." 조이스가 말합니다. **—제프리 유제니디스**

제 타임머신을 정전正典 속으로 깊이 들어가는 데 사용해야 한다는 걸 알지만, 허먼 멜빌이나 샬럿 브론테나 오노레 드 발자크와 저녁식사 모임을 강행하고자 노력할 기회—그들에게 내가 무슨 말을 할 수 있을지, 또는 그들이 서로에게 무슨 말을 할 수 있을지를 알아내면서—는 저 같은 한량의 능력을 초과하는 일입니다. 대신, 저한테 더 친근하게 와닿는 20세기 집단에 대한 정보 부분에서 놓친 게 많은 세 사람—돈 카펜터, 필립 K. 딕, 맬컴 브래드리—과 어울리는 게 더 재밌을 것 같다는 생각이 들어요. 그 작가들은 공교롭게도 전부 해양국가와 연계돼 있을 법한 준무법자 유형이라서, 우연히 같이 있게 된다면 즐거운 시간을 가질 거예요. 저는 제가 그들의 사후 경력의 부활에 관여했다고 주장하면서 자화자찬할 수도 있을 거고요. 그렇게 우리는 잔을 들어 건배하면서 같이 도모하는 일을 갖게 되는 거지요. 그들 책이 아직도 출간되고 있다는 사실을 제가 알려줄 수 있다면 정말 신나는 일이 될 거예요.

—조너선 레덤

메릴린 로빈슨
Marilynne Robinson

언제, 어디서 책 읽는 걸 좋아하십니까?

집에서 읽는 걸 좋아합니다. 집안 아무데서나요. 실내 공간을 다시 페인트를 칠하든지 뭔가 손을 좀 보려고 늘 생각만 하고는 그냥 내버려두고 있는데, 구석구석 너무 친숙해져서 아무것도 제 주의를 끌지 않는 공간이지요. 그리고 틈나는 대로 읽어요. 수업 준비를 하거나 글 쓸 때를 빼고 아무 때나요.

• 메릴린 로빈슨은 『하우스키핑Housekeeping』 『길리아드Gilead』 『홈Home』 『조국Mother Country』 등을 썼다.

성경에서 가장 좋아하는 책(혹은 이야기)은 무엇입니까? 그리고 그 이유는 뭔가요?

성경은 정말 대단한 문학작품입니다. 진리 주장을 스스로 증명하는 방식에 상당한 깊이가 있지요. 제가 가장 좋아하는 책이나 이야기는 가장 최근에 읽었거나 생각했던 것들인 경우가 많습니다. 지금은 요한복음을 비롯한 복음서를 읽고 있지요. 하지만 구약에도 훌륭한 부분들이 많답니다. 가령, 요셉과 그의 형들 이야기, 그리고 다윗과 압살롬 이야기 등은 전 세계의 어떤 이야기에도 뒤지지 않을 만큼 훌륭하지요.

이미 읽은 책을 다시 읽는 걸 좋아하시는 편인가요? 여러 차례 집어들게 되는 책은 어떤 책입니까?

다시 읽는 걸 좋아하는 편이에요. 저한테는 어떤 책이라도 처음 읽는 것은 재독을 위한 준비라고 생각하는 버릇이 있어요. 책을 두 번, 세 번 읽다보면 늘 그것과 얽혀 있는 다른 책들, 사실들, 깨달음 같은 게 떠올라서, 그 책의 다른 측면을 보게 될 뿐만 아니라 더 다양하고 풍부하게 읽게 되니까요.

가장 좋아하는 문학 장르는 무엇입니까? 죄책감을 느끼면서 즐기는 책이 있나요?

이상하게 들리시겠지만, 제가 가장 좋아하는 장르는 픽션이 아닙니다. 저는 저한테 흥미로운 역사적 질문들과 관련된 1차 문헌, 제 눈으로 직접 보고 싶은 철학이나 신학 분야의 유명하고 오래된 책, 현대 과학에 대한 에세이, 고대문학 같은 것들에 끌려요. 시대마다 그 시대만의 가정에 얽매여 있고 그 점에서는 우리도 마찬가지이기 때문에, 저는 항상 크게 낙관하지는 않지만, 우리 인류가 지금까지 만들어놓은 오래 묵은 기록물들 가운데서 그 모든 것 안에서 작동하고 있는 어떤 지속적인 것을 좀더 크게 조망할 수 있게 해주는 것들을 찾아내 조합하려 노력하고 있어요.

당신의 책장에 있는 책들 가운데 우리가 보면 놀랄 만한 책은 무엇일까요?

아르카나(타로 점에 쓰는 두 종류의 카드—옮긴이)를 보고 놀라신다면, 놀랄 만한 책 목록은 아주 길어질 겁니다. 페트루스 롬바르두스의 『명제집Sentences』(12세기에 쓰인 네 권짜리 조직신학 책으로, 중세 때 가장 많이 인용되고 사용된 신학 교재다—옮긴이)이 이제 영어로 번역되었다는 걸 말씀드려야 할 것 같군요.

당신에게 가장 큰 영향을 주었던 책은 무엇입니까? 작가가 되고 싶게 만든 책은요?

제가 이상적인 독자라고 할 수 있을 만큼 아직 어렸을 때, 책이 저를 압도했던 기억들이 있습니다. 시오도어 드라이저의 『미국의 비극An American Tragedy』, 서머싯 몸의 『인간의 굴레Of Human Bondage』, 햄린 갈런드의 『주요 도로Main-Travelled Roads』 같은 책들이었죠. 이 책들은 그 이후로 다시는 읽은 적이 없어요. 당시에 제가 느꼈던 강한 매혹의 느낌이 사라져버릴까봐 두려워서요. 스스로를 불신하는 마음이 들거나 소설을 쓸 때 그 강렬했던 느낌을 되살리고 싶거든요. 포와 디킨스도 저한테 중요한 작가였고, 그전에는 『아기 사슴 플랙The Yearling』과 『비밀의 화원』이 그랬지요.

개인적인 책들은 어떻게 두시나요? 책을 정리하는 특별한 방식이 있나요?

참고도서는 식당 방에, 보관에 신경을 잘 써줘야 하는 오래된 책들은 거실 책장에 두고요, 신학과 철학 책은 침실 선반에, 고전과 고대 근동 문학은 서재에, 현대사와 미국 관련 책들은 책장만 가득차 있는 방에 보관하고, 그 외 분류가 안 된 책들은 계단에 쌓아두고 있지요.

『하우스키핑』과 『길리아드』 사이의 오랜 공백기 동안 책을 한 권만 쓰고 마는 작가가 되리라고 낙담하신 적은 없습니까?

제가 가장 두렵게 생각한 것은 그저 책을 한 권밖에 못 낸 작가라는 난처한 상황에서 벗어나려는 목적으로 엉터리 책을 쓸지도 모른다는 것이었어요. 소설과 관련된 게 떠오르지 않으면 저는 그냥 다른 것들에 최선을 다하려고 합니다. 그 기간 동안에 논픽션 글을 아주 많이 썼고 그 일에 완전히 몰두했었지요. 논픽션 글쓰기가 저한테는 가장 좋은 공부가 됐어요. 덕분에 그 기간 내내 낙담 쪽으론 곁눈질을 할 틈조차 없었죠.

『홈』에선 『길리아드』에 나오는 인물들이 재등장하는데요, 루스나 실비, 그리고 『하우스키핑』의 나머지 인물들이 다음 책에 등장할 가능성도 있나요?

사실 저는 루스와 실비가 제 상상 속에서 떠도는 걸 멈추려고 기다렸어요. 시간이 지나니까 마침내 잠잠해지더군요. 『길리아드』를 쓰고 나서 다시 그런 일이 생겼다는 걸 깨달았죠. 그래서 그냥 이 영혼들이 더 살 수 있게 해주기로 결정했지요. 그들이 그걸 원하는 것 같아 보였으니까요. 루스와 실비를 위해서도 같은 결정을 했을 수 있었겠지만, 그럴 시기는 이미 지나버렸지요.

고인이 되었거나 살아 있는 작가들 가운데 누구라도 만날 수 있다면, 누구를 만나고 싶습니까? 만나면 무엇을 알고 싶습니까?

뛰어난 작가는 그들의 작품에서 자신의 최고의 부분을 보여줍니다. 많은 작가들이 일상에서 대화를 할 때 쓰는 언어의 빈약함과 불충분함에 좌절한다고 생각합니다. 심지어 그들이 가장 잘 알고 가장 사랑하는 사람들과의 일상적인 접촉을 할 때조차도 말이지요. 이런 이유로 그들은 글쓰기로 시선을 돌립니다. 그래서 저는 작가들이 일상에서 자신들의 생각과 감정을 표현하는 데 실패하는 만큼 웅숭깊게 글을 쓴다고 생각합니다. 에밀리 디킨슨이나 헨리 제임스를 만나는 것은, 그들 입장에선, 그들을 방해하는 것이고 그들로 하여금 기대에 부응하지 못한다는 느낌을 가지게 할지도 모르지요. 그런 혼란을 야기할 충분한 이유가 있는지 모르겠네요. 우리한테는 그들의 책이 있잖아요. 그렇긴 하지만, 윌리엄 제임스는 만나보고 싶네요.

문학 속의 인물을 만날 수 있다면요?

이스마엘(구약의 아브라함과 시녀 하갈 사이에서 태어난 혼외 아들. 허먼 멜빌의 『모비 딕』의 주인공 이름이기도 하다 — 옮긴이)이요.

다음으로 어떤 책을 읽으실 계획입니까?

프레더릭 로 올름스테드가 쓴 『면 왕국The Cotton Kingdom』이요.

어린 시절의 우상

제가 가장 좋아하는 여주인공은 (『작은 아씨들』의) 조 마치예요. 조라고 불리는 성마른 성격의 왜소하고 평범하게 생긴 여자아이한테 그 인물이 어떤 의미로 다가왔을지는 말로 표현하기가 힘들 정도죠. —**조앤 K. 롤링**

나니아 연대기에 나오는 에드먼드는 흥미로운 인물입니다. 『사자와 마녀와 옷장』에서 에드먼드는 나니아에서 루시의 경험을 따르기를 거부함으로써 강렬한 배반 행위를 저지르고, 급기야는 가장자리에 마법의 약이 묻은 터키 과자 한 박스에 자기 형제들을 팔아버리고 말죠. 하지만 『새벽 출정호의 항해』에서는 에드먼드라는 인물의 힘이 좀더 강해져서 유스터스한테 조용히 이렇게 말하죠. "넌 바보에 불과하지만, 난 배신자였어." 휘청거리는 영웅이 기억에 더 오래 남는 법이죠. —**데이비드 미첼**

『작은 아씨들』에 나오는 조 마치요. 조는 작가가 되고 싶어했고, 작가가 됐지요. 자신이 예쁘지 않다는 것에 대해서 더이상 신경쓰지 않게 됐고요. 어머니가 남북전쟁에 참전한 아버지를 방문할 수 있도록 자기 머리카락을 잘라서 팔기도 했지요. 그녀가 로리와 결혼하지 않은 걸 용서할 정도로 그녀를 좋아했답니다. —**애너 퀸들런**

우리 세대의 작가들이 흔히 그랬듯이 저의 영웅도 탐정 해리엇이었죠. 해리엇을 창조해낸 루이스 피츠휴는 40대에 세상을 떠났지요. 얼마나 많은 이들이 해리엇에 관한 그녀의 책 두 권을 읽고 작가가 되기로 결심했는지 그녀가 알기나 했을까요? 어렴풋이라도 알았다면 좋을 텐데 말이에요. —**조너선 프랜즌**

저는 빨간 머리 앤 같은 고아나 로라 잉걸스 와일더의 인물들 같은 개척자나, 아니면 『사자와 마녀와 옷장』에 나오는 형제들처럼 다른 세계나 다른 차원으로 들어갔다 나왔다 하는 아이들을 저 자신과 동일시하기를 좋아했어요. 물론 작가도 있었죠. 『작은 아씨들』의 조 같은. 『클로디아의 비밀』에 나오는 오누이를 정말 좋아했고요. 그들은 집을 도망쳐 나와서 아름다운 예술작품들 사이에서 고군분투하는 아이들이죠. 메트로폴리탄 미술관에 갈 때마다 어김없이 그 오누이가 떠오릅니다. **—줌파 라히리**

흔히 아이들한테 자신만의 문학 속 영웅이 있게 마련인지는 몰랐는데, 저한테는 하나 있긴 했지요. 한때는 그와 동일시를 하기도 했고요. 닥터 두리틀이었는데, 지금은 그를 『비글』 시절의 찰스 다윈과 반쯤 동일시합니다. **—리처드 도킨스**

『샬롯의 거미줄』을 읽고 나서 양아버지께서 제 아홉 살 생일에 사주신 돼지에 엄청 집착하게 됐어요. 제가 채식주의자가 된 건 다 그 돼지 때문이에요. 그건 그야말로 충격이었지요. **—앤 패칫**

셰릴 샌드버그
Sheryl Sandberg

작년에 읽은 책 가운데 가장 좋았던 책은 무엇입니까?

티나 페이의 『드센 여자Bossypants』가 제 맘에 꼭 들었어요. 책이 끝나지 않기를 바랄 정도였죠. 중요한 내용을 담고 있을 뿐만 아니라 유머러스한 책이기도 하지요. 안 웃고 넘어간 페이지가 없었을 뿐 아니라 고개를 끄덕이면서 미친듯이 줄을 치고 귀퉁이를 접어댔어요. 3페이지부터 직장에 다니는 여성을 위해 놀라운 충고를 해줍니다. "땋은 머리 안 됨, 튜브 톱(어깨 끈 없이 몸에 꽉 붙게 만들어진 상의—옮긴이) 안 됨. 아주 가끔은 울어라. (어떤 이들은 '절대로 다른 사람에게 눈물 흘리는 모습을 보이지 마라'고 말하지만 나는 이렇게 말하겠다. 정말로 화

• 셰릴 샌드버그는 페이스북의 최고운영책임자이며 『린인Lean In』의 저자다.

가 났다면 그냥 울어도 된다. 그냥 울어라. 그러면 모든 사람들이 당황하게 된다.)" 그건 정말이지 너무나 좋은 충고입니다. 소녀 시절에는 저도 우두머리 행세를 하는 드센 아이로 찍혔어요. 그래서 그런 아이였던(좋아요, 지금도요), 그런 사람인 저로서는, 그렇게 대놓고 당당하게 말해준, 그리고 이렇게 미친듯이 웃게 해준 티나한테 정말 감사하는 마음입니다.

언제, 어디서 책 읽는 걸 좋아하십니까? 종이책을 읽으시나요, 전자책을 읽으시나요?

기술 산업에 종사하고 있기 때문에 이런 이야기를 하면 안 될지도 모르겠지만, 저는 아직도 종이책을 더 좋아합니다. (『린인』에서도 제가 메모장과 펜을 들고 다니면서 해야 할 일 목록을 체크한다고 시인했던 바 있는데, 페이스북 사무실에서는 마치 돌 판자와 끌을 들고 다니는 것 같은 모양새죠.) 여행을 할 때는 아이패드를 챙기지만, 집에서는 책을 집어들고는 통째로 휙휙 넘기며 훑어보고, 진짜 노란 형광펜으로 줄을 치고, 중요한 페이지 한 귀퉁이를 접어두는 걸 좋아합니다. 책을 다 읽고 나면, 얼마나 많은 페이지 귀퉁이가 접혀 있는지 확인해보는데 그게 제가 그 책을 얼마나 좋아했는지를 가늠하는 척도 역할을 하기 때문이죠. 신문이나 잡지도 아직 옛날 방식으로 읽고요. 아이패드의 킨들 앱을 이용하려고 시도해봤는데 손에 땀이 배면 페이지를 넘기기가 힘들더라고요.

책을 빨리 읽으시는 편인가요, 천천히 읽으시는 편인가요? 1년에 대략 몇 권 정도 읽으십니까?

고통스러울 정도로 천천히 읽는 편이에요. 그래서 제가 원하는 만큼 읽지 못하죠. 읽고 싶은 책들을 전부 침대 옆 탁자 위에다 쌓아놓았다가 탑이 조금씩 옆으로 기울기 시작하면 저 자신한테 더 빨리 읽도록 채근하거나 아니면 현실적으로 절대 못 읽어낼 것 같은 책을 그냥 포기하지요.

지난 몇 년 사이에 읽은 경제경영서 가운데 가장 좋았던 책을 추천한다면요?

마커스 버킹엄과 도널드 O. 클리프턴이 쓴 『위대한 나의 발견, 강점 혁명Now, Discover Your Strengths』이요. 이 책은 페이스북에서 직원들의 재능 개발에 대해서 생각하는 방식에 중요한 역할을 했어요. 다른 모든 조직처럼, 우리도 직원들에게 피드백을 주는 제도가 있거든요. 몇 년 전에, 페이스북 인적 자원 부서의 부장인 로리 골러 씨가 마커스 씨를 모시고 와서 우리 회사의 리더들과 만나게 해준 덕분에, 우리 시스템을 향상시키는 데 도움을 받은 적이 있어요. 마커스 씨와 그의 동료들은 25년 동안 회사원들을 설문조사해서 어떤 요소가 탁월한 업무 수행을 예견하는지 알아냈죠. 회사나 부서의 성공을 예측할 수 있는 가장 중요한 요소는 "당신이 가장 잘하는 일을 할 기회가 매일 주어지고 있습니까?"라는 질문에 얼마나 많은 사람이 그렇다고 대답하는가였지요. 대부분의 업무 수행 평가가 강점보다는 '발전 영역'(약점이라고도 알려진)에 더 초점을 맞춥니다. 사람들은 그 영역들에서 더 열심히 일하고 더 나아지라는 말을 듣습니다. 하지만 누구든 모든 걸 잘할 필요는 없지요. 페이스북은 강점 중심의 조직이 되려고 노력합니다. 직원들을 일에 맞추려 하기보다는 직원들에게 맞는 일을 찾아주려고 노력한다는 말이죠. 우리는 직원들의 타고난 강점에 초점을 맞추고 그들이 매일 그 강점을 사용할 수 있는 길을 찾아내는 데 조직 관리 시간을 사용합니다.

테크놀로지에 관한 최고의 책은 무엇입니까? 실리콘밸리의 참모습에 대해 적절하게 잘 설명해주는 책이 있습니까?

에릭 리스가 쓴 『린 스타트업: 지속적 혁신을 실현하는 창업의 과학The Lean Startup』은 기술 산업이 상품과 거래에 어떻게 접근하는지에 대한 훌륭한 내부 시선을 제공합니다. 전통적으로 기업은 '완벽한' 상품을 만들어내기 위해 공들인 사업계획서와 심도 있는 테스트에 의존했지요. 리스는 기술 산업에서 상품을 완벽하게 만드는 더 나은 방법이란, 일단 상품을 시장에 소개한 뒤, 그 상품을 사용해본 고객들로부터 피드백을 받아서 그걸 배워 다시 그대로 적용하는 식으로 하는 거라고 합니다. (페이스북은 이런 접근법을 이미 오래전에 알아냈지요. 우리 회사 건물에는 사방에 이런 포스터가 붙어 있습니다. "계속해서 집중하라. 그리고 끊임없이 만들어내라.")

가장 좋아하는 저자는 누구입니까?

가장 복잡한 주제를 잘 녹여 내놓는 마이클 루이스의 솜씨는 마치 마술 같아요. 제 눈을 믿을 수가 없습니다. 그는 중요한 주제들을 건드럽니다. 『빅 숏』에서 다루는 2008년 월 가의 위기에서부터 『홈 게임 Home Game』에서 다루는 부모 역할 문제까지 말이죠. 그리고 문제의 가장 깊은 곳에 놓여 있는 진실을 향해 과감하게 치고 들어가지요. 탁월한 분석력과 인간 본성에 대한 그의 깊숙한 이해가 결합된 덕분에, 자료와 사건을 꿰어서 신선하고 통찰력 있는 내러티브를 만들어낼 수 있었던 겁니다. 주제가 뭐가 됐든, 그 결과는 늘 매우 설득력 있고 온몸에 전율이 느껴질 정도예요. 그에 대해서는 정말 입을 다물지 못하겠어요.

제 침실 탁자 위에 있는 책더미 어딘가에는 보기 좋게 닳은 애너 퀸들런의 『어느 날 문득 발견한 행복A Short Guide to a Happy Life』이 있습니다. 예전에 이미 읽은 책인데 다시 읽으려고요. 그게 제 침대 근처에 있다는 사실을 아는 것만으로도 마음이 편안해지는 책이에요. 그녀의 지혜는 가장 깊은 차원에서 제 안에서 공명을 일으키지요. "하지만 여러분 인생은 오로지 여러분 자신에게 달려 있습니다. 여러분의 특별한 인생, 전全 인생이 말입니다. 책상 앞의 인생만이 아닙니다. 버스나 승용차에 올라탄 인생, 컴퓨터 앞에 앉아 있는 인생만이 아닙니다. 머리로 사는 인생만이 아니라 심장으로 사는 인생까지도 그렇습니다." 정말 기가 막히죠.

제가 가장 좋아하는 작가의 목록에서 대학 시절에 같은 방을 썼던 친구 캐럴라인 웨버를 빼먹는다는 건 말이 안 되죠. 그녀의 책을 정말 좋아하는데, 그건 책의 시작부터 끝까지 세세하게 내용을 먼저 듣기 때문이에요. 출판이 될 때까지는 많은 우여곡절이 있지만요. 그녀가 쓰는 내용의 대부분이 비교문학 독자들—기술 경영진이 아니라—을 위한 것이지만 캐럴라인은 늘 제게 기꺼운 마음으로 내용을 설명해주지요. 2007년에 그 훌륭하고 재밌는 책 『패션의 여왕: 혁명 기간 동안에 마리 앙투아네트는 무엇을 입었을까?Queen of Fashion』가 출간되었지요. 제가 그 정도로 재미있게 읽은 책은 별로 없어요. 저한테 편견이 있을 수도 있다는 건 인정하지만, 저만 그런 게 아니에요. 「워싱턴 포스트 북 월드」도 당시에 그 책을 올해의 책 가운데 하나로 선정했다니까요.

개인 서재의 책들은 어떤 방식으로 배열해두시나요? 모든 책을 다 갖고 계시는 편인가요, 간소하게 줄이려고 애쓰는 편인가요?

남편은 간소하게 축소하는 걸 좋아하는 유형이고요, 저는 쌓아두는 걸 좋아하는 유형이죠. 대학 때 보던 교과서까지 전부 다 가지고 있어요. 그런 경우가 있을 수도 있잖아요. 갑자기 쇼펜하우어의 『의지와 표상으로서의 세계The World as Will and Representation』가 읽고 싶은 충동이 들 때 말이지요. 그럴 때를 대비하는 거죠.

가장 소중하게 생각하는 책은 무엇입니까? 그 책들은 어디에 두시나요?

대학 때 헬렌 벤들러 교수의 미국 시인에 대한 수업을 들었는데, 그때 읽었던 책들을 제 침실 탁자에(탁자 위에 쌓여 있는 책더미와 섞이지 않도록 서랍 안에다가) 두고 있어요. 벤들러 교수님이 시는 그걸 외울 때까지 내 것이 아니라고 말씀하셨는데, 그 말에 동의합니다. 해마다 저의 새해 결심은 하루에 단 5분만이라도 명상을 하는 건데 절대로 실천을 못하죠. 그래도 제가 외운 시들 가운데 하나를 암송하고 나면 비슷한 효과가 나는 것 같아요.

경영 임원이라면 누구나 읽어봐야 하는 책은 무엇입니까?

프레드 코프먼이 쓴 『의식적인 사업: 가치를 통해 가치를 만들어내는 법Conscious Business』이 제 일과 삶에 깊은 영향을 줬지요. 저는 그의 가르침을 거의 매일 되새겨요. 진정한 소통의 중요성, 완벽한 헌신, 희생자가 아니라 행위자 되기, 책임지기, 이런 것들을 말이죠. 이 책을 직장의 수많은 팀원들에게 선물했는데, 책을 읽고 나서 하룻밤 사이에 사람들이 좀더 의식적으로 행동하고, 다른 이들에게 영향을 미치는 것을 자주 보아왔지요.

어렸을 때 가장 좋아했던 책은 무엇입니까? 그 책들 속에 좋아하는 인물이나 영웅이 있었나요? 모든 아이들이 읽었으면 좋겠다고 생각하는 책이 있습니까?

매들렌 렝글이 쓴 『시간의 주름』에 나오는, 스스로도 인정하는 괴짜 여주인공 맥 머리가 되고 싶었어요. 부당한 시스템에 대항해서 싸울 때 맥 머리가 다른 사람들과 함께 힘을 모으는 방식이나, 그녀가 아주 오랫동안 이어져온 이상한 일들로부터 가족을 구하려고 싸우는 방식이 정말 맘에 들었거든요. 시간여행이라는 개념에 마음이 사로잡히기도 했고요. 페이스북 엔지니어들한테 4차원의 세계로 갈 수 있는 기계를 만들어서 나도 시간과 공간의 천을 접을 수 있게 해달라고 시도 때도 없이 조르지만, 지금까지는 그걸 시도조차 해본 사람이 없지요.

아이들이 읽을 한 권의 책(그리고 앨범)을 고르는 건 쉽지요. 말로 토머스의 『자유롭게 너와 나가 되자Free to Be You and Me』입니다. 그 메시지는—슬프게도—오늘날까지도 유효합니다. 하지만 이야기들이 정말 아름답지요.

자녀들과 재미있게 읽은 책은 무엇입니까? 특별히 아이들에게 읽어주기를 좋아하는 책이 있나요?

딸이 셸 실버스타인의 『길이 끝나는 곳Where the Sidewalk Ends』을 같이 읽으면서 "이클 미, 피클 미, 티클 미 투" 하고 따라 하는 걸 배웠던 날들을 소중하게 간직하고 있지요. 그 생각만 떠올리면 절로 미소가 지어져요. 그리고 두 아이 모두 실버스타인의 시 「똑똑해」로 숫자를 이해하는 법을 배웠답니다.

고인이 되었거나 살아 있는 작가들 가운데 누구라도 만날 수 있다면, 누구를 만나고 싶습니까? 만나면 무엇을 알고 싶은가요?

조앤 K. 롤링을 정말 만나보고 싶어요. 그래서 제가 얼마나 그녀의 책에 감탄을 하는지, 그녀의 상상력에 얼마나 놀라움을 금치 못했는지 얘기해주고 싶어요. 해리 포터 새 책이 나올 때마다 부리나케 사서 읽고는 다음 책이 나오길 학수고대하며 살았거든요. 지금은 아이들과 함께 다시 읽고 있는데, 아직도 한 구절 한 구절 그때만큼이나 즐기고 있어요. 그녀는 젤리빈이 완전히 달라 보이게 만들어준 사람이에요.

스콧 터로
Scott Turow

지금 침대 옆 탁자에는 어떤 책이 놓여 있나요?

북한을 배경으로 한 애덤 존슨의 소설 『고아 주인의 아들The Orphan Master's Son』을 재미있게 읽고 있습니다. 2013년 퓰리처 상을 받은 책이긴 하지만, 더 중요한 건 제 작가 친구들이 푹 빠져 추천을 했다는 사실입니다. 대부분의 독자들처럼, 저도 제가 존중하는 취향을 가진 제 인생의 사람들의 말에 의존하는 경향이 있거든요.

• 스콧 터로는 『무죄추정Presumed Innocent』 『이노센트Innocent』 『아이덴티컬Identical』 등의 소설을 썼다. 논픽션으로는 『열정 속으로 하버드 로스쿨One L』 『극단의 형벌Ultimate Punishment』 등이 있다.

최근에 읽은 책 가운데 정말로 훌륭하다고 생각했던 책은 무엇입니까?

패티 스미스의 『저스트 키즈Just Kids』가 2010년 전미도서상을 받았다는 걸 알게 됐을 당시는 제가 우리 시대의 문화에 대해서 불만의 목소리를 높이고 있던 때였어요. 유명인사라면 정신을 못 차리는 지경이어서 이름 있는 문학상마저 록스타들한테 주고 있다고요. 그러던 중에 이 책을 읽게 되었죠. 이 책은 인생을 예술과 다른 사람에게 바친다는 게 어떤 의미인지를 심오하고 독특하게, 그리고 완벽하게 설명해낸 책입니다. 이 책이 오래오래 경이롭게 읽히기를 기대합니다.

가장 좋아하는 문학 장르는 무엇입니까? 죄책감을 느끼면서 즐기는 책이 있나요? 다른 법정 스릴러를 읽는 것도 좋아하십니까?

논픽션은 잘 안 읽지만, 소설을 즐기는 데는 아무런 경계가 없습니다. 유일하게 한결같은 기준이라면 제 마음이 상상의 세계로 떠날 태세가 되어 계속 읽을 수 있냐는 겁니다. 네, 법률가 친구들이 쓴 소설도 읽어요. 하지만 그건 직장에서 하는 일을 휴가 때도 하는 거나 다름없는 걸로 간주합니다.

지금까지 쓰인 법에 관한 책 가운데 최고의 책은 무엇입니까?

존 롤스의 『정의론A Theory of Justice』입니다. 해변용 독서거리는 아니지만, 정의롭다는 게 무엇인지에 대해서 많은 이들이 가지고 있는 직관을 이보다 분명하고 구체적으로 설명한 책은 알지 못합니다. 소설 중에는 멜빌의 『빌리 버드Billy Budd』를 가장 먼저 꼽고 싶네요. 특히 옛날에는 감히 입 밖에도 못 냈던 성적인 암시를 대놓고 하는 요즘 같은 시대에는 말이지요.

시카고에 관한 최고의 책은요?

솔 벨로의 소설 『허조그』에서 주인공이 여러 지역을 돌아다니지만, 상대적으로 더 많은 분량을 할애하고 있는 시카고를 배경으로 하는 부분은 놀랍도록 생생하고, 유쾌하고, 색다른 시각을 보여줍니다. 시카고에 대한 벨로의 모든 글은 그런 강렬한 에너지를 바탕으로 이루어져서 혹시 그가 전기 소켓에다 손가락을 집어넣기라도 했는지 궁금해질 정도지요.

당신에게 가장 큰 영향을 미친 책은 무엇입니까?

아마 열 살 때 읽은 『몬테크리스토 백작』일 겁니다. 탈옥, 칼싸움, 오랫동안 갈고닦은 복수의 칼날 같은 것들이 저를 바꾸어놓았고, 책을 읽는 게 이렇게 재미있다면 쓰는 것, 며칠이 아닌 몇 년 동안의 경험을 살아보는 것, 그리고 그 모든 모험이 내 안에서 생생하게 살아 움직이는 건 훨씬 더 신나는 일일 거라는 생각을 어느 정도 불어넣어준 책이죠. 열 살짜리 꼬마가 얻을 수 있는 지혜란 게 그런 거죠. 하지만 그 생각이 맞는 날도 심심찮게 있어요.

가장 존경하는 작가는 누구입니까?

살아 있는 작가들 중에서요? 이언 매큐언과 코맥 매카시가 막상막하로 맨 앞에서 달리고 있지요. 존 르 카레와 루스 렌들은 제가 가장 아끼는 서스펜스 작가고요. 더이상 우리와 함께 걸어다니고 있지 않은 작가들 가운데는, 톨스토이, 디킨스, 벨로, 그레이엄 그린, 헤밍웨이, 틸리 올슨, 그리고 모든 이들의 영원한 스타 셰익스피어를 존경합니다.

대통령께 단 한 권의 책을 권할 수 있다면 어떤 책을 권하시겠습니까?

사실, 오바마 대통령이 취임하기 전에 「북 리뷰」에서 똑같은 질문을 제게 보내왔던 적이 있는데, 일관성에 관한 홉스의 영원불변의 지혜를 입증하는바, 제 대답은 더이상 같지가 않을 것 같네요. 2008년에는 17세기 스웨덴 전함 '바사'에 관한 책을 한 권 추천했었습니다. 그 배는 첫 항해에서 가라앉아버려 100명 이상의 선원이 목숨을 잃었는데 그 이유가, 아무도 감히 왕에게 그 배가 바다에서 항해하기에 안전하지 않다고 직언을 하지 못했기 때문이었어요. 요즘이라면 앙드레 말로의 『인간의 조건Man's Fate』을 추천할 것 같은데, 정치적 이상주의에서 개인이 치러야만 하는 커다란 대가와 그것을 상쇄할 만한 가치에 대해서 그 소설이 섬세하게 숙고하고 있기 때문입니다.

독서 습관이 궁금합니다. 종이책을 읽으시나요, 전자책을 읽으시나요? 책을 읽으면서 메모를 하십니까?

여행에 많은 시간을 보내기 때문에, 제가 글을 쓰는 아이패드로 거의 대부분의 독서를 하는 편입니다. 결국 저한테 가장 중요한 건 종이가 아니라 글이니까요. 이렇게 하면 온 집안을 뒤지면서 제 책을 숨긴 불가사의한 힘을 헐뜯는 시간을 상당히 줄여주는 부가적인 장점도 있더라고요.

책을 한 번에 한 권 이상 읽는 편인가요?

보통 한동안 이 책 저 책 집어들고 조금씩 읽어보다가, 완전히 몰두해서 읽을 다음 책을 결정하게 되는 경우가 많습니다.

오디오북도 들으십니까?

오디오북으로는 보통 시를 듣습니다. 식품점에 장 보러 가는 길에 필립 레빈을 듣는다는 게 얼마나 산뜻한 일인가요?

2010년부터 작가협회 대표로 계시는데요, 그 경험이 책에 대해서 생각하고, 책을 고르고, 사고, 읽는 방식을 어떻게 바꾸었습니까?

많이 바뀐 건 없어요. 원래 저는 협회 위원 작가들이 쓴 책을 더 열심히 읽어왔어요. 정말 재능 있는 작가들이니까요. 가끔 아마존에서 미친듯이 책 쇼핑을 하긴 하지만, 그건 최후의 수단일 뿐입니다. 일부 회사의 책 판매 방식에 대한 구차한 저항의 한 방법으로 말이지요.

어린 시절에 가장 좋아했던 책은 무엇입니까?

애나 슈얼의 『블랙 뷰티Black Beauty』가 희미하게 반짝거리는 기억으로 남아 있습니다. 어머니께서 몇 달 동안이나 밤마다 여동생과 저에게 읽어주셨거든요. 일곱 살도 안 됐을 때였지요.

좋아하는 소설 속 인물이나 영웅이 있나요?

존 업다이크의 토끼 연작에 나오는 해리 앵스트롬이요. 네 권의 소설을 통해서 개인적인 품위를 더듬어 찾아나가다가 끝내 어떤 조짐만을 보여준 채로 이야기가 끝나지요. 『토끼, 휴식을 취하다Rabbit at Rest』를 다 읽고 나서는 업다이크한테 팬레터를 썼습니다. 업다이크가 어떻게 매일 아침 일어나 그토록 슬픈 책을, 특히 그가 그렇게 놀랍도록 친밀하게 알고 드러냈던 인물에 대한 책을 쓸 수 있는 힘을 찾았는지 이해가 안 간다고 말했지요. 그건 사랑하는 친구를 교수대에 보내는 것과 같다고요. 하지만 30년에 걸쳐 토끼를 복잡하게 연주해낸 것은 실로 엄청난 성취지요.

실망스럽거나, 과대평가되었거나, 신통치 않은, 좋아해야 마땅하지만 당신에게는 그렇지 않았던 책이 있습니까?

제가 아마 가즈오 이시구로가 쓴 『남아 있는 나날The Remains of the Day』의 포로가 되도록 설득당하지 않은 유일한 사람일지도 모르겠네요. 그 책이 전반적으로, 수동적인 목소리로 이야기하는 일종의 잔재주라고 여겼거든요. 토니 모리슨의 몇몇 소설에 대해서도 고의적인 흐리기라는 생각에, 심한 반발감이 들었고요.

가장 최근에 끝내지 못하고 내려놓은 책이 있다면요?

너무 자주 그래서 저한테는 그런 짓을 지칭하는 말까지 있어요. 책을 읽는다가 아니라 책'을 쳐다본다'고 말하는 겁니다. 그건 책의 질에 대한 언급이 아니라, 집중을 못한다는 표시에 더 가까워요. 저는 몇 달이나 몇 년 뒤에 다시 돌아가서 엄청나게 열정적으로 마저 읽는 걸로 유명한 사람입니다. 그 범주에 든 마지막 작품이 테이아 오브레트의 『호랑이의 아내The Tiger's Wife』였지요.

고인이 되었거나 살아 있는 작가들 가운데 누구라도 만날 수 있다면, 누구를 만나고 싶습니까? 만나면 무엇을 알고 싶습니까?

저는 다른 작가들과 함께 시간 보내는 걸 정말 좋아합니다. 많은 경우에, 작가들은 생기가 넘치고 유머감각이 번뜩이니까요. 당연히 작가들끼리 만날 때는 뭔가 분위기가 다르지요. (그건 아마 모든 직업군의 사람들이 가지는 일반적인 느낌일 겁니다. 변호사가 아닌 사람을 만나면 지루해하는 변호사들을 확실히 많이 알고 있어요.) 하지만 다른 작가들과 맺는 우정 덕분에 그의 문학적 과정에 대해서 특별히 뭔가를 알게 되는 경우는 없었어요. 대체로 저는 "작가에 대해서 알려면 그 작가를 만나는 것보다는 그의 책을 읽는 게 더 낫다"는 말을 믿는 편입니다. 그러니까 그들을 매력적으로 보이게 만드는 건 그들의 소맷자락에 있는 게 아니라 책장 위에 있다는 거죠. 그렇긴 해도, 더치 레너드와의 관계가 짤막한 편지를 몇 차례 주고받은 것 이상으로 나아가지 못했던 과거에 대해서는 후회스럽기 그지없습니다. 그에게 직접 헌사를 바칠 수도 있었을 텐데 말이지요. 그리고 1604년에서 1606년 사이의 짧은 기간 동안 셰익스피어와 같이 다녔다면 뭔가가 밝혀졌을 수도 있었겠지요. 어떻게 한 사람이 『오셀로』『리어 왕』『맥베스』를 3년 안에 다 쓸 수 있었을까요? 영원히 읽힐 소네트는 차치하고라도 말이에요. 7일 만에 천지창조가 이뤄지는 것을 보고 있는 느낌이 아마 이런 느낌일 겁니다.

다음으로 어떤 책을 읽으실 계획입니까?

줄지어 기다리고 있는 게 어떤 책들인지 말씀드리지요. 조아킹 마리아 마샤두 지 아시스가 쓴 브라질 문학의 고전 『돔 카스무로Dom Casmurro』는 제가 그 나라에 갈 계획이 있기 때문에 그때 가져갈 거고요, 케이트 앳킨슨의 『살인의 역사Case Histories』, 캐런 러셀의 『늪세상Swamplandia』, 그리고 앨러스테어 레이놀즈의 『계시의 공간Revelation Space』이 있습니다. 그 책들 중 하나는 제 아들의 열광적인 찬사 때문에 다시 읽어보려는 거고요.

스팅

Sting

올해 읽은 책 가운데 최고의 책은 무엇입니까?

힐러리 맨틀의 『튜더스, 앤불린의 몰락Bring Up the Bodies』을 재미있게 읽었어요. 전작 『울프 홀Wolf Hall』만큼이나요. 그녀가 그려낸 토머스 크롬웰의 초상은 복잡하고, 언제나 헨리 8세 치하의 '실세'로만 어둡게 채색되었던 인물에게 대체로 동정적입니다. 너대니얼 필브릭이 『벙커 힐Bunker Hill』에서 미국독립전쟁을 다룬 것도 비슷한 이유로 재미있게 읽었는데, 자료 조사와 연구가 충분히 뒷받침된 덕분에 기존의 공고하게 확립된 신화보다 더 섬세하고 설득력 있는 이야기라는 걸 확인할 수가 있지요.

• 스팅은 그래미 상을 총 11회 받은 영국의 싱어송라이터이자 인권운동가다. 『스팅Broken Music: A Memoir』을 쓴 작가이기도 하다.

가장 좋아하는 소설가의 이름을 말해야만 한다면 누구를 꼽으시겠습니까?

마크 트웨인이요. 『허클베리 핀의 모험』은 이야기 구성과 인물이 완벽하게 결합되어 있는 소설이죠.

어떤 종류의 이야기에 끌리시나요? 피하는 이야기 종류는요?

역사의 격랑에 휩쓸린 개인이 우여곡절을 겪는 이야기를 좋아합니다. 컬럼 매캔의 『대서양을 건너서TransAtlantic』와 『거대한 지구를 돌려라Let the Great World Spin』, 또는 이언 매큐언의 『스위트 투스Sweet Tooth』 같은.

나보코프에 대해서 여쭤봐야겠네요. 여중생 세대로 하여금 『롤리타』에 흥미를 느끼게 만들고 나서 어떤 기분이 드시나요?(스팅이 밴드 폴리스에 있을 당시인 1980년에 만든 〈그렇게 가까이 서 있지 말아요Don't Stand So Close to Me〉는 남자 선생에 대한 한 여중생의 성적인 욕망, 두려움, 죄책감을 내용으로 하는 노래인데, "나보코프의 그 책에 나오는 나이 많은 남자처럼"이라는 가사가 나온다-옮긴이) 나보코프 팬이신가요?

으스스한 그 리듬이 정말로 나보코프의 언어 우주로 대량 이주를 하게 만들었다는 말인가요? 별로 그랬을 것 같지 않은네요. 그러면 그 아이들이 더 나쁜 곳으로 갈 수도 있었다는 말이군요.

당신이 읽은 책은 어떤 식으로 당신이 쓰는 음악에 새겨집니까?

물론 노래를 만드는 일은 소설가가 하는 일과는 매우 다른 예술 활동입니다. 큰 생각을 이따금씩 2행 대구 소절로 압축하는 일은 오히려 소설을 쓰는 것과는 정반대의 과정인 것 같아요.

하지만 소설이 종종 시나 노래 가사에서 따온 문구로 운을 뗀다는 사실이 제겐 흥미롭습니다. 그렇게 두 영역이 어느 정도는 겹치게 되는 거죠. 제가 가장 좋아하는 노래는 이야기가 있는 노래예요. 3분 안에 이야기할 수 있는 단편소설 말입니다. 제가 가장 좋아하는 소설은 길이가 연장된 노래고요. 『백 년 동안의 고독One Hundred Years of Solitude』이 오페라가 아니면 뭐란 말입니까? 오페라 중에서도 진짜 웅장한 오페라죠!

『스팅』이라는 회고록을 쓰셨지요. 그 경험은 어땠나요? 글쓰기 자체와 책 출간, 반응 같은 것들 말이에요.

글을 쓰면서 기억이란 게 신경 근육이라는 사실을 깨달았어요. 한 번 늘이기 시작하면 지금까지 일어났던 모든 일들을 다 수용할 정도로 늘어나서, 종종 잊어버리는 게 더 좋다고 생각하는 것들까지 떠오릅니다. 하지만 그 과정을 지나는 동안 저를 지탱해주었던 감정들을 따라가다보니 감사와 용서의 마음이 찾아왔습니다. 그런 일이 없었다면 새로이 개발한 근육을 사용하는 게 대략 시간 낭비였겠죠. 제가 거의 제 인생의 초창기, 명성과 성공이란 굴절된 렌즈를 가지기 전, 유명인의 닳고 닳아 진부하기 짝이 없는 이야기가 펼쳐지기 이전에 대해서만 썼다는 사실에 좀 놀라는 사람들이 있었을 겁니다.

당신의 책장에 있는 책들 가운데 우리가 보면 놀랄 만한 책은 무엇일까요?

P. G. 우드하우스 전집이요. 그 순수한 도피주의를 즐기기 위해서죠.

자기계발서도 읽으시나요? 추천할 만한 책이 있다면요?

자기계발 책이요? 그거 모순어법 아닌가요?

어떤 책으로부터 가장 큰 영향을 받았습니까?

아마도 불가코프의 『거장과 마르가리타Master and Margarita』일 겁니다. 소비에트 러시아에 대한 감칠맛 나고 전복적인 풍자이지요. 올여름에 모스크바에서 죽은 사람을 재판했다는 소식이 들리더군요. 볼란드(『거장과 마르가리타』에 나오는 이방인 교수로 변장한 사탄—옮긴이)가 그 소식을 들었다면 쾌재를 불렀을 거예요!

대통령께 단 한 권의 책을 권할 수 있다면 어떤 책을 권하시겠습니까?

마르쿠스 아우렐리우스의 『명상록Meditations』을 권하고 싶네요. 인내와 권력의 절제에 대해서 말해주는 책이지요. "아침에 일어나면 스스로에게 말하라. 오늘 내가 상대하는 사람들은 쓸데없이 남의 일에 참견하고, 감사할 줄 모르고, 오만방자하고, 정직하지 않고, 질투하고, 무례할 것이다. 그들은 악에서 선을 구별해내는 법을 모르기 때문에 그런 것이다. 하지만 나는 선의 아름다움과 악의 추함을 보았고, 악을 행하는 사람이 나 자신의 본성과 결부된 본성을 가지고 있다는 사실을 알게 되었다. 혈연이나 출생이 아니라 같은 마음으로 연결된, 그리고 신성한 부분을 가지고 있는 본성 말이다."

어린 시절, 주변에 책이 많았나요?

집에 책이 딱 두 권 있었는데, 삽화가 들어간 구약성서와 『브리태

니커 백과사전』 1권이었어요. '땅돼지aardvark'에서부터 '방위각azimuth'까지는 열심히 읽다가 나머지는 거의 안 읽었죠. 공공도서관이 일종의 은신처가 돼주었어요. 저는 지금도 책은 절대 안 버려요. 군데군데 책장 모서리가 접힌 다 읽은 페이퍼백들을 아직도 보관하고 있죠. 책이 제가 물욕을 버리지 못하는 유일한 물건입니다. 그리고 절대로 남에게 빌려주지도 않아요. 도서관에 가서 빌려보라고요!

유년기에 가장 좋아했던 문학 속 인물이나 영웅이 있나요?

스스로를 『보물섬』에 나오는 짐 호킨스라고 상상했지요. 그는 도둑들과 인정사정없이 목을 따버리는 사람들이 득실대는 곳에서 유일하게 순수한 인물이거든요. 그게 아마 제가 처음부터 끝까지 읽은 첫번째 책이었을 겁니다. 거기 나오는 인물들이 아직도 잊히지가 않아요. 롱 존 실버, 블라인드 퓨, 벤 건…… 검정 딱지(해적 무리가 처형의 대상으로 지목한 당사자에게 보내는 소환장 같은 것이다—옮긴이)를 생각하면 아직도 무서워요.

응접실 탁자 위에는 무슨 책이 놓여 있습니까?

알베르 카뮈의 『고독과 연대Solitude and Solidarity』요. 그의 딸 카트린이 편집한, 한 남자와 작가에 대한 그리움을 자아내는 아름다운 초상화입니다. 또 엘렌 폰 운베르트(여성의 에로틱한 면을 부각하는 사진으로 유명세를 탄 후, 주로 연예인을 대상으로 사진을 찍는 독일 출신의 상업사진 작가다—옮긴이)의 『독일 처녀Fräulein』요. 이거 참, 뭘 기대했던 겁니까?

실망스럽거나, 과대평가되었거나, 신통치 않은, 좋아해야 마땅하지만 당신에게는 그렇지 않았던 책이 있습니까? 가장 최근에 끝내지 못하고 내려놓은 책이 있다면요?

저는 비평가가 아닙니다. 어떤 책을 읽을 만한 마음 상태가 아니거나 저자가 이끌어가는 대로 따라잡을 능력이 없다는 이유로 그 책을 묵살해버리고 마는 고집불통의 어정뱅이 독자가 없더라도, 한 권의 책을 쓴다는 것은 충분히 어려운 일이지요. 그래도 뭐랄까요, 제목에 '규칙'이라는 말이 들어간 책이라면 마치 무슨 전염병인 양 일단 피하고 보지요!

고인이 되었거나 살아 있는 작가들 가운데 누구라도 만날 수 있다면, 누구를 만나고 싶습니까? 만나면 무엇을 알고 싶은가요?

셰익스피어한테 걸으면서 이야기를 지어내는지, 아니면 줄곧 가만히 앉아서 이야기를 만들어내는지 물어보고 싶어요.

다음으로 어떤 책을 읽으실 계획입니까?

대니얼 데닛의 『직관펌프, 생각을 열다』와 피터 비스킨드의 『오슨 웰스와 함께한 점심식사My Lunches with Orson』를 생각하고 있는데요, 일단은 『오슨 웰스와 함께한 점심식사』가 더 당기네요.

책을 또 쓰실 계획입니까?

아, 그럼요! 물론 또 한번 도전하고 싶지요!

눈물을 흘리게 만든 책

그건 쉬운 질문이네요. 예일 젊은 시인 상을 받은 에두아르도 코랄의 시집 『느린 번개』였지요. 그 책을 다 읽고 나서 대성통곡을 했어요. 현명하고 광대한 책이지만, 저 자신을 슬쩍 들여다보게 만듭니다. "옛날에 한 남자가 내게 자신의 심장을 가져가라고 했고 나는 싫다고 했다. 그를 사랑하지 않아서가 아니었다. 그가 무슨 야수나 백인이어서도 아니었다. 그를 사랑할 수가 없었던 것이다. 이해하겠는가? 침대에서 우리가 잠을 자는 동안에, 우리의 몸은 얼마간 떨어져 있었고, 우리의 육체 사이에 놓여 있던 어둠은 하나의 심지였다. 그 심지는 다 타서 꺼져가고 있었다. 그런데 그는 그걸 느끼지 못했던 것이다." **—주노 디아스**

책을 읽다가 우는 경우는 아주 드문데요. 『말하라, 기억이여』에서 나보코프의 묘사를 처음 읽었을 때 눈물을 쏟았던 기억이 있어요. 환호하는 러시아 농민들이 그의 아버지를 담요 위로 던지는 장면에서 말이지요. 그 장면은 나중에 닥치게 될 슬픔과 애도의 감탄스러울 정도로 섬세한 전조 역할을 하지요. **—마이클 셰이본**

제가 쓴 책 『캐나다』를 마지막으로 읽었을 때 울었습니다. 좋은 책이라면 당연히 그렇게 만들어야 합니다. 그 외에 저를 울렸던 책은 제임스 라이트의 시집 『강물 위로』였습니다. 한 편만이 아니었지요. **—리처드 포드**

솔직하게 말씀드리자면, 『캐주얼 베이컨시』예요. 마지막 부분을 쓰면서, 다 쓰고 나서 원고를 다시 읽으면서, 그리고 퇴고를 하면서 대성통곡을 했지요.
—조앤 K. 롤링

『사우스 비치 다이어트』요. **—제프리 유제니디스**

몇 해 전에 『코렐리의 만돌린』을 읽으면서 휴가를 보낸 적이 있어요. 그걸 읽고 슬픔을 가눌 수가 없는 지경이 돼버려서 오후 내내 침대에 드러누워 있어야만 했죠.
—에마 톰슨

눈물이 나는 책은 읽고 싶지 않아요. 신문 기사 제목만 읽어도 제가 수용할 수 있는 최대치까지 우울해지거든요. **—칼 하이어센**

책을 읽으면서 울었던 적이 있는지는 잘 모르겠네요. **—존 그리셤**

보통은 책 여백에다가 눈물 자국을 남기는 사람이 아닌데, 최근 몇 주 사이에는 두 차례나 훌쩍거린 일이 있었답니다. 손더스의 이야기와 곧 출간될 제 친구 데이비드 핀클이 쓴 책을 읽으면서 말이지요. 핀클의 첫 책 『좋은 병사들』은 조지 W. 부시의 "병력 증파"를 수행하기 위해 파병된 군대를 따라갑니다. 새 책은 참전 군인들이 미국 생활에 다시 적응하려고 분투하는 모습을 따라다니며 보여주는데, 정말 통렬하고 충격적이에요. **—캐서린 부**

올해 초에 제러미 애덜먼이 쓴 앨버트 O. 허시먼의 전기를 읽고 깊은 감명을 받았습니다. 책의 마지막 부분을 넘길 때는 눈물을 글썽이게 되더군요. **—맬컴 글래드웰**

바르샤바의 게토에서 기아로 고통을 겪었던 메리 버그의 일기를 읽으면서 눈시울을 적셨습니다. 더 최근에는, 사소한 일이긴 하지만, 제가 쓴 에세이를 모은 책을 다 읽어보고 나서 이런 생각이 들어서 울었어요. 하느님, 감사합니다. 드디어 제가 다 썼네요. **—니컬슨 베이커**

주디스 커의 유쾌한 어린이책 『간식을 먹으러 온 호랑이』를 읽을 때마다 항상 눈물을 글썽이게 됩니다. 소피라는 여자아이와 소피의 어머니가 살고 있는 집에 차 마시는 시간이 되면 뜬금없이 나타나는 호랑이에 관한 이야기지요. 그들이 공포에 질려 놀랄 거라고 예상하시겠지만, 그들은 이 방문객의 등장을 완전히 자기네들만의 방식으로 받아들입니다. 그들이 보여주는 반응은 우리로 하여금 살면서 부닥치게 되는 예기치 못한 도전에 대해서 탄력성과 적절한 유머감각을 가지고 접근하도록 은근히 유도하지요. **—알랭 드 보통**

실비아 네이사
Sylvia Nasar

지금 침대 머리맡에는 어떤 책이 놓여 있나요?

앤서니 트롤럽의 어머니인 프랜시스 트롤럽이 쓴 전기 두 권, 엘리자베스 개스켈의 소설 한 권, 그리고 E. M. 델라필드의 『어느 시골 여인의 일기Diary of a Provincial Lady』가 놓여 있습니다. 냉전 역사에 관한 책 몇 권하고요.

언제, 어디서 책 읽는 걸 좋아하십니까?

침대와 차에서 읽습니다. 술술 읽히는 책은 침대에서 읽고, 좀 어려운 책은 차에서 오디오북으로 들어요.

• 실비아 네이사는 『뷰티풀 마인드A Beautiful Mind』와 『사람을 위한 경제학Grand Pursuit』의 저자다. 현재 컬럼비아 대학의 대학원에서 저널리즘을 가르치고 있다.

최근에 읽은 책 가운데 정말로 훌륭하다고 생각했던 책은 무엇입니까? 누군가에게 "이 책은 꼭 읽어야 해"라고 마지막으로 말했던 때를 기억하시나요?

프랜시스 트롤럽이 쓴 『과부 바너비The Widow Barnaby』요. 이 책은 천하고 무정한 성품에다 남자만 보면 터무니없이 들이대는 마을 약사의 과부가 돈 많은 귀부인 행세를 하면서 돌아다니는 이야기를 맛깔나고 재치 있게 풍자하고 있지요. 리본을 휘감고 요란하게 치장을 한 마사 바너비는 아름답지만 가난한 자기 조카를 데리고 온 동네 술집을 전전하며 부유한 재혼 상대를 찾아다닙니다. 천사 같은 아그네스는 몇 달 동안이나 매일 그 끔찍한 똑같은 검정 드레스를 억지로 입고는 이모의 몸종인 척하면서 고분고분 따라다니지요. 그리고 헬렌 사이먼슨이 쓴 『페티그루 소령의 마지막 사랑Major Pettigrew's Last Stand』도 정말 좋았어요. 자녀들과 친척들이 간섭을 해대는 가운데서도 서로 사랑을 키워가는 나이든 연인들에 관한 이야기랍니다.

스스로를 소설 애호가라고 생각하시나요, 논픽션 애호가라고 생각하시나요? 가장 좋아하는 문학 장르는 무엇입니까? 죄책감을 느끼면서 즐기는 책이 있나요?

『뷰티풀 마인드』를 쓰기 전까지는 오락거리로는 소설과 희곡 외에는 절대 안 읽었어요. 그다음 15년간은 대부분 역사, 전기, 경제학 서적만 탐독했고요. 하지만 『사람을 위한 경제학』 집필을 끝냈을 때 다시 소설로 돌아갔지요.

당신에게 가장 큰 영향을 주었던 책은 무엇입니까? 작가가 되고 싶은 마음이 들게 한 책은요?

오랫동안 O. 헨리 생각을 못 했었는데, 실은 그의 소설이 제게 커다란 영향을 준 것 같아요. 애거사 크리스티도요. 실제로 책을 쓰기까지는 책을 쓰겠다는 생각은 한 번도 해본 적이 없어요. 하지만 브렌다 매덕스가 쓴 제임스 조이스의 아내에 관한 전기 『노라Nora』와 로버트 카니겔이 쓴 인도 수학 천재 라마누잔에 관한 이야기 『수학이 나를 불렀다The Man Who Knew Infinity』를 읽고 나서 특별한 영감을 받았던 것 같아요.

대통령께 단 한 권의 책을 권할 수 있다면 어떤 책을 권하시겠습니까?

물론 『사람을 위한 경제학』이지요.

독서 습관이 궁금합니다. 종이책을 읽으시나요, 전자책을 읽으시나요? 읽으면서 메모를 하십니까? 책을 읽으면서 간식을 드시나요?

자료 조사를 위한 책을 구입할 때 (값이 저렴한) 초판을 사는 걸 좋아합니다. 친구 트리시 에번스가 내가 어딜 가든지 19세기와 20세기 초기 작가들의 작품을 전부 다 들고 다닐 수 있다는 사실을 콕 집어 이야기해주기 전까지는 킨들의 효용을 잘 몰랐지요. 도서관 전체를 들고 여행을 할 수 있다는 건 정말 놀라운 일이에요.

이상적인 독서 경험은 어떤 것입니까? 웃게 하는 책이 더 좋으세요, 울게 하는 책이 더 좋으세요? 교훈적인 책과 낯선 곳으로 데려가주는 책 가운데 어느 쪽을 더 좋아하시나요?

둘 다 좋아합니다. 그게 바로 제가 빅토리아 시대의 소설을 무척이나 좋아하는 이유 가운데 하나이기도 하고요. 영국 소설가들은 전부 유쾌하면서도 짓궂은 유머감각이 있는 것 같아요. 엘리자베스 개스켈도 그렇고 샬럿 브론테도 그렇고요. 저는 강렬한 서사를 철학 혹은 정치적 사색과 결합시키는 톨스토이 같은 소설가도 좋아합니다.

어렸을 때 가장 좋아했던 책은 무엇인가요? 그 책들 속에 좋아하는 인물이나 영웅이 있었나요? 모든 아이들이 읽었으면 좋겠다고 생각하는 책이 있다면요?

그림 형제의 동화요. 제가 가장 좋아했던 이야기는 「브레멘 음악대」였는데, 언덕 여기저기에 살고 있는 개와 고양이와 당나귀와 수탉에 관한 이야기예요. 자신들이 버려지거나 더 나쁜 상황에 처하게 될지도 모른다는 사실을 깨달은 동물들이 문제를 자기들의 손으로 직접 해결하기로 결정하지요. 이 이야기를 어머니와 할머니께 계속 읽고 또 읽어달라고 졸라가지고 이야기 전체를 단어 하나하나까지 외울 수 있을 정도였답니다.

실망스럽거나, 과대평가되었거나, 신통치 않은, 좋아해야 마땅하지만 당신에게는 그렇지 않았던 책이 있습니까? 가장 최근에 끝내지 못하고 내려놓은 책이 있다면요?

제프리 유제니디스의 『결혼 이야기The Marriage Plot』와 앨런 홀링허스트의 『이방인의 아이』요. 제프리 유제니디스가 NPR미국 공영 라디오 방송에 나와서 하는 이야기를 듣고는 그 즉시 그의 소설이 읽고 싶어지더군요. 홀링허스트의 경우, 첫 두 작품이 정말 좋았고요. 그런데 두 작가의 작품 모두 좀 차갑고 활기가 없다고나 할까요, 그랬어요. 두세 차례 시도할 때까지 충분히 진가를 이해하지 못했던 책이 많은데—예컨대 『미들마치』나 『스완네 집 쪽으로Swan's Way』의 경우가 그랬지요—이 작품들도 그런 범주에 드는지도 모르죠. 독서는 맥락에 의해 좌우되는 경우가 많으니까요. 꼭 와인처럼 말이에요.

지금까지 읽은 경제 관련 책 가운데 최고의 책은 무엇입니까? 가장 별로였던 책은요?

훌륭한 책들이 정말 많지만 그중에도 진짜 빼어난 책들이 있지요. 로버트 스키델스키의 『존 메이너드 케인스John Maynard Keynes』, 데이비드 랜디스의 『은행가와 주지사Bankers and Pashas』, 니얼 퍼거슨의 『로스차일드The House of Rothschild』, 에마 로스차일드의 『경제 심리Economic Sentiments』, 거트루드 히멀파브의 『가난과 공감Poverty and Compassion』 같은 책들 말이죠. 가장 별로인 책이요? 거기에 들려면 일단 그 책을 읽은 사람이 많아야겠지요. 안 그러면 누가 신경을 쓰겠어요. 아마 마르크스의 『자본론Das Kapital』과 엥겔스의 『영국 노동계급의 상황The Condition of the Working Class in England』, 그리고 아돌프 히틀러의 『나의 투쟁Mein Kampf』일 거예요.

당신이 책을 쓰고 있을 때 누군가 들어온다면 그는 무엇을 보게 될까요? 작업실은 어떤 모습입니까?

색을 입힌 목각 예술품, 타일을 바른 벽난로, 1920년대 스타일의 유리공예 램프, 10피트 길이의 책상, 등대와 기찻길이 그려진 19세기 회화들, 오래된 지구본, 그리고 물론 책도 있고요. 창 너머로 정원이 보이는데, 지금은 오렌지색, 연어색의 튤립과, 분홍색, 흰색 분꽃나무가 한창이에요. 고개를 들면 언제 쓰레기차가 오는지, 래브라도 개 에마가 이웃 고양이를 쫓아다니고 있는지 어떤지 다 보이지요.

최근에 누군가 개인적으로 추천한 책 중에 재미있게 읽은 책이 있나요? 누가 추천했고, 어떤 점에 끌려서 그 책을 손에 들게 됐나요?

영국이라면 환장을 하는 인테리어 디자이너인 제 친구 빅토리아 클레인이 저한테 『과부 바너비』를 줬어요. 호주 출판인이자 소설가인 저의 가장 친한 친구 트리시 에번스는 자기가 어린 소녀 시절에 가장 좋아했던 시골 여인 시리즈를 소개해줬고요. 런던에 사는 편집자이자 작가 친구인 크리스토퍼 포터는 지지난 크리스마스 때 『춥고 편안한 농장Cold Comfort Farm』과 『평범한 사람의 일기The Diary of a Nobody』를 선물해줬지요. 프린스턴 대학에 있는 경제학자 아비나시 닉시트가 P. G. 우드하우스와 패트릭 오브라이언의 재미를 알게 해줬고요. 저를 끌리게 만든 점이요? 그들은 전부 약간 특이한 취향과 고도의 유머감각을 가지고 있고, 늘 책에 대해서 떠들어대는 사람들이니까요.

쓰고 싶긴 하지만 절대로 쓸 수 없을 것만 같은, 혹은 쓰지 않을 것 같은 책이 있나요?

프랜시스 트롤럽, 엘리자베스 개스켈, E. M. 델라필드, 윌키 콜린스, 프랭크 램지, 존 폰 노이만, S. S. 천을 비롯한 중국과 일본에서 이민해 온 수학자들, 폴 크루그먼, 그리고 저희 아버지의 전기를 쓰고 싶어요. 냉전시대의 간첩, 1940년대 독일의 경제 기적, 중국 문화혁명, 의학 사기, 적절치 못하게 행동하는 공상적 박애주의자에 대한 책도 쓰고 싶고요. 더 많은 책을 쓸 수 있다면 좋겠지만, 늘 새로운 열광거리를 찾아내기 때문에 제가 저걸 다 쓰지는 못할 것 같네요.

가르칠 때 가장 즐겨 사용하는 책이나 저널리즘을 공부하는 학생들에게 읽으라고 권하는 책은 무엇입니까?

제임스 B. 스튜어트의 『도둑들의 소굴Den of Thieves』, 브루스 그린월드와 주드 칸의 『버블 세계화Globalization』, 지미 카터의 『해 뜨기 전 한 시간An Hour Before Daylight』, 폴 크루그먼과 로빈 웰스가 쓴 『크루그먼의 경제학Economics』입니다.

누군가가 써줬으면 하는 한 권의 책이 있다면요?

20세기의 가장 중요한 수학자인 존 폰 노이만의 훌륭한 전기요.

고인이 되었거나 살아 있는 작가들 가운데 누구라도 만날 수 있다면, 누구를 만나고 싶습니까? 만나면 무엇을 알고 싶습니까?

헨리 제임스는 제가 이상으로 생각하는 친구 유형입니다. 화술이 뛰어나고, 저널리스트, 여행가, 정원사, 장식가, 편지를 잘 쓰는 사람이자, 제가 가장 좋아하는 작가죠. 그는 프루스트나 톨스토이처럼 추상적인 생각에 깊은 관심이 있는 그런 지식인은 아니지만, 훨씬 더 따뜻하고, 민감하고, 공감을 아주 잘하지요. 어느 저자한테 한 차례 편지를 쓴 적이 있는데, 답장이 너무 차가워서 그 이후로 두 번 다시 그런 짓은 안 했고요.

다음으로 어떤 책을 읽으실 계획입니까?

톨스토이의 『안나 카레니나』요.

알랭 드 보통
Alain de Botton

지금 침대 머리맡에는 어떤 책이 놓여 있나요?

지금은 제가 가장 좋아하는 우리 시대의 작가 가운데 한 사람인 제프 다이어의 최신작 『조나Zona』를 읽고 있어요. 책의 부제 '안드레이 타르코프스키의 영화 〈스토커〉에 관한 에세이'는 엄청나게 지루하게 들리지만, 다행히 다이어의 대부분의 작품처럼 그저 작가 자신에 대한 이야기나 다름없습니다. 자신의 강박, 두려움, 광기가 자신을 갉아먹는 듯한 (그러면서 언제나 정겨운) 느낌 등에 관한 이야기죠. 순전히 그 자체로 하나의 위업인, 작가의 목소리 하나로 통일성을 갖는 책입니다.

• 알랭 드 보통은 『프루스트가 우리의 삶을 바꾸는 방법들How Proust Can Change Your Life』 『여행의 기술The Art of Travel』 『철학의 위안The Consolations of Philosophy』 등을 썼다.

최근에 읽은 책 가운데 정말로 훌륭하다고 생각했던 책은 무엇입니까?

그다지 놀라운 얘기도 아니겠지만, 여전히 마르셀 프루스트의 『잃어버린 시간을 찾아서』에 사로잡혀 있어요. 그 소설에는 정말 많은 것들이 담겨 있어서 열렬한 프루스트 애호가 두 사람이 완전히 서로 다른 이유로 그를 사랑하는 일이 가능합니다. 누군가는 디너파티를 좋아하고, 누군가는 예술사를, 누군가는 질투를, 누군가는 막 피어나기 시작하는 소녀를 좋아하는 식이죠. 제가 프루스트에게서 좋아하는 부분은 그가 자신의 인물이 지니고 있는 동기와 정서를 파스칼, 라로슈푸코, 스탕달 같은 위대한 프랑스 모랄리스트들이 지닌 법의학 같은 예리함(그리고 건조하면서도 치명적인 재치)으로 관찰한 심리분석가적 에세이스트라는 점이에요. 그리고 저는 이런 문장을 쓰는 프루스트를 좋아합니다. "그 사람 자체의 매력보다는 '안 돼, 오늘 저녁에는 시간이 없을 것 같아' 같은 말이 사랑의 불씨가 되는 경우가 더 많다는 사실에는 의문의 여지가 없다."

가장 좋아하는 문학 장르는 무엇인가요? 죄책감을 느끼면서 즐기는 책이 있나요?

저는 에세이를 열심히 찾아서 읽어요. 역사나 소설 같은 장르보다는 정해진 틀이란 게 훨씬 없는 장르지요. 제가 염두에 두고 있는 에세이 종류는 몽테뉴의 글 같은 겁니다. 따뜻하고 인간적이고 자유롭고 감동적인 어조로 광범위한 유사철학적인 주제들을 다루는 글 말이에요. 그런 글을 읽고 나면 어떤 주제만이 아니라 마치 한 친구에 대해서 알게 된 것 같은 느낌이 들죠. 많은 에세이스트 가운데서도 특히 에머슨, 소로, 버지니아 울프, 도널드 위니컷, 시릴 코널리, 조지프 브로드스키, 로런스 웨슐러, 밀란 쿤데라, 줄리언 반스, 애덤 고프닉, 그리고 니컬슨 베이커가 쓴 에세이들을 무척 좋아해요.

최근에도 좋은 철학책을 읽으셨나요?

저는 아르투어 쇼펜하우어의 『인생론The Wisdom of Life』에 들어 있는 병적이면서도 달콤한 비관주의로부터 위안을 받아왔습니다. 그는 "우리는 우리 삶을, 무無라는 지복至福의 정적 속에서 쓸데없이 평온을 어지럽히는 기간으로 여기는 게 좋다"고 말하지요. "이렇게 말할 수도 있을 것이다. '오늘은 나쁜 날이 될 거고 매일 점점 더 나빠질 것이다. 최악의 일이 일어날 때까지.'" 누군가의 기분을 북돋는 유일한 방법이 그 사람한테 뭔가 희망찬 이야기를 해주는 거라고 생각하는 것은 우리 시대의 잘못된 편견입니다. 비극적인 관점을 과장되게 선언하는 게 훨씬 더 효과가 있지요.

대통령께 단 한 권의 책을 권할 수 있다면 어떤 책을 권하시겠습니까? 그리고 영국 총리께는 어떤 책을 권하시겠습니까?

당신네 대통령은 좀 복잡한 경우인데요, 열정, 용기 그리고 웅변술을 겸비한 인간이면서 동시에, 성실하고 까칠하고 실용적인 법학 교수이기도 하지요. 제가 앞쪽 부분이 좀 약한 편인데, 그분 앞에도 그분이 지닌 최고의 자질을 더욱 보강시켜줄 수 있다고 생각하는 책을 놓아두고 싶을 것 같네요. 특히 대통령께서 휘트먼과 소로를 가까이 두신다면 좋을 것 같아요. 열린 마음의 인간애, 용기, 자유를 이야기하는 그 위대한 미국의 목소리들을 말이지요. 영국 총리한테는, 존 로크와 토머스 홉스를 읽고 역사적 관점에서 헌법 문제들에 관해서 철저하게 공부하는 게 시급하다고 말하고 싶습니다.

어렸을 때 가장 좋아했던 책은 무엇인가요? 그 책들 속에 좋아하는 인물이나 영웅이 있었나요?

저는 매우 비문학적인 아이였습니다. 그런 사실이 책을 읽지 않는 아이를 둔 부모들을 안심시키는 경우도 있지요. 레고가 제 취미였고, 『핵발전소 안은 어떻게 생겼을까?See Inside a Nuclear Power Station』 같은 실용적인 책을 좋아했습니다. 책의 중요성을 발견한 건 사춘기가 시작되고 나서였죠. 저로 하여금 계속해서 책을 읽게 한 것은 부동의 고전 『호밀밭의 파수꾼Catcher in the Rye』이었습니다. 열여섯 무렵에는 울적하고 감상적인 상태로 종종 철학 코너에서 방황했고요. 키르케고르가 자신은 "처형당한 사람이 쓴 글"만 읽을 거라고 선언한 것에 깊은 감동을 받았었지요.

학생 시절 당신에게 가장 큰 영향을 주었던 책은 무엇입니까?

프랑스 에세이스트 롤랑 바르트였죠. 그는 여러 면에서 아직도 제게 가장 큰 영향을 주고 있는 저자입니다. 아주 큰 주제(사랑, 문학의 의미, 사진)에 대해 획기적일 정도로 참신한 형식과 독창성을 가지고, 직설적이기보다는 에둘러 접근하는 그의 방식에 제가 반응한 거지요. 사진에 대한 그의 에세이 『카메라 루시다Camera Lucida』는 고도의 엄정성을 갖춘 개인적인 에세이가 어떤 것인지를 보여주는 하나의 표본입니다. 그가 쓴 『사랑의 단상A Lover's Discourse』을 읽지 않았다면 저의 첫 책 『왜 나는 너를 사랑하는가On Love』는 쓸 수 없었을 겁니다. 바르트가 제게 형식 차원에서의 용기와 참신함이 무엇인지를 가르쳐줬지요.

가장 최근에 당신의 눈물을 자아낸 책은 무엇이었습니까?

주디스 커의 유쾌한 어린이책 『간식을 먹으러 온 호랑이The Tiger Who Came to Tea』를 읽을 때마다 항상 눈물을 글썽이게 됩니다. 소피라는 여자아이와 소피의 어머니가 살고 있는 집에 차 마시는 시간이 되면 뜬금없이 나타나는 호랑이에 관한 이야기지요. 그들이 공포에 질려 놀랄 거라고 예상하시겠지만, 그들은 이 방문객의 등장을 완전히 자기네들만의 방식으로 받아들입니다. 그들이 보여주는 반응은 우리로 하여금 살면서 부닥치게 되는 예기치 못한 도전에 대해서 탄력성과 적절한 유머감각을 가지고 접근하도록 은근히 유도하지요.

가장 최근에 당신을 웃게 만든 책은요?

요즘 영국의 정신분석가 필리파 페리가 쓴 『심리치료극장Couch Fiction』이라는 논픽션 만화를 읽고 있어요. 그 책은 제가 읽었던 정신분석에 관한 책 가운데 최고의 단행본이라고 말할 수 있을 것 같습니다. 한 남자에게 정신분석을 하면서 그의 어머니나 여자친구와 생기는 일련의 문제들을 풀어내려는 시도를 하는데, 그 과정에 독자도 함께 참여하도록 유도하지요. 준코 그라트가 그린 그림과 말풍선을 곁들여서요. 끝없이 우리의 관심을 끌어당기고, 매번 깊숙이 폐부를 찔러 사유를 자극하는 책입니다.

가장 최근에 당신을 화나게 만든 책은 무엇이었나요?

조너선 사프란 포어의 뛰어난 책 『동물을 먹는다는 것에 대하여 Eating Animals』를 읽고 나서 식품 산업에 정말 화가 났었지요. 그후 몇 년이 지난 지금, 저는 어떤 책을 읽고서 깊은 인상과 감동을 받은 사람이 분개하는 일 외에는 전혀 아무것도 하지 않고, 온갖 좋은 주장을 그저 간직하기만 한 채로 살아간다는 사실이 무척 당황스럽고 정말 걱정이 됩니다. 진실성 없이 건성으로 읽고 마는 독자의 손에 들어간 책이 얼마나 무력한 것인지를 보여주는 무시무시한 증거 같아서 말이에요.

지금까지 읽은 책 가운데 최고의 러브 스토리는 무엇입니까?

괴테의 『젊은 베르테르의 슬픔』은 서구에서 사랑에 관해 생각해낸 모든 주제들을 추출한 책인 것 같습니다. 미성숙에 관한 고찰이기도 하고요. 샤를로테를 향한 베르테르의 사랑은 그 사랑을 돌려받지 못한다는 사실에 기대고 있지요. 만약에 그녀가 순순히 구애에 응했다면 그의 사랑은 아이 돌보기 같은 일상 속에 시들어 꺼져버리고 말았겠지요. 다른 말로 하자면, 그 작품은 성숙한 관계는 과연 어떤 모습이어야 하는가 하는 부분에서 전형적 사랑 이야기가 우리를 얼마나 무방비 상태로 내버려두는지를 교묘하게 지적하는 사랑 이야기라는 거죠. 그 책은 사전에 아무런 경고도 하지 않고 젊은이들한테 권하면 좋을 것 같아요.

건축가 가운데 좋은 작가이기도 하다고 생각하는 사람이 있습니까? 건축 분야에서 가장 좋아하는 책은 무엇입니까?

르코르뷔지에는 뛰어난 작가입니다. 그의 아이디어가 많은 영향력을 확보하게 된 것은 그가 진짜 설득력 있게 글을 잘 썼기 때문이었지요. 그의 문체는 극도로 명료하고 무뚝뚝하고 익살맞으며 가장 좋은 의미에서 논쟁적입니다. 그의 책에는 해설문과 이미지도 아름답게 배치해놓았지요. 그의 책 가운데 『건축을 향하여Towards a New Architecture』를 추천합니다. 르코르뷔지에의 스타일을 수많은 다른 건축가들이 흉내내왔지만, 그로부터 문학과 산문 스타일을 제대로 배운 사람이 매우 적다는 사실은 정말로 애석한 일입니다.

고인이 되었거나 살아 있는 작가들 가운데 누구라도 만날 수 있다면, 누구를 만나고 싶습니까? 만나면 무엇을 알고 싶은가요?

존 러스킨을 만나고 싶을 것 같아요. 그는 제게 커다란 영향을 미쳤고, 이상적인 사회(건축과 도덕적 수준에서)에 대한 별난 비전으로 끊임없이 제게 영감을 제공해주었으니까요. 자신이 슬프고 박해받고 외롭고 제대로 이해받지 못한다고 느꼈지요. 그를 만나면 그의 친구가 되려고 노력할 것 같아요.

그러면 문학 속의 인물을 만날 수 있다면 누구를 만나고 싶은가요?

프루스트의 알베르틴은 대하기 편한 상대는 아니겠지만 만남 자체로 충분한 보상을 받을 것 같아요. 제 눈에는 그녀가 양성적인 성향을 지녔다기보다는 적당히 예의 바르고 말괄량이인 여성 같지만요.

시대를 통틀어 가장 좋아하는 작가는 누구입니까? 동시대 작가들 가운데는요?

지금껏 살아오면서 저는 몽테뉴, 스탕달, 프로이트, 그리고 W. H. 오든 등의 작가들한테 차례로 빠져들었습니다. W. G. 제발트와 리샤르드 카푸스친스키에 대해서 생각을 많이 하고요. 세대는 다르지만 우리 시대의 작가라고 할 수 있는 노먼 메일러를 좋아합니다. 많은 이들에게서 잊혀버린 그의 『달에 있는 불에 관하여Of a Fire on the Moon』는 저를 매혹하는 책입니다. 더 많은 사람들이 읽어볼 필요가 있는, 테크놀로지와 미국에 관해 거침없이 쓴 웅대한 에세이죠. 살아 있는 작가들 중에서는 밀란 쿤데라, 미셸 우엘벡, 필립 로스, 니컬슨 베이커를 무척 좋아합니다.

젊은이한테 어른이 될 준비를 하기 위해 다른 어떤 책보다도 먼저 꼭 읽어야 할 책 목록을 줘야 한다면 그 목록에 어떤 책을 넣으시겠습니까?

젊은이들한테 시어도어 젤딘의 『인간의 내밀한 역사Intimate History of Humanity』를 권하고 싶어요. 역사의 큰 주제를 개인의 요구와 연결시키려는 아름다운 시도를 하고 있는 책입니다. 에른스트 곰브리치의 『예술과 환영Art and Illusion』도 읽어보라고 하고 싶네요. 시각예술과 심리의 세계를 열어주는 책이지요. 청소년기에는 낙담할 일들이 많이 생기니까, 그럴 때는 파스칼이나 시오랑 같은 염세주의자들로부터 위안을 얻으라는 얘기를 해주고 싶고요. 특히 시릴 코널리(팔리누루스라는 가명으로 쓴)의 『고요하지 않은 무덤』이라는 슬프고 통렬하고 탐구적인 작은 책을 건네주고 싶어요.

다음으로 어떤 책을 읽으실 계획입니까?

크리스 웨어의 새 책 『빌딩 이야기Building Stories』를 빨리 읽어보고 싶습니다. 아쉽게도 품절됐다가(정말 어이없는 관리 소홀이죠) 막 다시 나왔거든요. 막간을 이용해서는, 마셜 매클루언에 관한 더글러스 코플런드의 얇은 새 책으로 멋진 시간을 보내게 될 것 같고요.

애너 퀸들런
Anna Quindlen

모든 시기를 통틀어서 지금까지 읽은 책들 가운데 가장 좋아하는 책은 무엇입니까?

꼭 가장 좋아하는 자식이 누구냐는 질문을 받는 느낌이네요. 『미들마치』로 해야 할까요? 완벽한 책이라고 생각하니까요. 비록 엘리엇의 다른 책에는 이렇게까지 흠뻑 빠진 적은 없지만 말이에요. 아니면 『황폐한 집』이라고 말씀드려야 할까요? 디킨스의 모든 작품으로부터 정말로 배운 게 많으니까요. 어쩌면 『오만과 편견』? 다 읽고 나서 책장을 덮을 때마다 완벽하게 만족스럽거든요. 승자를 결정하기가 너무

• 애너 퀸들런은 『어느 날 문득 발견한 행복A Short Guide to a Happy Life』 『실물 교육Object Lessons』 『빵 부스러기가 흩어져 있는 고요한 삶Still Life with Breadcrumbs』 『단 하나의 진실One True Thing』 등을 썼다.

힘든데요.

이상적인 독서 경험에 대해서 말씀해주세요(언제, 어디서, 무엇을, 어떻게 읽는지).

저는 거의 어디서나 읽을 수 있어요. 지하철, 비행기, 자동차(제가 운전하는 동안은 빼고요), 아무데서나요. 하지만 거실 한쪽 구석에 오토만이 딸린 큰 1인용 의자가 있는데 거기가 아마 제가 가장 좋아하는 곳일 거예요. 주로 저녁때요. 때로는 종이책으로, 때로는 아이패드로 읽습니다. 그 의자를 독서용으로, 그 옆에 놓여 있는 작은 테이블은 읽던 책을 내려놓는 용도로 특별히 마련했지요.

가장 좋아하는 작가는 누구입니까?

디킨스, 오스틴, 워턴, 포크너입니다. 살아 있는 작가들 가운데는 앨리스 맥더모트, 돈 드릴로, 러셀 뱅크스를 좋아하고요. 시어도어 드라이저와 포드 매덕스 포드와 존 골즈워디도 정말 좋아합니다. 뛰어난 사람들이 제 실력을 발휘하지 못하는 것을 보는 건 슬픈 일이죠. 늘 그들이 다시 본궤도에 오르기를 희망합니다.

여성 저널리스트들이 쓴 책 가운데 가장 좋았던 건 무었이었나요?

지금 이 순간에 완벽 그 자체인 캐서린 부의 『안나와디의 아이들』로 시작하지 않고 그 질문에 답하는 건 불가능할 것 같네요. 작년에 북투어를 다녔을 때 제 책보다 그 책 얘기를 더 많이 했을 정도입니다. 에이드리언 니콜 르블랑의 『무작위 가족Random Family』은 제가 지금까지 읽었던, 미국에서 가난하다는 게 무엇인지에 대해서 쓴 책들 중 최고의 책 가운데 하나입니다. 로라 리프먼의 소설도 빠뜨릴 수 없지요. 「볼티모어 선The Baltimore Sun」지의 기자였는데, 소설에서도 여전히 기자의 눈을 간직하고 있더군요. 작년에 「시카고 트리뷴」지에서 일하던 줄리아 켈러가 웨스트버지니아에서 『언덕에서 일어난 살인A Killing in the Hills』이라는 추리소설집을 출간했는데, 다음 책을 기다리게 되더라고요.

요즘 가장 좋아하는 여성 작가는요?

범죄소설로 칭해지지만 장르를 초월하는 놀라운 소설을 쓰는 몇몇 여성 작가가 있어요. 저는 데니즈 미나, 타나 프렌치, 그리고 케이트 앳킨슨이 쓴 신간은 나오자마자 손에 넣습니다. 힐러리 맨틀은 마침내 무릎을 꿇고 경의를 표해야 할 정도의 수준에 도달했고요. 하지만 누구나 지금까지 출간된 책들을 한번 찾아서 읽어볼 필요가 있는 여성 작가가 몇 명 있습니다. 메리 웨슬리도 지금보다는 미국에서 좀더 잘 알려질 필요가 있는 작가죠.

어떤 종류의 이야기에 끌리십니까? 피하는 이야기 종류는요?

제게 '실험소설'은 '쉴 틈을 좀 줘요'와 동의어입니다. 그리고 저는 과학소설에 끌린 적이 한 번도 없어요. 그 외에는 잡식성이에요.

당신의 책장에 있는 책들 가운데 우리가 보면 놀랄 만한 책은 무엇입니까?

예쁜 조젯 헤이어 전집이요. 그런데 놀라실 필요는 없어요. 문학 귀족을 자처하는 속물이라면 다 가지고 있는 거니까요. 헤이어는 전형적인 에로틱한 연애소설을 썼지만, 사실 그녀의 19세기 섭정시대 소설은 섬세하게 조각된 도피주의, 말하자면 영혼을 위한 감자칩이죠. 〈다운튼 애비〉(20세기 초 한 영국 귀족 가문의 이야기를 다룬 시대극으로, 텔레비전 시리즈물로 제작·방영되고 있다—옮긴이)를 좋아했던 사람이라면 조젯 헤이어도 아주 맘에 들어할 거예요.

자기계발서도 읽으시나요? 추천하시고 싶은 책이 있다면요?

저한테는 시 전집이 많아요. 그게 제 나름의 자기계발서죠. 예이츠, 로버트 로웰, W. S. 머윈. 제 책에는 대부분 저를 이끌고 가줄 짧은 시가 경구처럼 들어가 있습니다. 가장 최근에 나온 제 책은 레이먼드 카버의 묘비명에 새겨져 있는 시 「못다 한 말 한 조각Late Fragment」으로 시작합니다. 안타깝게도 요즘엔 시를 읽는 사람이 별로 없지요.

선물로 받은 책 가운데 최고의 책은 무엇입니까?

크리스토퍼 크로바틴의 『헤비메탈과 당신Heavy Metal and You』의 초판본이요.

당신에게 가장 큰 영향을 미친 책은 무엇인가요?

아, 꼭 미스 아메리카가 하는 대답 같긴 하지만, 성경이에요. 저는 가톨릭 집안에서 자랐기 때문에 제 모든 열망, 영감, 정치적 입장으로부터 신약을 분리시키는 건 힘든 일이에요. 제가 진보주의자가 된 건 산상수훈 때문이니까요.

대통령께 단 한 권의 책을 권할 수 있다면, 어떤 책을 권하시겠습니까?

데이비드 핼버스탬이 쓴 『최고의 인재들The Best and the Brightest』이요. 똑똑한 사람들이 정책에서 나쁜 결정을 하고 나서, 나중에 자신이 틀렸다는 걸 부인함으로써 그 결과에 대해 눈을 감아버립니다. 조지 W. 부시 전 대통령이 이라크를 침략하기 전에 그 책을 읽어봤더라면 좋았을 텐데 말이지요.

어렸을 때 주변에 책이 많았나요? 어렸을 때 누가 책을 읽어준 기억이 있습니까?

저희 가족과 가깝게 지냈던 분 중에 지하실에다 도서관처럼 책장을 배치해서 수백 권의 책을 보관해두던 분이 계셨어요. 그 아주머니가 바로 제게 『림버로스트의 소녀A Girl of the Limberlost』 『빨간 머리 앤Anne of Green Gables』, 그리고 벳시-태시Betsy-Tacy 시리즈를 소개해주신 분이죠. 당시에 마치 미국 조폐국으로 들어가는 양 그 집 계단을 내려가곤 했었지요.

어린 시절에 읽었던 문학 책 속에 가장 좋아했던 인물이나 영웅이 있나요?

『작은 아씨들Little Women』에 나오는 조 마치요. 조는 작가가 되고 싶어했고, 작가가 됐지요. 자신이 예쁘지 않다는 것에 대해서 더이상 신경쓰지 않게 됐고요. 어머니가 남북전쟁에 참전한 아버지를 방문할 수 있도록 자기 머리카락을 잘라서 팔기도 했지요. 그녀가 로리와 결혼하지 않은 걸 용서할 정도로 그녀를 좋아했답니다.

응접실 탁자 위에는 무슨 책이 놓여 있습니까?

스티븐 손다임의 두 권짜리 회고록이자 글쓰기 입문서이자 뮤지컬 안내서인 『일을 끝내다Finishing the Hat』와 『이것 봐, 내가 일을 냈어Look, I Made a Hat』가 있습니다. 글을 쓸 때면 항상 손다임의 음악을 듣거든요.

실망스럽거나, 과대평가되었거나, 신통치 않은, 좋아해야 마땅하지만 당신에게는 그렇지 않았던 책이 있습니까? 가장 최근에 끝내지 못하고 내려놓은 책이 있다면요?

나이가 들어서 더이상 우리 몸에 맞지 않기 때문에 되돌아가면 안 되는 책들이 있습니다. 그런 책들은 청소년기의 호박 보석으로 보존해두어야지요. 『호밀밭의 파수꾼』은 열다섯 나이에는 천재적인 작품으로 보이지만 서른다섯이 되면 그렇게까지 열광하지는 않게 되죠. 제가 고등학생이었을 때는 에인 랜드가 정말 대단하다고 생각했지만 지금은 놀랍다고 생각되는 유일한 점이 제가 그렇게 느꼈다는 사실이에요. 내려놓은 책 부분은 그냥 통과할게요. 필립 로스만큼이나 저명한 어느 작가가 제게 말하길, 글쓰기는 좌절과 굴욕을 안겨준다는 겁니다. 누구도 「타임스」에서 누군가가 자기 책을 세 챕터 읽고 집어던졌다는 이야기를 읽으면서 더 굴욕을 느낄 필요는 없지요.

고인이 되었거나 살아 있는 작가들 가운데 누구라도 만날 수 있다면, 누구를 만나고 싶습니까? 만나면 무엇을 알고 싶은가요?

그길로 재앙이죠. 책은 작가들이 뭔가 다른 존재, 그 이상의 존재, 뭔가 더 위대한 존재가 되는 방식입니다. 디킨스와의 저녁식사는 실망스러운 것이 될 수도 있을 겁니다. 살아 있는 작가들 가운데 꼭 자신이 쓴 책처럼 훌륭한 작가들을 만나본 적이 가끔 있습니다. 하지만 거들먹거리기 좋아하고 자기중심적 강박에 빠져서 저한테서 그들의 책을 망쳐버린 작가들도 있지요.

문학 속 인물을 만날 수 있다면 누구를 만나고 싶으세요?

엘리자베스 베넷이요. 펨벌리 일대를 파워워킹으로 같이 걷는다면 우린 분명히 단짝 친구가 될 거예요. 그러면 다아시Darcy(『오만과 편견』에 나오는 남자주인공으로, 나중에 엘리자베스와 연인으로 맺어지게 되는 인물—옮긴이)와도 같이 어울리게 되겠죠.

다음으로 어떤 책을 읽으실 계획입니까?

케이트 앳킨슨의 새 책이 나왔답니다!

앤 라모트
Anne Lamott

지금 침대 머리맡에는 어떤 책이 놓여 있나요?

미키 웰시의 『집시 소년Gypsy Boy』, 크리스티나 앨저의 소설 『달링The Darlings』, 그리고 알레시아 블랙의 훌륭한 소설집 『네가 사랑스러울지 알고 있었어I Knew You'd Be Lovely』 이렇게 세 권이 있어요. 블랙의 소설집을 읽는 내내, 훌륭한 작가였던 로리 콜윈이 자꾸 떠오르더라고요.

• 앤 라모트는 『작동 설명서Operating Instructions』 『글쓰기 수업Bird by Bird』 『마음 가는 대로 산다는 것Traveling Mercies』 『일부 조립 필요Some Assembly Required』 『가벼운 삶의 기쁨Help, Thanks, Wow』을 비롯한 수많은 책을 썼다.

언제, 어디서 책 읽는 걸 좋아하십니까?

오후에는 가능한 한 오랜 시간 책을 읽으며 보내는 걸 좋아합니다. 현실이 그 추한 머리를 들이밀 때까지는 말이지요. 낮 시간에는 거실에 있는 소파에서 책을 읽는데, 이때는 주로 논픽션이나 「뉴요커」를 읽어요. 그리고 열한시까지는 잠자리에 들어서 한 시간가량 책을 읽다가 자는데, 그때는 주로 소설을 읽지요. 가끔 아침 일찍 일어나 손님방으로 슬쩍 들어가서 책을 읽는 경우도 있고요. 저 혼자 살기 때문에 이 방 저 방 들어가는 게 그냥 제 기분에 따라서 그러는 거긴 하지만요. 한 번에 여러 종류의 글을 읽는 건 말하자면 즐거운 십자가의 길을 걷는 것과 같아요. 아침마다 침대에서 「뉴욕 타임스」와 「샌프란시스코 크로니클」을 읽으며 하루를 시작해 소파나 손님방에서 책을 읽으며 하루를 마감하고 다시 침대로 돌아오는 식으로 말이죠.

최근에 읽은 책 가운데 정말로 훌륭하다고 생각했던 책은 무엇입니까?

캐서린 부가 뭄바이 슬럼가에서의 삶에 대해 쓴 『안나와디의 아이들』이요. 훌륭한 소설만큼이나 눈을 못 떼게 만드는 논픽션이에요. 어찌나 완벽하리만치 섬세하고 강렬한 책이던지 읽고 나서 속이 다 울렁거릴 정도였어요. 그만치 훌륭하고 완벽한 책은 저는 절대 못 쓸 것 같아요. 애덤 혹실드가 제1차 세계대전에 대해서 쓴 『모든 전쟁을 끝내기 위하여To End All Wars』를 읽었을 때와 똑같은 느낌이 들더군요. 그저 이 모든 상황에 구역질이 났죠. 혹실드는 제가 30년간 알아온 사람이기 때문에 완전히 객관적이라고 할 수는 없겠지만 말이에요. 주노 디아스의 『오스카 와오의 짧고 놀라운 삶The Brief Wondrous

Life of Oscar Wao』도 탁월하고요. 더글러스 포스터가 쓴 『만델라 이후After Mandela』는 아파르트헤이트 이후에 벌어진 남아프리카의 자유를 위한 투쟁에 관해 이야기하는 강렬한 서사시적 논픽션이에요. 그는 제 가장 친한 친구 중 한 명이라, 제가 조금이라도 그의 작품을 언급하는 게 적법한 일인지 모르겠지만요. 만약에 그를 제 친구 목록에서 뺄 거라고 약속한다면, 그의 책을 여기에 포함시켜도 되는 건가요?

스스로를 소설 애호가라고 생각하시나요, 논픽션 애호가라고 생각하시나요? 가장 좋아하는 문학 장르는 무엇입니까? 죄책감을 느끼면서 즐기는 책이 있나요?

논픽션과 소설을 비슷한 정도로 읽어요. 회고담과 문예소설을 아주 좋아하고요, 남몰래 법정 스릴러도 즐겨 읽지요. 그런데 존 그리셤의 가장 최근 소설은 끝까지 읽지 못했어요. 무슨 기준은 있어야죠. 아무리 낮은 기준이라 해도요. 제가 떳떳지 못한 마음으로 남몰래 하는 일은, 목요일마다 「피플」 「US 위클리」 「내셔널 인콰이어러」 같은 잡지를 산다는 거죠. 누가 이것에 관해서 물어오면, 그저 웃자고 한 얘기라고 거짓으로 둘러대겠지요. 「내셔널 인콰이어러」를 열심히 읽고 있는데 전화가 오면 종종 이렇게 얼버무리거든요. "나야 뭐, 드러누워서 이번에 나온 「뉴요커」를 읽는 중이었지."

당신의 인생을 바꿔놓은 책이 있다면요?

매들렌 렝글의 『시간의 주름』이 저를 구원했지요. 그 책은 제가 어렸을 때 느꼈던 슬픔과 소외의 감정을 너무도 잘 포착해놓았거든요.

그 책이 나왔을 때가 제가 여덟 살, 그러니까 3학년 무렵이었는데, 그땐 그걸 전부 곧이곧대로 믿었죠. 플롯, 사람들, 그들이 겪는 감정적인 진실이 전부 사실이라고 말이지요. 이 세계는 결코 저한테 맞는 곳이 아니었지만, 그 책 덕분에 제 소외감은 엄청나게 줄어들었고, 그 이후로 훌륭한 책들이 전부 다 그런 역할을 해주었죠. 아마 그 책을 열두 번도 더 읽었을 거예요.

대통령께 단 한 권의 책을 권할 수 있다면 어떤 책을 권하시겠습니까?

돌아가신 제 아버지 케네스 라모트의 논픽션 작품 『반反캘리포니아: 미국 최초의 의사파시즘 주로부터의 보고서Anti-California』를 권해드릴 것 같네요. 로널드 레이건이 주지사였을 당시에 관한 이야기죠. 저는 버락 오바마 대통령이 아버지의 이 놀라운 책을 들고 읽는 모습을 즐겨 상상하곤 해요. 그건 아버지께서 다시 살아나신다는 걸 의미하니까요. 책은 시공간의 연속성 바깥에 존재하는 살아 있는 유기체니까요.

이상적인 독서 경험은 어떤 것입니까? 웃게 하는 책이 더 좋으세요, 울게 하는 책이 더 좋으세요? 교훈적인 책과 낯선 곳으로 데려가주는 책 가운데 어느 쪽을 더 좋아하시나요?

예전에는 책을 읽다가 웃음을 터뜨리는 일이 많았고 그런 게 정말 좋았어요. 찰스 포티스나 도로시 파커를 읽으면서 눈물이 날 정도로 웃었던 적도 많고요. 지금은 책 한 권을 집어들고 두 페이지 정도 읽다가, 앞으로 열흘 정도는 계속해서 다시 돌아가게 될 책을 확보

했다는 사실에, 놀랍고 감사한 마음으로 머리를 흔들지요. 『포이즌우드 바이블The Poisonwood Bible』 『미들마치』 『야수의 정원In the Garden of Beasts』 같은 책을 두어 페이지 읽고 나서 혼자 이렇게 중얼거렸죠. "그렇지, 됐어."

어렸을 때 가장 좋아했던 책은 무엇인가요? 아이들한테 읽어주고 싶은 책은 무엇인가요?

어렸을 때 E. B. 화이트를 정말 좋아했었죠. 『스튜어트 리틀Stuart Little』, 『샬롯의 거미줄Charlotte's Web』 같은 책 말이지요. 제가 어린아이였을 때인 1950년대에는 부모들이 자기 아이들한테 로버트 루이스 스티븐슨, 러디어드 키플링, 로알드 달을 읽어줬죠. 『시간의 주름』, E. B. 화이트, 루이자 메이 올컷도요. 부모님이 그런 책을 읽어주셨던 기억이 저의 가장 소중한 추억으로 남아 있지요. 아버지께서 기독교를 싫어하셔서 어른이 될 때까지 나니아는 못 읽어봤지만요. 나중에 읽어보니까 정말 훌륭한 책이더라고요. 저도 아들한테 『시간의 주름』, E. B. 화이트, 로알드 달, 『해리 포터』를 읽어주었지요.

실망스럽거나, 과대평가되었거나, 신통치 않은, 좋아해야 마땅하지만 당신에게는 그렇지 않았던 책이 있습니까?

아무리 애를 써도 조너선 프랜즌은 즐기지 못하겠더라고요. 『인생수정Correction』을 끝까지 못 읽었고, 『자유Freedom』는 우스울 정도로 과대평가됐다는 생각이 들었어요. 어쩌면 그 책이 너무 큰 성공을 거둬서 제가 좀 삐딱하게 보는 건지도 모르죠. 『시핑 뉴스The Shipping News』

도 읽기가 힘들었는데, 그 책이 출간됐을 때 그 작가와 제가 같은 출판사에서 책을 내고 있었기 때문에 좋아하는 척했던 적이 있어요. 읽으면서 짜증이 났는데, 나중에 그녀가 사람들의 삶을 바꿔놓을 정도로 훌륭한 단편들을 썼기 때문에 결국 모든 걸 용서했지요.

고인이 되었거나 살아 있는 작가들 가운데 누구라도 만날 수 있다면, 누구를 만나고 싶습니까? 만나면 무엇을 알고 싶은가요?

잘랄루딘 루미나 버지니아 울프를 만나보고 싶어요. 그 어느 작가보다도 좋아하는 작가들이니까요. 그들이 제 앞에 있으면 아무 말도 못할 것 같아요. 그냥 그들 앞에 앉아서 자폐증 환자처럼 몸만 까딱거리고 있겠지요. 사실, 그들이 이미 쓴 것 이외에 제가 알 필요가 있는 건 없어요.

독서 습관이 궁금합니다. 종이책을 읽으시나요, 전자책을 읽으시나요? 읽으면서 메모를 하시나요? 저자에게 편지를 써본 적이 있습니까?

많은 작가들한테 편지를 썼지요. 『행복은 항상 우리 곁에Happy All the Time』를 여러 차례 읽고 그 책에 대해서 주위에 막 떠들고 다니던 시절에 로리 콜윈한테 편지를 보낸 적이 있어요. 그녀가 보내준 쪽지를 20년 동안 보관하고 있죠. 앨리스 애덤스도 스물여섯에 제 첫 소설이 나왔을 때 자상한 편지를 보내줬는데, 너무 들뜬 나머지 그녀한테 답장을 쓰면서 우표를 한 뭉치 동봉해서 보낸 일이 있어요. 대체 무슨 생각이었는지 모르겠어요. 인기 스타에 완전히 반해서 충동적으로 저지르는 행동 같은 거였죠.

저는 종이책도 읽고 전자책도 읽어요. 그런데 저희 출판사에는 이런 말은 하지 말아주세요. 전자책은 즉각적인 욕구를 충족시켜줘서 좋아요. 어딘가에서 흥미가 당기는 서평을 읽고 나서 바로 5분 뒤에 그 책을 읽을 수 있으니까요. 적어도 그게 잘못된 거라는 건 알지만요. 하지만 뭐니뭐니해도 손에 인쇄된 책을 드는 건 신성한 경험일 수 있지요. 종이의 무게감, 책장을 넘길 때 나는 산들바람 같은 소리, 이런 것들 말이지요. 저한테는 인쇄된 책이 성전이나 도서관이나 해변처럼 신성한 공간으로 느껴져요.

어떤 책이 작가가 되고 싶은 마음이 들게 했나요?

『내 이름은 삐삐 롱스타킹Pippi Longstocking』 외에 말인가요?

제롬 데이비드 샐린저의 『아홉 가지 이야기Nine Stories』를 읽고 완전히 딴 세상 사람이 된 기분이 들었죠. 아직도 「에스메를 위하여: 사랑, 그리고 비참함으로」를 처음 읽었을 때의 느낌이 생생해요. 상처입은 병사와 어린 소녀의 가슴 저미는 이야기에 그저 눈물만 줄줄 흘렸죠. 「테디」도요. 사실상 성자라고 할 수 있는 소년 테디가 배에 함께 탄 기자한테, 어린 동생이 한 잔의 우유를 마시는 모습을 보면서 신이 어떤 존재인지를 처음으로 깨달았다고 말하는 장면이 아직도 기억에 남아 있어요. 목구멍으로 넘어가는 것도 신이고, 그걸 마시는 것도 신이라는, 그 비슷한 얘기였죠. 어쩌면 제가 생각했던 것보다 그렇게까지 잘 기억하고 있는 게 아닌지도 모르겠네요. 하지만 그 이야기가 제 영혼과 어린 작가로서의 저, 둘 다를 완전히 바꿔놓았지요. 그 통찰력과 이야기의 간결성 모두 저한테 와닿았으니까요.

아, 그리고 부 부 글래스가 나오는 「바나나피시를 위한 완벽한 날」과 「작은 보트에서」도요. 「코네티컷의 비칠비칠 아저씨」도 그렇고요. 아, 시작을 말아야죠……

쓰신 책 가운데 어느 책이 가장 마음에 드십니까?

아마도 『작동 설명서Operating Instructions』 『글쓰기 수업Bird by Bird』, 그리고 『마음 가는대로 산다는 것Traveling Mercies』을 가장 좋아하는 것 같아요. 사람들한테 가장 도움이 된 책들이니까요.

지금까지 읽으신 회고담 가운데 최고는 무엇입니까?

토머스 머튼이 쓴 『칠층산The Seven Storey Mountain』이 정말 좋았어요. 나보코프의 『말하라, 기억이여』도 진짜 대단하고요.

다음으로 어떤 책을 읽으실 계획입니까?

앤 패칫의 『경이의 땅State of Wonder』을 읽으려고요. 조만간 북 투어를 떠날 계획인데, 이 책이 고도의 지성과 가독성을 이상적으로 배합한 책인 것 같아 보여서요. 유일한 문제는 그 겉표지의 뱀들인데요. 뱀이 안 들어간 다른 판본이 있을지도 모르죠.

앤 패칫
Ann Patchett

올해 읽은 책 가운데 최고의 책은 무엇입니까?

앤서니 마라의 『생명 현상A Constellation of Vital Phenomena』이요. 그리고 아래에 언급한 책들 전부요. 저한테는 멋진 독서의 해였어요.

이상적인 독서 경험에 대해서 말씀해주세요(언제, 어디서, 무엇을, 어떻게 읽는지).

최고의 시나리오는, 그 책에 대해서 아무것도 모르고 그걸 읽는 게 제 유일한 임무인 상황이지요. 예를 들어, 제가 조앤 K. 롤링을 인터뷰해야 했던 적이 있었는데 그 때문에 그녀의 『캐주얼 베이컨시The Casual

• 앤 패칫은 『벨칸토Bel Canto』『경이의 땅State of Wonder』『거짓말쟁이들의 수호성인The Patron Saint of Liars』『진실과 아름다움Truth and Beauty』 등을 썼다.

Vacancy』를 원고 뭉치로 읽게 됐어요. 저는 그 책이 정말 훌륭하다고 생각했어요. 막상 책이 나오고 나서 그저 그런 평이 나오니까 좀 어리둥절하더군요. 그때 그 책에 대해서 저만의 경험을 할 수 있어서 정말 운이 좋았다고 느꼈죠. 최근에는 도나 타트의 소설 『황금방울새』를 그런 식으로 읽었는데, 800장의 원고 뭉치뿐, 무슨 이야기가 펼쳐질지 아무런 정보가 없는 상태였어요. 사흘 동안 소파에 앉아서 책만 읽었지요. 도나의 소설은 자주 나오지 않기 때문에 그녀의 소설에 대해서는 사람들의 기대치가 높은 편인데, 이번 작품은 완전히 홈런을 친 거죠.

특정 책을 집어들고 싶게 만드는 특별한 동인이 있나요? 표지, 제목, 광고 문구, 서평, 친한 친구의 말 등에 마음이 흔들리는 편입니까?

저는 그 모든 것에 마음이 움직여요. 그래서 가끔씩 그저 원고 뭉치로만 책을 읽는 게 좋습니다. 잘 쓰인 호평에는 늘 마음이 이끌립니다. 제임스 맥브라이드의 『굿 로드 버드The Good Lord Bird』에 대한 바즈 드레이싱어의 서평은 설득력이 얼마나 강했는지 그걸 읽고는 곧바로 서점으로 달려가서 한 권을 샀더랬지요. 맥브라이드에 대해서 그 칭송의 말 한마디 한마디가 하나도 아깝지 않다는 말을 할 수 있어서 기쁜 마음입니다. 올해 바버라 킹솔버가 쓴 두 개의 멋진 서평도 읽었는데요, 하나는 캐런 조이 파울러의 『우리는 모두 완전히 미쳤다We Are All Completely Beside Ourselves』, 다른 하나는 엘리자베스 길버트의 『모든 것의 이름으로The Signature of All Things』에 대한 것이었어요. 그 두 책 모두를 아주 맘에 들어한 킹솔버의 말이 전부 정확하다고 생각했어요.

서점을 운영하는 게 읽을 책을 결정하시는 데 어떤 변화를 가져왔나요?

이 인터뷰를 2년 전에 했었다면, 헨리 제임스의 『대사들The Ambassadors』을 다시 읽으면서 얼마나 즐거웠는지 말하고 있었을 텐데요. 파르나소스(앤 패칫이 전직 출판인 캐런 헤이에스와 함께 운영하는 테네시주 내슈빌에 있는 독립서점—옮긴이) 덕분에 아주 시류에 밝은 독자가 됐어요. 교정쇄도 많이 읽고요. 서점에 오는 사람들의 책도 읽지요. 헨리 제임스를 읽으며 보냈던 시간이 그립지만, 이 일도 더할 나위 없이 즐기고 있어요.

간과되거나 과소평가된 작가들 가운데 가장 좋아하는 작가에 대해서 선전할 기회를 드릴게요.

제프리 울프요! 빈티지 출판사측에 『해변에서의 하루A Day at the Beach』를 다시 출간해달라고 요청했어요. 11월에 있을 제 북 투어에 가져갈 수 있도록 말이지요. 제가 울프의 전 작품에 대해 열성 팬이지만, 이 책은 제가 아는 에세이집 가운데 최고입니다. 제가 점점 설득력 있는 책 판매상이 돼가고 있는 중인데, 이 책을 한번 팔아볼 생각이에요.

선물로 받은 책 가운데 최고의 책은 무엇입니까?

지금은 절판된 닉 워플링턴의 사진집 『거실Living Room』이요. 몇 년 전에 사진작가 멜리사 앤 피니가 제게 선물한 책이에요. 아직도 저희 집에 오시는 모든 분들에게 보여주고 싶은 책입니다. 일러스트레이터 배리 모저는 정말 좋은 친구인데, 그가 몇 년간 제게 준 그의 책들은 집에 불이 난다면(남편과 개가 이미 탈출했다는 가정하에) 제일 먼저 집어들고 나갈 물건일 겁니다.

가장 좋아하는 회고록에 대해서 듣고 싶습니다.

아마 에드위지 당티카의 『형, 나는 죽어가고 있어 Brother, I'm Dying』일 거예요. 그녀의 새 소설 『바다 빛 클레어 Claire of the Sea Light』도 정말 좋았고요. 그녀는 제 가슴을 어떻게 무너뜨리고 그걸 다시 제자리로 갖다 놓을지 정확하게 알고 있어요. 패티 스미스의 『저스트 키즈』는 어리다는 것, 그리고 예술가가 되기를 열망하고, 의미 있는 삶을 살고 싶다는 게 어떤 느낌인지 다시 떠올리게 해주었어요. 그리고 모스 하트의 『1막 Act One』도 있지요. 『1막』은 서점을 운영하는 일이 주는 최고의 기쁨 가운데 하나입니다. 사람들에게 그걸 하루종일 권할 수 있으니까요.

당신에게 가장 큰 영향을 미친 책은 무엇입니까?

『샬롯의 거미줄』을 읽고 나서 양아버지께서 제 아홉 살 생일에 사주신 돼지에 엄청 집착하게 됐어요. 제가 채식주의자가 된 건 다 그 돼지 때문이에요. 그건 그야말로 충격이었지요.

어렸을 때 주변에 책이 많았나요? 어렸을 때 누군가가 책을 읽어준 기억이 있습니까?

저는 책이 넘치도록 많은 집에서 자랐어요. 부모님이 책을 읽으시던 기억은 있지만 그분들이 저한테 책을 읽어주신 기억은 없어요. 불만을 가지고 얘기하는 건 아니고요. 두 분은 책을 정말 사랑하셨어요. 부모님께서 책을 읽으실 때 저도 읽고 싶어지더라고요. 열다섯에 『홈볼트의 선물』을 읽었는데 어머니께서 그 책을 다 읽으시자마자 바로 제가 받아서 읽었죠. 그 이후로는 한동안 솔 벨로 책만 읽었어요. 몇 달 전에 『훔볼트의 선물』을 다시 읽어봤는데, 얼마나 선명하게 기억이 나는지 깜짝 놀랐어요. 어떤 작가도 더이상 그렇게 글을 쓰지 않아요. 마이클 셰이본 정도가 그렇게 쓰죠.

실망스럽거나, 과대평가되었거나, 신통치 않은, 좋아해야 마땅하지만 당신에게는 그렇지 않았던 책이 있습니까? 가장 최근에 끝내지 못하고 내려놓은 책이 있다면요?

오늘 말씀이세요? 저한테는 정말 많은 교정쇄가 있어요. 집에도 서점에도요. 제게 읽어달라고 요청한 책들이 여기저기 아무데나 쌓여 있죠. 아마 1주일에 몇 권은 읽다가 말 거예요. 그 책이 정말로 맘에 들지 않는다면 적어도 어마어마한 의무감은 갖고 있어야 계속해서 읽을 수 있겠죠.

고인이 되었거나 살아 있는 작가들 가운데 누구라도 만날 수 있다면, 누구를 만나고 싶습니까? 만나면 무엇을 알고 싶은가요?

제 친구 루시 그릴리를 다시 만나고 싶어요. 죽음 이후의 삶이란 게 있다면, 그게 그녀를 어떻게 대하고 있는지, 그녀가 이 세상에 대해서 그리워하는 게 뭔지 전부 다 알고 싶어요. 루시를 만나면 그애가 이러겠죠. "세상에, 여기 어떻게 온 거야?" 그러면 전 이렇게 대답하겠죠. "「뉴욕 타임스 북 리뷰」에서 나한테 누구든지 만나게 해준다고 해서 널 고른 거야!" 그런 다음엔 서로 끌어안고 춤을 추고 난리 법석을 떨겠지요.

문학 속 인물 가운데 누구라도 만날 수 있다면 누구를 만나고 싶으세요?

모글리와 그의 친구들이요. 거미 샬롯과 돼지 윌버를 초대해서 말하는 동물 파티를 벌여도 되겠죠.

다음으로 어떤 책을 읽으실 계획입니까?

J. 커트니 설리번이 파르나소스에 낭독을 하러 왔을 때 그녀에게 저넷 헤이엔의 『그 모든 것The All of It』을 한 권 선물한 적이 있어요. 그랬더니 그녀가 보답으로 에드나 오브라이언의 『시골 소녀 3부작The Country Girls Trilogy』을 주더라고요. 그 책을 얼른 읽어보고 싶어요. 그리고 레이철 쿠시너의 『불꽃을 던지는 사람들The Flamethrowers』도요. 도리스 컨스 굿윈의 신작은 저한테는 필독서고요. 제가 도리스 컨스 굿윈은 단 한 권도 빼놓지 않고 읽어온 사람이거든요.

무인도에 가져갈 책

『모비 딕』 『율리시스』, 그리고 『코코넛으로 진짜 비행기를 만드는 법』이요.

—마이클 셰이본

킹 제임스 판 성경, 『안나 카레니나』, 그리고 뗏목 만드는 법에 관한 책이요.

—제프리 유제니디스

셰익스피어 전집(꼼수를 쓰려는 게 아니에요. 저한테 진짜로 한 권짜리 전집이 있어요), P. G. 우드하우스 전집(두 권짜리지만, 한 권으로 된 것도 찾을 수 있을 거라고 확신해요), 그리고 콜레트 전집을 고르겠습니다. —조앤 K. 롤링

이런 질문은 정말 고문이에요. 책을 사랑하는 사람들에게는 이런 유형의 분류는 절대로 가지고 갈 것에 대한 선별이 아니라 남겨두고 갈 것에 대한 선별이니까요. 하지만 가령 배가 난파되거나 사악한 「타임스」 편집자 때문에 억지로 골라야만 하는 상황에 부딪힌다면, 아마 제가 지금도 씨름하고 있는 소설들을 집어들겠죠. 새뮤얼 R. 딜레이니의 『달그렌』(이 책은 20세기의 가장 위대하고 가장 복잡한 소설 가운데 하나라고 생각합니다)이나, 아니면 토니 모리슨의 『빌러비드』(미국에서 작가가 되려고 마음을 먹는다거나 미국 문학에 관심이 있는데 아직 그 작품을 읽지 않았다는 것은, 스스로를 선원이라고 부르면서 바다에는 가본 적도 없는 사람처럼 저로서는 상상조차 안 가는 일이에요), 아니면 코맥 매카시의 『핏빛 자오선』(무시무시할 정도로 심오하고 눈을 못 뗄 정도로 독창적이어서 거의 마법과도 같은 책이죠). 아마 옥타비아 버틀러의 『새벽』(얼마 남지 않은 인간 종족이 자신들의 유전자를 새 외계인 지배자들과 "교환"하도록—억지로 판독당하고 번식하도록—강요받는 미래가 배경이에요)을 가져갈지도 모르겠네요. 길버트 헤르난데스의 『팔로마 너머』(그의 『오염된 강』을 안 읽었더라면 제가 작가가 되는 일은 없었을 거예요)를 가져갈 수도 있겠고요. 솔직히 말씀드리자면 이 책들을 몽땅 끌어안고 있다가 물이 발목까지 차오르는 마지막 순간이 돼야 어느 책 세 권을 가지고 갈지 결정할

수 있을 것 같네요. 그런 다음에 무인도에서 남은 평생을, 남겨두고 온 책들과, 새로 나온 책이건 오래된 책이건 읽을 기회가 없었던 그 모든 책들에 대해서 꿈을 꾸며 보내겠지요. —주노 디아스

앤드루 솔로몬
Andrew Solomon

지금 무슨 책을 읽고 계십니까? 책을 한 번에 한 권씩 읽으시는 편인가요?

『여인의 초상The Portrait of a Lady』을 다시 읽고 있습니다. 몇 년에 한 차례씩 읽는데, 그 책을 읽으면 인생과 문장에서 우아함 같은 게 정말로 있고, 그것을 둘러싸고 얼마나 많은 파괴가 펼쳐질 수 있는지를 되새길 수 있거든요. 저는 헨리 제임스의 형언할 수 없는 슬픔에, 인간의 경험은 상실로 가득하고 높은 도덕 수준은 지켜질 가망이 없다는 믿음에 가슴이 뭉클해집니다. 그 견해에 전적으로 동의하는 건 아니지만, 저한테는 일종의 충격요법으로 작용하지요. 최근에는 자료 조사차 윌리엄 제임스도 꽤 읽었어요. 간결성이 재치의 핵심이라고 생각하지

• 앤드루 솔로몬은 『부모와 다른 아이들Far from the Tree』『한낮의 우울The Noonday Demon』을 썼다.

않는 편이고, 제임스 형제도 그렇지가 않기 때문에, 그들을 연속해서 읽으니까 마치 제가 아주 푸근한 친구 집에 온 손님처럼 느껴지네요.

올해 읽으신 책 가운데 최고의 책은 무엇입니까?

크리스천 카릴의 『이상한 반역자Strange Rebels』는 21세기의 문제들이 전부 1979년에 부화된 것이라는 주장을 설득력 있게 하고 있는데, 특히 세속주의와 복지국가로부터의 쇠퇴에 주목합니다. 우리 시대를 대담하게 비춰주는 책으로, 군사주의에 대한 분석 부분은 우리가 시리아를 바라보는 방식에서도 구체적인 함의를 마련해주는 것 같고요. 좀더 가벼운 글로는, 세실 데이비드-와일의 『구혼자들Suitors』을 정말 재미있게 읽었어요. 프랑스 남부 지방의 시골 사유지에서 벌어지는 예절에 대한 매력적인 코미디인데, 그곳은 아직도 코미디를 만들 정도로 충분히 예의를 지키는, 세계에서 몇 안 되는 곳 가운데 하나인 게 틀림없어요.

가장 좋아하는 소설가의 이름을 말해야 한다면 누구를 꼽으시겠습니까?

조지 엘리엇을 무척 좋아합니다. 엘리엇은 압도적인 정확성을 희생시키지 않고도 전체적인 조망을 획득해내지요. 그녀의 심리학적 통찰력은 완벽하게 관찰된 세부 사실들을 통해서 축적됩니다. 일말의 과장도 없이 말이지요. 그녀가 여러 개의 초상화를 모으는 방식은 제가 논픽션을 구상하려고 할 때 가장 큰 영감을 주는 것 중 하나예요. 버지니아 울프도 제가 아주 좋아하는 작가예요. 울프의 글을 읽을 때면 마치 그녀가 단순히 마음에 대해서가 아니라, 제 마음에 대해서 쓴 것 같은 느낌을 갖게 됩니다. 그녀의 책은 저한테는 꼭 음악처럼 본능적으로 다가와요. 그래서 제게 울프는 초콜릿처럼 제한이 필요하죠. 방심하고 그녀의 작품을 너무 자주 섭취하다보면 정서적 비만에 걸릴 수도 있으니까요.

간과되거나 과소평가된 작가들의 후보군을 지명한다면 그 안에 누가 들어가게 될까요?

일단 로즈 매콜리를 넣겠습니다. 그녀의 뭔가 아쉬워하는 듯한 정서와 통쾌한 유머감각 때문에요. 『트라페주스의 탑The Towers of Trebizond』에서 화자가 터키 관용구 책에서 잘못된 문장을 베껴가지고, 단지 터키 말을 할 줄 모른다고 설명하려다 실수로 자신이 어느 호텔 투숙객의 관심을 애걸했다는 사실을 깨닫는 장면이 있는데, 아마 소설에 나오는 최고로 웃기는 장면 가운데 하나에 들어갈 수 있을 겁니다. 에마 라자러스는 인도주의적인 열정 때문에 그 목록에 올랐습니다. 그녀가 자유의 여신상 위에 새겨진 시를 썼지만("고단한 자여, 가난한 자여, 내게로 오라"), 산문시 「바빌론 강가에서By the Waters of Babylon」 같은 그녀의 다른 작품에서 보이는 차분한 아름다움은 사람들에게서 잊혀버리고 말았죠. 루머 고든은 어린이책 작가로 잘못 분류가 되는데, 그녀는 아주 절제된 표현으로 글을 쓰기 때문에 자칫 독자가 그녀의 통찰력의 깊이와 강렬한 우아함을 놓치게 되는 경우도 있어요. 최근에 『참새들에게 일어난 일An Episode of Sparrows』이 복간돼서 조용히 독자들을 찾아가고 있더라고요.

최근에 케임브리지 대학에서 심리학 박사학위를 받으셨지요. 연구하는 동안 읽었던 책 가운데 가장 좋았던 책은 무엇입니까?

모성에 대해서 연구를 했는데, '충분히 좋은 어머니' 이론의 창시자인 D. W. 위니컷에서 출발을 했지요. 위니컷은 어머니와 유아의 상호작용이 서로 주고받는 것이고 양측 모두에게 만족스러운 것이라고 여겼습니다. 그가 관찰하기에, "어머니라는 존재의 가장 놀라운 면은 아기에게서 그토록 상처를 많이 받을 수 있으면서 동시에 보복할 마음 없이 아이를 미워할 수 있는 능력, 먼 훗날에 받을지도 모르고 못 받을지도 모르는 보상을 기다릴 수 있는 능력"입니다. 위니컷은 이런 자아 없음을 성공적인 육아의 전형적인 특징이라고 봅니다. 제가 가장 큰 영향을 받은 책은 로지카 파커의 『둘로 찢어진 감정Torn in Two』인데, 미국에서는 '어머니는 사랑하고, 어머니는 미워한다Mother Love, Mother Hate' 라는 제목으로 출간됐지요. 파커의 책은 성공적인 육아를 위해서는 서로 충돌하는 두 가지 충동—아이를 보호하고 보살피려는 충동과 아이를 세상으로 밀어내려는 충동—이 필요하다고 주장하고, 양가감정이 이 양분된 목표를 달성하는 기관차 역할을 한다고 말합니다. 그녀의 책은 우리가 이 밀어내고자 하는 부분에 오명을 씌우고 애착 부분을 감상적으로 다룸으로써 모성에 대한 기본적인 진실을 부인해왔으며, 사실상 양가감정이 건강하고 필수적인 상태임에도 불구하고 그것을 경험하는 어머니들이 스스로를 나쁜 어머니로 생각하도록 만들었다는 사실에 주목하고 있지요.

어떤 종류의 이야기에 끌리시나요? 피하는 이야기 종류는요?

저는 길고 연상적인 소설이 좋습니다. 그래서 신프루스트주의 소설을 많이 읽지요. 액션 이야기가 나오면 흥미를 잃는 경향이 있고요. 스포츠나 육체적인 위험이나 기계에 관한 거라면 뭐가 됐든지 말이에요. 하지만 네 살짜리 제 아들은 스포츠, 육체적 위험, 특히 기계에 대한 이야기를 엄청 좋아합니다. 어쩌면 이제는 제 관점을 좀 바꿔야 할지도 모르겠어요.

당신의 책장에 있는 책들 가운데 우리가 보면 놀랄 만한 책은 무엇일까요?

피너츠 전집(만화가 찰스 슐츠가 1950년부터 2000년까지 신문에 연재한 만화 「피너츠」를 모아서 2004년부터 출간해오고 있는 전집—옮긴이) 전부 다요. 〈너는 좋은 녀석이야, 찰리 브라운〉이라는 영화 제작 여름캠프에서 라이너스 역할을 한 이후로 그 연재만화에 중독이 됐거든요. 스트레스를 받을 때면 그걸 읽어요. 저한테는 그 만화가 아이들이 불안할 때 찾는 담요 같은 역할을 하거든요.

자기계발서도 읽으시나요? 추천할 만한 책이 있다면요?

'자기를 돕는다self-help'라는 게 그냥 '도움'과 어떻게 다른지 확실히 모르겠어요. 책은 도움이 되지요. 책이 저로 하여금 사랑을 이해할 수 있도록 도왔고, 공감을 가르쳤고, 용기를 주었어요. 순수하게 오락거리로 읽을 때도 도움이 되는 거죠. 끔찍할 정도로 도움이 안 되는 자기계발 산업에 대한 맛깔나는 분석을 접하고 싶다면 제시카 램 샤피로의 신간 『약속의 땅Promise Land』을 읽어보시기 바랍니다.

가장 최근에 당신을 소리 내어 웃게 만든 책은 무엇입니까? 당신의 눈물을 자아낸 책은요? 가장 최근에 당신을 화나게 만든 책은 무엇이었나요?

제니퍼 피니 보일런의 쉴새없이 재치가 번득이는 책 『어중간한 상태로 너희와 함께Stuck in the Middle with You』 덕분에 수시로 크게 소리 내서 웃고 또 웃었어요. 트랜스젠더 부모인 자신의 경험에 관한 이야기인데요, 처음에는 아이들의 아버지였던 그녀가 나중에는 "엄빠"가 되는 걸로 끝이 나지요—완전히 엄마라고는 할 수 없지만 확실히 더이상 아빠도 아닌 거죠. 루이스 어드리크의 『색칠한 드럼Painted Drum』을 읽고는 눈물을 흘렸습니다. "당신이 파산을 하거나 배신을 당하거나 사랑하는 사람이 떠나거나 상처받거나 가까운 사람의 죽음을 경험하게 될 때는, 그저 한 그루의 사과나무 곁에 앉아, 사과가 주변에 떨어져 수북수북 쌓이는 소리를 들으면서 그 달콤한 사과를 먹어치워라. 그러고는 자신에게 최대한으로 많이 맛보았다고 말하라." 제임스 데이비스의 『약에 취하다Cracked』를 읽고서는 화가 치밀어올랐어요. 데이비스는 정신약리학계에 대해서 비판적인 주장을 펼치는데, 그의 논지는 우울, 조울증, 정신분열에 대한 의학적 접근이 전부 영리에 물들었고, 그 때문에 사기라는 겁니다. 하지만 영리에 물들지 않은 게 어디 있습니까? 농부는 지난밤에 제가 저녁으로 먹었던 닭고기를 키우는 데서 이익을 얻지만, 그 좋은 맛이 사기는 아니지요. 어빙 커시의 『황제의 새 약Emperor's New Drugs』, 로버트 휘터커의 『유행병의 해부학Anatomy of an Epidemic』, 그리고 대니얼 칼랫의 『불안증Unhinged』처럼 데이비스의 책도 사람들로 하여금 자신들을 구제해줄 수 있는 약으로부터 멀리하게 하는 자기만족적인 대중영합주의에 빠진 겁니다.

대통령께 단 한 권의 책을 권할 수 있다면 어떤 책을 권하시겠습니까?

대통령께서 『무작위 가족』을 읽어야만 합니다. 에이드리언 니콜 르블랑의 끈질긴 근접 촬영식 저널리즘이 빚어낸 이글거리는 걸작이지요. 제가 읽은 어떤 다른 책 중에도 그렇게까지 명료하게 가난의 궤적과 그것이 갉아먹도록 강제하는 것들에 대해서 기록한 것을 보지 못했습니다. 그 책을 읽고 나서 더 공감을 잘하는 사람이 되지 않는다는 건 불가능한 일이죠. 대통령이 그 교훈을 그동안 우리가 대체로 방기해온 이 사회의 4분의 1에 해당하는 사람들에게 적용할 수 있겠지요.

어렸을 때 동일시했던 문학 속 인물이 있습니까? 당신의 영웅은 누구였나요?

물론 안드레이 볼콘스키 공작(톨스토이의 『전쟁과 평화』 주인공—옮긴이)이죠. 서배스천 플라이트(에벌린 워가 쓴 『다시 찾은 브라이즈헤드』의 주인공—옮긴이)도요. 내 자신이 아등바등 살아가는 중산층이자 뉴욕 물을 좀 먹은 농사꾼 후손이 아니라 구시대의 어중간한 귀족이라는 착각에 빠져서 괴로워했었지요.

아이들과 함께 가장 재미있게 읽은(혹은 다시 읽은) 책은 무엇입니까?

『곰돌이 푸는 아무도 못 말려Winnie-the-Pooh』를 읽어주고 있는데, 가능한 한 아버지께서 저한테 읽어주셨던 것의 반만큼이라도 푸와 이요와 부엉이 목소리를 제대로 내보려고 진땀을 흘리고 있어요. 우리는 지금 무민 그림동화의 무민트롤에 약간 중독된 상태이기도 하고요. 그리고 칼 샌드버그의 『루타바가 이야기Rootabaga Stories』도 있죠. 어른이 돼가지고도 어렸을 때랑 똑같이 그 책에 완전히 사로잡히고 말았다니까요. 최근에 나온 팀 이건의 도즈워스Dodsworth 시리즈도 막 시작했는데, 불운하고 버릇없는 오리와 함께 세상을 여행하는 차림새가 말쑥한 애매모호한 동물(오소리? 마멋?)에 관한 이야기에요.

실망스럽거나, 과대평가되었거나, 신통치 않은, 좋아해야 마땅하지만 당신에게는 그렇지 않았던 책이 있습니까? 가장 최근에 끝내지 못하고 내려놓은 책이 있다면요?

올리버 색스는 매력적인 사례의 이력들을 엮어서 글을 아주 유려하게 쓰지만, 그가 자신의 주제를 다루는 방식에는 살짝 무대감독의 허세 같은 게 배어 있어요. "이봐요, 그게 이상하다고 생각한다면, 잠시 멈추고 이것 좀 보라고요!" 하는 논조가 깔려 있다는 거죠. 그런 관음증적인 정서 없이도 의료행위의 엄격함을 지키는 것이 가능하죠.

고인이 되었거나 살아 있는 작가들 가운데 누구라도 만날 수 있다면, 누구를 만나고 싶습니까? 만나면 무엇을 알고 싶은가요?

토라의 J 작가나 야훼스트(구약성서 중 신을 야훼라고 기록한 사람을 가리키는 말이다—옮긴이)를 만나보고 싶어요. 그가 문자 그대로의 의미로 서술한 부분과 비유적인 의미로 서술한 부분이 각각 어떤 부분인지 물어보고 싶어요. 이 질문을 둘러싼 혼란이 이후의 역사에 얼마나 해로운 영향을 끼쳤는지도 알려주고 싶고요.

문학 속 인물 가운데 누구라도 될 수 있다면 누가 되고 싶으세요?

고도요. 모두가 나를 기다리고 있다고 생각하는 게 차라리 나을 것 같아요.

늘 읽어야겠다고 생각했지만 아직 읽지 못한 책이 있습니까? 읽어본 적이 없어서 당황스러웠던 책은요?

『모비 딕』이요.

다음으로 어떤 책을 읽으실 계획입니까?

『모비 딕』이요. 하지만 이 말은 전에도 했었죠.

머리말에 있는 책

지금은 메리 게이츠킬의 『나쁜 행동』, 다이앤 키튼이 새로 쓴 자서전, 헬렌 걸리 브라운이 쓴 『세상은 나에게 모든 걸 가지라 한다』, 알랭 드 보통의 『철학의 위안』을 읽고 있는데 읽은 양은 전부 제각각이에요. **—리나 더넘**

지금 제가 듣고 있는 오디오북은(그럼요, 그것도 포함시켜야죠. 당연한 이야기지만요. 포함시키지 못할 이유가 뭐겠습니까?) 패트릭 드윗의 『자매와 형제』입니다. 레모니 스니켓이 (그의 대리인인 대니얼 핸들러를 통해서) 추천한 책인데 제가 스니켓 씨를 은근히 신뢰하거든요. (말하자면, 예전에 한 번도 만난 적이 없고 단지 자기 결혼식에 와서 아코디언을 연주한 사람인데다, 그가 알려준 이름이 예명일 수도 있는데도 그냥 그 이름에 은근히 신뢰가 가는, 뭐 그런 단순한 이유죠.) **—닐 게이먼**

샬롬 오슬랜더의 『희망: 어떤 비극』입니다. 그의 지난 작품 『물건의 탄식』을 읽으면서 많이 웃었던 경험이 있거든요. **—데이비드 세다리스**

저의 영웅인 작가 엘모어 레너드가 쓴 『레일런』이요. 밑바닥 생활을 하는 사람들끼리 주고받는 대화를 그보다 더 잘 쓰는 사람은 없어요. 뿐만 아니라, 지구상에 그보다 더 멋진 남자도 없을 거고요. **—칼 하이어센**

지금은 제가 가장 좋아하는 우리 시대의 작가 가운데 한 사람인 제프 다이어의 최신작 『조나』를 읽고 있어요. 책의 부제 '안드레이 타르코프스키의 영화 〈스토커〉에 관한 에세이'는 다행히 다이어의 대부분의 작품처럼 그저 작가 자신에 대한 이야기나 다름없습니다. 자신의 강박, 두려움, 광기가 자신을 갉아먹는 듯한 (그리고 언제나 정겨운) 느낌 등에 관한 이야기죠. **—알랭 드 보통**

P. L. 트래버스의 『메리 포핀스』, 캐럴라인 무어헤드의 『벼랑을 따라 춤추다』, 힐러리

맨틀의 『튜더스, 앤불린의 몰락』이 놓여 있어요. 저는 항상 두세 권의 책을 같이 읽어요. —**에마 톰슨**

엘리너 윌슨 매커두가 편집한 『더없이 소중한 선물: 우드로 윌슨과 엘런 액슨 윌슨의 연애편지』와 레이 스태너드 베이커가 쓴 『우드로 윌슨: 그의 삶과 편지들』 1, 2권이 놓여 있지요. (다음 소설에 필요한 자료 조사 때문에 읽고 있어요.) —**조이스 캐럴 오츠**

이언 플레밍의 1955년 작 『문레이커 호』요. —**마이클 셰이본**

지금은 프랑스 소설가 미셸 우엘벡의 『지도와 영토』와, 지금 모두가 읽고 있는 것 같은 에드워드 세인트 오빈의 『패트릭 멜로스 소설』 사이를 왔다갔다하고 있습니다. 우엘벡은 선동가로 알려져 있지요. 그의 책에는 이런 문장들이 나옵니다. "서쪽은 생활비가 비싸고 추웠다. 매춘의 질도 형편없었다." 그는 암울한, 비미국적인 것들에 대해서 많은 것을 이야기하기 때문에 제가 얻을 수 있는 게 적지 않습니다.
—**제프리 유제니디스**

에마 톰슨
Emma Thompson

지금 침대 머리맡에는 어떤 책이 놓여 있나요?

P. L. 트래버스의 『메리 포핀스』, 캐럴라인 무어헤드의 『벼랑을 따라 춤추다Dancing to the Precipice』, 힐러리 맨틀의 『튜더스, 앤불린의 몰락』이 놓여 있어요. 저는 항상 두세 권의 책을 같이 읽어요.

최근에 읽은 책 가운데 가장 좋았던 책은 무엇입니까?

힐러리 맨틀이 쓴 『울프 홀』이요. 정말 경이로운 책입니다.

• 에마 톰슨은 오스카상을 받은 시나리오 작가이자 배우이며, 어린이책 두 권을 낸 작가이기도 하다.

별로 읽을 마음이 내키지 않는 문학 장르가 있나요?

공포소설이요. 도무지 끝까지 읽을 수가 없어요. 금방 무서워져서요. 자기계발서를 읽을 때도 비슷한 느낌이 들고요.

장차 배우가 되고자 하는 젊은 여성이 무슨 책을 읽으면 좋을지 조언을 구해온다면, 어떤 책을 추천하시겠습니까?

마이클 홀로이드가 쓴 『이상한 사건투성이의 역사A Strange Eventful History』를 권하고 싶어요. 연기 훈련 과정에 대한 무척 흥미로운 이야기를 담고 있는 책이거든요. 그리고 메릴린 먼로에 관한 전기 중에 아무 거나 읽어보라고 하고 싶네요. 명성이란 것의 무의미한 파괴성에 대해서 가르쳐줄 테니까요.

셰익스피어의 희곡 가운데 가장 좋아하는 작품은요?

『리어 왕』이요. 제가 아는 한, 인간의 조건에 관해서 가장 인간적으로 그려낸 초상화죠.

대통령께 단 한 권의 책을 권할 수 있다면, 어떤 책을 권하시겠습니까? 그리고 총리께는요?

대통령께서—어떤 대통령이라도—조지아 늪지대에 살고 있는 주머니쥐 포고를 그린 월트 켈리의 만화(주머니쥐 포고를 주인공으로 내세워 그린 매카시즘 시대의 정치풍자 만화—옮긴이)를 접하신다면 도움이 될 거라고 생각해요. 정치에 대한 통찰력이 대단한 만화죠. 총리께서는 제프리 윌런의 『몰스워스Molesworth』를 다시 찾으셔도 좋을 것 같고요. 어린 소년들의 특징과 버릇들에 대해서 정말 명쾌하게 기술해놓은 책이지요. 무례하게 굴려는 게 아니고요. 대통령이나 총리 모두 어리석은 행태를 수없이 접하고 다뤄야만 하니까요.

가장 최근에 읽으면서 울었던 책은 무엇입니까?

몇 해 전에 『코렐리의 만돌린Corelli's Mandolin』을 읽으면서 휴가를 보낸 적이 있어요. 그걸 읽고 슬픔을 가눌 수가 없는 지경이 돼버려서 오후 내내 침대에 드러누워 있어야만 했죠.

가장 최근에 웃음을 자아냈던 책은요?

웰스 타워의 첫번째 단편집에, 냉장고 뒤에서 나타나 쿠폰을 먹는 쥐에 관한 묘사가 있는데, 그 장면을 떠올리며 족히 열흘은 넘게 웃었지요.

가장 최근에 읽으면서 화가 났던 책은요?

미셸 우엘벡의 『소립자The Elementary Particles』에 할머니와 어린 소년과 전지가위 이야기가 담긴 학대에 대한 대목이 나와요. 책을 방 건너편으로 집어던지고 말았는데, 미셸이 곁에 있었다면 그도 같이 던져버렸을지도 몰라요.

끝까지 읽지 못한 책 이름을 말씀해주시겠습니까?

『레 미제라블Les Misérables』이요. 모든 면에서 그에게 동의하다가 나중에는 그냥 지쳐버리고 말았달까요.

어렸을 때 가장 좋아했던 책은 무엇입니까? 가장 좋아하는 인물이나 영웅이 있었나요?

조앤 에이킨, 앨런 가너, 리언 가필드, 그리고 존 메이스필드, 이 작가들이 쓴 책 전부 다요. 특히 『윌러비 언덕의 늑대들The Wolves of Willoughby Chase』(에이킨), 『브리싱가멘의 이상한 돌The Weirdstone of Brisingamen』(가너), 『기쁨의 마법 상자The Box of Delights』(메이스필드), 그리고 『애들레이드 해리스의 이상한 연애 사건The Strange Affair of Adelaide Harris』(가필드)을 좋아했지요.

영웅이라면 열 살 때부터 죽 셜록 홈스였죠. 그전에는 아마 아스테릭스(프랑스의 만화 시리즈물 주인공—옮긴이)였던 것 같고요.

어머니께서 읽으라고 주셨던 책 가운데 최고의 책은 무엇이었습니까?

열여섯 살 때 처음으로 가슴이 무너지는 경험을 했어요. 어머니께서 『전쟁과 평화』를 주셨는데, 장장 세 권을 읽는 내내 눈물범벅이 됐었죠.

고인이 되었거나 살아 있는 작가들 가운데 누구라도 만날 수 있다면, 누구를 만나고 싶습니까? 만나면 무엇을 알고 싶은가요?

이 질문에 어떻게 답을 해야 좋을지 몰라서 열두 살짜리 제 딸한테 의논을 했는데, 딸이 플라톤은 어떠냐고 하더라고요. 괜찮은 생각 같더군요. 그래서 제 대답은 플라톤으로 할게요. 그를 만나면 2012년에는 사람들이 어떻게 살고 있을 것 같은지 물어보고 싶어요.

저자에게 편지를 써본 적이 있습니까? 답장을 받으셨나요?

일곱 살 땐가 여덟 살 때 르네 고시니한테 아스테릭스에 관해서 팬레터를 쓴 적이 있어요. 그가 답장을 보내왔는데, 거기에 어린 영국 소녀를 웃게 만든 스스로가 무척 자랑스럽다는 말이 쓰여 있었죠.

작가들의 만찬모임을 주최하게 되어서 세 명의 작가를 초대할 수 있다면, 누구를 초대하시겠습니까?

고대의 젠더 정치학을 조금 고려하는 차원에서 우선 사포를 초대하고요, 극장 뒷얘기를 해줄 애프라 벤과, 그녀를 아는 사람이라면 누구나 매력적이라고 이야기하는 조지 엘리엇을 초대하겠어요. 전부 여성으로 골랐는데, 여성은 금방 핵심으로 들어가는 법을 알기 때문에 일화를 늘어놓는 것으로 이야기를 시작하는 경우가 비교적 드물기 때문이죠. 제인 오스틴을 초대할까도 생각했었지만, 그녀가 부드럽게 삶은 달걀 하나만 집어먹고 나서는 일찍 자리를 뜰 것만 같다는 확신이 들어서요.

지금까지 읽은 연기자가 쓴 책 가운데 최고는 무엇이었습니까?

연기자가 쓴 책은 하나도 읽어본 적이 없어요. 대신 연기자 가정에서 자랐죠. 가족이 전부 배우거든요. 저도 배우고요. 저한테는 그것만으로도 차고 넘쳐요.

당신이 연기한, 문학을 원작으로 한 모든 영화들 가운데 가장 좋아하는 작품은 무엇입니까?

〈남아 있는 나날Remains of the Day〉을 정말 좋아합니다. 루스 프라워 자브발라가 가즈오 이시구로의 책을 진짜 훌륭하게 각색한 덕분에, 영화와 책 둘 다 잃은 건 하나도 없고 얻은 것만 정말 많았던 작품이지요. 토니 홉킨스의 연기도 최고였고요. 그런데 이기적인 관점에서만 본다면 〈센스 앤 센서빌러티Sense and Sensibility〉가 더 앞자리를 차지해 마땅하지요. 절대 영화로 만들어지지 못할 거라는 확신을 가진 채로 장장 5년에 걸쳐 직접 각색 작업을 한 영화에서 연기하는 경험과 견줄 만한 건 아무것도 없으니까요.

최근에 보신, 책을 원작으로 하는 영화 가운데 최고의 영화는 무엇이었나요?

〈소셜 네트워크The Social Network〉요. 숨가쁘게 흘러가는 전개 방식에 경탄했지요.

문학 속의 인물들 가운데 어떤 인물이든 마음대로 골라서 연기할 수 있다면, 누구를 연기하고 싶습니까?

바너비 러지(찰스 디킨스가 쓴 역사 소설 『바너비 러지Barnaby Rudge』에 나오는 바보 주인공—옮긴이) 역을 맡고 싶어요. 서른다섯 해 동안 그를 사랑해왔고, 남자 대신 여자가 연기해도 별 차이가 없는 역이니까요. 제 내면에 있는 바보를 탐색해보고 싶어요.

한 가지 덧붙이자면, 제 딸이 피터 래빗은 어떠냐고 하네요.

영화로 만들어진 내 책

우선, 제가 만든 인물들이 실제보다 더 큰 크기로 걸어다니고 말을 하는 것을 보는 것 자체가 입이 떡 벌어지는 일이죠. 그것도 평생에 걸쳐서 오랜 시간을 알아왔던 얼굴들이 그 인물들의 역할을 맡아서 말이에요. 두번째로는, 제가 쓴 이야기가 영화관이 있는 곳이라면 세상 어디든 찾아가, 사람들의 마음속에 스며든다는 생각만으로도 천천히 차오르는 기쁨 같은 게 있죠. 그런 다음엔 영화가 불가피하게 좌충우돌하는 인생사를 보여주느라 중심을 약간 잃긴 하지만, 저는 그런 것에 대해서는 아무런 생각도 들지 않더라고요. 적어도 다음 인터뷰 때까지는 말이죠.

—데이비드 미첼

좋은 영화를 안 좋아하는 사람이 누가 있겠습니까? 이런 이유로, 제 책이 전부 다 영화로 만들어진다 해도 즐겁게 관람할 거예요. 지금 서너 작품이 '작업중'인데요, 그게 무슨 뜻인지 잘 모르겠지만 진행되고 있는 게 거의 아무것도 없다는 뜻일 거라는 의심이 드네요. 영화 판권을 괜찮은 값에 팔아 곧바로 수표를 받아 챙기고는 느긋하게 앉아서 18개월 정도만 기다리면 영화가 나오던 시절은 이제 가버린 거죠. 영원히요. 『캘리코 조』를 크리스 콜럼버스가 각색하고 있는데, 각본을 정말 잘 썼고 그걸로 그가 감독을 맡아서 영화를 만들려는 참이에요. 이야기 전개가 빠르고 시각적인 재미를 주도록 만들어야겠지요. 저는 늘 최대한 개입을 자제하려고 합니다. 그게 옳으니까요. 저는 영화 만드는 일에 대해서 아무것도 모르고, 배우고 싶은 욕구도 전혀 없거든요. —존 그리셤

라세 할스트룀 감독의 〈사이더 하우스〉요. 할스트룀 감독과 같이 일하는 게 정말 좋았어요. 대본은 제가 썼지만, 그건 할스트룀 감독의 영화입니다. 영화가 제대로 만들어진 건 그의 공로니까요. 토드 윌리엄스 감독의 〈바닥 속의 문〉도 제 작품 『일 년 동안의 과부』를 훌륭하게 영화로 만들었다고 생각합니다. 그는 루스라는 인물(작품명에 나오는 그 과부)이 아직 어린 소녀일 적에 해당하는 소설의 처음 3분의 1가량만을 영

리하게 개작했지요. 훌륭하게 해냈어요. 대본도 윌리엄스 감독이 썼지만, 저는 그와 함께 일하는 게 즐거웠습니다. 제 일은 그저 그가 쓴 대본이나 대략적인 장면에 대해 짤막하게 의견을 적어서 주는 정도였지만요. **—존 어빙**

앞서 언급한 텔레비전 방송국에서 일할 당시에, 제가 낮 시간 동안의 본업과는 별도로 몇 년간 노조 조직 일도 했었거든요. 뭔가 큰 변화와 대대적인 지각변동이 필요한 때였고, 제가 생각하고 있을 것 같은 것을 경영자측이 추측해 경영전략이 이리저리 바뀌곤 하던 상황이었지요. 한번은 그들이 의뢰해서 만든 저에 관한 심리분석 프로필을 발견(네, 실은 훔친 게 맞아요)했어요. 정말로 흥미롭더라고요. 누군가가 저에 대해 상세하게 써놓은 의견을 본다는 게 말이지요. 영화가 꼭 그와 같아요. 리처에 대한 다른 누군가의 상세한 의견인 거죠. 다른 사람들의 관점 말이지요. 이 경우에는 그 누군가가 한 무리의 똑똑하고 지식과 경험이 풍부한 영화 관계자들이고, 그들은 제 책의 진정한 팬이기도 하다는 거지만요. 저는 어차피 연금술 같은 게 일어날 수밖에 없다는 걸 잘 알고 있고, 그 과정에 대한 저의 관찰은 확실히 매우 사적이며 자기 본위적이지만, 그럴 수 있으리라 상상도 못했을 정도로 객관적이고 학구적이기도 합니다. 그들의 선택에 99퍼센트 고개를 끄덕였고요. 제가 만들었더라도 별로 다르지 않았을 겁니다. 크루즈는 리처의 느낌과 태도를 본능적으로 이해하고 있어서 그의 재능이 스크린에서 정말 빛을 발하더군요. 예전에 저의 그 심리분석 프로필을 읽었을 때도 울적한 마음으로 고개를 끄덕였었지요. 그들이 그걸 확실하게 못을 박아 움직일 수 없는 사실로 만들었다고 생각했어요. 영화를 보고 나서도 마찬가지 느낌이 들더군요. 그건 단순히 가벼운 비유 이상의 의미입니다. 픽션 속의 인물들에는 약간의 자전적인 요소가 들어가 있고, 배우들은 그 인물의 내면으로 들어가려고 노력하지요. 그래서 크루즈가 또다른 저를 연기하는 모습을 보면서, 맞아요, 저 자신을 보게 됐죠.
—리 차일드

안타깝게도, 저는 제 책이 전부 제 책을 바탕으로 만들어진 영화보다 낫다고 느낍니다. 제가 완전히 영화광이라서, 그런 사실이 훨씬 더 우울하게 느껴져요. 지금의 제 피해망상 이론에 따르면, 어떤 할리우드 구역에서는 제가 "캐리커처 암살"의 희생자라는 겁니다. "오, 그 공항 가판대 작가가 책장이 절로 넘어가는 베스트셀러를 또 냈다지." 이건 실화인데, 『스파이더 게임』이 교정쇄로 나왔을 때 영화 제작자로부터 아주 큰 제안을 받았어요. 저는 그냥 알렉스 크로스를 백인으로 바꾸기만 하면 되는 거였죠. **—제임스 패터슨**

에이미 탄
Amy Tan

올해 읽은 책 가운데 최고의 책은 무엇입니까?

리처드 포드의 『캐나다』를 읽고 있습니다. 그의 책은 전부 다 아주 좋아합니다. 인물부터 삽입 문장들까지 전부 다요. 그의 목소리는 늘 굉장히 무심한 듯 들려요. 마치 화자의 머릿속에 생전 처음 떠오른 생각인 것처럼 말이지요. 조용한 강렬함, 인물과의 편안한 친근감이 느껴지고요. 인물이 생각하는 습관적인 방식들, 그 인물이 무엇을 고려할지를 독자는 알지요. 화자는 어떤 판단을 하기보다는 담담하게 관찰하는 경향이 있고, 그럼으로써 관대한 태도를 취하죠. 이 책은 더 많

• 에이미 탄은 『조이럭 클럽The Joy Luck Club』 『부엌신의 아내The Kitchen God's Wife』 『백 가지의 비밀스런 감각The Hundred Secret Senses』 『접골사의 딸The Bonesetter's Daughter』 『물고기가 빠져 죽지 않게 하기Saving Fish from Drowning』 『경이의 계곡The Valley of Amazement』 등을 썼다.

은 일을 했을 때 그것에 대한 대가를 지불받을 필요나, 규칙을 지키는 데 대한 보상, 혹은 더 열심히 일했을 때 보다 인정받을 필요와 밀접한 관련이 있는 이야기입니다. 그런 건 단순한 탐욕이 아니지요. 이 책은 기회가 줄어들고 있는 땅이라는 잘못된 길로 들어서기 전과 후에 느끼는 자아의식에 대한 이야기입니다.

이상적인 독서 경험에 대해서 말씀해주세요.

만약에 사소한 범죄로 감옥에 가게 된다면 글을 많이 쓸 수 있을 것 같다는 공상을 종종 하곤 합니다. 석 달에서 여섯 달 정도 말이지요. 감금 상태가 되는 게 독서에도 좋을 것 같아요. 이메일도 없고, 고객을 화나게 만드는 쓸데없는 서비스 보장 요금도 없고요, 기금 모금 초대 같은 것도 없는 곳이니까요. 하지만 사소한 범죄를 저지르기 전까지는, 열두 시간짜리 비행 여행을 선택할 것 같네요. 좋은 책과 함께라면 시간은 그야말로 눈 깜짝할 사이에 날아가버리니까요. 일거양득이죠. 그런데 목적지에 도착하는 시간과 딱 맞는 길이의 책을 선택해야 합니다. 스무 페이지가 남았는데 좌석 등받이를 세우라는 방송을 들으면 대략 난감해지니까요. 제가 레베카 스클루트의 『헨리에타 랙스의 불멸의 삶The Immortal Life of Henrietta Lacks』을 읽고 있던 중에 딱 그런 일이 생겼더랬지요.

가장 좋아하는 작가는 누구입니까?

제가 가장 좋아하는 무엇이건 늘 현재의 시간, 장소, 기분이라는 맥락과 연관됩니다. 어떤 책을 끝내고 나서 즉시 다른 작가가 아닌 같은 작가의 다른 책을 원하는 순간에는, 그 작가가 제가 가장 좋아하는 작가로 등극하니까요. 그런 경험을 줬던 작가들 가운데는, 루이스 어드리크, 블라디미르 나보코프, 하비에르 마리아스, 리처드 포드, 하 진, 애니 프루, 아서 코넌 도일, F. 스콧 피츠제럴드, D. H. 로런스, 자메이카 킨케이드 등이 있었고, 그 외에도 아주아주 많은 작가들이 있었지요.

중국 고전문학 가운데 가장 좋아하시는 작품이 있나요?

『금병매金瓶梅』를 가장 좋아합니다. 작가가 알려져 있지 않은 책이지요. 저는 그 책을 탕아의 예법에 관한 책이라고 설명하겠습니다. 명대 말기에 그 책의 독자였던 사람들이 그걸 잠자리 이불 밑에다 감춰뒀던 것 같아요. 포르노그래피로 금지당한 책이었거든요. 아주 현대적이고 자연주의적인 문체—"설명하지 말고 보여줘라"—에다, 섹스 장면이 많이 나오지요. 제가 가지고 있던 책이, 잠자리에 들었다가 개운하게 잠을 깨기까지 무슨 일이 일어났는지에 대해서는 함축적인 암시만 들어 있는 삭제판이라는 사실을 오랜 세월 모르고 있었지 뭡니까. 무삭제판에는 자세한 설명이 들어가 있죠.

지금 현역 작가들 가운데 최고의 중국 작가와 중국계 미국 작가는 누구입니까?

중국 소설은 번역본으로만 읽어서 누가 "최고"인지 제가 판단하는 데는 한계가 있습니다. 초기 페미니스트 작가들인 왕안이, 장제, 그리고 청나이산(최근에 세상을 떠난)의 작품들을 읽어봤지요. 그들의 소설이나 단편이 출간되던 당시에 그 작품들이 얼마나 급진적이었는지를 이해해야 합니다. 거기에는 시련, 실패한 사랑, 문화혁명, 과거에 대한 쓸쓸한 시선, 그리고 애수에 젖은 상하이에 대한 생각들이 들어가 있죠. 사랑 이야기는 문화혁명을 비판하는 것으로 보였을 수도 있었을 겁니다. 옌거링의 소설들도 정말 대단합니다. 아름다움과 이상주의의 저변에는 잔인함과 병든 의도가 숨어 있지요. 모옌의 소설도 몇 권 읽어봤어요. 그의 소설도 대약진운동에 대한 덜 애국주의적인 관점으로 평가당했겠지요. 그가 노벨 문학상을 받았을 때는 한바탕 비판의 광풍이 휩쓸고 지나갔습니다. 그가 지금 감옥에 있는 또다른 노벨상 수상자이자 반체제 인사인 류샤오보의 석방을 위해서 목소리를 높이지 않고 당의 비위를 맞추려고 한다는 비판이었죠. 그다음엔 모옌 작품의 거친 문체와 주제들에 대한 맹비난이 이어졌고요. 상을 받음으로써 문학적 장점이 종종 작가의 정치적 행동—또는 무행동—을 기준으로 일종의 차등제가 적용되어 평가받는 것을 목격했지요.

중국계 미국 작가들 가운데는 두 사람이 즉각 떠오르네요. 이윈 리와 하 진이요. 두 작가 모두 뿌리가 뽑혀 낯선 장소로 옮겨진 인물, 환경, 과거를 독특하게 결합하는 방식이 인상적입니다. 그들의 이야기는 종종 비극을 내포하고 있지만, 그 이상으로 상승하지요. 그 이야기들은 불편함과 공감을 이끌어냅니다. 바로 저를 변화시키는 필요충분조건이죠. 독자를 낯선 상황으로 데려다놓고 남들은 보지 못했을 세세한 것들에 현미경을 들이대는 작품이라면 어떤 이야기라도 그런 힘을 가지고 있듯이 말이지요.

간과되거나 과소평가된 작가들 가운데 가장 좋아하는 작가에 대해서 널리 알릴 기회를 드리겠습니다.

수년간 레바논계 미국인 작가 라비 알라메딘의 작품에 대해서 여기저기 떠들고 다녔어요. 그의 산문은 아름답고, 그의 접근법은 아주 낯설고, 그의 이야기에 들어 있는 생각들은 때로는 웃기거나 환상적이지만 늘 어마어마하게 진지하지요. 오늘날 벌어지고 있는 여러 성전聖戰들 뒤에 놓여 있는 복잡한 역사를 이해하는 것과 밀접한 연관이 있고요. 이탈리아와 스페인에서는 그의 책이 베스트셀러예요. 그의 이력이 주요 신문에서 전면을 장식하고, 상도 수없이 받았고, 문학 페스티벌의 단골손님으로 초청을 받고, 국제적인 작가들로부터 극찬을 받았지요. 그런데 미국에서는 거의 알려져 있지 않아요. 어째서 문학을 감상하는 데 지리적인 분절이 있는 걸까요?

어떤 종류의 이야기에 끌리시나요? 피하는 이야기 종류는요?

거의 어떤 책도 가리지 않고 읽는 편입니다. 소설이든 논픽션이든, 첫 한두 문장에서 그게 내가 한동안 가만히 들어보고 싶은 목소리라는 걸 알게 되는 한에서는 말이지요. 그건 심상과 언어, 구체적인 관점, 그 작가가 만들어낸 특정 우주에 대한 자신감 있는 지식과 관련이 많습니다.

특정 장르라고 해서 피하거나 하는 일은 없습니다. 단지 어떤 방향으로 계속해서 나아가려고 애쓰지 않는 것뿐이지요. 남편이랑 같이 배낭여행을 하면서 모닥불 앞에 앉아 H. P. 러브크래프트를 함께 소리 내어 읽었던 때 이후로 과학소설을 별로 챙겨서 보지는 못했네요. 그

때는 『곰의 습격Bear Attacks』에 나오는 끔찍한 문단도 소리 내서 읽곤 했죠. 야외에서 우리 스스로 만들어낸 공포를 즐긴 거지요. 거기에는 진짜로 야생 곰이 많았거든요. 요즘에는 그냥 신문에 나오는 의회 하원에 관한 모든 공포 이야기를 읽고 있습니다.

당신의 책장에 있는 책들 가운데 우리가 보면 놀랄 만한 책은 무엇일까요?

동물의 인지와 행동에 관한 책이 많아요. 까마귀, 큰까마귀, 개, 심지어 개미에 관한 책도 있죠. 제가 개 훈련 책이라면 사족을 못 써요. 생물학에 관한 고서들도 모읍니다. 그중에는, 네 권짜리 세트로 된 책인데, 과학소설가 H. G. 웰스, 그의 아들 G. P. 웰스, 그리고 생물학자이자 유명한 우생학자인 줄리언 헉슬리가 쓴 『생명 과학The Science of Life』도 있지요.

선물로 받은 책 가운데 최고의 책은 무엇입니까?

1999년 12월 7일, 저는 제 편집자 페이스 세일이 생명 유지 장치를 떼기 직전에 그녀의 침대 곁을 떠났습니다. 우리는 친자매 같았어요. 두 시간 뒤에, 스티븐 킹이 전화를 해서 제 남편 루와 함께 자기를 만나러 호텔방으로 와줄 수 있겠냐는 요청을 해왔습니다. 6개월 전 밴에 치여 죽을 뻔한 사고를 당한 후로 그가 외부 사람과 만나는 건 처음이었지요. 그가 제게 『유혹하는 글쓰기On Writing』의 사본을 건네주더군요. 그 몇 년 전에, 우리는 인터뷰를 할 때 아무도 우리한테 하지 않는 질문인 언어에 대해서 이야기를 나눈 적이 있었어요. 그때 그는 글쓰기에 관한 책을 쓸지 어쩔지 고민을 하고 있던 중이었고, 제가 "쓰세요" 하고 말했거든요. 그랬던 그가 이제 저한테 자신이 쓴 헌사를 보라고 하는 겁니다. 저한테 바치는 헌사더라고요. 그리고 우리는 다 함께 개봉작 〈그린 마일〉을 보러 갔죠. 그 영화는 사형수 수감 구역에 있는 한 남자에 관한 이야기였는데, 그는 사람들을 치유할 수 있는 힘을 지닌 사람이었죠. 암으로 죽어가고 있는 사람을 포함해서 말이지요. 그날 밤에는 엄청난 슬픔과 영예로운 행복감을 동시에 느꼈어요.

어떤 책으로부터 가장 큰 영향을 받았습니까?

아마 성경일 거예요. 아버지께서 목회 일을 하셔서 날마다 성경 구절을 들었거든요. 우등 배지를 얻으려고 기다란 단락을 몽땅 외웠지요. 성경의 반복적인 운율이 어린 시절부터 제 글쓰기 뇌에 각인이 되었어요. (어쩌면 그것 때문에 저한테 문장을 "그리고"로 시작하는 버릇이 생겼는지도 모르겠네요.) 또한 제 이야기의 많은 부분은 전승된 믿음을 무효화하는 것과 관련이 있습니다. 그게 종교에서 온 것이든, 사회나 어머니에게서 온 것이든 말입니다. 종종 종교적인 죄나 덕성과 관련된 고딕 이미지를 꾸준히 사용해온 것도 제 작가적 감수성 형성에 한몫했죠. 다윗이 골리앗의 골통을 부수고, 피가 흥건한 삼손의 머리에는 머리카락이 한 뭉텅이 뽑혀나간 자리가 있는가 하면, 악취가 나는 시체는 친척들에게 키스를 받으려고 일어나지요.

대통령께 단 한 권의 책을 권할 수 있다면 어떤 책을 권하시겠습니까?

저는 절대로 누구에게든 어떤 책도 읽으라고 요구하지 않을 겁니다. 그건 우리가 책을 읽는 이유—우리의 개인적인 이유들로 어떤 책을 고르는 행위—에 반하는 행동 같아요. 제 책이 필독서에 들어 있다는 말을 들을 때마다 저는 진저리를 칩니다.

어린 시절, 주변에 책이 많았나요? 어렸을 때 누군가가 책을 읽어준 기억이 있습니까?

책은 사치품이었어요. 우리집에는 리더스 다이제스트 컨덴스드 북스에서 공짜로 준 『월드북 백과사전World Book Encyclopedia』, 빌리 그레이엄 목사의 감화를 주는 책들, 외국어로 된 성경책들, 그리고 제가 가장 좋아했던, 높은 선반 위에 꽂혀 있던 『정신질환적 성애Psychopathia Sexualis』라는 제목의 책이 있었지요. 어느 크리스마스 날에는 이탈리아어로 된 중국 동화책을 선물 받은 적이 있어요. 현자, 신, 인간 들이 전부 이탈리아 영화에 나오는 인물들처럼 생겼었지요. 최근에 그 책을 다시 찾아냈답니다.

제 어머니와 아버지께서는 소설은 읽지 않으셨어요. 적어도 영어로 된 소설은요. 하지만 한 해 동안 아버지께서 제 남자 형제들과 제게 밤에 이야기책을 읽어주신 적이 있어요. 『365가지 이야기365 Stories』라는 책을 밤마다 한 페이지씩 읽어주셨는데, 사소한 곤란을 겪는 행복한 미국 어린이의 일상을 다룬 내용이었죠. 여섯 살 때부터는 2주에 한 차례씩 신중하게 대여섯 권을 골라 읽으며 일취월장을 해서, 나중에는 아주 높은 선반에 있는 상당히 수준 높은 책들까지 보게 되었죠. 최고로 좋아한 건 동화책이었고요. 『앵무새 죽이기To Kill a Mockingbird』를 다 읽고 나서는 독서가로서 자부심을 갖게 되었지요. 『호밀밭의 파수꾼』 같은 금서들까지 읽게 됐는데, 그 탓에 젊은 목사한테 정기적으로 상담을 받아야만 했지요. 그 목사가 그런 책은 저로 하여금 죄의식을 느끼게 할 거라더군요. 그런 사건이 책의 힘과 책을 읽지 않았을 때 갖게 될 무력감에 대해 제가 가지고 있는 느낌을 단단하게 만들어 줬지요.

유년기에 가장 좋아했던 문학 속 인물이나 영웅이 있나요?

제인 에어가 아직도 제가 가장 좋아하는 인물이에요. 그녀의 솔직함이 때로는 저를 웃게 만들었지요. 그녀의 외로움과 자기 앞길을 혼자서 개척해나가야 하는 상황은 저 자신의 감정을 비춰줬고요. 어린 왕자는 제가 애착을 가졌던 또하나의 잃어버린 영혼이지요. 삐삐 롱스타킹은 지나치게 쾌활했고요.

어떤 작가들에게서 영감을 받았습니까?

처음 단편을 쓰기 시작했을 때, 에이미 헴펠, 메이비스 갤런트, 앨리스 먼로, 몰리 자일스, 플래너리 오코너, 유도라 웰티, 리처드 포드, 메리 로빈슨, 체호프, 그리고 다른 많은 작가들의 단편집을 읽었지요. 그다음엔, 강렬한 다중적 목소리를 지닌 루이스 어드리크의 『사랑의 묘약Love Medicine』을 읽었고요. 그 이야기들은 공동체와 서로 간의 상실이라는 주제로 묶여 있었지요. 그게 나중에 『조이럭 클럽』의 구조를 만드는 데 모델이 되었습니다.

요즘에는 감탄스러운 책이라면 어떤 책이든 저에게 영감을 주거나 글쓰기를 포기해야 할 것만 같은 느낌이 들게 합니다. 존 맥스웰 쿳시의 『추락Disgrace』은 후자 쪽이었어요.

고인이 되었거나 살아 있는 작가들 가운데 누구라도 만날 수 있다면, 누구를 만나고 싶습니까? 만나면 무엇을 알고 싶은가요?

에밀리 디킨슨을 만나고 싶어요. 디킨슨의 유모가 되어도 좋고, 숲에서 산책할 때 그저 조용히 같이 걷는 동행자가 돼도 좋을 것 같아요. 그녀가 눈길을 주는 거라면 무엇이든—깃털, 찻잎, 울타리의 구멍—평생을 어떤 기대 속에서 살아가는 인간의 감정에 대해서 뭔가 심오한 것을 누설하도록 이끌 거라는 상상을 합니다.

문학 속 인물 가운데 누구라도 만날 수 있다면 누구를 만나고 싶으세요?

책 속의 인물들이 제가 살고 있는 세계로 오는 건 싫어요. 그들이 지닌 특별한 자질, 제가 그들에 대해서 알아야만 하는 딱 적당한 만큼의 내용을 잃고 말 테니까요. 반면, 제가 그들의 세계로 가는 건 괜찮아요. 그들은 제가 누군지에 대해서 아무런 선입견이 없으니까요. 체셔 고양이랑 같이 시간을 보내면서 사라지는 법도 배우고 그 맵시 있는 비논리 화법으로 이야기를 나누고도 싶어요. 체셔 고양이는 테니얼이 펜과 잉크로 그린 삽화랑 똑같이 생겼을 것 같아요. 저도 펜과 잉크를 가져가야 할 거예요. 그게 펜과 잉크로 된 그 특별한 차원의 이상한 나라에 들어가기 위한 조건일 테니까요.

예전에 함께했던 밴드, 록 바텀 리메인더스와 함께 연주하던 때가 그립지 않으세요?

그 밴드를 이끌던 케이시 케이멘 골드마크가 정말 그리워요. 하지만 리메인더스는 소설의 속편처럼 계속될 거라는 느낌이 듭니다. 벌써 마이애미 북 페어에서 같이 모여 첫번째 연례행사를 치렀거든요.

다음으로 어떤 책을 읽으실 계획입니까?

막 두 권을 시작한 참이에요. 하나는 어두운 책인데, 요제프 로트의 『엉터리 저울추Weights and Measures』입니다. 현재 미국의 분위기에 꼭 들어맞는 책이라는 느낌이 들어요. 위험한 변화, 이 나라를 묶어줬던 것의 붕괴, 정치가, 금융업자, 그리고 영웅들의 도덕의 종말 같은 것을 이야기하고 있거든요.

다른 하나는 좀더 희망적인 책으로, 소니아 소토마요르가 쓴 『내가 사랑하는 세상My Beloved World』입니다. 저는 대법원에서 그녀가 보여준 지혜와 공감에 대해서 감사한 마음을 가지고 있습니다. 6월에 소토마요르 판사가 그녀가 일하는 곳에서 사적으로 점심을 같이하자고 제 남편과 저를 초대한 적이 있었어요. 법관들이 주요 사건들에 대한 심의를 막 시작하려는 때였죠. 우리는 우리 어머니들의 두려움에 대해서, 그리고 출판, 번역, 스노클링, 입양아들, 문화적 자기 동일시에 대해서, 그러니까 법률 사건을 제외한 모든 종류의 주제에 대해서 이야기를 나눴지요. 그녀가 쓴 회고록의 처음 열 페이지 정도를 읽었는데, 벌써 그 책이 우리가 나눴던 대화의 연속과 다름없다는 걸 알겠더군요.

엘리자베스 길버트
Elizabeth Gilbert

지금 침대 머리맡에는 어떤 책이 놓여 있나요?

로버트 휴스가 쓴 『로마Rome』가 놓여 있어요. 당장 로마로 떠나고 싶은 걸 꾹꾹 참아가면서 로마에 관한 책을 읽는다는 게 얼마나 힘든 일인지 깨닫고 있지요.

언제, 어디서 책 읽는 걸 좋아하십니까?

제가 깨어 있는 한, 어디서든 읽습니다. 운전하거나 샤워를 할 때도, 사람들을 만나는 중에도, 잠을 자는 중에도 읽을 수만 있다면 읽을

• 엘리자베스 길버트는 『먹고 기도하고 사랑하라Eat, Pray, Love』의 저자로, 그 외에도 『라스트 아메리칸 맨The Last American Man』 『결혼해도 괜찮아Committed』 『모든 것의 이름으로The Signature of All Things』 등의 책을 썼다.

것 같아요.

최근에 읽은 책 가운데 정말로 훌륭하다고 생각했던 책은 무엇입니까?

지난 수년간 읽은 책들 가운데 힐러리 맨틀이 쓴 『울프 홀』보다 더 눈부신 책은 없었습니다. 완전히 딴 세계를 본 느낌이 들 정도로 충격적이었죠. 세 차례나 읽었는데도 대체 맨틀이 어떻게 그토록 장대한 세계를 엮어낼 수 있었는지 아직도 그 비결을 못 알아냈어요. 지금은 그 책의 속편인 『튜더스, 앤불린의 몰락Bring Up the Bodies』를 읽고 있는데 토머스 크롬웰에 대해서 좀더 읽고 싶은 제 욕구를 훌륭하게 충족시켜주고 있답니다.

스스로를 소설 애호가라고 생각하십니까, 논픽션 애호가라고 생각하십니까? 가장 좋아하시는 문학 장르는 무엇인가요? 죄책감을 느끼면서 즐기는 책이 있나요?

둘 다 좋아합니다. 소설을 대할 때 기대치를 더 높게 가져서 공정함을 잃기는 하지만요. 논픽션을 읽을 때는 그게 설령 잘 쓴 글이 아니더라도 책에서 뭔가 배울 게 있거나 흥미로운 게 있으면 만족하는 경향이 있는 것 같아요. 하지만 소설의 경우엔 첫 장에서부터 뭔가 완벽하고 정확한 느낌이 오지 않으면 계속해서 읽기가 힘들어요. 너무 고통스럽습니다. 그리고 제가 죄책감을 느끼면서도 즐기는 건 타블로이드 신문이에요. 이런 말을 하긴 좀 그렇지만, 저는 모든 유명인사들의 아기들 이름을 다 꿰고 있답니다.

학생 시절에 읽었던 책 가운데 최고의 책은 무엇입니까? 지금까지 당신의 생각에 가장 큰 영향을 주었던 책은 무엇입니까?

고등학생 시절에 헤밍웨이를 알게 된 것이 제게는 큰 사건이었습니다. 이미 저 스스로는 제가 작가가 되고 싶어한다는 걸 알고 있었어요. 하지만 헤밍웨이의 목소리가 겉보기에 단순해 보인다는 점이 저한테 글쓰기란 게 현실적으로 접근 가능한 것처럼 보이게 해준 거지요. 마치 작가는 그냥 옆으로 비켜서서 이야기가 저절로 진행되기를 지켜보기만 하면 되는 것처럼 느껴지게 말이에요. 당연한 말이지만 헤밍웨이도 그의 글도 절대 단순하지가 않습니다. 어쨌든 결국에는 제가 헤밍웨이처럼 사유하지도 않고요. 하지만 그는 저에게 가능성과 허용의 범위를 아주 크게 활짝 열어줬던 거예요. 딱 적절한 순간에 말이지요.

대통령께 단 한 권의 책을 권할 수 있다면 어떤 책을 권하시겠습니까?

빌 클린턴 전 대통령이 쓴 『빌 클린턴의 마이 라이프My Life』를 권하고 싶습니다. 순전히 재선에 성공하는 법에 대한 안내서로 읽으면 좋을 것 같아요.

이상적인 독서 경험은 어떤 것입니까? 웃게 하는 책이 더 좋으세요, 울게 하는 책이 더 좋으세요? 교훈적인 책과 낯선 곳으로 데려가주는 책 가운데 어느 쪽을 더 좋아하시나요?

아, 저도 다른 사람들과 똑같아요. 편안한 소파, 적당한 음료, 아무런 신경쓸 일이 없는 주말, 그리고 시간을 멈춘 뒤 저라는 존재를 일상으로부터 구출해내 고양시켜주면서 제 생각을 영원토록 바꿔줄 그런 책을 원하지요. 아니면 가장 최근에 찍힌 유명인사들의 아기 사진이나요.

어렸을 때 가장 좋아했던 책은 무엇인가요? 그 책들 속에 좋아하는 인물이나 영웅이 있었나요?

L. 프랭크 바움이 쓴 오즈의 마법사 전 시리즈요. 열네 권으로 된 이야기가 점차 진행될수록 우직하고 용감한 도로시 게일은 한 걸음 한 걸음 앞으로 나아가면서 승리를 거두어내지요. 조지프 캠벨이 나중에 "영웅의 여정"이라고 정확히 지칭한 것을 통해서 말입니다. 저는 도로시가 오디세우스나 싯다르타와 같은 원형의 범주에 넣을 수 있는 유일한 중서부 소녀일 거라고 생각합니다. 저에게는 도로시가 거의 토템과도 같은 절대적인 존재이지요.

실망스럽거나, 과대평가되었거나, 신통치 않은, 좋아해야 마땅하지만 당신에게는 그렇지 않았던 책이 있습니까?

몇 년에 한 차례씩 이런 생각을 합니다. '아마 지금쯤은 내가 좀더 똑똑해지고 지적으로 성숙해져서 『율리시스』를 이해할 수 있을지도 몰라.' 그래서 그 책을 집어들고 다시 시도해보죠. 그런데 한 열 페이지쯤 넘기다보면 "대체 이게 무슨……!" 이러고 맙니다.

고인이 되었거나 살아 있는 작가들 가운데 누구라도 만날 수 있다면, 누구를 만나고 싶습니까? 저자에게 편지를 써본 적이 있나요?

시인 잭 길버트요. (아쉽게도 저와는 아무런 친인척 관계가 아닙니다.) 길버트는 제 결혼의 계관시인입니다. 남편과 제가 수년간 그의 시를 서로에게 소리 내어 읽어주곤 했고, 사랑에 빠진 우리 커플이 서로와 자신을 이해하는 방식에 그가 신비스런 영향을 미쳤거든요. 그 점에 대해서 그에게 감사하고 싶습니다. 그런데 제가 너무 수줍음이 많은 편이라 그에게 편지를 쓰지는 못했네요.

독서 습관이 궁금합니다. 책을 읽으면서 메모를 하시나요? 전자책을 읽으십니까, 종이책을 읽으십니까?

즐기려는 목적으로 책을 읽을 때는 유난히 황홀한 문단 위에다가 힘차게 커다란 동그라미를 치거나 느낌표를 휘갈겨넣어요. 자료 조사를 위해서 읽을 때는 깔끔하게 색인카드에다 적어넣은 다음 깨끗한 신발상자에다 차곡차곡 모아둡니다.

무슨 책을 읽고 나서 작가가 되고 싶다는 생각을 했나요?

아마 『개구쟁이 꼬마 원숭이Curious George』였을 거예요. 아니면 제가 처음으로 접했던 책들 가운데 하나였겠지요. 그러니까 제가 다른 일을 직업으로 삼고 싶었던 기억은 전혀 없다는 말을 하고 싶네요.

근래에 읽고 나서 좋다고 생각하신 회고록이 있습니까?

얼마 전에 애비게일 토머스가 쓴 『세 마리 개와 함께하는 인생A Three Dog Life』이란 책을 발견했는데 정말 놀라우리만치 훌륭하더군요.

최근에 보신, 책을 원작으로 하는 영화 가운데 최고의 영화는 무엇이었나요?

아, 이러지 마세요, 너무 계획적인 질문이잖아요! 하지만 이왕 물어보셨으니 이렇게 말할게요. 2010년으로 거슬러올라가서, 줄리아 로버츠와 하비에르 바르뎀이 주연한 훌륭한 영화가 있었는데 제게는 무척 의미가 있는 영화였다고요.(자신의 책을 영화화한 〈먹고 기도하고 사랑하라〉를 말한다—옮긴이)

다음으로 어떤 책을 읽으실 계획입니까?

『율리시스』요.

팬레터

게일 고드윈은 편지를 정말 아름답게 씁니다. 제임스 설터도 그렇고요. 설터는 구식 타자기로 친 다음에 손으로 다시 써요. 그의 손글씨는 정말 훌륭하죠. 호텔 메모지에 쓰는데 어떤 건 아주 색다른 느낌을 줘요. 커트 보네거트도 편지를 아주 잘 씁니다. 다들 알고 계시겠지만, 아주 재미있는 분이지요. 그라스는 독일어로도 쓰고 영어로도 쓰는데, 저도 그렇게 합니다. 그의 영어가 제 독일어보다 낫긴 하지만요. **—존 어빙**

제가 편지를 쓴 작가들은 많습니다. 팬으로서 말입니다. 마음속에서 우러나온 편지들을 썼죠. **—리처드 포드**

저는 제 시간의 90퍼센트는 작가들, 글 쓰는 제 친구들한테 편지—이메일—를 쓰는 데 써버리고 말아요. 문제는 그들이 답장을 쓴다는 거죠. 저도 그러고요. 그러면 순식간에 아침이 되돌릴 수 없이, 불가피하게 (스티븐 디덜러스가 말했던 대로) 사라져버리고 말죠.

제가 확실히 편지를 많이 받기는 합니다. 그중 많은 편지들이 이렇게 직설적으로 시작하죠. "우리 선생님께서 미국 작가에 대한 글을 써오라는 숙제를 내주셔서 작가님을 선택했는데, 작가님에 대한 충분한 정보를 찾기가 힘드네요. 왜 글을 쓰세요? 가장 좋아하는 책은 무슨 책이에요? 어디서 아이디어를 얻으시나요? 월요일까지 답장을 주셨으면 좋겠어요. 왜냐하면 숙제 제출 기한이……" **—조이스 캐럴 오츠**

일곱 살 땐가 여덟 살 때 르네 고시니한테 아스테릭스에 관해서 팬레터를 쓴 적이 있어요. 그가 답장을 보내왔는데, 거기에 어린 영국 소녀를 웃게 만든 스스로가 무척 자랑스럽다는 말이 쓰여 있었죠. **—에마 톰슨**

많은 작가들한테 편지를 썼지요. 『행복은 항상 우리 곁에』를 여러 차례 읽고 그 책에 대해서 주위에 막 떠들고 다니던 시절에 로리 콜윈한테 편지를 보낸 적이 있어요. 그녀가 보내준 쪽지를 20년 동안 보관하고 있죠. 앨리스 애덤스도 스물여섯에 제 첫 소설이 나왔을 때 자상한 편지를 보내줬는데, 너무 들뜬 나머지 그녀한테 답장을 쓰면서 우표를 한 뭉치 동봉해서 보낸 일이 있어요. 대체 무슨 생각이었는지 모르겠어요. 인기 스타에 완전히 반해서 충동적으로 저지르는 행동 같은 거였죠. —**앤 라모트**

자기 아이들이 책을 읽게 해줘서 고맙다는 부모들의 다정하고 진심 어린 편지를 수백 통 받습니다. 한 통 한 통이 제 하루를 만들어줍니다. 그게 제 한 주를 만들고요. 수많은 여성들이 자기 남편이 책을 읽도록, 또는 책을 다시 읽도록 해줘서 고맙다는 편지를 제게 보냅니다. 가끔은 남편이 자기 아내가 책을 읽게 해줘서 고맙다는 글을 보내오는 적도 있긴 하지만, 그건 좀 드문 경우고요. —**제임스 패터슨**

10대 때 R. A. 래퍼티한테 편지를 쓴 적이 있습니다. 그가 답장을 보내주었는데 글이 꼭 그의 단편소설 같은 거예요. 직설적인 질문에는 함축적인 대답이 많고 복잡한 질문에는 단순한 대답을 많이 하는 식이었죠. 그리 많은 사람이 그의 작품을 읽어보지 않았을뿐더러 그의 작품을 좋아하는 사람은 그보다 더 적지만 그를 좋아하는 우리 같은 사람들은 변함없이 끝까지 좋아하지요. 우리가 서로 만난 적은 없습니다.
—**닐 게이먼**

한 이탈리아 독자가 자기가 아내를 만나게 된 사연을 이야기하는 편지를 보내온 적이 있어요. 아내가 버스에서 제 책 중 하나를 읽고 있었는데, 자신이 이제 막 다 읽은 책이더랍니다. 그들은 이야기를 나누기 시작했고, 서로 만나기 시작했죠. 지금은 그들 사이에 태어난 아이가 셋이고요. 그 이야기를 듣고 나니, 얼마나 많은 사람들의 존재가 그들 부모의 책에 대한 사랑 덕분이었을지 궁금해지더군요. —**이언 매큐언**

월터 모슬리
Walter Mosley

언제, 어디서 책 읽는 걸 좋아하십니까?

저는 움직이면서 읽거나 물속에서 읽는 걸 좋아합니다. 그래서 지하철, 기차, 비행기, 페리, 보트에서 읽거나, 수영장이나 연못이나 호수에서 공기를 집어넣은 튜브나 비닐보트 위에 둥둥 뜬 채로 읽는 걸 좋아하지요. 하지만 가장 행복한 독서는 욕조에서 하는 것이죠. 머리를 욕조의 끝부분에 누이고 한 다리는 구부리고 다른 한 다리는 욕조 가장자리를 따라 쭉 편 자세로 말이지요. 가끔씩 뜨거운 물을 조금 더 틀고 발가락을 빙글빙글 돌려가면서요. 결론은 제 아파트로 하겠습니다. 과학소설이나 마술적 리얼리즘 소설을 읽는 동안에 저를 마사지해줄

• 월터 모슬리는 『파란 드레스를 입은 악마Devil in a Blue Dress』로 시작하는 이지 롤린스 추리소설 시리즈를 포함하여 많은 책을 썼다.

고압 물 분사장치가 달린 바닥이 깊은 욕조가 있으니까요.

한 번 읽은 책을 다시 읽는 걸 좋아하시는 편인가요?

글쓰기가 다시 쓰기인 것과 마찬가지로 책 읽기 역시 재독이 진짜 읽기죠. 좋은 책이라면 어떤 책도 완벽에 도달하려는 목적으로 수없이 많은 퇴고를 거치는 것과 마찬가지로, 독자가 처음에 책을 끝까지 다 읽는 일은 한 번 스치고 마는 만남이라기보다는 첫번째 데이트와 비슷한 거라고 한다면 의미가 통할 것입니다. 데이트 상대가 흥미롭지 않다면(그럴 가치가 없다면) 반복해서 만날 필요가 없겠지요. 하지만 상대가 재능, 좋은 유머, 뭔가 나와 잘될 가능성이 있거나, 혹은 그냥 예의가 바르다든지 할 경우에는 두 번, 세 번 만나고 싶겠지요. 뭔가 이해할 게 남아 있다는 느낌을 주는 재회에 대해서 약간은 부담스러운 생각이 들 수도 있겠지요. 아니면 반대로, 밀회나 심지어 결혼의 가능성을 제시하는 약간의 에로티시즘이 있을 수도 있을 테고요.

독서의 기쁨은 재독에 있습니다. 거기서 세계와 인물에 대해서 보다 깊이 있게 알게 되고, 그건 다시 읽기가 주는 충분한 보상이 되지요.

좋은 추리소설의 요건은 무엇입니까?

이 질문은 자세한 검토를 해볼 만한 질문입니다. 좋은 추리소설에는 범죄와 인물들이 있고, 그 인물들 가운데 누구라도 그 범죄를 저질렀을 수도 있고 저지르지 않았을 수도 있다는 말로 대답할 수가 있겠네요. 독자는 의심을 갖지만, 대부분은 틀린 것이죠. 범인에 관해서건, 범행의 감춰진 동기에 관해서건 말이에요. 아주 좋은 추리소설에서는 탐정(형사)이 질문에 들어가게 되고 조사자는 자신의 편견, 기대 그리고 한계와 대면하도록 강요받습니다. 훌륭한 추리소설에서는 조사 대상 범죄가 보기보다 훨씬 더 깊이 곪아 있다는 사실이 드러나지요.

하지만 이 대답은 결국 추리소설의 기술적인 측면에 관한 이야기일 뿐이에요. 좋은 추리소설은 좋은 소설이어야만 합니다. 그리고 어떤 소설이건 그게 좋은 소설이라면, 우리 자신과 우리 세계에 관한 진실들을 여러 차원에서, 예기치 못한 방식으로, 그리고 동시에 친근한 방식으로 발견하도록 해주는 여정으로 우리를 데려가주겠지요. 만약 추리소설 작가가 좋은 추리소설을 썼지만 그 안에 그것을 밑받침해주는 좋은 소설이 없다면, 그 작가는 실패한 거예요.

이지 롤린스 추리소설이 이미 종결된 지나간 시리즈로 남아 있을 것 같았습니다. 그런데 이 시리즈를 다시 출간하기로 하셨지요?

곧 새 이지 롤린스 추리소설이 나옵니다. 제목은 『리틀 그린Little Green』이고요. 『블론드 페이스Blonde Faith』(2007) 이후로 첫 작품이지요. 그 시리즈에서 몇 년은 좀 떨어져 있어야 했어요. 이지에 대한 제 글이 점점, 음…… 너무 쉬워졌거든요. 캘리포니아의 태양 속에서 스스로를 다시 만들어낸 남부 출신 흑인 이주자에 관한 이야기를 계속하려면 거기에 다시 불을 지필 필요가 있었지요.

이제는, 익숙하면서도 동시에 변형된 세계에 있는 이지에게 뭔가 새로운 게 있다고 믿습니다.

논픽션을 더 쓰실 계획입니까?

네. 세기의 변화가 세계에는 도전적인 순간입니다. 인류와 우리가 살고 있는 지구를 구하기 위해서는 우리 자신의 가장 깊은 곳에 존재하고 있는 두려움과 편견을 직시해야만 해요. 속마음을 모르는 동료들을 격려하고 많은 무단 침입을 용서해야만 합니다.

과학과 종교, 자본주의와 사회주의, 계급과 성격, 이 모든 것들이 경매에 붙여지고 있어요. 우리가 그저 스타와 함께 춤을 추는(미국 텔레비전에서 방영되는 유명인들의 춤 경연 쇼 〈댄싱 위드 더 스타Dancing with the Stars〉를 암시하는 말이다—옮긴이) 꿈이나 꾸는 사이에 물은 계속해서 차오르고 있죠. 우리는 스스로를 사회적 동물이라 부르지만 사실 우리는 그저 우리에 갇힌 동물 집단에 불과해요. 많은 이들이 스스로 중산층이라고 말하지만, 실제로는 우리가 우리 생명의 피를 제멋대로 나눠 갖는 변덕스런 시스템하에 존재하는 필수 불가결한 노동계급 일벌이라는 거예요.

이런 주제들은 소설이나 희곡, 심지어 시로도 이야기될 수 있겠지만, 이따금은 논픽션으로 담박하게 이야기하는 게 더 좋습니다.

당신의 책장에 있는 책들 가운데 우리가 보면 놀랄 만한 책은 무엇입니까?

이 인터뷰를 누가 읽게 될지, 누가 그 질문을 하는지를 모르니까 무슨 책이 놀라운 책이 될지 정확하게 말할 수는 없을 것 같지만, 그냥 제 책장으로 가서 책 제목 몇 개를 적어봤어요.

플랜 오브라이언이 쓴 『제3의 경찰The Third Policeman』이 있네요. 저는 이 작가가 20세기의 가장 위대한 명문장가 가운데 한 사람이라고 믿습니다. 오만함이나 고상한 시늉이라고는 눈곱만큼도 찾아볼 수가 없는, 유머와 통찰력으로 가득한 사람이에요.

대중교육총서The Popular Educator Library는 대학에 다니지 못하는 이들을 위해서 필수 대학 교육 내용을 제공하려는 목적으로 10권으로 제작된 전집으로, 그 안에는 수백 편의 에세이가 들어 있죠. 1930년대 후반에 출간되었고, 회계에서부터 항공술까지 모든 걸 다 다루고 있습니다. 정말 멋지죠.

R. G. 콜링우드의 『역사의 원칙The Principles of History』은 역사와 인식에 관한 정수가 담겨 있는 책입니다. 어떻게 우리가 알아내기 불가능한 것을 상상할 수 있는지에 관해서도요. 루이스 멈포드가 쓴 『역사 속의 도시The City in History』는 어떻게 인간 조직과 과학기술이 우리 스스로가 전혀 의식하지 못하는 방식으로 우리를 만들어내는지 보여주지요. 데자 킹이 쓴 『탕녀 재장전하다Bitch Reloaded』는 길거리 문학이라고 부르는 것의 완벽한 예고요, 모든 종류의 사람들이 책을 읽게 되는 모든 방식을 이해할 수 있게 해주는 책이기 때문에 제가 좋아하는 책이지요. 대학 교수나 도서관 사서나 수감자만 책을 읽는 게 아닙니다. 거리의 보통 사람들도 역사가 불가피하게 삭제하고 잊어버릴 수밖에 없는 이야기들을 해주려는 책에서 자기 자신을 찾고자 하지요.

책은 주로 어디서 구하시나요?

중고서점, 대형 체인점, 독립서점, 친구의 책장에서 찾지요. 지하철에서 제 반대편에 앉아 있는 여성이 책 읽는 소리를 듣고서 찾기도 하고요. 저는 마치 소가 새 목초지를 찾듯이 책을 발견합니다. 다른 소들이 어디로 향하고 있는지를 보는 거죠.

인터넷에서도 찾고 식당에서 사람들이 하는 대화를 우연히 엿듣고 찾기도 하고요. 그리고 점점 더 제 기억 속에서 책을 찾는 일이 많아지고 있어요. 어느 교수가(그의 이름은 이제 잊어버렸지만) 그 주제가 뭐였는지 지금은 기억이 안 나지만 하여간 어떤 세미나에서 언급했던 작가의 이름이라든지요. 작가의 이름만 기억이 났다가 나중에 언젠가는 책 제목이 떠오르기도 해요. 그러다 며칠 뒤에 그 작가의 이름과 제목을 연결시키는 식이죠. 아주 조금만 더 기억을 더듬다보면 스태튼 섬을 운항하는 페리에서 행복하게 책을 읽던 기억이 떠오르기도 하고요.

어렸을 때 가장 좋아했던 책은 무엇인가요?

현역 작가로서 이런 질문에는 저를 좀더 지적으로 보이게 만드는 방식으로 대답을 해야 한다는 걸 알고 있습니다. 아마도 트웨인이나 디킨스, 아니면 헤세나 콘래드까지 언급해야 할지 모르죠. 나이에 비해서 훨씬 더 지적인 책들을 읽었다고 말해야 할 겁니다. 그러면 지적인 독자들이 제 신간과 그 이후의 책도 자신 있게 구매할 수 있도록 해주겠지요.

하지만 진실은, 제가 가장 사랑했던, 거의 제 유년기를 형성했던 책은 만화책, 특히 마블 코믹스였습니다. 판타스틱 포와 스파이더맨, 마이티 토르와 천하무적 아이언맨. 그리고 나중에는 데어데블과 그 외 다른 것들도 많이 나왔죠. 이 시각예술과 글의 조합이 제게 인물의 복잡성과 상상 모험의 순수한 기쁨을 알려주었습니다. 그 만화들이 제게 글쓰기의 변증법에 대해서, 그리고 어떻게 괴물이 영웅일 수도 있는지를 가르쳐줬지요. 그 만화들은 과학을 찬양하고, 세계가 어떤 하나의 정신보다도, 혹은 사실 인류 정신의 역사 전체가 이해할 수 있는 것보다도 더 복잡하다는 것을 조금씩 이해할 수 있게 해주었지요.

작가로서의 당신에게 가장 큰 영향을 준 소설은 무엇입니까?

저는 책 읽기와 글쓰기를 어떤 식으로든 직접적으로 동일시하는 것에 찬성하지 않는(적어도 그건 사실이라고 믿습니다만) 소수의 작가들 가운데 한 사람입니다. 서구 소설 전통의 아버지 호메로스가 진짜로 문맹이었다고 알고 있습니다. 서양의 수많은 이야기꾼들과 시인들이 학교 교육을 받지 않았죠. 세계에서 가장 위대한 종교 가운데 하나를 창시한 싯다르타 고타마 붓다는 글을 쓸 줄 아는 사람이 아무도 없는 환경에서 종교를 만들어냈어요. 성경도 기억으로만 전승되다가 오랜 시간이 지나서야 기록이 되었죠.

어떤 소설이(혹은 만화책이) 저로 하여금 작가가 되게 만들 정도의 영향을 미쳤는지는 모르겠어요. 제가 사랑한 소설은 많습니다. 『백 년 동안의 고독』은 정말 아름답지요. 에밀 졸라의 『목로주점L'Assommoir』도 그렇고요. 체스터 하임스의 『목화가 할렘에 온다네Cotton Comes to Harlem』는 눈부신 책이죠. 어렸을 때는 『곰돌이 푸는 아무도 못 말려』가 저를 매혹했고요.

제가 어렸을 때, 아버지께서 어린 시절에 카우보이 이야기를 쓴 적이 있다는 말씀을 해주셨어요. 아버지는 그걸 시카고의 한 출판사에 보냈는데 아무런 답이 없더랍니다. 하지만 1년이 지나고 나서 그 이야기가 다른 작가의 이름으로 같은 출판사에서 발간하는 잡지에 실린 걸 아버지가 보게 된 겁니다. 아버지는 이 경험으로부터 자기는 절대로 작가가, 적어도 책을 출판하는 작가는 될 수 없겠다는 사실을 배웠다고 제게 말해주었지요. 이 이야기는 제 무의식 속으로 파고 들어가 자리잡은 비극적인 이야기입니다. 제가 작가가 되는 데 가장 큰 영향을 미친 뭔가가 있었다면, 아마 이 이야기일 겁니다.

당신의 책장은 어떤 모습인가요?

자랑스러운 마음으로 하는 말이지만, 저는 제 책 전부를 아주 소량의 돈을 받고 팔아버리거나 공짜로 줘버립니다. 앞서 몇 권의 애장도서에 대해서 언급했지만, 원칙적으로는 책을 소유하는 것을 신뢰하지 않습니다. 책을 읽고, 또 읽고, 또 읽은 다음에는 그런 재미와 지식의 보고를 책꽂이에서 놀려두는 게 죄인 것처럼 느껴져서요. 책은 읽으라고 만들어진 거잖아요. 제가 읽고 있지 않다면 누군가 다른 사람이 그 기회를 가져야지요.

만나고 싶은 작가는 누구입니까?

앞서 언급한 작가인데요, 호메로스요. 눈먼 시인이자 고대 언어로 말을 하는 그 시인을 만나는 일은 달콤한 도전이 될 것 같아요. 이것은 좋은 소설이 제시할 만한 그런 종류의 도전이에요. 소통의 만灣을 건넌 다음에는, 그가 자신이 대체 뭘 하고 있는 거라고 믿었는지 정말로 알아내고 싶어요. 작가는 시간이 좀 지나고 나면 작가 자신이 픽션이 돼버리기 때문에 이런 말을 하는 것입니다. 작가들은 저에게 영향을 주면서 동시에 제게서 사라져버리지요. 아티카의 어느 해변에서 모닥불을 피워놓고, 이 마을 저 마을 다닐 수 있도록 거동을 돕는 하인이나 아내와 함께 있는 호메로스와 만난다는 것은 진정 소설가가 꿈꾸는 휴가처럼 들리는군요.

다음으로 어떤 책을 읽으실 계획입니까?

마르케스의 『족장의 가을The Autumn of the Patriarch』을 다시 읽을 때가 됐다는 생각을 하는 중입니다.

어린 시절의 독서

제 여동생과 저는 매주 엑서터 공공도서관에 다니면서 우리가 좋아하는 책들을 한아름 안고 돌아왔죠. 닥터 수스, 리처드 스캐리, 개구쟁이 꼬마 원숭이 시리즈, 마들린느 시리즈, 그리고 바바 시리즈 등. 좀더 자라서는 부모님이 밤마다 저희에게 책을 읽어주셨던 기억이 나고요. 『아기 오리들한테 길을 비켜주세요』『인형의 꿈』, 모리스 센닥의 『밥과 닭고기수프』 같은 책들이었죠. 저는 『밥과 닭고기수프』가 무시무시하기 짝이 없는 『괴물들이 사는 나라』보다 좋았어요(아이 방이 괴물이 우글거리는 정글로 변한다고 생각하니 도무지 잠을 잘 수가 없었거든요). **—댄 브라운**

애나 슈얼의 『블랙 뷰티』가 희미하게 반짝거리는 기억으로 남아 있습니다. 어머니께서 몇 달 동안이나 밤마다 여동생과 저에게 읽어주셨거든요. 일곱 살도 안됐을 때였지요. **—스콧 터로**

그림 형제의 동화요. 제가 가장 좋아했던 이야기는 「브레멘 음악대」였는데, 언덕 여기저기에 살고 있는 개와 고양이와 당나귀와 수탉에 관한 이야기예요. 자신들이 버려지거나 더 나쁜 상황에 처하게 될지도 모른다는 사실을 깨달은 동물들이 문제를 자기들의 손으로 직접 해결하기로 결정하지요. 이 이야기를 어머니와 할머니께 계속 읽고 또 읽어달라고 졸라가지고 이야기 전체를 단어 하나하나까지 외울 수 있을 정도였답니다. **—실비아 네이사**

고전 어린이책의 정전은 안 읽었어요. 적어도 제가 아버지가 돼서 아이들에게 읽어줄 기회를 갖게 됐을 때까지는 말이지요. 의심의 여지 없이 그건 제 부모님께서 이 나라로 이민을 오셔서 영어로 말을 하는 게 편하지 않고, 밤에 저한테 책을 읽어주시지도 않았기 때문이었지요. 초등학교 다닐 때는 책을 많이 읽었는데—1년 동안 책을 가장 많이 읽은 아이들에게 주는 상을 받았던 기억이 납니다—그중 단 한 권도 제목이 기억나지 않습니다. **—이창래**

다섯 살 때 셀마 라겔뢰프가 쓴 『닐스의 이상한 모험』을 읽었는데, 그 책에서 얼마나 강렬한 영감을 받았던지 '레닌과 그의 마법 거위'라는 제목의 저만의 이야기로 개작했을 정도였어요. 레닌이 사회주의자 거위를 만나서 그 거위와 힘을 합쳐 핀란드를 점령하는 내용의, 무려 100페이지에 달하는 두툼한 책이었죠. 어머니께서 인세를 주셨는데, 한 페이지당 소련 치즈 한 덩이로 쳐주셨어요. **—게리 슈테인가르트**

아마 다섯 살 때 『이상한 나라의 앨리스』를 받아 들고는 제 방으로 들어가서 끝까지 다 읽을 때까지 안 나왔던 것 같아요. 글을 일찍부터 읽기 시작했지만 그게 그리 중요한 것 같지는 않아요. 저 자신도 아이를 길러보고 주위의 다른 아이들도 많이 보고 그러다 보니까, 분명히 아이들마다 서로 다른 시기에 켜지는 일종의 시계 같은 게 있다는 사실이 보이더군요. 제 시계는 좀 일찍 켜졌던 거죠. 저는 늘 잠을 자기 싫어했어요. 그래서 어머니께서는 제가 원하는 만큼 늦게까지 안 자고 책을 읽을 수 있게 해주셨지요. 어머니 말씀으로는, 제가 세 살 때부터 그렇게 밤새 안 자고 깨어 있었다고 해요. 제 인생 최고의 나날은 이미 오래전에 그렇게 지나가버리고 만 거죠.
—레이철 쿠시너

이사벨 아옌데
Isabel Allende

가장 최근에 읽으신 책은 무엇입니까?

리사 오도널이 쓴 『벌들의 죽음The Death of Bees』입니다. 어디서나 일어날 수 있는 통렬하고 말도 안 되게 끔찍한 이야기입니다.

언제, 어디서 책 읽는 걸 좋아하십니까?

여행할 때는 아이패드로 읽어요. 차에서는 오디오북을 듣고요. 제 침실에서는 종이책을 읽는데, 침실에는 편안한 소파, 램프, 그리고 저를 따뜻하게 해주는 개 두 마리가 있지요. 많은 조사가 필요한 역사 소설을 몇 권 썼는데, 그럴 때는 대부분 제가 글을 쓰는 장소인 제 오두

• 이사벨 아옌데는 『영혼의 집The House of the Spirits』 『에바 루나Eva Luna』 『바다 밑 섬The Island Beneath the Sea』 등을 썼다.

막에서 읽습니다. 제가 대중없이 이 책 저 책 마구 읽는 인내심 없는 독자라는 걸 고백해야겠군요. 첫 40페이지까지 제 흥미를 잡아끌지 못하는 책은 그냥 내려놓습니다. 반쯤 읽다 말고 쌓아둔 한 무더기의 책들이 마저 읽어주기를 기다리고 있는데, 제가 급성 간염이나 다른 심각한 병에 걸려가지고 쉬지 않으면 안 될 때라야 더 읽지 않을까 싶어요.

한 번 읽은 책을 다시 읽으십니까? 어떤 책을 반복해서 읽으시나요?

읽을 책은 너무도 많고 시간은 너무 짧아요! 저는 70세지만 아직은 읽은 책을 다시 읽는 게 새로운 이야기나 새 작가에 대한 놀라움보다 더 즐거움을 주지는 않습니다.

가장 좋아하는 문학 장르는 무엇입니까? 죄책감을 느끼면서 즐기는 책이 있나요?

저는 문예소설을 좋아합니다. 좋은 장편이나 단편 소설은 깨끗하게 다림질 된 시트 안에서 사랑을 나누는 것과 같지요. 완벽한 쾌락이죠. 10대 시절에는 죄책감을 가지고 즐기는 책이 물론 성애소설 같은 거죠. 열네 살 때 레바논에 살던 당시, 벽장 안에서 손전등을 비춰 『천일야화』를 읽으면서 에로티시즘과 판타지의 불가항력적인 혼합을 발견했지요. 금지된 책을 읽는 흥분과 견줄 수 있을 만큼 짜릿한 건 없죠. 지금은 저한테 아무것도 금지된 게 없기 때문에 죄책감도 없어요. 얼마나 유감인지요! (제 손녀들이라면 레바논 시절 저를 자극했던 성애 장면에 지루해 죽으려고 하겠지만요.)

당신의 책장에 있는 책들 가운데 우리가 보면 놀랄 만한 책이 있나요?

사전이 너무 많다고 생각하실 거예요. 스페인어로 글을 쓰지만, 스스로 스페인어로 말을 한다고 생각하는 미국인 남편 윌리와 한 25년간 영어를 쓰면서 살았지요. 그래서 글이 윌리가 말하는 것처럼 써져버리는 경우가 많아요. 스팽글리시로 말이죠. 두 언어 사이를 왔다갔다하는데 어떤 단어는 프랑스어로밖에 생각이 안 나는 경우도 있어요. 저한테는 여러 종류의 사전이 있는데, 동의어, 구어 표현, 신화, 심지어 마술용어 사전도 있답니다.

오늘날의 마술적 리얼리즘에 대해서는 어떻게 생각하십니까? 좋아하시는 마술적 리얼리즘 소설이 있나요?

1970~1980년대에 라틴아메리카 문학이 붐이었을 때처럼 완벽한 마술적 리얼리즘은 더이상 유행이 아니지만, 그 요소들은 세계 방방곡곡의 소설들에 아직도 남아 있습니다. 영어로 된 소설에도 말이지요. 예컨대, 살만 루슈디와 토니 모리슨을 떠올려보세요. 마술적 리얼리즘은 저한테는 문학적 속임수가 아닙니다. 저는 세계가 아주 불가사의한 곳이라는 것을 받아들여요.

칠레에 관해서 읽은 책 가운데 최고의 책은 무엇입니까?

이 질문은 대답이 거의 불가능해요. 칠레에 대해서 폭넓게 글을 써왔기 때문에 그 주제에 관해서 수많은 책을 읽어왔지요. 주로 자료 조사를 위해서요.

작가로서의 당신에게 가장 큰 영향을 주었던 책은 무엇입니까? 작가가 되고 싶게 만든 특별한 책이 있나요?

10대 때는 러시아, 프랑스, 영미 작가들의 소설을 읽었는데, 그 소설들이 제게 좋은 스토리텔링이란 어떤 건지를 가르쳐줬지요. 20대 때는 라틴아메리카 붐을 이끈 훌륭한 작가들(안타깝게도 전부 남성이었죠)의 소설을 읽기 시작했고요. 그 소설들은 미친 우리 대륙에 대해서 세계를 향해, 그리고 우리 라틴아메리카인들을 향해 이야기하는, 서로 다르면서도 조화로운 목소리로 부르는 합창과도 같았죠. 실은 『백 년 동안의 고독』이 저로 하여금 작가가 되고 싶은 마음이 들게 만들었어요. 가르시아 마르케스의 인물들이 저 자신의 가족과도 닮았기 때문이었지요. 게다가 그의 목소리는 쉽게 들렸죠. 그래서 이런 생각이 들었답니다. "이 사람이 할 수 있는 거라면 나도 할 수 있겠다."

대통령께 단 한 권의 책을 권할 수 있다면 어떤 책을 권하시겠습니까?

꼭 한 권이어야만 하나요? 제 책을 전부 다 공짜로 보내드릴 수도 있는데요!

일을 막 시작하시던 젊은 시절에 어린이 잡지를 편집하고 어린이를 위한 책도 쓰신 적이 있는 걸로 압니다. 좋은 아동문학은 어떤 것입니까? 아이들이 꼭 읽었으면 좋겠다고 생각하시는 책이 있나요?

무엇보다도, 아이들을 위한 책은 아주 오락적일 필요가 있습니다. 설교도 안 되고, 숨겨진 메시지도 안 되고, 아랫사람을 다루는 듯한 어투도 안 되고, 가르치는 듯한 말들도 하면 안 됩니다. 아이들은 영리해요. 앞뒤가 안 맞는 말을 감지해내는 그들의 능력을 과소평가하지 마세요. 요즘 아이들은 정보에 대한 접근성이 높기 때문에 그들을 속일 생각은 꿈에도 하지 말아야 할 겁니다. 지금까지 청소년을 위한 책을 쓸 때보다 더 자료 조사에 신경을 써본 일이 없어요. 아이들은 아무리 작은 실수 하나라도 다 잡아내니까요. 아이들이 좋아하는 건 판타지, 공상, 유머, 모험, 악당, 그리고 서스펜스죠.

개인적인 책들은 어떻게 두시나요? 책을 정리하는 특별한 방식이 있나요?

집에는 남편이 오랜 세월에 걸쳐 사 모은 아름다운 가죽 장정의 고전문학 책들이 꽂힌 전면 붙박이 책장이 있어요. 그 책들은 거의 장식용이에요. 세련돼 보이죠. 개인적으로 제 책꽂이가 따로 있는데 거기에는 스페인어로 된 책을 보관해둡니다. 스페인어로 된 책들은 미국에서는 구하기 어렵기 때문이죠. 다른 책들은 그냥 집에 좀 머물다가 사라지곤 합니다. 저는 아무런 수집벽도 없고 소설도 마찬가지예요. 1년에 한 차례 이미 읽은 책들이나 앞으로 절대 읽을 것 같지 않은 책들을 전부 모아서(몇 박스 되지요) 기부해버립니다. 별로 아쉬운 마음도 안 들어요. 필요한 경우가 생기면 또 사면 되니까요.

고정으로 비치해두는 요리책이 있습니까? 부엌에는 어떤 책을 놓아두시나요?

저는 기억과 본능에 의존해서 요리를 합니다. 제 인생의 대부분의 일 처리와 마찬가지로요. 설명서를 따라 하는 게 저한테는 힘들어요. (온갖 방법으로 이리저리 시도했는데도 실패했을 때조차 매뉴얼을 안 읽는 사람이 접니다.) 남편한테는 요리책이 아주 많아요. 남편이 가장 좋아하는 책이 아마 진 앤더슨과 일레인 해나가 쓴 『더블데이 요리책The Doubleday Cookbook』일 거예요. 그 책에서 마늘 냄새가 나고 책장이 음식 얼룩으로 더러워져 있는 걸 보면요.

화장실에는요?

저는 화장실에서는 아무것도 읽을 필요가 없어요. 1분도 안 걸리거든요.

응접실 탁자 위에는요?

미술과 사진 책들, 삽화가 들어간 파블로 네루다의 시집, 『신곡The Divine Comedy』의 호화판, 그리고 페드로 데 발디비아가 스페인 왕에게 보낸 편지(그가 1542년에 칠레를 정복했지요) 등이 있지요. 전부 장식용이고요. 아무도 안 읽어요.

실망스럽거나, 과대평가되었거나, 신통치 않은, 좋아해야 마땅하지만 당신에게는 그렇지 않았던 책이 있습니까? 가장 최근에 끝내지 못하고 내려놓은 책이 있다면요?

네, 또렷하게 기억이 납니다. 하지만 말씀은 안 드릴래요. 그 작가를 불쾌하게 만들고 싶지는 않거든요. 누군가가 제 책에 대해서 그런 말을 한다면 정말 싫을 것 같아요.

고인이 되었거나 살아 있는 작가들 가운데 누구라도 만날 수 있다면, 누구를 만나고 싶습니까? 만나면 무엇을 알고 싶으세요?

마크 트웨인을 정말 만나보고 싶어요. 얼마나 특이한 사람이에요! 저는 그가 생기발랄하고, 성적 매력이 가득하고, 잘생기고, 에너지가 가득찬 사람보다도 더 큰 사람, 위대한 이야기꾼, 환상적인 거짓말쟁이, 그리고 마음이 따뜻하고 원칙을 지키는 사람일 거라고 상상합니다. 그를 만난다 해도 특별한 걸 물어보지는 않을 겁니다. 그를 약간 취하게 만든 다음에(그건 쉬울 것 같아요) 그의 발치에 앉아서 그저 그가 하는 이야기를 듣고 있을 거예요.

문학 속의 인물을 만날 수 있다면 누구를 만나시겠습니까?

물론 조로지요. 가능하다면 밤에 침대에서요. 마스크는 써도 채찍은 들지 않고 나타났으면 좋겠네요.

다음으로 어떤 책을 읽으실 계획입니까?

에드워드 세인트 오빈이 쓴 『패트릭 멜로스 소설』을 막 시작한 참입니다. 모두가 그 얘기만 해서요. (『그레이의 50가지 그림자Fifty Shades of Grey』는 안 읽었는데, 침대에다가 몸을 묶기에는 제가 너무 늙었으니까요.) 680페이지짜리 책이랍니다. 다른 책을 시작하려면 시간이 좀 걸리겠어요…… 급성간염에 걸리는 일이 없다면 말이지요. 그래도 제 침대 옆 탁자에는 조지 손더스의 『12월 10일Tenth of December』이 차례를 기다리고 있어요.

이언 매큐언
Ian McEwan

작년에 읽은 책 가운데 가장 좋았던 책은 무엇입니까?

스티븐 세들리의 『재와 불꽃Ashes and Sparks』입니다. 세들리는 작년까지 최고법원의 선임재판관이었는데, 이 에세이집에서 개인과 국가와 관련된 광범위한 문제들을 다루고 있습니다. 어느 해설자가 언급한 대로, 그는 급진적인 비국교도의 전통에 속해 있지요. 책 제목도 17세기 평등주의자 집단의 팸플릿에서 딴 거예요. 하지만 법에 아무런 관심이 없는 사람이라도 순수한 지적 즐거움을 위해서, 그러니까 정교하고 섬세하게 균형 잡힌 산문, 까칠한 유머, 뛰어난 인용 기술, 그리고 역사에 대한 놀라울 정도로 해박한 이해를 즐기는 차원에서 이 책

• 이언 매큐언은 『암스테르담Amsterdam』『속죄Atonement』『토요일Saturday』『솔라Solar』『체실 비치에서On Chesil Beach』 등의 소설을 썼다.

을 읽어도 좋을 겁니다.

최근에 읽은 책 가운데 정말로 훌륭하다고 생각했던 책은 무엇입니까?

이름을 과장하는 습관이 "훌륭한"이라는 말의 의미를 어느 정도 축소시킨 경향이 있기 때문에, 이 말은 좀 조심해서 써야 해요. 작년에 『햄릿Hamlet』을 다시 읽었지요. 저는 그 희곡이 실제로 세계 역사의 한 순간을 포착해서 드러낸 거라고 믿습니다. 그때, 상황을 완전히 이해하면서도 동시에 회의하는 한 인간을 집요하게 묘사하는 일종의 도약이 이루어지고, 그로 인해 그 인간의 내적 삶이 바깥으로 드러나 우리의 숙고 대상이 되지요. 그렇다 하더라도, 신성모독과 다를 바 없는 이야기이긴 하겠지만, 저는 마지막 두 막이 처음 세 막만큼이나 훌륭한지에 대해서는 의문이 들어요. 햄릿이 영국에서 돌아오고 난 뒤에는 뭔가 극적인 긴장감이 떨어진 게 아닌가요? 최근에 다시 만나게 된 또다른 작품은 조이스의 「죽은 사람들」이었는데요, 지금까지 여러 차례 읽었던 작품이지요. 이 작품은 하나의 중편소설로, 그러니까 『더블린 사람들』의 다른 작품들과는 완전히 분리된, 하나의 완벽한 중편소설로 간주할 필요가 있어요. 연례행사로 열린 겨울파티에서 시작해서, 나중에 호텔에서 부부간에 있었던 그간의 오해와 진실이 드러나는 장면이 이어지고, 마침내 주인공이 죽음의 필연성에 대해서 명상하는 동안 눈이 내리기 시작하고 주인공이 서서히 잠에 빠져드는 것으로 이야기가 끝을 맺는데, 저라면 「죽은 사람들」의 마지막 열두 페이지를 『율리시스』의 어떤 열두 페이지와도 바꿀 겁니다. 하나의 형식으로서, 소설은 여기저기로 마구 뻗어나가는 성향이 있기 때문에 결코 완벽할 수가 없는 장르입니다. 완벽할 필요도 없고 그걸 추구하지도 않죠. 시는 완벽을 성취해낼 수가 있지만—단 한 단어도 바뀌선 안 되죠—중편소설이 그런 경우는 정말로 드물지요.

가장 좋아하는 문학 장르가 있습니까?

중편소설을 가장 좋아합니다. 앞서 말씀드린 대로요.

평소에 시도 읽으십니까?

집에 시집만 따로 보관해둔 선반이 많긴 하지만, 일상의 실존적 서사 밖으로 나와서, 우리를 둘러싸고 있는 고요함이라는, 잊고 있었던 망토를 찾아 걸치고 3, 4분만이라도 집중을 하려면 의식적인 노력이 좀 필요하죠. 아마 독서가 주는 최고의 즐거움이라고 할 수 있는 것에는 무아無我라는 요소가 있지 않을까 싶어요. 너무 몰입한 나머지 자신의 존재 자체를 거의 망각하는 거죠. 지난번에 시를 한 편 읽다가 그런 경험을 했는데요, 브라질 시골에 있는 엘리자베스 비숍의 오래된 집 거실에서였지요. 저는 일상적으로 오가는 대화에서 벗어나, 한구석에 서서 「창 아래에서: 오루프레투(브라질 미나스제라이스Minas Gerais 주의 도시 이름—옮긴이)」를 읽고 있었어요. 바깥 거리는 한때 당나귀와 농부 들이 지나다니던 이름 없는 도로였지요. 비숍은 사람들이 자기 방 창문 근처를 지나가면서 하는 말들을 기록합니다. 이렇게 아름다운 문장을 포함해서요. "어머니가 내 머리카락을 빗어줄 땐 아파." 이제는 그 길이 요란한 자동차 소음으로 진동을 하죠. 거의 집이 흔들릴 정도예요. 시를 다 읽고 나니, 친구들과 그곳을 안내해준 사람들이 모두 다

방을 떠나고 없는 거예요. 시로부터 "다시 돌아온다"는 느낌은 정확히 어떤 걸까요? 뭔가가 더 가볍고, 부드럽고, 넓어졌다가 결국 다시 원래대로 바뀌고 말지만, 결코 완전히 원래대로 돌아오는 것은 아닌 그런 경험이 아닐까요?

읽고 나서 처음으로 눈물을 흘렸던 책이 기억나시나요?

로널드 웰치가 쓴 『결투The Gauntlet』였어요. 열 살 때였는데, 병원에 입원을 하게 되는 바람에 이 놀라운 어린이 역사소설을 하루 만에 읽을 시간이 주어졌던 거죠. 주인공 피터는 꿈같은 상태에서 600년을 거슬러올라가, 중세 말기의 웰시 성으로 이동하게 됩니다. 그후, 모험과 전투와 매사냥이 수없이 반복되지요. 마침내 피터가 현재로 돌아왔을 때, 성은 도입부에 묘사되었던 대로 오싹한 느낌의 폐허가 되어 있고, 모든 장면들과 그가 사귀었던 모든 친구들이 전부 다 사라져버린 거죠. "그들의 뼈는 란페론의 조용한 교회묘지에 묻힌 채로 잘게 부서져 먼지가 되어 있을 것이다." 당시의 저에게 그건 완전히 새로운 생각이었지요. 시간이 사랑하는 이들의 흔적을 없애고 그들을 먼지로 만들어버린다는 생각 말이지요. 한동안 그 생각에 완전히 사로잡혀서 벗어날 수가 없었어요. 어린이책 카트에 놓여 있던 어떤 다른 소설로부터도 그 정도로 강렬한 충격을 받은 적은 없었거든요. 그다음날, 『결투』를 다시 한 번 읽었지요.

대통령께 단 한 권의 책을 권할 수 있다면 어떤 책을 권하시겠습니까?

대통령한테 무슨 충고를 한다거나 미국의 필연적인 쇠퇴에 관한 헛된 논문을 하나 더 얹어드리는 일 따위로 대통령을 괴롭혀드리고 싶지는 않아요. 공중의 이익을 위해서, 그분께 시에 한번 빠져들어보시라고 하고 싶네요. 그분께 잘 맞는 시는 제임스 펜턴의 작품일 것 같다는 생각이 듭니다. 그의 시선집이라면 좋겠네요. 다루는 주제와 어조의 범위가 정말 엄청나죠. 갈등에 대한 길고 현명한 고찰(「지리적 여건으로부터 전쟁을 선고받은 이들」)이 총사령관을 향해 뭔가를 알려주는 게 있을 거고, 「비명을 지르는 남자의 발라드」에서 풍부한 상상력으로 묘사한 광란의 상태는 비합리적인 인간 마음이란 게 과연 어느 정도일 수 있는지를 최고로 잘 보여줄 것입니다. 권력자의 작은 해악이나 엄청난 실정에 대한 시들도 있고요. 죽음에 대해 부드럽게 위안을 주는, 「앤드루 우드를 위하여」 같은 시도 있어요. ("오직 한 걸음 떨어져 있을 뿐/죽은 친구와 살아 있는 친구 사이에는") 사랑에 관한 시도 있죠. 달콤하고, 장난스럽고, 동경하는 듯한 서정성이 듬뿍 묻어나는 진짜 사랑 노래라서 공화당 경쟁자의 마음도 녹일 수 있을 정도에요(실제로는 못 그러겠지만요). "제가 당신을 당황하게 했나요?" 연애시 하나는 끝에서 두번째 행에서 이렇게 묻더라고요.

고인이 되었거나 살아 있는 작가들 가운데 누구라도 만날 수 있다면, 누구를 만나고 싶습니까? 만나면 무엇을 알고 싶은가요?

너무 뻔한 얘기라서 죄송합니다만, 셰익스피어 연극은 완성도가 보통만 돼도 커튼이 내려오는 모습을 볼 때마다 조금 울적한 기분이 들어요. 이 사람, 혹은 이처럼 따뜻한 지성을 지닌 사람을 절대로 알지 못할 거라는 사실에 대해서 말이지요. 제가 뭘 알고 싶냐고요? 그에 대한 뒷얘기들, 그의 사랑, 그의 종교(만약에 있다면요), 실버 스트리트에 살았던 시절, 17세기—우리에게 21세기가 그런 것과 마찬가지로 새로운 세기였을—의 영국과 권력에 대한 그의 생각 같은 것들이죠. 그리고 왜 하필 스트랫퍼드를 은퇴지로 정했는지도 궁금해요. 계속해서 그의 전기가 나오고 있고, 셰익스피어가 다양한 종류의 기관들과 상호작용을 했던 사실에 대해서 많은 것들이 알려지긴 했지요. 영국은 이미 기록을 남기고 보존하는 데 많은 공을 들였던 초기 근대국가의 단계였으니까요. 하지만 사적인 개인으로서의 셰익스피어는 언제나 우리의 시야를 빠져나가고, 앞으로도 그럴 겁니다. 아주 오래된 다락방에서 케케묵은 트렁크가 발견돼서, 그 안에서 피프스의 일기(새뮤얼 피프스가 1660년 1월 1일부터 1669년 5월 31일까지 쓴 일기. 당시의 런던생활, 궁정생활, 해군의 군정 및 자신의 사생활 따위에 관한 인상이 기록되어 있다—옮긴이) 같은 게 나오지 않는 한은 말이지요.

저자한테 팬레터를 써보신 적이 있으세요? 답장은 받으셨나요?

제 경험상, 동료 작가들로부터 받는 친탄의 편지는 큰 의미가 있어요. (비평 글보다도 더 의미가 있지요. 저는 비평은 더이상 안 읽어요.) 그래서 당연히 가끔씩 작가들한테 편지를 씁니다. 지금 『노스웨스트NW』에 대해서 제이디 스미스한테 한 통 쓰려는 참이에요. 마지막으로 편지를 썼던 게 클레어 토말린한테였는데, 그녀가 쓴 디킨스 전기에 관해서였지요.

지금까지 독자에게 받은 편지들 가운데 가장 기억에 남는 편지가 있다면요? 어떤 이유로 그 편지가 특별한가요?

한 이탈리아 독자가 자기가 아내를 만나게 된 사연을 이야기하는 편지를 보내온 적이 있어요. 아내가 버스에서 제 책 중 하나를 읽고 있었는데, 자신이 이제 막 다 읽은 책이더랍니다. 그들은 이야기를 나누기 시작했고, 서로 만나기 시작했죠. 지금은 그들 사이에 태어난 아이가 셋이고요. 그 이야기를 듣고 나니, 얼마나 많은 사람들의 존재가 그들 부모의 책에 대한 사랑 덕분이었을지 궁금해지더군요.

쓰신 책 가운데 가장 아끼는 작품은 무엇인가요?

지금은 제 최근작 『스위트 투스』를 『속죄』 바로 앞에다 두고 있지요.

문학 속의 어떤 인물이라도 될 수 있다면 누가 되고 싶으세요?

저는 공항, 장거리 비행, 여권이나 이민국 심사대 줄 서기 같은 걸 별로 안 좋아해서, "40분 만에 지구를 한 바퀴 도는" 능력을 자랑하는 셰익스피어의 퍽(『한여름 밤의 꿈』에 등장하는 요정—옮긴이)의 겉모습이 되면 좋을 것 같네요. 그럼 5분 만에 런던에서 뉴욕으로 갈 수 있을 테니까요.

다음으로 어떤 책을 읽으실 계획입니까?

제프리 로버트슨이 쓴 이란과 핵무기에 관한 책 『무자비한 물라 Mullahs Without Mercy』에 막 빠져들고 있는 중입니다. 로버트슨은 이곳 영국에서 잘 알려진 인권운동가이자 변호사죠. 그간 잘 알려지지 않았던, 1988년에 수감된 공산주의자와 무신론자를 대거 처형했던 사건에 대한 설명을 포함해, 무자비한 혁명 신정神政의 역사를 알려줍니다. 그렇게 생명에 무관심한 나라가 핵폭탄을 가지거나, 다른 40여 개 나라들이 그걸 가지려고 주변에서 얼쩡거리며 자기네 차례를 기다리는 것은 우리가 바라는 바가 아니죠.

하지만 이란에 폭탄을 떨어뜨리는 것이 해결책은 아니지요. 로버트슨은 그 문제를 국제인권법으로 가져가기를 원합니다. 핵무기를 사용하는 것은 말할 것도 없고 그걸 만들려고 하거나 입수하는 행위도 권리조약 위반이 돼야 한다는 거죠. 빅 파이브(핵확산금지조약에서 인정하는 핵무기 보유국인 미국, 러시아, 영국, 프랑스, 중국—옮긴이)도 조약 의무를 준수하고 점진적인 군축 과정을 시작해야 할 필요가 있고요. 이런 심각한 상황에서도, 로버트슨은 낙관론을 폅니다. 우리가 덤덤탄 dum-dum bullet을 금지하는 법을 만들 수 있다면, 대량학살을 저지른 독재자를 법정에 세울 수 있다면, 핵무기가 없는 세계에 대해서도 진지하게 생각해볼 수 있다는 거지요.

이창래
Chang-rae Lee

최근에 읽은 책 가운데 가장 좋았던 책은 무엇입니까? 또 작년에 나온 책 가운데 최고의 책을 뽑는다면요?

지난 몇 년간 가장 감명 깊었던 두 권의 소설은 애덤 로스의 『미스터 피넛Mr. Peanut』과 클레어 베이에 왓킨스의 단편집 『배틀본Battleborn』입니다. 『미스터 피넛』은 혼성물의 경이라고 할 수 있는데, 추리소설 장르의 빛나는 금자탑이기도 하면서 동시에 고도의 예술적 기교를 지닌 완전히 새로운 종류의 로맨스 소설이기도 하기 때문이죠. 소설은 진정한, 그리고 극단적인 사랑의 여러 가지 측면들을 드러내는 수단의 하나로 아내를 살해했을 가능성을 이용하지요. 이 모든 것을 날카

• 이창래는 『영원한 이방인Native Speaker』 『척하는 삶A Gesture Life』 『가족Aloft』 『생존자The Surrendered』 『만조의 바다 위에서On Such a Full Sea』를 썼다.

로운 광채를 지닌 문장들이 이끌고 있는데, 이 문장들이 인물이 가진 의식의 모든 층들을 거의 위험하게 느껴질 정도로 밝히는 거울이나 렌즈로 작용할 뿐만 아니라 촉매 역할까지 하지요. 왓킨스의 『배틀본』도 마찬가지로 막강한 소설이라고 할 수 있습니다. 이야기들은 배경, 시간, 목소리, 그리고 마술 같은 강렬함과 고도의 지능으로 우리에게 다가오는 양상 면에서 아주 폭이 넓지요. 그래도 이 단편들에는 인공적인 게 하나도 없습니다. 책을 읽어나가면서 결코 지워지지 않을 그림 하나가 매우 치밀하고 섬세한 방식으로 아주 서서히 드러나기 시작하니까요. 서부의 사막에서 태어나기라도 한 건지, 무척 단단하고 풍부하고 맹렬한 동시에 끝없이 희망적이에요.

언제, 어디서 책 읽는 걸 좋아하십니까?

거의 어디서나, 언제든지 읽습니다. 요즘은 비행기에서 읽을 기회가 많았는데, 정말 좋았어요. 특히 장거리 비행에서, 모든 것으로부터 완전히 단절되어서 스스로를 책의 세계에 흠뻑 담그고 책의 리듬과 관점과 생각에 행복하게 빨려 들어갈 수 있었을 때 말이지요. 좋은 책은 신통제 역할도 한다는 사실을 알았습니다. 비행기 여행을 할 때 느끼는 특유의 고통(불행히게도 저는 기내에서 자주 그렇습니다)도 일시적이나마 덜어주더군요.

읽었던 책을 다시 읽는 걸 좋아하시는 편인가요? 자꾸 다시 읽게 되는 책은 무엇입니까?

요즘 고등학생 시절과 대학 시절 이후로 읽지 않았던 책들을 다시 읽고 있어요. 『로드 짐Lord Jim』이나 『카라마조프 가의 형제들The Brothers Karamazov』과 『연애하는 여인들Women in Love』 같은 복잡한 소설들이지요. 그 당시에도 그 소설들이 매력적이고 어렵다고 생각했는데 지금도 그렇더라고요. 그 이유는 달라졌을지 모르겠지만요. 예를 들어 로런스를 읽을 때는, 어떤 기체성과, 도덕과 욕망에 대한 끝도 없이 이어질 것만 같은 명상 때문에 몸이 움츠러드는 때가 있어요. 심오함을 추구하는 대학생 시절에는 그저 그 모든 것을 집어삼키기 바빴지만요. 그런가 하면, 이 작품 안에는 억누를 수 없는 생명력과 예술적 영감을 주는 인습 타파적인 충동도 같이 들어 있지요.

지금까지 가장 좋아하는 소설가는 누구입니까? 그리고 현재 가장 좋아하는 소설은요?

"가장 좋아하는" 한 가지를 지목하는 것은 언제나 불가능한 일입니다. 어떻게 제가 플로베르나 도스토옙스키나 조이스나 보르헤스처럼 (일반적인 장편소설을 쓴 게 아닌) 위대하고 다양한 방식의 접근법을 가지고 있는 작가들 가운데서 한 사람을 고를 수가 있겠습니까? 그래도 저는 늘 미국 소설가들을, 특히 헤밍웨이와 벨로와 스타이런과 업다이크를 사랑해왔습니다. 살아 있는 작가들 가운데서 단 한 사람을 고르는 일도 사양하겠지만, 제가 책이 나오자마자 읽으려고 하는 몇 안 되는 살아 있는 작가들 가운데 한 사람을 꼽는다면 아마 돈 드릴로일 겁니다. 드릴로의 다른 열성 독자들과 마찬가지로 저도 그의 전작들 가운데 가장 좋아하는 작품들이 있긴 하지만, 그의 모든 작품에서 그가 했던 시도들은 하나같이 아주 특징적이고 비범할 뿐만 아니라,

언제나 자신만의 인장이 단단하게 찍힌 언어들이 사용되지요. 저는 두려움이 없는 작가를 존경합니다.

어떤 종류의 이야기에 끌리십니까? 그리고 피하는 종류의 책에 대해 설명해주신다면요?

저를 '느슨한' 독자라고 생각하실지도 모르겠네요. 저는 사유나 문장 표현 기술 수준이 웬만큼 된다면 어떤 책도 기꺼이 읽으려고 하니까요. 저는 공론가가 아닙니다. 글쓰기 분야가 언어와 형식에서 놀라울 정도로 풍부한 현상으로 가득차 있다고 보지요. 학생들을 가르칠 때도 학생들을 미학적인 가능성에서 가장 광범위한 영역에까지 노출시키려고 노력합니다. 그래서 안톤 체호프에서부터 데니스 존슨까지, 플래너리 오코너에서부터 A. M. 홈스까지 다양한 소설들을 접하게 하지요. 아마 그 모든 낯선 다양한 아름다움을 탐구했던 경험이 저에게 영향을 미쳤겠지요. 혹은 그게 바로 제가 문학을 가르치는 일을 즐기는 이유일 겁니다.

독자로서 어떤 종류의 인물에 끌리십니까? 그리고 작가로서는요?

대부분의 사람들과 마찬가지로, 저도 인간 됨이 극단적일 정도로 약점투성이인 인물에 매력을 느낍니다. 고뇌나 의심으로 인해 분열되고 심리적으로 수상쩍은 인물 말이지요. 잠깐만요, 기본적으로는 누구나 그렇지요. 그렇지 않나요? 실제 삶에서건 책에서건 말이죠. 어떻든 작가로서는, 연결고리로부터 절망적일 정도로 빠져나와 있고 소외된 상태라는 것을 알지만, 그 상태로 머물기를 원하지 않는, 그리고 늘 게

임의 규칙을 이해하고 싶은 갈망에 사로잡힌 인물들한테 끌립니다.

『만조의 바다 위에서』가 당신의 첫 디스토피아 소설이지요. 디스토피아 소설을 즐겨 읽으십니까? 특별히 영감을 줬던 책이 있나요?

디스토피아 소설이라고 해서 자동적으로 관심이 가는 건 아닙니다. 오웰과 헉슬리의 고전과 오늘날의 매카시, 애투드, 이시구로의 작품들이 정말 탁월한 것은, 그 작품들이 우리의 조건, 인간의 표현과 행위의 어떤 가능성을 드러내주기 때문이지, 단순히 그 배경이 가상의 영역이거나 미래의 영역이라서가 아니니까요. 이 영역들에서 설정된 완전히 색다른 맥락은 확실히 기분전환은 하게 해주지만, 저로 하여금 그 책을 계속 읽게 해주는 것은 그 맥락이 인물들을 어떻게 형성해내고 해체시키는가 하는 것입니다. 그렇지 않다면 그건 단지 환상적인 풍경이거나 필연적으로 반복적인 사건의 연속일 수밖에 없지요.

『만조의 바다 위에서』는 미국을 배경으로 하고 있지만, 자료 조사는 중국에서 시작하셨지요. 배경을 바꾸게 된 계기는 무엇이었습니까?

여러 차례, 고속기차를 타고 지다가다가 볼티모어의 버려진 주택지대를 스치듯 봤던 경험 때문이었지요. 주장 강 삼각주 지역(중국에서 가장 경제성장이 빠르고 인구가 밀집되어 있으며 오염이 심각한 지역 가운데 한 곳—옮긴이)의 공장도시에 관한 현실적인 사회소설을 쓰려고 했는데, 그 동네를 다시 보자마자 이상하고 부질없는 생각에 이끌렸습니다. 왜 환경이 파괴된 중국의 작은 도시 사람들은 이 황량한 장소로 이주해 오지 않은 거지? 물론 그런 일은 지금 절대로 일어날 수가 없지만, 매우 다른 미래의 맥락에서 생각할 때는 그리 이상한 생각은 아닌 것만 같았습니다. 가령, 미국이 심각한 경제적 쇠퇴를 겪고 있는 미래 상황이라면 말이지요. 그게 제가 전혀 다른 소설에 대해서 사색하기 시작한 순간이었는데, 곧바로 그런 미래 사회에 대한 세부적인 것들이 하나둘 떠올랐지요. 거기에서부터 구체적인 것들이 진화하면서, 볼티모어는 엘리트 "차터" 계급을 위해서 깨끗한 생선과 야채를 생산하는 특수한 노동 정착지 시설인 "B-모어"가 되고, 그런 식으로 인물 군상 전체가 서서히 모습을 드러내게 된 거지요.

당신의 책장에 있는 책들 가운데 우리가 보면 놀랄 만한 책은 무엇일까요?

요리책이 많아요. 제 친구들한테 물어보면 제가 요리하고 먹는 걸 좋아한다고 말할 겁니다. 하지만 저는 조리법을 잘 이용하지는 않아요. 그걸 사용하는 경우에는 조리법을 수정하고 싶은 걷잡을 수 없는 저의 충동 탓에 결국에는 그 결과물이 완전히 딴 게 돼버리고 말죠. 그러고 나서는, 그저 완전히 망치지 않았기만을 바라는 거죠. 제 생각에 여기에는 병적인 자기중심주의와 게으름(밖에 나가서 재료들을 찾으러 나니거나, 또는 적시된 요리 방법을 그대로 따라서 하는 게 귀찮아서)이 똑같은 정도로 작용을 한 것 같습니다. 저는 그냥 음식 사진을 보는 게 좋은데, 솔직히 말하자면, 그게 제 식욕을 자극하고 식탁에 곧 오를지도 모르는 것을 상상하게 만드니까요.

어렸을 때 가장 좋아했던 책은 무엇입니까?

고전 어린이책의 정전은 안 읽었어요. 적어도 제가 아버지가 돼서 아이들에게 읽어줄 기회를 갖게 됐을 때까지는 말이지요. 의심의 여지 없이 그건 제 부모님께서 이 나라로 이민을 오셔서 영어로 말을 하는 게 편하지 않고, 밤에 저한테 책을 읽어주시지도 않았기 때문이었지요. 초등학교 다닐 때는 책을 많이 읽었는데—1년 동안 책을 가장 많이 읽은 아이들에게 주는 상을 받았던 기억이 납니다—그중 단 한 권도 제목이 기억나지 않습니다. 지속적으로 제 흥미를 끌었던 건 아버지의 책들 가운데 일부였다는 사실은 기억이 나는데—아버지는 정신과 의사였는데 정신분석도 하고 싶어하셨어요—지크문트 프로이트의 책을 전부 다 갖고 계셨죠. 『꿈의 해석The Interpretation of Dreams』 『문명 속의 불만Civilization and Its Discontents』 『토템과 터부Totem and Taboo』 등을 말입니다. 하나도 이해는 안 갔죠. 하지만 『세 가지 사례Three Case Histories』와 『히스테리 연구Studies on Hysteria』에서는 뭔가를 줍기도 했죠. 이 책들에서는 쥐 인간Rat Man과 유명한 아나 O. 같은 환자들을 집중 조명했는데, 저는 그들이 이야기 속의 인물인 줄 알았어요. 이런 온갖 종류의 흥미로운 질환과 틱을 앓는, 매우 불안정한 사람들에 대한 글을 읽는 게 매우 재밌었어요. 어째서 그들이 그렇게 흥미로운지는 확실히 이해를 못했지만 말이지요. 이것이 저의 문학적 "원색 장면(정신분석 용어로, 부모의 성교 장면에 대한 아동기 회상이나 환상을 가리키는 말—옮긴이)"이라고 말하는 사람도 있을지 모르지요.

어떤 책이 작가로서의 당신에게 가장 큰 영향을 주었습니까? 작가가 되고 싶게 만든 특별한 책이 있습니까?

고등학생 시절, 제가 문학을 얼마나 사랑하는지를 막 깨닫기 시작하고 첫 시와 소설 들을 정직하게 쓰기 시작하던 당시에는 『더블린 사람들』과 『무기여 잘 있거라A Farewell to Arms』뿐만 아니라 『풀잎Leaves of Grass』과 『이제 유명한 사람들을 칭송하자Let Us Now Praise Famous Men』를 거의 숭배하다시피 좋아했습니다. 하지만 잭 케루악의 『길 위에서On the Road』에 아마 가장 사로잡혔고 그 책에서 영감도 가장 많이 받았을 겁니다. 그 소설의 도취적인 반복 구절, 야생적 삶의 가능성에 대한 느낌, 보헤미안적인 근성을 사랑했지요. 모범생 이민자 소년한테는 어떤 다른 세계에 대한 비밀스런 동경이 아주 유혹적인 대상이었던 거죠. 저를 사로잡았던 것은 단순히 묘사된 생활 방식이 아니라, 이 몽상가들에 의해 제시된 뭔가 새로운 것을 드러내려는 열정이었지요. 제게 그 몽상가들은 뭔가 더 크고 더 아름다운 것과 필사적으로 연결되고자 하는 사람들, 이 삶의 위대한 예술가가 되고 싶어하는 사람들이었습니다.

대통령께 단 한 권의 책을 권할 수 있다면 어떤 책을 권하시겠습니까?

모든 지도자는 셰익스피어의 『줄리어스 시저Julius Caesar』를 읽어야 하지 않을까요? 그 책은 수사의 힘과 한계뿐만 아니라, 폭정과 배신과 교만한 야심의 위험에 대한 연구서니까요. 물론 즐거운 독서거리이기도 하고요. 인간 존재의 모든 측면에 대한 논평으로 봐도 좋을 멋진 연설이나 달콤한 문장 표현들로 꽉 차 있는 책이니까요. 사실 제 새 소설의 제목도, 살아 숨쉬는 비유와 설득력에서 경이 그 자체인 브루투스의 한 유명한 연설에서 딴 겁니다.

미처 읽어보지 못해 당혹스럽게 만드는 책은 무엇입니까?

유교와 기독교의 오래된 경전인 주역과 성경입니다. 살아오면서 서로 다른 시기에 두 책 모두 읽어보려고 시도했던 적이 있지만, 두 책 다 아직 조금밖에 읽지 못했어요. 하지만 앞으로도 계속 시도할 것 같습니다.

2014년에 기대해마지않는 책이 있다면요?

의심의 여지 없이 저의 훌륭한 친구이자 학생이었던 게리 슈테인가르트의 회고록이지요. 유쾌하기 짝이 없고 아주 영리한 책일 거라고 확신합니다. 게다가 저한테 친절한 인사의 말을 전한다고 들었거든요.

만나고 싶은 사람

저는 제가 존경하는 사람을 만나는 자리는 끔찍할 정도로 자신이 없어요. 하지만 만약에 시간을 거슬러올라갈 수 있다면, 플래너리 오코너를 위해 기쁜 마음으로 불쏘시개를 주워오거나 셔츠 몇 장을 다림질해줄 겁니다. 일을 끝내고 나서 그녀가 수고비를 지불하겠다고 하면, 경외심에 차서 높고 떨리는 목소리로 제가 좋아서 한 일이라고 말할 거예요. **—데이비드 세다리스**

에밀리 디킨슨을 만나고 싶어요. 디킨슨의 유모가 되어도 좋고, 숲에서 산책할 때 그저 조용히 같이 걷는 동행자가 돼도 좋을 것 같아요. 그녀가 눈길을 주는 거라면 무엇이든—깃털, 찻잎, 울타리의 구멍—평생을 어떤 기대 속에서 살아가는 인간의 감정에 대해서 뭔가 심오한 것을 누설하도록 이끌 거라는 상상을 합니다. **—에이미 탄**

체호프요. 특별히 궁금한 건 없어요. 그저 그와 함께 정원에서 가꾼 감자와 껍질 콩을 곁들인 꿩고기나 나눠 먹고 싶어요. 그런 다음에 의심스런 크림반도산 와인 한 병을 재빨리 비우고 나서 영어와 러시아어로 된 스크래블 게임을 몇 판 즐기면서 시간 가는 줄도 모르고, 점수가 얼마나 났는지도 잊은 채로 어울리는 거죠. 그 자리에 아이작 바셰비스 싱어도 온다면 두 사람이 서로 잘 어울릴 거라고 생각합니다. 그러다가 어느 시점에 도로시 파커가 들를 수 있다면, 그리고 어쩌면 캐서린 맨스필드와 실비아 타운센드 워너도 온다면…… 그러면 갑자기 파티가 열리게 되는 거죠.
—데이비드 미첼

잘랄루딘 루미나 버지니아 울프를 만나보고 싶어요. 그 어느 작가보다도 좋아하는 작가들이니까요. 그들이 제 앞에 있으면 아무 말도 못할 것 같아요. 그냥 그들 앞에 앉아서 자폐 환자처럼 몸만 까딱거리고 있겠지요. 사실, 그들이 이미 쓴 것 이외에 제가 알 필요가 있는 건 없어요. **—앤 라모트**

방 안의 코끼리 같은 걸로 해야죠, 뭐. 윌리엄 셰익스피어요. 이렇게 물어볼 거예요. 형씨, 당신이 얼마나 위대한지 알고 있었어요? 당시 『로미오와 줄리엣』의 눈부시게 빛나는 아름다움에 대해서 의식하고 있었던 겁니까? 아니면 그냥 우리처럼 밥벌이를 하려고 요리조리 짜 맞춰 만들어내다보니 어쩌다 그렇게 된 건가요?

—**리 차일드**

시인 잭 길버트요. (아쉽게도 저와는 아무런 친인척 관계가 아닙니다.) 길버트는 제 결혼의 계관시인입니다. 남편과 제가 수년간 그의 시를 서로에게 소리 내어 읽어주곤 했고, 사랑에 빠진 우리 커플이 서로와 자신을 이해하는 방식에 그가 신비스런 영향을 미쳤거든요. 그 점에 대해서 그에게 감사하고 싶습니다. 그런데 제가 너무 수줍음이 많은 편이라 그에게 편지를 쓰지는 못했네요. —**엘리자베스 길버트**

포드 매덕스 포드(아쉽게도 저와는 아무런 친인척 관계가 아닙니다)를 만나보고 싶어요. 얼마나 크고 복잡하고 매력적이고 재기 넘치는 인물인지요. 제가 이상적으로 생각하는 남자죠(물론 그의 인생에서 많은 부분들이 그리됐듯이 제가 그런 사람이었다면 제겐 재난이 됐을지도 모르겠지만요). —**리처드 포드**

고대 그리스의 역사학자 투키디데스를 선택할 것 같습니다. 그는 인생 후반부를 기원전 5세기에 아테네와 스파르타 사이에 있었던 기나긴 전쟁의 역사를 상세하게 기술하는 책을 쓰는 데 헌신한 사람입니다. 그를 만난다면 그가 자기 책에서처럼 정말 유머가 없는 사람인지 확인해보고 싶을 것 같아요. 책을 통틀어 농담은 고사하고 유머 비슷한 문장도 단 한 줄 없거든요. —**재레드 다이아몬드**

마크 트웨인을 정말 만나보고 싶어요. 얼마나 특이한 사람이에요! 저는 그가 생기발랄하고, 성적 매력이 가득하고, 잘생기고, 에너지가 가득찬 사람보다도 더 큰 사람,

위대한 이야기꾼, 환상적인 거짓말쟁이, 그리고 마음이 따뜻하고 원칙을 지키는 사람일 거라고 상상합니다. 그를 만난다 해도 특별한 걸 물어보지는 않을 겁니다. 그를 약간 취하게 만든(그건 쉬울 것 같아요) 다음에 그의 발치에 앉아서 그저 그가 하는 이야기를 듣고 있을 거예요. **—이사벨 아옌데**

재레드 다이아몬드
Jared Diamond

지금 침대 머리맡에는 어떤 책이 놓여 있나요?

자비네 퀴글러의 『정글 아이Child of the Jungle』가 있습니다. 이 독특한 책은 독일의 선교사이자 언어학자인 어느 부부의 딸이 쓴 자서전인데요, 그녀는 어렸을 때 가족이 생활 터전을 옮기는 바람에 인도네시아령 뉴기니의 외딴 늪지대에 있는 파유족 사이에서 자랐습니다. 1979년에 제가 그 지역에서 일을 하고 있을 당시, 파유족은 끔찍한 조건하에 외부인과 처음으로 접촉을 한 거지요. 자비네가 그곳에서 자라는 동안 파유 마을에서 파유족이 아닌 유일한 사람은 자비네와 그녀의 부

• 재레드 다이아몬드는 현재 UCLA 지리학 교수로 있으며, 『총, 균, 쇠Guns, Germs, and Steel』『문명의 붕괴Collapse』『어제까지의 세계The World Until Yesterday』 등의 책을 썼다.

모와 두 자매뿐이었어요. 자비네는 놀이 친구들이 전부 파유 어린이들이었기 때문에 그 아이들과 함께 파유어로 말하면서(독일어, 인도네시아어, 영어도 할 줄 알았고요), 파유족처럼 생각하고 행동하는 법을 배우면서 컸지요. 자비네가 열일곱 살이 되자 그녀의 부모는 그녀를 유럽으로 돌려보내서 기숙학교에 다니게 했습니다.

자비네에게 주어진 결과는 극단적일 정도의 문화적 충격이었습니다. 이 책은 뉴기니인의 눈으로 본 서구 사회에 대한 설명에 가깝습니다. 자비네에게 유럽은 뉴기니 정글이 유럽인들에게 충격인 것만큼이나 충격이었죠. 자비네의 말을 통해서 우리는 신호등, 기차, 낯선 사람들과 처음으로 접촉하는 게 어떤 느낌인지 경험하게 됩니다. 파유의 기준으로 볼 때 유럽에 초콜릿의 종류가 다양하다는 것은 멋진 일이지만, 유럽인들이 서로를 대하는 방식은 그렇지가 못하지요. 이 책은 비서구인의 눈으로 서구의 삶을 바라보는 하나의 신선한 관점을 보여줍니다.

최근에 읽은 책들 가운데 정말로 훌륭하다고 생각했던 책은 무엇입니까?

프리모 레비의 『이것이 인간인가If This Is a Man』는 진짜 훌륭한 책입니다. 레비의 책은 젊은 이탈리아 유대인 화학자가 제2차 세계대전 당시에 레지스탕스에 참여했다가 붙잡혀서 아우슈비츠에 보내진 후에 살아남게 된 이야기를 쓴 자전적인 책입니다. 다른 측면에서 보자면, 일반적인 삶의 문제에 관해서 확대경처럼 들여다본 책이라고도 할 수 있죠. 삶과 죽음의 우연적인 결과들, 악의 문제, 도덕적 규범을 그 주위를 둘러싸고 있는 환경으로부터 분리하는 것이 불가능하다는 사실,

그리고 파괴된 정의와 악한 인간들 앞에서 청결과 인간성을 유지하는 것의 힘겨움 같은 것들에 대해서 말이지요. 레비는 이런 문제들을 다루었고, 아우슈비츠에서 살아남아, 전후 이탈리아의 위대한 작가들 가운데 한 사람(논픽션과 픽션 모두에서)이 되었다는 점에서 그는 운이 좋은 사람이었습니다. 하지만 그의 생존에는 대가가 따랐어요. 그 한 가지는 종교적 믿음을 잃어버린 것이죠. 이 점에 대해서 그는 이렇게 요약합니다. "아우슈비츠의 경험은 내가 이전에 받았던 종교 교육의 파편들을 단 한 조각도 남기지 않고 깨끗하게 쓸어내버렸다고 말해야겠다. 아우슈비츠가 존재했고, 따라서 신은 존재할 수가 없었다. 나는 그 딜레마에 대한 해답을 찾지 못했다. 해답을 찾으려고 애써봤지만 찾을 수가 없었다."

자신만의 2012년 최고의 책 목록을 만든다면 어떤 책이 맨 위에 자리할 것 같습니까?

2012년에는 좋은 책이 정말 많이 나와서 그 가운데 최고를 가리기보다는, 최고의 책 가운데 마땅히 받아야 할 주목을 충분히 받지 못한 책을 이 자리에서 언급하려 합니다. 바로 하워드 스티븐 프리드먼이 쓴 『국가의 척도: 미국이 경쟁력을 되찾고 세계에서의 위상을 강화하는 법The Measure of a Nation』입니다. 부제가 암시하는 바와는 달리, 이 책은 단순히 미국이 무엇을 해야만 하는지에 대해 충고를 하나씩 더 보태는 수백 권의 책 가운데 하나가 아닙니다. 프리드먼은 개인과 국가의 안전과 관련된 다섯 가지 중요한 지표인 건강, 안전, 교육, 민주주의, 평등에서 미국을 열세 개의 다른 선진국과 비교합니다. 많은 미국인들이 생각하는 것과는 달리, 미국은 이 척도 면에서 볼 때 세계를 이끌어가는 나라가 아니에요. 프리드먼의 권고는 구체적이고 실현 가능한 것입니다. 처음에 겉표지를 보고 나서 그 책을 외면하려 했던 본능에 제가 저항했다는 사실이 흐뭇하군요. 시사하는 바가 많은 흥미로운 책인데다, 술술 잘 읽히는 책이기도 하지요.

가장 좋아하는 장르는 무엇입니까? 죄책감을 느끼면서 즐기는 책이 있나요?

여가 시간에 즐거움을 얻기 위해 읽는 책(예컨대 다음 책 집필을 위해서 자료 조사차 하는 독서 말고요)의 대부분은 이탈리아 문학입니다. 최초의 동기는 예순하나에 배우기 시작한 이탈리아어를 연습하려는 것이었어요. 하지만 이탈리아는 과거의 단테, 보카치오, 마키아벨리에서부터, 다른 질문에 대한 답으로 여기에서 언급하게 될 몇몇 현대 작가들까지, 세계에서 가장 위대한 여러 작가들로 축복받았다는 사실을 발견하게 되었습니다.

대통령께 단 한 권의 책을 권할 수 있다면 어떤 책을 권하시겠습니까?

마키아벨리의 『군주론The Prince』을 권할 것 같습니다. 마키아벨리는 목적이 수단을 정당화한다고 생각하는 비도덕적인 냉소주의자로 여겨지는 바람에 오늘날 외면당하는 경우가 많지요. 사실 마키아벨리는 권력의 한계와 사용을 이해하는 냉철한 현실주의자였어요. 그의 사유에 가장 근본적이었던 것은 이탈리아어로 비르투virtù와 포르투나fortuna로 표현된 개념들을 구별하는 것이었지요. 이 말들은 "덕성virtue"과 "운

fortune"이라는 말과는 좀 다른 거예요. 비르투는 정치가가 자신의 행동으로 세계에 영향을 미칠 수 있는 영역을 말하는 것이고요, 반대로 포르투나는 정치가의 통제를 넘어서는 우연의 역할을 말하는 거지요. 하지만 마키아벨리는 통제가 불가능한 홍수와, 홍수가 날 때를 대비해서 취할 수 있는 방어적인 조치를 대비시키는 훌륭한 은유를 사용해서, 우리가 나쁜 운명의 손아귀에 어찌해볼 도리 없이 좌충우돌하는 존재가 아니라는 것을 분명히 합니다. 정치가의 임무 중 하나는 잘못될 여지가 있는 게 무엇인지를 예측하고 그것을 위한 계획을 마련하는 일이죠. 모든 대통령은(정치가가 아닌 우리 모두도 마찬가지고요) 마키아벨리를 읽고 그의 생각을 받아들일 필요가 있습니다.

어렸을 때 가장 좋아했던 책은 무엇인가요? 그 책들 속에 좋아하는 인물이나 영웅이 있었나요?

두 권이 독보적이었는데요, 그 가운데 하나가 『셜록 홈스 전집』이었습니다. 모두 1122페이지로, 네 개의 장편과 쉰여섯 개의 단편이 들어 있었습니다. 어렸을 때 처음 읽고 나서 그 이후론 10년마다 한 번씩 다시 읽어왔어요. 제 아들들이 어렸을 때 아이들한테 읽어준 걸 포함해서 말이지요. 다른 한 권은 소로의 『월든Walden』이었어요. 어렸을 때 한 차례 읽었는데 저한테 가장 큰 영향을 준 단 한 권의 책이 됐지요. 제가 얻어낸 소로의 메시지는 자신에게 정직하라, 명료하게 사고하라, 가장 중요한 게 무엇인지를 결정하라, 그리고 다른 사람들의 생각과는 상관없이 그 일을 하라는 것이었습니다. 소로를 읽는 건 눈부신 밝은 빛 속에 서 있는 것과 같은 느낌이었지요.

지리나, 지리와 사회 간의 관계에 대해서 좀더 많은 것을 배우고 싶어하는 어린이한테 부모가 사주면 가장 좋을 만한 책을 무엇입니까?

이런 대답을 한다고 해서 제가 자기중심적으로 굴거나 자기 홍보를 하려는 게 아니라, 현실적인 생각이라고 믿고 드리는 말씀인데요, 제 책 『총, 균, 쇠』를 권하겠습니다. 그 책은 다른 대륙에 살고 있던 사람들이 서로 다른 역사 발전 양상을 만들어내는 데, 과연 지리적 특성이 어떤 장기적인 효과를 미쳤는지에 관해서 설명하고 있습니다. 특히 경작 혹은 가축화가 가능한 야생 식물과 동물 종들이 있는지 여부에서, 그리고 형태와 위치와 고립 여부에서 대륙들 간에 존재하는 차이들에 관해 이야기하고 있지요. 그 책을 어른들을 위해서 쓰긴 했지만, 놀랍게도 학교에서도 종종 사용되더군요. 이 사실은 어느 날 제 쌍둥이 아들들이 중학교 1학년이었을 당시 저한테 화가 잔뜩 나가지고 학교에서 돌아온 사건 덕분에 알게 되었지요. 아이들이 말하기를, "아빠, 우리 반에서 아빠 책을 한 챕터 읽어오라는 숙제가 있었는데, 선생님이 아빠를 초대해서 그 책에 대해서 토론하시겠대요. 우리는 아직 아빠 책을 읽지 않았지만 나쁜 책인 게 분명해요." 제가 그 선생님의 초대를 받고 교실에 도착해보니 제 아들들은 맨 뒷자리에 앉아서 당혹스러움과 혐오감에 시선을 회피하고 있더군요. 하지만 자기 반 친구들이 제 책을 싫어하지 않고 재미있게 읽었다는 사실을 눈으로 확인한 다음부턴 좀 풀어졌지요. 그때 이후로, 아이들은 저의 가장 열성적인 옹호자가 돼서 누가 제 책을 비판하는 소리라도 들으면 분연히 들고일어나죠. 아들들의 학교를 방문한 그날 이후로 여러 학교에서 저를 방문하기도 하고 그쪽에서 초대도 하고 그랬고요, 나이를 불문

하고 제 책을 읽고 자극을 받은 학생들로부터 매일 여러 통의 편지를 받습니다.

가장 최근에 당신의 눈물을 자아낸 책은 무엇이었습니까? 가장 최근에 당신을 웃게 만든 책은요?

그 두 질문에 대한 답은 같은 책 혹은 시리즈입니다. 현대 이탈리아 작가 조반니 과레스키가 쓴 '돈 카밀로 이야기' 시리즈인데요, 세 권으로 된 전집이에요. 이야기의 배경은 작은 이탈리아 도시고요 세 주인공이 나옵니다. 지방 신부 돈 카밀로, 시장 페포네, 그리고 돈 카밀로가 규칙적으로 조언을 구하고 답을 듣는 교회의 예수 조각상이지요. 돈 카밀로와 페포네는 끊임없이 충돌하는데, 말로 싸우기도 하고 가끔 주먹다짐도 해요. 하지만 그 두 사람은 인간성이라는 상식에서 서로 함께합니다. 돈 카밀로 이야기는 애끓는 비극과 유쾌한 희극을 마구 오가죠. 과레스키 전집에서 다음 이야기를 시작할 때마다 그게 저를 울게 할지 웃게 할지 절대 미리 알 수가 없지요.

지금까지 읽은 러브 스토리 가운데 최고는 무엇입니까?

톨스토이의 『안나 카레니나』요. 사랑은 쓰디쓰고 결말도 비극적이지만 정말 최고입니다.

그저 끝까지 읽어낼 수 없었던 책을 한 권 든다면요?

현대 이탈리아에서 가장 중요한 여성 작가 가운데 한 사람이 다치아 마라이니입니다. 그녀는 풍부한 감성이 녹아든 멋진 리얼리즘 장편소설과 단편 들을 많이 썼지요. 그 모든 작품을 재미있게 읽었는데 딱 한 작품만 예외였어요. 『전장의 여인Woman at War』이라는 책은 불쾌한 사건과 불쾌한 인간관계를 겪는 불쾌한 주인공을 묘사합니다. 다치아 마라이니의 글이 너무도 그럴싸하다는 바로 그 이유 때문에, 97페이지쯤에 이르자 저 자신이 그토록 불쾌한 상태에 빠져드는 게 더이상 견디기가 힘들더군요. 그래서 그만 책을 덮어버렸지요.

고인이 되었거나 살아 있는 작가들 가운데 누구라도 만날 수 있다면, 누구를 만나고 싶습니까? 만나면 무엇을 알고 싶은가요?

고대 그리스의 역사학자 투키디데스를 선택할 것 같습니다. 그는 인생 후반부를 기원전 5세기에 아테네와 스파르타 사이에 있었던 기나긴 전쟁의 역사를 상세하게 기술하는 책을 쓰는 데 헌신한 사람입니다. 그의 책은 역사 교육의 토대를 마련한 것으로 여겨지지요. 저는 투키디데스를 셜록 홈스와 마찬가지로 10여 년마다 한 차례씩 읽습니다. 그가 죽은 지 2400년이 넘은 오늘날에도 여전히 투키디데스가 널리 읽히는 이유는 정치와 전쟁에 대한 그의 통찰이 보편적이고, 여전히 우리에게 뭔가를 말해주기 때문이에요. 전쟁과 역사에 대한 그의 도덕적이고 심리적인 고찰은 심오하기 그지없지요. 논쟁과 전투에 대한 그의 설명은 소름이 끼칠 정돕니다. 그를 만난다면 그가 자기 책에서처럼 정말 유머가 없는 사람인지 확인해보고 싶을 것 같아요. 책을 통틀어 농담은 고사하고 유머 비슷한 문장도 단 한 줄 없거든요. 두번째로 궁금한 것은 열정과 적의로 가득한 전쟁에 관해 이야기하면서 어떻게 그토록 고요하고 담담한 어조를 유지할 수 있는가 하는 것입니다. 그 자신이 아테네의 장군으로 참전했다가 패전의 책임을 물어 추방당했고, 두 편 가운데 한 편(아테네인들)을 그토록 사랑하고 숭배해마지않았는데도 말이지요. 마지막으로 그에게 묻고 싶은 것은 이후의 모든 역사가들이 궁금해했던 질문과 같은 거예요. 기나긴 연설들이 펼쳐질 당시에 자신이 그곳에 있지도 않았으면서 그걸 그대로 옮겨 전달하는 것처럼 적어놓은 부분들이 실제 연설과 얼마나 가깝다고 생각하는지, 그에게 물어보고 싶어요.

다음으로 어떤 책을 읽으실 계획입니까?

투키디데스를 다시 읽을 겁니다.

자기계발에 관하여

저는 지속적인 자기발전에 헌신하는 자기계발의 여왕이에요. 제가 가지고 있지도 않은 문제들에 관한 책도 읽는답니다. 혹시나 제가 강박충동장애나 여러 종류의 심한 공포증이 생길 때를 대비해서 말이지요. 물론 추천할 건 없습니다. 뭔가 유용한 책을 발견한다 해도, 혼자서만 몰래 득을 보려고 아무한테도 말하지 않을 거니까요.

—힐러리 맨틀

프로이트한테서 도움을 받았다고 느끼지만 그를 이 범주에 넣으면 안 되겠지요. 30대 초반의 힘들었던 시기에 짧은 기간 동안이나마 해리엇 러너의 『무엇이 여성을 분노하게 하는가』로부터 도움을 받았다고 느낀 기억도 있고요. 그 책은 자기를 돕는 일이란 게 얼마나 어려운지를 진정으로 인정한 보기 드문 자기계발서입니다.

—조너선 프랜즌

자기계발서는 안 읽지만, 최근에 기억의 과학에 대한 책인 『아인슈타인과 문워킹을』을 읽으면서 기대치 않았던 도움을 받았습니다. 평소에 왜 어떤 사람은 엄청나게 좋은 기억력을 자랑하는데 반해, 또 어떤 사람은 (저처럼) 그렇지 못한지에 대해 늘 흥미를 가져왔기 때문에 그 책을 집어들게 됐지요. 그런데 이상한 건, 기억력의 챔피언이 사용한 방법에 대해 읽는 것만으로도 저 자신의 기억력 향상에 도움이 되었다는 겁니다. 지금은 적어도 안경을 어디다 뒀는지는 기억해낼 수 있어요. —댄 브라운

어렸을 때 앨런 와츠의 『불안이 주는 지혜』를 충동적으로 읽고 또 읽곤 했거든요. 그때는 그게 자기계발서라는 생각을 못했는데, 지금 생각해보니 그런 것 같네요. 그게 아직도 제가 필요로 하는 도움을 줍니다. —조너선 레덤

한때는, 지금은 없어진 룸패닉스 출판사의 열성 팬이었어요. 그 출판사에서는 『자물쇠 따는 법에 대한 완벽 설명서』나 『완전히 사라져서 절대 못 찾게 만드는 법』 같은 자기계발의 고전들이 나왔거든요. **—도나 타트**

언제나 문학이 저의 유일한 자기계발서였고, 앞으로도 영원히 그럴 겁니다.
—줌파 라히리

제임스 맥브라이드
James McBride

지금은 무슨 책을 읽고 계십니까?

재런 러니어가 쓴 『디지털 휴머니즘You Are Not a Gadget』을 읽고 있습니다.

보통 한 번에 한 권씩 읽으시나요?

어느 정도는요. 가끔은 손에 잡히는 게 있으면 가리지 않고 읽어치우지만요.

• 제임스 맥브라이드는 『선한 신의 새The Good Lord Bird』 『컬러 오브 워터The Color of Water』 『아직도 불리는 노래Song Yet Sung』 『세인트 애나의 기적Miracle at St. Anna』을 썼다.

올해 읽은 책 가운데 최고는 무엇입니까?

윌리엄 샤이러의 『제3제국의 흥망The Rise and Fall of the Third Reich』요. 1100페이지 전체가 다 훌륭합니다. 책이 더 길었으면 좋겠어요. 얼마 전에 끝냈는데, 진즉에 읽었더라면 좋았을 것 같아요.

가장 좋아하는 소설가의 이름을 말해야 한다면 누구를 꼽으시겠습니까?

토니 모리슨이요. 모리슨은 꼭 존 콜트레인 같아요. 무엇이나 연주할 수 있으니까요. 그녀는 콜트레인처럼 자신만의 색소폰 연주를 합니다. 형식을 부수고 앞으로 나아가지요. 콜트레인의 음악은 귀 기울여 들어야만 해요. 모리슨의 작품도 마찬가지입니다. 집중을 요구하지요. 살아 있는 작가들 가운데 그녀 같은 작가는 없어요.

간과되었거나 과소평가된 작가들 가운데 최고의 후보자들을 선정한다면요?

목록이 좀 길어요. 맨 꼭대기에는 『남자가 된다는 것Becoming a Man』의 작가 폴 모넷이 올라갈 겁니다. 그는 우리에게서 우리 세대의 재주꾼들을 앗아간 에이즈가 유행하던 시절에 죽은, 정말 뛰어난 재능을 지닌 작가였어요. 가끔 혼자 생각하곤 합니다. 그 책에서 노골적인 섹스 장면만 뺀다면 공립학교 필독서가 될 수도 있다고요. 하지만 제가 헛꿈을 꾸고 있는 건지도 모르죠. 『가장Bread Givers』의 앤지아 예지얼스카, 『그게 잠이야Call It Sleep』의 헨리 로스, 『예수님이 에볼리에 들렀다Christ Stopped at Eboli』의 카를로 레비, 그리고 영국 작가 존 윈덤(『번데기The Chrysalids』)도요. 윈덤의 깊은 상상력과 종교적 열정에 대한 도전은 젊은 과학소설 작가들이라면 누구에게든 견본이 될 겁니다. 그건 그렇고, 『번데기』는 어린이책이에요.

어떤 종류의 이야기에 끌리시나요?

다윗과 골리앗과 관련된 거라면 뭐든지 끌려요.

피하는 이야기 종류는요?

진부하고, 도무지 그럴 법하지 않은 소설들, 정치에 관한 책, 페루 어딘가에서 우물을 파면서 누군가를 도울 수도 있을 텐데 굳이 산꼭대기에서 스노보드를 타거나 산등성이 횡단을 하면서 수천 달러를 쓴 다음에 그것에 대해서 책을 쓰는 대단한 산악 등반가 부류가 쓴 이야기요. 그런 책을 읽을 때는 보통 주인공이 죽는 부분으로 곧장 넘깁니다. 그게 좋은 건지 아닌지는 모르겠지만요. 아마 아니겠죠. 저는 싸구려 통속소설은 읽지 않습니다. 스파이 소설을 많이 읽죠. 무엇보다도 역사소설을 많이 읽습니다. 노예제에 대한 리언 릿웩의 책, 특히 『너무 오랫동안 폭풍 속에 있었다Been in the Storm So Long』를 가장 좋아합니다. 여행할 때는 니체를 약간 읽고요. 저는 그 웃기게 생긴 작은 유니폼을 입고서 자전거를 타고 온 도로 위를 달리는 사람들이 대체 어떤 사람들인지에 대해서 이야기해주는 책이 있다면 읽어보고 싶어요.

당신에게 가장 큰 영향을 미친 책은 무엇입니까?

아마 성경일 거예요. 제 머리 위로 엄청나게 망치질을 한 책이니까요.

당신이 작가가 되게끔 만든 책은 무엇인가요?

커트 보네거트의 『원숭이 집에 오신 것을 환영합니다 Welcome to the Monkey House』요.

음악 연주가 어떤 방식으로든 글쓰기에 영향을 주거나 뭔가를 가르쳐주나요?

구조적인 의미에서만요. 저는 음악을 들으면서 글을 쓸 수 있는 그런 사람이 아닙니다. 문이 닫혀 있고, 창문도 닫혀 있어야 해요. 벽을 바라보고요. 새소리도 없고 자연 풍광 같은 것들도 없어야 합니다. 악취도 없고 펼쳐진 책도, 더러운 커피잔도, 여기저기 널린 종이도 없는 깨끗한 서재가 저를 흥분시키죠. 뭔가 있어야만 한다면 차 소리나 사이렌 소리가 낫습니다. 하지만 구조적인 의미에서 재즈는 어떤 제약—박자, 화성, 화음 등등—을 가지고 앞에 놓여 있는 길과 타협할 것을 요구하는데, 그건 글을 쓰고 있는 작가한테는 좋은 본보기죠. 아무거나 그냥 막 쓸 수는 없어요. 이야기에는 구조가 필요합니다. 재즈는 따라야만 하는 일종의 로드맵을 보여줍니다. 하지만 거기에는 어떤 제약들이 있지요. B플랫 음에서 솔로를 연주하고 있다가 예를 들어서 F샤프나 B를 연주한다면, 뭔가 그럴듯한 이유가 있어야 할 겁니다. 찰리 파커가 아니라면 말이지요. 물론 그게 제대로 먹히게 할 수도 있겠지만, 이걸 명심해야 합니다. 당신이 차를 운전해서 가고 있다 하더라도 집으로 가는 정확한 길을 모를 수도 있지요. 그래도 어떻게든 집에 도착하게 될 거예요. 음악을 신뢰하고 그 반경 안에, 그 틀 안에 머무르기만 한다면, 집에 도착할 수 있을 거라는 겁니다. 글쓰기도 마찬가지예요. 그래서 제가 글쓰기를 믿음의 행위라고 말하는 겁니다. 하지만 제 방식이 최선의 방식은 아닐 수도 있겠죠.

당신의 책장에 있는 책들 가운데 우리가 보면 놀랄 만한 책은 무엇일까요?

대답하기가 어렵네요. 얼마 전에 이사를 해서 책이 대부분 박스 안에 있거든요. 짐꾼 세 사람이 책 박스만 나르는 데 몇 시간이나 걸렸어요. 박스 하나를 열어서 들여다봤더니 이런 책들이 있더군요. 『장애 백과사전Encyclopedia of Disability』 전질, 『폴란드 유대인: 역사와 문화The Polish Jewry』, 마블 코믹스 남북전쟁 시리즈 중 일부. 그리고 하드커버 블랙 스파이더맨 첫 세 권이 있는데 지금 넷째 권이 나오기를 기다리고 있지요. 촌스런 유머 책도 몇 권 있고요.

자기계발서를 읽으시나요? 추천할 만한 책이 있습니까?

저의 자기계발서는 보통 차에 한정돼 있습니다. 저는 존 뮤어의 『폭스바겐이 잘 굴러가게 유지하는 법How to Keep Your Volkswagen Alive』으로 시작해서, 제 소유였던 차들 대부분의 서비스 매뉴얼을 지금도 가지고 있어요. 240볼보, 혼다, 포드 등등. 제인 브라이언트 퀸의 『돈을 가장 알뜰하게 쓰는 법Making the Most of Your Money』도 저한테는 유용했어요. 비록 그녀가 차는 별로 안 좋아했지만요. 재즈 편곡과 기술에 관한 책도 몇 권 봤는데, 가장 도움이 됐던 건 올리버 넬슨의 『즉흥연주의 유형들Patterns for Improvisation』이었습니다.

대통령께 단 한 권의 책을 권할 수 있다면 어떤 책을 권하시겠습니까?

그 일을 맡은 사람이라면 제 어떤 충고도 필요치 않다고 확신합니다. 제 충고는 그들의 인생을 더 나쁘게 만들어버릴 테니까요. 하지만 대통령께 뭔가를 읽어야 한다고 제가 꼭 말을 해야 한다면, 성 토마스 아퀴나스의 『신학대전Summa Theologica』을 가볍게 읽을 수 있는 판본으로 만든, 『내가 사는 법My Way of Life』(월터 패럴 편집)이 될 겁니다. 자유세계의 지도자라면 신의 지혜가 도움이 되겠지요. 저는 그 책을 고 윌리엄 J. 매카프리 중위로부터 선물로 받았어요. 매카프리 중위의 아들 배리 매카프리는 걸프 전쟁 때 미국 군대의 지도자 위치에 있었지요. 아버지 윌리엄 매카프리 장군은 이탈리아에서 전부 흑인으로 구성된 92사단의 사령관이었고요. 그는 남자들을 험한 곳에 보낸다는 게 무엇을 의미하는지 이해했지요. 저는 그를 정말로 존경합니다.

어렸을 때 문학 속의 인물과 동일시한 적이 있나요?

아니요. 저는 제 어머니가 제가 만난 그 어떤 문학 속의 인물보다도 더 흥미롭고 불가사의했어요.

당신의 문학 속 영웅은 누구였나요?

토니 모리슨(『가장 푸른 눈The Bluest Eye』)이 저를 침대에서 벌떡 일어나게 만들었죠. 리처드 라이트(『깜둥이 소년Black Boy』)는 버스를 타고 학교로 가던 저와 동행했고요. 하지만 하퍼 리(『앵무새 죽이기To Kill a Mockingbird』)는 밤에 잠드는 걸 도왔죠.

실망스럽거나, 과대평가되었거나, 신통치 않은, 좋아해야 마땅하지만 당신에게는 그렇지 않았던 책이 있습니까?

제가 누군가가 과대평가됐다고 말할 만큼 훌륭한 사람은 아닙니다. 하지만 이건 말할게요. 팝 가수와 할리우드 스타들이 어린이책을 쓴다면, 그건 아무 이유 없이 죽어가는 좋은 나무들이 많다는 걸 의미한다는 겁니다.

최근에 읽으신 책 가운데 끝내지 못하고 내려놓은 책이 있다면요?

성공회 주교 에드먼드 리 브라우닝이 쓴 『일 년 동안의 하루들A Year of Days』을 밤마다 읽다가 끝내지 못하고 내려놨습니다. 3년 동안 하루에 한 페이지씩 읽어왔지요. 한 번에 한 페이지씩만 읽어야 하는 책입니다. 형편없는 책들에 대해서 말하자면, 그런 책이야 많지요. 하지만 아이들이 수벌처럼 텔레비전의 지시에 복종하는 모습을 보느니 차라리 형편없는 책을 읽는 걸 보는 게 나을 것 같군요.

고인이 되었거나 살아 있는 작가들 가운데 누구라도 만날 수 있다면, 누구를 만나고 싶습니까?

저는 이미 제 영웅을 만났어요. 커트 보네거트요. 보네거트가 리하르트 바그너보다 루이 암스트롱을 더 좋아하는지 궁금했었죠. 그런데 대답이 기억이 안 나요. 그가 제 잔에다 술을 따라줬고, 우리는 음악을 들으며 앉아 있었지요. 그의 술을 마시고, 그의 필터 없는 담배를 피우고 나서, 취해가지고 그의 집을 나와서 걸을 때는 마치 하늘을 나는 것만 같더군요. 그에게 왜 더 세고 몸에도 더 해로운, 필터 없는 담배를 피우냐고 물었더니, 그가 말했어요. "가격 대비 효과가 좋으니까."

문학 속 인물 가운데 누구라도 될 수 있다면, 누가 되고 싶습니까?

스파이더맨이요. 그게 안 된다면 존 르 카레의 초기 작품에 나오는 조지 스마일리요. 스마일리는 이해합니다. 스마일리는 온 얼굴로 받아들입니다. 스마일리는 할 일이 있지요. 스마일리는 저미는 가슴을 안고 삽니다. 스마일리는 그걸 견뎌낼 수 있는 사람입니다.

늘 읽어야겠다고 생각했지만 아직 읽지 못한 책이 있나요?

해리엇 비처 스토의 『톰 아저씨의 오두막Uncle Tom's Cabin』이요.

읽어본 적이 없어서 당혹스러웠던 책은요?

훌륭한 러시아 작가들의 작품을 하나도 못 읽어봤어요. 실은, 러시아나 러시아 문화나 러시아 역사에 그다지 큰 흥미가 없어요. 전혀요. 왜 그런지 누가 알겠어요? 아무튼 여기서는 누구든지 한두 번은 바보가 되는 것 같더라고요.

다음으로 어떤 책을 읽으실 계획입니까?

존 르 카레의 『민감한 진실A Delicate Truth』이요.

제임스 패터슨
James Patterson

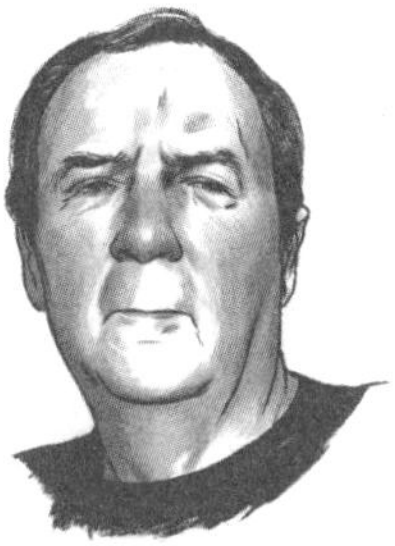

올해 읽은 책 가운데 최고의 책은 무엇입니까?

저는 올해 매사추세츠 주 케임브리지 외곽에 있는 정신병원에서 파란만장하고 유쾌한 여름을 보냈습니다. 솔직히 말씀드리면, 그곳에 있는 학교에서 일을 하느라고요. 하지만 저는 미친 사람들을 정말 좋아합니다. 특히 미친 작가들을요. 윌리엄 버로스, 장 주네, 켄 키지, 실비아 플라스, 코맥 매카시. 아마도 그래서 『어디 가니, 베르나데트Where'd You Go, Bernadette』가 올해 읽은 소설들 가운데 가장 마음에 들었는지도 모르겠군요. 그 책은 〈모던 패밀리〉 〈당신의 열정을 바꿔라Curb

• 제임스 패터슨은 『그녀에게 키스를Kiss the Girls』과 『스파이더 게임Along Came a Spider』을 비롯한 알렉스 크로스 소설과 위민스 머더 클럽 소설, 그리고 마이클 베넷 시리즈 등 여러 소설을 썼다.

Your Enthusiasm〉 한 시즌, 〈저스티파이드Justified〉 에피소드들보다도 더 유머러스합니다. 저한테는 『위고 카브레The Invention of Hugo Cabret』 이후로 가장 독창적이고 상상력이 풍부한 소설이기도 하고요.

가장 좋아하는 소설가의 이름을 말해야 한다면 누구를 꼽으시겠습니까?

뭐가 됐든 "최고"라고 선언하는 것보다는 "가장 좋아하는" 책에 대해서 이야기하는 게 훨씬 편하게 느껴지는군요. 그럼 "가장 좋아하는 작가들"—여럿이에요—에 대해서 말해보도록 하지요. 가브리엘 가르시아 마르케스, 제임스 조이스, 귄터 그라스는 저한테 중요한 작가들입니다. 왜냐하면 그들의 작품은 제가 그런 걸 쓸 수 없다는 사실을 분명하게 보여줬으니까요. 그래도 꿈을 없애버리는 저 세 작가는 아직도 제가 가장 좋아하는 작가의 반열에 있는 사람들입니다. 스릴러 추리 장르의 조지 펠레카노스도 그렇고요. 자신이 들은 좋은 문구나 구절을 전부 다 외우고 있는 것만 같은 리처드 프라이스도 좋아하고요. 그의 첫 소설 『방랑자The Wanderers』에서조차도 그렇더라고요. 제가 어리고 근심 걱정 없고 질투심에 더 쉽게 사로잡히던 시절에는 그게 죽도록 부러웠죠.

시대를 망라하고 최고의 스릴러 작가라고 생각하는 작가는 누구입니까?

또 그 하잘것없는 "최고"라는 말이네요. 군대식으로 거명을 해보자면, 저는 펠레카노스를 정말 좋아합니다. 넬슨 드밀, 마이클 코널리, 제임스 리 버크, 데니스 루헤인, 월터 모슬리, 돈 윈슬로, 그리고 물론 리처드 프라이스도요. 작품들 가운데는 『밤의 개들Night Dogs』 『얼음 수

확The Ice Harvest』『마라톤 맨Marathon Man』『다른 계절들Different Seasons』, 그리고 『커터와 뼈Cutter and Bone』가 제가 "최고"로 꼽는 작품들이고요. 스릴러는 스릴이 있어야 하는데 대부분은 별로 스릴이 없어요. 적어도 저한테는 말이지요. 또, 스릴러 작가들이 리얼리즘 소설에서 제약이 되는 규칙을 지킬 필요는 없다고 생각합니다. 가끔씩, 어떤 스릴러 소설은 별로 "현실적이지" 않다거나 어느 어느 장면은 실제로는 절대로 일어날 수 없는 장면이라고 빈정거리는 비평을 접하게 됩니다. 그런 글은 클레나 샤갈이 별로 현실적이지 않다고 이의를 제기하는 미술비평가를 떠올리게 하죠.

간과되거나 과소평가되었다고 생각하시는 작가들 가운데 가장 좋아하는 작가는 누구입니까?

저 자신이 대부분의 좋은 작가들을 간과해왔을 거라고 짐작합니다만, 저는 고 에반스 S. 코넬이 쓴 『미세스 브리지Mrs. Bridge』와 『미스터 브리지Mr. Bridge』의 팬입니다. 제게 처음으로 짧고 매우 간명하며 위트 있는 챕터의 힘을 인식하게 해준 작가가 바로 코넬이거든요. 그리고 저지 코진스키(『계단Steps』『잃어버린 나The Painted Bird』)도요. (적어도 짧게 쓰는 건 배운 대로 하고 있죠.) 프레더릭 엑슬리의 『어느 팬의 편지들A Fan's Notes』도 간과된 멋진 소설이고요. 에드워드 세인트 오빈의 『패트릭 멜로스 소설』도 그렇고요. 조지 손더스의 『쇠락한 남북전쟁의 땅CivilWarLand in Bad Decline』도요. 곤란한 점은, 조지 손더스의 작품은 한 권 발견할 때마다 수십 권이 더 있다는 거죠. 그의 책들은 간과되었다기보다는 아직 발견되지 않았다고 하는 게 맞을 겁니다.

어떤 종류의 이야기에 끌리시나요? 피하는 이야기 종류는요?

책도 사람하고 마찬가집니다. 장황한 이야기를 늘어놓고 경건한 체하고 도덕군자연하고 젠체하고 비열한 책은 피하죠. 글쎄요, 어쩌면 책이 비열한 건 괜찮을 것 같네요.

당신의 책장에 있는 책들 가운데 우리가 보면 놀랄 만한 책은 무엇일까요?

"우리"가 누군지 완전히 확신은 못하겠는데요. 어떤 사람은 『기차 꿈Train Dreams』 『카라바조Caravaggio』 『1417년, 근대의 탄생Swerve』 『우리가 안네 프랑크에 대해서 말할 때 이야기하는 것What We Talk About When We Talk About Anne Frank』, 루이스 글럭의 『시 모음집Poems: 1962–2012』 같은 책을 제 책장에서 발견하고 놀랄지도 모르겠네요. 또 어떤 사람들은 제가 소위 칙릿이라고 불리는 소설들을 즐긴다는 사실을 알고 놀랄 수도 있겠고요. 저는 제 책꽂이에 『11/22/63』이 있는 걸 보고 깜짝 놀랐습니다. 스티븐 킹이라면 제가 정신을 못 차려야 하는 거 아닌가요?

자기계발서도 읽으시나요? 추천할 만한 책이 있습니까?

저는 다른 사람한테서 도움을 받기보다는 문자 그대로 자기 스스로 하는 발전을 믿는 사람입니다. 전문가라고 자칭하면서 자신들을 써주기를 기대하는 사람들은 가급적 피하려고 하죠.

쓰신 책 가운데 가장 마음에 드는 작품은요?

오, 제 새끼들 중에 어느 게 맘에 드냐고요? 글쎄요, 지금은 더 많은 아이들(그러니까 여러분의 아이들과 손자들 말입니다, 친애하는 독자님들)이 책을 읽게 만들려는 생각으로 쓰고 있는 책에 제 모든 열정을 쏟아붓고 있지요. 『내 인생 최악의 학교Middle School』 『나는 재미있는 사람이야I Funny』 『맥시멈 라이드Maximum Ride』 『보물 찾는 사람들Treasure Hunters』에요. 저는 제가 알렉스 크로스, 위민스 머더 클럽, 마이클 베넷, 사립탐정 시리즈를 만들어낸 걸 자랑스럽게 생각합니다. 이런, 자화자찬은 그만해야겠네요.

당신의 책을 바탕으로 만든 영화들 가운데 가장 마음에 드는 영화는 무엇이고, 그 이유는 뭔가요?

안타깝게도, 저는 제 책이 전부 제 책을 바탕으로 만들어진 영화보다 낫다고 느낍니다. 제가 완전히 영화광이라서, 그런 사실이 훨씬 더 우울하게 느껴져요. 지금의 제 피해망상 이론에 따르면, 어떤 할리우드 구역에서는 제가 "캐리커처 암살"(대상을 희화화해서 그 대상을 비웃는 것을 말한다—옮긴이)의 희생자라는 겁니다. "오, 그 공항 가판대 작가가 책장이 절로 넘어가는 베스트셀러를 또 냈다지." 이건 실화인데, 『스파이더 게임Along Came a Spider』이 교정쇄로 나왔을 때 영화 제작자로부터 아주 큰 제안을 받았어요. 저는 그냥 알렉스 크로스를 백인으로 바꾸기만 하면 되는 거였죠.

독자로부터 받은 최고의 편지에 대해서 말씀해주시겠습니까?

자기 아이들이 책을 읽게 해줘서 고맙다는 부모들의 다정하고 진심 어린 편지를 수백 통 받습니다. 한 통 한 통이 제 하루를 만들어줍니다. 그게 제 한 주를 만들고요. 수많은 여성들이 자기 남편이 책을 읽도록, 또는 책을 다시 읽도록 해줘서 고맙다는 편지를 제게 보냅니다. 가끔은 남편이 자기 아내가 책을 읽게 해줘서 고맙다는 글을 보내오는 적도 있긴 하지만, 그건 좀 드문 경우고요.

당신에게 사적으로 가장 큰 영향을 미친 책은 무엇입니까? 작가로서의 당신한테 가장 큰 영향을 미친 책은요?

『트리스트럼 섄디Tristram Shandy』를 읽고 나서 당시 대학원생이던 저의 팔다리가 덜덜 떨렸어요. 마침내 제가 좀비 상태에서 깨어나서, 그저 내가 그러고 싶다면 규칙을 깨도 된다는, 그 영광스런 가능성에 대해서 인식하게 됐던 순간이지요.

대통령께 단 한 권의 책을 권할 수 있다면 어떤 책을 권하시겠습니까?

버락 오바마 대통령은 이미 충분한 독서를 하신 분 같아요. 대통령께서는 E. M. 포스터의 『민주주의를 위한 두 함성Two Cheers for Democracy』이나 심지어 티나 페이의 『드센 여자Bossypants』를 읽어보는 것도 고려해보지 않을까 싶은데요. 그 책들은 그분이 모든 것—가난하다는 것, 부유하다는 것, 아프다는 것, 늙는다는 것, 전쟁에 나가서 싸운다는 것—에 대해서 다 알지는 못한다고 생각하는 사람들을 주변에 두는 데 도움이 될 것입니다. 그게 누구한테라도 중요하다고 한다면, 미스터 오바마께도 추천하고 싶네요.

어린 시절, 주변에 책이 많았나요? 어렸을 때 누군가가 책을 읽어준 기억이 있습니까?

터널의 저 멀리 안쪽 끝으로 들어갈수록 시야가 희미해지긴 하지만, 어머니와 아버지께서 책을 많이 읽으셨던 기억은 나요. 주로 베스트셀러들이었죠. 하지만 고어 비달, 허먼 워크 같은 더 나은 책들도 읽으셨지요. 어린아이였을 때 누가 책을 읽어줬는지, 혹은 실제로 아이였던 적이 있기나 했는지 기억이 안 납니다. 어떤 친구들은 제가 아이였던 적이 없다고 말하기도 하거든요.

유년기에 가장 좋아했던 문학 속 인물이나 영웅이 있었나요?

피터 팬이요. 피터 팬을 정말 사랑했지요. 아직도 그를 사랑합니다. 피터 팬은 디즈니에서 제가 유일하게 즐겼던 놀이기구였지요. 그리고 제가 아이들을 위해서 『맥시멈 라이드』를 쓴 건 확실합니다. 제가 아끼는 책으로 시작해서 말이지요. 그건 피터 팬에 대한 저의 애착 때문이고요.

실망스럽거나, 과대평가되었거나, 신통치 않은, 좋아해야 마땅하지만 당신에게는 그렇지 않았던 책이 있습니까? 가장 최근에 끝내지 못하고 내려놓은 책이 있다면요?

1주일에 적어도 한두 권은 내려놓습니다. 영화를 보다가도 중간에 걸어나오는 경우가 부지기수고요, 브로드웨이 연극을 보다가도 그럽니다. 그게 합리적인 거라고 믿어요. 저는 『위대한 개츠비』에 열광한 적도 없고, 불행하게도 『돈키호테』에 빠져든 적도 없어요. 그 책만큼은 정말 제가 좋아할 거라고 생각했는데 말이지요.

고인이 되었거나 살아 있는 작가들 가운데 누구라도 만날 수 있다면, 누구를 만나고 싶습니까? 만나면 무엇을 알고 싶은가요?

제임스 조이스의 생각에 매료됐지만, 우리 사이에 할 얘기가 많이 있을지 잘 모르겠네요. 빌 클린턴과 같이 점심식사를 해보고 싶어요. 헌터 톰슨과는 아마 술을 마시는 게 좋을 것 같고요. 그냥 한두 잔만요. 안젤리나 졸리와는 저녁식사를 하면 좋을 것 같은데, 그녀가 책을 썼나요?

문학 속의 인물을 만날 수 있다면 누구를 만나고 싶습니까?

예수님이요. 그분이 20대 후반이나 30대 초반일 때요. 십자가에 못 박히시기 전 말입니다. 십자가에 올라가는 경험에 반대하는 충고를 해드리고 싶어서요. 그분 아버지께 그것에 관해서 이야기를 해보라고 제안할 겁니다. 자신의 합리적인 생각에 기초한 견해를 잘 설명해보라고요. 어쩌면 제가 십자가에 못 박히는 것을 본보기로 삼는 일에 대해서 부정적이었다는 걸 언급하는 게 도움이 될지도 모른다고요.

제프리 유제니디스
Jeffrey Eugenides

지금 침대 머리맡에는 어떤 책이 놓여 있나요?

지금은 프랑스 소설가 미셸 우엘벡의 『지도와 영토The Map and the Territory』, 지금 모두가 읽고 있는 것 같은 에드워드 세인트 오빈의 『패트릭 멜로스 소설』 사이를 왔다갔다하고 있습니다.

우엘벡은 선동가로 알려져 있지요. 그의 책에는 이런 문장들이 나옵니다. "서쪽은 생활비가 비싸고 추웠다. 매춘의 질도 형편없었다." 그의 책 『플랫폼Platform』은 섹스여행과 이슬람의 테러리즘에 관한 책인데, 그 책 때문에 우엘벡이 프랑스에서 소송을 당했죠. 하지만 그가 비즈니스와 전 지구적 자본주의의 거대한 효과라는 주제에 대해서 얼

• 제프리 유제니디스는 『처녀들, 자살하다The Virgin Suicides』 『미들섹스Middlesex』 『결혼 이야기The Marriage Plot』를 썼다.

마나 예리한 시각을 가지고 있는지는 충분히 인정받지 못하고 있어요. 그의 책은 아마 가장 색다른 당과糖菓라고 할 수 있을 거예요. 프랑스적인 아노미와 사회적인 분석, 작가 해럴드 로빈스가 섞여 있는. 그는 암울한, 비미국적인 것들에 대해서 많은 것을 이야기하기 때문에 제가 얻을 수 있는 게 적지 않습니다.

최근에 읽은 책 가운데 정말로 훌륭하다고 생각했던 책은 무엇입니까?

앨리스 먼로의 『착한 여자의 사랑The Love of a Good Woman』이요. 완벽하지 않은 단편이 단 한 작품도 없어요. 하나를 읽고 날 때마다 그냥 바닥에 드러누워서 죽고 싶어지더라고요. 인생을 다 살아버린 것 같은 느낌이라고나 할까요. 먼로의 글은 표면적으로는 그럴듯하게 진행되다가 미처 마음의 준비를 할 틈도 주지 않고 갑자기 우리를 충격적인 장소에다 확 떨어뜨려놓지요. 기술적인 솜씨도 대단해요. 하나의 이야기 안에서 각 섹션마다 관점을 바꾼다든지 하는 데서 말이지요. 필수적인 서사를 앞으로 밀고 나가는 동안에는 거의 불가능한 부분인데, 먼로는 그게 쉬워 보이게 만들죠. 대부분의 독자들은 먼로가 기술적으로 얼마나 독창적인지는 잘 알아보지 못하는데, 그건 이야기와 인물이 만들어지는 과정이 독자들의 관심을 완전히 압도해버리기 때문이지요.

지금까지 나온 연애와 결혼에 관한 소설 가운데 최고의 소설은 무엇입니까?

헨리 제임스가 쓴 『여인의 초상』입니다. 여자 주인공들이 전부 마지막에 결혼하는 것으로 끝나는 오스틴의 희극과는 달리, 이 책은 반反결혼 플롯을 제시하지요. 나이 많은 터첫 씨가 이사벨 아처의 독립을 보장해주기 위해서 그녀한테 많은 유산을 남겨줍니다. 하지만 역설적으로, 그 돈 때문에 잘못된 구혼자를 끌어들이게 되죠. 제임스는 전통적으로 결혼하기라는 주제를 이끌어왔던 이야기들로 책을 가득 채워요. 캐스퍼 굿우드와 워버턴 경도 이사벨한테 구애를 하는데, 이 부분에서 우리의 여자 주인공은 잘못된 선택을 하고 맙니다(그 전문가가요!). 이제 문제는, 누구와 결혼할 것인가가 아니라 결혼에서 어떻게 살아남느냐 하는 게 돼버린 거죠. 오스틴이 쓴 어떤 것보다도 훨씬 더 어두운 이야기고, 그건 곧바로 도덕적 모호성과 현대소설의 복잡성으로 이어지지요.

브라운 대학에 다니시는 동안 가장 유용했던 책을 꼽으신다면요?

제가 대학에 처음 들어갔을 때는 평생 동안 지니고 갈 만한 철학을 만드는 데 목말라 있는 상태였어요. 그리스철학에서 시작해서 니체 근방에서 멈추려는 계획이었죠. 정전들을 읽으면, 제가 행동하고 결정하는 데서 자명한 어떤 질서가 제 정신 속에 만들어질 거라고 생각했으니까요. 30년이 지난 지금 뒤돌아보건대, 그런 일은 일어나지 않았다고 인정해야겠군요. 대학에서 읽은 것들 가운데 많은 부분은 잊어버렸어요. 하나의 완결된 벽걸이가 아니라, 아우구스투스의 로마나 초기 이슬람이나 르네상스 이탈리아나 모더니즘 철학에 관해서 섬세하게 수를 놓은 화사한 조각보들이 전부 조각조각 흩어져서 떠오르지요. 여기 제 책장에 자크 바전의 『새벽에서 황혼까지From Dawn to

Decadence』가 있습니다. 제가 사족을 못 썼던 종류의 책이죠. 모든 게 한 방에 설명되기를 바라면서 말이지요. 하지만 어떤지 아세요? 세 차례나 그 책을 읽으려고 시도했지만, 단 한 번도 50페이지를 못 넘겼답니다.

결국 지금까지 제가 가지고 있던, 대학 때 읽었던 책들은 전부 쓸모없는 책이 되고 만 거예요. 『롤리타』의 마지막 페이지가 떠오르는군요. 험버트 험버트가 아이들의 목소리를 듣고 자신이 돌로레스 헤이즈에게 가져다준 해악을 깨닫게 되는데, 그때 바로 이런 문장이 나오죠. "나는 우뚝 솟은 산비탈에 서서 저 음악소리 같은 울림에, 도란거리는 음성들 사이로 간신히 터져나오는 외침들에 가만히 귀를 기울이다가 문득 깨달았다. 무엇보다 절망적이고 가슴 아픈 것은 내 곁에 롤리타가 없다는 사실이 아니라 이 아름다운 화음 속에 그녀의 목소리가 없다는 사실이었다." 한 작가가 세계를 얼마나 특수하게 그려내는지를 보고, 이 단어들의 조합이 단어들을 넘어서는 것을—그게 아름다움, 생동감, 그리고 공감뿐만 아니라 연민과 수치심에 대해서 가르쳐주는 것을—알게 된 후론 그 곁을 떠날 수가 없게 된 거죠. 그게 무슨 일관된 체계는 아니겠지요. 하지만 제가 갈 길을 알려주는 몇 개의 성좌라고는 할 수 있을 겁니다.

죄책감을 느끼면서 즐기는 책이나 정기 간행물이나 온라인 사이트가 있나요?

제 정신을 고양시켜주는 유일한 게 문학이에요. 엘리트주의적인 관점에서 그런 게 아니라, 저의 기질적인 특성이 그렇다는 겁니다. 스릴러나 미스터리 소설을 읽으려고 할 때마다 믿을 수 없을 정도로 지루해집니다. 언어 때문에도 그렇고 서사 구조 때문에도 그렇고요. 문학 전선에 대해서는 정말 자연스레 지조를 지키게 되기 때문에, 뭣 때문에 더 못한 데서 어슬렁거리지 말아야 하는지 모르겠고요, 저는 아무런 죄책감 없이 그렇게 합니다. 대기실에서 「피플」지를 뒤적거리죠. 솔 벨로가 소설은 "고도의 자서전"이라고 말했지만, 사실 고도의 가십이기도 하거든요.

가장 최근에 당신의 눈물을 자아낸 책은 무엇이었습니까?

『사우스 비치 다이어트The South Beach Diet』요.

가장 최근에 당신을 웃게 만든 책은요?

앞서 언급한 우엘벡과 세인트 오빈 두 작가 모두 저를 웃게 만들지만, 세인트 오빈이 좀더 의도적으로 유머를 구사하죠. 크리스토퍼 히친스의 회고록도요. 거기엔 이런 문장도 나와요. "그 당시에 내 외모는 오직 여자들만이 나와 함께 침대로 가려고 할 정도로 형편없는 상태였다."

가장 최근에 당신을 화나게 만든 책은 무엇이었나요?

시간이 좀 지난 일이긴 한데, 제임스 아틀라스가 쓴 솔 벨로 전기를 읽고 짜증이 났습니다. 벨로의 재능에 아틀라스가 질투가 난 거예요. 그래서 벨로가 잠자리에서 그다지 열정적이지 않았다는 이야기 따위로 시간을 낭비하느라 정작 벨로의 작품에 대한 언급은 피하는 거죠.

문학 전기를 읽는 사람들은 책의 주인공과 자고 싶은 게 아니라 그에 대해 읽고 싶은 거라고요.

프린스턴 대학에서 창작을 가르치셨지요. 학생들을 가르칠 때 가장 유용했던 책은 무엇입니까?

글쓰기 워크숍을 맡고 있기 때문에 대단한 독서 리스트 같은 건 없어요. 체호프, 조이스의 『더블린 사람들』 등을 통해서 형식의 모델을 제공해주는 게 "유용"하죠(굳이 그 단어를 쓰고 싶으시다면요). 하지만 제가 학부 학생들을 가르치기 때문에, 학생들이 작가들의 모범적인 기법들을 배우고 받아들일 준비가 안 돼 있는 경우가 좀 있어요. 제가 매년 내주는 숙제 중에, 제 학생들로 하여금 소설을 쓴다는 것에 대해서 가장 흥분하게 만드는 소설은 조지 손더스의 「존Jon」입니다.

첫 소설이 소피아 코폴라 감독의 영화로 만들어졌지요. 『결혼 이야기』가 영화로 만들어지게 되어 감독한테 몇 마디 조언을 해도 된다면, 무슨 말을 해주시겠습니까?

글쎄요, 감독한테 몇 마디는 해줄 수 있어야겠지요. 지금 그와 대본을 같이 쓰고 있거든요. 사실, 며칠 전에 그와 술을 한잔했는데, 그때 제가 이렇게 말했죠. "원작을 충실하게 각색하려는 생각 따윈 잊어버리세요. 우리가 해야 하는 일은, 책을 분해해서 그 문학적 역학을 영화의 문법으로 바꾸는 방법을 찾아내는 겁니다"라고요. 소설이 영화화된다면 바라는 건 오로지 영화가 좋게 나오는 거지요. 물론 작가는 같은 이야기가 펼쳐지기를 바라죠. 하지만 그걸 제시하는 새로운 방식을 찾아내야만 하는 겁니다. 뿐만 아니라, 저는 책을 이미 썼기 때문에, 똑같은 걸 한 장면 한 장면 복제한다면 정말 지루할 거예요. 물론 그게 현명한 일도 아니고요.

다른 사람이 써줬으면 하는 한 권의 책이 있다면요?

제 책 가운데 최악의 책이요. 누군가가 그걸 써줘서 제가 그걸 쓸 필요가 없었으면 좋겠네요.

작가들의 만찬모임을 주최하게 되어서 세 명의 작가를 초대할 수 있다면, 누구를 초대하시겠습니까? 고인이 되었거나 살아 있는 분들 가운데 누구라도 가능하다면 말입니다.

일단, 셰익스피어한테 전화를 겁니다. 그러면 "또다른 사람들은 누가 오지요?" 하고 셰익스피어가 묻지요. "톨스토이요" 하고 제가 대답하면, "그날 저녁에는 제가 좀 바쁠 것 같군요" 하고 셰익스피어가 응답합니다. 그다음엔 카프카한테 전화를 걸어 묻자, 그가 오겠다고 합니다. "톨스토이만 초대하지 않는다면 말이에요." "이미 초대했는데요" 라고 제가 말합니다. "하지만 쿤데라가 와요. 밀란 좋아하시잖아요. 두 분 다 체코 말을 할 줄 아시고요." "저는 독일어를 쓰는데요." 카프카가 정정해줍니다.

톨스토이가 쿤데라가 온다는 소식을 듣고 자기는 빠지겠다고 합니다. (다 지나간 오래전의 비평에 대해서 뭔가 꺼림칙한 게 있었던 거죠.) 그래서 마지막으로 조이스한테 전화를 겁니다. 그는 항상 시간이 있거든요. 우리가 식당에 다 모였을 때, 카프카가 뒤쪽에 있는 테이블에 앉자고 합니다. 다른 사람들이 자기를 알아볼까봐 두렵다고요. 이미 단단히 가리고 온 조이스가, "누군가가 사람들 눈에 뜨인다면, 그건 바로 저일 겁니다" 하고 말합니다. 쿤데라가 제 쪽으로 몸을 기울이면서 제 귀에다 대고 속삭입니다. "우리가 지팡이를 들고 돌아다니면 사람들이 우리도 알아볼지도 몰라요."

웨이터가 시중을 들러 옵니다. 그가 특정 음식에 알레르기가 있는지 묻자, 카프카가 그에게 목록이 한가득 적힌 쪽지를 건네줍니다. 그런 다음에 잠시 화장실에 다녀오겠다고 하면서 자리를 뜹니다. 그가 가자마자 쿤데라가 말합니다. "카프카의 문제는 꼬리 부분이 좀 짧다는 거죠." 그 말에 모두 킥킥거리고 웃지요. 조이스가 와인 한 병을 더 주문합니다. 마침내 그가 저를 향해 몸을 돌려 컴컴한 안경을 통해서 저를 쳐다봅니다. "지금 당신의 새 책을 읽고 있어요." 그가 말합니다. "오, 그러세요?" 제가 대답합니다. "그렇다니까요." 조이스가 말합니다.

다음 책이 단편집이 될 거라고 말씀하셨지요. 요즘 나온 책들 가운데 추천하고 싶은 단편집이 있습니까?

좀 긴 이야기는 어떤가요? 클레어 키건의 「입양The Foster」을 추천하고 싶어서요. 부모가 자신을 키울 만한 경제적 여력이 안 돼서 아이가 없는 친척한테 보내진 한 아일랜드 소녀의 관점에서 이야기를 전개해 나가는 소설인데, 결국 그 친척과 함께 살기로 선택하는 것으로 이야기가 끝이 나지요. 마지막 장면에서는 정말 가슴이 미어질 것 같은데, 한 단어 한 단어가 정확히 제 위치에 있으면서 이중적인 의미를 포함하고 있지요.

무인도에 단 세 권의 책만 가지고 갈 수 있다면 어떤 책을 고르시겠습니까?

킹 제임스 판 성경, 『안나 카레니나』, 그리고 뗏목 만드는 법에 관한 책이요.

다음으로 어떤 책을 읽으실 계획입니까?

T. M. 루어먼이 쓴 『신이 응답할 때: 미국 복음주의와 신의 관계 When God Talks Back』를 읽을 겁니다. 제목에 콜론이 들어간 책은 일단 피하고 보지만 이 책만큼은 읽어보려고요. 루어먼은 스탠퍼드 대학에서 가르치는 인류학자예요. 라디오에서 그녀의 인터뷰를 들었는데, 일방적인 판단을 피하는 그녀의 태도에 깊은 인상을 받았습니다. 역사적, 정치적, 예술적인 여러 이유들로 제 관심을 끄는 주제이기도 하고요.

조너선 레덤
Jonathan Lethem

지금은 무슨 책을 읽고 계십니까? 보통 한 번에 한 권씩 읽으시나요?

행복하게도, 저는 지금 한꺼번에 여기저기에 걸쳐 있습니다. 제 작업실에서는 짧은 책들을 급하게 읽는 중이고요, 러셀 호번의 『거북이 일기Turtle Diary』와 에드워드 세인트 오빈의 멜로스 책과 리디아 밀렛의 『장엄Magnificence』을 읽고 있고요, 침대에서나 기차나 비행기에서는 몇 년은 아니더라도 몇 달째 괴물 같은 작품들을 부지런히 섭렵하고 있습니다. 로베르트 무질의 『특성 없는 남자Man Without Qualities』와 칼 오베 크나우스고르의 『나의 투쟁My Struggle』을 읽고 있지요. 최근에는 은하

• 조너선 레덤은 『머더리스 브루클린Motherless Brooklyn』『고독의 요새The Fortress of Solitude』『반체제 인사의 정원Dissident Gardens』『고질병을 앓고 있는 도시Chronic City』 등 많은 책을 썼다.

계 같은 구조로 거꾸로 따라 올라가는 중이에요. 지난여름에 도리스 레싱의 『문이 네 개 있는 도시Four-Gated City』를 읽고서 뇌가 쩍 갈라져 열리는 경험을 했거든요. 그래서 지금은 마사 퀘스트Martha Quest 소설들을 읽어야만 하는 운명에 처한 것 같아요. 또 요즘에 발견한 사실은, 다 읽지 못한 소설들이 제게 얼마나 중요했나 하는 것입니다. 무질, 카프카, 머빈 피크의 고멘개스트 3부작, 크리스티나 스테드의 『나는 웃으면서 죽는다I'm Dying Laughing』 같은 책들 말이지요. 랠프 엘리슨의 『총을 쏘기 3일 전…Three Days Before the Shooting…』도 여기저기 다니면서 읽고 있는데요, 장담컨대 그게 샐린저의 은둔지에 보관돼 있다 해도 괜찮았을 겁니다.

올해 읽은 책 가운데 최고의 책은 무엇입니까?

위대한 예술가들에 대한 기가 막히게 좋은 연구서 두 권을 연속으로 탐독했는데요, 모두 머리를 확장시키는 동시에 폭넓게 아우르는 정말 굉장한 독서 경험이었어요. 클라우디아 로스 피어폰트의 『풀려난 로스Roth Unbound』와 T. J. 클라크의 『피카소와 진실Picasso and Truth』인데요, 두 책 다 도달하기 매우 어려운 목표를 달성하고 있어요. 그 책들은 아주 오랫동안 저와 함께 있게 될 것 같아요.

가장 좋아하는 소설가의 이름을 말해야 한다면 누구를 꼽으시겠습니까?

이 질문은 마음에 안 드네요. 제가 가장 좋아하는 글자는 D예요. 도스토옙스키, 디킨스, 딕, 딜레이니, 그리고 드릴로를 떠올리게 해주니까요. 아니면 S요. 스테드, 스파크, 설터, 사라마구 등을 떠올리게 해주니까요. D나 S의 책을 가지고 간다면 무인도에도 갈 수 있을 것 같네요.

간과되거나 과소평가됐다고 생각하는 작가들 후보를 선정한다면요?

저한테는 제가 읽고 있고 사랑하는 모든 작가들이 다 충분히 인정받지 못하고 있는 것처럼 보여요. 제가 그들의 이름을 말하면, 사람들은 "그 작가는 누구나 다 읽어!"(찰스 포티스, 돈 파월)라거나 "일부러 무명 작가 이름만 대는군!"(로널드 휴 모리슨, 애나 카반)이라고 말하죠. 그런 전제하에, 이건 저로서는 가장 즐기는 놀이인데요—늘상 이런 얘기로 친구들을 지루하게 만들죠—그러니까 한번 가보죠. 로리 콜윈, 이언 싱클레어, 제임스 팁트리 주니어, 스탠리 엘킨, 그리고 스탠리 엘린. 그리고…… 이쯤에서 멈출게요. 친숙하지만 너무 당연한 것으로 받아들여서 별로 주목하지 않는 챔피언도 꼽아볼게요. 위대한 셜리 잭슨, 엘리자베스 보엔, 브라이언 무어, 토머스 버거. 브루스 제이 프리드먼.

당신의 책장에 있는 책들 가운데 우리가 보면 놀랄 만한 책은 무엇일까요?

전후 영국 소설가들의 책 가운데 특정 종류가 많은 걸 보고 놀라는 사람들이 좀 있더군요. 애니타 브루크너, 페넬로페 피츠제럴드, L. P. 하틀리 같은 작가들의 책 말이죠. 저한테는 전혀 놀라운 책들이 아닙니다. 그런 작가들의 책을 안 읽어본 사람들은 그들의 작품이 마음을 푸근하게 해주는 종류의 책이라고 생각하지만 그렇지가 않습니다. 상대적으로 전통적인 형식을 띠고 있지만, 종종 독자의 마음을 동요시키는 뭔가가 있죠.

자기계발서도 읽으십니까? 추천할 만한 책이 있다면요?

어렸을 때 앨런 와츠의 『불안이 주는 지혜Wisdom of Insecurity』를 충동적으로 읽고 또 읽곤 했거든요. 그때는 그게 자기계발서라는 생각을 못했는데, 지금 생각해보니 그런 것 같네요. 그게 아직도 제가 필요로 하는 도움을 줍니다.

가장 좋아하는 브루클린 이야기는 뭔가요? 그리고 지금 포모나 대학에 계시는데, 캘리포니아에 관한 책 가운데 가장 좋아하는 책은 무엇입니까?

잔혹한 두 권의 작은 소설, 폴라 폭스의 『필사적인 인물들Desperate Characters』과 L. J. 데이비스의 『의미 있는 삶A Meaningful Life』이 어린 시절 제가 알던 1970년대 초반의 남브루클린을 생생하게 그리고 있습니다. 하지만 그것과는 별개로, 저는 브루클린에 관한 책을 그다지 열심히 찾아서 읽지는 않습니다. 그보다는 그 장소를 주제로 충분히 다루지 않은 채 떠난 특정 브루클린 출신 작가들의 목소리에서 탐지할 수 있는(혹은 탐지해낸다고 혼자 상상하는) 브루클린의 자잘한 흔적들에 더 흥미를 느낍니다. 로버트 스톤, 길버트 소렌티노, 모리스 센닥 같은 작가들의 작품을 읽을 때 말이지요.

캘리포니아에 대해서라면, 이곳에 오기 오래전에 레이먼드 챈들러를 읽었지요. 챈들러가 자신의 이야기가 작동할 수 있게 마술을 부려서 어떤 구역을 창조해냈다기보다는 실제로 존재하는 장소들에 대해서 쓴 것임을 이해하기도 전에, 저는 이미 그 책들의 공기 속에서 숨을

쉬고 있었지요. 이제는 제가 캘리포니아에 살고 있으니까, 이 책이—그리고 로스 맥도널드 책이—그 장소에 대해 전지적인 관점에서 깊이 있는 조사를 한 거라는 게 보여요. 존 맥피가 그랬던 것처럼요.

어렸을 때 동일시했던 문학 속 인물이 있습니까? 당신의 영웅은 누구였나요?

열한 살 무렵부터 『이상한 나라의 앨리스』와 루이스 캐럴을 필두로, 저 스스로를 등장인물과 직접 동일시하기보다는, 픽션을 만들어낸 작가—지금은 그걸 "내재적 작가"라고 부른다는 걸 알게 됐지만요—와 동일시하기 시작했어요. 아마 이게 바로 제 이야기에 영웅이 없는 이유를 설명해준다고 말하는 사람도 있겠죠.

실망스럽거나, 과대평가되었거나, 신통치 않은, 좋아해야 마땅하지만 당신에게는 그렇지 않았던 책이 있습니까? 가장 최근에 끝내지 못하고 내려놓은 책이 있다면요?

자신의 한계를 만천하에 공개하라는 초대를 하는 거지요? 좋아요, 입질을 해보지요. 제가 좋아하는 다른 작품들을 보고 사람들이 제가 불가코프의 『거장과 마르가리타』를 읽어야 한다고 계속 주장하더군요. 그런 말에 시도를 해보지만, 매번 그 작품이 고심의 흔적이 역력하면서도 동시에 시치미를 뚝 떼고 있는, 러시아 정치에 대한 우화라는 것을 알게 되더군요. 악마와 고양이를 등장시켜가지고 말이지요. 정확히 세상에서 제가 가장 읽기 싫어하는 종류의 이야기죠.

고인이 되었거나 살아 있는 작가들 가운데 누구라도 만날 수 있다면, 누구를 만나고 싶습니까? 만나면 무엇을 알고 싶은가요?

제 타임머신을 정전正典 속으로 깊이 들어가는 데 사용해야 한다는 걸 알지만, 허먼 멜빌이나 샬럿 브론테나 오노레 드 발자크와 저녁 식사 모임을 강행하고자 노력할 기회—그들에게 내가 무슨 말을 할 수 있을지, 또는 그들이 서로에게 무슨 말을 할 수 있을지를 알아내면서—는 저 같은 한량의 능력을 초과하는 일입니다. 대신, 저한테 더 친근하게 와닿는 20세기 집단에 대한 정보 부분에서 놓친 게 많은 세 사람—돈 카펜터, 필립 K. 딕, 맬컴 브래드버리—과 어울리는 게 더 재밌을 것 같다는 생각이 들어요. 그 작가들은 공교롭게도 전부 해양국가와 연계돼 있을 법한 준무법자 유형이라서, 우연히 같이 있게 된다면 즐거운 시간을 가질 거예요. 저는 제가 그들의 사후 경력의 부활에 관여했다고 주장하면서 자화자찬할 수도 있을 거고요. 그렇게 우리는 잔을 들어 건배하면서 같이 도모하는 일을 갖게 되는 거지요. 그들 책이 아직도 출간되고 있다는 사실을 제가 알려줄 수 있다면 정말 신나는 일이 될 거예요.

늘 읽어야겠다고 생각했지만 아직 읽지 못한 책이 있습니까? 읽어본 적이 없어서 당혹스러웠던 책은요?

책을 끝까지 읽지 않고 내려놓는 문제라면, 뭔가 다가오는 게 없을 때도 줄곧 읽기엔 제가 지금 나이가 너무 많아요. 누군가에게 해를 입히는 일도, 구린 일도 아니고, 그저 상호 긴장 완화를 추구하는 것이죠. 읽지 않은 고전에 대해서도, 저는 제 독서 활동에서 수치심을 몰아내려고 노력합니다. 제가 읽고 싶어하는 것보다 위대한 책들이 어마어마하게 더 많다는 것은 이 생에서의 기쁨의 원천이고 인간 문명을 옹호하는 시각에서 본다면 그 문명의 무게가 되겠죠. 기이한 건, 이미 스스로 두 배의 짐을 짊어졌다는 사실입니다. 10대 때 대수롭지 않게 얼렁뚱땅 읽어버린 고전들을 다시 읽으면서, 그 책들이 마치 난생처음 읽는 것처럼 이해하기가 힘들다는 걸 깨달았지요. 쉰 살 먹은 남자가 『적과 흑』이나 『말론 죽다Malone Dies』(사무엘 베케트)를 고등학교 1학년생처럼 읽는다고 느끼면서 돌아다니는 게 좋을 일이 뭐가 있겠습니까? 종종 잘못된 자신감을 갖고 있다가—대화 도중에, 혹은 학생들에게 이런 책들에 대해서 언급하지요—책을 펼쳐보고 나서는 그걸 진짜로 읽은 사람이 누구였는지 궁금해지는 겁니다. 저는 아닌데 말이죠.

다음으로 어떤 책을 읽으실 계획입니까?

멋진 책 한 무더기가 기다리고 있지요. 힐튼 알스의 『백인 여자아이들White Girls』, 타오 린의 『타이페이Taipei』, 제이미 콰트로의 『나는 네게 더 많은 것을 보여주고 싶어I Want to Show You More』, 윌리엄 개디스와 이탈로 칼비노의 편지들을 새롭게 정리해놓은 책, 그리고 『대니얼 데론다Daniel Deronda』요. 방금 말씀하신, 늘 읽으려는 마음을 가지고 있었지만 결코 읽어볼 기회가 없었던 책이죠. 좋은 책이라고 들었어요.

조너선 프랜즌
Jonathan Franzen

작년에 읽은 책 가운데 가장 좋았던 책은 무엇입니까?

레이철 쿠시너의 『불꽃을 던지는 사람들』이 정말 좋았습니다. 또 마리오 바르가스 요사의 『세상 종말 전쟁The War of the End of the World』과 밀란 쿤데라의 『참을 수 없는 존재의 가벼움Unbearable Lightness of Being』도 언급해야겠네요.

이상적인 독서 경험에 대해서 말씀해주세요(언제, 어디서, 무엇을, 어떻게 읽는지).

책이 경험을 만들어냅니다. 어떤 책이 마음에 들면 스스로 의식하

• 조너선 프랜즌은 『자유Freedom』와 『인생 수정The Corrections』 등을 썼다.

지도 못한 채 기나긴 독서 시간을 보내고 있음을 문득 깨닫게 되죠. 그래도 두 시간 연착으로 시작되는 장거리 비행의 중간 자리에 처박히는 것만한 게 없죠. 몇 년 전에, 그런 상황에서 비평가들이 열광한 어느 새 소설을 챙겨 들고 즐길 태세를 단단히 하고는 비행기 여행에 오른 적이 있었지요. 그런데 50페이지쯤 읽다가 너무 지루해 견딜 수가 없어서 그만 책을 덮어버리고는 앞 좌석 등받이에 붙어 있는 테이블을 노려보면서 내내 괴로워했답니다. 그 작가를 미워하고 비평가들을 정신분석하면서 말이지요. 반대로 더 힘든 비행에서, 그러니까 런던 공항 두 군데를 거쳐 자그레브에서 뉴욕까지 여행하는 동안에, 주의 깊게 고른 『그 지방의 관습The Custom of the Country』을 가져갔는데, 여행 내내 완전히 몰입할 수 있었습니다. 이디스 워턴한테 무한한 고마움을 느끼면서 JFK 공항 택시 안에서 마지막 페이지를 넘겼지요.

요즘 독일 작가들 가운데는 어떤 작가를 읽고 계십니까?

토마스 브루시그라는 엄청나게 익살스런 작가의 책을 읽고 있는데요, 아쉽게도 아직 영어로 번역이 안 돼 있어요. 작년에는 카를 크라우스를 읽었는데 제가 번역을 해서 이번 가을에 출간될 예정이고요. 크라우스는 빈 사람이긴 하지만 그가 쓰는 언어는 아시다시피 독일어거든요.

특별히 끌리는 종류의 이야기가 있나요? 피하는 이야기 종류는요?

저는 자기 자신의 삶이나 자신이 속해 있는 것으로 발견한 세계를 이해하려고 노력하는 데 몰두하는 작가들, 그 이야기에 분명하게 발을 담그고 있는 작가들이 쓴 소설이 좋습니다. 그래서 제가 특히 역사소설에 저항감이 느껴지나봅니다. 하지만 제 일생의 책 가운데는 역사소설도 몇 권 있습니다. 『그린란드 사람들The Greenlanders』(제인 스마일리), 『푸른 꽃The Blue Flower』(페넬로페 피츠제럴드), 『전쟁과 평화』 같은 책들 말이지요. 19세기 후반에 브라질에서 일어났던 한 반란과 그에 대한 잔인한 진압에 관한 역사소설인 『세상 종말 전쟁』에 완전히 빠져드는 데는 인내심이 좀 필요하긴 했지만, 일단 몰입을 하니까 완전히 넋을 읽고 빨려들어가게 되더군요. 자주 일어나는 일은 아니죠. 책에서 일어나는 시련, 폭력, 죽음이 어떤 의미에서 저 자신의 것처럼 느껴졌습니다. 실로 격조 높은 소설이라는 생각이 들었어요.

자기계발서도 읽으십니까? 추천하고 싶은 책이 있다면요?

프로이트한테서 도움을 받았다고 느끼지만 그를 이 범주에 넣으면 안 되겠지요. 30대 초반의 힘들었던 시기에 짧은 기간 동안이나마 해리엇 러너의 『무엇이 여성을 분노하게 하는가Dance of Anger』로부터 도움을 받았다고 느낀 기억도 있고요. 그 책은 자기를 돕는 일이란 게 얼마나 어려운지를 진정으로 인정한 보기 드문 자기계발서입니다.

선물로 받은 책 가운데 최고의 책은 무엇입니까?

1989년에 돈 드릴로가 서명을 해서 제게 보내준 『리브라Libra』입니다. 제 첫 책을 그에게 한 권 보내주라고 출판사에 요청했어야 하는 건데 말이에요. 다른 방법으로는 그의 선물을 설명할 방법이 없군요. 하지만 20대에 거의 완전히 고립된 상태로 일을 하며 멀리서 드릴로를 경외해마지않다보니, 그가 손으로 직접 사인을 한 뭔가를 제가 가졌다는 게 믿기지가 않더라고요. 아직도 좀 믿기가 힘들어요.

책을 써서 가장 좋은 점은 무엇입니까?

일시적이나마 제 존재의 의미를 갖게 된다는 것이죠.

가장 어렵거나 즐겁지 않은 부분은요?

저에게 실제로 할 얘기가 더 있는 건지 의구심이 들었던 시간들입니다.

대통령께 단 한 권의 책을 권할 수 있다면 어떤 책을 권하시겠습니까?

현 대통령한테는 당장 무슨 책을 꼭 읽어야 한다고 말할 필요가 없을 것 같아요. 하지만 전 대통령한테는 바르가스 요사가 나쁜 선택일 것 같지 않네요. 올바르다고 생각하는 전쟁에 대해서 인간이 치러야 하는 대가를 상상하는 데 좀 도움이 됐을 수도 있지 않았을까 싶어서요. 『불꽃을 던지는 사람들』도 마찬가지입니다. 어느 권력자의 빌어먹을 관점을 그의 섹스 파트너인, 야심이 있으면서도 유연한 성격의 젊은 여성의 눈으로 섬세하게 묘사하는 내용이 들어 있는 책이지요.

어렸을 때 주위에 책이 많았나요? 어렸을 때 누군가가 책을 읽어준 기억이 있습니까?

어렸을 때는 매주 공공도서관에 가서 한 보따리의 책을 가지고 집으로 돌아왔죠. 부모님은 책을 읽는 분들이 아니었고 그럴 시간도 없는 분들이었어요. 하지만 아버지는 밤에 집에 계실 때는 밤마다 제게 책을 읽어주셨죠. 어머니는 아버지가 사업차 출장을 가신 날조차도 한 번도 읽어주신 적이 없고요. 책 읽기가 아버지와 저 사이의 사적인 관계를 묶어주는 가장 중요한 끈이었다는 사실을 어머니께서 알고 계셨는지조차 모르겠어요.

어렸을 때 가장 좋아했던 인물이나 영웅이 있나요?

우리 세대의 작가들이 흔히 그랬듯이 저의 영웅도 탐정 해리엇이었죠. 해리엇을 창조해낸 루이스 피츠휴는 40대에 세상을 떠났지요. 얼마나 많은 이들이 해리엇에 관한 그녀의 책 두 권을 읽고 작가가 되기로 결심했는지 그녀가 알기나 했을까요? 어렴풋이라도 알았다면 좋을 텐데 말이에요.

응접실 탁자 위에는 무슨 책이 있습니까?

사실, 저한테도 응접실 탁자가 있고 그 아래 선반에는 책이 있지요. 새에 관한 사진집, 내가 좋아하는 화가들(앤 닐리, 리사 샌디츠)의 작품집, 그리고 탁 트인 전원 풍경이 실린 사진집이 있습니다. 저희 집을 방문한 손님들 가운데 한 분이라도 아래로 손을 뻗어 그중 한 권을 집어드는 모습을 봤다고 말할 수 있다면 좋았겠지만 말이에요.

실망스럽거나, 과대평가되었거나, 신통치 않은, 좋아해야 마땅하지만 당신에게는 그렇지 않았던 책이 있습니까? 가장 최근에 끝내지 못하고 내려놓은 책이 있다면요?

저는 집어든 책 대부분을 끝내지 못하고 내려놓습니다. 작품이 약하거나 뭔가 잘못돼 가고 있다고 느낄 때뿐만 아니라, 작가 자신이 글의 문제의식에 충분히 발을 담그고 있는 글이 아닐 경우에도 말이지요. 『참을 수 없는 존재의 가벼움』을 다시 집어들었을 때는 그 책에 대한 평가가 조금은 과장된 게 아닌가 하는 의구심을 재확인하려는 의도가 어느 정도 있었습니다. 늘 그 제목이 싫었고, 쿤데라가 오래전에 도스토옙스키를 공개적으로 거부한 것에 대해서도 씁쓸한 느낌이 든 적이 있었거든요. 쿤데라는 합리주의를 옹호하는 사람인데, 그건 일반적으로 소설가에게만큼은 큰 장애물이고, 『참을 수 없는 존재의 가벼움』은 거기에 나오는 꿈조차 합리적으로 읽게 만드는 게 사실입니다. 그래도 대단한 꿈이긴 하지요. 그 꿈을 꾸는 인물 테레사에 대해서는 놀라울 정도로 공감을 느낄 수 있게 해주고요. 그렇게까지 철학적으로 잘 분석된 사랑 이야기가 종국에는 그토록 감동적일 수도 있다는 사실은 예전에는 짐작도 못했었지요.

고인이 되었거나 살아 있는 작가들 가운데 누구라도 만날 수 있다면, 누구를 만나고 싶습니까? 만나면 무엇을 알고 싶으세요?

카프카가 친구들한테 『변신』을 소리 내어 읽어줬을 때 그 가운데 저도 끼어 있었으면 좋았을 거라는 상상을 하곤 합니다. 누가 소리 내어 웃지 않을 수 있었겠습니까? 텍스트 안에 여전히 유머가 살아 있지만, 그가 직접 자기 목소리로 읽을 때는 어떤 식으로 표현을 했는지 정말 알고 싶어요.

문학 속의 인물 가운데 누구라도 만날 수 있다면 누구를 만나고 싶으세요?

셰익스피어의 희극에 나오는 여자 인물들 가운데 한 명을 만나보고 싶군요. 아마도 로절린드? 약강 5보격으로 그녀와 대화를 나누려면 꽤 고생하겠지만요.

다음으로 어떤 책을 읽으실 계획입니까?

지난 20여 년 내내 다음에는 『잃어버린 시간을 찾아서』의 마지막 네 권을 읽어야겠다는 계획을 세우고 있어요.

조앤 K. 롤링
J. K. Rowling

올여름에 읽은 책 가운데 가장 좋았던 책은 무엇입니까?

매들린 밀러의 『아킬레스의 노래The Song of Achilles』가 정말 좋았어요.

최근에 읽은 책 가운데 정말로 훌륭하다고 생각했던 책은 무엇입니까?

도리스 컨스 굿윈이 쓴 『권력의 조건Team of Rivals』이요. 진정으로 좋은 책이라면 으레 그렇게 되듯이, 완전히 책 속에 빠져서 온몸으로 같이 살아냈지요. 끝에 가서는 멍한 눈으로 책을 내려놓으면서 나 자신이 21세기에 살고 있다는 사실에 당혹감을 느끼게 되는 거지요. 작년

• 조앤 K. 롤링은 해리 포터 시리즈와 소설 『캐주얼 베이컨시The Casual Vacancy』 『쿠쿠스 콜링The Cuckoo's Calling』 『실크웜The Silkworm』을 썼다. 마지막 두 작품은 로버트 갤브레이스라는 필명으로 출간했다.

에 영국에 있는 미국 대사관에서 주최한 리셉션에서 그 작가를 만났는데, 얼마나 흥분이 됐는지 마치 다섯 살짜리 아이처럼 그 자리에서 안절부절, 몸 둘 바를 모르겠더라고요.

그냥 도저히 읽기 힘들다고 느끼시는 장르가 있나요?

"도저히 읽기가 힘들다"는 제가 사용하고 싶은 표현은 아니에요. 제 독서 취향은 아주 가톨릭적이거든요. 저는 '칙릿'이나 판타지나 과학소설은 안 읽지만, 제 앞에 책이 놓여 있고 저한테 반시간 정도의 여유만 있다면, 무슨 책이든 기꺼이 펼쳐들고 읽어봅니다. 전자책은 많은 이점이 있지만, 한 가지 아쉬운 점이, 읽을거리를 찾아 이국적인 서점이나 휴가지 거처의 책장을 훑고 다닐 필요를 앗아가버렸다는 거예요. 저는 그런 방식으로 보석 같은 책과 단순한 흥밋거리를 찾아낸 적이 많고, 두 가지 다 재밌는 놀이가 될 수 있는데 말이지요.

문학 장르라는 주제에 대해서 말하자면, 늘 시에 대한 저의 반응이 좀 불충분하다고 느껴요. 엘리자베스 시대의 얇은 시집 한 권이나 하이쿠 한 묶음을 들고 정원으로 꿈꾸듯이 걸어나가는 그런 사람이고 싶지만, 제 열정은 이야기 쪽에 있지요. 가끔씩 제 안에 있는 뭔가를 건드리는 시를 만나기도 하지만, 시에서는 산문에 흠뻑 빠져들 때 얻는 만큼의 위안이나 기쁨을 느끼지는 못해요.

가장 최근에 당신의 눈물을 자아낸 책은 무엇이었습니까?

솔직하게 말씀드리자면, 『캐주얼 베이컨시』예요. 마지막 부분을 쓰면서, 다 쓰고 나서 원고를 다시 읽으면서, 그리고 퇴고를 하면서 대성통곡을 했지요.

가장 최근에 당신을 웃게 만든 책은요?

『오베론 워의 일기The Diaries of Auberon Waugh』요. 화장실에 두고 읽고 있는데, 언제라도 낄낄거리며 즐기기 좋은 책이죠.

가장 최근에 당신을 화나게 만든 책은 무엇이었나요?

마거릿 대처라면 이렇게 말하겠죠. 그게 언론이라는 바깥 공기를 쐬지 않았으면 해요.

대통령께 단 한 권의 책을 권할 수 있다면 어떤 책을 권하시겠습니까? 그리고 총리께는요?

대통령께서는 이미 『권력의 조건』을 읽으셨고, 그분께 그보다 더 나을 만한 책은 생각이 안 나네요. 저희 총리께는 마이클 샌델의 『정의란 무엇인가Justice』를 드리고 싶습니다.

어렸을 때 가장 좋아했던 책은 무엇인가요?

엘리자베스 구지의 『작은 백마The Little White Horse』, 루이자 메이 올컷의 『작은 아씨들』, 폴 갈리코의 『맹크스의 쥐Manxmouse』, 노엘 스트레트필드의 모든 책, 이디스 네스빗의 모든 책, 그리고 애나 슈얼의 『블랙뷰티』(사실 말이 들어간 책이라면 전부 다 좋아했죠).

어렸을 때 좋아했던 책 속의 인물이나 영웅이 있었나요? 어른이 되고 나서 생긴 문학적 영웅이 있나요?

제가 가장 좋아하는 여주인공은 (『작은 아씨들』의) 조 마치예요. 조라고 불리는(J. K. 롤링은 조를 자신의 본명인 조앤의 닉네임으로 사용한다—옮긴이) 성마른 성격의 왜소하고 평범하게 생긴 여자아이한테 그 인물이 어떤 의미로 다가왔을지는 말로 표현하기가 힘들 정도죠.

어머니께서 사주시거나 읽어주신 책 가운데 가장 좋았던 책은 무엇이었습니까?

위에 언급한 책들 전부 어머니께서 주신 거예요. 누군가 제게 책을 읽어준 기억 중에 가장 생생한 건 아버지께서 제가 네 살쯤 홍역을 치르고 있을 때 『버드나무에 부는 바람The Wind in the Willows』을 읽어주신 기억이에요. 사실, 그게 홍역에 대해 제가 기억하고 있는 전부죠. 래티, 몰, 그리고 배저.

최근에 자녀들이 권해준 책은 무엇입니까? 혹은 당신이 자녀들한테 권했던 책은요?

아들이 저한테 크레시다 코웰의 드래곤 책을 소개해줬는데, 정말 유쾌하고 재미있더군요. 어린 딸은 어린 말에 빠져 있어서, 지금 피파 퍼넬의 박스 세트를 반쯤 읽은 상태고요. 저는 요즘 과학자인 큰딸한테 커트 보네거트를 읽으라고 압력을 넣기 시작했고요.

고인이 되었거나 살아 있는 작가들 가운데 누구라도 만날 수 있다면, 누구를 만나고 싶습니까?

이 질문을 너무 진지하게 생각한 나머지 몇 시간을 그 생각만 하면서 흘려보냈어요. 제가 가장 좋아하는 작가들을 전부 떠올렸다가 다양한 이유로 기각했지요. 예를 들어, P. G. 우드하우스는 너무 수줍음이 많아서 만나면 아주 어색한 상황이 될 수도 있을 것 같아요. 그의 편지를 보고 판단하건대, 그의 주된 관심은 페키니즈 개와 글쓰기 방법론이더군요. 저한테는 페키니즈가 없기 때문에 그의 재능의 비밀을 캐는 대신 랩톱 따위에 대해서 논하다가 대화를 끝내고 말 것 같은 느낌이 들었죠.

결국 두 사람으로 범위를 좁혔어요. 시도니 가브리엘 콜레트와 찰스 디킨스요. 콜레트가 자유롭게 이야기할 준비가 되어 있다면, 일생의 만남이 될 것 같아요. 그토록 흥미진진한 삶을 살았으니까요.(주디스 서먼이 쓴 그녀에 관한 전기 『육체의 비밀Secrets of the Flesh』은 제가 지금까지 읽은 책들 가운데 가장 좋아하는 책 중 하나죠.) 그렇지만 범위를 더 좁힌다면 디킨스를 만날 것 같아요. 뭘 알고 싶냐고요? 전부 다요.

지금까지 팬들로부터 받은 편지들 가운데 최고의 편지가 어떤 것이었는지 기억나십니까? 그리고 그 편지가 특별한 이유는 무엇인가요?

예사롭지 않은 편지들이 많았지만, 제가 최초로 받은 팬레터라고 말하고 싶어요. 프란체스카 그레이라는 이름의 어린 소녀가 보낸 거였죠. 그게 당시의 저한테는 온 세상을 의미했지요.

오늘날에는 너무도 많은 어린이책이 스스로를 해리 포터와 비교하려고 합니다. 이상적으로 생각하시는 서평에서 당신의 새 책 『캐주얼 베이컨시』가 다른 책이나 작가나 시리즈와 비교된다면 어떤 것과 비교되는 게 좋겠습니까?

『캐주얼 베이컨시』는 의식적으로 트롤럽, 디킨스, 개스켈의 19세기 전통을 떠올리려고 한 작품으로, 말 그대로 작은 교구 사회에 대한 분석이죠. 이 작가들의 작품 가운데 어떤 작품이 언급되더라도 기쁠 것 같아요.

쓰신 작품 가운데 가장 좋아하는 작품은요?

제 마음은 세 갈래로 나뉘어 있어요. 『해리 포터와 마법사의 돌Harry Potter and the Philosopher's Stone』 『해리 포터와 죽음의 성물Harry Potter and the Deathly Hallows』, 그리고 『캐주얼 베이컨시』로 말이지요.

출판계에는 해리 포터에 대한 하위산업 책들이 엄청나게 나와 있습니다. 그 책들이나 그 책들에 대한 논문 같은 것을 읽어본 적이 있습니까?

아니요. 기독교적 숨은 의미를 밝힌다고 주장하는 책을 한두 페이지 읽어본 것 빼고는 없어요. 그걸 보고는 더이상 그런 책은 읽지 말아야겠다고 확신했죠.

다른 사람이 써줬으면 하는 한 권의 책이 있다면요?

『서구의 플레이보이The Playboy of the Western World』, 나이젤 해밀턴이 쓴 전기 『JFK: 무모한 젊음JFK』의 속편이요.

무인도에 단 세 권의 책만 가지고 갈 수 있다면 어떤 책을 고르시겠습니까?

셰익스피어 전집(꼼수를 쓰려는 게 아니에요. 저한테 진짜로 한 권짜리 전집이 있어요), P. G. 우드하우스 전집(두 권짜리지만, 한 권으로 된 것도 찾을 수 있을 거라고 확신해요), 그리고 콜레트 전집을 고르겠습니다.

문학 속 인물 가운데 누구라도 될 수 있다면 누가 되고 싶으세요?

당연히 『오만과 편견』의 주인공 엘리자베스 베넷이죠.

가장 최근에 그냥 끝까지 읽을 수 없었던 책은 무엇인가요?

윌키 콜린스가 쓴 『아르마달Armadale』이요. 『흰옷을 입은 여인The Woman in White』과 『문스톤The Moonstone』을 정말 재밌게 읽었기 때문에 2007년에 미국을 방문했을 때 진정한 오락거리가 되겠거니 기대를 잔뜩 하면서 가지고 갔었거든요. 플롯의 개연성이 떨어지는 정도가 너무 짜증이 날 정도여서 중간쯤 읽다가 그만 책을 덮어버렸죠. 저한테는 정말 흔치 않은 일이지요.

다음으로 어떤 책을 읽으실 계획입니까?

자료 조사를 위해서 책상 앞에 정좌를 하고 읽어야 하는 책이 세 권 있고요, 재미로 읽을 책은, 제가 추리소설을 정말 좋아하고 이 작가가 그 분야의 대가라서 고른 책인데요, 바로 발 맥더미드가 쓴 『사라진 지점The Vanishing Point』입니다.

조이스 캐럴 오츠

Joyce Carol Oates

지금 침대 머리맡에는 어떤 책이 놓여 있나요?

엘리너 윌슨 매커두가 편집한 『더없이 소중한 선물: 우드로 윌슨과 엘런 액슨 윌슨의 연애편지The Priceless Gift』와 레이 스태너드 베이커가 쓴 『우드로 윌슨: 그의 삶과 편지들Woodrow Wilson』 1, 2권이 놓여 있지요. (다음 소설에 필요한 자료 조사 때문에 읽고 있어요.)

언제, 어디서 책 읽는 걸 좋아하십니까?

어디서든지요! 제가 가장 좋아하는 제일 편안한 장소는 추운 날씨에 불을 피워놓은 벽난로 앞이고요, 임시방편으로 비행기, 대기실, 또

• 조이스 캐럴 오츠는 『멀베이니 가족We Were the Mulvaneys』 『블론드Blonde』 『저주받은 사람들The Accursed』 외에 40여 권이 넘는 소설을 썼다.

는 줄을 설 때도 책을 읽어요. 요즘에는 수화기에서 "잠시만 기다려주세요"라는 말이 나올 때 읽는 경우가 많아졌고요. 그런 절박한 상황에서는 반드시 읽을거리를 손에 들고 있어야 해요.

오디오북도 들으시나요? 어떤 책을 오디오북으로 들으면 좋습니까?

네. 몇 권밖에 못 들어봤지만요. 앞으로 들을 기회를 더 많이 갖고 싶어요. 이런 방식으로는 제 책이 어떻게 들리는지 궁금해서 듣게 됐는데, 책을 눈으로 읽지 않고 귀로 듣는 경험이 정말 색다르더군요. 그 책을 쓴 작가인 저조차 다음에 무슨 일이 벌어질지 궁금해지는 기분이 들고, 사람을 잡아끄는 성우의 목소리에 빨려들어가게 되더라고요.

최근에 읽은 책 가운데 정말로 훌륭하다고 생각했던 책은 무엇입니까?

제임스 조이스의 『율리시스』요. 올해 6월에 이 감탄스럽기 짝이 없는 고전을 신경과학자인 제 남편이랑 같이 다시 읽었어요. 남편은 이 책을 전에 한 번도 읽어본 적이 없었는데, 더블린으로 여행할 계획이 있어서 그 준비 차원에서 함께 읽은 거지요. 우리 여행 일정이 블룸스데이 기념 행사(더블린에서는 『율리시스』의 배경이 되는 날짜인 6월 16일을 주인공 블룸의 이름을 따서 블룸스데이로 명명하고 매년 제임스 조이스와 『율리시스』를 기념하는 행사를 갖는다—옮긴이)랑 가까스로 겹치는 바람에 말이지요. (가장 좋아하는 장이요? "이타카"예요.)

스스로를 소설 애호가라고 생각하시나요, 논픽션 애호가라고 생각하시나요? 가장 좋아하는 문학 장르는 무엇입니까? 죄책감을 느끼면서 즐기는 책이 있나요?

제가 빠져들게 되는 것은 작가의 목소리로 연주하는 신비롭고, 딱 잘라서 뭐라고 말하기 힘든 그런 음악입니다. 제가 열다섯에 처음 헨리 데이비드 소로의 『월든Walden』을 읽었는데, 누군가가 그게 어느 젊은 남자의 자전적 소설이라고 말해줬다 해도 놀라지 않았을 것입니다. 프루스트의 위대한 소설을 회고록이라고 해도 충분히 말이 되지요. 제 친구 에드먼드 화이트의 거의 모든 1인칭 소설이 '소설'과 '비소설' 사이의 경계를 흐려놓았듯이 말이지요. 닉 애덤스라는 젊은이에 대한, 마치 조각처럼 세심하게 깎아놓은 어니스트 헤밍웨이의 초기 단편들도 아마—빼어나게 아름다운—'논픽션'일 거예요. 독자가 정보를 원한다면 물론 논픽션을 읽어야겠지요. 하지만 그게 소설이건 논픽션이건 아니면 시건, 바로 그 '정보' 때문에 잘려나간 부분이 문학이 되지요.

불완전하기로 악명 높은 개인의 기억과 그들이 만들어낸 일화들에 의존하는 전형적인 전기는 고차원적인 허구를 포함하고 있지만, '논픽션'이라고 여겨지지요. 사실, 제가 가장 좋아하는 문학 장르는 '문예소설'(대략 죽음의 키스라고 번역되는 불행한 용어죠)이에요. 또 저는 누아르라면 뭐든 좋아합니다(늘 그런 건 아니지만 주로 로스앤젤레스를 배경으로 하는).

당신에게 가장 큰 영향을 주었던 책은 무엇입니까? 작가가 되고 싶게 만든 책은요?

루이스 캐럴의 『이상한 나라의 앨리스』와 『거울 나라의 앨리스 Through the Looking-Glass』요. 제가 아홉 살 때 할머니께서 사주셨는데, 무척 인상적이었어요. 이 책들이 확실히 제가 작가가 되는 데 영감을 불어넣어준 책이고, 앨리스는 제가 오랫동안 가장 동일시했던 주인공이죠. 그녀의 좌우명이 저랑 같았거든요. "궁금해하고 또 궁금해하라!"

대통령께 단 한 권의 책을 권할 수 있다면 어떤 책을 권하시겠습니까?

우리 미국의 위대한 비극서사인, 멜빌의 『모비 딕』이요. 진짜 많은 의미를 포함하고 있는 소설이죠. 피쿼드는 국가라는 배, 광기로 번쩍거리는 에이해브 선장은 위험한 '지도자', 다양한 인종의 선원들을 우리 미국 시민으로 볼 수도 있고요. 그리고 등장인물이 모두 남자인 이 모험담과 균형을 맞추기 위해서 『에밀리 디킨슨 시 모음집 The Collected Poems of Emily Dickinson』을 같이 읽으시면 좋을 것 같아요.

독서 습관이 궁금합니다. 종이책을 읽으시나요, 전자책을 읽으시나요? 읽으면서 메모를 하십니까?

'종이책'을 더 좋아하는 건 확실해요. 보통 인상적인 책표지와 본문 디자인이 책마다 서로 완전히 달라서 미학적인 대상이 되기도 하니까요. 전자책은 서로 거의 비슷하게 생겼고, 글자가 꼭 개미가 물 위에 떠 있는 것처럼 보여요. 서평을 자주 하는 사람으로서, 저는 교정쇄 뭉치를 많이 보는 편인데, 거기에는 메모를 하지요. 하지만 온라인으로도 계속 책을 다운로드해서 보고, 여행할 때는 킨들로도 읽어요.

웃게 하는 책이 더 좋으세요, 울게 하는 책이 더 좋으세요? 교훈적인 책과 낯선 곳으로 데려가주는 책 가운데 어느 쪽을 더 좋아하시나요?

왜 둘 중 하나만 선택해야 하는 거죠? 대부분의 좋은 책들은 한 가지가 아니라 다양한 반응을 자극합니다. 저는 거의 모든 제 작품에 한 방울의 유머(블랙 유머라 할지라도)를 몰래 심어놓으려고 노력해왔지만, 그걸 알아보는 독자는 별로 없더군요. 오브리 비어즐리가 자기 그림에다 외설스런 장면을 몰래 끼워넣는 식으로 말이지요. 그런데 뭔가 가치 있는 것을 "가르침" 받는 것은 아주 좋아하지만, 아무 목적 없이 "현실을 벗어나게 해주는" 것은 별로 안 좋아합니다.

어렸을 때 가장 좋아했던 책은 무엇인가요?

제가 뉴욕의 서쪽과 버펄로 북쪽에 위치한 그다지 부유하지 않은 작은 농장에서 자랐기 때문에 우리집에는 책이 별로 없었고, 그래서 앨리스 책처럼 일단 제 손에 들어온 책들은 정말 소중했지요. 아마도 저는 너무 어린 나이에 에드거 앨런 포의 『에드거 앨런 포 단편선The Gold-Bug and Other Stories』을 읽었던 것 같아요.

가장 최근에 출간하신, 『깜빡 잊고 네게 말하지 못한 두세 가지 것들Two or Three Things I Forgot to Tell You』은 10대 청소년을 위한 책입니다. 가장 좋아하는 청소년 소설이 있다면 그에 대해 이야기를 좀 해주시겠습니까?

오늘날의 기준으로 본다면, 그러니까 "청소년 문학"의 가능한 범위를 급진적으로 넓혀서 본다면, 『허클베리 핀의 모험』 『야성의 부름』 『고딕 소녀The Member of the Wedding』 『앵무새 죽이기』 『호밀밭의 파수꾼』 『파리대왕』, 이런 고전들이 전부 청소년 책이라고 할 수 있겠죠.

훌륭한 청소년 소설과 훌륭한 성인 소설의 차이점은 무엇입니까?

그 둘 사이에 뚜렷한 차이가 있다고 생각하지 않습니다. 문학적인 성향을 지닌 청소년들은 거의 아무거나 다 읽을 수 있고, 어느 정도는 그걸 이해할 수도 있어요. 요즘의 청소년 소설은 주제가 어른들 이야기와 다를 바 없고 상대적으로 복잡하지 않은 언어를 사용해서 어른들도 많이 읽는다고 들었어요.

실망스럽거나, 과대평가되었거나, 신통치 않은, 좋아해야 마땅하지만 당신에게는 그렇지 않았던 책이 있습니까? 가장 최근에 끝내지 못하고 내려놓은 책이 있다면요?

저는 이런 종류의 '실망'을 저 자신의 기질상의 결함으로, 다른 사람들이 분명히 감상할 줄 아는 것을 감상하고 이해하는 데 실패한 것으로 여기도록 훈련받았어요. 예를 들어서, 제가 처음 D. H. 로런스를 읽으려고 시도했을 때는 실망스러웠어요. 제가 충분히 나이를 먹지 않았거나 성숙하지 않았던 거죠. 아직은 한참을 더 기다려야 했던 거지요. 지금은 로런스가 제가 가장 좋아하는 작가 가운데 한 사람이고, 대학 수업에서 수차례 가르치기도 한 작가예요. 처음에 실망스러웠던 또다른 작가는 월트 휘트먼이었는데, 그 역시 너무 어려서 읽었던 거죠(알아요. 믿기 힘드시다는 거요. 월트 휘트먼에 대해서 '실망스러웠다'

고 인정할 수 있는 사람이 누가 있겠어요? 부디 저한테 비난의 이메일은 보내지 말아주세요).

만약에 제가 리뷰한 책이 '실망스러운' 것으로 판명되면 책 속에서 발췌를 충분히 많이 해서 그 책에 대해 독자가 객관적으로 판단할 수 있도록 하려고 노력합니다. 독자가 저로부터 영향을 받지 않고 최대한 자신의 의견을 가질 수 있도록 말이지요. (사실, 저는 그런 의견이 그렇게까지 중요하다고 생각진 않아요. 누군가는 중국 음식을 '좋아하지' 않는다는 그런 사소한 의미로 『베오울프』 같은 고전을 독자가 좋아하지 않는다면, 그게 그렇게 문제가 되나요?)

학생들한테 글쓰기를 가르칠 때 사용하시는 책들 가운데 가장 좋아하는 책은 무엇입니까? 모든 작가가 읽어야 한다고 생각하는 책은 무엇인가요?

가장 좋아하는 단 한 권의 책이나 선집 같은 건 없어요. 지금까지도—1978년부터 지금까지 프린스턴에서 쭉 가르쳐왔는데—제가 가장 좋아하는 단편들과 산문들을 모아서 몇 권의 선집으로 묶어, 소설 워크숍에서 가르칠 때 종종 씁니다. 여기에는 『옥스퍼드 미국 단편 모음집The Oxford Book of American Short Stories』 『에코 현대 미국 단편 선집The Ecco Anthology of Contemporary American Short Fiction』 『이야기하기: 작가를 위한 선집Telling Stories』 같은 책에 들어 있는 단편들이 포함되어 있지요.

고인이 되었거나 살아 있는 작가들 가운데 누구라도 만날 수 있다면, 누구를 만나고 싶습니까? 저자에게 편지를 써본 적이 있습니까?

아마 누구나 셰익스피어를 만나보고 싶어하겠지요. 저도 그렇습니다. (그에게 그 모든 희곡을 정말 혼자서 다 쓴 건지, 아니면 어디서 전해 들은 이야기인지 물어볼 수 있잖아요. 누구한테서 들은 거죠? 혹시 필립 시드니 경의 여동생한테서 들은 이야기인가요? 그런 질문에 셰익스피어가 뭐라고 대답할지 궁금해요.) 우리 중 누군가는 에밀리 디킨슨을 만나는 상상을 했겠죠. (그런데 문제는, 셰익스피어나 디킨슨이 우리를 만나고 싶어할까요? 무엇 때문에요?)

저는 제 시간의 90퍼센트는 작가들, 글 쓰는 제 친구들한테 편지—이메일—를 쓰는 데 써버리고 말아요. 문제는 그들이 답장을 쓴다는 거죠. 저도 그러고요. 그러면 순식간에 아침이 되돌릴 수 없이, 불가피하게 (스티븐 디덜러스가 말했던 대로) 사라져버리고 말죠.

제가 확실히 편지를 많이 받기는 합니다. 그중 많은 편지들이 이렇게 직설적으로 시작하죠. "우리 선생님께서 미국 작가에 대한 글을 써오라는 숙제를 내주셔서 작가님을 선택했는데, 작가님에 대한 충분한 정보를 찾기가 힘드네요. 왜 글을 쓰세요? 가장 좋아하는 책은 무슨 책이에요? 어디서 아이디어를 얻으시나요? 월요일까지 답장을 주셨으면 좋겠어요. 왜냐하면 숙제 제출 기한이……"

만나본 작가들 가운데 가장 인상적이었던 작가는 누구입니까?

지금까지 1449명의 작가들을 만나왔는데, 더 많은 만남이 기다리고 있지요. 그들 모두가, 특히 눈이 부실 정도로 빛나는 재능을 지닌 작가 친구들이 저에게 엄청나게 깊은 인상을 줬지만, 가장 큰 놀라움은 앞으로 만나게 될 사람일 거라고 믿고 있습니다.

쓰신 책 가운데 가장 좋아하는 작품은 무엇인가요?

우리가 가장 좋아하는 형제나 친구나 친척이 있지만 절대로 그렇다고 인정하지 않는 것과 마찬가지로, 작가도 자기가 '가장' 아끼는 작품이 있다는 사실을 인정하고 그 한 작품을 지목할 수는 없는 일이지요. 하지만 저를 가장 지치게 만들고, 제 감정을 가장 쥐어짠, 그리고 마지막 페이지에서 죽어야만 하는 불쌍한 주인공과 더불어 1000페이지짜리 소설을 쓰는 일은 두 번 다시 하지 않겠다는 결심을 하게 만든 소설이 『블론드Blonde』라는 건 말씀드릴 수 있어요. 이 책은 노마 진 베이커, 즉 '메릴린 먼로'의 일생을 일종의 비극 서사시처럼 상상한 작품입니다.

가장 덜 좋아하는 작품이 있나요? 쓴 것을 후회하는 작품은요?

모두가 싫어했거나 싫어했었던(출간 이후로 사실상 계속 절판된 상태였기 때문에) 제 소설은 『암살자The Assassins』(1975)인데, 그 소설은 1976년 이후로 쳐다보지도 않았어요. 다시 읽을 용기가 없었던 거죠. 그 소설이 별로라면 그 사실을 받아들일 수 있겠지만, 그렇지 않다면, 혹은 어쨌든 모두가 말한 대로 "아주 나쁜 쪽에 가까운" 게 아니라는 사실을 발견하게 된다면 무척 화가 날 것 같아요. 그건 정말 상처가 될 것 같아요.

다른 작가가 써줬으면 하는 한 권의 책이 있다면요?

아름다운 산문으로 된, 풍부한 상상력이 깔려 있고, 깔끔하며, 솜씨 있는, 압도적인 이야기와 독자를 사로잡는 흥미진진한 인물 덕분에 단순히 그 책을 주의 깊게 읽기만 해도 분자생물학, 신경과학, 심리언어학, '마음에 관한 철학', 그리고 '초끈이론'의 발견들을 그 발견자 또는 창안자가 이해하는 방식으로 이해할 수 있는 그런 책을 읽고 싶어요.

다음으로 어떤 책을 읽으실 계획입니까?

제게 무척 힘이 될 것 같은 열여섯 통의 이메일이 들어와 있는 '받은편지함'이요. 대부분 이 인터뷰가 시작되고 난 뒤에 작가 친구들에게서 온 거예요.

과소평가된 책

저한테는 제가 읽고 있고 사랑하는 모든 작가들이 다 충분히 인정받지 못하고 있는 것처럼 보여요. 제가 그들의 이름을 말하면, 사람들은 "그 작가는 누구나 다 읽어!"(찰스 포티스, 돈 파월)라거나 "일부러 무명 작가 이름만 대는군!"(로널드 휴 모리슨, 애나 카반)이라고 말하죠. 그런 전제하에, 이건 저로서는 가장 즐기는 놀이인데요—늘상 이런 얘기로 친구들을 지루하게 만들죠—그러니까 한번 가보죠. 로리 콜윈, 이언 싱클레어, 제임스 팁트리 주니어, 스탠리 엘킨, 그리고 스탠리 엘린, 그리고…… 이쯤에서 멈출게요. —**조너선 레덤**

맨 꼭대기에는 『남자가 된다는 것』의 작가 폴 모넷이 올라갈 겁니다. 그는 우리에게서 우리 세대의 재주꾼들을 앗아간 에이즈가 유행하던 시절에 죽은, 정말 뛰어난 재능을 지닌 작가였어요. 가끔 혼자 생각하곤 합니다. 그 책에서 노골적인 섹스 장면만 뺀다면 공립학교 필독서가 될 수도 있다고요. 하지만 제가 헛꿈을 꾸고 있는 건지도 모르죠. —**제임스 맥브라이드**

알려지지 않았는지 어떤지는 모르겠지만 J. 맬컴 가르시아라는 작가가 있는데요, 그의 에너지와 공감 능력에 계속해서 감탄하고 있습니다. 그는 때로는 아프가니스탄에서, 때로는 부에노스아이레스에서, 때로는 미시시피에서 강렬하고 서정적인 논픽션을 쓰는 작가인데, 모든 작품이 다 절실하고 도발적입니다. 저는 그가 가는 곳마다 따라가는 중이죠. —**데이브 에거스**

수년간 레바논계 미국인 작가 라비 알라메딘의 작품에 대해서 여기저기 떠들고 다녔어요. 그의 산문은 아름답고, 그의 접근법은 아주 낯설고, 그의 이야기에 들어 있는 생각들은 때로는 웃기거나 환상적이지만 늘 어마어마하게 진지하지요. 오늘날 벌어지고 있는 여러 성전聖戰들 뒤에 놓여 있는 복잡한 역사를 이해하는 것과 밀접한 연관을 지니고 있고요. 이탈리아와 스페인에서는 그의 책이 베스트셀러예요. 그런데 미국에서는 거의 알려져 있지 않아요. 어째서 문학을 감상하는 데 있어서 지리적인 분절이 있는 걸까요? —**에이미 탄**

저 자신이 대부분의 좋은 작가들을 간과해왔을 거라고 짐작합니다만, 저는 고 에반스 S. 코넬이 쓴 『미세스 브리지』와 『미스터 브리지』의 팬입니다. 제게 처음으로 짧고 매우 간명하며 위트 있는 챕터의 힘을 인식하게 해준 작가가 바로 코넬이거든요. 그리고 저지 코진스키(『계단』 『잃어버린 나』)도요. —**제임스 패터슨**

제프리 울프요! 빈티지 출판사측에 『해변에서의 하루』를 다시 출간해달라고 요청했어요. 11월에 있을 제 북 투어에 가져갈 수 있도록 말이지요. 제가 울프의 전 작품에 대해 열성 팬이지만, 이 책은 제가 아는 에세이집 가운데 최고입니다. —**앤 패칫**

지금 막 조라 닐 허스턴의 작품으로 들어갔는데, 허스턴은 그녀를 문학사에서 지워버리려 애썼던 비평가들이나 경쟁자들보다 훨씬 더 좋은 작가라고 생각합니다. 그런 부당한 대우로 인해 그녀는 결국 나머지 인생을 가정부로 일하다가 국립 양로원에서 생을 마감하게 되지요. 허스턴은 영리한 작가예요. 그녀가 쓴 문장에는 현대적인 뭔가가 들어 있죠. 그녀의 인종정치학(그녀의 회고록 『길 위의 발자취들』에 개괄되어 있는)이 약간 이해가 안 되는 부분이 있고 좀 낯설긴 하지만 무척 흥미로워요.
—**레이철 쿠시너**

모든 작가들이 다 과소평가돼 있어요. 모두 최선을 다하고 있는데 말이지요. 책을 한 권 써낸다는 건 굉장히 어려운 일입니다. 하지만 덴턴 웰치는 그저 한 차례 호들갑을 떨어대고 말아서는 안 되는 작가입니다. 존 맥널티와, 장문의 글을 잘 쓰는 여성 작가, 매브 브레넌도요. 셰익스피어는 아마 전 시대에 걸쳐 가장 과대평가된 작가일 겁니다. 그의 소네트만큼은 진짜 놀랍다고밖에 할 수 없지만요. —**니컬슨 베이커**

존 그리셤
John Grisham

지금 침대 머리맡에는 어떤 책이 놓여 있나요?

열두 권쯤 있어요. 로버트 펜 워런이 쓴 『왕의 사람들All the King's Men』을 반쯤 읽은 상태고요. 그 책을 대학 때 이후로 못 읽었거든요.

언제, 어디서 책 읽는 걸 좋아하십니까?

주로 밤에 침대에서 잠들기 전에 읽어요. 여름에는 베란다로 나가서 시원한 천장 선풍기 아래 흔들의자에 앉아서 읽는 것도 아주 좋아하고요.

• 존 그리셤은 『그래서 그들은 바다로 갔다The Firm』 『타임 투 킬A Time to Kill』 『시카모어의 말다툼Sycamore Row』 등 수많은 소설을 썼다.

최근에 읽은 책 가운데 정말로 훌륭하다고 생각했던 책은 무엇입니까?

요즘에는 "훌륭하다"는 말이 너무 쉽게 사용되는 것 같아요. 가장 최근에 강력한 이야기로 저를 완전히 사로잡았던 책은 데이미언 에콜스가 쓴 『죽음 이후의 삶Life After Death』이었어요. 그는 자신이 저지르지도 않은 범죄로 인해 아칸소 사형수 수감소에서 8년을 살다가 작년에 풀려난 사람이에요. 무죄임에도 불구하고 국가가 그의 무죄 사실을 밝혀주기를 거부했던 겁니다.

스스로를 소설 애호가라고 생각하시나요, 논픽션 애호가라고 생각하시나요? 가장 좋아하는 문학 장르는 무엇입니까? 죄책감을 느끼면서 즐기는 책이 있나요? 다른 법정 스릴러도 즐겨 읽으십니까?

논픽션을 훨씬 더 많이 읽어요. 주로 다음 소설을 준비하느라 자료조사를 위해서 읽는데, 불법적인 유죄판결, 공정하지 못한 재판, 수용인원을 넘어선 감옥, 검사들의 직권남용 등에 대한 책과 연구논문 들이지요. 경쟁자들과 보조를 맞추기 위해서, 베스트셀러 목록에 있는 다른 법정 스릴러는 대부분 다 읽고요.

그 경쟁자들 가운데 가장 좋아하는 작가는요?

1987년 『무죄추정Presumed Innocent』이 출간됐을 때 저는 집필하던 첫 소설이 막바지에 접어들어서 진땀을 흘리고 있었죠. 스콧 터로가 그 책으로 법정 서스펜스 장르에 활기를 불어넣어준 덕분에 계속 집중해나갈 수 있는 힘을 얻었지요. 스콧은 아직도 최고의 변호사 소설가입니다.

당신에게 가장 큰 영향을 주었던 책은 무엇입니까? 작가가 되고 싶게 만든 책은요?

존 스타인벡의 『분노의 포도The Grapes of Wrath』입니다. 고등학교 3학년 때 그 책을 읽었는데, 그 명료함과 힘에 충격을 받았죠. 그 책이 저로 하여금 작가가 되도록 영감을 불어넣어주었는지는 잘 모르겠지만, 이런 생각을 했던 기억은 납니다. '존 스타인벡처럼 명료하게 글을 쓸 수 있었으면.'

대통령께 단 한 권의 책을 권할 수 있다면, 어떤 책을 권하시겠습니까?

『그레이의 50가지 그림자』요. 그분이 왜 모든 재미를 놓쳐야 합니까? 게다가 그 책이 그분께 여유를 좀 찾게 해드릴 수도 있으니까요.

독서 습관이 궁금합니다. 종이책을 읽으시나요, 전자책을 읽으시나요? 읽으면서 메모를 하시나요?

아내가 제게 크리스마스 선물로 킨들 파이어를 줘서 지금 무척 즐기고 있어요. 책을 더 많이 읽고 있는지는 모르겠지만 확실히 주문은 더 하게 되더군요. 하지만 제 침대 옆에는 늘 하드커버 책들이 무더기로 쌓인 채 제가 읽어주기를 기다리고 있지요. 1주일에 세 권을 시작해서 한 권은 끝내려고 노력합니다. 메모를 하기엔 제가 좀 게으르고요.

웃게 하는 책이 더 좋으세요, 울게 하는 책이 더 좋으세요? 교훈적인 책과 낯선 곳으로 데려가주는 책 가운데 어느 쪽을 더 좋아하시나요?

저는 유머를 아주 좋아해서 그 때문에 늘 마크 트웨인을 즐겨왔지요. 의심의 여지 없이 그는 펜을 든 작가들 가운데 가장 유머러스한 작가예요. 책을 읽으면서 울었던 적이 있는지는 잘 모르겠네요.

어렸을 때 가장 좋아했던 책은 무엇인가요? 그 책들 속에 좋아하는 인물이나 영웅이 있었나요? 모든 아이들이 읽었으면 좋겠다고 생각하는 책은요?

아주 어렸을 때는 닥터 수스, 하디 보이스, 그리고 칩 힐튼(클레어 비가 쓴 스포츠 소설 시리즈의 주인공—옮긴이)을 정말 좋아했지요. 그 다음엔 톰 소여와 허클베리 핀을 쓴 마크 트웨인을 발견했고요. 톰 소여는 지금까지도 제가 가장 좋아하는 문학 영웅이에요.

실망스럽거나, 과대평가되었거나, 신통치 않은, 좋아해야 마땅하지만 당신에게는 그렇지 않았던 책이 있습니까? 가장 최근에 끝내지 못하고 내려놓은 책이 있다면요?

스티그 라르손의 『여자를 증오한 남자들The Girl with the Dragon Tattoo』을 읽어보려고 몇 차례 시도했지만 결국 끝까지 다 못 읽었어요.

고인이 되었거나 살아 있는 작가들 가운데 누구라도 만날 수 있다면, 누구를 만나고 싶습니까? 저자에게 편지를 써본 적이 있습니까?

마크 트웨인이요. 그런데 일흔 살의 그가 아니라 마흔의 그를 만나보고 싶어요. 아주 심술궂은 늙은이였거든요. 마크 트웨인한테 뭘 물어볼지는 잘 모르겠지만, 투자에 관한 조언이 아니라는 것만은 확실해요. 어렸을 때 그에게 편지를 쓴 적이 있는데 답장은 절대 안 왔죠. 얼마나 멍청한 짓을 했는지.

쓰신 책 가운데 가장 좋아하는 작품은 무엇입니까? 가장 좋아하는 인물은요? 당신의 책을 바탕으로 만든 영화 가운데 가장 마음에 드시는 영화는요?

제 첫 책 『타임 투 킬』이 지금도 제가 가장 좋아하는 작품이에요. 제이크 브리건스는 아직도 제가 가장 아끼는 인물이고요. 제 소설을 영화화한 것 가운데 최고는 프랜시스 포드 코폴라 감독의 〈레인메이커〉였어요.

당신의 소설 가운데 영화로 만들 다음 작품을 직접 고를 수 있다면 어떤 작품을 고르시겠습니까? 그리고 그 이유는요?

좋은 영화를 안 좋아하는 사람이 누가 있겠습니까? 이런 이유로, 제 책이 전부 다 영화로 만들어진다 해도 즐겁게 관람할 거예요. 지금 서너 작품이 '작업중'인데요, 그게 무슨 뜻인지 잘 모르겠지만 진행되고 있는 게 거의 아무것도 없다는 뜻일 거라는 의심이 드네요. 영화 판권을 괜찮은 값에 팔아 곧바로 수표를 받아 챙기고는 느긋하게 앉아서 18개월 정도만 기다리면 영화가 나오던 시절은 이제 가버린 거죠. 영원히요.

『캘리코 조Calico Joe』를 크리스 콜럼버스가 각색하고 있는데, 각본을 정말 잘 썼고 그걸로 그가 감독을 맡아서 영화를 만들려는 참이에요. 이야기 전개가 빠르고 시각적인 재미를 주도록 만들어야겠지요. 저는 늘 최대한 개입을 자제하려고 합니다. 그게 옳으니까요. 저는 영화 만드는 일에 대해서 아무것도 모르고, 배우고 싶은 욕구도 전혀 없거든요.

지금까지 쓰인 법정소설 가운데 최고의 작품은 무엇입니까?

하퍼 리의 『앵무새 죽이기』요.

야구에 관한 최고의 책은요?

마크 해리스가 쓴 『천천히 드럼을 두들겨라Bang the Drum Slowly』요.

누군가가 써줬으면 하는 한 권의 책이 있다면요?

제 다음 법정 스릴러요. 아니, 다음 다섯 권으로 할래요.

전국 방방곡곡으로 북 투어를 다니셨지요. 작가로서 특별히 좋아하는 장소가 있습니까? 특히 작가한테 우호적인 도시라든가요.

다음 책을 위한 조사차 사형수 수감소를 방문했는데, 대단히 흥미로운 곳이더군요. 감옥은 보통 저한테 이야기나 인물에 대한 영감을 주지요. 제 다음 작품이 감옥에 수감되어 있는 변호사에 관한 이야기라서 몇 차례 갔었죠. 거기서 정말 얻은 게 많았어요.

대체 도시에서 어떻게 글을 쓸 수 있는지 저는 잘 이해가 안 돼요. 저는 조용하고 평화로운 산간벽지에 살고 있는데, 글이 잘 안 써질 때는 언덕으로 멀리 산책을 가죠. 지금에 와서 되짚어보니, 저는 도시에서 단 한 단어도 쓴 적이 없네요.

다음으로 어떤 책을 읽으실 계획입니까?

친구 중에 아주 성가신 양키 팬이 있는데(양키 팬은 다들 그렇지 않아요?) 저한테 자꾸만 최근에 나온 맨틀과 마리스의 전기 『마지막 소년: 미키 맨틀과 미국 유년기의 끝The Last Boy』과 『로저 마리스: 인기 없는 야구 영웅Roger Maris』을 읽으라고 들볶아대네요. 한번 읽어보려고요.

시에 관하여

네, 자주 읽긴 하는데, 취향이 아주 구식이죠(제가 정말 좋아하는 프랭크 오하라만 빼고요. 그도 이제는 구식이 된 게 아니라면 말이지요). 키츠, 테니슨, 밀턴, 셰익스피어, 홉킨스 같은 시인들을 좋아해요. **—마이클 셰이본**

집에 시집만 따로 보관해둔 선반이 많긴 하지만, 일상의 실존적 서사 밖으로 나와서, 우리를 둘러싸고 있는 고요함이라는 잊고 있었던 망토를 찾아 걸치고 3, 4분만이라도 집중을 하려면 의식적인 노력이 좀 필요하죠. 아마 독서가 주는 최고의 즐거움이라고 할 수 있는 것에는 무아無我라는 요소가 있지 않을까 싶어요. 너무 몰입한 나머지 자신의 존재 자체를 거의 망각하는 거죠. 지난번에 시를 한 편 읽다가 그런 경험을 했는데요, 브라질 시골에 있는 엘리자베스 비숍의 오래된 집 거실에서였지요. 저는 일상적으로 오가는 대화에서 벗어나, 한구석에 서서 「창 아래에서: 오루프레투」를 읽고 있었어요. 시를 다 읽고 나니, 친구들과 그곳을 안내해준 사람들이 모두 다 방을 떠나고 없는 거예요. 시로부터 "다시 돌아온다"는 느낌은 정확히 어떤 걸까요? 뭔가가 더 가볍고, 부드럽고, 넓어졌다가 결국 다시 원래대로 바뀌고 말지만, 결코 완전히 원래대로 돌아오는 것은 아닌 그런 경험이 아닐까요? **—이언 매큐언**

문학 장르라는 주제에 대해서 말하자면, 늘 시에 대한 저의 반응이 좀 불충분하다고 느껴요. 엘리자베스 시대의 얇은 시집 한 권이나 하이쿠 한 묶음을 들고 정원으로 꿈꾸듯이 걸어나가는 그런 사람이고 싶지만, 제 열정은 이야기 쪽에 있지요. 가끔씩 제 안에 있는 뭔가를 건드리는 시를 만나기도 하지만, 시에서는 산문에 흠뻑 빠져들 때 얻는 만큼의 위안이나 기쁨을 느끼지는 못해요. **—조앤 K. 롤링**

저한테는 시 전집이 많아요. 그게 제 나름의 자기계발서죠. 예이츠, 로버트 로웰, W. S. 머윈. 제 책에는 대부분 저를 이끌고 가줄 짧은 시가 경구처럼 들어가 있습니다. 가장 최근에 나온 제 책은 레이먼드 카버의 묘비명에 새겨져 있는 시 「못다 한 말 한 조각」으로 시작합니다. 안타깝게도 요즘엔 시를 읽는 사람이 별로 없지요. **—애너 퀸들런**

존 어빙
John Irving

지금 침대 머리맡에는 어떤 책이 놓여 있나요?

저는 절대 침대에서는 책을 읽지 않습니다. 제 소설 『한 사람 안에In One Person』에 나오는 주인공 빌리 애벗은 양성애자 남성인데, 빌리라면 침대에서 책을 읽는 것보다는 남자나 여자와 섹스하는 걸 더 좋아했을 것 같군요.

• 존 어빙의 주요 작품으로는 『가아프가 본 세상The World According to Garp』 『사이더 하우스The Cider House Rules』 『한 사람 안에In One Person』 『오언 미니를 위한 기도A Prayer for Owen Meany』 등이 있다.

언제, 어디서, 어떤 매체로 읽는 걸 선호하십니까? 종이책과 전자책 중에서요.

저는 일찍 일어납니다. 개를 빼고는 아직 아무도 깨지 않은 시간에 읽는 걸 좋아하거든요. 밤에 읽는 것도 좋아하는데, 침대에서는 아니고 잠자리에 들기 바로 전에 읽죠. 전자기기로는 아무것도 읽지 않습니다. 가족이나 친구들에게 쓰는 이메일을 제외하고는 전자기기로 뭘 쓰지도 않습니다. 주로 손으로 쓰지요. 초고는 늘 손으로 써왔습니다. 한때 이어지는 원고와 추가하는 페이지는 타자기로 쓴 적도 있었지만요. 지금은 (최근에 쓴 두 권의 책의 경우) 전부 손으로 씁니다. 제게는 그게 알맞은 속도예요. 천천히 쓰는 거요.

최근에 읽은 책 가운데 정말로 훌륭하다고 생각했던 책은 무엇입니까?

저의 경우엔, 읽은 소설이 아주 마음에 들면 그 작품이 다시 읽고 싶어집니다. 그 소설이 축조된 방식을 뜯어보고 싶은 이유도 있지요. 올해 제가 두 차례 이상 읽은 소설은 마이클 온다체의 『고양이 테이블The Cat's Table』과 에드먼드 화이트의 『잭 홈스와 그의 친구들Jack Holmes and His Friend』, 이렇게 두 권입니다. 전자에서는 시간을 아주 매끄럽게 이어가는 솜씨를(무엇보다도, 과거의 기억 안에서 다시 미래 장면으로 건너뛰는 기술이 놀랍습니다), 후자에서는 서로 다른 성적 관점을 투명하게 묘사한 걸 유심히 봤지요. 정말 뛰어난 소설들입니다.

가장 선호하는 문학 장르는 무엇입니까?

저는 문학작품들이 명쾌하게 이런저런 "장르"로 분류되는 게 싫습니다. 그런 말을 들으면 저는 이렇게 말하고 싶어집니다. 내가 가장 "선호하는" 장르는, 멀리서 개들이 지켜보는 가운데 정원에서 동성애자들이 전희를 나누는 것과 같은, 손쉽게 분류되기 힘든 어떤 것이라고요.

당신의 삶을 바꿔놓은 책이 있다면요?

찰스 디킨스의 『위대한 유산』입니다.

그 책을 읽은 건 몇 살 때였습니까? 그리고 어떻게 삶을 바꿔놓았나요?

열다섯 살 때요. 그 책은 저로 하여금 나도 그런 책을 쓰고 싶다고 갈망하게 만들었죠. 매우 시각적으로 쓰인 책이에요. 모든 게 실재 그대로를 보고 있는 것처럼 느껴졌어요. 인물들이 그전까지 책에서 보아왔던 어떤 인물들보다도 생생했고요. 그때까지 그렇게 생생한 인물은 무대에서만, 그것도 모든 연극에서는 아니고 주로 셰익스피어 극에서만 볼 수 있었거든요. 충분히 제시되었지만 동시에 모호하기도 한 그런 인물들 말이에요. 저는 디킨스의 작품 속에 들어 있는 비밀들을 매우 좋아합니다. 정반대의 모습으로 전조를 드러내지만, 모든 걸 암시하지는 않는. 다음에 뭐가 올지 우리가 봤다고 할 수도 있고 못 봤다고 할 수도 있는 그런 거요. 토머스 하디의 작품에서도 비슷한 느낌을 받았지만 그건 제가 더 나이들고 나서였죠. 허먼 멜빌도 마찬가지였어요. 제가 나이들고 나서야 느끼게 됐죠.

대통령께 단 한 권의 책을 권할 수 있다면, 어떤 책을 권하시겠습니까?

대통령께서 제임스 볼드윈을 읽으셨을 거라고 확신하지만, 『조반니의 방Giovanni's Room』은 놓치셨을 수도 있을 겁니다. 헤아리기 힘들 만큼 기막힌 슬픔에 관한 단편소설이죠. 대통령께서 꼭 읽어봐야 하는 소설입니다. 만약 이미 읽으셨다면 다시 읽으셔야 합니다(어쩌면 그럴 확률이 더 크겠네요). 동성애자들의 인권을 위해 자신이 가진 권력을 총동원해서 뭐라도 하도록, 동성애자들의 인권이 곧 시민권 문제라고 분명하게 말할 수 있도록 그분의 생각을 단단히 붙들어줄 것이기 때문입니다. 공화당 대통령 후보자들이 동성애를 비난하는 건 동성애자들 사이의 결혼을 반대하는 것에 그 뿌리를 두고 있는데, 원인이 뭐가 됐건 부끄러운 일입니다.

어렸을 때 즐겨 읽었던 책은 무엇인가요?

루스 스타일스 개닛이 쓴 『엘머의 모험My Father's Dragon』이요.

글자를 일찍 깨치셨나요, 늦게 깨치셨나요? 책을 빨리 읽는 편인가요, 느리게 읽는 편인가요? 주위에 책이 많은 환경에서 자라셨나요?

저는 책을 느리게 읽는 편입니다. 집중력이 떨어지면 입술을 움직이며 읽습니다. 거의 소리를 내서 읽는 거죠. 할머니가 제게 책을 읽어주셨고, 어머니와 아버지도 읽어주셨습니다. 아버지가 책을 가장 잘 읽어주셨어요. 목소리가 좋았거든요. 전형적인 교사 목소리였죠. 네, 저는 책에 둘러싸여서 자랐습니다. 제가 아주 어렸을 때 살았던 할머니 집에는 책이 가득했죠. 아버지는 학교에서 역사를 가르치셨고, 러시아 소설을 사랑했어요. 그래서 주변에는 언제나 책이 가득했지요.

글쓰기에 대해 여러 차례 가르치신 적이 있지요. 작가가 되기를 열망하는 이들을 가르치는 데 가장 도움이 된 책은 무엇입니까?

글쓰기를 공부하는 사람들이 '꼭 읽어야만 하는' 책 같은 건 없습니다. 젊은 작가들한테는 소설을 쓰기 전에 하지 않을 수 없는 선택들에 중점을 두려고 합니다. 예컨대, 주인공과 가장 중요한 인물이 항상 일치하는 건 아닙니다. 그 차이를 알아야 해요. 1인칭 목소리와 3인칭 목소리는 각기 서로 다른 장단점이 있습니다. 이야기를 해나가는 시점을 선택하기 전에, 그게 무슨 이야기인지, 그리고 등장인물이 누구인지를 먼저 아는 게 도움이 됩니다. 제가 가르치는 데 많이 이용한 책은 『고양이와 쥐Cat and Mouse』(귄터 그라스), 그리고 『권력과 영광The Power and the Glory』이나 『사건의 핵심The Heart of the Matter』(그레이엄 그린) 가운데 하나, 이렇게 두 권이었습니다. 도덕적 딜레마에 대한 소설로는 전범이라 할 수 있지요. 가르치면서 젊은 작가들이 도덕적 딜레마에 특히 관심이 많다는 걸 알게 되었습니다. 그런 딜레마들을 다루는 작업은 까다롭기 짝이 없는 일이기 십상이지요.

실망스럽거나, 과대평가되었거나, 신통치 않은, 좋아해야 마땅하지만 당신에게는 그렇지 않았던 책이 있습니까?

어니스트 헤밍웨이의 모든 책이요.

헤밍웨이 작품의 어떤 점이 맘에 안 드시나요?

단편들에 나타난 몇 가지를 제외하고는 모든 게 다요. 풍부한 상상력을 요하는 문학에, 누구나 다 알고 있는 금언에 관한 글을 위한 자리는 없습니다. 그런 건 소설가나 극작가가 아니라 저널리스트를 위한 조언이지요. 소포클레스나 셰익스피어나 디킨스가 그런 조언에 귀를 기울였다고 한번 생각해보세요! 헤밍웨이의 문장은 광고 문구로 써도 될 만큼 짧고 단순하죠. 사람을 불쾌하게 만드는 터프가이 제스처도 그래요. 윗입술이 빳빳해지도록 입을 꾹 다물고는, 진짜 사나이라면 과묵해야 해, 뭐 그런 식이잖아요! 저는 멜빌의 조언이 맘에 듭니다. "전율 대신 즐거움을 주려고 애쓰는 자, 화 있을진저!" 저는 멜빌을 무척 좋아합니다. 멜빌과 헤밍웨이를 동시에 좋아할 수 있을까요? 그런 독자가 있을지도 모르지요. 하지만 전 그럴 수 없습니다.

고인이 되었거나 살아 있는 작가들 가운데 누구라도 만날 수 있다면, 누구를 만나고 싶습니까? 만나면 무엇을 알고 싶은가요?

제가 감탄하는 작가들이라면, 그들이 쓴 책에 없는 것에 대해서는 알고 싶지도, 알아야 할 필요도 느끼지 않습니다. 좋은 작가는 직접 만나는 것보다는 그의 책을 읽는 게 더 낫지요.

저자에게 편지를 써본 적이 있나요?

많아요. 저는 작가들한테 편지 쓰는 걸 아주 좋아합니다.

그러면 보통 답장이 오나요? 다른 작가에게서 받은 최고의 편지는 무엇입니까?

네. 답장이 옵니다. 게일 고드윈은 편지를 정말 아름답게 씁니다. 제임스 설터도 그렇고요. 설터는 구식 타자기로 친 다음에 손으로 다시 써요. 그의 손글씨는 정말 훌륭하죠. 호텔 메모지에 쓰는데 어떤 건 아주 색다른 느낌을 줘요. 커트 보네거트도 편지를 아주 잘 씁니다. 다들 알고 계시겠지만, 아주 재미있는 분이지요. 귄터 그라스는 독일어로도 쓰고 영어로도 쓰는데, 저도 그렇게 합니다. 그의 영어가 제 독일어보다 낫긴 하지만요.

당신을 작가로 만든 책은 무엇입니까?

『위대한 유산』입니다.

쓰신 책 가운데 가장 좋아하는 책은 무엇인가요? 가장 좋아하는 등장인물은요?

제 소설에는 아웃사이더들이 많습니다. 특히 성 소수자들이 많지요. 『오언 미니를 위한 기도』의 1인칭 화자는 (그의 등 뒤에서) "관념적 동성애자"라 불립니다. 그는 오언 미니를 그냥 사랑하지 않습니다. 아마도 오언을 사랑하지만, 절대로 그가 벽장 밖으로 나와 그런 말을 하지는 않을 겁니다. 그는 남자건 여자건 누구와도 섹스를 한 적이 없지요. 『사이더 하우스』에 나오는 성자 같은 낙태 옹호론자인 라치 박사나, 『가아프가 본 세상』에 나오는 가아프의 엄마 제니 필즈는 한 차례 섹스하고는 평생 하지 않죠. 저의 새 소설, 『한 사람 안에』에 나오는 가장 영웅적인 인물 두 사람은 트랜스젠더 여성입니다. 트랜스젠

더 캐릭터에 관해서 쓴 게 이번이 처음은 아니지만요. 저는 성적 아웃사이더들을 사랑합니다. 세상은 그들에게 더 냉혹하니까요.

당신의 책을 바탕으로 만든 영화 가운데 가장 마음에 드는 영화는 무엇입니까?

라세 할스트룀 감독의 〈사이더 하우스〉요. 할스트룀 감독과 같이 일하는 게 정말 좋았어요. 대본은 제가 썼지만, 그건 할스트룀 감독의 영화입니다. 영화가 제대로 만들어진 건 그의 공로니까요. 토드 윌리엄스 감독의 〈바닥 속의 문〉(한국에서는 〈킴 베신져의 바람난 가족〉(2004)이라는 제목으로 개봉했다—옮긴이)도 제 작품 『일 년 동안의 과부』를 훌륭하게 영화로 만들었다고 생각합니다. 그는 루스라는 인물(작품명에 나오는 그 과부)이 아직 어린 소녀일 적에 해당하는 소설의 처음 3분의 1가량만을 영리하게 개작했지요. 훌륭하게 해냈어요. 대본도 윌리엄스 감독이 썼지만, 저는 그와 함께 일하는 게 즐거웠습니다. 제 일은 그저 그가 쓴 대본이나 대략적인 장면에 대해 짤막하게 의견을 적어서 주는 정도였지만요.

누군가 당신이 작품을 쓰고 있는 공간으로 들어간다면 무엇을 보게 될까요?

작업실에는 L자 모양으로 놓인 커다란 테이블 두 개가 있습니다. 바퀴 달린 의자로 양쪽 테이블을 자유롭게 왔다갔다할 수 있도록 말이죠. 사전을 놓는 커다란 단이 있고 거기엔 대사전이 놓여 있습니다. 작업실 두 벽 쪽으로 창이 여러 개 나 있고, 수많은 책과 종이가 주위를 둘러싸고 있지요. 랩톱은 작업 테이블에서 멀찌감치 떨어져 방 한쪽 구석에 놓인 작은 책상 위에 있어요. 이메일 교신 이외의 용도로는 절대 사용하지 않죠. 소파가 있고, 제가 기르는 개, 초콜릿색 래브라도 리트리버 한 마리가 작업실 어딘가에 있을 때가 많고요.

다음으로 어떤 책을 읽으실 계획입니까?

저는 앞으로 제가 쓸 것에 대해서 계획을 세우지, 읽을 책에 대해서는 계획을 세우지 않습니다.

주노 디아스
Junot Díaz

척추 수술 후 회복한 지 얼마 안 된 것으로 알고 있습니다. 회복기를 거치는 동안 어떤 책들이 도움이 되었나요?

정보력이 정말 좋네요. 가족 중에는 목 지지대를 풀고 나서야 제가 수술한 사실을 알게 된 사람도 있는데 말이에요. 물론 침대에 억류되어 있는 동안 미친듯이 읽어댔죠. 책만 잡고 있으면 그 어떤 것도 저한테는 통하지 않으니까요. 특히 육체적 고통이라면 말이지요. 두 권의 책이 특별히 제게 위안이 됐는데, 바로 크리스 리(『떠다니는 집Drifting House』)와 타나 제임스(『항공엽서Aerogrammes』)의 뛰어난 소설집입니다. 또 빌 와식과 모니카 머피의 『광견병: 세상에서 가장 끔찍한 바이러스

• 주노 디아스는 『오스카 와오의 짧고 놀라운 삶The Brief Wondrous Life of Oscar Wao』 『이렇게 그녀를 잃었다This Is How You Lose Her』 『드라운Drown』을 썼다.

의 문화사Rabid』도요. 하지만 제 모자란 인간성으로부터 저를 진짜로 가장 높이 끌어올려준 책은 라몬 살디바르의 『문화의 경계지역: 아메리코 파레데스와 초국가적 이미지The Borderlands of Culture』였습니다. 살디바르가 전미 인문학 메달을 받은 데는 이유가 있더라고요. 파레데스가 일본에서 수년간 통신원으로 일하면서 보냈던 시기에 대한 그의 통찰은 그것만으로도 정말 소중한 것이니까요.

최근에 읽은 책 가운데 정말로 훌륭하다고 생각했던 책은 무엇입니까?

캐서린 부의 『안나와디의 아이들』입니다. 뛰어난 지성, 인간성, 그리고 (형식상의) 영리함을 모두 갖춘 책이죠. 부가 뭄바이의 한 슬럼가에서 쓰레기를 주워다 파는 사람들 무리를 따라다니면서 보낸 4년이라는 시간이 획기적인 것을 넘어서는 어떤 것을 만들어낸 겁니다. 그녀는 마치 폭군이 지배하는 것만 같은 현재의 세계 질서에서 맨 아래층에 있는 사람들의 도무지 불가능해 보이는 삶을 문학의 힘을 총동원해 인간적인 시선으로 바라보게 만들고, 인도의 경제 붐 아래를 떠받치고 있는 절대적 고통을 저널리스트의 가차없는 정확성으로 세밀하게 보여줍니다. 탁월한 언어로 결코 머릿속에서 지워지지 않을 그림을 그려내다가 끝에 가서는 우리의 심장을 얼어붙게 만드는 문구로 끝을 맺지요. "부자들의 대문은 가끔씩 흔들리기는 해도 여전히 굳건하게 닫혀 있다. 정치가들은 중산층을 위한 이런저런 정책들을 내놓는다. 가난한 사람들은 서로 아귀다툼하기 바쁘고, 세계의 가장 발달하고 불평등한 도시들은 상대적으로 평화로운 분위기 속에서 중단 없이 행군하고 있다."

소설 분야에서 최근에 제가 읽은 책 가운데 "가장 훌륭하다고 생각하는 책"은 알레한드로 삼브라의 『분재Bonsai』입니다. 잠자리에서 프루스트의 중요성에 관해 이야기를 나누는 칠레의 똑똑한 남녀 커플의 실패한 사랑에 대해서, 섬세하고 으스스하면서도 쓰라리게 묘사한 소설이에요. 오싹한 첫 문장에서부터 이야기의 차가운 살결을 느낄 수 있죠. "결국 그녀는 죽고 그는 혼자 남았다. 사실 그는 그녀가 죽기 몇 년 전부터 이미 혼자였다." 하지만 책을 끝까지 읽어야만 이 이야기 안에서 떠도는 영혼을 만질 수 있게 돼요. 완전히 치명적인 일격이 기다리고 있죠.

당신의 책장에 있는 여러 책들 가운데 이런 제목들이 눈에 들어오네요. 폴 킨케이드가 쓴 『과학소설을 읽을 때 우리가 하는 것What It Is We Do When We Read Science Fiction』, 도리스 레싱의 『시카스타Shikasta』, J. R. R. 톨킨의 『시구르드와 구드룬의 전설The Legend of Sigurd and Gudrún』, 그리고 로베르토 볼라뇨의 『칠레의 밤By Night in Chile』. 그 책들에 대해서 말씀해주시겠습니까? 그 책들을 읽고 어떤 생각을 하셨는지, 그 책들이 당신에게 어떤 의미를 가져다주었는지요?

마치 웅골리안트(톨킨의 작품들에 나오는 거미 형상의 악귀. 어마어마한 허기 때문에 짝짓기 상대와 자신의 새끼들까지 먹어치우고 나중에는 자기 몸까지 갉아먹는다—옮긴이)라도 된 듯 채워도 채워도 끝이 없었던 다른 세계에 대한 허기를 톨킨을 읽으면서 달래며 자랐죠. 톨킨한테는 어려서부터 열광했지만, 어른이 된 지금도 톨킨과의 씨름은 계속되고 있어요. 제 안에 있는 어둠의 제왕—독재자들이 자기들이 해치고 있는 나라를 떠올릴 때 진짜로 갖게 되는 정체성—이 드리우는 그림자 속에서 제가 성장하고 있는 것과 깊이 연관돼 있기 때문이죠. 『시카스타』는 어렸을 때 도서관에서 많이 봤던 책인데, 대학에 가서야 제 손에 들어왔어요. 우리에게 동정적인 외계인 관리자의 관점에서 우리 세계의 역사라고 주장하는 것을 기술해놓은 이상한 반反소설이에요. 『시카스타』는 신과 천사들이 사실은 외계인 방문자라는 하위-문화 "이론"을 그 논리적 결론으로 삼지요. 읽어내기 쉽지는 않은 소설이지만, 이 책이 저한테 쉽게 지워지지 않을 영향을 줬습니다. 늘 『시카스타』 같은 수준의 시야를 가지고, 그런 종류의 주제와 구조상의 예술적 형식미를 갖춘 이야기를 쓰고 싶었거든요. 이 책에는, 우리의 구약 역사에 대한 외계인의 종족지학적인 조사, 혹사당하는 외계인 관료가 집으로 전달한 기이한 편지들, 그리고 전 세계적으로 일어난 젊은이들의 혁명—분노 때문에 우발적으로 일어난 사건—이 있기 전 몇 해 동안 아프리카에서 살고 있던, 꼭 젊은 레싱 같은 10대 소녀가 쓴 감동적이고 현실감 있는 일기가 섞여 있죠. 볼라뇨에 대해서는, 무슨 말을 할 수가 있겠어요? 우리 시대의 가장 위대한 작가 가운데 한 사람, 우뚝 선 거인이죠. 인쇄된 글 가운데 『칠레의 밤』에 조금이라도 근접한 작품이 있습니까? 개인적인 것과 역사적인 것 사이의 상호작용에 집착하는 저 같은 사람이라면 누구라도 『칠레의 밤』을 최상급의 작품으로 치죠. 그 소설에서 볼라뇨는 150페이지에 걸쳐, 전 대륙의 도착적이고 야만적인 역사를 독자의 귀를 솔깃하게 만드는 능수능란한 솜씨로 걸러내 마치 파노라마처럼 펼쳐 보여주지요. 냉담한 사제가 피노체트에게 몰래 마르크시즘을 가르쳐서 그 악마가 자기 적을 더 잘 알게 됐을지도 모른다고요? 라틴아메리카 문자(그게 어떤 갈래에 속하건)는 지금까지 볼라뇨보다 더 위대하고 더 충격적인 복수의 천사를 가져본 적이 없었습니다.

가장 최근에 읽으면서 눈물을 흘린 책은 무엇입니까?

그건 쉬운 질문이네요. 예일 젊은 시인 상을 받은 에두아르도 코랄의 시집 『느린 번개Slow Lightning』였지요. 그 책을 다 읽고 나서 대성통곡을 했어요. 현명하고 광대한 책이지만, 저 자신을 슬쩍 들여다보게 만듭니다. "옛날에 한 남자가 내게 자신의 심장을 가져가라고 했고 나는 싫다고 했다. 그를 사랑하지 않아서가 아니었다. 그가 무슨 야수나 백인이어서도 아니었다. 그를 사랑할 수가 없었던 것이다. 이해하겠는가? 침대에서 우리가 잠을 자는 동안에, 우리의 몸은 얼마간 떨어져 있었고, 우리의 육체 사이에 놓여 있던 어둠은 하나의 심지였다. 그 심지는 다 타서 꺼져가고 있었다. 그런데 그는 그걸 느끼지 못했던 것이다."

가장 최근에 당신을 웃게 만든 책은요?

K. J. 비숍의 『아로새겨진 도시The Etched City』였죠. 저는 이런 문장이 나오면 정말 환장을 합니다. "그는 최근에 겪은 모험과 시련에 대해서 해줄 얘기가 아주 많았는데—특히, 그의 모험과 다른 사람들의 시련은 거의 불가피하게 연결되어 있었다—그가 이야기를 할 때면 유쾌한 악귀의 분위기를 풍겼다."

가장 최근에 당신을 화나게 만든 책은요?

세르히오 곤살레스 로드리게스가 쓴 『여성학살 기계The Femicide Machine』입니다. 멕시코의 후아레스에서 벌어졌던 악명 높은 여성학살에 대해서 잘 모르고 있었어요. 곤살레스 로드리게스가 이 잔학 행위 뒤에 놓인 문화적, 정치적, 경제적 힘들에 대해 소름 끼치도록 상세하게 해부해놓은 이 책을 읽는다면 누구라도 분노하게 될 겁니다.

어렸을 때 가장 좋아했던 책은 무엇인가요? 그 책들 속에 좋아하는 인물이나 영웅이 있었나요?

어렸을 때 과학탐정 브라운을 정말 좋아했어요. 도널드 소볼이 최근에 타계했는데, 그 일로 다시 떠올리게 됐죠. 그의 책들이 제 작은 선반에서 얼마나 중요한 자리를 차지하고 있었는지 말이에요. 일곱 살이 되어서야 글을 읽을 줄 알게 되었기 때문에, 보통 유년기 초기에 읽는 책은 못 읽었고 바로 챕터북으로 넘어가서 과학탐정 브라운을 접하게 됐죠. 소년 탐정 르로이 브라운에 대해서 제가 가장 좋아했던 부분은, (1)그는 자기가 똑똑하다는 사실에 대해서 부끄러워하지 않았다는 점(제가 자랐던 시대와 장소에서는 똑똑하다는 게 멋져 보이지가 않았죠)과 (2)그의 가장 친한 친구가 샐리 킴벌이라는 이름의 드센 여자아이로, 르로이의 보디가드이자 지적인 동료였다는 점이었어요. 소볼은 제 유년기의 머릿속에 있던 젠더에 대한 각본을 그 누구보다도 많이 뒤집어놓았죠.

도미니카공화국과 도미니카계 미국인들의 경험에 대해서 자세히 이해하고 싶어하는 사람에게 어떤 책을 추천하시겠습니까?

어려운 질문이네요. 도미니카의 경험에 대해서는 훨씬 더 많은 책이 나와야 합니다. 다행이도 그 분야는 점점 커지고 있고, 꽤 좋은 책도 몇 권 나와 있어요. 일단은 도미니카공화국에서 가장 위대한 시인 가운데 한 사람인 페드로 미르가 쓴 『월트 휘트먼에 대한 답가와 다른 시들Countersong to Walt Whitman and Other Poems』로 시작하라고 말씀드리고 싶네요. 미르는 진짜 천재예요. 그다음엔 히네타 칸델라리오의 『귀 뒤의 검은 것Black Behind the Ears』을 도미니카의 복잡한 인종적 정체성에 대한 훌륭한 안내서 삼아 즐겨보시기 바랍니다. 또 프랑크 모야 폰스가 쓴 『도미니카공화국의 역사The Dominican Republic』도 훌륭하고요, 줄리아 알바레스의 소설 『나비의 시간 속에서In the Time of the Butterflies』도 아주 좋습니다.

미국 이민자 경험에 관해서 쓴 다른 훌륭한 소설들 가운데 추천하고 싶은 책이 있다면요?

기시 젠의 『전형적인 미국인Typical American』도 제 개인적인 고전 도서 중 하나입니다. 재치, 동경, 진실이 솟구치는 걸작 소설이고, 이 나라에서는 충분히 이야기되지 않는 경험에 대해서 글을 쓸 때 필요한 관용구를 찾아 헤매는 저 같은 이민자 2세들한테는 꼭 필요한 책이죠. 맥신 홍 킹스턴이 쓴 『여전사The Woman Warrior』는 정확히 소설이라고는 할 수 없지만, 두 세계를 동시에 산다는 게 무엇을 의미하는지 보여주는 데서 이만큼 강력한 책은 별로 없다고 생각합니다.

MIT에서 창작을 가르치고 계십니다. 학생들을 가르칠 때 특히 유용했던 책은 무엇입니까?

그건 전부 어떤 과목이냐에 달렸죠. 곧바로 창작 글쓰기를 가르칠 때는 학생들을 훌륭한 소설에 흠뻑 젖게 만들려고 합니다. 자메이카 킨케이드에서부터 팸 휴스턴까지, 그리고 새뮤얼 R. 딜레이니(그의 「글쓰기에 관하여」는 감탄스러울 정도로 유용합니다) 같은 작가들이 쓴 글쓰기에 관한 에세이를 읽히지요. 그리고 항상 옥타비아 버틀러를 강의계획서에다 슬쩍 끼워넣으려고 합니다. 그녀의 글이라면 언제든지 훌륭한 본보기가 되니까요.

요즘에 읽은 그래픽 노블 가운데 좋은 작품이 있나요?

네. 제이슨 시가의 『엠파이어 스테이트: 사랑 이야기(아닐 수도 있고)Empire State』요. 오클랜드 소년이 가장 친했던 여자친구를 뉴욕으로 떠나보내고 나서, 우정을 사랑으로 바꾸려고 대륙횡단 버스를 타고 여행을 하게 됩니다. 동서 양쪽 해안을 오가면서 가슴을 저미게 만드는, 아름답고 무척 감동적인 소설입니다.

작가들의 만찬모임을 직접 주최하게 되어서 세 명의 작가를 초대할 수 있다면, 누구를 초대하시겠습니까? 고인이 되었거나 살아 있는 분들 가운데 누구라도 가능하다면 말입니다.

호세 마르티요. 그는 너무도 많은 삶을 살았고, 그런 환상적인 작가는 없으니까요, 그리고 제길, 그는 호세 마르티니까요.(그는 뉴욕에도 살았던 적이 있기 때문에 그게 우리가 이야기를 나누는 데 도움이 되겠죠). 또 옥타비아 버틀러요. 그녀는 개인적으로 저의 영웅이에요. 아프리카 난민들에게 미래를(우리의 미래도 어둡긴 마찬가지지만) 제시하는 데 도움을 줬으니까요. 그리고 그녀를 정말로 다시 보고 싶어서요. 또 아룬다티 로이를 부르겠습니다. 제가 아직도 그녀의 정신과 『작은 것들의 신The God of Small Things』에 홀딱 빠져 있거든요.

최고의 단편 작가는 누구입니까?

고통을 사랑하는 사람이나 아마도 완벽이라는 유혹에 이끌리는 사람들이겠죠. 그게 단편의 가장 큰 매력이니까요. 뭔가 완벽한 것을 쓸 수 있다는 사실 말이지요. 장편은 정반대죠. 장편의 매력은 절대로 완벽한 작품을 쓸 수 없다는 거예요. 그런데 누가 최고로 단편을 잘 쓰는지 작가 이름을 대라는 말씀인가요? 우아. 이 분야에 대해서는 제가 가장 나쁜 판정관이 될 것 같군요. 영어로 출간된 작품 가운데 1000분의 1도 못 읽어봤으니까요. 하지만 제가 읽은 것들을 어찌어찌 그러모아서 짧게나마 목록을 작성해야만 한다면, 로베르토 볼라뇨가 저한테는 1등이라고 말씀드려야겠네요. 『지구에서의 마지막 밤Last Evenings on Earth』을 한번 읽어보세요. 전율이 느껴질 겁니다. 메리 게이츠킬도 그렇고요. 그녀는 나머지 우리는 인간의 영혼에 대해서 어떤 패도 모르는 사람들인 것처럼 보이게 만들죠. 그리고 샌드라 시스네로스와 앤 엔라이트와 테드 창도 제가 읽어본 것들 가운데 완벽한 단편집을 썼고요. 마이클 마턴, 로리 무어, 에드위지 당티카, 토비아스 울프, 루이스 어드리크, 조지 손더스, 애니 프루, 이윈 리, 셔먼 알렉시도요. 솔직히 말씀드려서, 목록이 좀 기네요. 단편이라는 형식은 대단한 숙련가들 덕분에 정말 축복받았어요.

무인도에 단 세 권의 책만 가지고 갈 수 있다면, 어떤 책을 고르시겠습니까?

이런 질문은 정말 고문이에요. 책을 사랑하는 사람들에게는 이런 유형의 분류는 절대로 가지고 갈 것에 대한 선별이 아니라 남겨두고 갈 것에 대한 선별이니까요. 하지만 가령 배가 난파되거나 사악한 「타임스」 편집자 때문에 억지로 골라야만 하는 상황에 부딪힌다면, 아마 제가 지금도 씨름하고 있는 소설들을 집어들겠죠. 새뮤얼 R. 딜레이니의 『달그렌Dhalgren』(이 책은 20세기의 가장 위대하고 가장 복잡한 소설 가운데 하나라고 생각합니다)이나, 아니면 토니 모리슨의 『빌러비드Beloved』(미국에서 작가가 되려고 마음을 먹는다거나 미국 문학에 관심이 있는데 아직 그 작품을 읽지 않았다는 것은, 스스로를 선원이라고 부르면서 바다에는 가본 적도 없는 사람처럼 저로서는 상상조차 안 가는 일이에요), 아니면 코맥 매카시의 『핏빛 자오선』(무시무시할 정도로 심오하고 눈을 못 뗄 정도로 독창적이어서 거의 마법과도 같은 책이죠). 아마 옥타비아 버틀러의 『새벽Dawn』(얼마 남지 않은 인간 종족이 자신들의 유전자를 새 외계인 지배자들과 "교환"하도록—억지로 판독당하고 번식하도록—강요받는 미래가 배경이에요)을 가져갈지도 모르겠네요. 길버트 헤르난데스의 『팔로마 너머Beyond Palomar』(그의 『오염된 강Poison River』을 안 읽었더라면 제가 작가가 되는 일은 없었을 거예요)를 가져갈 수도 있겠고요. 아마 레슬리 마먼 실코의 『의식Ceremony』이나 앨런 무어의 『미러클 맨Miracle-man』이나 마거릿 애투드의 『시녀 이야기』도요. 이 책들이 제 모든 것을 바꿔놓았으니까요. 솔직히 말씀드리자면 이 책들을 몽땅 끌어안고 있다가 물이 발목까지 차오르는 마지막 순간이 돼야 어느 책 세 권을 가져 갈지 결정할 수 있을 것 같네요. 그런 다음에 무인도에서 남은 평생을, 남겨두고 온 책들과, 새로 나온 책이건 오래된 책이건 읽을 기회가 없었던 그 모든 책들에 대해서 꿈을 꾸며 보내겠지요.

다음으로 어떤 책을 읽으실 계획입니까?

우조딘마 이웨알라가 쓴 『우리 같은 사람들Our Kind of People』과 I. J. 케이가 쓴 『달의 산맥Mountains of the Moon』을 읽을 겁니다. 이웨알라의 첫 책이 정말 마음에 들었기 때문에 그녀의 다음 책인 이 논픽션이 정말 기대가 되고요, 케이에 대해서는 그녀의 이 데뷔작에 대해서 좋은 이야기를 많이 들었거든요.

만나고 싶은 사람

토라의 J 작가나 야훼스트를 만나보고 싶어요. 그가 문자 그대로의 의미로 서술한 부분과 비유적인 의미로 서술한 부분이 각각 어떤 부분인지 물어보고 싶어요. 이 질문을 둘러싼 혼란이 이후의 역사에 얼마나 해로운 영향을 끼쳤는지도 알려주고 싶고요.

—앤드루 솔로몬

당연히 셰익스피어의 아내지요. 이 모든 걸 한 번에 몽땅 해결하게요.

—맬컴 글래드웰

레이먼드 챈들러한테 『리틀 시스터』의 13장에 대해서 물어보고 싶어요. 그 책은 1940년대 로스앨젤레스 부근의 기운을 묘사하고 있는데, 지금의 그 도시에 대한 묘사로도 손색이 없지요. 정말 멋집니다. 그를 만나면 어떻게 그걸 해냈는지 물어보고 싶어요. 그리고 짧게 챕터를 구성하는 그의 방식이 저로 하여금 작가가 되고 싶게 만들었다고 말해주고 싶습니다. 또, 그런 작품을 만들어내는 것도 고문이었는지 물어보고 싶네요. 레이, 작가가 즐거우면서도 잘 쓸 수 있는 건가요? 이렇게요.

—마이클 코널리

제임스 조이스의 생각에 매료됐지만, 우리 사이에 할 얘기가 많이 있을지 잘 모르겠네요. 빌 클린턴과 같이 점심식사를 해보고 싶어요. 헌터 톰슨과는 아마 술을 마시는 게 좋을 것 같고요. 그냥 한두 잔만요. 안젤리나 졸리와는 저녁식사를 하면 좋을 것 같은데, 그녀가 책을 썼나요? **—제임스 패터슨**

오스카 와일드요. "우리 모두가 시궁창에 있지만, 누군가는 별을 보고 있지"라는 구절을 쓸 수 있는 사람이라면 제 저녁식사 테이블에서 한 자리를 차지하게 될 겁니다.

—닐 더그래스 타이슨

클로드 드뷔시는 냉담하고, 기발하고, 골초에다, 편지를 잘 쓰는 천재였죠. 그의 목소리가 어떤지 궁금해요. —**니컬슨 베이커**

아이작 바셰비스 싱어가 대략 이런 내용의 말을 한 적이 있어요. "톨스토이가 우리 집 건너편에 산다 해도 그를 만나러 가지 않을 것이다." 그의 말이 무슨 뜻인지는 알지만, 저라면 제인 볼스나, 로베르트 발저, 고골, 카프카, 하인리히 폰 클라이스트의 집 건너편에 살면 좋을 것 같아요. 아니면 로베르토 볼라뇨가 경비원으로 일하는 스페인식 캠프장에서 살아도 좋고요. —**프랜신 프로즈**

에밀리 디킨슨을 만나고 싶습니다. 그녀는 수수께끼 같은 인물이에요. 그 놀라운 천재성이 어디서 왔는지 모르겠어요. 평생을 은둔자로 살았거든요. 자연히 그녀가 죽고 훨씬 더 오랜 시간이 지나기 전까지는 그녀의 작품이 출간되지도 않고 발견되지도 않은 채로 남아 있게 된 거지요. 하지만 그녀는 끈질기게 언어와 시를 뒤집으려는 시도를 했습니다. —**드루 길핀 파우스트**

카프카가 친구들한테 『변신』을 소리 내어 읽어줬을 때 그 가운데 저도 끼어 있었으면 좋았을 거라는 상상을 하곤 합니다. 누가 소리 내어 웃지 않을 수 있었겠습니까? 텍스트 안에 여전히 유머가 살아 있지만, 그가 직접 자기 목소리로 읽을 때는 어떤 식으로 표현을 했는지 정말 알고 싶어요. —**조너선 프랜즌**

헨리 제임스는 제가 이상으로 생각하는 친구 유형입니다. 화술이 뛰어나고, 저널리스트, 여행가, 정원사, 장식가, 편지를 잘 쓰는 사람이자, 제가 가장 좋아하는 작가죠. 그는 프루스트나 톨스토이처럼 추상적인 생각에 깊은 관심이 있는 그런 지식인은 아니지만, 훨씬 더 따뜻하고, 민감하고, 공감을 아주 잘하지요. —**실비아 네이사**

줌파 라히리
Jhumpa Lahiri

지금은 무슨 책을 읽고 계십니까? 보통 한 번에 한 권씩 읽으시나요?

요즘 파트리치아 카발리의 시를 읽고 있는데, 예전에 로마에서 만나는 큰 기쁨을 누린 적이 있어요. 개인적으로 그녀를 정말로 좋아하고 그녀의 시도 사랑해마지않거든요. 그녀는 욕망에 대해서 그 누구와도 다르게 묘사합니다. 올가을에 미국에서 카발리의 시가 이탈리아어와 영어, 2개 국어판으로 출간되는데, 정말 흥분되고 설레는 마음입니다. 체사레 파베세의 편지와 파솔리니의 『테오레마Teorema』도 읽고 있는데, 후자는 소설과 영화 둘 다로 구상됐던 작품이지요. 이렇게 시, 소설, 그리고 제가 존경하는 작가의 편지나 일기의 조합이 저한테는

• 줌파 라히리는 『축복받은 집Interpreter of Maladies』 『이름 뒤에 숨은 사랑The Namesake』 『그저 좋은 사람Unaccustomed Earth』 『저지대The Lowland』를 썼다.

가장 이상적인 독서법입니다.

올해 읽은 책 가운데 최고의 책은 무엇입니까?

다니엘 아르상이라는 이름의 프랑스 작가가 쓴 소설 『연인들Lovers』이요. 처음에는 영어 번역본으로 읽었고 그다음엔 이탈리아어로 읽었어요. 풍부한 역사적 맥락을 지닌 애처로운 사랑 이야기입니다. 하지만 불필요한 군더더기도, 지나친 육중함도, 예측 가능한 연결 서사 조직도 없어요. 거기서 뭔가 주술적이고 초월적인 힘을 발견했지요. 그 작품이 제가 전과 다른 방식으로 이야기를 풀어나가는 데 영감을 주고 있습니다.

가장 좋아하는 소설가의 이름을 말해야만 한다면 누구를 꼽으시겠습니까?

토머스 하디요. 고등학생 시절 그의 작품을 처음 읽었을 때부터 그의 작품 속 인물, 장소에 대한 감각, 인간에 대한 인정사정없이 냉혹한 시각에 어떤 동류의식을 느꼈거든요. 그래서 가능한 한 자주 반복해서 읽으려 하고 있지요. 그의 소설 구조는 정말 장대하고, 인물이 시공간을 통과하는 방식이 놀랍도록 잘 통제되고 있습니다. 그가 만들어내는 세계는 완전히 구체적이에요. 우리 심리의 영역이 그렇듯이 말입니다. 그의 작품은 시야가 대단히 광범위하고 폭넓고 복잡함에도 불구하고, 문장은 깔끔하고 직설적이며 경제적입니다. 단 한 장면, 하나의 세부묘사, 하나의 문장도 낭비되는 일이 없지요.

가장 좋아하는 단편 작가는요?

윌리엄 트레버, 메이비스 갤런트, 지나 베리오, 플래너리 오코너, 앨리스 먼로, 앤드리 더버스요. 그리고 조이스, 체호프, 치버, 맬러머드, 모라비아도요. 최근에는 조르조 망가넬리라는 작가의 작품을 발견했어요. 그는 『센투리아Centuria』라는, 작품당 길이가 한 페이지 정도인 100개의 이야기를 담은 작품집을 써낸 사람입니다. 이야기들이 다소 초현실적이고 극단적으로 함축적이지만, 치열한 동시에 마음을 정화시켜주는 힘이 있습니다. 한 잔의 그라파(포도로 만드는 독한 이탈리아 술—옮긴이)를 마시는 것과 같은 효과를 주는 거죠. 글을 쓰기 위해서 자리에 앉기 전에 그중 한 편을 읽는 게 저한테는 도움이 되더라고요.

이민자 소설 가운데 당신에게 가장 중요했던 소설이 있다면요? 개인적으로나 글을 쓰는 데 영감의 원천으로서나 말입니다.

"이민자 소설"이라는 말이 무엇을 의미하는지 잘 모르겠네요. 작가들은 늘 자신이 예전에 몸담고 있던 세계에 대해서 글을 쓰는 경향이 있지요. 그리고 작가들은 한곳에서 쭉 살다가 같은 자리에서 죽기보다는 세계의 각지에서 이동해 온 경우가 많습니다. 자신의 선택에 의해서건 어쩔 수 없어서건 혹은 환경에 의해서건 말이지요. 그래서 그 경험들에 대해서 쓰는 것입니다. 어떤 책을 이민자 소설이라는 말로 규정짓는다면, 다른 소설은 뭐라고 불러야 할까요? 원주민 소설이라고 부를까요? 청교도 소설이라고 부를까요? 저는 이런 식의 구별에는 찬성하지 않습니다. 미국 역사를 생각해보건대, 모든 미국 소설은 이민자 소설로 분류될 수 있을 테니까요. 너대니얼 호손도 이민자들에 대해서 썼지요. 윌라 캐더도 그렇고요. 문학의 시초에서부터 시인과 작가 들은 경계를 건너는 일, 유랑, 추방, 익숙한 것을 넘어선 것과 만나는 일에 자신들의 서사를 구축해왔지요. 이방인이야말로 서사시와 소설의 원형입니다. 소외와 동화 사이의 긴장은 언제나 문학의 가장 기본적인 주제 가운데 하나였습니다.

어떤 종류의 이야기에 끌리시나요? 피하는 이야기 종류는요?

한 문장에서 다음 문장으로 계속해서 읽고 싶게 만드는 이야기라면 어떤 이야기에도 끌립니다. 저한테 다른 기준은 없어요.

당신의 책장에 있는 책들 가운데 우리가 보면 놀랄 만한 책은 무엇일까요?

지금은 제 책꽂이에 있는 거의 모든 책이 이탈리아어로 된 책입니다. 1년 넘게 주로 이탈리아어로 된 책만 읽었어요. 그 결과, 책을 더 천천히, 하지만 더 찬찬히, 덜 수동적으로 읽게 됐지요.

자기계발서도 읽으시나요? 추천할 만한 책이 있다면요?

언제나 문학이 저의 유일한 자기계발서였고, 앞으로도 영원히 그럴 겁니다.

어린 시절에 동일시했던 문학 속 인물이 있나요? 당신의 문학 속 영웅은 누구입니까?

저는 빨간 머리 앤 같은 고아나 로라 잉걸스 와일더의 인물들 같은 개척자나, 아니면 『사자와 마녀와 옷장』에 나오는 형제들처럼 다른 세계나 다른 차원으로 들어갔다 나왔다 하는 아이들을 저 자신과 동일시하기를 좋아했어요. 물론 작가도 있었죠. 『작은 아씨들』의 조 같은. 『클로디아의 비밀From the Mixed-Up Files of Mrs. Basil E. Frankweiler』에 나오는 오누이를 정말 좋아했고요. 그들은 집을 도망쳐 나와서 아름다운 예술작품들 사이에서 고군분투하는 아이들이죠. 메트로폴리탄 미술관에 갈 때마다 어김없이 그 오누이가 떠오릅니다.

아이들과 함께 즐겁게 읽었던 책은 무엇이었습니까? 특별히 아이들과 같이 읽기를 고대하는 책이 있나요?

남편과 저는 지난 10년간 밤마다 아이들한테 책을 읽어줬지요(첫째 아이가 이제 열한 살입니다). 하루씩 서로 번갈아가면서요. 제가 어렸을 때 읽고, 사랑했던 책을 다시 읽고 함께 교감하는 게 정말 좋습니다. 아스트리드 린드그렌의 삐삐 롱스타킹 시리즈나 로알드 달의 모든 책을 말이지요. 그리고 아이들과 함께 새로운 책을 발견하는 것도 아주 즐겁고요. 지난여름에는 메리로즈 우드가 쓴 『애시튼 플레이스의 구제불능 아이들The Incorrigible Children of Ashton Place』이라는 훌륭한 시리즈를 같이 읽었지요. 요즘엔 아이들한테도 이탈리아어로 된 책을 읽어주는데, 이제는 잘 따라옵니다. 이제 막 이탈로 칼비노가 각색한 아름다운 우화를 다 읽었고요, 『어디 있니, 앨리스?Le Favolette di Alice』라는, 잔니 로다리가 쓴 또하나의 짧고 유쾌한 이야기 모음집으로 넘어갔어요. 계속해서 주머니나 잉크병, 생일 케이크나 비누 거품 같은 것에 일시적으로 갇혀 있게 되는 아주 작은 소녀에 관한 이야기예요.

고인이 되었거나 살아 있는 작가들 가운데 누구라도 만날 수 있다면, 누구를 만나고 싶습니까? 만나면 무엇을 알고 싶은가요?

제가 읽은 책의 작가를 만난다는 발상에는 별로 흥미가 가질 않네요. 말하자면, 저한테 주어진 길을 벗어나지 않을 거라는 거죠. 책이 저한테 살아 있다면, 문장들이 저한테 말을 걸어온다면, 그걸로 충분합니다. 독자는 책, 단어들과 관계를 맺는 것이지, 그걸 만든 사람과 관계를 맺는 게 아니니까요. 작가가 저한테 뭔가를 설명해주거나 개입하는 건 별로 원치 않아요. 그래도 에드워드 고리는 만나보고 싶어요. 그가 세상을 떠나기 전에 말이죠. 그저 그의 뛰어남에 고개 숙여 경의를 표하고 싶어서요.

문학 속 인물 가운데 누구라도 될 수 있다면 누가 되고 싶으세요?

『다시 찾은 브라이즈헤드Brideshead Revisited』에 나오는 서배스천 플라이트가 되고 싶지만, 그가 망가지기 시작하기 전, 앞의 몇 챕터 동안만요. 늘 저녁식사를 위한 특별한 옷차림을 해보고 싶었거든요.

다음으로 어떤 책을 읽으실 계획입니까?

안토니오 타부키의 여행 에세이를 읽을 계획입니다.

독서에 관하여

저한테는 어떤 책이라도 처음 읽는 것은 재독을 위한 준비라고 생각하는 버릇이 있어요. 책을 두 번, 세 번 읽다보면 늘 그것과 얽혀 있는 다른 책들, 사실들, 깨달음 같은 게 떠올라서, 그 책의 다른 측면을 보게 될 뿐만 아니라 더 다양하고 풍부하게 읽게 되니까요. **—메릴린 로빈슨**

읽을 책은 너무도 많고 시간은 너무 짧아요! 저는 70세지만 아직은 읽은 책을 다시 읽는 게 새로운 이야기나 새 작가에 대한 놀라움보다 더 즐거움을 주지는 않습니다. **—이사벨 아옌데**

글쓰기가 다시 쓰기인 것과 마찬가지로 책 읽기 역시 재독이 진짜 읽기죠. 좋은 책이라면 어떤 책도 완벽에 도달하려는 목적으로 수없이 많은 퇴고를 거치는 것과 마찬가지로, 독자가 처음에 책을 끝까지 다 읽는 일은 한 번 스치고 마는 만남이라기보다는 첫번째 데이트와 비슷한 거라고 한다면 의미가 통할 것입니다. 데이트 상대가 흥미롭지 않다면(그럴 가치가 없다면) 반복해서 만날 필요가 없겠지요. 하지만 상대가 재능, 좋은 유머, 뭔가 나와 잘될 가능성이 있거나, 혹은 그냥 예의가 바르다든지 할 경우에는 두 번, 세 번 만나고 싶겠지요. 독서의 기쁨은 재독에 있습니다. 거기서 세계와 인물에 대해서 보다 깊이 있게 알게 되고, 그건 다시 읽기가 주는 충분한 보상이 되지요. **—월터 모슬리**

『여인의 초상』을 다시 읽고 있습니다. 몇 년에 한 차례씩 읽는데, 그 책을 읽으면 인생과 문장에서 우아함 같은 게 정말로 있고, 그것을 둘러싸고 얼마나 많은 파괴가 펼쳐질 수 있는지를 되새길 수 있거든요. 저는 헨리 제임스의 형언할 수 없는 슬픔에, 인간의 경험은 상실로 가득하고 높은 도덕 수준은 지켜질 가망이 없다는 믿음에 가슴이 뭉클해집니다. 그 견해에 전적으로 동의하는 건 아니지만, 저한테는 일종의 충격요법으로 작용하지요. **—앤드루 솔로몬**

맬컴의 『정신분석: 불가능한 직업』은 논픽션을 어떻게 써야 하는지를 떠올리기 위해서 다시 읽었어요. 어떤 징조를 보여주는 그녀의 방식이 정말 마음에 듭니다. 단순히 어떤 장면을 스케치하듯이 보여줄 때조차도 뭔가 대단하고 흥분되는 일이 일어나리라는 걸 알게 되거든요. —**맬컴 글래드웰**

칼 하이어센
Carl Hiaasen

지금 침대 머리맡에는 어떤 책이 놓여 있나요?

저의 영웅인 작가 엘모어 레너드가 쓴 『레일런Raylan』이요. 밑바닥 생활을 하는 사람들끼리 주고받는 대화를 그보다 더 잘 쓰는 사람은 없어요. 뿐만 아니라, 지구상에 그보다 더 멋진 남자도 없을 거고요.

언제, 어디서 책 읽는 걸 좋아하십니까?

불행하게도 원하는 만큼 많이는 못 읽어요. 소설을 쓰든 신문 칼럼을 쓰든, 항상 제 일을 하느라 시간이 잘 안 나거든요. 그래서 대부분

• 칼 하이어센은 어른과 아이 들을 위한 책을 다수 출간한 작가다. 저서로는 『나쁜 원숭이Bad Monkey』 『스타 아일랜드Star Island』 『자연의 소녀Nature Girl』 『말라깽이Skinny Dip』 『아픈 강아지Sick Puppy』 『잘된 거야Lucky You』 등이 있다.

은 여행할 때 비행기 안에서 읽습니다. 최소한 약기운이 돌 때까지는 말이지요.

최근에 읽은 책 가운데 정말로 훌륭하다고 생각했던 책은 무엇입니까? 누군가에게 "이 책은 반드시 읽어야 해"라고 마지막으로 말했던 때를 기억하시나요?

캐런 러셀이 쓴 『늪세상』을 읽었을 때 바로 그랬어요. 그 책을 읽고 나서는 그만 정신이 나가버렸죠. 어떤 책이 대단한 책인지에 대해서는 물론 사람마다 제각기 다른 관점을 가지고 있겠지요. 저한테 그런 책은 한 페이지 한 페이지 읽을 때마다 입이 쩍 벌어지게 만드는 독창적인 책입니다. 방금 전까지 토머스 맥구에인이 쓴 『스포츠 클럽The Sporting Club』을 다시 읽었는데 그 책은 아마 지금까지의 미국 소설 중에서 가장 유머러스한 소설 가운데 하나일 겁니다. 톰 울프의 『허영의 불꽃Bonfire of the Vanities』은 여전히 눈부신 소설이고요.

스스로를 소설 애호가라고 생각하시나요, 논픽션 애호가라고 생각하시나요? 가장 좋아하는 문학 장르는 무엇입니까? 죄책감을 느끼면서 즐기는 책이 있습니까?

소설을 쓰고 있을 때는 주로 논픽션을 읽으려고 노력합니다. 어떤 때는 의지가 약해져서 소설도 들춰보게 되지만요. 아무래도 제 취향이 동시대 소설과 풍자 쪽으로 기울어져 있는 것 같습니다. 그런 것들을 가장 즐겨 읽거든요. 아마 제가 저널리스트 출신이라 자연스레 그렇게 된 것 같아요. 뱀파이어, 마법사, 용을 무찌르는 기사, 이런 것들은 플로리다 주 같은 곳에 살면 아주 익숙해지게 되는 것들이죠.

당신에게 가장 큰 영향을 주었던 책은 무엇입니까? 어떤 책이 작가가 되고 싶게 만들었나요?

몇몇 책으로부터 엄청난 영향을 받은 기억이 납니다. 『호밀밭의 파수꾼』 『캐치-22Catch-22』, 그리고 존 스타인벡의 『찰리와 함께한 여행Travels with Charley』을 우선 들 수 있겠고요. 우디 앨런의 초기 단편들을 모아놓은 『깃털 없이Without Feathers』도 제가 소중하게 여겼던 책이지요. 하지만 그보다 훨씬 더 전에 저로 하여금 작가가 되고 싶게 만든 건 하디 보이스 시리즈였어요. 그리고 신문도요. 어머니 말씀이, 제가 「마이애미 헤럴드Miami Herald」의 스포츠난을 보면서 글을 깨쳤다더군요.

대통령께 단 한 권의 책을 권할 수 있다면 어떤 책을 권하시겠습니까?

에드워드 애비의 『멍키렌치 갱The Monkey Wrench Gang』을 권하고 싶습니다. 분명 그 책이 오바마 대통령을 순환고속도로(연방정부 공사 수주를 많이 해서 부패를 저지르기 쉬운 회사들을 일컫는 말이다—옮긴이)에서 건져줄 겁니다.

독서 습관이 궁금합니다. 종이책을 읽으시나요, 전자책을 읽으시나요? 읽으면서 메모를 하십니까? 책을 읽는 동안 간식은 드시나요?

저한테는 책 읽기 전용 전자기기가 없어요. 그 이유 중 하나는 제가 특히 좋은 문장이나 문구를 발견하면 책 한 귀퉁이를 접어두는 걸 좋아하기 때문이지요. 신기한 게, 요즘은 팬 사인회에 가면 독자들이 자기 킨들이나 아이패드에 사인을 해달라고 하는 거예요. 심지어 누크(미국의 대형 프랜차이즈 서점 반스앤드노블에서 출시된 독서 전용 전자기기—옮긴이)에도 몇 차례 사인을 해드렸다니까요. 진짜예요.

웃음을 주는 책이 더 좋으세요, 눈물을 자아내는 책이 더 좋으세요? 교훈적인 책과 낯선 곳으로 데려가주는 책 가운데 어느 쪽을 더 좋아하시나요?

눈물이 나는 책은 읽고 싶지 않아요. 신문 기사 제목만 읽어도 제가 수용할 수 있는 최대치까지 우울해지거든요. 소설은 관심을 딴 데로 돌릴 수 있게 만들어줘야 해요. 단순하게 말하자면 즐거움을 줘야 한다는 거지요. 즐기면서도 배우는 걸 금지하는 법 같은 게 있는 건 아니니까요. 작가들한테 최고라고 말할 수 있는 책은 스스로 겸손해지게 만드는 책이죠. 다 읽고 책을 내려놓으면서 이런 생각이 드는 책 말이지요. "세상에, 난 절대 이런 책은 못 쓸 거야. 그냥 도자기 굽는 걸 배워보는 게 좋을지도 모르겠군."

실망스럽거나, 과대평가되었거나, 신통치 않은, 좋아해야 마땅하지만 당신에게는 그렇지 않았던 책이 있습니까? 가장 최근에 끝내지 못하고 내려놓은 책이 있다면요?

중학교 1학년 때 좀 비정상적인 충동에서 『월드북 백과사전』을 통독하겠다고 결심한 적이 있어요. 첫 권의 한 50페이지도 읽기 전에 눈꺼풀에 이끼가 끼기 시작하더군요.

고인이 되었거나 살아 있는 작가들 가운데 누구라도 만날 수 있다면, 누구를 만나고 싶습니까? 저자에게 편지를 써본 적이 있습니까?

헤밍웨이와 같이 바다낚시를 가보고 싶을 것 같아요. 그가 톰슨식 자동소총만 가져오지 않는다면 말이지요. 그는 상어 머리에 자기 이름 머리글자를 쏘아넣는 걸 좋아했답니다. 진짜예요.

쓰신 책 가운데 어떤 책이 가장 마음에 드시나요? 가장 아끼는 인물은요?

소설은 내 자식과 마찬가지입니다. 모두 진심으로 아끼기는 하지만 늘 약간은 다르게 했으면 혹은 좀더 나았으면 좋았을 텐데 하는 부분이 있게 마련이지요. 저는 『여행자의 계절Tourist Season』에 특별한 애착을 느끼는데 그게 제가 처음 단독으로 출간한 작품이기 때문입니다. 그다음으로 아끼는 작품은 『후트Hoot』인데 그건 그 작품이 어린 독자들을 위해서 쓴 제 첫번째 작품이기 때문이고요. 두 작품 모두 처음엔 잘 안 될 거라고 예상했었지요.

제가 가장 좋아하는 등장인물은 아마도 스킹크일 거예요. 차에 치여 죽은 동물을 먹기도 하는 전직 주지사인데 제정신이 아닌 인물이죠. 그 인물은 제 여러 소설 속에 자주 등장하는데 특히 선거가 있는 해에 쓴 소설에 나오는 경우가 많습니다. 그때는 제가 제대로 시동이 걸린 것처럼 느껴지거든요.

책을 쓰고 계실 때 누군가 들어온다면 무엇을 보게 될까요? 작업실은 어떤 모습입니까?

제 사무실로 오시면 안으로 들어오기 전에 맨 먼저 발견하게 되는 게 "그냥 가시오"라고 쓰여 있는 발판이에요. 제 아내가 저를 위해서 사다준 건데 아주 효과가 좋아요. 안에는, 그러니까 소위 제 작업 공간이라 불리는 곳은 도둑이 들어와서 마구 헤집어놓고 간 것처럼 보입니다. 반면, 제 친구이자 다작 작가인 마이크 루피카의 사무실에는 어떤 소설을 집필하든 미리 빈틈없이 플롯을 짜놓은 색색의 색인카드가 빽빽하게 붙어 있는 사무용 코르크 메모판이 있어요. 저로서는 보기에 아주 불편한 광경이지요.

최근에 누군가 개인적으로 추천한 책 중에 재미있게 읽은 책이 있나요? 누가 추천했고, 어떤 점에 끌려서 그 책을 손에 들게 됐나요?

얼마 전 제 큰아들 스콧이 패트릭 드윗이 쓴 『자매와 형제The Sisters Brothers』라는, 한 쌍의 프로 총잡이에 관한 소설을 보내왔어요. 정말 대단한 책이었습니다.

가장 최근에 지인에게 선물한 책은 무엇입니까? 누구한테 선물했나요?

지난달에 『피로 맺은 매듭Blood Knots』이라는, 영국에서 출간된 멋진 회고록을 제 친구 피터 솔로몬에게 보냈어요. 저만큼이나 낚시를 좋아하는 친구죠. (엄밀히 말해 선물은 아니었습니다. 다른 친구가 저한테 보내준 걸 보낸 거니까요.)

다른 누군가가 써줬으면 하는 한 권의 책이 있다면요?

러시 림보(미국에서 인기 있는 라디오 토크쇼의 호스트로, 진보적 성향의 정책이나 민주당 쪽 정치인을 비꼬는 정치비평으로 보수층에게 인기가 높다—옮긴이)의 약사가 책을 내는 날을 기다리고 있는 중입니다.

다음으로 어떤 책을 읽으실 계획입니까?

최소한 100번 이상 읽으려고 시도하고 있는 책은 지금 제가 쓰고 있는 책의 19장입니다. 아니면 앞서 말한 백과사전의 두번째 권이요.

대통령이 읽어야 할 책

헌법이요. 특히 수정 제1조를 다시 읽어보라고 강조하고 싶습니다.

—메리 히긴스 클라크

데이비드 핼버스탬이 쓴 『최고의 인재들』이요. 똑똑한 사람들이 정책에서 나쁜 결정을 하고 나서, 나중에 자신이 틀렸다는 걸 부인함으로써 그 결과에 대해 눈을 감아버립니다. 조지 W. 부시 전 대통령이 이라크를 침략하기 전에 그 책을 읽어봤더라면 좋았을 텐데 말이지요. —애너 퀸들런

대통령께서—어떤 대통령이라도—조지아 늪지대에 살고 있는 주머니쥐 포고를 그린 월트 켈리의 만화를 접하신다면 도움이 될 거라고 생각해요. 정치에 대한 통찰력이 대단한 만화죠. 총리께서는 제프리 윌런의 『몰스워스』를 다시 찾으셔도 좋을 것 같고요. 어린 소년들의 특징과 버릇들에 대해서 정말 명쾌하게 기술해놓은 책이지요. 무례하게 굴려는 게 아니고요. 대통령이나 총리 모두 어리석은 행태를 수없이 접하고 다뤄야만 하니까요. —에마 톰슨

대통령께서는 이미 『권력의 조건』을 읽으셨고, 그분께 그보다 더 나을 만한 책은 생각이 안 나네요. 저희 총리께는 마이클 샌델의 『정의란 무엇인가』를 드리고 싶습니다. —조앤 K. 롤링

『그레이의 50가지 그림자』요. 그분이 왜 모든 재미를 놓쳐야 합니까? 게다가 그 책이 그분께 여유를 좀 찾게 해드릴 수도 있으니까요. —존 그리셤

당신네 대통령은 좀 복잡한 경우인데요, 열정, 용기, 그리고 웅변술을 겸비한 인간이면서 동시에, 성실하고 까칠하고 실용적인 법학 교수이기도 하지요. 특히 대통령께서 휘트먼과 소로를 가까이 두신다면 좋을 것 같아요. 열린 마음의 인간애, 용기, 자유를

이야기하는 그 위대한 미국의 목소리들을 말이지요. **—알랭 드 보통**

그 일을 맡은 사람이라면 제 어떤 충고도 필요치 않다고 확신합니다. 제 충고는 그들의 인생을 더 나쁘게 만들어버릴 테니까요. 하지만 대통령께 뭔가를 읽어야 한다고 제가 꼭 말을 해야 한다면, 성 토마스 아퀴나스의 『신학대전』을 가볍게 읽을 수 있는 판본으로 만든, 『내가 사는 법』이 될 겁니다. 자유세계의 지도자라면 신의 지혜가 도움이 되겠지요. 저는 그 책을 고 윌리엄 J. 매카프리 중위로부터 선물로 받았어요. 매카프리 중위의 아들 배리 매카프리는 걸프 전쟁 때 미국 군대의 지도자 위치에 있었지요. 아버지 윌리엄 매카프리 장군은 이탈리아에서 전부 흑인으로 구성된 92사단의 사령관이었고요. 그는 남자들을 험한 곳에 보낸다는 게 무엇을 의미하는지 이해했지요. **—제임스 맥브라이드**

캐서린 부
Katherine Boo

지금 침대 머리맡에는 어떤 책이 놓여 있나요?

지금은 칠레의 소설가이자 시인인 알레한드로 삼브라가 쓴 『집으로 가는 길Ways of Going Home』을 읽고 있습니다. 그의 중편 『분재』의 반만큼만 되어도 주말을 헌납해도 좋을 만큼의 오락거리가 될 거예요.

최근에 읽은 책 가운데 정말로 훌륭하다고 생각했던 책은 무엇입니까?

조지 손더스의 『12월 10일』이요. 「뉴욕 타임스 매거진」에서 "조지 손더스는 올해 당신이 읽을 최고의 책을 썼다"라는 최근의 불쾌한 표제를 봤기 때문에 똑같이 말하기는 싫지만요. 손더스의 이전 작품들

• 캐서린 부는 「뉴요커」의 기자이자, 『안나와디의 아이들Behind the Beautiful Forevers』을 쓴 작가다.

은 사람들의 입소문과는 달리 제게 아주 약간은 놀라움이 덜했던 게 사실이지만, 『12월 10일』은 익살스럽고 문체상으로도 영리한 전략을 취하고 있을 뿐 아니라, 수년간 제가 읽어온 책들 가운데 불평등의 심리적 피해에 관한 한 최고의 글이 들어 있습니다. 게다가 앨리스 먼로처럼 손더스는 이야기를 어디서 끝내야 할지를—작가가 그냥 슬쩍 빠져나가서 독자들로 하여금 마지막 부분을 스스로 조합해낼 수 있도록 여지를 남겨두는 게 최선의 선택인 정확한 지점을—알고 있어요.

가장 좋아하는 문학 장르는 무엇인가요? 죄책감을 느끼면서 즐기는 책이 있나요?

저소득층 공동체에 관한 논픽션을 저술하는 동안에는 그게 저소득층 공동체에 관한 논픽션이 아니라면 거의 모든 책을 죄책감을 느끼면서 즐기게 되지요. 최근에 읽은 행복한 기분 전환용 책은 벤 파운틴의 『빌리 린의 중간휴식 시간 동안 오래 걷기Billy Lynn's Long Halftime Walk』, 주노 디아스의 『이렇게 그녀를 잃었다This Is How You Lose Her』, 셰릴 스트레이드의 『와일드Wild』, 그리고 시인인 지트 테일의 첫 소설로, 1980년대의 마약에 찌든 봄베이에 관한 이야기인 『나르코폴리스Narcopolis』였어요. 파운틴, 디아스, 스트레이드, 그리고 테일은 거의 아무런 공통점이 없지만 한 가지 가장 중요한 점을 공유하고 있지요. 바로 허세가 조금도 없다는 것입니다. 그들은 혼자 심각한 척해서 독자를 억누르지 않고, 그 책들에 비하면 우리가 얼마나 더 현명한지를 책장을 덮고 나서야 깨닫게 만들지요.

슬럼의 세계로 들어가기 위한 준비를 도와주었던 소설이 있나요?

슬럼가 취재 준비를 도왔던 것은 미국 슬럼가에서 했던 집중 예비 훈련이었어요. 공동체마다 서로 다르지만, 제 개인적인 규칙은 거의 같은 거였지요. 그건 그곳을 나올 때 내가 하는 말이 바보처럼 들리지 않는 한 들어갈 때 바보처럼 느껴지는 건 괜찮다는 것이었습니다.

제 경우엔 소설로 시선이 가는 때는 조사보고서 읽기를 멈추고 글쓰기가 시작될 때입니다. 픽션 작가들은 논픽션 작가들보다 추출작업—자신들의 분석적 혹은 심리학적 통찰을 경제성 있게 전달하는 일—에 대해서 더 잘 아는 것 같기 때문이에요. 하나의 슬럼 안에서의 경험의 다양성을 전달하는 데 열중하면서(동시에 1000페이지짜리 학술 서적을 쓰지 않으려고 끙끙대면서) 관점이 재빨리 이동하는 소설들에 특히 주목했지요. 그중에 알라 알아스와니가 쓴 『야쿠비얀 빌딩The Yacoubian Building』이라는 소설이 도움이 많이 됐어요. 또 프레더릭 와이즈먼의 다큐멘터리 영화에 집착했는데, 와이즈먼 자신은 화면 밖에 머물면서 자기 작품의 주체라고 말할 수 있는 사람들이 서서히 자신의 존재를 드러내는 것을 허용하는 식으로 다큐를 만들지요.

최근작이 있거나 신작이 곧 출간될 인도 작가들 가운데 특별히 열광하는 작가가 있나요?

아만 세티의 『자유인A Free Man』은 델리 슬럼에 살고 있는 떠돌이 노동자에 관한 이야기인데, 최근에 제가 가장 좋아하게 된 소설 가운데 하나입니다. 독창적인 감수성이 조사·보고된 사실에 대한 열정과 결합된 소설이지요. 또 나레시 페르난데스의 『뭄바이를 다시 고립시키다The Re-Islanding of Mumbai』가 나오기를 학수고대하고 있어요. 올 연말쯤에는 나오기로 돼 있거든요. 안나와디에서 한창 제 일에 몰두하고 있을 때는 뭄바이의 보다 풍요로운 지역에서 온 사람들을 만나기가 어려웠어요. 단절이 너무 심했기 때문이죠. 하지만 나레시와 이야기하는 것은 달랐어요. 그는 요즘 세상에는 아주 보기 드문 진짜 박애주의자인데다, 제가 아는 그 어떤 사람들보다도 뭄바이 같은 도시에 내재한 갈등을 더 잘 이해하고 있으니까요.

내셔널 매거진 상을 받은, 「뉴요커」에 실린 당신의 글 「결혼이 치유해준다」에서 당신이 주인공으로 삼았던 두 여성, 코리언과 킴으로부터 무슨 소식이라도 들은 적이 있습니까?

킴은 연락 안 한 지 좀 됐고요, 코리언은 잘 지내고 있습니다. 아직도 아이들과 손녀들을 위해서 미친듯이 싸우고 있고요. 일을 하면서 만난 여성들 가운데 모범적인 태도와 통찰력으로 제가 삶을 좀 덜 어리석게 끌고 나가도록 도움을 준 이들이 간혹 있었는데, 그녀도 그 여성들 가운데 한 명입니다. 실은, 그녀한테 개인적으로 제 결혼 상담 책임을 떠맡기고 있지요.

어렸을 때 가장 좋아했던 책은 무엇인가요? 그 책들 속에 좋아하는 인물이나 영웅이 있었나요?

언니와 저는 과학탐정 브라운을 정말 좋아했는데, 브라운은 유년기의 흉악한 음모들을 밝히는 데 한 시간도 걸리지 않는 5학년짜리 '범생이' 전문가예요. 물론 모든 어린이 탐정은 동료가 필요하죠. 저는 브라운의 동료 샐리 킴벌이 낸시 드루 시리즈의 그 어떤 인물보다 훨씬 더 멋지다고 생각했어요. 똑똑할 뿐만 아니라 샐리는 그 동네에서 벅스 미니를 이겨먹을 수 있는 유일한 아이였거든요. 특별한 범죄에 대해서 브라운과 샐리는 한 수 위였는데, 유일하게 기억나는 건 가장 지저분한 운동화 대회에서 속임수를 쓰는 아이를 잡아내는 거였어요. 하지만 당시에 저는 아이였기 때문에 아이다빌이라 불리는 무한히 공정한 장소라는 아이디어를 무척 좋아했지요. 아이다빌에서는 약자가 힘 있는 자로부터 영원히 공격당하지 않고 나쁜 사람들은 절대로 빠져나갈 수가 없었거든요.

가장 최근에 당신의 눈물을 자아낸 책은 무엇이었습니까?

보통은 책 여백에다 눈물 자국을 남기는 사람이 아닌데, 최근 몇 주 사이에는 두 차례나 훌쩍거린 일이 있었답니다. 손더스의 이야기와 곧 출간될 제 친구 데이비드 핀클이 쓴 책을 읽으면서 말이지요. 핀클의 첫 책 『좋은 병사들』은 조지 W. 부시의 "병력 증파"를 수행하기 위해 파병된 군대를 따라갑니다. 새 책은 참전 군인들이 미국 생활에 다시 적응하려고 분투하는 모습을 따라다니며 보여주는데, 정말 통렬하고 충격적이에요.

마지막으로 당신을 웃게 만든 책은요?

브라질 소설가 시쿠 부아르키가 쓴 『엎지른 모유Spilt Milk』요. 계급, 인종, 사랑, 그리고 정치사에 대한 죽기 직전의 독백이 이렇게 웃길 권리는 없는데 말이죠.

지금까지 읽은 사랑 이야기 가운데 최고는 무엇이었나요?

셰익스피어의 저평가된 희곡 『트로일러스와 크레시다Troilus and Cressida』라고 생각합니다. 순수한 사랑이라는 생각이 터무니없는 거라고 보는 상거래 중심의 역사적 맥락 속에 놓인, 결점을 지닌 인간에 관한 이야기예요. 이건 그저 우연히 17세기로 넘어가는 시점에 쓰였을 뿐인 우리 시대를 위한 사랑 이야기지요.

고인이 되었거나 살아 있는 작가들 가운데 누구라도 만날 수 있다면, 누구를 만나고 싶습니까? 저자에게 편지를 써본 적이 있나요?

저는 제가 좋아하는 작가를 만나면 아무 말도 못하고 맙니다. 그저 경외에 찬 시선으로 멍하니 입을 벌린 채 바라보고만 있는 바보가 되고 말죠. 그들이 글로 써놓은 것을 통해서 그들에 대해 아는 것만으로도 충분합니다.

시대를 통틀어 가장 좋아하는 작가는 누구입니까? 우리 시대의 작가들 가운데는요?

제 상위 10위 리스트는 계속 변해요. 새롭게 좋아하는 작가들이 계속 밀고 들어오면서 오래된 작가들의 자리를 위협하지요. 하지만 요제프 로트, 허먼 멜빌, 그리고 조지 엘리엇과 조지 오웰은 언제나 그 자리를 지키고 있습니다. 우리 시대의 작가들 가운데 최고로는 고故 로베르토 볼라뇨를 꼽아야겠지요. 『야만스러운 탐정들The Savage Detectives』과 『칠레의 밤』은 몇 년 전에 겪었던 우울증을 양손 펀치로 확 쫓아내버려줬고요, 슬럼가에서 취재를 하는 동안 『2666』을 읽게 된 건 작은 기적과도 같은 일이었지요.

경찰이 쫙 깔린 상황에서 집 없는 떠돌이 아이들이 폭력적인 죽음을 겪은 사건을 조사하느라 엉덩이에 불이 날 정도로 몰두하고 있던 중에, 『2666』의 '범죄에 관한 장'이라는 제목이 달린 부분을 읽게 되었죠. 그 대목은 군단과 불의에 대한 거의 범죄과학에 가까울 정도로 치밀하고 가차없는 설명(후아레스에서 있었던 가난한 여성들을 살해한 사건에 근거를 두고 쓴)으로 시작하는데, 타인의 비극에 주목하는 데 드는 심리적 비용과 외면하는 데 드는 사회적 비용에 대해 열성적으로 탐구해나가지요. 이 책의 그 부분이 저를 너무도 완벽하게 무장해제시켜서 아마도 두 번 다시 그 부분을 읽지는 못할 것 같아요. 제가 볼라뇨가 말하고자 했던 바의 부차적인 의미만을 파악한 게 틀림없다 하더라도 말이지요. 그 경험은 초등학교 3학년 때 읽었던 『시간의 주름』에서부터 싹튼, 제 삶에서 책과의 가장 내밀한 만남에서 생겨난 붙박이 같은 슬픔으로 오래도록 남을 것 같아요. 특정 시기에 가장 좋아했던 책을 다시 읽는 데는 그걸 덜 좋아하게 될 가능성이라는 위험이 따르기 때문에, 저는 제 기억을 손상시키지 않은 채로 보존하고 싶거든요.

저널리스트 지망자에게 독서 숙제를 내주는 임무를 맡게 되었다면, 목록의 맨 위에는 어떤 책이 올라가게 될까요?

레베카 웨스트의 『검은 양과 회색 독수리Black Lamb and Grey Falcon』, 애나 펀더의 『스태실랜드Stasiland』, 바버라 데믹의 『아무것도 부러울 게 없다』, 에이드리언 니콜 르블랑의 『무작위 가족』, 필립 구레비치의 르

완다 대학살에 관한 설명, 조 사코의 그래픽 르포르타주, 데이비드 사이먼과 에드 번스의 『코너The Corner』, 그리고 라이베리아 내전 동안 찰스 테일러를 만나려고 애쓰는 이야기가 들어 있는 데니스 존슨의 논픽션 모음집 『찾다Seek』를 넣고 싶습니다. 목록을 만들자면 끝도 없이 길게 만들 수도 있겠지만, 아마 리스트의 맨 마지막에는 캐스린 슐츠의 『오류의 인문학Being Wrong』을 집어넣을 것 같네요. 의심과 수정의 힘에 관한 책인데, 자기 확신의 결핍은 제가 가장 좋아하는 논픽션 작가들이 공통적으로 가지고 있는 요소인 것 같아요.

커티스 시튼펠드
Curtis Sittenfeld

여름 휴가철에는 어떤 책을 읽으십니까? 여름에 읽을 만한 추천 책이 있다면요?

몇 년 전 여름에 릴리 킹의 『비의 아버지Father of the Rain』를 읽었는데, 닉슨 대통령이 사임했던 여름에서 시작하는 소설이에요. 사실, 모래사장 위에서 보는 책장이 훌훌 넘어가는 그런 이야기는 아닙니다. 냉정하고 카리스마 있는 알코올중독자 아버지와 그 딸에 관한 이야기죠. 하지만 아주 잘 쓴 소설이고 흡인력이 강한 이야기입니다.

• 커티스 시튼펠드는 『사립학교 아이들Prep』『내 인생의 남자들The Man of My Dreams』『자매의 나라Sisterland』『퍼스트레이디American Wife』를 썼다.

간과되거나 과소평가된 작가들 가운데 가장 좋아하는 작가는 누구입니까?

1999년 가을, 제 스물네 살 생일에 아이오와에 있는 대학원을 다니기 시작했는데, 첫 워크숍에 여학생이 저 말고 한 명이 더 있었어요. 그녀의 이름은 수재나 대니얼이었는데, 우리는 곧 친한 친구가 돼서 같이 즐겁게 가십을 떠들어댔지요. 수재나는 놀라운 문장들을 쓸 줄 알았어요. 그녀의 두번째 소설 『바다 생물Sea Creatures』은 주로 남플로리다, 예술, 불면증, 결혼에 관한 이야기로, 책장이 빨리 넘어가는 지적인 책(네, 꿈의 조합이죠)이지요.

어떤 종류의 이야기에 끌리시나요? 피하는 이야기 종류는요?

제 첫 소설의 주제로 본다면 좀 역설적이긴 한데, 사립 기숙학교에 관한 책들은 피합니다. 작가가 구체적인 세부 사실을 틀리게 쓴다거나 환경을 희화화하면("우리 아빠가 그러는데 롤스로이스가 없는 가족은 가난한 거래!") 지루해져버리거든요. 하지만 세부 사실을 올바르게 쓰면 불편할 정도로 생각들이 마구 떠오르면서 어찌할 바를 모르겠어요. 그런 전제하에, 토비아스 울프의 『오래된 학교Old School』, 숀 월시의 『오 그 모든 것의 영광Oh the Glory of It All』(거기서 월시는 이 학교 저 학교 가는 곳마다 쫓겨나지요)이 정말 좋았어요. 그리고 곧 출간될 데이비드 길버트의 소설 『아들들& Sons』이 무척 기다려집니다. 『호밀밭의 파수꾼』 같은 책을 쓴 J. D. 샐린저 같은 작가에 관한 이야기라고 해요.(저는 작가들에 관한 소설도 피하는 편이지만, 이것도 역시 제 기준이 그렇다는 거지, 실제로는 꼭 그렇지만도 않은 거죠.)

회고록도 좋아하십니까?

지금 만화가 앨리슨 벡델이 쓴 『당신이 우리 엄마예요?Are You My Mother?』를 읽는 중이에요. 기대했던 것 이상으로 시야가 넓고, 단순한 이야기가 아니더라고요. 완전히 마음을 사로잡는 책입니다. 저보다 심리학에 대해 더 많이 아는 사람과 이 책에 대해서 토론을 해보고 싶어요.

자기계발서도 읽으십니까? 추천할 만한 책이 있다면요?

저는 시간 관리와 정리 정돈에 관한 책이라면 환장을 합니다. 몸무게가 300킬로그램이 나가는 사람이 다이어트 책에 집착하는 거랑 비슷한 거죠. 하지만 제가 가장 도움을 받았던 것은 사실 육아책인데, 『밤에 깨지 않고 잠자기: 어떻게 하면 신생아, 유아, 그리고 부모들이 밤에 잘 잘 수 있을까?Sleeping Through the Night』라는 책입니다. 조디 민델이라는, 저자 자신이 엄마이기도 한 수면 연구가이자 심리학 교수가 썼고, 깊이 신뢰가 가는 책입니다. 명료하고, 현실적이고, 지나치게 엄격하거나 비효과적일 정도로 부드럽지도 않고요.

선물로 받은 책 가운데 최고의 책은 무엇입니까?

지금은 학생들을 가르치고 있지 않지만, 전에 가르쳤던 학생 한 명이 자기 책을 출간해서 저한테 한 권 보내준 적이 있는데, 그걸 받을 때의 느낌은 정말 멋지더군요. 그게 작년이었는데, 그녀의 이름은 비앙카 잰더예요. 그녀의 놀라운 첫 소설 제목은 『저 아래 그 소녀The Girl Below』이고요. 뉴질랜드에서 10년간 지내다가 다시 런던으로 돌아와서, 자신의 과거와 연결된 이상한 사건들과 마주치게 되는 젊은 여자에 관한 이야기예요.

어떤 책으로부터 가장 큰 영향을 받았습니까?

최근에 읽은 『부모와 다른 아이들Far From the Tree』은 제가 지금까지 읽은 책들 가운데 가장 놀라운 책입니다. 요즘 계속 그 이야기만 하니까 남편이 『부모와 다른 아이들』 문신이라도 해야 하는 거 아니냐고 하더라고요. 그 책은 다양한 이유로—청각장애, 자폐, 트랜스젠더 성향—정체성이 자신의 부모와 아주 다른 아이들에 관한 이야기임과 동시에, 우리 사회가 어떻게 장애를 규정하고 차이들에 대해 반응하는지에 관한 이야기이기도 합니다. 앤드루 솔로몬은 매우 깊이 있는 공감을 보여주지만 또 아주 솔직하기도 합니다. 어떤 가족들에게는 그 도전들이 자신들이 가지고 있는 줄도 몰랐던 힘과 인내의 저장고의 마개를 열게 만들지만, 어떤 이들에게는 그 도전들이 그들의 삶을 망쳐버리기도 하지요. 그 책을 읽고 나서 많은 부모와 아이 들, 그리고 솔로몬에 대해서도 엄청난 감탄과 존경심이 생겼습니다. 그는 정말로 영리하고 공감 능력이 뛰어나며, 취재와 조사에서 꼼꼼하기가 그지없어요. 분명 그 책은 부모만을 위한 책이 아닙니다. 자녀 양육법에 관한 책이 아니라는 거죠. 그 책에 등장하는 어떤 "아이들"은 지금 자신의 과거를 돌아보는 어른이 되었습니다. 이 책은 정말로 우리 모두를 위한 책입니다.

하지만 주의사항을 일러두고 싶네요. 주석 빼고 700페이지짜리 책이라, 끝까지 읽는 데 몇 달이 걸렸어요(저는 전자책 기기가 없는데 종이책은 비행기에 들고 타기에도 너무 커요. 침대에서 읽을 때조차도 말이죠). 어느 날 여동생이 저한테 문자를 보냈더군요. "지금 나무에서 얼마나 왔어?"(원제 'Far From the Tree'에 빗댄 농담—옮긴이) 북 클럽에서 같이 읽으면 아주 좋을 책이라고 생각합니다. 정말 흥미로운 대화를 나눌 수 있을 것 같아요. 하지만 세 부분 정도로 분철을 해서 세 차례 정도 만나 이야기하면 좋을 듯해요. 챕터가 잘 나뉘어 있어서 그렇게 하기 쉬울 겁니다.

로라 부시가 당신이 쓴 대통령 영부인에 관한 픽션 『퍼스트레이디』를 읽으셨는지 혹시 아시는 바가 있나요?

한 인터뷰에서 그 질문을 받고 읽지 않았다고 하시더라고요. 저는 그 말이 사실이라고 생각합니다. 사람들이 저한테, "당연히 읽었지. 책을 얼마나 열심히 읽는 사람인데. 게다가 자기 이야기인데!" 하고 말을 합니다. 하지만 그렇게 대중의 시선을 오랫동안 받아오고 그토록 많이 노출되어온 가족의 한 구성원으로서, 그녀가 어떤 종류의 관심은 무시하는 기제를 발전시켜왔을 거라고 저는 생각합니다. 제가 그녀라면 안 읽을 것 같아요. 읽는다 해도 별로 좋아하지 않을 것 같고요. 설령 책 속 인물의 이미지가 긍정적이라고 하더라도 말이죠. 저한테는 그 책을 쓸 나름의 이유가 있었다고 믿지만, 실제 인물, 특히 현재 살아 있는 인물에 기초한 소설이 어째서 어떤 독자들한테는 속이 편치 않은 경험일지 이해가 가거든요.

유년기에 가장 좋아했던 문학 속 인물이나 영웅이 있나요?

저는 항상 『개구리와 두꺼비Frog and Toad』에 나오는 두꺼비와 저 자신을 강하게 동일시했어요. 특히 자기가 수영복을 입은 모습을 누군가가 웃기다고 생각할까봐 물 밖으로 나오지 않으려고 하는 이야기에서요. 그런 행동 때문에 두꺼비는 근처에 있던 도마뱀, 잠자리, 들쥐 등의 관심을 한몸에 받게 되죠. 어리석게도 두꺼비 스스로 제 문제를 만천하에 선전하고 만 셈이 된 거지요.

실망스럽거나, 과대평가되었거나, 신통치 않은, 좋아해야 마땅하지만 당신에게는 그렇지 않았던 책이 있습니까? 가장 최근에 끝내지 못하고 내려놓은 책이 있다면요?

『씩씩한 꼬마 기관차The Little Engine That Could』는 거의 읽기가 힘들 정도예요. 이야기가 반복적이고, 수다스럽고, 엉성해서요. 하지만 제 두 아이들은 제 의견에 찬성하지 않지요.

다음으로 어떤 책을 읽으실 계획입니까?

몇 개월 전에 NPR에서 애티카 로크라는 작가가 사신이 쓴 소설 『수확의 계절The Cutting Season』에 대해서 인터뷰하는 걸 들은 적이 있어요. 옛날에 노예농장이었다가 지금은 관광명소가 된 장소에서 일어난 의문의 살인사건에 관한 이야기라고 하는데, 그 얘길 들으니 궁금증이 마구 발동하더라고요.

웃음을 참을 수 없는 책

우디 앨런이 쓴 『깃털 없이』를 읽으면서 마냥 어린아이처럼 킥킥댔던 적이 있어요. 데이비드 세다리스의 『얼음 위에서 보낸 휴일』이나 퀜틴 크리스프의 『스타일 있게 사는 법』도 정말 웃겨요. **—리나 더넘**

웰스 타워의 첫번째 단편집에, 냉장고 뒤에서 나타나 쿠폰을 먹는 쥐에 관한 묘사가 있는데, 그 장면을 떠올리며 족히 열흘은 넘게 웃었지요. **—에마 톰슨**

K. J. 비숍의 『아로새겨진 도시』였죠. 저는 이런 문장이 나오면 정말 환장을 합니다. "그는 최근에 겪은 모험과 시련에 대해서 해줄 얘기가 아주 많았는데—특히, 그의 모험과 다른 사람들의 시련은 거의 불가피하게 연결되어 있었다—그가 이야기를 할 때면 유쾌한 악귀의 분위기를 풍겼다." **—주노 디아스**

『오베론 워의 일기』요. 화장실에 두고 읽고 있는데, 언제라도 낄낄거리며 즐기기 좋은 책이죠. **—조앤 K. 롤링**

현대 이탈리아 작가 조반니 과레스키가 쓴 '돈 카밀로 이야기' 시리즈인데요, 세 권으로 된 전집이에요. 이야기의 배경은 작은 이탈리아 도시고요 세 주인공이 나옵니다. 지방 신부 돈 카밀로, 시장 페포네, 그리고 돈 카밀로가 규칙적으로 조언을 구하고 응답을 듣는 교회의 예수 조각상이지요. 돈 카밀로와 페포네는 끊임없이 충돌하는데, 말로 싸우기도 하고 가끔 주먹다짐도 해요. 하지만 그 두 사람은 인간성이라는 상식에서 서로 함께합니다. 돈 카밀로 이야기는 애끓는 비극과 유쾌한 희극을 마구 오가죠. 과레스키 전집에서 다음 이야기를 시작할 때마다 그게 저를 울게 할지 웃게 할지 절대 미리 알 수가 없지요. **—재레드 다이아몬드**

브라질 소설가 시쿠 부아르키가 쓴 『엎지른 모유』요. 계급, 인종, 사랑, 그리고 정치사

에 대한 죽기 직전의 독백이 이렇게 웃길 권리는 없는데 말이죠. **—캐서린 부**

저는 유머를 아주 좋아해서 그 때문에 늘 마크 트웨인을 즐겨왔지요. 의심의 여지 없이 그는 펜을 든 작가들 가운데 가장 유머러스한 작가예요. **—존 그리셤**

이것도 세인트 오빈이 1등이에요. 저로서는, 조금이라도 저를 웃게 만들지 않는 작품을 훌륭하다고 단언할 수 있을 것 같지는 않습니다. **—마이클 셰이본**

앞서 언급한 우엘벡과 세인트 오빈 두 작가 모두 저를 웃게 만들지만, 세인트 오빈이 좀더 의도적으로 유머를 구사하죠. 크리스토퍼 히친스의 회고록도요. 거기엔 이런 문장도 나와요. "그 당시에 내 외모는 오직 여자들만이 나와 함께 침대로 가려고 할 정도로 형편없는 상태였다." **—제프리 유제니디스**

제니퍼 피니 보일런의 쉴새없이 재치가 번득이는 책 『어중간한 상태로 너희와 함께』 덕분에 수시로 크게 소리 내서 웃고 또 웃었어요. 트랜스젠더 부모인 자신의 경험에 관한 이야기인데요, 처음에는 아이들의 아버지였던 그녀가 나중에는 "엄빠"가 되는 걸로 끝이 나지요—완전히 엄마라고는 할 수 없지만 확실히 더이상 아빠도 아닌 거죠. **—앤드루 솔로몬**

요즘 영국의 정신분석가 필리파 페리가 쓴 『심리치료극장』이라는 논픽션 만화를 읽고 있어요. 그 책은 제가 읽었던 정신분석에 관한 책 가운데 최고의 단행본이라고 말할 수 있을 것 같습니다. 한 남자에게 정신분석을 하면서 그의 어머니나 여자친구와 생기는 일련의 문제들을 풀어내려는 시도를 하는데, 그 과정에 독자도 함께 참여하도록 유도하지요. 준코 그라트가 그린 그림과 말풍선을 곁들여서요. 끝없이 우리의 관심을 끌어당기고, 매번 깊숙이 폐부를 찔러 사유를 자극하는 책입니다. **—알랭 드 보통**

프랜신 프로즈

Francine Prose

지금 침대 머리맡에는 어떤 책이 놓여 있나요?

브라사이 사진집, 알랭 푸르니에의 『대장 몬느Le Grand Meaulnes』(새 번역본에서는 『잃어버린 땅Lost Estate』으로 제목을 바꿨더군요), 그리고 호세 로드리게스가 쓴 『강력 조치: 9/11 이후 CIA의 공격적인 조치들이 어떻게 미국인들의 목숨을 구했는가?Hard Measures』가 놓여 있어요.

언제, 어디서 책 읽는 걸 좋아하십니까?

교통량이 별로 없는 화창한 날, 뉴욕 주 고속도로를 달리는 차의 조

• 프랜신 프로즈는 『1932년의 파리, 카멜레온 클럽의 연인들Lovers at the Chameleon Club, Paris 1932』 『변화된 인간A Changed Man』 『파란 천사Blue Angel』 『안네 프랑크Anne Frank』 『소설, 어떻게 쓸 것인가Reading Like a Writer』 등의 책을 썼다.

수석에서 읽으면 좋지요.

최근에 읽은 책 가운데 정말로 훌륭하다고 생각했던 작품은 무엇입니까? 누군가에게 "이 책은 꼭 읽어야 해"라고 마지막으로 말했던 때를 기억하시나요?

피테르 나더쉬가 쓴 촘촘하고 음란하고 명석한 1100페이지짜리 소설 『평행 이야기Parallel Stories』요. 그 책을 읽은 지 1년도 더 지났는데 아직도 사람들한테 읽어보라고 선전하고 다녀요. 메이비스 갤런트의 단편들, 조 앤 비어드의 『제인즈빌에서In Zanesville』, 다이앤 아버스의 모음집, 마크 스트랜드가 최근에 쓴 산문시집 『거의 보이지 않는Almost Invisible』을 수많은 이들에게 읽어보라고 권하고 다녔고요.

스스로를 소설 애호가라고 생각하시나요, 논픽션 애호가라고 생각하시나요? 가장 좋아하는 문학 장르는 무엇입니까? 죄책감을 느끼면서 즐기는 책이 있나요?

저는 문장이라면 다 좋아하는 사람이에요. 진짜로 죄책감을 느끼면서 즐기는 책 말인가요? 아는 작가가 쓴 회고담에서 제가 아는 사람들에 대한 가십 부분만 골라서 훑어보는 거랍니다.

당신에게 가장 큰 영향을 주었던 책은 무엇입니까? 어떤 책이 작가가 되고 싶은 마음이 들게 했나요?

『백 년 동안의 고독』을 읽고 나서 하버드 대학원을 그만 다녀야겠다고 결심하게 됐어요. 그 소설이 박사 과정을 밟으면서 잊으려고 노력했던 모든 것을 다시 떠올리게 해줬죠. 고마워요, 가브리엘 가르시아 마르케스.

대통령께 단 한 권의 책을 권할 수 있다면, 어떤 책을 권하시겠습니까?

미국작가센터의 '글을 쓸 자유' 프로그램 지휘자인 래리 시엠스가 쓴 『고문 보고서: 9/11 이후에 만들어진 미국의 고문 기획에 대해서 문서들이 말하고 있는 것The Torture Report』이요. 하지만 대통령께서는 이미 그 책의 내용을 알고 계실 것이기에, 그분께 『안톤 체호프 단편 전집The Complete Stories of Anton Chekhov』을 권해드리고 싶네요. 체호프는 나와는 다른 사람이 된다는 게 어떤 것인지를 상상할 수 있도록 도와주니까요. 정치 지도자에게 유용한 기술이죠.

웃게 하는 책이 더 좋으세요, 울게 하는 책이 더 좋으세요? 교훈적인 책과 낯선 곳으로 데려가주는 책 가운데 어느 쪽을 더 좋아하시나요?

현실을 벗어나게 해주는 책이 더 좋아요. 울 일은 충분히 많으니까요. 제가 아끼는 책 가운데 어떤 책들—개스켈 여사의 『샬럿 브론테의 삶Life of Charlotte Brontë』, 코스톨라니의 『종달새Skylark』—은 거의 참기 힘들 정도로 슬퍼요. 저를 큰 소리로 웃게 만드는 책은 너무 드물어서 그런 책은 분명하게 기억을 하고 있죠. 헌터 톰슨의 『라스베이거스의 공포와 혐오Fear and Loathing in Las Vegas』, 아이리스 오언의 『클로드를 좇아서After Claude』, 제프 다이어의 『조나Zona』, 제스 월터의 소설 『아름다운 폐허Beautiful Ruins』에도 유머러스한 부분이 있죠. 이 책도 제가 친구들한테 읽어보라고 추천하는 책이에요. "마이클 딘이 주는 첫인상은 왁스로 만든 인간, 혹은 어쩌면 죽기도 전에 너무 일찌감치 방부 처리를 한 사람인 것 같다는 느낌이었다. 주기적인 얼굴 마사지, 포괄적인 피부 미용 관리, 진흙 목욕, 각종 미용시술, 처진 살을 끌어올려 집는 수술, 콜라겐 주입, 시술 후 상시적 손보기 진료, 인공 선탠, 보톡스 주사, 물혹 제거, 그리고 줄기세포 주사라는 그 모든 관리의 세월이 일흔두 살의 할아버지를 아홉 살짜리 필리핀 소녀의 얼굴로 만들었단 사실을 알아채기는 불가능할 것이다."

어렸을 때 가장 좋아했던 책은 무엇인가요? 모든 아이들이 읽었으면 좋겠다고 생각하는 책이 있나요?

『메리 포핀스』『마루 밑 바로우어즈The Borrowers』, 『화성 연대기The Martian Chronicles』『작은 아씨들』, 그리고 한스 크리스티안 안데르센의 동화들이요. 저는 아주 어린 나이에 책을 읽기 시작했어요. 판타지와 사실적인 이야기 사이를 왔다갔다할 수 있는 아이다운 능력과, 간간히 그 둘 사이의 차이를 구별 못하는 아이다운 무능력을 다 가지고 말이죠. 저는 책 속에서 살았어요. 책 속 인물들이 친구였죠. 특히 화성으로 이주한 우울한 지구인들이요. 제가 제 방에 있는 거라는 사실을 의식하게 되는 순간이 오면 어김없이 낙담하곤 했죠.

저는 모든 아이들이(미국 아이들이건, 다른 나라 아이들이건) 커다란 종이에 인쇄된 미국 헌법과 권리장전을 읽었으면 좋겠습니다. 제임스 마셜, 윌리엄 스타이그, 모리스 센닥은 그림책의 신들이죠. 어린아이가 있는 분들은 마셜의 『바보들The Stupids』과 스타이그의 『멋진 뼈다귀The Amazing Bone』를 놓치지 마세요.

실망스럽거나, 과대평가되었거나, 신통치 않은, 좋아해야 마땅하지만 당신에게는 그렇지 않았던 책이 있습니까? 가장 최근에 끝내지 못하고 내려놓은 책이 있다면요?

코맥 매카시의 『로드』를 열 페이지 정도 읽다가 (영원히) 내려놓고는 뭔가 입에 넣을 만한 간식거리가 있는지 찾으러 갔었죠. 제가 트롤럽을 못 읽는다고 고백할 때마다 사람들은 선의에서 제가 시도해볼 만한 트롤럽의 작품을 하나씩 제안해주곤 하는데, 이미 시도는 해볼 만큼 해봤지만 그때마다 그냥 읽어보겠다고 약속을 하죠.

쓰신 책들 가운데 가장 마음에 드는 책은 무엇입니까?

독자들은 『파란 천사』를 좋아하는 것 같아요. 저는 오래전에 찍어둔 가족 비디오나 제 어린 시절의 사진을 못 보는데, 제가 쓴 책도 두 번 다시 읽지를 못하겠어요. 비탄과 향수에 사로잡혀 바닥에 주저앉은 채로 마비돼버릴 것만 같아서요. 대부분의 작가들과 마찬가지로, 제가 가장 아끼는 작품은 지금 제가 쓰고 있는 소설이 아닐까 해요. '1932년 파리, 카멜레온 클럽의 연인들'이라는 제목의 소설입니다. 아직은 그 소설 속으로 완전히 빠져들어갈 수가 있어요. 책을 쓰려면 그렇게 돼야만 하죠.

최근에 누군가 개인적으로 추천한 책 중에 재미있게 읽은 책이 있나요? 누가 추천했고, 어떤 점에 끌려서 그 책을 손에 들게 됐나요?

남편이 『평행 이야기』의 단편들을 하염없이 소리 내어 읽는 통에, 제가 나머지를 다 읽어버리는 편이 낫겠다는 생각이 들었지요. 남편이 장담했던 것만큼이나 좋더군요. 이 말도 안 되는 책에 대해 이야기를 나눌 수 있는 상대가 있어서 우리 둘 다 기뻤죠. 결혼 상담사들은 고객 커플들한테, 엄청나게 길고 어렵고 기묘하게 재미있는 헝가리 소설을 같이 읽으라고 조언해야 해요.

다른 작가가 써줬으면 하는 한 권의 책이 있다면요?

시인 찰스 시믹이 '어리석음의 역사The History of Stupidity'라는 제목의 책이 있어야 한다고 말한 바 있죠. 그의 말에 따르면, 그건 세계에서 가장 긴 책이자 하나의 백과사전이 될 거랍니다. 그가 그 책을 쓸 것 같진 않으니, 누구든지 좀 써줬으면 좋겠네요.

고인이 되었거나 살아 있는 작가들 가운데 누구라도 만날 수 있다면, 누구를 만나고 싶습니까? 만나면 무엇을 알고 싶은가요?

아이작 바셰비스 싱어가 대략 이런 내용의 말을 한 적이 있어요. "톨스토이가 우리집 건너편에 산다 해도 그를 만나러 가지 않을 것이다." 그의 말이 무슨 뜻인지는 알지만, 저라면 제인 볼스나, 로베르트 발저, 고골, 카프카, 하인리히 폰 클라이스트의 집 건너편에 살면 좋을 것 같아요. 아니면 로베르토 볼라뇨가 경비원으로 일하는 스페인식 캠프장에서 살아도 좋고요.

다음으로 어떤 책을 읽으실 계획입니까?

조너선 디의 『천 번의 용서A Thousand Pardons』요. 교정쇄로 이제 막 받았어요. 다음으로 그걸 읽을지도 모르고, 아니면 치과 대기실에 있거나 장거리 비행기 여행을 하게 될 경우처럼 절실하게 읽을 필요가 생길 때까지 그냥 미뤄둘 수도 있고요.

읽지 않은 책에 관하여

톨스토이 책은 한 권도 못 읽어봤어요. 그 점에 대해서 마음이 늘 편치가 않았는데, 빌 시먼스가 칼럼에서 『위대한 레보스키』를 한 번도 읽어본 적이 없다고 고백한 걸 읽고 나선 맘이 좀 편해졌지요. 시먼스는 책이란 책은 다 읽은 사람이잖아요. 그의 말에 따르면, 누구나 위대한 문화적 시금석을 적어도 한 권쯤은 건너뛸 필요가 있답니다. **—맬컴 글래드웰**

지금 제 책장에 꽂혀 있는 셸비 푸트의 세 권짜리 남북전쟁사를 바라보고 있습니다. 어찌된 일인지 전체를 다 읽어보지는 못했네요. 토머스 하디의 소설도 대부분 못 읽어봤고요. 그렇다고 해서 당황하거나 한 적은 없지만요. 그의 시는 많이 읽어보고 좋아했지만, 소설은 저한테는 그냥 너무 슬퍼요. **—도나 타트**

책을 끝까지 읽지 않고 내려놓는 문제에서는, 뭔가 오는 게 없을 때도 줄곧 읽기엔 제가 지금 나이가 너무 많아요. 누군가에게 해를 입히는 일도, 구린 일도 아니고, 그저 상호 긴장 완화를 추구하는 것이죠. 읽지 않은 고전에 대해서도, 저는 제 독서 활동에서 수치심을 몰아내려고 노력합니다. 제가 읽고 싶어하는 것보다 위대한 책들이 어마어마하게 더 많다는 것은 이 생에서의 기쁨의 원천이고 인간 문명을 옹호하는 시각에서 본다면 그 문명의 무게가 되겠죠. **—조너선 레덤**

아, 그럼요. 데이비드 로지의 굴욕 게임이라면 제가 챔피언일 겁니다. 너무 많으니까요. 하지만 『전쟁과 평화』를 들지요. **—리처드 도킨스**

『모비 딕』이요. **—앤드루 솔로몬**

디킨스의 『황폐한 집』입니다. 대체 왜 그랬을까요? 『미들마치』까지 다 읽은 제가요! 그러니 이제 제 이야기에 그만 귀 기울이셔도 돼요. **—게리 슈테인가르트**

훌륭한 러시아 작가들의 작품을 하나도 못 읽어봤어요. 실은, 러시아나 러시아 문화나 러시아 역사에 그다지 큰 흥미가 없어요. 전혀요. 왜 그런지 누가 알겠어요? 아무튼 여기서는 누구든지 한두 번은 바보가 되는 것 같더라고요.

—제임스 맥브라이드

할레드 호세이니
Khaled Hosseini

지금까지 읽은 책 가운데 가장 아끼는 책은 무엇입니까?

『하페즈 시선집Poems of Hafez』인데 『디반 하페즈Divan-e-Hafez』라고도 해요. 페르시아 언어권에서 추앙받는 하페즈는 저한테는 최고의 페르시아 시인입니다. 철학, 신비로운 사랑, 대담한 반체제 선언들로 구성된 그의 운문은 언제나 저를 매료하는 풍부한 이미지와 마술적인 리듬으로 가득차 있습니다. 그의 진심 어린 가잘(각 행의 운이 같은 페르시아의 서정시—옮긴이)은 저를 감동시키지 않은 적이 단 한 번도 없지요. 학창 시절에 읽었을 때와 똑같이 지금도 그렇습니다.

• 할레드 호세이니는 『연을 쫓는 아이The Kite Runner』 『천 개의 찬란한 태양A Thousand Splendid Suns』 『그리고 산이 울렸다And the Mountains Echoed』를 썼다.

이상적인 독서 경험에 대해서 말씀해주세요.

오랜 시간 동안 읽을 수 있는 유일한 두 장소는 비행기와 밤의 잠자리지요. 저는 종이책을 읽어요. 전자기기의 유혹으로부터 완전히 거리를 두려고요.

가장 좋아하는 작가는 누구입니까?

J. M. 쿳시, 제니퍼 이건, 헤밍웨이, 엘리자베스 스트라우트, 줌파 라히리, 데이브 에거스, 이언 매큐언, 데이비드 포스터 월리스, 주노 디아스, 커트 보네거트, 앨리스 먼로(먼로는 단편 작가지만 그녀의 많은 작품들 속에 장편의 포물선 구조가 집약적으로 들어 있거든요)입니다.

아프가니스탄에 대한 책을 추천하신다면요?

타밈 안사리의 『카불의 서쪽, 뉴욕의 동쪽West of Kabul, East of New York』, 파리바 나와의 『아편 공화국Opium Nation』, 세라 체이스의 『미덕의 대가The Punishment of Virtue』, 크리스티나 램의 『헤라트의 바느질 모임 친구들The Sewing Circles of Herat』, 아티크 라히미의 『인내의 돌The Patience Stone』, 로리 스튜어트의 『사이의 공간The Places in Between』, 그리고 제이슨 엘리엇의 『예기치 않았던 빛An Unexpected Light』을 추천하고 싶습니다.

10년 넘게 의사로 일하셨지요. 의사로서의 훈련과 경험이 작가로 일하는 데 끼친 영향은 무엇인가요?

다음은 의대와 레지던트 과정을 통과하는 데 필요한 덕목들이지요. 자기통제, 인내, 끈기, 기꺼이 잠을 포기하는 것, 가학-피학 성향에 대한 애호, 믿음과 자신감의 위기를 견뎌내는 능력, 피로를 삶의 현실로 받아들이는 것, 확실히 도움이 되는 카페인 중독, 끝이 온다는 한결같은 낙관주의.

소설가가 되기 위해서 필요한 자질도 똑같죠.

간과되거나 과소평가된 작가들 가운데 가장 좋아하는 작가는 누구입니까?

작가들 사이에서는 충분히 평가받지 못했다고 생각하지 않지만, 앨리스 먼로는 독자들 사이에서는 충분히 읽히지 않은 작가의 대표급이죠. 이 살아 있는 전설이 보다 더 많은 독자들에게 읽히지 않는다는 사실에 놀라는 게, 오히려 이제는 거의 진부한 일이 됐죠.

어떤 종류의 이야기에 끌리시나요? 피하는 이야기 종류는요?

잘 만들어진 이야기이고, 정서적인 충격을 주고, 뭔가 추리물 같은 느낌을 주는 소설이라면 어떤 종류건 좋아합니다. 일단 그런 전제하에, 판타지나 과학소설을 읽은 지는 좀 오래됐군요.

당신의 책장에 있는 책들 가운데 우리가 보면 놀랄 만한 책은 무엇일까요?

땡땡의 모험 시리즈요. 『남자는 왜 젖꼭지가 있을까?Why Do Men Have Nipples?』 『세계대전 ZWorld War Z』 『나도 레보스키, 너도 레보스키: 삶, 위대한 레보스키, 그리고 당신이 가진 것I'm a Lebowski, You're a Lebowski』. 마지막 책은 말할 것도 없이 화이트 러시안(커피, 보드카, 크림을 넣어 만든 칵테일 이름. 꿈도 직업도 없는 주인공 제프리 레보스키가 늘 손에 들고 다니는 칵테일이다—옮긴이) 제조법이 같이 나오는데, 컬트 클래식

팬한테는 필독서죠. 단지 제 의견일 뿐이긴 하지만요.

선물로 받은 책 가운데 최고의 책은 무엇입니까?

소년 시절이었던 1970년대 중반, 카불에서 살 때, 아버지께서 『화이트 팽』의 페르시아어판을 사주신 적이 있습니다.

어떤 책으로부터 가장 큰 영향을 받았습니까?

마지막으로 읽은 지 오래됐지만, 고등학생 시절에 『분노의 포도』를 처음 읽었을 때 그 책이 저한테는 정말 강렬하게 각인되었어요. 필사적으로 살아남으려는 이주 노동자들의 고투의 어떤 부분이 아프가니스탄의 제 고향 사람들이 겪는 고투를 떠올리게 하더군요. 지금도 아프가니스탄을 방문해서 걸어서 이리저리 생활 터전을 옮겨가며 살아가는 가족들이 일자리, 집, 정착할 곳을 찾으려 애쓰는 모습을 볼 때면, 아직도 스타인벡의 그 걸작을 떠올리게 됩니다. 그리고 그 마지막 장면, 모르는 사람에게 젖을 먹이는 로저샨Rose of Sharon을 말이지요. 그 장면은 아직도 제 마음 깊숙이 울림을 주는 장면이에요.

대통령께 단 한 권의 책을 권할 수 있다면 어떤 책을 권하시겠습니까?

감사하게도, 이 특별한 대통령은 이미 책을 충분히 읽으신 분 같아서 저한테서는 권장도서 목록을 받을 필요가 없을 것 같습니다.

어린 시절, 주변에 책이 많았나요? 어렸을 때 누군가가 책을 읽어준 기억이 있습니까?

어렸을 때는 제 주위에 루미, 하페즈, 그리고 오마르 하이얌의 책들이 많았습니다. 카불에 계시는 부모님께서는 집에 모든 전집을 다 가지고 계셨죠. 어렸을 때 저한테 책을 읽어준 사람은 아무도 없었어요. 아버지나 할아버지께서 잠자리에 들기 전에 옛날이야기들을 해주시긴 했지만, 책은 대부분 침대에서 저 혼자 읽었지요.

유년기에 가장 좋아했던 문학 속 인물이나 영웅이 있었나요?

페르시아의 보석 같은 고전 시들 가운데 하나인, 11세기 페르도브시의 시집 『샤나메shahnameh』(왕들의 책)에 나오는 위대한 전사이자 비극적인 인물인 소랍입니다. 그는 위대한 전사 로스탐의 아들인데 둘은 한 번도 만난 적이 없지요. 소랍은 자기 아버지에게 영광을 돌리고 왕관을 쟁취해 가져다주기 위해서 군대를 이끌고 출정을 하고, 비로소 전장에서 아버지와 대면을 하게 되지요. 그 이야기의 마지막 장면, 자신의 칼로 치명적인 상처를 입힌 남자가 자신의 아들이라는 사실을 알게 된 순간, 그의 죽어가는 몸을 붙들고 있는 로스탐. 그 장면이 담아낸 강렬한 정서적 타격은 그 어떤 이야기와도 견줄 수 없는 것이었죠.

실망스럽거나, 과대평가되었거나, 신통치 않은, 좋아해야 마땅하지만 당신에게는 그렇지 않았던 책이 있습니까? 가장 최근에 끝내지 못하고 내려놓은 책이 있다면요?

물론 많지요. 하지만 저는 좋은 사람이에요. 아니, 사실대로 말하자면, 겁쟁이예요. 아, 그래요, 말하지요. 『호밀밭의 파수꾼』입니다. 됐죠?

고인이 되었거나 살아 있는 작가들 가운데 누구라도 만날 수 있다면, 누구를 만나고 싶습니까?

공교육에서의 창조론과 진화론에 관한 전형적인 논쟁을 담은 비디오를 하나 다운로드한 다음, 19세기로 시간여행을 해서 찰스 다윈 앞에서 그걸 틀어줄 겁니다. 그에게 자신이 무엇을 촉발했는지 보여주는 거지요. 그런 다음에, 그의 반응을 보고 싶네요.

문학 속의 인물 가운데 누구라도 만날 수 있다면 누구를 만나고 싶으세요?

『왓치맨』의 맨해튼 박사요.

다음으로 어떤 책을 읽으실 계획입니까?

이사벨 아옌데의 『마야의 노트북Maya's Notebook』을 읽을 겁니다.

좋아하는 인물과 문학 영웅

토니 모리슨(『가장 푸른 눈』)이 저를 침대에서 벌떡 일어나게 만들었죠. 리처드 라이트(『깜둥이 소년』)는 버스를 타고 학교로 가던 저와 동행했고요. 하지만 하퍼 리는(『앵무새 죽이기』) 밤에 잠드는 걸 도왔죠. —**제임스 맥브라이드**

제인 에어가 아직도 제가 가장 좋아하는 인물이에요. 그녀의 솔직함이 때로는 저를 웃게 만들었지요. 그녀의 외로움과 자기 앞길을 혼자서 개척해나가야 하는 상황은 저 자신의 감정을 비춰줬고요. —**에이미 탄**

물론 안드레이 볼콘스키 공작이죠. 서배스천 플라이트도요. 내 자신이 아등바등 살아가는 중산층이자 뉴욕 물을 좀 먹은 농사꾼 후손이 아니라 구시대의 어중간한 귀족이라는 착각에 빠져서 괴로워했었지요. —**앤드루 솔로몬**

오랫동안 멀리서 모리스 웨스트를 존경해왔습니다. 어느 칵테일파티에서 아주 잠깐 그를 만난 적이 있었어요. 다음날 아침에 그의 대리인이자 저의 사적인 친구가 전화를 해서 이렇게 말하는 거예요. "메리, 대체 어디로 사라져버린 거야? 파티가 끝나고 모리스가 '이제 메리 클라크를 찾아서 저녁식사를 하러 가지' 그랬는데 말이야." 저 자신을 죽여 버리고 싶었죠. 그때 저는 파티장을 몰래 빠져나와서 은퇴 교사들을 위한 만찬모임에 갔었거든요. —**메리 히긴스 클라크**

존 업다이크의 토끼 연작에 나오는 해리 앵스트롬이요. 네 권의 소설을 통해서 개인적인 품위를 더듬어 찾아나가다가 끝내 어떤 조짐만을 보여준 채로 이야기가 끝나지요. 『토끼, 휴식을 취하다』를 다 읽고 나서는 업다이크한테 팬레터를 썼습니다. 업다이크가 어떻게 매일 아침 일어나 그토록 슬픈 책을, 특히 그가 그렇게 놀랍도록 친밀하게 알고 드러냈던 인물에 대한 책을 쓸 수 있는 힘을 찾았는지 이해가 안 간다고 말했지요. 그건 사랑하는 친구를 교수대에 보내는 것과 같다고요. 하지만 30년에 걸

쳐 토끼를 복잡하게 연주해낸 것은 실로 엄청난 성취지요. —스콧 터로

저는 복잡한 반反영웅을 좋아하는 편입니다. 프루스트의 샤를뤼스, 발자크의 보트랭, 볼라뇨의 『2666』에 나오는 한스 라이터(아르킴볼디), 『미스 론리하트』에 나오는 쉬라이크, 『핏빛 자오선』에 나오는 판사, 『인식』에 나오는 렉탈 브라운. 제가 저런 인물을 그려낼 수 있냐고요? 글쎄요, 정말로 운이 좋아야겠죠. —레이철 쿠시너

힐러리 맨틀
Hilary Mantel

작년에 읽은 책 가운데 가장 좋았던 책은 무엇입니까?

"가장 좋다"는 말을 좀 확장해서 이야기해야겠네요. 저한테 개인적인 차원에서 중요한 독서가 있었어요. 심리학자 앨리스 밀러가 쓴 책들을 읽고 있는데, 길이도 짧고 쉽게 읽히지만 그 내용이 함의하는 바가 충격적이에요. 그래서 두 시간 동안 읽었지만 그 내용에 대해서는 일생에 걸쳐 생각하게 됐지요. 그저 즐겁게 읽었다는 의미에서 "가장 좋은" 책은 케이트 앳킨슨의 새 소설 『라이프 애프터 라이프Life After Life』라고 할 수 있을 거예요. 기발하고 어마어마하게 에너지가 넘치는 소설입니다. 소설가가 최상의 기량을 발휘하는 모습을 보는 건 정말

• 힐러리 맨틀은 『울프 홀Wolf Hall』 『튜더스, 앤불린의 몰락Bring Up the Bodies』 등을 썼고, 단편집 『마거릿 대처 암살The Assassination of Margaret Thatcher』을 냈다.

신나는 일이에요. 읽었던 책을 다시 읽은 것도 있는데, 저한테는 매우 중요한 경험이었어요. 작년에 키스 토머스의 『종교와 마술, 그리고 마술의 쇠퇴Religion and the Decline of Magic』에 서문을 쓰기로 되어 있어서 차분히 책상 앞에 앉아서 다시 읽었지요. 정말 기념비적인 책입니다. 페이지마다 보물이 살아 숨쉬고 있지요. 아마도 지금까지 살아오는 동안 다른 사람들한테 가장 열성적으로 권한 책일 겁니다. (물론 엄선한 사람들한테만 권했지요. 역사에 관심이 있고, 놀라움과 재미에 대한 감각이 좀 발달한 사람이어야만 하니까요.)

이상적인 독서 경험에 대해서 말씀해주세요(언제, 어디서, 무엇을, 어떻게 읽는지).

불과 몇 미터 떨어진 곳에서 파도가 철썩거리는, 데번 바닷가에 있는 제 아파트에서 해가 드는 창가에 앉아 미소를 지으며, 세라 워터스의 『핑거스미스Fingersmith』같이 엄청나게 몰입이 잘되는 소설을 골라드는 거죠. 처음 읽는 책일 경우에는 마치 어린아이처럼 온몸에 전율을 느끼면서 빠져드는 그런 책을 말이지요. 제가 꿈꾸는 날에는, 시간 제약도 없고, 읽어야 할 이메일이 쌓여 있지도 않고, 저녁식사가 마치 보이지 않는 손이 가져다놓은 것처럼 허공 위의 식탁보에 차려져 나오겠지요. 실제로는 절대 일어날 수 없는 일이죠. 현실에선 기차에서 시간을 쪼개 읽거나 늦은 밤에 읽거나, 아니면 분명한 목적으로 계획을 세운 뒤에 손에 펜을 들고는 잔뜩 찌푸린 얼굴로 집중해서 읽으니까요. 하지만 좀더 생각해본다면, 제가 꿈꾸는 독서 경험은 시간여행을 포함한 것일 듯하네요. 열네 살 때로 돌아가서, 공공도서관의 성인용 도서 코너로의 입장이 허용되는 오렌지색 티켓을 손에 들고 말이지요. 모든 게 제 앞에 펼쳐져 있고, 저는 소설가들이 하는 구차하고 작은 타협 지점들에 대해서도 전혀 알지 못하겠지요. 많은 논픽션 책들이 이전 다른 작가들 책의 재탕에 불과하다는 걸 몰라야 할 거고요. 모든 걸 새로운 눈으로 바라보겠지요. 영광을 좇으면서 말이죠.

소설 외에 회고록도 쓰셨지요. 좋은 회고록은 어떤 겁니까? 최근에 나온 회고록 가운데 추천할 만한 게 있다면요?

최근에 나온 건 아니지만 로나 세이지가 쓴 『불화Bad Blood』를 추천하겠습니다. 섬뜩할 정도의 직관력을 가진 유년 시절과 사적인 삶에 대한 회고담입니다. 그 책을 읽는 동안에는 마치 작가가 저에게 이야기를 하고 있는 것처럼 느껴졌어요. 그래서 저도 되받아 이야기를 했지요(적어도 머릿속으로는 말이지요). 회고록은 쉬운 형식이 아닙니다. 불행하게도 초보자를 위한 글은 아니죠. 많은 글쓰기 초보들이 거기서 시작하지만 말이에요. 중간 매개가 없는 진실이란 게 별로 그럴듯하지도 않고 마치 꾸며낸 이야기처럼 들리는 경우가 많다는 사실을 초보자가 받아들이기는 쉽지 않죠. 다른 사람들이 당신의 삶에 대해 관심을 갖게 만들려면 기술이 개입되어야 합니다. 작가는 자신의 기억을 통해서, 그리고 독자와의 타협을 통해서, 흐름을 방해하지 않으면서도 이게 유일한 진실을 기록한 것일 수 없으며, 그러니까 단지 한 사람의 시각으로 본 것일 뿐이라는 식의 신중한 태도를 견지하는 방법을 찾아야 합니다. 회고록을 쓰는 것은 자신을 대면하는 과정이기 때문에 준비가 됐을 때 써야 하죠.

특별하게 끌리는 종류의 이야기가 있습니까? 피하는 이야기 종류는요?

말하기 슬프지만 저는 액션이 좀 들어간 게 좋습니다. 사랑 이야기는 지루해요. 저는 싸우는 걸 원합니다. 지나치게 세세한 이야기나, 섬세한 감각을 지닌 여인들의 안개 같은 머릿속에 들어가서 머무는 건 별로예요. (제인 오스틴은 아주 좋아하지만요. 그녀는 너무도 빈틈없이 실질적인 사람이니까요. 매 단락마다 현금이 짤랑거리는 소리를 들을 수 있지요.) 마법적인 게 살짝 들어간 건 받아들일 수 있지만, 저한테는 리얼리즘이 더 매력적이고 도전적이에요. 표면에 관심을 기울이는 게 제게는 도전입니다. 깊숙이 파는 게 아니라요. 저는 미래가 아니라 과거에 관한 소설이 좋습니다. 가벼운 읽을거리로는 현재에 관한 소설이 좋지만 그냥 신문의 연장선상에 있는 읽을거리로 생각하지요.

당신의 책장에 있는 책들 가운데 우리가 보고 놀랄 만한 책이 있다면요?

크리켓에 관한 책 한 무더기일 거예요. 크리켓의 역사에 매혹됐거든요. 경기 통계학으로 말하는 책이지만, 산문 스타일도 상당히 괜찮아요. 제 머릿속에는 제1차 세계대전 전에 끝난 게임을 하고 있는 흰 유니폼을 입은 남자 유령들이 가득하답니다.

자기계발서를 읽으십니까? 추천할 만한 책이 있나요?

저는 지속적인 자기발전에 헌신하는 자기계발의 여왕이에요. 제가 가지고 있지도 않은 문제들에 관한 책도 읽는답니다. 혹시나 제가 강박충동장애나 여러 종류의 심한 공포증이 생길 때를 대비해서 말이지요. 물론 추천할 건 없습니다. 뭔가 유용한 책을 발견한다 해도, 혼자서만 몰래 득을 보려고 아무한테도 말하지 않을 거니까요.

선물로 받은 책 가운데 최고의 책은 무엇입니까?

아홉 살 때 크리스마스 선물로 약간 축약된 판본의 고전 세트를 받았고, 열 살 때 또 같은 걸 받았어요. 어머니께서 우편 카탈로그를 통해서 주문한 거였지요. 우리집에는 책이 별로 없었기 때문에 선반 하나를 다 채우는 게 신기해 보였죠. 평범한 색의 천으로 된 장정이었고 그림은 하나도 없었어요. (딱 제가 좋아하는 스타일이죠. 나만의 그림을 만들어낼 수 있으니 오히려 고맙지요.) 바로 그때 로버트 루이스 스티븐슨에 매료되었고, 디킨스를 좋아하는 데는 실패했고, 브론테 자매를 만나게 됐지요. 그 전집은 참 영리하게 편집한 축약본이기도 했어요. 나중에 원전을 읽고 나서 깨닫게 됐죠. (당혹스런 부분이 없는 『제인 에어』를 한번 상상해보세요.)

당신에게 가장 큰 영향을 미친 책은 무엇입니까?

너무 경건하고, 독창적이지도 않고, 잘난 체하는 걸로 들린다면 죄송하지만, 그 어떤 책도 제가 열 살 때 손때를 묻히기 시작해서 너덜너덜해진 『셰익스피어 전집Complete Works of Shakespeare』만큼 저에게 중요했던 책이 없습니다. 그전에는 아주 오래된 학교 교과서에서 찾아낸 『줄리어스 시저』의 한 장scene을 읽었을 뿐이었어요. 그걸 읽고 나서 제가 읽은 것들 가운데 단연 최고라고 생각했는데, 희곡이 한가득 들어 있는 두툼한 책이 있다는 사실을 알게 됐을 때는 기쁨으로 거의 폭발할 지경이었지요. 제가 좀 이상한 아이였거든요.

책을 써서 가장 좋은 점은 무엇입니까?

4분의 3정도 쓰고 났을 때 저만치 끝을 향해 가는 길이 훤히 내다보이는 지점에 서면, 마치 컴컴한 길 위에 빛이 마구 쏟아져내리는 것 같은 순간을 맛보게 되지요. 하지만 그 쾌락에는 양날의 칼이 있습니다. 이 지점부터는 건강도, 인간관계도 돌보지 않는 비인간적인 시간을 보내면서 일을 하게 될 테니까요. 마치 성난 황소처럼 그 길을 뚫고 앞으로 달려가기만 하겠지요.

가장 어렵거나 즐겁지 않을 부분은요?

첫번째 총수정 작업에 들어가기 전에는 숨을 깊게 들이쉬어야만 합니다. 전에는 그 일을 차일피일 뒤로 미루는 저 자신이 싫었지만, 지금은 그게 현명한 것일 수 있다고 생각합니다. 내가 해놓은 일에 대해서 경건한 두려움을 가지고 잠시 멈춰 서서, 겁을 집어먹은 탓에 아예 그걸 망가뜨려버리지 않도록 마음을 단단히 다잡을 필요가 있으니까요.

어렸을 때 누군가가 책을 읽어준 기억이 있습니까?

저의 가족은 공식 교육을 충분히 받지 못했지만, 저는 3대가 같이 사는 집안의 유일한 아이였다는 점에서 충분히 운이 좋았죠. 이웃에는 이모들과 다 자란 사촌들이 살았고요. 그래서 제게 기꺼이 책을 읽어주려는 사람들이 많았죠. 저한테는 들은 내용을 그대로 기억해서 암송할 줄 아는 능력이 있었어요. 꼭 문자 사용 이전 시대의 사람 같았지요. 게다가 저를 위해서 열심히 책을 읽어주는 노예들이 있었으니

스스로 글을 깨치려는 노력을 할 필요가 없었던 거죠. 맘만 내키면 문단을 외울 수도 있었으니까요. 저는 늘 아서 왕과 원탁의 기사 이야기를 읽어달라고 했어요. 다른 건 별로 안 좋아했고요. 그건 제가 학교에 들어갈 무렵 별난 어휘와, 한정되긴 했지만 전쟁에 관한 시야를 가졌다는 걸 의미했지요.

어렸을 때 가장 좋아했던 문학 속 인물이나 영웅이 있나요?

아홉 살인가 열 살 때쯤 일단 아서 왕을 추방하고 나서 제가 투영하며 살아간 인물은 『납치』(『보물섬』과 『지킬 박사와 하이드 씨』의 저자 로버트 루이스 스티븐슨이 쓴 책—옮긴이)의 두 남자 주인공, 예의범절에 엄격한 젊은 데이비드 볼포와 풍운아 무법자 앨런 브렉이었어요. 데이비드를 통해 제가 배운 교훈은 집을 떠나서 세계로 나가, 자기 자신이 되어야 한다는 것이었지요. 또 내가 만나게 될지도 모르는 롤 모델이 아무리 그럴듯해 보이지 않더라도 얕잡아 보면 안 된다는 것도요. 여자가 되는 것에 대해서 저한테 뭔가를 가르쳐준 그 비슷한 이야기는 못 찾았고요.

응접실 탁자 위에는 무슨 책이 놓여 있나요?

저희 집 탁자 위에는 신문 외에는 아무것도 없어요. 저는 신문 중독이라, 두꺼운 일요일자 부록을 한 주 내내 읽습니다. 저는 그냥 신문 기사 이야기가 좋아요. 그러니 오래된 신문이라도 상관 안 하고 읽죠. 지칠 줄 모르는 불굴의 칼럼니스트들이 존경스럽습니다. 하지만 그들이 두어 가지의 단순하기 짝이 없는 사실과 독창적이지 않은 한 가지

견해를 가지고 800단어를 얻어내느라 고군분투하는 모습을 지켜보는 데서 악의적인 즐거움을 느끼는 습관이지요.

실망스럽거나, 과대평가되었거나, 신통치 않은, 좋아해야 마땅하지만 당신에게는 그렇지 않았던 책이 있습니까? 가장 최근에 끝내지 못하고 내려놓은 책이 있다면요?

저한테는 디킨스가 안 먹힙니다. 훌륭한 어떤 것을 놓치고 있다는 걸 저도 압니다. 모두가 그렇게 말하니까요. 하지만 어렸을 때도 그에게 마음을 못 붙였고, 그의 훈계조 어투나 밀어붙이기식 감상주의, 그리고 역시 감상적인 껄껄거리며 말하는 유머까지 도무지 참아낼 수가 없었어요. 조지 엘리엇도 그다지 좋아하지 않는데, 그건 아마 제가 아프리카에서 10대들의 기초 영어 시간에 『사일러스 마너Silas Marner』를 가르쳐야 했기 때문일 거예요. 가르치는 내내 그 점에 대해서 사과를 하고 싶은 마음이 떠나질 않았죠. 그리고 아직도 헨리 제임스를 읽어내려 애쓰고 있습니다. 지금은 윌리엄과 앨리스가 더 맘에 들지만, 점점 헨리를 좋아하게 될 것 같아요. 저는 한 페이지만 읽고서 책을 내려놓는 것도 괜찮다고 믿습니다. 세상에는 우리를 즐겁게 해줄 책이 너무도 많은데 무엇 때문에 우리 뇌에 반하는 쪽으로 애를 써야 합니까? 널리 숭배받는 작가에 대해서는 집요하게 시도를 하면서도, 늘 자신에게 수수께끼를 던지는 작가들에게로 돌아가야 합니다. 스무 살에 아이비 콤프턴버넷을 시도한 적이 있는데 잘 받아들여지지 않더군요. 이렇게 생각했더랬죠. "글을 쓸 줄을 모르는군." 6년 뒤에 다시 돌아가서 시도했는데 멈출 수가 없더군요. 그 어떤 20세기 소설가도 제 마음

속에 이토록 가깝게 다가오지는 못했죠.

고인이 되었거나 살아 있는 작가들 가운데 누구라도 만날 수 있다면, 누구를 만나고 싶습니까? 저자에게 편지를 써본 적이 있습니까?

물론 우리의 오랜 아버지 셰익스피어죠. 작가들한테 질문을 하는 것에 대해서는 회의적입니다. 그저 하루 동안 그를 따라다니면서 일상생활이 어떤지 보고 싶어요. 물론 저는 투명인간일 거고요. 그를 놀라게 하고 싶지는 않아요.

다음으로 어떤 책을 읽으실 계획입니까?

연로하신 부모님한테 거꾸로 부모 역할을 해야만 하는 삶의 단계에 이르고 보니까 가족에 대해서 많은 걸 생각하게 되더군요. 그래서 앤드루 솔로몬의 『부모와 다른 아이들』을 읽기 시작했지요. 그다음엔 프랜시스 스퍼포드의 『잘못이 없는: 왜 그 모든 것에도 불구하고, 기독교가 아직도 놀라운 정서적인 의미를 만들어낼 수 있는가 Unapologetic』를 읽을 겁니다.

대통령이 읽어야 할 책

『섹스』라는 책이 있는데 누구든지 읽으면 도움이 될 거라고 생각합니다. 오바마 대통령이 노래 부르는 걸 들은 적이 있는데, 그걸로 짐작해보면 그분은 이미 그쪽으로 꽤 통달하신 것 같기도 하지만 말이에요. **—리나 더넘**

제 책 가운데 하나를 권하고 싶네요. 기자회견 때 답변하고 싶지 않은 정말 불편한 질문을 받은 날 읽으시면 더 좋겠군요. 그래서 이런 얘기로 기자들의 주의를 딴 데로 돌리는 거죠. "경제요? 이란 폭격? 뭘 가? 아시다시피 예전에 제가 닐 게이먼이라는 작가가 쓴 정말로 대단한 책을 읽었거든요. 여기 계신 분들 가운데 혹시 그 책을 읽어보신 분 안계신가요? 『신들의 전쟁』 말이에요. 그러니까 1장 끝부분에 나오는 그 장면 말이지요…… 거기서 대체 무슨 일이 벌어지고 있는 겁니까?" **—닐 게이먼**

제 책을 한 권 읽어보라고 하고 싶습니다. 그 밖에 어떤 다른 책을 권하겠습니까? 제가 무슨 이타주의자라고요. 어느 책을 읽을지는 직접 고르면 되고요.
—리처드 포드

에드워드 애비의 『멍키렌치 갱』을 권하고 싶습니다. 분명 그 책이 오바마 대통령을 순환고속도로에서 건져줄 겁니다. **—칼 하이어센**

대통령께서 제임스 볼드윈을 읽었을 거라고 확신하지만, 『조반니의 방』은 놓쳤을 수도 있을 겁니다. 헤아리기 힘들 만큼 기막힌 슬픔에 관한 단편소설이죠. 대통령께서 꼭 읽어봐야 하는 소설입니다. 만약 이미 읽으셨다면 다시 읽으셔야 합니다(어쩌면 그럴 확률이 더 크겠네요). 동성애자들의 인권을 위해 자신이 가진 권력을 총동원해서 뭐라도 하도록, 동성애자들의 인권이 곧 시민권 문제라고 분명하게 말할 수 있도록 그분의 생각을 단단히 붙들어줄 것이기 때문입니다. **—존 어빙**

공중의 이익을 위해서, 그분께 시에 한번 빠져들어보시라고 하고 싶네요. 그분께 잘 맞는 시는 제임스 펜턴의 작품일 것 같다는 생각이 듭니다. —**이언 매큐언**

마키아벨리의 『군주론』을 권할 것 같습니다. 마키아벨리는 목적이 수단을 정당화한다고 생각하는 비도덕적인 냉소주의자로 여겨지는 바람에 오늘날 외면당하는 경우가 많지요. 사실 마키아벨리는 권력의 한계와 사용을 이해하는 냉철한 현실주의자였어요. 모든 대통령은(정치가가 아닌 우리 모두도 마찬가지고요) 마키아벨리를 읽고 그의 생각을 받아들일 필요가 있습니다. —**재레드 다이아몬드**

대통령께서 『무작위 가족』을 읽어야만 합니다. 에이드리언 니콜 르블랑의 끈질긴 근접 촬영식 저널리즘이 빚어낸 이글거리는 걸작이지요. 제가 읽은 어떤 다른 책 중에도 그렇게까지 명료하게 가난의 궤적과 그것이 갉아먹도록 강제하는 것들에 대해서 기록한 것을 보지 못했습니다. 그 책을 읽고 나서 더 공감을 잘하는 사람이 되지 않는다는 건 불가능한 일이죠. 대통령이 그 교훈을 그동안 우리가 대체로 방기해온 이 사회의 4분의 1에 해당하는 사람들에게 적용할 수 있겠지요. —**앤드루 솔로몬**

당연히 리 차일드의 신간이지요! 한 남자가 기지와 주먹만 가지고 세상의 문제를 전부 다 해결하는 게 가능한 세계로 몇 시간쯤 도피해보시는 것도 나쁘지 않을 것 같아요. —**맬컴 글래드웰**

옮긴이의 말

엄청나게 지적이고 믿을 수 없이 풍성한

책을 좋아하는 사람이라면 한 번쯤 이런 궁금증을 가져보았을 것이다. 내가 좋아하는 작가들은 지금 무슨 책을 읽고 있을까? 그들은 어떤 책을 읽으며 작가가 되었을까? 그들도 고전을 다 읽었을까? 그리고 다 이해했을까? 그들의 책장에는 어떤 책들이 어떻게 배치되어 있을까? 내 책꽂이에 꽂혀 있는 책들과 비슷한 책은 얼마나 될까? 혹은 한 번쯤 이런 유쾌한 상상을 해본 사람도 적지 않을 것이다. 엄청나게 지적이고 재기 넘치는 애서가들이 모여 오로지 책에 관해서만 끝도 없는 이야기를 주거니 받거니 하는 자리에 참여하는 상상 말이다. 「뉴욕 타임스 북 리뷰」의 편집자인 패멀라 폴도 이런 궁금증을 품고 상상을 즐기던 독자 가운데 한 사람이었다. 그녀는 결국 2012년 4월부터 매주 일요일 자 신문 서평란에 책을 주제로 다양한 분야의 인물들을 인터뷰한 '작가의 책By the Book'이라는 코너를 연재하기 시작했다. 『작가의 책』은 그 가운데 주로 픽션과 논픽션 작가들을 대상으로 한 인터뷰를 추려 묶어낸 책이다.

가끔씩 마실 삼아 들르던 미국의 대형 서점 '반스앤드노블'에서 이 책을 처음 발견하고, 동공이 확장된 채로 책장을 넘기던 순간의 짜릿함이 아직도 생생하게 남아 있다. 존경과 감탄의 대상이기만 했던 작가들의 독서 편력이라는 사적인 세계를 들여다볼 수 있다니, 이거야말로 소문난 맛집의 요리사들이 단체로 비밀 재료를 공개하는 게 아니고 뭐란 말인가!

'작가'와 '책'이라는 주제의 만남이 독자에게 주는 재미와 정보는, 굳이 따져본다면, 크게 두 가지일 것 같다. 하나는 우리 자신의 독서와 관련되는 부분이다. 타인과의 진정한 대화는 공통의 텍스트를 두고만 가능하다는 말이 있다. 그런데 거꾸로, 책(텍스트)을 읽고 이 독서 경험을 타인과 나누고 싶은 '소통에 대한 욕구'가 급격히 커지는 현상이 발생하기도 한다. 책을 읽고 난 느낌이나 생각을 함께 나누고픈 강렬한 욕구를 어떻게 처리해야 할지 난감해진 우리는 책에 대해 이야기를 나눌 대상을 찾아 나선다. 주변 사람들을 붙들고 소심스레 이야기를 건네보거나, 블로그에 서평을 쓴다. 남의 블로그에 들어가 다른 이들이 적어놓은 서평을 읽기도 하고 댓글도 단다. 그러나 그것만으로는 충분치 않다고 느낄 때가 많다. 나는 이 책이 독자들의 이런 목마름에 한 잔의 시원한 생수 역할을 해줄 거라고 확신한다. 작가들이야말로 그 방면의 고수들이니 말이다. 문학 애호가라면 셰익스피어, 톨스토이, 카프카, 쿤데라, 조이스 같은 거장들의 가상 식사 모임을 소재로 한 재치 만점의 고급 유머를 실컷 즐길 수 있는 기회도 덤으로 얻게 될 것이다.

더불어, 어떤 책을 골라 읽을지에 대한 도움을 얻기 위해서 늘 이곳저곳을 뒤적이는 우리에게 정보 차원에서도 이 책은 좋은 길잡이가 되어줄 것이다. 알랭 드 보통의 애독자라면 필리파 페리의 『심리치료 극장』이라는 논픽션 만화를 찾아보게 될지도 모르고, 여러 작가의 찬탄이 되풀이되는 것을 보고 앨리스 먼로를 다시 읽거나 지금껏 미뤄두었던 캐서린 부의 『안나와디의 아이들』을 당장 펼쳐들게 될지도 모른다. 아니면, 이언 매큐언이 들려주는 시 감상과 관련된 아름다운 일화에 감명 받아, 책장에서 고이 잠자고 있던 시집을 한 권 빼어들게 될지도 모를 일이다.

다른 하나는 인터뷰의 주된 대상이 작가라는 사실과 관련된다. 즉, 이 책이 작가들에 대해 무언가를 알아내고 싶은 우리의 호기심을 상당 부분 채워준다는 사실이다. 추천사에서 스콧 터로가 말한 대로, 작가가 관심 있게 읽는 책만큼 “그 작가의 문학적 취향과 판단 과정을 더 잘 들여다볼 수 있게 해주는 창”은 또 없기 때문이다. 예컨대, 『미들섹스』로 2003년도에 퓰리처상을 수상한 제프리 유제니디스는 철학에 경도되었던 젊은 시절을 되돌아보면서 『롤리타』의 마지막 구절을 인용해 예술(소설)로의 ‘회심’을 고백한다. 반면에, 『길리아드』로 2005년 퓰리처상을 받은 작가 메릴린 로빈슨은 철학과 신학 책을 즐겨 읽지만 소설은 거의 읽지 않는다는 정반대의 이야기를 들려준다. 작가들의 독서 경험이 이토록 서로 다른 것이다.

그럼에도 불구하고, 나는 영미 작가들이 상당 부분 서로 공유하는 것이 있음을 발견했다. 사실, 내게는 이 부분이 더욱 흥미롭게 다가왔다. 예컨대, 그동안 풍문으로만 들어왔던, 영미 작가들의 셰익스피어와 마크 트웨인에 대한 무한한 사랑이 거의 절대적이라는 것을 체감할 수 있었다. 이언 매큐언이 셰익스피어 연극을 볼 때마다 그처럼 "따뜻한 지성"을 지닌 사람에 대해 더이상 알아낼 수 없으리란 예감에 탄식하는 부분이나, 『햄릿』의 구조를 자신만의 시각으로 열정적으로 분석하는 부분에선, 셰익스피어에 대한 그의 사랑이 독자인 나에게까지 전염되는 듯했다. 당연히, 직접 만나보고 싶은 작가나 무인도에 가져가고 싶은 책으로 가장 많이 거론되는 작가도 셰익스피어였다. 이 정도면 도무지 책장 깊숙이 박혀 있는 『햄릿』의 먼지를 떨어내지 않을 도리가 없게 된다.

마크 트웨인에 대한 무한한 애정 또한 영미 작가들의 풍자정신, 유머에 대한 각별한 사랑과 무관하지 않다는 사실도 이해하게 되었다. 인터뷰 대상 작가들이 다른 작가의 작품을 칭찬할 때도 거의 빠짐없이 거론하는 이유가 바로 '뛰어난 유머감각'인 것이다. 조이스 캐럴 오츠처럼 인간의 어두운 내면을 파고드는 작가조차도 자신의 작품 속에는 "한 방울의 유머"를 숨겨두려고 한다며 그걸 알아채지 못하는 독자들에게 아쉬움을 표한다. 조너선 프랜즌이 카프카가 『변신』을 처음 써서 친구들 앞에서 낭독했을 때 누가 소리 내어 웃지 않았겠냐고 반문하면서 유머가 살아 있는 작품이라고 말하는 것을 듣고 나는 카프카라는 작가에 대해서 다시 생각해보지 않을 수 없었다. 또한 성경으로부터 깊은 영향을 받은 것도, 적지 않은 작가들의 공통분모임을 더욱 분명하게 알 수 있었다. 소설가를 포함한 대부분의 작가들이 자서전이나 전기, 일기, 르포르타주 같은 논픽션과 시를 생각보다도 훨씬 더 많이 읽는다는 사실도 나에게는 흥미로운 '발견'이었다.

작가들이 자신의 세계관이나 자기 문학의 주제 의식과 관련된 보다 진지한 이야기들을 정색하고 쏟아내는 순간에는 귀를 더 쫑긋 세우게 된다. 유럽 각국의 유대계, 남미, 아시아 등에 뿌리를 두고 있는 이민자 2세로서 갖게 되는 타자성이 미국 문학에서 얼마나 큰 부분을 차지하고 있는지를, 그리고 작가들의 독서 취향 역시 작가 자신의 이런 정체성과 얼마나 밀접한 연관을 가질 수밖에 없는지를 새삼 인식하게 될 때가 그 한 예다. 작가들이 빈곤, 핵무기의 확산, 수감 시스템, 유색인종이나 성소수자 차별문제 등 정치, 사회, 제도 속 부정의에 분노를 표하는 데 거리낌이 없다는 점도 인상 깊었다. 그러나 이런 분노가 그들의 글쓰기 주제로 그대로 이어진다는 사실만큼은 조금도 놀랍지가 않았다. 오히려, 나는 이 시대의 문학이 결코 단순한 오락거리로 전락하지 않았음을 새삼 확인할 수 있었던 것에 안도했다. 그리고 감사했다.

그 누구보다도 책에 관한 수다를 반길 작가들이 솔직하게 풀어놓은 독서 취향 중에는 신기하게까지 느껴지는 것도 많다. 역사소설 『울프 홀』로 맨부커상을 수상한 힐러리 맨틀은 사랑 이야기는 지루해서 못 읽는다고 고백하고, 할레드 호세이니는 미국 문학의 정전에 가까운 『호밀밭의 파수꾼』에 공감하지 못한다. 재레드 다이아몬드는 예순하나의 나이에 이탈리아어를 배우기 시작해서 이탈리아 문학을 즐겨 읽고, 오랜 기간 동안 근본주의적 종교 교리의 허구성을 비판하는 데 한결같은 열성을 보여온 『만들어진 신』의 저자 리처드 도킨스는 순수한 문학적 즐거움을 위해 성경의 「전도서」와 「아가서」를 즐겨 읽는다!

책을 읽는다는 행위가 얼마나 개인적인 활동인지, 그러니까 '필독서' 같은 말이 얼마나 독서의 본질과 거리가 있는 말인지(에이미 탄은 자신의 책이 '필독서'에 들어있다는 말을 듣고 진저리를 쳤다고 한다) 이 책을 읽으면서 분명하게 깨닫게 되었다. 그러나 책 읽기에 대한 악착같은(?) 열정이야말로 거의 모든 작가들의 공통점이라는 사실 또한 끊임없이 확인할 수 있었다. 그 어느 작가도, 전화 수화기에서 잠시만 기다려달라는 안내원의 목소리가 흘러나오는 동안에조차 책을 손에 집어드는 조이스 캐럴 오츠의 열정에 결코 뒤지지 않았다. 버지니아 울프는, 하느님이 옆구리에 책을 끼고 천국 문 앞에 갓 도착한 이를 보고, 천국 서기관 베드로를 향해 '이 자에게는 상이 필요 없겠다'고 했다는 이야기를 우리에게 들려준 바 있다. 또, 보르헤스가 천국을 거대한 도서관의 모습으로 상상한 것은 잘 알려진 사실이다. 책을 너무나 사랑하다보니 어느새 쓰고 싶어져 작가가 되었다고 입을 모으는 대다수의 작가들에게는 더없이 지당한 생각일 것이다. 그러니까 이 책은 바로 이미 천국의 한 자락을 엿본 이들이 제각기 자기가 본 천국의 풍경을 떠듬떠듬 묘사해낸 조각을 이어 만든 아름다운 퀼트이불 같은 책인지도 모르겠다.

이 책을 번역하느라 온전히 책상머리에서만 보낸 올여름은 무척이나 즐겁고 충만한 계절로 남을 것 같다. 이런 특별한 즐거움을 맛볼 기회를 허락해준 문학동네 편집부에 진심으로 감사드린다. 엄청나게 지적이고 믿을 수 없을 정도로 풍성한 이 유쾌한 책 파티에 특별 손님으로 초대받은 독자 여러분도 화려한 입담의 향연을 마음껏 즐기시기를 바란다. 장담컨대, 뒤탈이라고 해봐야 기다란 독서 리스트를 작성하는 일과 주머니가 조금 가벼워지는 일밖에 없을 것이다.

정혜윤

찾아보기

한국어로 번역된 책들은 책명 앞에 별표(*)를 부기했다

ㄷ

ㄹ

ㅂ

ㅅ

옮긴이 정혜윤

이화여자대학교에서 영어영문학을, 서울대학교 대학원에서 정치학을 공부했다. 현재 가족과 함께 미국 뉴욕 주 롱아일랜드에서 살면서 전문 번역가로 활동하고 있다.

작가의 책

1판 1쇄 2016년 1월 23일
1판 3쇄 2016년 2월 22일

지은이 패멀라 폴 | 옮긴이 정혜윤 | 펴낸이 염현숙
기획 강훈 | 책임편집 류기일 | 편집 강훈 오경철 | 저작권 한문숙 박혜연 김지영
디자인 엄자영 | 마케팅 정민호 이연실 정현민 김도윤 양서연
홍보 김희숙 김상만 이천희
제작 강신은 김동욱 임현식 | 제작처 영신사

펴낸곳 (주)문학동네
출판등록 1993년 10월 22일 제406-2003-000045호
주소 10881 경기도 파주시 회동길 210
전자우편 editor@munhak.com | 대표전화 031)955-8888 | 팩스 031)955-8855
문의전화 031)955-1933(마케팅) 031)955-2690(편집)
문학동네카페 http://cafe.naver.com/mhdn | 트위터 @munhakdongne

ISBN 978-89-546-3933-0 03800

www.munhak.com